GOLDMANN

Utta Danella ist Berlinerin, lebt aber seit vielen Jahren in München. Schon als Heranwachsende wollte sie Musik studieren, Schauspielerin werden oder Bücher schreiben. Sie probierte alles der Reihe nach und blieb schließlich beim Bücherschreiben – was sie nie bereut hat, wie sie sagt. Allein die deutschen Ausgaben ihrer Romane sind in mehr als 50 Millionen Exemplaren verbreitet, womit sie als die erfolgreichste deutschsprachige Autorin der Gegenwart gelten darf.

Die in diesem Band abgedruckten Romane sind auch als
Einzelausgaben erschienen:

Quartett im September
(Goldmann-Taschenbuch 9892)
Gestern oder Die Stunde nach Mitternacht
(Goldmann-Taschenbuch 9789)

Außerdem liegen von Utta Danella als
Goldmann-Taschenbücher vor:

Alle Sterne vom Himmel. Roman (9797)
Alles Töchter aus guter Familie. Roman (41065)
Die Frauen des Talliens. Roman (9617)
Gestern oder Die Stunde nach Mitternacht. Roman (9789)
Jovana. Roman (9589)
Der Maulbeerbaum. Roman (41336)
Quartett im September. Roman (9892)
Die Reise nach Venedig. Roman (41223)
Tanz auf dem Regenbogen. Roman (9437)
Vergiß, wenn du leben willst. Roman (9424)
Stella Termogen oder Die Versuchung der Jahre. Roman (41354)
Meine Freundin Elaine. Roman (41347)

Utta Danella

Quartett im September

Gestern oder Die Stunde nach Mitternacht

Zwei Romane
in einem Band

GOLDMANN VERLAG

Ungekürzter Nachdruck
der 1991 bzw. 1992 erschienenen Originalausgaben

Umwelthinweis:
Alle bedruckten Materialien dieses Taschenbuches
sind chlorfrei und umweltschonend.
Das Papier enthält Recycling-Anteile.

Der Goldmann Verlag
ist ein Unternehmen der Verlagsgruppe Bertelsmann

Made in Germany · 2. Auflage · 5/93
Genehmigte Taschenbuchausgabe

Umschlaggestaltung: Design Team München
Umschlagfoto: BAVARIA/TCL, München-Gauting
Druck: Elsnerdruck, Berlin
Verlagsnummer: 11607
UK · Herstellung: Stefan Hansen/sc
ISBN 3-442-11607-4

Quartett im September

Roman

Für mein Pferd Dilona

Anmerkungen des Autors

Das Glück dieser Erde ist ein recht schwierig zu erlangendes Ding. Da nützen weder Tüchtigkeit, Fleiß noch hohe Intelligenz und sorgfältige Ausbildung; da helfen auch nicht Ausdauer, Geduld und eiserner Wille; da kann einer dies und das vollbringen an schätzenswerten Taten und kann sich an Macht, Erfolg und Reichtum erfreuen, eins jedoch kann er nicht erarbeiten, nicht erdienen, nicht erringen und erzwingen oder gar erschmeicheln von Gott und dem Schicksal: *Glück*.

Solange Menschen atmen auf dieser Welt, wollten sie so gern glücklich sein, doch sie haben bis heute nicht gelernt, wie man das macht.

Dabei ist es ganz einfach.

Es erhob sich die Frage, was Glück eigentlich ist. Die weisesten Philosophen der alten und neuen Zeit untersuchten das Problem von vor- und rückwärts, zerpflückten den Glücksbegriff und setzten ihn wieder zusammen, doch ein Rezept, wie man den begehrten Zustand erreicht, entdeckten sie nicht.

Ich habe eins.

Da suchten die Menschen das Glück in Ruhm und Reichtum, in Krieg und Sieg, im Himmel und in der Liebe. Doch wenn sie irgendwann dabei ein bißchen glücklich wurden hier auf Erden – denn ob und wieweit man es im Himmel sein wird, ist bis heute ungeklärt – dann war es meist eine

sehr fragwürdige Sache und war meist sehr schnell wieder vorbei.
Ich aber weiß, wie man es anfängt, jeden Tag aufs neue glücklich zu sein. Und ich kann das Rezept gern verraten.
Reiten Sie!
Lassen Sie sich von einem Pferd durchs Leben begleiten!
Wenn ich mir die Menschheit von heute so betrachte, die ihre Seligkeit darin sieht, mit einem stinkenden lärmenden Blechkarren durch die Gegend zu fahren – eingezwängt und zusammengedrückt in sich selbst, in schlechter Luft, Scheiben um den Kopf und eine Maschine unter sich –, dann frage ich mich, ob diese Menschen von heute wohl den letzten Rest Verstand verloren haben. Sie legen sich krumm und lahm, arbeiten und sparen und unterschreiben Wechsel nur um so ein gräßliches Ding ihr eigen zu nennen und könnten statt dessen für dasselbe Geld oder sogar für weniger Geld einen treuen Freund und täglichen Begleiter haben, der sie glücklich macht.
Kann einer widerwillig aufstehen und mißmutig den Tag beginnen, wenn er weiß, im Stall wartet sein Pferd auf ihn, wird ihm leise entgegenwiehern, mit weichen Nüstern den Zucker aus seiner Hand nehmen, mit langen Schritten aus dem Stall gehen und ihn in den Morgen hinaustragen – im ersten Frühlingswind unter noch kahlen Bäumen; im Mai, wenn es grün ist und blüht; zu ganz früher Stunde im Sommer, wenn es im Wald so herrlich kühl ist; und im Herbst, wenn man mit dem Wind um die Wette über die leeren Felder jagen kann.
Sie kennen diese Art von Leben nicht? Dann sind Sie zu bedauern. Dann entgeht Ihnen das Schönste, was diese Erde zu bieten hat. Ein reines uneingeschränktes Glück,

schöner noch als das Glück der Liebe, das ist es, was ein Pferd zu verschenken hat.
Wäre ich ein Psychiater, ich würde alle meine Patienten zum Reiten schicken. Und bald hätte ich keine Patienten mehr. Wäre ich ein Erzieher, der schwierige Kinder, verdorbene Jugendliche zu betreuen hätte, ich ließe sie reiten, ließe sie Pferde putzen und Pferde pflegen, und meine Arbeit wäre leicht.
Wer reiten kann, wird fröhlich sein, er wird sich jung und gesund fühlen, er wird die Natur lieben und Gott. Denn daß Gott ein Geschöpf geschaffen hat wie das Pferd, so edel, so schön, so voll Harmonie, und daß er es dem Menschen möglich machte, dieses Geschöpf zum Freund zu gewinnen, ist ein Grund ihm ewig dankbar zu sein.
Dumme Menschen, die keine Ahnung haben, sehen im Reiten einen hoffärtigen Luxus und betrachten den Reiter als arroganten Angeber. Sicher, das Reiten ist ein stolzes Tun – sofern man es einigermaßen beherrscht – und die hochgemute Haltung eines gut gerittenen Pferdes sollte auf den Reiter abfärben. Aber wer nur aus Angabe reiten will, der hört auch bald wieder auf. Es kostet Mühe, Ausdauer und allerhand Schweiß. Und die Arroganz verliert sich, wenn man ein paarmal im hohen Bogen im Sand gelandet ist. Das Pferd erzieht einen so ganz nebenbei zu Bescheidenheit und fairen Manieren.
Wer aber könnte dies von seinem Auto sagen?
Erfreulicherweise hat der Reitsport in den letzten Jahren Anhänger gewonnen und einen beachtlichen Aufschwung genommen. Überall werden neue Ställe gebaut, es werden gute Pferde gezüchtet, selbst die Bauern besinnen sich hier und da wieder darauf, wie gut es ihrem Hof ansteht, wenn

dort ein Pferd im Stall steht und nicht bloß leblose Maschinen; und falls sie es nicht zur Arbeit nützen, dann zum Sport. Man findet Pferde, wenn man in Urlaub reist: am Meer, in der Heide, im Vorgebirge, in Ungarn, Spanien und Irland und anderswo auch noch. Man kann sein eigenes Pferd mitnehmen in Urlaub, und das ist der Höhepunkt aller Ferien.

Auch in den großen Städten entstehen neue Reitschulen, oft vorbildliche Anlagen, wo man für gar nicht viel Geld reiten lernen kann. Heute im Zeitalter des Sports, im Zeitalter der wachsenden Freizeit, haben die Pferde auf einmal wieder mehr Platz in unserem Dasein. In zehn, zwanzig Jahren, wer weiß, wird das Reiten längst zum Volkssport geworden sein wie heute das Skifahren. Man wird gar nicht mehr verstehen, warum man das Reiten lange Zeit als Luxus betrachtet hat.

Das ist so mein Zukunftstraum, meine Vorstellung von »Wie leben wir im Jahre 2000?« Eine Fahrt zum Mond oder zum Mars? Wozu eigentlich? Was soll ich da? Ein Pferd im Stall, möglichst jedem Familienmitglied ein eigenes, und verständnisvolle Stadt- und Gemeindeverwaltungen, die Wiesen und Wege dafür zur Verfügung stellen, pferdefreundliche Bauern und Landbewohner, die mitreiten, dann wird man endlich sagen können: »Oh, Jahrhundert, es ist eine Lust zu leben!«

Sie glauben mir nicht? Sie denken, aus mir spricht die pure Begeisterung. Durchaus – das stimmt. Eine Begeisterung, die in meiner Kindheit begann und nie ab-, immer nur zugenommen hat.

Ich will Sie nicht überreden, ich rate nur: Probieren Sie es selbst. Ziehen Sie sich eine strapazierfähige Hose an, gehen

Sie in den nächsten Reitstall und verkünden Sie dort, Sie wollten reiten lernen. Seien Sie vier Wochen lang mutig, tapfer und nicht wehleidig. Haben Sie nach vier Wochen zum erstenmal das Gefühl, ein bißchen was begriffen zu haben. Seien Sie vier Monate lang ausdauernd und fleißig, hören Sie auf Ihren Reitlehrer und auf Ihr Pferd. Und hängen Sie dann vier Jahre daran, um Sicherheit und einige Erfahrung zu gewinnen. Dann steht nichts mehr im Wege, ein Leben lang glücklich zu sein.

Hafis, der große persische Dichter des 14. Jahrhunderts, ist es, dem man den berühmten Ausspruch zuschreibt: Das höchste Glück der Erde liegt auf dem Rücken der Pferde.

Ob *er* es nun gesagt hat oder ein anderer, ganz egal: der Mann hat recht gehabt.

Lorines Abreise

Lorine will nicht verreisen. Sie zeigt klar und deutlich, daß ihr nicht das geringste daran liegt, mit mir gemeinsam in die Ferien zu fahren. Seit geschlagenen zwanzig Minuten weigert sie sich erfolgreich, den Wagen zu besteigen, der sie zu ihrem Urlaubsziel befördern soll. Die weit geöffnete Tür des Gefährts muß ihr vorkommen wie das Tor zur Hölle. Sie geht nur noch rückwärts, sie steigt, sie schnaubt und prustet, ihr Blick ist leicht irr. Lieber Himmel, was tue ich ihr da an! Das konnte ich ja wirklich nicht ahnen.

Dabei würde sie geradezu fürstlich reisen, gemessen daran, wie die meisten Leute heutzutage in Urlaub fahren – mit Kind und Kegel, sechs Koffern, der Schwiegermutter und einem Zelt, und das alles in einem engen Viersitzer. Ich könnte es verstehen, wenn sich da einer weigert, mitzufahren.

Lorine dagegen hat keinen Grund, sich so idiotisch aufzuführen. Ein großer geräumiger Transporter mit gepolsterten Ständen, mit Stroh ausgelegt, mit Luftklappen versehen, steht zu ihrer Verfügung. Sie hätte sogar Gesellschaft; Casanova, der Schimmel des Herrn Welz, ist bereits verladen, er geht für vier Wochen auf die Koppel, bis sein Herrchen von der Adria zurück sein wird. Übrigens hat Casanova sich vorbildlich benommen, ein leichtes Zögern, dann ist er gelassen und elegant eingestiegen, ganz ein Mann von Welt, der es gewöhnt ist, gelegentlich zu verreisen. Nun dreht er den Kopf und besieht sich von innen indigniert Lorines hysterisches Gebaren. Allzusehr dürfte es ihn allerdings nicht wundern, schließlich kennt er Lorine. Er war dabei, als sie mich vor vierzehn Tagen abgeworfen hat, nur weil ein Vogel etwas schrill in ihrer Nähe gepiept hat. So ist Lorine nun mal: Wenn es irgendeinen Grund gibt, Theater zu machen, dann macht sie es.

Ich habe mich in den Hintergrund zurückgezogen, mir ist schwummerig zumute, meine Augen tränen und meine Knie sind weich. Lorine hat mir einen ganz schönen Kinnhaken verpaßt. Natürlich dachte ich, sie geht ohne weiteres mit mir, wenn ich sie am Halfter fasse und ihr gut zurede. Denkste! Weder mit Zucker noch mit Rüben war sie in den Wagen zu locken. Wie eine Verrückte hat sie mit dem Kopf geschlagen und mich am Kinn getroffen. Der ganze Unterkiefer schmerzt mir, und mit der Zunge probiere ich, ob meine Zähne noch fest sind. Das fängt ja gut an. Offenbar eine Schnapsidee von mir, mit dem Pferd in Urlaub zu fahren. Ich hätte es wissen müssen: Mit Lorine ist so was nicht zu machen.

Außerdem hat mich der Transporteur ziemlich unfreundlich angefahren. »Gengans doch weg, gnä' Frau, lassen's doch uns das machen. Pferdebesitzer stören nur, wenn verladen wird.« Wahrscheinlich hat der Mann recht, ich bin ihm nicht böse. Aber es kränkt mich, daß Lorine so wenig Vertrauen zu mir hat. Zwei Jahre lang teilt sie nun mein Leben, in all der Zeit hat sie nur Gutes von mir erfahren, hat eine Menge Liebe gekriegt, und schließlich und endlich habe ich sie davor bewahrt, im Verleihbetrieb zu landen. Sie sollte das wissen und nicht so undankbar sein.

Im Hof der Reitschule haben sich eine Menge Neugierige angesammelt, alle meine lieben Reiterfreunde und -freundinnen, die mehr oder weniger schadenfroh dem Unternehmen beiwohnen. Der Chef ist da, die Pferdepfleger, die Kinder der Pferdepfleger und die Putzfrau aus dem Café, und die Männer, die im Café eine neue Leitung verlegen – alle finden es hochinteressant und fühlen sich gut unterhalten. Auf meine und Lorines Kosten.

Jetzt ziehen sie ihr einen dreckigen Sack über den Kopf, was natürlich Blödsinn ist, denn das muß sie vollends verrückt machen. Sie führen sie im Kreis, aber Lorine ist natürlich nicht zu täuschen, sie weiß genau, wo der Wagen steht und als sie sich mit ihr der Rampe nähern, die ins Innere des Transporters führt, steigt sie und reißt sich los.

Ich kann das nicht mehr mit ansehen. Das Pferd wird sich verletzen oder gleich einen Herzschlag kriegen.

Ich wage mich also wieder in den Kreis der Männer und sage: »Ich glaube, wir lassen es lieber. Ich werde alles absagen.«

»Wissen's was, gnä' Frau, Sie täten mir einen Gefallen, wann's verschwinden täten. Gehn's 'rauf ins Café und trinken's an Schnaps. Wir machen das schon.«

»Das ist eine gute Idee«, sagte Herr Weber und ergreift mich energisch am Arm, »gehen wir hinauf, das ist das beste.«

Herr Weber ist der Chef der Reitschule und natürlich weiß und versteht er das alles besser als ich, aber ...

»Nein, ich kann jetzt nicht weg. Sie werden sie schlagen. Ich kann doch nicht ...«

»Kommen Sie nur, die machen das schon richtig.«

»Die anderen auch verschwinden«, ruft der Transporteur

und scheucht mit einer Armbewegung alle Neugierigen davon.

Herr Weber deponiert mich an einem Tisch in unserem Reiterlokal und bestellt einen doppelten Steinhäger für mich. »Nur keine Angst«, tröstet er mich, »das geht schon in Ordnung.«

Die anderen setzen sich um uns herum und erzählen von spannenden und dramatischen Transporterlebnissen. Frau von Kleiss, groß, knochig, breitschultrig, eine Pferdeexpertin ersten Ranges – jedenfalls mit dem Mundwerk –, berichtet ausführlich, wie ihre Stute Ramona sich bei dem Transport von Karlsruhe nach München so schwer verletzte, daß sie danach drei Monate stehen mußte und genau genommen überhaupt nicht mehr richtig gesund wurde, ein halbes Jahr später ging sie in den Pferdehimmel ein. Und Frau Alberty, recht hübsch, klein und zierlich, ein Society-Gewächs, in dritter Ehe mit einem reichen Textilfabrikanten verheiratet, weiß zu berichten, daß der Herkules, den sie früher mal hatte, so herumgetobt hat, daß er den ganzen Transportwagen einfach umschmiß. Mit sich selber drin.

Das könne man ja nun hiermit nicht vergleichen, wird sie von Frau von Kleiss belehrt – die beiden sind intime Feindinnen –, vermutlich sei Herkules in einem Anhänger gereist und nicht in einem ordentlichen Transporter. So wie sie es herausbringt, hört es sich an, als sei Frau Alberty zu geizig gewesen, einen richtigen Transporter zu bezahlen. Die beiden reden immer auf diese Weise miteinander. Frau Alberty sagt, es sei ein besonders großer und stabiler Anhänger gewesen, der bekannte Turnierreiter XY habe ihn ihr geliehen, weil er so große Stücke auf sie und Herkules hielt, und schließlich hätte sie damals einen Cadillac gefah-

ren, da habe es ihr eben Spaß gemacht, das Pferd selbst zu transportieren. Das sei übrigens damals gewesen, als sie bei dem Grafen XYZ für den Sommer eingeladen gewesen sei. Auf das Schloß des Grafen, Sie wissen doch? Oder kennen Sie es am Ende nicht? Frau von Kleiss wird ein wenig gelb im Gesicht, es war ein bißchen viel in dieser Antwort verpackt, der Graf, das Schloß, der Cadillac und auch noch die Reiterkoryphäe, so etwas muß man erst mal schlucken. Aber sonst sind die beiden reizende Menschen und sooo unterhaltend.
Herr Weber verbeißt sich ein Schmunzeln und meint, wenn einer schon Herkules hieße, dann könne man ja nicht viel anderes von ihm erwarten.
Ich sage gar nichts und kippe meinen Schnaps und rauche eine Zigarette. Ich fühle mich gar nicht wohl in meiner Haut. Arme Lorine, was machen sie da unten mit dir. Ich werde Tage brauchen, bis ich dich wieder friedlich gestimmt habe, du hast nun mal ein etwas kompliziertes Seelenleben, dafür bist du eben eine hochgezüchtete Aristokratin und das gefällt mir gerade an dir. Du bist das schönste Pferd weit und breit, stolz, geradezu arrogant, ich kenne jedenfalls niemand, der so hochnäsige Nüstern machen kann wie du, wenn dir etwas oder vor allem jemand nicht paßt. Wir beide, Lorine, wir kennen und verstehen uns. Ich liebe dich sehr und ich dachte, du liebst mich auch ein wenig. Aber wie sich nun zeigt: du hast kein Vertrauen zu mir. Schön, verreisen wir also nicht.
»Noch einen«, sagte ich zu Molly, unserer Bedienung, die zufällig vorbeikommt. Von selbst kommt sie nämlich sonst nie, man muß sie immer holen.
Und plötzlich kommt Klaus, der Sohn des Pferdepflegers

Franz, hereingestürmt und schreit lauthals »sie ist drin, sie ist drin. Ist ganz prima gegangen.«

Ich stürze hinunter in den Hof, aber die Tür des Transporters ist schon geschlossen, von Lorine ist keine Schweifspitze mehr zu sehen.

»Ist ihr auch nichts passiert?«

»Woher denn? Was soll ihr denn passieren?«

»Wieso ging's denn auf einmal?«

»Sie hat eingesehen, daß sie ihren Kopf nicht durchsetzen kann«, antwortet mir der Mann voller Gemütsruhe und verzieht keine Miene.

Ich schlucke alle weiteren Fragen herunter. Eine Peitsche kann ich nirgends sehen. O Lorine, da drin in dem Riesenkasten, wie werde ich dich wiederfinden?

»Kann ich sie nicht mehr sehen?«

»Nix mehr. Wir fahren jetzt ab.«

»Ich fahre auch gleich. Ich werde zum Empfang draußen sein.«

»Ist recht.«

Am liebsten würde ich sagen: Fahren Sie vorsichtig! Aber ich lasse es bleiben. Nicht nötig, daß ich mir eine grobe Erwiderung einhandle. Und ich *weiß* ja, daß er vorsichtig fahren wird, schließlich ist es das bestrenommierte Pferdetransportgeschäft weit und breit. Turnier- und Rennpferde werden hier verladen, zu weiten Auslandstransporten manchmal, und alle kommen sie gut an, also wird wohl auch mein Herzblatt unbeschädigt landen.

»Auf Wiedersehen! Gute Fahrt.«

Ich sehe dem Transporter nach, wie er schwerfällig die Auffahrt hinaufrumpelt und um die Ecke verschwindet. Arme Lorine! Sicher bist du sehr verzweifelt. Denkst du,

daß ich dich verkauft habe? Daß ich dich verraten und verlassen habe?
Der Unterkiefer tut mir immer noch weh, aber die Zähne scheinen noch festzusitzen. Nun denn! Jetzt gebe ich eine Abschiedsrunde für die anderen, trinke auf den zweiten Schnaps hinauf einen Kaffee und dann fahre ich los. Mein Wagen steht bereit, das Gepäck ist drin. Meine Wohnung habe ich vor einer Stunde verlassen und werde sie vier Wochen lang nicht mehr sehen. Es weiß fast keiner, wo ich hinfahre, und das ist gut so. All die Leute können mir gestohlen bleiben, Bekannte, Freunde – der Teufel soll sie holen mit ihren blöden Fragen und faulen Trostversuchen. Ich habe alles satt. Fed up bis oben hin. Und wann ich wiederkomme – das wissen die Götter, vielleicht komme ich gar nicht wieder. Manchmal bin ich so müde in letzter Zeit. Ich habe gar keine Lust mehr weiterzumachen. Das ist natürlich Unsinn. Man muß nur wieder einmal etwas Neues beginnen. Neue Wege machen jung. Ist es nicht so?
Und Enttäuschungen machen alt. Wieviel Enttäuschungen kann ich mir eigentlich noch leisten? Es muß aufhören mit den Versuchen an ungeeigneten Objekten. Nicht daß ich der Liebe abschwören will, ich habe Männer immer gern gemocht, aber ich werde keinen mehr ernst nehmen. Mal ein Liebhaber hier und da, ein bißchen Amüsement, aber keine Liebe mehr, bei Gott, nie wieder. Kein Ernst, nur Spiel. Lieben werde ich nur noch Lorine. Und im übrigen werde ich mich ums Geldverdienen kümmern. Das wär's denn!
Der Abschied geht schnell und schmerzlos vonstatten. »Tschüs, Kinder, macht's gut«, und es nimmt auch keiner groß Notiz von *meiner* Abreise. Sie reden gerade von Herrn Körner, der in einem Jahr schon dreimal das Pferd

gewechselt hat. Seiner Meinung nach taugen die Pferde alle nichts, er sucht immer ein besseres. Ihrer Meinung nach taugt Herr Körner als Reiter nichts, er würde auch auf einem Olympiadepferd nur rückwärts galoppieren können. Unten im Hof bei den Außenboxen schlendert wie von ungefähr Ferdinand durchs Gelände. Er tut, als hätte er mich nicht gesehen, tätschelt einen Pferdekopf und sucht in seinen Taschen nach Zucker. Der hat mir noch gefehlt. Der liebste, beste, gütigste, sanftmütigste Mensch, den ich kenne und je gekannt habe. Ich bin seiner Liebe nicht wert, er sollte das eigentlich inzwischen wissen. Sicher, es wäre mir viel erspart geblieben, wenn ich vor fünfzehn Jahren ihn statt René geheiratet hätte, aber ich kann es mir heute genausowenig wie vor fünfzehn Jahren vorstellen, daß ich mit Ferdinand … also nein!

»Was machst du denn hier? Bist du nicht im Geschäft?«

»Ach! Vera! Wie nett, dich noch zu sehen!«

Er wird doch wahrhaftig immer noch ein bißchen rot, wenn er mir gegenübersteht. Es ist rührend. »Ich hatte gerade hier in der Nähe zu tun, da dachte ich, schau ich mal, muß ich doch mal sehen, ob ihr gut weggekommen seid.«

»Du bist zu spät gekommen, sonst hättest du miterlebt, wie Lorine sich aufgeführt hat. Es war eine Katastrophe.«

»So? Na ja. Sie ist eben nervös. Wie eben Vollblüter so sind.«

Es ist zum Lachen. Der gute Ferdinand. Er hat nicht die geringste Ahnung von Pferden. Früher hätte er einen Araber nicht von einem Kaltblüter unterscheiden können. Aber seit ich reite, interessiert er sich für Pferde, hört geduldig zu, wenn ich von Pferden rede, und ich rede viel davon und von Lorine besonders. Und er liest sogar einschlägige

Bücher. So ist Ferdinand. Genaugenommen der einzig wirkliche Freund, den ich habe. Auch wenn ich ihn nicht verdiene.
»Ich muß fahren. Ich möchte vor Lorine ankommen. Damit sie sieht, daß ich da bin.«
Er sieht mich mit seinem geduldigen Hundeblick an und versucht es noch einmal. »Du willst mir deine Adresse wirklich nicht geben?«
»Nein.«
»Es könnte ja mal was sein?«
»Was soll sein? Mir kann jeder gestohlen bleiben. Die Post kriege ich nachgeschickt, und Frau Busch kümmert sich um die Wohnung.«
Frau Busch ist meine Hausmeisterin, ein echtes Goldstück.
»Sonst kräht ja sowieso kein Hahn nach mir.«
»Aber ich doch.«
»Ja, du!« Der Ton ist nicht sehr nett, in dem ich das sage. Es tut mir auch gleich leid. Ich streichle seine Wange und füge hinzu: »Ich werd' dich anrufen.«
»Ich könnte dich mal besuchen.«
Schon wieder zu viel. – »Ich brauche keinen Besuch.«
»Auch nicht von mir?«
»Nein, mein Schatz, auch nicht von dir. Ich möchte tun, als sei ich eben auf die Welt gekommen.«
»Das kannst du doch nicht.«
»Das kann ich. Jedenfalls eine Zeitlang.«
»Du wirst dir nur wieder so einen fremden Kerl anlachen und dir neuen Kummer machen.«
»Ich werde mir gar niemand anlachen. Wer wird schon in dem Kaff sein! Also – Servus, mein Schatz. Laß es dir gut gehen.«

»Ohne dich kann es mir gar nicht gutgehen.«
Da mache einer was dagegen. Er wird wohl nie begreifen, daß seine demütige Liebe niemals Liebe erwecken kann. Nicht bei einer Frau, wie ich es bin. Manchmal habe ich ein schlechtes Gewissen. Ich frage mich, wie sein Leben wohl verlaufen wäre, wenn ich ihm damals nicht über den Weg gerumpelt wäre... Er war ein ganz netter junger Mann. Vielleicht hätte er ein ebenso nettes junges Mädchen geheiratet und wäre glücklich geworden. So vergeht sein Leben damit, mich treu und hoffnungslos zu lieben. Und immer dazusein, wenn ich einen Freund brauche, wenn ich Trost, Zuspruch oder Hilfe brauche. Und all das brauche ich ziemlich oft. So gesehen, biete ich ihm schon allerhand. Manchmal habe ich auch schon gedacht, ich sollte zum Lohn einmal mit ihm schlafen. Oder sagen wir: einige Male. Aber es wäre nicht fair, das erst recht nicht. Es wäre kein Geschenk. Es wäre ein Almosen, das ich sofort wieder zurücknehmen müßte. Und ich mag viele schlechte Eigenschaften haben – doch, einige sind es bestimmt – aber unfair bin ich nie. Gegen nichts und niemand.
Viel Verkehr auf der Landstraße. Furchtbar viele Laster, und man kann so schlecht überholen. Warum sie nicht endlich mal breitere Straßen bauen. Wenigstens Dreispurbahnen, wenn nicht am besten gleich Vierspurbahnen. Erst hinter Landsberg sehe ich den großen silbergrauen Kasten vor mir. Da ist sie drin, mein arme Lorine.
Eine Weile bleibe ich hinter dem Kasten, dann auf einer geraden übersichtlichen Strecke überhole ich, tippe einmal leicht auf die Hupe und hebe die Hand. Der Fahrer des Transporters, hoch über mir, gibt kein Zeichen, daß er mich erkannt hat.

Der Reitstall des Kurbades Waldhofen liegt etwa drei Kilometer nördlich des Ortes inmitten von Wiesen und Feldern. Also ich finde, er liegt sehr schön. Vor zwei Monaten, als ich diesen tollkühnen Entschluß faßte, nicht mit einem Mann, sondern mit einem Pferd in die Ferien zu reisen, war ich hier und habe mir das alles angesehen. Das heißt, erst habe ich mich natürlich in Reiterkreisen umgehört. Nicht daß sehr viele Leute mit ihrem Pferd verreisen. Ich habe mir erzählen lassen, in Norddeutschland käme das öfter vor, da fahren sie aus den großen Städten, aus Hamburg oder Bremen oder sogar vom Westen her aus Düsseldorf mit ihren Pferden ans Meer oder in die Heide, um einmal ungestört und nach Herzenslust im Gelände zu reiten. Hier bei uns in Süddeutschland, kommt es relativ selten vor. Natürlich ist es kein ganz billiger Spaß, und vor allem muß man den richtigen Ort erst finden. Meer und Heide haben wir hier leider nicht.

Am Meer bin ich geritten, in Holland und auf verschiedenen Nordseeinseln, ich weiß, wie herrlich es ist, am Strand entlang zu galoppieren. Aber es ist nicht daran zu denken, daß ich meiner armen Lorine die weite Reise von München an die Nordseeküste zumute. Wie gesagt, von unserem Stall aus fahren nicht viele Leute mit Pferd in Urlaub. Manche tun es, sie haben Bekannte auf dem Land oder selbst ein Landhaus. So gibt es eine fesche sportliche Frau in unserem Stall, die verbringt mit Pferd, Hund und Mann den ganzen Sommer auf eigenem Landsitz und erholt sich bestens beim Pferdeputzen und Stallausmisten. Andere Reiter wieder bringen ihr Pferd zu einem Bauern oder auf ein

Gestüt, wo es auf die Koppel gehen kann, meist in der Zeit, in der sie selbst verreist sind.

Wie ich auf die Idee kam, mit Lorine zu verreisen, kann ich nicht genau sagen. Ich komme immer auf irgendwelche Ideen, manchmal gute, manchmal schlechte. In welcher Eigenschaft sich diese ausweisen wird, bleibt abzuwarten. In meinem bisherigen Leben, das ja nun schon eine stattliche Anzahl von Jahren währt, habe ich viele schöne und große Reisen gemacht. Am meisten liebe ich das Meer, das südliche und noch mehr das nördliche. Und ich habe mich immer gern an mondänen Plätzen und in Luxushotels aufgehalten. Ich kenne die französische Küste rundherum, die belgischen, die holländischen und natürlich die deutschen Nordseebäder.

Ich liebe Österreich, seine Seen und Berge, ich bin für mein Leben gern in der Schweiz, gelegentlich war ich auch in Italien und Spanien – alles in allem bin ich gar nicht mehr so neugierig, das nun immer wieder aufs neue abzugrasen. Vor allzu fernen Ländern und allzu fremden Lebensbedingungen scheue ich ein wenig zurück, denn ich habe es gern bequem und einigermaßen kultiviert. Ich habe all diese Reisen nicht allein gemacht. Da war immer ein Mann, der mein Leben teilte, der es mehr oder weniger verschönte. Nun ja, und damit komme ich nun zu einem wesentlichen Punkt, der in letzter Zeit und auch noch jetzt mein Leben nicht verschönt, sondern reichlich verbittert.

Dieser Punkt heißt Gert. Vier Jahre lang waren wir zusammen. Vier Jahre lang war die Rede von Liebe. Nein – das stimmt nicht. Zwei Jahre lang war es diese komische Sache, die man Liebe nennt. Ein Jahr lang war es so halb und halb und zunehmend schwierig. Und das letzte Jahr war mehr oder weniger Quälerei. Ich wußte lange, daß es auf eine Trennung zu geht; was das betrifft, so war ich nie ein Mensch, der sich etwas vormacht. Aber man löst sich nicht so leicht. Schon gar nicht, wenn – wie in diesem Fall – auch eine enge berufliche Zusammenarbeit auf dem Spiel steht.

Ach, zum Teufel, mit all den vorsichtigen Worten. Ich hab' den Kerl gern gehabt, aber manchmal zweifle ich daran, ob es wirklich Liebe war. Es blieb immer ein Rest, der nicht paßte. Und so etwas wächst mit der Zeit. So etwas breitet sich aus wie ein Geschwür. Ich bin keine geduldige, keine duldsame Frau. Ich stecke nichts ein, ich ordne mich nicht unter, ich gebe nichts – aber auch gar nichts – von mir und meinem Wesen auf. Wenige Männer können auf die Dauer mit so einer Frau etwas anfangen. Das weiß ich sehr gut. Trotzdem, und das ist es, was mich verbittert, hat Gert sich schlecht benommen. Es war kein schönes Ende einer Liebe.

Gut oder nicht gut. Aber auf jeden Fall aus. Es ist vollkommen unwichtig, ich will es vergessen und ich *werde* es vergessen. Aber es führt ein gerader Weg von dieser Endsituation zu meiner jetzigen Reise.

Als wir uns endgültig trennten – das war im Mai dieses Jahres, ulkig, eigentlich soll man sich im Mai verlieben und nicht auseinandergehen –, da war ich erst einmal mit Gott und der Welt zerfallen. Ich fuhr nach Paris, anschließend nach Nizza, in beiden Städten war ich mit ihm auch gewesen, und beide Städte brachten weder Trost noch Ablenkung, außerdem hatte ich ständig Sehnsucht nach Lorine.

Ich kehrte nach München zurück und fand bei ihr, was ich brauchte: Trost, Ablenkung, Freude – Glück. Und da kam mir die Idee: das nächstemal verreise ich mit Lorine.

Voilà, das ist die Geschichte. Und als ich mich ein bißchen umgehört hatte, erzählte mir einer von Bad Waldhofen, das ich dem Namen nach zwar kannte, aber zuvor nie besucht hatte. Kleine gemütliche Kurbäder – das stand bisher nicht auf meinem Reiseprogramm. Kurz entschlossen fuhr ich damals hin, sah mich in dem Ort um, fand ihn ziemlich uninteressant, aber dann sah ich den Reitstall und der gefiel mir. Ein heller, luftiger Stall mit schönen großen Boxen, tadellos gepflegt, eine kleine gedeckte Reitbahn, ein offener Reitplatz, eine schöne große Koppel – Lorine würde sich hier wohl fühlen. Das gab den Ausschlag. Man konnte es mal versuchen mit Ferien auf andere Art.

Unsere Abreise hat mich etwas kleinlaut gestimmt. Ich zweifle auf einmal am Wohlgelingen dieses Unternehmens. Und als ich Mittags gegen ein Uhr in Bad Waldhofen ankomme, zweifle ich weiter. Damals, als ich hier war, herrschte reger Betrieb. Pferde auf der Bahn, Pferde auf der Koppel, der Reitlehrer bei der Arbeit, aber jetzt liegt der ganze Komplex öde und verlassen im leichten Nieselregen. Ja – es hat angefangen zu regnen während meiner Fahrt und es ist reichlich kühl für Ende August.

Ein einziger Wagen steht auf dem Parkplatz vor dem Stall. Wohl der Wagen von Herrn Meisel, dem Besitzer des Stalls. Weit und breit keine Menschenseele. Ja, warten die denn nicht auf mich? Haben die Leute vergessen, daß Lorine heute kommt? Ich habe gestern extra angerufen und die vermutliche Zeit der Ankunft mitgeteilt. Natürlich, durch Lorines Theater ist es später geworden.

Ich kenne die mittägliche Ruhe in Pferdeställen. Um zwölf wird gefüttert und anschließend hat keiner etwas im Stall zu suchen, das ist Gesetz. Hier hält man sich anscheinend wirklich daran. Aber wie soll Lorine ausgeladen werden? Und wo wird sie wohnen? Die hohe Tür zum Stall ist abweisend geschlossen. Aber als ich dagegen drücke, gibt sie nach, ich kann hinein.

Ruhe im Stall. Die Pferde stehen in ihren Boxen, kauen das letzte Heu vom Mittagsmahl oder dösen vor sich hin. Und es riecht so gut. Gleich fühlt man sich zu Hause. Nichts auf der ganzen Welt riecht besser als ein Pferd. Und ein ganzer Stall von Pferden, das ist schlechthin die Vollendung.

Da stehe ich an der Tür, und auf einmal merke ich, daß ich lächle. Heimatliches, vertrautes Gefühl. Ist es zu glauben, daß ich so viele Jahre meines Lebens sinnlos verschwendet habe, einfach dadurch, daß ich kein Pferd hatte. Was für ein ungelebtes Leben ist es gewesen! Da habe ich mich herumgeärgert mit allen möglichen blödsinnigen Leuten, mit meiner Arbeit, mit Männern, habe mir am Ende gar noch eingebildet glücklich zu sein mit diesem oder jenem und habe nicht gewußt, daß man gar nicht glücklich sein *kann* ohne Pferd.

Wahrscheinlich übertreibe ich wieder schrecklich. Aber das tue ich gern. »Nom de Dieu, Vera«, pflegte mein Letztverflossener gelegentlich zu sagen, »sei nicht so exaltiert! Es ist kaum zu ertragen, wie exaltiert du bist. Immer sechs Etagen über den Tatsachen.«

Womit *er* furchtbar übertrieben hat. Und außerdem konnte niemand exaltierter sein als er. Nicht zuletzt einer der Gründe, warum wir nicht zusammenbleiben konnten. »Zwei Verrückte«, das hinwiederum hat mein guter Ferdinand gesagt, »zwei Verrückte, das kann nicht gutgehen. Wenn einer schon spinnt, muß wenigstens der andere ruhig und vernünftig sein.«

»Ich *bin* ruhig und vernünftig«, habe ich ihm darauf geantwortet, »jedermann landab und landauf wird dir das bestätigen, mit mir hat immer jeder gern zu tun gehabt.«
Ein bißchen verrückt bin ich vielleicht schon. Und wenn ich einmal ganz ehrlich bin, im Grunde meines Herzens habe ich mir immer einen ruhigen und besonnenen Mann gewünscht, so etwas ganz Seriöses und Überlegenes, lieber Himmel, genau so etwas, wie es sich jede Frau schon in ihren Kinderträumen vorstellt. Leider ist mir so etwas nie begegnet. Vielleicht gibt es das auch gar nicht mehr.
Ein leichter Stups an meiner Schulter. Ein großer Brauner streckt den Kopf zur Box heraus und schaut mich vertrauensvoll an.
Wer bist du denn, du stehst da und sagst gar nichts? Hast du keinen Zucker mitgebracht?
Mechanisch stecke ich die Hand in die Kostümjackentasche. Aber da ist nichts. »Tut mir leid, im Moment habe ich nichts da. Draußen im Wagen habe ich welchen, du kriegst ihn nachher. Hm?« Ich klopfe seinen Hals und gehe langsam weiter.
Die vierte Box ist leer, also wohl Lorine zugedacht. Frisches Stroh ist eingeschüttet, in der Krippe eine Portion Hafer. Also bekommt Lorine ihr Mittagessen nachserviert, sehr schön. Wenn sie nur schon hier wäre und heil ausgeladen.
Außer den Pferden befindet sich offenbar kein Lebewesen im Haus. Doch – eine große graugestromte Katze sitzt in der Nachbarbox auf dem Rand der Krippe und schnurrt friedlich. Der Bewohner dieser Box, ein großer kräftiger Goldfuchs mit schmaler weißer Blesse, ist augenscheinlich an diesen Gast gewöhnt. Er pustet der Katze ein bißchen ins Fell, was diese mit geschlossenen Augen genießt. Was für

ein schönes Pferd! Ich hebe ganz langsam die Hand und streiche ihm sanft über die Nase, was er sich reglos gefallen läßt. Das wäre bei Lorine nicht möglich. Sie läßt sich nicht gern an den Kopf fassen, von Fremden schon gar nicht.
»Du bist aber ein Schöner. Ganz große dunkle Augen hast du. Hm? Wohnst du immer hier? Oder bist du auch ein Urlauber? Wirst du auch nett sein zu Lorine? Sie ist sehr empfindlich. Und sie redet nicht mit jedem.«
Alle Pferde im Stall haben ihre Köpfe zu mir hingewendet und hören zu. Sie haben es so gern, wenn man mit ihnen redet, leise und sanft. Und sie haben es überhaupt gern, wenn Besuch kommt.
Am anderen Ende des Stalls führt eine Tür in den Hausflur, und direkt gegenüber der Stalltür ist das Büro, das weiß ich von meinem Besuch her. Und hier finde ich endlich eine Menschenseele. Ein junges Mädchen sitzt da und liest.
»Grüß Gott!«
Sie blickt auf, ein schmales Kindergesicht unter kurzgeschnittenen blonden Haaren.
»Ist Herr Meisel nicht da?«
»Herr Meisel ist oben in der Wohnung.«
»Ich bin Vera Marvin. Ich bin eben angekommen.«
Die Kleine steht auf. »Ist Ihr Pferd auch schon da?«
»Nein. Aber ich denke, daß es bald kommen wird. Sie wissen also Bescheid?«
»Ja. Ich bin hier, um auf Sie zu warten.«
»Aha, sehr schön.« Ich lächle die Kleine an, und sie lächelt scheu zurück.
»Wie heißt du denn?«
»Angelika.«
Jetzt hab' ich sie geduzt, aber sie ist höchstens fünfzehn,

sechzehn, vielleicht auch jünger, bei den Mädchen heutzutage weiß man nie, sie sind meist jünger, als sie aussehen. Außerdem ist es eine schlechte Eigenschaft von mir, Leute, die mir gefallen, gleich zu duzen, so en passant, und in keiner Weise verpflichtend. Manche wundert's vielleicht, nur Spießer sind pikiert.
»Nett, daß du auf mich gewartet hast, Angelika. Da bist du um deinen Nachmittagsschlaf gekommen.«
Jetzt lacht sie sogar. »Aber ich schlafe doch nachmittags nicht. Es ist schon schade, daß man nachts schlafen muß.«
Ja, das denkt man, wenn man sehr jung ist. Ich schlafe gern. Aber schad' um die Zeit ist es dennoch, das denke ich auch heute noch.
»Ist die freie Box für Lorine?«
»Ja.«
Wir gehen zusammen in den Stall, besichtigen noch einmal Lorines zukünftige Wohnung, dann gehen wir von Box zu Box, und Angelika nennt mir die Namen der Pferde. Sie tut es mit der zärtlichen Anteilnahme, die junge Reiter für Pferde haben.
»Bist du von Waldhofen?«
»Nein, ich bin zu den Ferien hier.«
»Und du wohnst hier im Hause?«
»Ja. Ich helfe im Stall und bekomme dafür Reitstunden. Aber in zehn Tagen fängt die Schule wieder an.«
»Pech.«
»Ja, wirklich.«
»Wird dir schwerfallen, von hier wieder abzureisen, hm?«
»Ach, ich kann gar nicht daran denken.«
Das kenne ich von unseren jungen Leuten im Stall. Diese Hingabe, dieser Enthusiasmus, den die Kinder aufbringen,

wenn sie reiten lernen und reiten dürfen, das sucht seinesgleichen in der Welt. Man sagt immer, in unserer Zeit sei die Jugend abgebrüht, schlecht gelaunt und schlecht erzogen, haltlos, rundherum widerlich. Mag sein. Die Jugend, die reitet, ist es nicht. Wenn ich Kinder hätte, dürften sie reiten gehen, sobald sie alt genug sind, auf einem Pferd zu sitzen, und ich würde disziplinierte, fröhliche und glückliche Kinder haben. Und fast alle Kinder würden gern reiten lernen. Ich habe selten ein Kind erlebt, das sich nicht dafür interessiert hätte. Die Eltern ahnen gar nicht, welch wunderbaren Erziehungshelfer sie sich entgehen lassen: das Pferd. Und es soll auch keiner sagen, dieser Sport sei zu teuer. Für wieviel sinnlosen Blödsinn geben die Leute in unserer Zeit ihr Geld aus. Was müssen sie alles in sich und ihre Kinder hineinstopfen, weil sie meinen, es gehöre zum modernen Lebensstandard. Und wie wenig Glück kaufen sie damit sich und ihren Kindern. Oder macht es ein Kind glücklich, wenn es Tag für Tag vor dem Fernseher sitzt oder in Vaters liebevoll gewienertem Auto nach Spanien und Italien fährt? Das bedeutet gar nichts. Solche Ferien, wie Angelika sie macht, Ferien in einem Reitstall bei Pferdeputzen und Reitenlernen, das sind Ferien, an die wird sie noch denken, wenn sie Großmutter ist.
»Aber nächstes Jahr darf ich wiederkommen, darauf freue ich mich jetzt schon.«
»Kannst du denn zu Hause auch reiten?«
»Doch. Nicht so viel wie hier natürlich. Zweimal in der Woche. Und nur wenn in der Schule alles klappt. Aber hier«, und ihre Augen strahlen mich an, »hier konnte ich jeden Tag zwei Stunden reiten und manchmal sogar mehr.«
»Wen reitest du denn besonders gern?«

»Ach, eigentlich alle. Am liebsten vielleicht die Carmen, da drüben die Schwarze. Die gehört Herrn Meisel. Die durfte ich manchmal in der Stunde mitreiten. Sie ist noch jung und ziemlich wild. Sie hat mich oft 'runtergeworfen.« – Und wie sie das sagt, hört es sich an, als sei es ihr das größte Vergnügen und zudem eine Ehre, von Carmen abgesetzt zu werden.
»Wieviel Privatpferde habt ihr denn hier?«
»Sieben zur Zeit. Zwei sind auch in Urlaub hier, der Braune hier und der Schimmel in der letzten Box. Fünf stehen immer hier. Die anderen sind Reitschulpferde.«
Siebzehn sind es im ganzen, also hat Herr Meisel zehn eigene Pferde, die im Verleih gehen. Ganz schön für einen kleinen Stall. Wie er die wohl alle durch den Winter bringt, wenn wenig Kurgäste hier sind und wenig Betrieb im Stall. Kein leichtes Geschäft so ein kleiner Reitstall, es gehört Idealismus dazu, Freude an der Sache.
Wir stehen wieder bei dem Goldfuchs, und ich sage: »Das ist ein hübscher Bursche. Hast du den auch mal geritten?«
»Nein. Den reitet nur der Besitzer. Oder wenn er nicht da ist höchstens Herr Meisel. Ein sehr gutes Pferd. Er geht M und springt phantastisch. Er ist der Beste hier. Timotheus heißt er.«
»Timotheus!« sage ich und kraule ihn unter dem Stirnhaar. Dann gehen wir hinaus in den Hof, und ich blicke hoffnungsvoll auf den schmalen Zufahrtsweg. Noch kein Transporter in Sicht. Es regnet immer noch, mehr als vorher, die Landschaft sieht trüb und eintönig aus, auf dem Hof stehen große Wasserlachen.
»Es hat hier wohl auch viel geregnet?«
»Ja. Jeden Tag in der letzten Woche.«

»Schade.«
»O nein«, widerspricht Angelika eifrig, »es ist gut, wenn es regnet. Bei schönem Wetter könnte man gar nicht ausreiten.«
»Warum denn das?«
»Es gibt dieses Jahr furchtbar viel Bremsen.«
»Was, hier auch?« sage ich und das ist zweifellos reichlich dämlich. Warum soll es auf dem Land keine Bremsen geben, wir haben ja sogar im Englischen Garten jede Menge. Ich fürchte die Biester auch. Lorine benimmt sich wie eine Närrin, wenn sie gestochen wird.
»Wenn das Korn drin ist, sind sie weg«, tröstete mich Angelika.
»Na, dann sollen sie sich mal beeilen mit der Ernte. Wird sowieso langsam Zeit.«
Da – jetzt kommt etwas. Schwerfällig biegt der dicke Kasten drüben von der Landstraße ein, rumpelt auf dem Zufahrtsweg in unserer Richtung. Jetzt kommt sie, sie kommt – lieber Himmel, steh mir bei, daß sie heil und gesund herauskommt und alles gutgegangen ist.
Da ist der Wagen. Da steht der Wagen, der Fahrer klettert heraus, spricht kein Wort und macht sich daran, die Tür an der Rückwand aufzukoppeln.
»Alles gutgegangen?«
»Klar.«
Die Tür schwingt auf, die Rampe klappt herunter, und da sehe ich schon Lorines Ohren über der Zwischenwand.
»Lorine! Liebling! Ich bin hier.«
Und da – aus dem Innern des Wagens kommt ein helles hohes Wiehern. Ich bin ganz sprachlos. Noch nie habe ich Lorine wiehern gehört. Auf einmal tut sie das. Sie hat meine

Stimme erkannt, sie ist froh, daß ich hier bin, sie hat gesagt: Gott sei Dank, da ist ja Frauchen. – Ich freue mich kindisch und bin gerührt.
Das Ausladen ist ein Kinderspiel. Sie wird losgebunden, der Mann nimmt sie am Halfter, und sie kommt mit zwei Sprüngen die Rampe herunter.
Da ist sie. Steht da und schaut. Biegt den schlanken Hals, reckt den Kopf und öffnet weit die Nüstern. Sie ist immer noch aufgeregt, und alles ist natürlich fremd und seltsam. Aber sie sieht ja, daß ich da bin. »Lorine!« sage ich, streichle ihren Hals, lege meine Wange an ihr Seidenfell. Ich bin so glücklich.
Auf einmal ist auf dem Hof allerhand Betrieb. Herr Meisel ist da, fertig mit dem Mittagessen, Frau Meisel, ein paar Kinder und ein junger Mann. Alle stehen um Lorine herum und bewundern sie.
Ich bin stolz, daß ich so ein schönes Pferd habe. Ein rassiges, edles Tier. Ich höre es immer gern, wenn man mir Komplimente über Lorine macht. Ich werde nicht mehr so stolz sein, wenn sie mich reiten sehen. Ehrlich gestanden, ich bin nur eine mittelmäßige Reiterin. Und Lorine macht manchmal mit mir, was sie will. Aber das tut meiner Begeisterung keinen Abbruch.
Herr Meisel, ein drahtiger mittelgroßer Mann, drückt mir kräftig die Hand, viel zu sagen hat er nicht, er interessiert sich viel mehr für Lorine als für mich. Aber auch dieses Interesse bleibt schweigsam. Er betrachtet die Stute von allen Seiten, dann nimmt er sie am Halfter und führt sie in den Stall. Lorine geht widerspruchslos mit. Sie anerkennt die Autorität. Typisch Pferd.
Mit größter Selbstverständlichkeit bezieht sie ihre Ferien-

wohnung, und, ohne rechts und links zu blicken, macht sie sich über ihr verspätetes Mittagessen her und speist mit gutem Appetit. Ich hole die gelben Rüben aus dem Auto, die ich vorsorglich mitgebracht habe. Lorine teilt sich ihr Essen immer gut ein. Ein Maul voll Hafer, eine Rübe. Ich sehe befriedigt zu, wie es ihr schmeckt. Die Nachbarn zur Rechten und Linken, ein kleiner pummeliger Kastanienbrauner und Timotheus, der Goldfuchs, sehen ebenfalls zu. Jeder bekommt ein paar Rüben zum Einstand und zur guten Nachbarschaft.

Das wäre geschafft. Ein bißchen könnte ich nun mal an mich denken. Ich habe auch Hunger. Frühstück gab es heute nur ganz flüchtig im Vorübergehen. Ich werde in mein Hotel fahren und ausführlich zu Mittag speisen.

Das denke ich in meiner kindlichen Naivität. Ich kenne Bad Waldhofen noch nicht.

Bad Waldhofen

Bad Waldhofen, wie gesagt, habe ich in natura kennengelernt, als ich vor zwei Monaten einen Tag hier war. Früher hatte ich nur davon gehört, so zum Beispiel, daß manche Leute immer wieder und mit Überzeugung zur Kur hinfahren und jedesmal jünger wiederkommen. So in der Art. Nun werden hier etwa keine tollen Kurmittel verabreicht noch sprudeln berühmte Quellen aus der Erde. Man hält sich an ganz gewöhnliches Wasser. Mit einem Wort: es wird gekneippt. Und diese Art Umgang mit dem Wasser, das sollte ich bald erfahren, ist so eine Art Weltanschauung.

Entweder man schwört darauf, oder man findet es komisch. Aber an einer Sache, die sich so lange hält und der so viele Menschen anhängen, muß ja wohl etwas dran sein ... Was mich betrifft, so interessiert mich der Gedanke an das berühmte Waldhofener Geplantsche nicht im geringsten. Für mich würde das Ganze ein Experiment sein – einmal Urlaub auf ungewohnte Art. Wie sich das anlassen würde, davon hatte ich keine Ahnung.
Wie ich nun an diesem denkwürdigen Tag meinen Einzug in Bad Waldhofen so kurz nach zwei Uhr halte und durch die regennassen menschenleeren Straßen rolle, ist mein Eindruck: Lieber Himmel, was für ein ödes Kaff. Unmöglich, daß ich es hier vier Wochen aushalte. Was soll ich hier den ganzen Tag anfangen? Reiten, – na schön, aber mehr als zwei Stunden am Tag reite ich schließlich nicht, und wenn es so weiterregnet, nicht mal das.
Wir werden sehen. Zunächst einmal muß mein Gepäck ausgeladen werden und dann brauchte ich dringend etwas zu essen. Jedoch letzteres erweist sich als ein Ding der Unmöglichkeit. Um diese Zeit gibt es in Bad Waldhofen *nichts* zu essen. Absolut nichts. Rien ne va plus. Mittagessen gibt es bis halb zwei, präzise dreizehn Uhr dreißig und keine Minute länger. Allüberall. Jetzt wird geschlafen.
Diktatur habe ich immer schon schlecht vertragen. Und Diktatur von Leuten, die mir eigentlich nach Herkommen und Bezahlung zu Diensten sein sollten, ist mir völlig unbegreiflich. Noch viel unbegreiflicher ist es den Waldhofenern, daß ein Mensch es wagt, um halb drei Hunger zu haben.
Bei mir im Hotel gibt es nichts, in einem Lokal in der Nähe sieht man mich an, als käme ich vom Mond. Auf meine

Frage, ob ich denn nicht wenigstens etwas Kaltes haben könnte, erfahre ich: die Küche ist zu. Meine Laune ist nicht die beste, als ich in mein Zimmer zurückkehre. Komische Manieren haben die hier. Ein Glück, daß man wenigstens Lorine das Essen nachserviert hat. Vielleicht hätte ich vorher anrufen sollen und darum bitten, daß man mir um zwölf einen Teller Suppe ins Zimmer stellt.

Mein Zimmer ist auch nicht mein Zimmer. Nicht das, was ich mir seinerzeit ausgesucht habe. Das ist noch bewohnt, und die Leute fahren erst in zwei Tagen ab. Inzwischen hat man mich in einem viel zu kleinen, sehr bescheidenen Zimmer ohne Bad untergebracht. Keine Rede davon, daß ich meine Sachen hier unterbringen kann. Ich sitze auf dem Bettrand, um mich das ganze Gepäck, und bin sauer. Zigarette auf leeren Magen schmeckt nicht. Außerdem habe ich heute schon viel zu viel geraucht. Kaffee könnte ich wohl haben, hatten sie unten gnädigerweise verlautbart, aber ich hatte dankend verzichtet. Jetzt bereue ich es. Zigarette mit Kaffee ist immer noch besser als Zigarette mit gar nichts.

Und dann muß ich plötzlich lachen. Ach was, Wichtigkeit! Nimm es mit Humor, Vera! Jetzt hänge ich die Kleider auf und dann gehe ich mal los, irgendein Café wird es wohl geben und dann esse ich eben ein Stück Kuchen.

Ich hänge meine Kleider und Kostüme, die Hosen und Blusen sorgfältig in den Schrank, betrachte skeptisch meine hübschen Sommerkleider – bei der Kälte und dem Regen würde ich sie kaum brauchen. Die Zahnbürste, die Crèmetöpfe, ein Pyjama, das genügt im Moment, das andere kann ich auspacken, wenn ich umgezogen bin. Mein Kostüm ziehe ich aus, überlege, was ich anziehen soll, am besten lange

Hosen und einen Pulli, kühl genug dazu ist es. – Aber dann ziehe ich erst einmal meinen Morgenrock über, lege mich aufs Bett und zünde mir eine Zigarette an. Irgendwie komme ich mir verlassen vor. Ich bin der einsamste Hund auf der Welt. Außer Lorine habe ich keinen Menschen, der zu mir gehört. Das ist die Bilanz meines Lebens, das nun immerhin über die Mitte der Dreißig hinausreicht. Einen Job habe ich auch nicht mehr, zwar noch ein bißchen Geld auf der Bank, aber wie es weitergeht, das weiß ich noch nicht.
Nicht daß mich das verzagt macht: in diesem Punkt habe ich eine hohe Meinung von mir. Ich habe schon viel Geld verdient in meinem Leben und ich werde es wieder verdienen. Auf meinen Kopf kann ich mich verlassen. Aber es ist trotzdem nicht schön, wenn man immer wieder von vorn beginnen muß.
Damals, als ich von René geschieden wurde, waren meine Gefühle ähnlich. Oder eigentlich auch wieder nicht. Ich war acht Jahre jünger und voller Tatendrang. Ich wollte es ihnen allen mal zeigen. Zunächst hatte ich daran gedacht, weiter zu studieren. Wegen René hatte ich mein Studium nicht abgeschlossen. Ich war verliebt und heiratete ihn und ich bekam ein Kind – ach Gott, ist das alles noch wahr? Es ist eine Ewigkeit her. Und dann war von der Liebe nichts übrig, die Ehe war am Ende, das Kind war tot, und ich – ich war ganz unten und dennoch voller Tatendrang. So ist man noch mit achtundzwanzig. Und mit dem Weiterstudieren, das war natürlich eine blödsinnige Idee. Das kostete unnötig viel Geld und Zeit. Zeit hatte ich nicht mehr viel zu verschwenden, die Jungen rückten nach. Und Geld mußte ich verdienen.
Beim Funk hatte ich schon während meiner Ehe gearbei-

tet, jetzt bekam ich einen guten Posten in der politischen Redaktion, und von dort ging ich an eine Wochenzeitschrift, dann hatte ich ein Verhältnis mit dem Chefredakteur, und das konnte natürlich nicht lange gutgehen, aber es machte nicht viel aus, ich ging als Redakteurin in eine Frauenzeitschrift, und diese Arbeit machte mir viel Spaß. Die Zeitung war nicht allzu spießig und kleinkariert, ich konnte recht flotte Beiträge schreiben und spezialisierte mich später auf Mode. Dadurch kam ich viel nach Paris und da hatte ich eine Idee. Wieder einmal.

Von der Idee sprach ich zu einem Verleger, den ich kannte. Und der fand sie gar nicht übel. Er gab mir einen Vorschuß, etwas Geld hatte ich noch, und ich ging ein Jahr nach Paris. Danach erschien mein erstes Buch. Es hieß »Fremd in Paris«, es behandelte die Schicksale von Frauen, die aus verschiedensten Gründen vom Ausland nach Paris gekommen waren, um dort Karriere zu machen, zu arbeiten, etwas zu erleben, was auch immer; bei einigen war es gutgegangen, bei vielen schlecht, es waren alles authentische Fälle, die ich mit Fleiß und Hartnäckigkeit zusammengetragen hatte. Nicht zu glauben, was man alles entdeckt, wenn man sich umsieht.

Das Buch wurde ein Erfolg. Ein richtiger ansehnlicher Erfolg. Ich war sehr glücklich. Und ich ging gleich an die Arbeit für ein neues Buch. Es sollte heißen »Capricen an der Côte« oder so ähnlich, es sollte wieder von Frauen handeln, und zwar von solchen, die in den letzten hundert Jahren an der Côte d'Azur oder an der Riviera, wie man früher sagte, von sich reden gemacht hatten. Königinnen, Fürstinnen, Künstlerinnen, Mätressen, Spielerinnen, Huren. Erstaunlich, auf was man hier erst alles kam, wenn man sich

in die Sache vertiefte. Die Arbeit war natürlich etwas anspruchsvoller als die erste, es gab viel Vorarbeiten, ich hielt mich eine Zeitlang in Nizza auf, wühlte in Archiven, alten Tageszeitungen, besuchte Bibliotheken und interviewte, wen ich erwischen konnte oder wer mir was erzählen konnte.
Leider – und das war mein Unglück, hatte ich kurz zuvor Gert kennengelernt. Und war wieder mal verliebt. Oder das, was ich dafür hielt. Er kam mit mir, er störte mich bei der Arbeit, er fand meine Arbeit überhaupt nicht so wichtig, er redete mir ein, mich mit ihm zusammenzutun. Mit ihm eine Firma aufzumachen. Oh, ich war nicht wert, daß mich die Sonne beschien, nicht die von Nizza und nicht die von München, wohin ich schließlich mit Gert zurückkehrte. Nicht wert deswegen, weil ich so unwahrscheinlich dumm war.
Ach, zum Teufel, bin ich in dieses dußlige Waldhofen gefahren, um mich über meine Vergangenheit zu ärgern? Was habe ich erst heute morgen großartig dem lieben Ferdinand erzählt? Ich möchte so tun, als sei ich eben auf die Welt gekommen. Wer eben auf die Welt gekommen ist, hat keine Vergangenheit, nur Gegenwart und bestenfalls eine Zukunft.
Ich springe mit beiden Beinen aus dem Bett, steige in dunkelblaue Hosen, entscheide mich für einen weißen Pulli, Regenpaletot darüber, etwas Geld in die Manteltasche, ein Kämmchen und ein Lippenstift, und dann würde ich mir mal Waldhofen näher ansehen. Ob sie hier vielleicht Kuchen backen gelegentlich oder ob sie das nur an hohen Fest- und Feiertagen tun und ihn dann nur zwischen vier und fünf servieren.
Sie backen welchen und keinen schlechten. Ich esse ein

großes Stück mit Schlagsahne und trinke ein Kännchen Kaffee und einen doppelten Kognak dazu, und dann ist mir viel wohler. Das Café ist reizend, gemütlich und warm, man sieht von dem Fenster aus, an dem ich sitze, auf die Kurpromenade hinaus und ich erlebe, wie nach und nach die Kurgäste, vom Mittagsschlaf erwacht und von Tatendrang beseelt, die Promenade beleben, dahinschlendern, meist zu Paaren oder in Gruppen, man steht und plaudert, man begrüßt sich, man hat Zeit. Sie bieten kein allzu farbenfrohes Bild an diesem Tag, aber sie sehen eigentlich ganz zufrieden aus trotz der Regenmäntel und der aufgespannten Regenschirme.

Mein Café füllt sich in Windeseile, ich bleibe auch nicht allein am Tisch, ein älteres Ehepaar gesellt sich zu mir, sie wiegt gut und gerne ihre hundertsechzig Pfund, was sie aber nicht hindert, zwei Stück Torte und eine Portion Sahne mit Genuß zu verspeisen. Er, mit einem Glas Bier ausgestattet, sieht ihr wohlgefällig zu. Sie reden von ihren Anwendungen, und ich brauche eine Weile, bis ich kapiere, daß sie damit die Kurmittel meinen. Er kriegt irgendwas mit Heu, und sie kriegt was aufs Knie, und der Doktor ist so nett, nein, wie charmant er ist, da hat er doch heute gesagt, Frau Moser hat er gesagt, Ihre Beine werden jeden Tag hübscher und schlanker, wenn Sie von hier abreisen, wird man Sie für achtzehn halten. Frau Moser kichert beglückt, Herr Moser guckt ein wenig skeptisch. Dann zündet er sich eine Zigarre an, und sie sagt, aber Alfred, du sollst doch nicht rauchen, der Doktor hat doch extra gesagt... und Alfred meint, drei Stück am Tage hat er mir erlaubt, das ist die erste heut, zwei habe ich noch gut. Und dann schießt er zurück und meint, sicher wäre der Doktor auch dagegen,

daß sie am Nachmittag zwei Stück Torte ißt, zwischen diesen wirklich reichlichen Mahlzeiten, und er sähe schwarz für die achtzehnjährige Figur. Nicht Figur, nur Beine, hat der Doktor gesagt, berichtigt Frau Moser – Figur, das wäre wohl ein bißchen viel verlangt. Und dann prusten sie beide los, wie zwei ausgelassene Kinder. Ohne Zweifel, sie fühlen sich wohl und sind bester Laune.
Der Hinweis auf die Mahlzeiten hat sie auf ein neues Thema gebracht. Das Essen in der Pension. Also, Elfriede, das mußt du zugeben, das Essen ist wirklich erstklassig. Diese Suppe heut mittag und dann das riesige Schnitzel, wo bekäme man denn noch so etwas für sein Geld. Ja, doch, gibt Elfriede zu, das Essen sei nicht schlecht, die Suppe war zwar ein bißchen scharf gesalzen, und das Gemüse zum Schnitzel eben nur aus der Büchse. Aber du findest es woanders immer wunderbar, das kenn ich ja schon. Zu Hause kann man dir vorsetzen, was man will, du sagst nicht piep. Heute abend gibt es Matjeshering in Sahne und dann Klopse in Currysoße, weiß Herr Moser, und auf die Heringe freut er sich, da wird er ein schönes Bier dazu trinken. Und dann gehen wir ins Kino, will Frau Moser, und er sagt: Was? Schon wieder? Aber sie will partout, da ist ein Film mit Curd Jürgens und den liebt sie doch so. Übrigens findest du nicht, Alfred, daß der Herr am übernächsten Tisch, der vor drei Tagen angekommen ist, ein bißchen Jürgens ähnlich sieht? Nö – Alfred findet das nicht. Der ist doch viel dicker. Na ja, ein bißchen vielleicht, gibt Elfriede zu, aber der Jürgens sei auch nicht mehr so schlank wie früher. Was der wohl ist? Was, der Jürgens? Ach Unsinn, Alfred, der Neue! Das weiß Alfred nicht, aber man würde es schon noch erfahren.
Und nun sind sie also bei den Gästen ihrer Pension ange-

langt. Das ist ein langes, ein unerschöpfliches, ein begeisterndes Thema. Die ganze Besatzung der Pension kommt dran, dieser und jene und wer mit wem und warum dieser das tut und jene das sagt, und wie komisch doch manche Leute seien, aber man müsse sich wundern, wo sie die Frechheit hernehmen, so anzugeben, wenn sie doch nur mit einem fünf Jahre alten Volkswagen gekommen seien und dann wollten sie einem erzählen, sie hätten zu Hause einen 200 000-Mark-Bungalow, und sie hätte auch mal was von einem Nerz fallenlassen, das sei doch pure Aufschneiderei. Und dann diese kleine Dunkle aus Bochum, also wie die sich an die Männer schmeiße, das sei doch nicht mehr feierlich, dabei hätte sie drei Kinder und ihre älteste Tochter sei schon verheiratet und wenn man genau hinschaue wäre sie überhaupt schon Großmutter. Und ein Skandal ist die Sache mit dem Burschen aus Hanau, den dritten Kurschatten habe er schon in Betrieb genommen, seit er hier ist, und das ginge doch wirklich zu weit. Nächste Woche soll ja seine Frau zu Besuch kommen, und da würde ihm das wohl vergehen. Aber die kleine blonde Lehrerin aus Minden, die sei doch wirklich sehr nett, findet Alfred, und Elfriede zieht die Brauen hoch, nun ja, es ginge, das kenne man ja schon, daß er auf niedliche Stupsnasen hereinfalle. Die hätte es auch faustdick hinter den Ohren und sie, Elfriede, wäre felsenfest überzeugt, daß sie mit dem Tuchfabrikanten aus Württemberg etwas gehabt hätte. Aber der sei ja nun abgereist. Heim zu Weib und Kind.
Die beiden unterhalten mich eine ganze Stunde lang, ich lausche ihnen fasziniert und weiß am Ende eine ganze Menge über Bad Waldhofen. Meine Gegenwart stört sie übrigens nicht im geringsten. Mein Journalistengehirn hat schon

wieder geschaltet, und ich frage mich, ob wohl schon jemand mal einen Bericht oder gar ein Buch über die Intimitäten in einem Kurbad geschrieben hat. Müßte ganz ulkig sein. Schließlich reiße ich mich los, verlasse das Café und Familie Moser, stelle draußen fest, daß es immer noch regnet.

Was mache ich mit Lorine? An sich hatte ich vorgehabt, heute noch zu reiten. Wenigstens sie ein bißchen zu bewegen. Wenn sie den ganzen Tag steht, ist sie morgen zu frech. Aber an Ausreiten ist nicht zu denken. Es ist mittlerweile halb fünf geworden. Ich mache einen Eilrundgang durch Waldhofen, registriere Hotels, Lokale, Cafés, Geschäfte, zwei Kinos – von einem lächelt mir wirklich Curd Jürgens verführerisch entgegen. Wäre direkt vorstellbar, hier wieder mal ins Kino zu gehen.

In meinem Hotel ist jetzt alles munter. In der Halle, im Lokal, überall in den Räumen sitzen Leute, es kommt und geht, ich hole mir den Schlüssel zu meinem doofen kleinen Zimmer, zu dumm, daß ich nicht gleich richtig gelandet bin, eigentlich eine Schlamperei so was, man dürfte sich das gar nicht gefallen lassen. Nicht mal baden kann ich.

Ich ziehe Reithosen an und Stiefel, gehe wieder hinunter und hole meinen Wagen vom Hof. Vielleicht kann ich Lorine wenigstens in der Bahn ein bißchen bewegen.

Kann ich nicht. In der Bahn ist Stunde, die Bahn ist proppenvoll, sie ist ja nur klein, fast alle Pferde des Herrn Meisel sind hier zu Gange. Ich setze mich auf das kleine Tribünchen und sehe der Stunde zu, nachdem ich Lorine begrüßt habe.

Um mich herum sitzen stolze Mütter und Väter, ein paar junge und ältere Leute, sie gucken mich an, ich bin neu, die anderen kennen sich alle. Da ich mich nicht so gern mit

fremden Leuten anquatsche, schon gar nicht mit irgendwelchen, schweige ich und schaue auf die Pferde.
Herr Meisel macht das sehr gut. Er steht in der Mitte und redet sich die Seele aus dem Leib. Viel nützt es nicht. Reiten können nur zwei von den neun, die anderen kommen schwitzend, rutschend und verzweifelnd über die Runden. Das erfüllt mich mit der genußvollen Schadenfreude, die man immer hat, wenn man anderen zusieht, die es noch schlechter können. Ja, theoretisch weiß man alles, da ist das kinderleicht. In der Praxis ist alles anders. Ein Pferd ist kein Turngerät, sondern ein lebendiges Wesen mit einem Kopf für sich. Und ein Pferd merkt genau, wer ihm da was weismachen will. Überhaupt Verleihpferde, die an wechselnde Reiter gewöhnt sind, denen kann man überhaupt nichts vormachen. Da ist zum Beispiel ein rundlicher kleiner Schimmel, der tut nur das Allernötigste. Die Bahn ist sowieso winzig klein, aber er schneidet an jeder kurzen Seite noch ein gutes Stück ab. Und wenn Herr Meisel nicht hinsieht, dann bleibt er überhaupt stehen, geht dann einfach schräg über die Bahn und findet den Anschluß dort. Da er am Ende geht, kann er das leicht machen. Seine Reiterin, eine mittelalterliche Dame mit rundem Popo, zerrt mit aller Kraft an den Zügeln, aber das stört ihn nicht. Er hat den Kopf nach vorn gestreckt, und die Trense ist für ihn ein alter Hut.
»Gib ihm doch mal eins drauf, bei dem mußt du energisch sein«, flüstert eine andere mittelalterliche Dame, die neben mir auf dem Tribünchen sitzt, der unglücklichen Reiterin zu. Genauer gesagt, sie zischt es jedesmal, wenn die Schimmelreiterin vorbeikommt. *Wenn* sie vorbeikommt und der Schimmel es nicht vorgezogen hat, schon in der Mitte der

Bahn zu kreuzen. Und nachdem Herr Meisel auch ein paarmal was gebrüllt hat, wird die Reiterin aktiv. Man sieht ordentlich, wie sie einen Anlauf nimmt, und dann zückt sie die Gerte vor der nächsten Ecke und dann patscht sie dem Dicken vorsichtig ein bißchen hinten drauf. Aber das hätte sie nicht tun sollen! Wie haben wir es denn, was maßen sich diese lächerlichen Krümel denn an, die da meinen, sie müßten auf mir herumrutschen – das scheint der Schimmel zu denken –, er geht einmal kurz mit der Hinterhand hoch, schlägt gekonnt aus, und die Reiterin sitzt mit der Nase auf seinem Hals. Sie könnte sich halten, sie würde sich halten und würde wieder hochkommen, aber gerade jetzt, aus lauter Bosheit, geht der Schimmel schneller, er wetzt geradezu um die Ecke, holt den Vordermann ein, und noch ein kleiner Hopser, und sie rutscht und rutscht, dann ist das Übergewicht da und sie plumpst gemächlich zur Erde. Der Schimmel bleibt mit einem Ruck stehen, blickt seitwärts auf sie hinab, und mir kommt es vor, als ob er hämisch grinst. Dann macht er gelassen kehrt, geht in die Mitte der Bahn und bleibt dort stehen, friedlich und freundlich, ein Unschuldslamm.

»Aber!« ruft Herr Meisel, »mußte das denn sein? Der Aladin ist doch so brav, der rührt sich doch nicht. Ein bißchen Sitz sollte schon sein, ich sage Ihnen immer...« Er ist bei ihr, hilft ihr auf – das hätte mein Reitlehrer nicht getan, der schrie bloß immer: Bist du noch nicht wieder oben? – aber schließlich sind das hier teuer zahlende Kurgäste, man ist darauf angewiesen, daß sie nicht nur einmal, sondern möglichst oft zum Reiten kommen.

Sie wird wieder auf den Aladin gehievt, der steht und kaut und trottet dann mit seiner Last wieder an den Schwanz der Abteilung. Die Reiterin hält die Gerte weit von ihm fort, sie wird sich hüten, ihn auch nur noch einmal anzutippen. Als sie bei uns vorbeikommt, flüstert meine Nachbarin: »Aber Lieschen! Wie kam das denn bloß? Versteh ich gar nicht. Ich werde mit dem Aladin immer spielend fertig.«

Lieschen schweigt verbissen, sie verschwendet keinen Blick an ihre Busenfreundin, sie ist rot im Gesicht, auf ihrer Stirn perlt Schweiß, ihre Haare kleben verwirrt an den Schläfen und vermutlich sehnt sie das Ende der Stunde herbei.

Ja, meine Lieben, so ist es natürlich auch mit dem Reiten. Das höchste Glück der Erde fällt einem nicht von ungefähr und schon gar nicht von heute auf morgen in den Schoß. Es ist eine mühsame Sache, und die lieben schönen Pferdchen können wilde Biester sein, die einem nach dem Leben trachten. Und von Bosheit geradezu strotzen. Diese Zeit muß überstanden werden. Und dann fängt man gerade erst an, reiten zu lernen. Und dazu braucht man ein Leben lang. Das sagte jedenfalls mein Reitlehrer und der war ein begnadeter Reiter, dem sich jedes Pferd willig in die Hand schmiegte.

Dann ist die Stunde vorbei, und ich entdecke, daß die nächste Abteilung schon wartet. Es sind diesmal nicht so viel, nur sechs, aber immerhin. Ich spreche kurz Herrn Meisel. Er meint, ich könne natürlich mitreiten, frei sei die Bahn erst um sieben Uhr. Und dann sei eigentlich Schluß.

Das wird mir zu spät, außerdem will ich mich nicht gleich am ersten Tag unbeliebt machen. Dann wird gefüttert und Reiter sieht man nicht mehr gern im Stall. Mitreiten will ich auch nicht. Ich weiß nicht, wie Lorine sich benehmen

wird, aufgeregt wie sie sicher noch ist von dem Transport und dann die neue Umgebung, die kleine Bahn, die fremden Pferde, die fremden Stimmen, nein, so was kann ich mir mit Lorine nicht leisten. Sie ist eine kapriziöse Lady, und ich würde mich höchstens blamieren. Falls es morgen noch regnet, höre ich, könnte ich um zehn in die Bahn. Da seien höchstens zwei Privatpferde drin.
Na gut, verschieben wir es auf morgen.
Ich besuche noch einmal Lorine, bringe ihr die letzten Rüben, sage ihr gute Nacht und steure zurück in den Ort. Ich bin müde und hungrig und ganz froh, daß ich nicht mehr reiten muß.
Vielleicht scheint morgen die Sonne.

Aus der Reitschule geplaudert

Tut sie nicht, sie hat offenbar nicht die Absicht kooperativ zu sein und mir den Anfang meines Experiments zu erleichtern. Die Welt ist grau in grau, die Wolken hängen tief, es regnet beharrlich vor sich hin. Na schön, wenn es denn so sein muß, finden wir uns damit ab.
Wie auch immer, geschlafen habe ich prima. Ich habe seit Wochen nicht so erstklassig geschlafen, tief und fest, in einem Rutsch weg. An dieser vielgepriesenen Luft von Bad Waldhofen muß wohl was dran sein. Die Welt ist auch keineswegs grau in grau, wie es mir zuerst vorkam, sie ist grau und grün, das sehe ich, wie ich den nun schon bekannten Weg zum Stall hinausfahre. Tiefgrün die Wälder, die Wiesen, die Bäume, das Laub, ein frisches regengetränktes

Grün, und man kann die Gesundheit, die von diesem nassen Regengrün an die Luft und von dort an meine Lungen abgegeben wird, direkt mit Händen greifen. Nö, tröste ich mich, Hitze und zuviel Sonne und trockene Luft ist gar nicht gut, aber von dieser feuchten Kühle hier wird man schön, bekommt eine Haut wie Samt und Seide und Atemwege wie neu geschaffen. Ich bin mal in Spanien gewesen und da war es heiß, heiß, heiß, da half auch das Meer nichts, man war träge und mißgestimmt, streitsüchtig – Gert war es, mit dem ich mich damals stritt –, konnte nicht schlafen und mochte nicht essen und man hatte nur ein Verlangen: wenn es doch mal richtig regnen würde.
Lorine blickte mir gespannt entgegen, sie sieht frisch und unternehmungslustig aus, keine Spur von Bangnis in dem fremden Stall.
»Gefällt's dir denn hier, mein Mädchen? Hast du auch gut geschlafen? Und ordentliches Frühstück bekommen?« Sie hat offenbar keine Klagen, beißt von dem Apfel, den ich ihr zur Begrüßung hinhalte, appetitlich ab. Sie macht das immer sehr manierlich; ich nehme den Apfel in die gewöbte Hand, dann beißt sie hinein, kaut, beißt nochmals, und dann nimmt sie den Rest. Sie ist niemals gierig, nur sehr genäschig. Geputzt ist sie auch schon, und wie ich in die Box gehe und ihr Bein hochhebe, sehe ich, daß auch ihre Hufe schön sauber und gefettet sind. Also soweit scheint alles hier zu klappen. Zwei kleine Jungen stecken ihre Nasen zur Box herein.
»Ist das Ihr Pferd? Mei, die ist aber schön. Wie heißt sie denn?«
»Ja, nicht wahr?« sage ich, stolz, daß man Lorine wieder einmal bewundert. »Lorine heißt sie.«

»Lorine!« Der eine, ein fester Blonder von vielleicht zwölf Jahren, nickt zustimmend, »das ist aber ein prima Name.«
»Reiten Sie jetzt?«
»Falls ich in die Bahn kann ...«
»Jetzt ist noch Stunde, ist aber gleich aus.«
Gut, schauen wir mal hinüber in die Bahn. Es ist Viertel vor zehn, da dürfte die Stunde bald zu Ende sein. Lorine steckt den Kopf zur Box heraus und schaut mir nach.
Das habe ich vergessen zu erwähnen: hübsche Boxen haben sie hier, das Gitter ist zur Stallgasse hin nicht hochgezogen, sondern etwa schulterhoch, pferdeschulterhoch, und so haben die Pferde ungehinderten Blick auf alles, was kommt, geht und geschieht und können auch ihre neugierigen Nasen 'rausstecken. Lorine macht das offensichtlich Spaß, zu Hause hat sie immer das Gitter vor dem Gesicht. Die Boxen sind groß und haben Selbsttränken, das sind kleine runde Schüsselchen mit einer Verschlußkapsel. Wenn die Pferde dagegen drücken, läuft Wasser in ihr Schüsselchen. Das erspart dem Pfleger das Eimerschleppen.
Übrigens sehe ich bis jetzt keinen Pfleger. Gestern habe ich auch keinen kennengelernt. Ob nur die Kinder die Pferde putzen?
In der Bahn galoppieren sie gerade. Das ist ein verwegenes Unternehmen auf so kleinem Raum. Die Pferde können nur einen sehr abgekürzten Galopp gehen, doch wenn es mehrere sind, wirkt es dennoch sehr stürmisch. An der Tête entdecke ich meine neue Bekannte von gestern: die blonde Angelika auf einer gutaussehenden schwarzen Stute, wohl die temperamentvolle Carmen. Angelika macht ihre Sache gut, sie hat einen sicheren und gleichzeitig festen Sitz, ist um korrekte Haltung bemüht und ihr Kindergesicht ist voll

gesammeltem Ernst. Ach ja, in dem Alter muß man Reiten lernen, da kennt man keine Angst, hat keine Bedenken, keine Vorstellungen von gebrochenen Knochen und längerem Verdienstausfall und hat dazu einen schmiegsamen jungen Körper, der sich jeder Bewegung des Pferdes anpaßt. Das hinwiederum lieben die Pferde und darum gehen sie unter Kindern so leicht und so gern. Herr Meisel hat mich gesehen, ruft: »Morgen!« zu mir herauf. Ich lächle ihm zu.
»Guten Morgen! Kann ich dann hinein?«
»In zehn Minuten.«
Gut. Heute sitzen nur zwei Leute auf der Tribüne – Tribüne ist lächerlich, es ist mehr eine große Loge – und sie sind, wie ich gleich mitkriege, die Eltern des kleinen Jungen, der an vierter Stelle reitet. Sie unterhalten sich halblaut darüber, wieviel der Junge doch hier in den drei Wochen gelernt hätte, mehr als in einem Jahr zu Hause.
»Der Betrieb ist eben nicht so groß«, sagt der Vater, »mehr individuell.«
»Der Schmidt ist aber auch ein ekelhafter Kerl. Vor ihm haben die Kinder Angst«, darauf die Mutter. »Und wenn sie Angst haben, verkrampfen sie sich und dadurch wird es nur noch schlechter. Er brüllt und brüllt und dann haut er die Pferde mit der Peitsche hinten drauf, daß sie einen Satz machen, und dann fallen die Kinder natürlich 'runter, und dann brüllt er wieder. Das ist doch nicht die richtige Art und Weise.«
Schmidt, so entnehme ich dem weiteren Gespräch, ist der Reitlehrer im heimischen Reitstall, und der Steppke da unten an vierter Stelle, der höchstens acht ist und seine Sache gut macht, war schon so weit, daß er nicht mehr zur Reitstunde gehen mochte, unter Tränen sich geweigert hat.

Und dabei liebt er die Pferde über alles und hat so viel Spaß am Reiten.
»Hoffentlich«, so höre ich noch, ehe ich mich wieder in den Stall begebe, »hat er hier ein wenig an Selbstbewußtsein zugenommen und läßt sich nicht wieder gleich einschüchtern.«
Ah ja – die Reitlehrer! Das ist ein unerschöpfliches Thema. Darüber könnte man Bände schreiben. Alle möglichen Typen sind da vertreten. Da gibt es die jungen forschen, die mit jedem Pferd fertig werden, manchmal auch brutal sind und denen oft das Einfühlungsvermögen für das Können und Wollen ihrer Schüler fehlt. Wer nur zur Freude reitet, zum Vergnügen oder aus sportlichen Gründen und nebenbei einen Beruf hat und arbeiten muß, noch andere Dinge in seinem Kopf bewegen muß als Sitz, Haltung und Lektionen und auch noch ein paar Kräfte für die Aufgaben, die der übrige Tag an ihn stellt, zurückbehalten möchte, der wird mit den jungen Herren niemals klarkommen.
Und dann gibt es die Verdiener, für die bestehen Reiter sowieso nur aus einem Portemonnaie. Möglichst Privatstunden und die möglichst teuer bezahlt und gute Trinkgelder noch dazu. Dann geruhen sie eventuell sich mit einem abzugeben. Und dann gibt es die Stars, die schon Turniere gewonnen haben und unausgesetzt für andere Turniere trainieren, von denen kann man sowieso mit seinen bescheidenen Künsten nur Verachtung ernten.
Und dann gibt es die Reste aus vergangen Zeiten, ehemalige Kavalleristen, meist großartige Reiter, aber im Stil einer vergangenen Zeit und sehr empfindlich und überhaupt nicht einverstanden mit dem Stil und Ton von heute, sie finden es unmöglich, daß man ohne Jacke und ohne Hut

reitet und auch mal die Schultern hängen läßt. Sie sind meist schon ein wenig steif geworden, aber die Pferde mögen sie eigentlich immer.
Dann gibt es die burschikosen – darunter findet man ulkigerweise auch viele Reitlehrerinnen – die reiten auf Deibel komm raus, daß die Funken stieben, flitzen durch alle Ecken und machen die tollsten Kunststückchen, und wenn man mit ihnen ausreitet, fetzen sie los und was aus der Abteilung hinter ihnen wird, ist ihnen ziemlich schnuppe.
Dann gibt es die Theoretiker, die stehen mitten in der Bahn und reden und reden und erklären einem zum hundertstenmal, warum das Knie so und die Ferse so und die Zügel auf jene Art gehalten werden müssen. Und so lange man das nicht begriffen habe, könne man sowieso nicht reiten.
Dann gibt es die liebenswürdigen, die sagen einem immer was Nettes und wenn man noch so erbärmlich auf dem Gaul hängt. Sie sagen: »Geht ja schon ausgezeichnet, gnä' Frau! Also heut ist der Sitz ganz hervorragend, nur immer weiter so.«
Das Gegenteil davon sind die groben, wohl so einer wie Herr Schmidt, von dem eben die Rede war, die brüllen und schreien bloß und haben ein unerschöpfliches Reservoir gräßlicher Ausdrücke, mit denen sie ihre Schüler überschütten.
Und die Charmeure nicht zu vergessen, für die sollten die Reitschüler nur aus Weiblichkeit bestehen und nur aus junger hübscher möglichst, eine Reitstunde ist ihnen hauptsächlich Anlaß zum Flirt und die Reitbahn um sie herum ist mit eroberten Mädchenherzen besät.
Na – und so weiter, es gibt der Typen noch mehr. Und es gibt auch, das sei abschließend nicht verschwiegen, ganz

großartige Burschen darunter. Reiter von gottbegnadetem Talent, mit Passion und Herz, und viel Verständnis für die Pferde *und* für jene armen Würstchen, die meinen, sie müßten unbedingt reiten lernen. So einer weiß ziemlich sofort, mit wem er es zu tun hat, wer da auf dem Pferd herumrutscht. Sie durchschauen die Angeber und erkennen das echte Talent. Sie geben einem immer die richten Pferde und finden immer den richtigen Ton. Sie machen einem Mut und geben einem Zuversicht und wenn man mal einen schlechten Tag hat oder einen Anfall von Feigheit, dann übersehen sie es großzügig, quälen einen nicht und warten auf das nächstemal. Nicht, daß sie einen immer mit Samthandschuhen anfassen, Gott bewahre, das wäre auch nicht richtig, da würde keiner reiten lernen, auch sie schreien mal, auch sie kennen ein paar deftige Ausdrücke, die nicht immer ganz für zartbesaitete Gemüter passen. Aber bei ihnen bleibt das im Rahmen und hindert einen nicht daran, nach der Stunde mit ihnen einen Schnaps zu trinken und zu reden – über Pferde natürlich, was sonst?

Ich hatte das Glück, längere Zeit so einen Reitlehrer zu haben. Er hat mich gar nicht sehr gequält mit Vorschriften und strengen Regeln. Er hat sich wohl gesagt: Eine Frau, nicht mehr ganz jung, ganz fesch und nicht dumm, bildet sich ein, sie muß reiten. Soll sie, Figur hat sie einigermaßen, Klassereiterin wird sie nicht mehr werden, bringen wir ihr das Nötigste bei. Und das tat er fast so nebenbei. Er wußte, daß mir hauptsächlich am Ausreiten gelegen war, an der Bewegung in frischer Luft und in der Natur, und so ritten wir viel zusammen aus. Er wußte auch, daß man mit mir einen langen und schnellen Galopp wagen konnte, daß ich irgendwie immer über die Runden kam, wenn er auch manchmal kopfschüttelnd meine Haltung bemängelte. »Wie du wieder auf dem Gaul hängst, schief und krumm, immer drehst du das Gesäß nach links. Möchte bloß wissen, warum. Sitz doch gerade!«

Er hatte recht. Mein Popo hat wirklich einen Linksdrall, ich weiß auch nicht, woher das kommt, muß wohl ein angeborener Fehler sein. Gott behüte, nicht etwa beim Gehen oder Stehen, damit niemand sich ein falsches Bild von mir macht. Aber beim Reiten eben und vor allem bei schnellem Tempo. Und was sagte mein lieber unvergessener Reitlehrer schließlich und endlich? »Na ja, ist eben dein persönlicher Stil. Kann man sich auch dran gewöhnen. Sieht ganz niedlich aus, dein Popo, wenn ich hinter dir reite.«

Ja, das machte er auch mit mir, da war ich noch ein ziemlicher Anfänger, ich mußte voran reiten und zwar in flottem Tempo, durfte nicht verzagt sein, wenn mein Pferd losspritzte, besonders heimzu, und ich mich manchmal lieber *hinter* dem Meister bewegt hätte.

Er riet mir, Lorine zu kaufen, und betreute uns beide, solange er noch lebte. Lorine liebte ihn sehr. Und als ich dann allein ausritt, nachdem ich stolzer Pferdebesitzer geworden war, war er immer ein wenig besorgt – was er zwar nie zugegeben hätte –, was ich aber daran merkte, daß er nie den Stall mittags verließ, ehe ich zurückgekehrt war. Und einmal, als ich lange ausblieb, kam er mir sogar ein Stück zu Fuß entgegen. Und ein anderes Mal, als ich draußen gestürzt war und Lorine, die Treulose, mich mitleidslos im Busch sitzen ließ, fern der Heimat, und allein nach Hause rannte, kam er mir, als ich mühselig zu Fuß angehinkt kam, mit Lorine entgegengeritten. Nicht daß ich die einzige gewesen wäre, die er so betreute, für die er sich verantwortlich fühlte in dieser umfassenden Weise. Alle seine Schüler, oder jedenfalls die, die bei ihm geblieben waren und die er ernst nehmen konnte als willige und ausdauernde Reitschüler, wurden von ihm so und nicht anders behandelt. Wen er nicht mochte, wer faul, feige oder dumm war oder eine gar zu große Klappe besaß, ohne entsprechendes Können aufzuweisen – ein Hauptübel reiterlicher Anfänger –, den schob er unmißverständlich ab. Es interessierte ihn auch nicht, wenn der Betreffende Geld hatte und viel zahlte. Das gar nicht. Reiten sollte er können oder wenigstens sich ernsthaft darum bemühen, es zu lernen, soweit seine Möglichkeiten es erlaubten, alles andere war unwichtig.

Das war also der ideale Reitlehrer. Leider lebt er nicht mehr. Und mir ist keiner mehr begegnet, der so ist wie er war.

Eins aber noch, um das Reitlehrerthema endlich abzuschließen, eins sei noch hinzugefügt: empfindlich sind sie alle. Mimosen! Man nehme keinem ein Pferd weg, das er einmal geritten hat. Man wechsle nie den Lehrer, man gehe nicht einmal zu diesem, ein andermal zu jenem in die Stunde. Das verzeihen sie nicht. Und man zweifle niemals an ihrer Kompetenz.

Auch wenn fünf Reitlehrer, mit denen man hintereinander zu tun hat, fünf verschiedene Meinungen haben über Sitz, Haltung, Bügellänge, Kopfhaltung, Kreuz, Schenkel, man widerspreche nie, man nehme jede neue Meinung fügsam nickend, zustimmend und ergeben hin. Der jeweilige Reitlehrer hat immer recht. Denn in seinem Bereich ist er ein Gott. Und man darf keine anderen Götter haben neben ihm.

Basta!

Zurück nach Bad Waldhofen. Zurück in den Stall zu Lorine. Und Begegnung mit Friedrich.

Oh!

Ein neues Kapitel wäre fällig, nicht kürzer als das, was den Reitlehrer betraf – ein Kapitel über Pferdepfleger.

Pferdepfleger kommen gleich nach dem Gott, dem Reitlehrer. Oder vielleicht – wenn man ein eigenes Pferd besitzt – sogar noch vorher. Zumindest daneben. Auf Gedeih und Verderb ist das Pferd seinem Pfleger ausgeliefert. Und der Reiter, der ja sein Pferd mehr liebt als sich selbst, ist es natürlich erst recht.

Sagte ich ein Reitlehrer sei eine Mimose? Nun, ein Pferdepfleger ist ein rohes Ei. Er ist der wichtigste Mann in eines Reiters Leben. Er muß gehegt, gepflegt, verstanden und liebevollst behandelt werden. Vorausgesetzt er ist es wert. Hat man einen schlechten Pferdepfleger für sein Pferd, so ist man vom Schicksal geschlagen. Man kann keine Nacht ruhig schlafen, man kommt in den Stall, ist überrascht, daß das Pferd noch lebt, betrachtet es besorgt von allen Seiten, betastet es, ergründet seine Stimmung, und sieht man dann, der Pfleger ist wieder besoffen, oder überhaupt nicht da, oder hat Krach mit seiner Frau, oder ist schlecht gelaunt oder mit einem blauen Auge ausgestattet von einer nächtlichen Rauferei, dann schwört man sich, den Stall, und wenn es sein muß, die Stadt zu wechseln, um endlich dem geliebten Tier ein menschenwürdiges Dasein zu verschaffen.

Nun ist das aber alles nicht gar so furchtbar einfach, wie es sich hier hinschreibt. Denn: Es gibt Pfleger, die sind gelegentlich besoffen oder verprügeln ihre Frau oder kommen mit einem blauen Auge heim oder sind hauptberuflich schlechter Laune und dennoch sind sie gute Pfleger, und die

Pferde fühlen sich wohl bei ihnen. Immer dann, wenn der Mann die Pferde liebt, wenn er seine schlechte Laune nicht an ihnen, nur an dem Reiter, der ihn zahlt, ausläßt, die Prügel nur die Frau und nicht das Pferd bekommt. Und wenn sie zwar selber einen dreckigen Hals haben, aber die ihnen anvertrauten Pferde striegeln und putzen, bis sie glänzen. Das gibt es alles. Schlecht sind bloß die, die nicht oder nicht regelmäßig da sind, schlecht sind die, die oft ihre Stellung wechseln, die nicht pünktlich füttern und tränken, die die Pferde grob behandeln. Vor ihnen fliehe man, dem Pferd und der eigenen Seelenruhe zuliebe.

Ich nun wieder – unberufen, toi, toi, toi – bin auch hier vom Schicksal begünstigt. Manchmal glaube ich fast, ich muß doch unter einem ganz guten Stern geboren sein. Denn mein Pferdepfleger, à la bonheur, ist ein Juwel unter den Pferdepflegern dieser Erde. Er *ist* manchmal schlecht gelaunt, und man muß ihn behandeln nicht wie *ein* Ei, nein, wie einen ganzen Korb voll roher Eier. Aber er ist nie besoffen, er trinkt überhaupt nicht, seine Frau behandelt er fast so gut wie die Pferde, er geht zeitig schlafen und ist früh um fünf im Stall. Er putzt und füttert und tränkt die Pferde mit preußischer Pünktlichkeit und Akkuratesse. Er wirft jeden aus dem Stall heraus, der nichts darin zu suchen hat. In seinem Stall herrscht Ruhe und Frieden, und die Pferde benehmen sich entsprechend, sie sind ebenfalls ruhig und friedlich und zufrieden. Der Stall ist sauber wie Großmutters gute Stube. Die Pferde stehen bis zum Bauch im Stroh, nie sind ihre Hufe faul, ihre Augen trüb, ihr Fell stumpf. Und wenn sie krank sind oder ein lahmes Bein haben, behandelt er sie wie eine Mutter ihr einziges Kind.

Er ist außerdem ein Gentleman. Er ist der ruhende Pol in

meinem Dasein, und wenn es je einen Mann in meinem Leben gegeben hat, der mir Seelenfrieden verschaffen konnte, dann ist er es. Soweit es mein Dasein als Reiter betrifft. Für andere Dinge kann ich ihn schwerlich verantwortlich machen. Übrigens hat er es sehr mißbilligt, daß ich mit Lorine verreist bin. Er entläßt nicht gern ein Pferd aus seiner Obhut, das ihm anvertraut ist. Er ist fest davon überzeugt, daß es woanders auf jeden Fall viel schlechter ist als in seinem Stall. Und damit hat er natürlich recht.

Erster Waldhofener Versuch

Um nun endlich und endgültig nach Bad Waldhofen und in Herrn Meisels Stall zurückzukehren, fange ich lieber ein neues Kapitel an. Denn wenn ich weiterhin die Erfahrungen aus meinem Reiterleben auspacke, und es sind deren viele – es wäre noch zu erzählen über Chefs von Reitschulen und vor allem natürlich von Reitern und Reiterinnen, mit denen man so geschlagen ist –, dann komme ich nie zur Sache.

Hier und heute also, 25. August, vormittags fünf Minuten vor zehn, zurück in den Stall: Lorine schaut mir entgegen, gespannt noch immer: Was ist nun los? Was passiert nun?

In der Stallgasse ist nun ein Pferd angebunden, ein Schimmel, und wird geputzt von einem älteren Mann; die zwei Buben stehen immer noch herum.

»Guten Morgen!« sage ich und lächele strahlend, denn Pferdepfleger – siehe oben.

Ein Brummen antwortet mir.
»Sie sind der Pfleger hier?«
»Mmmm.«
»Ich heiße Marvin.«
»Mmmm.«
Ein Junge: »Er heißt Friedrich.«
»Ah, Friedrich. Das ist mein Pferd hier. Sie ist gestern gekommen und heißt Lorine.«
»Weiß ich.«
»Sie haben sie sehr schön geputzt, wie ich gesehen habe.«
»Mmmmmm.«
Ich ziehe einen Zehnmarkschein aus der Hosentasche und halte ihn vorsichtig in seine Nähe. »Darf ich Ihnen das geben? Zum Einstand.«
Ein schräger Blick auf den Geldschein, er striegelt weiter an seinem Schimmel; ich stehe da, das Geld in der Hand, rücke ihm meine Hand noch ein bißchen näher, noch ein Blick von ihm, er striegelt, dann kommt seine Hand lässig, nimmt den Schein, steckt ihn ein.
Ich atme erleichtert auf. Wie glücklich kann man sein, wenn man sein Geld los wird.
»Zum Ausreiten ist es ja leider heute nicht. Es regnet immer noch.«
»Mmmmm.«
»Herr Meisel hat gesagt, ich könnte jetzt um zehn in die Bahn.«
»Mmmmmmm?«
»Doch, hat er gesagt. Gestern und eben auch.«
»So.«
»Wo – wo ist denn mein Sattelzeug?«
Eine Kopfbewegung über die Schulter. »Draußen.«

Die Buben sind entgegenkommender. »Ich zeig' es Ihnen«, ruft der eine, »ich hole Ihnen Ihren Sattel.«
Jetzt richtet sich Friedrich erstmals zu voller Größe auf, blickt die beiden streng an. »Nichts. Das mach' ich.«
Anscheinend hat er die Absicht, Lorine zu satteln. Nicht daß ich es nicht könnte. Ich kann es. Jawohl. Aber ich habe zu Hause wenig Gelegenheit, mich zu üben. Mein Pferdepfleger macht es auch lieber selber, er traut mir da nicht. Außerdem betrachtet er es zu seinen Aufgaben gehörend, daß das Pferd gesattelt und gezäumt bereitsteht, wenn der Reiter kommt. Und wehe, man kommt nicht pünktlich zu der angegebenen Stunde. Also wie gesagt, ich kann es. Obwohl Lorine bei mir ganz gern ein paar Mätzchen macht. Den Kopf hochreckt, den Mund nicht aufmacht, so als wenn sie mich veralbern will. Kannst du ja doch nicht, ätsch, Frauchen!
Friedrich legt bedächtig den Striegel hin, und zum erstenmal schaut er mich ein wenig an. Kühle graue Augen betrachten mich kurz, aber abschätzend. Ich lächle.
Er dreht sich um, geht und kommt gleich darauf mit dem Sattel und dem Zaumzeug zurück.
Ich bin ein wenig gespannt, was Lorine machen wird. Gar nichts macht sie. Sie läßt sich willig die Trense ins Maul schieben, als kenne sie diesen Herrn seit Jahren. Frauenzimmer!
»Danke«, sage ich, als Friedrich fertig ist.
Keine Antwort. Er greift wieder nach dem Striegel. Dann kommen die Pferde aus der Bahn zurück, und ich warte so lange, bis alle im Stall sind.
Übrigens ist der Goldfuchs neben Lorine nicht da. Er war auch nicht in der Bahn. Also wohl ausgeritten, trotz des

Regens. Nun aber los. Ich nehme die Handschuhe und die Gerte und trotte mit Lorine zum Stall hinaus, über den Hof und in die kleine Bahn. Im Moment ist sie ganz leer. Gott sei Dank! Lorine steht, schaut sich um, ihre Haltung ist gespannt.

»Also das ist nun eine andere Bahn, siehst du ja. Bißchen klein. Wir wollen uns nur ein wenig bewegen. Sobald das Wetter besser ist, reiten wir ja sowieso nur draußen. Und bitte, mach kein Theater.«

Das wäre schön. Aber nun ist es endgültig zu viel für sie.

Die Reise, der fremde Stall, die fremden Leute, das langt ja wohl, scheint sie zu denken. Auch noch eine fremde Bahn, – das geht zu weit.

Sie läßt mich zwar aufsitzen, aber sie fängt sofort an zu tänzeln, Ohren hoch, Ohren 'runter, Prusten.

»Lorine! Kein Grund, Angst zu haben, niemand tut dir was. Bitte, sei vernünftig.«

Und zu mir selber sag' ich: Sei energisch. Ein Pferd, das Theater macht – immer vorwärts treiben. Ich lege also die Schenkel an, drücke sie an die Bande. Sie geht stockernd, mit hohen Absätzen gewissermaßen, alles an ihr vibriert. Ich klopfe ihren Hals, streiche über die Mähne, rede mit ihr, eine Runde tänzelnden Schritt, dann Trab. Sie trabt an, ich lasse ihr Luft, soll sie sich erst mal beruhigen. Es geht einigermaßen, auch wenn sie auf jeden Laut von draußen lauscht. Irgendwo tuckert ein Traktor. Hoffentlich kommt er nicht näher. Zwei Runden Trab, dritte Runde Trab. Sie geht etwas gelöster, schnaubt mehrmals vor sich hin, schnorchelt ein bißchen durch die Nase. Aber da – – da fällt es irgendeinem Idioten ein, die Tür zu öffnen, die auf das kleine Tribünchen führt, und das Tribünchen zu betreten. Gar nichts Besonderes, könnte man meinen. Lorine meint es nicht. Die Tür, die Schritte auf dem Holzboden, die Gestalt da oben, sie quittiert das mit einem riesigen Satz, der durch die halbe Bahn führt – ein Wunder, daß ich oben bleibe.

Ich werfe einen wütenden Blick zu der Stuhlreihe hinauf, die zwei Buben sind es. »Macht doch nicht *so* einen Lärm«, rufe ich gereizt. – Sie haben gar keinen Lärm gemacht. Sie setzen sich eingeschüchtert hin und mucksen nicht mehr.

Ich beruhige Lorine, bringe sie wieder an die Bande, trabe wieder an. Sie tut es schnorchelnd und angespannt; wenn wir an die kurze Seite kommen, wo das Tribünchen ist, macht sie jedesmal einen Ausweicher auf die Mitte der Bahn zu und schielt angstvoll dahin. Nach der vierten, fünften Runde hat sie sich ein bißchen dran gewöhnt, daß da jemand ist. Die Kinder sind sehr artig. Sie rühren sich nicht, geben keinen Laut von sich, lassen keinen Blick von Lorine. Ich pariere sie zum Schritt durch, klopfe ihren Hals, eine Runde Schritt, wieder antraben, wechseln durch die Bahn, weitertraben.

Da geht die verfluchte Tür wieder auf. Und natürlich wieder ein Satz, aber etwas bescheidener als der erste. Es ist Angelika. Sie setzt sich zu den Buben und schaut auch zu. Soll ich einen kleinen Galopp versuchen? Lieber nicht, sie ist noch zu nervös. Ruhig weitertraben, Runde um Runde, mal einen kleinen Zirkel dazwischen, da beruhigt sie sich am ehesten.

Wieder die Tür. Diesmal macht sie ihren Satz nur noch pro forma. Und ich gebe ihr einen Ruck im Maul. »Laß das. Gewöhn dich endlich dran.«

Sie dreht mir ärgerlich die Ohren zu, trabt weiter.

Diesmal ist Herr Meisel da oben eingetroffen. Er muß das neue Pferd gehen sehen. Ich nehme die Schultern zurück und spanne das Kreuz an, drücke die Absätze 'runter, damit er nicht denkt, ich kann gar nichts. Lorine geht jetzt ganz gut. Ich sitze aus, versuche sie ein wenig zu versammeln. Aber jetzt auf einmal, ein lautes Gedonner ganz in der Nähe, Lorine steigt entsetzt, macht kehrt, rast durch die Bahn, kommt mir für Sekunden aus der Hand. Dann steht sie zitternd. Ich schwitze. Draußen poltert und rattert ein Traktor vorbei, ganz nahe, das muß der Feldweg sein, der an dem Gebäude der Reitbahn entlangführt.

»Um Gottes willen!« rufe ich.

Herr Meisel lacht. »Daran müssen Sie sich gewöhnen. Die treffen Sie draußen auch. Aber nach ein paar Tagen hört sie da gar nicht mehr hin.«

Der hat eine Ahnung von Lorine! An Traktoren hatte ich natürlich nicht gedacht, als ich mich zu einer Reise aufs Land mit Pferd entschloß. Das hat mir kein Mensch gesagt.

Ich setze Lorine wieder in Bewegung, aber jetzt ist sie endgültig aufgeregt, sie wehrt sich gegen die Hand, sie bockt. Das paßt ihr hier nicht, das ist eine gefährliche Gegend.

»Nur vorwärts!« ruft Herr Meisel mir zu.

Ach verflucht, das weiß ich selber. Ich nehme die Absätze zu Hilfe, Lorine macht ein paar kurze hopsende Galoppsprünge, ich reiße sie, dann trabt sie endlich wieder. Ich bin jetzt energisch, so richtig mit Kreuz und Schenkeln, sie kommt langsam mit dem Kopf herunter, fängt an zu kauen. Na also. Wird schon wieder.

Und dann gehen die beiden Flügel auf, die nach draußen führen, ein anderes Pferd kommt herein. Ein Mann führt den Schimmel herein, der vorhin geputzt wurde, sagt freundlich: »Grüß Gott!«, stellt sich in der Mitte auf und besteigt das Roß.

Lorine ist fasziniert. Ein anderes Pferd! Einerseits sehr schön, denkt sie sich. Aber muß es ein Schimmel sein? Sie mag Schimmel nicht besonders. Ich weiß auch nicht, warum. Vielleicht, weil sie selber ganz dunkel ist. Tief schwarzbraun ohne jedes Abzeichen. Möglicherweise findet sie Schimmel unseriös.

Der Schimmel reitet an, sie gehen Schritt, sie traben, sie haben Abstand von uns, sind immer entgegengesetzt, sie stören uns nicht im geringsten, wir haben Platz genug, aber Lorine ist ein für allemal irritiert. Sie schielt pausenlos zu dem Schimmel hin, von Versammlung kann keine Rede mehr sein, ich reite sie halt recht und schlecht Runde für Runde um die Bahn. Herr Meisel verschwindet wieder, er hat offenbar genug gesehen, sein Respekt vor mir dürfte gleich Null sein. Denn so ist das nun mal: Es nützt mir gar nichts, daß ich eine gutgewachsene langbeinige Blondine mit graugrünen Augen bin und soweit ganz ansehnlich. Hier zählt jetzt nur, was ich als Reiter wert bin. Nun will ich mich nicht schlechter machen, als ich bin. Ein gar so schlechter Reiter bin ich nicht. Ich habe Lorine jetzt fast zwei Jahre lang, wir haben manchen Kampf miteinander ausgefochten, aber wir haben uns oft und viel mehr wunderbar vertragen und haben schon ganz gute Figur zusammen gemacht. Sie geht im allgemeinen leicht und willig, geht immer vorwärts und ist immer voll Schwung. Wir haben herrliche Ausritte gemacht mit langen schönen Galoppaden, wir sind gesprungen, nicht sehr hoch, aber immerhin, wir können ein paar kleine leichte Dressuraufgaben.

Aber immer und ewig wird sie bleiben, wie sie ist: nervös, empfindlich, leicht hysterisch und voller Angst vor allem, was sie nicht kennt. Ein Vollblüter eben. Schlank, schmal gebaut, mit zierlichen Fesseln und hohen trockenen Beinen, einem kleinen apparten Kopf und großen feurigen Augen.
Nach einer halben Stunde habe ich genug. Zumal ein zweites Pferd in der Bahn erscheint. Herr Meisel kommt mit einer braunen Stute. Ich steige ab, führe Lorine aus der Bahn. Halbe Stunde ist natürlich zu wenig, zumal sie gestern nicht gegangen ist. Aber im Moment sind meine Reserven verbraucht. Vielleicht kann ich sie morgen longieren, ehe ich sie reite. Mal sehen, das muß sich alles erst einspielen.
Angelika ist mir nachgekommen.
»Die ist nicht einfach, nicht?«
»Es ist die fremde Umgebung, sie ist da sehr sensibel. Wenn sie sich daran gewöhnt hat, wird es besser gehen.«
»Aber schön ist sie!« sagt Angelika anerkennend und streichelt Lorines Hals. »So schön. Grad wenn sie aufgeregt ist.«
»Sicher. Wenn man nicht oben sitzt, ist es sehr schön.«
Wir lachen beide und bringen Lorine in den Stall. Sie geht brav und ruhig mit, macht eine sanfte Miene dazu, ist das liebste und beste Pferd der Welt. Als ich ihr die Trense abgestreift habe, reibt sie ihre Nase an meiner Schulter und senkt sie dann zu meiner Hosentasche. Da ist der Zucker drin. Ein liebes, sanftes, zärtliches Pferd, das keiner heftigen Bewegung fähig ist. Ach Gott, der du die Pferdeseelen erschaffen hast, was hast du da alles zusammengemixt!
Sie kriegt ihren Zucker, sie kriegt ihre Rüben, der Braune nebenan bekommt auch was, der Fuchs ist immer noch nicht

da; ich verabschiede mich von Angelika und Friedrich und gehe hinaus zu meinem Wagen.
Sich an, es hat aufgehört zu regnen. Zwar hängen die Wolken noch sehr tief, und möglicherweise fängt es gleich wieder an, aber just im Moment regnet es nicht. Der Boden ist natürlich mehr als naß. Ich blicke hinaus ins Gelände, über die Wiesen und Felder, hinüber zum nächsten Waldrand. Der Boden muß ein einziger Glitsch sein, da kann kein Mensch reiten. Doch – da ist einer, der kann offenbar. Auf dem Feldweg, der geradezu auf den Stall zu führt, kommt ein Pferd getrabt. Ruhiger ausgeglichener Trab. Etwa zweihundert Meter vor dem Stallgelände wechselt er zum Schritt. Es ist der Goldfuchs Timotheus, Lorines Nachbar.
Ich setze mich in den Wagen, fahre aber noch nicht ab, sondern warte, bis Goldfuchs und Reiter heran sind. Der Reiter ist ein Mann, der in tadelloser aufrechter und zugleich lockerer Haltung auf seinem Pferd sitzt, er trägt einen verbeulten Wetterhut und einen langen Reitregenmantel. Das goldene Fell des Pferdes ist dunkel von Nässe, aber er sieht sehr zufrieden aus, dieser Timotheus. Und der Reiter auch. Sie kommen dicht an mir vorbei, wie sie in den Hof reiten, das Pferd geht am langen Zügel mit ausgreifendem Schritt. Der Mann hat ein gutgeschnittenes schmales Gesicht, sonnenbraun und frisch. Er streift mich mit keinem Blick. Vielleicht hat er mich auch nicht gesehen. Er steigt vom Pferd, klopft dem Fuchs den Hals, führt ihn in den Stall.
Ich fahre ab, zurück nach Waldhofen. Sehr bedeutend war meine Reiterei heute nicht. Aber schließlich ist es der erste Tag.
Im Hotel bedaure ich wieder, kein Bad zu haben. Ich bin

gewöhnt, täglich zu baden. Aber morgen bekomme ich mein Zimmer bestimmt, hat man mir versichert.
Übrigens sind sie sehr nett in diesem Hotel. Damals, als ich hier eine Bleibe suchte und schließlich nur ein paar Stunden im Ort war, wußte ich natürlich nicht, wo ich am günstigsten unterkommen könnte. Es gibt in Bad Waldhofen jede Menge Kurheime und Sanatorien, es gibt zwei bis drei große, sicher recht feudale Kurhotels und eine unübersehbare Anzahl von Pensionen, Fremdenheimen und natürlich Privatquartieren. Letzteres scheidet alles aus, in zu engem Raum werde ich nervös. Am liebsten wohne ich in großen komfortablen Hotels. Aber wie sich herausstellte, vermieten diese Hotels nur mit voller Pension *und* mit der Verpflichtung für den Gast: zu kuren. Warum weiß ich auch nicht. Schließlich kann man doch einen ruhigen Urlaub verbringen, sich an Luft und Landschaft erfreuen, ohne sich mit Wasser zu begießen und sich von Kopf bis Fuß mit irgend etwas Feuchtem einwickeln zu lassen.
Ich glaube, ich erwähnte schon einmal, ich bin gegen alle Diktatur allergisch. Sicher, die meisten Leute, die hier sind, wahrscheinlich alle Leute, kommen, um die Kur zu gebrauchen. Sollen sie ja auch, dazu sind Kurbäder schließlich da.
Es ist auch nicht gesagt, daß ich nicht bei längerem Hiersein vielleicht mal die eine oder andere Kuranwendung versucht hätte. So habe ich mir das jedenfalls vorgestellt. Man nimmt einmal ein bestimmtes Bad oder eine Massage, wenn es einen danach gelüstet.
Aber gerade das geht nicht, das hatte man mir bei jenem Besuch deutlich klargemacht. Man kommt an, man geht zum Arzt, die großen Hotels haben alle einen bestimmten Doktor, und der verschreibt einem dann, was man zu tun

hat. Ich habe den Kurmittelprosepkt studiert, also es ist imponierend, was da alles geboten wird. Und alles hat mit nassem Wasser zu tun. Und diese Berieselungen finden größtenteils am frühen Morgen und am Vormittag statt.

Als ich das gehört hatte und mir beim Mittagessen meine Gedanken darüber machte, kam ich zu dem Ergebnis, daß dies für mich nicht tragbar war. Am frühen Morgen wollte ich schlafen, am Vormittag wollte ich reiten. Die Kur, Lorine und ich, das paßte einfach nicht unter einen Hut.

Was also tun? Ich hatte noch nie in meinem Leben meinen Urlaub in einem Kurbad verbracht und war entsprechend unerfahren. Flüchtig hatte ich daran gedacht, den ganzen Plan aufzugeben, jedenfalls, soweit es Bad Waldhofen betraf, und lieber mit Lorine anderswohin zu fahren. Aber mir hatte der Stall so gut gefallen, die Gegend auch, und so begab ich mich nach dem Mittagessen weiterhin auf Quartiersuche. Kurheime und Sanatorien kamen aus oben erwähnten Gründen nicht in Frage. Kleine Pensionen und ähnliches mag ich nicht. Und die großen Hotels, auf die ich gehofft hatte, gebärdeten sich nicht anders wie die ausgesprochenen Kurheime. Außerdem hasse ich von Herzen die sogenannte volle Pension. Ich hatte das einige Male auf Reisen mit Gert erlebt, aber da waren wir zu zweit, konnten unsere Glossen machen und wenn es uns nicht paßte, einfach woanders zum Essen gehen. Was wir auch oft taten – wir fuhren irgendwohin, speisten unterwegs, gingen abends aus, blieben auch mal über Mittag im Bett, falls uns danach war, und überließen unseren Tisch im Speisesaal sich selbst. Da wir beide großzügige, ja verschwenderische Menschen sind, bekümmerte es uns nicht weiter, daß wir für etwas bezahlen mußten, was wir nicht erhielten.

Die Vorstellung nun, allein mittags und abends am selben Platz sitzen und essen zu müssen, was man mir vorsetzte, war mir lästig.

Als ich schließlich die Hoffnung schon aufgegeben hatte, in Bad Waldhofen zu finden, was mir paßte, kam ich zu einem nur mittelgroßen, aber modernen Hotel, das sich von einer großzügigen Seite zeigte. Nein, volle Pension brauche ich nicht zu nehmen, ich könne essen, was ich wolle, und Kuranwendungen hätten sie sowieso nicht im Hause. Da die Zimmer modern, gut eingerichtet und nicht zu klein waren, entschloß ich mich, dort zu mieten. Dazu kam noch, daß einige Zimmer mit schönem Bad ausgestattet waren. Erst hieß es, es sei nichts frei, aber dann nach längerem Hin und Her und ausführlichem Studium eines komplizierten Zimmerplanes teilte man mir mit, es ließe sich doch machen. Ich wurde dem Zimmerplan einverleibt, und hier bin ich nun, zwar noch nicht im richtigen Zimmer, aber im Hause.

Zu essen bekomme ich hier recht gut. Das habe ich am Abend zuvor schon festgestellt und diesen Mittag auch. Es ist zwar recht voll im Restaurant, denn hier essen nicht nur Hotelgäste, sondern auch Passanten, aber bis ich umgezogen bin und hinunter gehe, finde ich einen Platz, bestelle Bier, Steinhäger und ein Menü mit Suppe und Ochsenfleisch mit Meerrettichsauce. Das Ochsenfleisch ist ein bißchen zäh, die Sauce schmeckt ausgezeichnet.

Ich bin nicht allein am Tisch, zwei unternehmungslustige mittelalterliche Herren sitzen da, die mich wohlgefällig mustern und mir guten Appetit wünschen. Sie reden von Geschäften; der eine hat mit Autos zu tun, der andere irgendwie was mit Maschinen, sie sind soweit einig über die Wirtschaftslage und die unmöglichen Ansprüche der Gewerkschaften, sie sind sich auch einig über eine gewisse kleine blonde Maus. Dann erzählt der eine von seinem Sohn, der leider sitzengeblieben ist, das bringt sie auf die heutige Jugend und von dort zu den Miniröcken, gegen die sie nichts einzuwenden haben, wenn die Beine entsprechend sind. »Meiner Frau habe ich allerdings gleich den Marsch geblasen, als sie ihre Röcke zu kurz machte«, sagt der kleinere Dicke und bläst sich auf dabei. »Mama, habe ich gesagt, das ist nur was für die Jungen, du machst dich lächerlich.« Der andere nickt, verkündet aber nicht ohne Stolz, daß *seine* Frau eigentlich sehr schöne Beine hätte, auch heute noch, »sonst hätte ich sie nämlich gar nicht geheiratet, wissen Sie. Beine sind für mich wichtig, ist ein Zeichen von Rasse, wenn eine Frau Beine hat.« Der andere nickt nun einerseits, blickt ein wenig betrübt, die Beine seiner Frau sind wohl nicht ganz so rassig. »Das Fahrgestell, wissen Sie«, sagt der erste wieder, »das Fahrgestell ist wichtig. Nichts gegen einen guten Charakter. Guter Charakter macht sich gut bei einer Frau, anständig und so, aber das Fahrgestell darf man nicht außer acht lassen. Ich hatte mal eine, die war ein Aas, Donnerwetter, was für ein Aas war die. Aber gewachsen wie eine Göttin. Da kann man über einiges hinwegsehen. Oder finden Sie nicht auch?«

Doch, der andere findet das auch; und dann sehen sie beide mich an, denn ich grinse ein bißchen. Ach Gott, man kennt ja diese Männer, was sind sie für dumme Kinder, so berechenbar und im Grunde alle gleich.

»Ist es nicht so, gnädige Frau?« sagte der Kühnere und Größere und wirft einen Don-Juan-Blick auf mich.

»Was?« frage ich.

»Na ja, was ich eben sagte.«

»Oh, Entschuldigung, ich habe nicht zugehört. Haben Sie etwas zu mir gesagt?«

Sein kühner Blick flackert, erlischt. Pute, denkt er sicherlich. Tu nur nicht so, du hast genau aufgepaßt.

Ich kaue mit ernstem Blick auf meinem Ochsenfleisch herum. Ich bin ein Flirter, weiß Gott, ein großer Flirter – wenn ich will. Aber so zwei spießige Ehemänner auf Urlaub interessieren mich nicht sonderlich. Der eine zu dick, der andere zu wichtig, nee, danke. Meine Männer waren immer Klasse, und dabei soll es bleiben. Ich bestelle noch einen Steinhäger, das trägt mir anerkennende Blicke ein; der kleine Dicke seufzt sogar neidisch und versucht es seinerseits.

»Sie sind tüchtig. So was hat mir der Arzt verboten.«

»Verboten? Warum? Ein klarer Schnaps ist sehr gesund. Überhaupt nach dem Essen. Und vor dem Essen auch.«

Er strahlt mich dankbar an, hat sichtlich Auftrieb gewonnen. *Er* hat keine Abfuhr gekriegt wie der Genosse.

»Ja, nicht wahr? Sage ich auch immer. Aber wie gesagt: Es ist verboten.«

»Halten Sie sich immer an alle Verbote?« Und dazu ein Blick, ein wenig verrucht, Stufe eins. Für ihn hat das gelangt, er stößt das Kinn vor, seine Augen kullern.

»Nein. Eigentlich nicht.«

Ein Lächeln von mir, direkt an seine Adresse. Darauf, als die Bedienung kommt, bestellt er einen doppelten Steinhäger.

Der andere schüttelt mißbilligend den Kopf. »Aber! Aber! Sie sollen doch nicht.«

»Ach was, einmal ist keinmal, die Kur muß das verkraften. Wäre traurig, wenn sie das nicht einmal schaffte.«

»Ich denke, Sie wollten abnehmen«, der andere nun, ausgesprochen gehässig, fast wie eine Frau im ähnlich gelagerten Fall.

Der Doppelte kommt, der Dicke hebt sein Glas mir zu: »Auf Ihr Wohl, gnädige Frau!«

»Danke«, sage ich süß.

Dann zahle ich, erhebe mich, ein Kopfnicken, ein zurückhaltendes Lächeln. Ich gehe. Sie sehen mir nach, das weiß ich. Mein Fahrgestell können sie leider nicht beurteilen, ich trage lange Hosen. Immerhin können sie noch ein bißchen über mich reden, nach den Autos, den Maschinen, der Wirtschaftslage und dem sitzengebliebenen Sohn eine kleine Abwechselung.

Ich liebe Männer. Die meisten allerdings nur auf die Entfernung. Aber sie machen das Dasein so einfach.

Zweiter Versuch

Ich bin schon wieder müde, möchte nur wissen, wovon.

Mit einer Zeitung, die ich gekauft habe, lege ich mich ein bißchen aufs Bett, um zwei Stunden später aufzuwachen. Kaum zu glauben. So was von Schlafen kenne ich überhaupt nicht. Ob sie mir vielleicht einen Kaffee heraufschicken?

Doch. Das tun sie. Ich telefoniere, und zehn Minuten später steht ein Kännchen Kaffee auf meinem Nachttisch, von einem freundlichen Mädchen gebracht. Soweit klappt es hier ganz gut. Ich trinke Kaffee und lese endlich meine Zeitung zu Ende. Halb fünf, was nun?

Anziehen, bißchen durch den Ort spazieren. Kurpromenade 'rauf, Kurpromenade 'runter, Schaufenster angucken, Leute beobachten. Aber kaum damit angefangen, überlege ich es mir anders. Es regnet nicht mehr, es ist kühl und windig, immer noch grau am Himmel, aber doch nicht richtig grau, hier und dort sieht man blaue Fleckchen, und ein- oder zweimal blitzt sogar so etwas Ähnliches wie Sonne durch.

Also – warum nicht in den Stall, Lorine herausholen und einen ganz kleinen Ausreiteversuch machen. Mal gucken, wie das geht. Sie ist sowieso heute zu wenig gegangen.

Zurück ins Hotel, Reitdreß angezogen, Wagen aus dem Hof geholt, halb sechs bin ich im Stall.

Lorine findet es schön, daß Besuch kommt. Sie möchte ein wenig schmusen und unterhalten sein.

»Gut, gut, mein Schatz, das machen wir, aber ein bißchen wirst du mit mir spazierengehen. Du warst heute frech genug.«

Im Stall ist es still. Herr Meisel hat Stunde in der Bahn, Friedrich ist nicht zu sehen. Nun, ich weiß jetzt, wo mein Sattelzeug hängt, ich mache es selber. Lorine läßt sich erstaunlich willig aufsatteln. Ich führe sie aus dem Stall, sitze auf im Hof. Noch ein bißchen mehr Blau am Himmel, und im Westen über dem Hügelkamm steht richtig die Sonne. Ein wunderschöner Abend heute abend. Es macht mir Spaß. Lorine auch. Sie hebt die Nase witternd in die Luft, bläst die Nüstern auf.

»Also, daß wir uns recht verstehen. Kein Theater, keine Menkenke. Wir gehen da 'rüber zum Waldrand, schauen uns dort mal um, und du bist ganz brav. Verstehst du mich! *Ganz brav!*«

Lorine versteht. Brav ist ein Wort, das sie gut kennt.
Im flotten Schritt reiten wir vom Hof, zum Tor hinaus, den Feldweg entlang, der nach Norden führt. Der Weg ist immer noch naß, große Pfützen stehen in den Furchen, Lorine vermeidet sie elegant, tritt vorsichtig darum herum. Sie geht nicht gern durch den Dreck. Aber sie findet es herrlich hinauszukommen. Sie prustet durch die Nase, schaut sich neugierig um. Weit und breit ist keine Menschenseele zu sehen, auch kein Traktor, nichts; es ist still und friedlich, und so kommen wir, immer noch im Schritt, bis zum Wald.
Der Wald ist kein Wald, nur ein Wäldchen. Der Weg führt wenige Meter durch, tritt dann ins Freie, und hinter dem Wäldchen ist die weite Welt. Eine weite ebene Fläche, Felder, auf denen noch hoch das Getreide steht, Wiesen dazwischen, weit im Westen der Hügelkamm, über dem die Sonne steht, weit im Osten ein großer Wald; und über uns der Himmel ist plötzlich rundherum blau. Ach, wie schön dieser Abend ist! »Komm, mein Mädchen, traben wir ein Stück.«
Der Feldweg ist hier grasbewachsen, das Gras ist naß, aber Lorine tritt sicher, wir traben in flottem Tempo voran, immer voran, schnurgerade voran, Lorine wird schneller, sie schnaubt, sie saugt die Luft ein, sie schnaubt wieder, sie ist ganz entzückt, und ich bin es auch. Geht ja wunderbar.
Ach, der Teufel hole diese dumpfen engen Reitbahnen, nur draußen, nur in der Natur, nur unter dem hohen Himmel, macht das Reiten wirklich Freude, nur dort können Pferd und Reiter glücklich sein. Neben uns aus einem Feld fliegt eine Schar Vögel auf, Lorine erschrickt, macht einen Hopser.

»Vögel! Na und? Hast du noch nie einen Vogel gesehen?«
Weiter. – Aber jetzt dräut etwas Seltsames. Da vor uns an einem Wiesenrand steht ein Ungetüm. Ein knallrotes riesiges Gebilde, das eisenstarrend in die Luft ragt. Ich habe keine Ahnung, was das ist, ich verstehe von landwirtschaftlichen Maschinen nichts. Heutzutage, heißt es, machen die Bauern keinen Finger mehr krumm, alles machen die Maschinen. Freut mich für die Bauern. Weniger für mich – denn irgendwie müssen wir an diesem Ding vorbei. Vorerst ist daran nicht zu denken. Lorine bleibt wie angewurzelt stehen, starrt das Ding ungläubig an.
»Ich weiß auch nicht, was es ist. Es fährt vermutlich auf den Feldern hin und her und tut dabei was. Aber jetzt steht es und sagt keinen Mucks. Wir könnten ganz still und leise daran vorbeigehen.«
Sie denkt nicht daran. Als ich sie antreiben will, weicht sie zurück.
»Lorine, paß auf. Vermutlich werden wir so etwas öfter treffen. Wenn ich richtig sehe, steht da drüben auf einem anderen Feld auch so ein Gerecke. Du mußt dich einfach daran gewöhnen. Du hast dich doch an Autos auch gewöhnt. Na, komm, sei brav, komm!« Ich klopfe und streichle ihren Hals, vergebens, sie ist an dem Ding nicht vorbeizukriegen.
Schließlich schlagen wir einen Bogen, das ist der Kompromiß, auf den wir uns einigen. Wir müssen natürlich dabei von dem Feldweg 'runter und ein wenig in den Acker hinein. Aber weit und breit ist kein Mensch zu sehen, also wagen wir es halt. Lorine geht ihrerseits gebogen, den Blick starr auf das Ungetüm gerichtet. Das Ungetüm steht und schweigt und tut ihr nichts, was für ein liebes Ungetüm! Sie

prustet, kehrt auf den Weg zurück und trabt von selber wieder an.
Ohne weiteren Aufenthalt gelangen wir zum Ende der weiten Ebene, schnurgerade auf unserem hübschen weichen Feldweg. Am Ende ist eine Straße, eine Landstraße, etwas erhöht, die Böschung führt hinauf, oben flitzen Autos vorbei. Kein Grund die Straße zu überqueren, nicht am ersten Tag. Wir reiten ein Stück nach Osten und auf einem anderen Feldweg, der parallel zu dem vorigen läuft, wieder in Richtung Heimat. Prima ist das mit diesen Feldwegen. Gott segne die Landwirtschaft. Wir schlagen noch einmal einen Haken, kommen nahe an den großen Waldrand im Osten, aber nicht ganz hin und müssen abermals bei einem Ungetüm, diesmal in Blau, vorbei. Geht schon besser, sie überlegt nicht so lange, der Bogen ist kleiner. Wunderbar! Ich bin ganz beglückt.
Nach dreiviertel Stunde kommen wir in den Stall zurück, beide hoch befriedigt. Jetzt gibt es bald Abendessen, erst für Lorine, dann für mich. Und morgen scheint bestimmt die Sonne.

Dritter Versuch

Sie tut es, so halb und halb. Mit Wolken und Wind und frischer Luft ist es ein herrlicher Tag zum Reiten. Ich bin um zehn im Stall, Friedrich sattelt mir Lorine, Herr Meisel sammelt seine Mannen, er will auch ausreiten. Ob ich mich anschließen will? Nö, sage ich, ich probiere es lieber erst allein, bis Lorine sich an das Gelände gewöhnt hat.
Ist besser so. Herr Meisel sieht mir ganz so aus, als ob er

einen flotten Zahn reitet. Und wenn Lorine hinten gehen muß, wird sie heftig. Sie ist nun mal ein Vollblüter, das Tempo steckt ihr im Blut, sie hat ihre Pferdelaufbahn als Rennpferd begonnen, und wenn andere Pferde bei ihr sind, will sie immer vorn sein. Läßt man sie nicht, wird sie schwierig.

Wir bewegen uns auch heute auf dem schon bekannten Gelände, ein Feldweg hin, ein Feldweg her, mal nach rechts, mal nach links und schließlich bis zum großen Wald, in den wir ein Stück hineinreiten und einfach kreuz und quer durch die Stämme gehen. Das macht Spaß. Am Waldrand entlang, wo ein breiter Wiesenstreifen läuft, wagen wir einen Galopp. Geht wunderbar, sie wird zwar etwas schnell, und teilweise ist der Boden noch naß, aber sie kommt mir nicht aus der Hand und ist gehorsam. Hier und da sind Leute auf den Feldern, viel nicht, hier und da läuft eine der Maschinen, aber das vermeiden wir einfach, das Gelände ist ja groß und übersichtlich, und wir können allen Gefahren aus dem Wege gehen.

Hinter dem großen Wald – das haben wir inzwischen entdeckt – läuft ein Schienenstrang. Hier fährt die kleine Eisenbahn, die Bad Waldhofen mit der Welt verbindet. Hinter der Eisenbahnlinie läuft die Landstraße, die Waldhofen ebenfalls noch mit der Welt verbindet. Im Norden ist die große Landstraße, die einerseits nach München, andererseits nach Westen führt und von der die kleine Landstraße Richtung Waldhofen abzweigt. Wir sind also, um das noch deutlicher zu machen, im Osten und im Norden in unserer Bewegungsfreiheit eingeschränkt. Im Westen ist der Hügelkamm und hinter ihm Gott weiß was. Und im Süden liegt Waldhofen selbst.

Das Gelände, das uns zur Verfügung steht, ist sehr hübsch, aber auf die Dauer nicht ausreichend. »Wir müssen also«, erkläre ich Lorine, »den Weg finden, der hinausführt. Über eine der Straßen müssen wir. Vielleicht auch über die Eisenbahn. Nicht heute. Aber morgen.«

Ich kann mich, obwohl eine Frau, sehr gut orientieren. Meine Männer habe ich immer damit überrascht. Bei Autofahrten oder bei Gängen oder Fahrten in fremden Städten. Ich komme immer dahin, wohin ich will, und zwar meist ohne große Umwege. Ich werde auch hier das Gelände erkunden, ganz für mich allein und ohne mich Herrn Meisels Truppe anzuhängen.

»Morgen, Lorine, morgen sehen wir, wie die Welt weiterhin aussieht.«

Da der Weg am Waldrand so hübsch ist, kehren wir auf ihm zurück, im Schritt diesmal, denn heimwärts zu galoppieren ist bei Lorine gefährlich. Einmal führt ein schmaler Weg in den Wald hinein, der Boden ist weich und federnd, ein Genuß für Pferdebeine; und wir traben noch ein Stückchen durch den Wald. Plötzlich, siehe da, kommt uns ein Pferd entgegen. Lorine spitzt die Ohren. Wir reiten direkt aufeinander zu, beide im Trab, und als wohlerzogene Reitersleute parieren wir die Pferde durch, wie wir wenige Meter voneinander entfernt sind. Und siehe da, es ist Timotheus, Lorines Nachbar. Ich lächle ein wenig und bin zu einem Schwatz bereit. Sicher kennt dieser Herr ja Lorine schon, und es interessiert ihn nun auch, Lorines Frauchen kennenzulernen.

Er sagt zwar höflich »guten Morgen!«, streift mich aber nur mit einem kühlen gleichgültigen Blick und reitet an mir vorbei. »Guten Morgen«, sage ich auch.

Komisches Benehmen! Scheint ein richtiger Piesepampel zu sein, dieser Herr von Timotheus.
Dabei sieht er gut aus. Und blaue Augen hat er. Richtig blaublaue Augen.

Abend in Moll

So ein Tag allein mit sich ist lang. Um kein Mißverständnis aufkommen zu lassen: Ich bin gern allein. Ich kann mich erstklassig mit mir selber unterhalten. Oft in meinem Leben habe ich mir leidenschaftlich gewünscht, allein zu sein. Richtig und ausdauernd allein zu sein.
Das ist mir selten geglückt. Eigentlich, wenn ich so richtig darüber nachdenke, bin ich fast nie allein gewesen.
Erst war es die Familie, und später war es immer ein Mann, manchmal mehr als einer. Ich habe eine ganze Menge Bekannte, nicht alle sind mir lebensnotwendig, eigentlich die meisten nicht, aber ich bin ein netter Mensch, auch sehr gastfreundlich, also sammeln sie sich eben so an. Einmal wirklich ein paar einsame Tage zu haben, ist kaum zu machen.
Abgesehen von Lorine könnte ich jetzt fein allein sein, inmitten der Waldhofener Kurgäste. Aber das ist komisch: Man fühlt sich nie so verloren allein, als wenn rundherum viel Menschen sind.
Zu Hause in meiner Wohnung genieße ich es mit Hingebung, einen Tag, einen Abend allein zu sein. Hier mopse ich mich. Immer allein beim Essen sitzen! Allein durch die Gegend latschen. Und was soll ich eigentlich abends machen? Wenn ich gegessen habe und so für mich da sitzen

bleibe; das Lokal ist voll und um mich herum – na, schweigen wir, man soll seinen Mitmenschen nicht zu kritisch gegenüberstehen, aber alles, was recht ist, die Menschheit ist keine schöne und auch keine besonders liebenswerte. Die Männer gucken mich neugierig, die Frauen giftig an. Das kenne ich alles schon.

Wie wär's denn mal mit Kino? Leider gibt uns Curd Jürgens nicht mehr die Ehre. Amerikanischer Agentenfilm wird geboten, ziemlich mäßiges Vergnügen. Kurz nach zehn ist das Kino aus, ich schlendre langsam über die Kurpromenade nach Hause. Es ist kühl, der Himmel voller Sterne. Müde bin ich überhaupt nicht. Aus einem Lokal rechts, aus einem Café links kommt Tanzmusik. Aber allein da hineingehen und mich hinsetzen – also ich weiß nicht, Gleichberechtigung hin und moderne Frau her, ich käme mir da zu blöde vor.

Es wäre so die richtige Situation, um ein gutes Buch zu lesen. Ich hab' sogar eins mit. Aber ich will kein gutes Buch, ich will lieber einen Krimi. Morgen werde ich mir ein paar kaufen.

Bei mir im Hotel ist das Lokal immer noch gesteckt voll. Und die Bar, in die ich flüchtig hineingucke, ebenfalls. Reichlich vergnügungssüchtig sind die Leute. Ein Dicker, der gleich am ersten Tisch sitzt, blinkert mir einladend zu.

Nö, also das denn doch nicht. Ich kann mich nicht einfach zu einem fremden Mann an den Tisch setzen. Die Stimmung ist toll, irgendwo spielt einer auf der Zither, die Leute singen und schunkeln, ein paar Frauen kreischen, daß man eine Gänsehaut bekommt. Warum Frauen immer so laut werden müssen, wenn sie sich amüsieren und wenn ein paar Hosenbeine in der Nähe sind? Ich hole mir eigenhändig am Büfett ein Viertel Roten und meinen Schlüssel und fahre leicht melancholisch in mein Zimmer hinauf.

Übrigens habe ich seit heute mein richtiges Zimmer, und das ist immerhin ein Fortschritt. Das Zimmer ist groß und ganz nett eingerichtet, die Beleuchtung ist ein wenig ungemütlich, aber das Bad ist prima. Gebadet habe ich vor dem Abendessen, ich kann schlecht schon wieder in die Badewanne steigen. Ich mache also den Transistor an, suche ein bißchen nette Musik, schenke mir Wein ein und zünde mir eine Zigarette an. Also doch das gute Buch. Was haben wir denn da? Moderne Literatur. Ach nee, muß das denn sein! Warum habe ich mir bloß keine Krimis gekauft?

Was macht eine Frau so ganz allein am Abend, wenn sie ausgerechnet gerade keine Lust hat, allein zu sein, weit und breit kein Mann zum Flirten, nicht einmal einer zum Unterhalten? Sie fängt an in alten und neuen Wunden zu wühlen.

Leide ich so furchtbar unter der Trennung von Gert? Ich schwöre, nein. Ich leide nicht. Ich habe es geradezu als Befreiung empfunden, als es zu Ende war. Als das Ende, das ich lange kommen sah, endlich erreicht war. Auch wenn man ganz, ganz genau weiß: Das ist nicht der richtige Mann, man paßt nicht zusammen, und genaugenommen liebt man ihn gar nicht, bestimmt nicht *mehr*, aber wenn es dann aus ist, dann ist eben doch eine Lücke da; auch an eine unvollständige Zweisamkeit kann man sich gewöhnen, und man ärgert sich, daß man sich daran gewöhnt hat, und man ärgert sich über die eigene Dummheit, die einen sehenden Auges etwas tun und auf etwas beharren ließ, das falsch war.

Am Anfang war es Verliebtheit. War es Freude an dem

neuen Spiel. Dies auszukosten, das ist in Ordnung. Und dann muß man aussteigen. Das wäre so etwa nach einem halben Jahr gewesen. Aber nein – dann fing es erst richtig an. Er sprach natürlich von ganz großer Liebe. Man tut so, als ob man das glaubt. Manchmal, so in ganz dusseligen Momenten, glaubt man es sogar. Und dann ließ ich mich beschwatzen, mit ihm gemeinsam die Firma aufzumachen.

Gert ist Werbefachmann, tüchtig, voll Ideen, voll Schwung, doch, alles, was recht ist. Ein Hans Dampf in allen Gassen, einer, der Gott und die Welt kennt, einer, der überall beliebt ist, einer, der vor Energie und Unternehmungslust bald platzt. Eine eigene Firma also. Gert, sein Freund Tom, der Graphiker, und ich.

Ich mache die Texte, ich habe auch Ideen, Tom zeichnet, Gert reißt die Kunden auf, besorgt die Kontakte. Die Firma geht gut, geht immer besser, wir verdienen eine Menge Geld, wir bekommen ein schickes Büro mit mehreren Räumen, mit Angestellten, wir sind ständig in Bewegung.

»Wir sind ein großartiges Team«, sagt Gert und strahlt. Er sagt auch, daß wir heiraten sollten. Ich sage: »Wozu?«

Einmal war ich verheiratet. Das langt mir. Ich will mich nicht wieder binden. Auch deswegen, weil ich längst weiß, daß Gert nicht der Mann ist, den ich möchte. Er ist mir zu windig, zu unseriös, mich stört so vieles an ihm. Gehe ich? Nein, ich bleibe. Nach einer Weile redet er nicht mehr vom Heiraten. Noch eine Weile später betrügt er mich zum erstenmal. Ich tue so, als sei es mir gleichgültig, ist es aber doch nicht. Ich sage: Ich gehe. Er sagt: Du bleibst, ich liebe nur dich. Schön. So geht es weiter. Schließlich steckt auch mein Geld in der Firma, schließlich beziehe auch ich mein Einkommen aus der Firma. Vier Jahre lang dauert das.

Und es ist immer dasselbe. Es geht bis zu einem gewissen Punkt, und dann geht es eben nicht mehr. Wenn man nicht seine Selbstachtung verlieren will, *muß* man einfach eines Tages den Absprung finden. Man weiß das alles ganz genau, und doch ist es schwer. Man wird verbiestert, man sieht sich im Spiegel an und findet sich selber widerlich. Falten hat man auch gekriegt. Ewig Ärger, ewig Streit.
Wofür eigentlich? Für einen Mann, den man nicht mehr liebt, nie geliebt hat?
Also Schluß. Endlich Schluß.
Da steht man. Ohne Firma, ohne Arbeit, ohne Mann. Gert hat sich bereits getröstet. Sie ist zehn Jahre jünger als ich und sehr hübsch.
»Bißchen dumm«, meint Tom, den man gelegentlich noch trifft, bis auch das einschläft.
»Dann paßt sie ja zu ihm«, sagt man gehässig, obwohl man weiß, das stimmt nicht.
Tom weiß es auch. »Wird nicht lange dauern. Vielleicht überlegst du es dir noch mal, Vera.«
»Ich? Nie. Ich bin froh, daß ich ihn los bin.«
»Na ja«, sagt Tom, und dann erzählt er von seiner Braut. Er wird demnächst heiraten. Junges Mädchen und sehr lieb und nett. Klare Verhältnisse. »Du mußt unbedingt zu unserer Hochzeit kommen.«
»Natürlich.«
Natürlich wird man nicht kommen. Gert wird da sein und seine Neue. Was sollte das denn geben? Zumal sich Gert erstaunlicherweise nun in finanzieller Hinsicht schäbig benimmt. Meine Anteile in der Firma sind nicht flüssig zu machen, sind auf einmal sehr unerheblich. Das kommt davon, wenn man in verliebtem Zustand eine Firma gründet

und keine ordentlichen Verträge macht. In solchen Dingen bin ich immer blöd.
Was soll ich nun tun? Etwa hingehen und prozessieren? Da sei Gott vor.
»Deine Entnahmen waren schließlich auch nicht von Pappe, Vera.«
Stimmt. Wir haben beide auf großem Fuß gelebt.
»Ich laß das alles mal vom Wirtschaftsprüfer durchrechnen, und dann gebe ich dir Bescheid, Vera.«
Das war vor vier Monaten. Auf den Bescheid warte ich heute noch. Und da soll man sich nicht ärgern über die eigene Dummheit?
Als meine Stimmung auf dem Nullpunkt ist, habe ich das Gefühl, ich brauche etwas Trost. Wer ist zuständig für Trost und Zuspruch? – Ferdinand.
Ich nehme den Telefonhörer in die Hand und lasse mich mit München verbinden.
»Vera!« kommt es beglückt vom anderen Ende. »Endlich!«
»Hallo! Schläfst du schon?«
»Nein. Ich habe den ganzen Abend gedacht, ob du nicht mal anrufen wirst.«
»Hier bin ich.«
»Wie geht es dir? Wie geht es Lorine? Ist sie gut angekommen?«
»Ja. Alles gutgegangen.«
»Und was macht ihr da draußen?«
»Ach, so verschiedenes.« – Ich erzähle haargenau, was wir bis jetzt getrieben haben, Lorine und ich. Ich erzähle von Waldhofen, vom Hotel, was ich gegessen habe, wie ich geschlafen habe, was ich gesehen und gehört habe. Ich rede

und rede, und Ferdinand hört geduldig zu, stellt geschickte Fragen, ist so ein Lieber und Guter.

»Der Pfleger heißt Friedrich, er ist ein bißchen maulfaul, aber er macht alles sehr ordentlich. Lorine ist gut versorgt. Sie füttern auch gut hier. Und das Gelände ist so schön. Morgen wollen wir mal ein Stück weitergehen. Falls es nicht regnet. Hat es in München auch so viel geregnet?«

Es hat auch.

»Heute abend war ich im Kino.«

»Nein?«

»Doch. Und jetzt werde ich ins Bett gehen. Mir fehlt nur ein Krimi.«

»Ich könnte dir welche besorgen.«

»Gibt es hier sicher auch.«

»Und sonst geht's dir gut?«

»Doch. – Ja.«

»Ich könnte dich ja mal besuchen.«

Und ich, höchst erfreut: »Das wäre fein. Sonntag?«

»Sonntag, gern.«

Ich mache ihn so glücklich damit. So glücklich. Und ich freue mich auch, wenn er kommt. Und wie habe ich noch vor drei Tagen angegeben, daß ich niemand sehen will und von niemand etwas hören will.

Aber so bin ich. Ein Stimmungsmensch, nicht zu ändern. Befriedigt liege ich eine halbe Stunde später im Bett. Morgen ist Samstag, da mache ich einen feinen Ritt. Sonntag kommt Ferdinand.

Das Wetter ist geradezu bombastisch. Blauer Himmel, strahlende Sonne, dabei nicht zu heiß. Die Freude über den schönen Tag, die Vorfreude auf Lorine haben mich schon mitten in der Nacht aus dem Bett getrieben. Um sieben stehe ich auf, um halb neun bin ich im Stall.

Lorine scheint sich genauso zu freuen wie ich. Sehr unternehmungslustig, ohne alle Bedenken marschiert sie vom Hof, den schon bekannten Feldweg in Richtung Wäldchen entlang. Trab, mein Pferdchen, Trab. Ein vergnügter Wind fährt mir in die Haare, pustet Lorines Mähne in die Höhe.

»Heute werden wir die Welt entdecken, heute reiten wir weit, weit, ganz weit. Du und ich im Sonnenschein. Das wird fein, das wird fein«, singe ich, und Lorine spielt mit den Ohren. Eins vor, das andere zurück. Dann umgekehrt. Beide nach hinten, beide nach vorn. Sie hat es gern, wenn ich singe.

Ins Wäldchen hinein, gleich darauf auf der anderen Seite wieder hinaus. Auf den Feldern ist heute Hochbetrieb. Überall rattern Maschinen. Da müssen wir achtgeben, daß wir nicht zu nahe daran vorbeikommen. Kleiner Galopp auf dem Wiesenweg, Tempo steigern, Lorine legt einen übermütigen Hopser ein, das gefällt ihr.

Aber da – sie stemmt die Beine ein, steht mit einem Ruck, schielt vorsichtig seitwärts. Ungeheuer in der Landschaft! Dinosaurier? Eine Elefantenherde? Marsmenschen? Mitnichten. Kühe sind es. Kühe auf der Weide. Hübsche braunweiß gefleckte Kühe, friedlich kauend auf einer eingezäunten grünen Wiese. Ist das nicht etwas Hübsches? Kühe sind nette Tiere, sie haben so liebe Gesichter. Lorine findet das nicht.

Hat sie noch nie eine Kuh gesehen, Großstädterin, die sie ist? Offenbar. Ihre Kindheit verbrachte sie auf einem Gestüt unter lauter ebenbürtigen Genossen, lauter Vollblüter. Ihre Jugend in den Ställen und auf dem grünen Rasen der Rennbahn. Und nun ihre besten Jahre im Reitstall am Englischen Garten in München. Weit und breit war da keine Kuh zu sehen. Was mögen das wohl für Wesen sein, vierbeinig auch sie, kleiner, schwerfälliger, so komisch bunt, die da stehen, sie anglotzen, zwei von ihnen kommen neugierig an den Draht und beäugen uns ausführlich. Lorine weicht vorsichtig zurück. Sie möchte umkehren.

»Nein, meine Teure, umkehren ist nicht. Ausweichen ist auch nicht. Links von uns ist ein ungeschnittenes Feld, und gleich da drüben sind Bauern. Was glaubst du, was die mit uns machen, wenn wir in das Feld hineinreiten. Du wirst dich an die Kühe gewöhnen, sicher sind es nicht die einzigen weit und breit. Ganz liebe brave Mutschikuhlis, schau sie nur an. Die tun dir absolut nichts.«

Lorine ist nicht so sicher. Ein Schritt vor, zwei zurück. Ihr ganzer Unternehmungsgeist ist weg, sie steht und schaut, die Kühe stehen auch und schauen. Ich rede und klopfe ihren Hals und treibe sie vorwärts, ein Schritt vor, wieder zurück. Hinter uns rattert es. Auf unserem Weg kommt ein Traktor. Jetzt wird es dramatisch. Wir *müssen* einfach bei den Kühen vorbei. Ich nehme die Gerte zur Hilfe, sie hat den Traktor auch gehört, stellt die Ohren nach hinten, gleich wird sie explodieren.

Weit nach links gedrängt, mit den Beinen im Weizen drin, zittern wir an der Kuhweide vorbei. Gott sei Dank, die Kühe rühren sich nicht. Sie stehen nur und glotzen. Geschafft! Lorine prustet aufgeregt, wir traben weiter.

Ein Stück vor uns fährt ein Bauer mit einem Riesending auf seinem Feld hin und her. Es gelingt uns, gerade in dem Moment zu passieren, wie er am anderen Ende ist. Landleben ist sehr aufregend, das merke ich nun schon. Von wegen idyllischer Frieden auf dem Land! Keine Rede davon.

Einen längeren Kampf bestehen wir, als wir zu dem kleinen Damm kommen, auf dem die Eisenbahnschienen verlaufen. Einer der Feldwege führt hier herüber, wir könnten ohne weiteres auf die andere Seite gelangen. Aber Lorine betrachtet voll Mißtrauen diese glatten grausilbernen Streifen, die sich ihr da in den Weg legen. Das kann ja wohl nicht mit rechten Dingen zugehen. Wir reiten an, wir weichen zurück, wir reiten an, wir weichen wieder zurück und so weiter und so fort. Dabei blicke und horche ich wild nach rechts und links. Gott gebe, daß kein Zug kommt, dann ist es aus, dann gelangen wie niemals, nicht bis zum Jüngsten Tag, auf die andere Seite.

Es kommt keiner und dann mit einemmal, welch Wunder, steigt sie mit hohen Füßen, schnaubend und fluchtbereit, über den Schienendamm. Dann geht es ein Stück fröhlich über eine Wiese, durch einen kleinen Wald, das nächste Hindernis ist die Landstraße. Die ist nun weniger gefährlich. Auf ihr fahren zwar Autos, aber Autos kennt sie. Nicht gerade, daß sie sie liebt, aber sie hat sich daran gewöhnt, daß sie vorhanden sind.

Aber dann, wie wir auch die Straße überwunden haben, beginnt erneut eine Entdeckung der Welt. Hier ist alles fremd für uns beide. Wir spazieren ziemlich kreuz und quer durch die Gegend, ich habe keine Ahnung, wo das hinführen wird, aber es ist wie ein Rausch der Freiheit unter diesem weiten Himmel, über diese grüne Ebene zu reiten.

Feldwege, Wiesenwege, dazwischen schon mal ein abgeerntetes Feld, wir werden kühner, wir galoppieren querfeldein, dann wieder Wald, kühle Dämmerung; ohne Weg und Steg auf weichem elastischem Boden, plötzlich dazwischen eine grüne Waldwiese, an deren Rand wir entlanggaloppieren.

Nicht alles geht so reibungslos vonstatten. Noch zweimal begegnen wir Kühen auf der Weide, aber wir können jedesmal weit genug ausweichen. Ein Hase springt vor uns auf, Lorine erschrickt des Todes, dann kommen wir an ein Dorf, und ich denke mir naiverweise, man könnte da einfach mitten durchreiten. Vielleicht könnte ich jemand nach dem Heimweg fragen, denn irgendwie habe ich die Orientierung nun doch verloren. Aber die Geräusche und Gerüche eines Dorfes müssen etwas Schreckliches sein. Um keinen Preis der Welt ist Lorine bereit, auch nur einen Fuß auf die Dorfstraße zu setzen. Schön, also dann nicht. Jedenfalls heute nicht, Madame. Nächster Tage schon. Denke ja nicht, daß nur immer *du* deinen Kopf durchsetzen wirst.

Aber ich bin jetzt auch schon ein bißchen echauffiert und müde, die ganzen Abenteuer des offenen Geländes sind an meinen Nerven nicht spurlos vorübergegangen. Reichlich warm ist es auch geworden. Wo geht es in Richtung Heimat? Am besten geht es dort zurück, wo wir hergekommen sind. – Doch das geht nicht. Ausgerechnet auf diesem Feldweg donnert ein Traktor heran. Keine Möglichkeit auszuweichen. Also zurück und in anderer Richtung. Und nun gelangen wir unglücklicherweise auf einen Weg, der hart ist und rechts und links von Stacheldraht begrenzt. Wenn ich etwas auf der Welt hasse, ist es Stacheldraht. Gibt es ihn eigentlich nur bei uns zulande, das heißt also, ist er eine typisch deutsche Eigenart, oder gibt es ihn anderswo auch? Ich bin so viel im Ausland gereist, aber es ist mir eigentlich nie aufgefallen.

Wir gehen also vorsichtig im Schritt auf dem harten Boden entlang, zwar in anderer Richtung als wir wollten, aber vor uns liegt ein Wald und wenn wir den erreicht haben, können wir uns immer noch in der gewünschten Richtung weiterbewegen. Rechts vom Stacheldraht sind wieder mal Kühe, ziemlich lebhafte sogar, sie hopsen aufgeregt hin und her, und eine kommt mit Bocksprüngen auf uns zu. Lorine ist darob entsetzt, drängt nach der anderen Seite, dicht an die verdammten Stacheln heran.

»Die tut dir doch nichts. Sie hat doch den Draht vor der Nase. Lorine, sei brav, komm!«

Und nun, um die Bedrängnis zu vervollkommnen, tättert hinter uns ein Motorrad heran. Auf dem schmalen Weg zwischen den Stacheldrähten.

Kann der Idiot nicht das Ding abdrehen und warten, bis wir weg sind? Kann er offenbar nicht. Diese Landbewohner von heutzutage haben keine Ahnung mehr vom Umgang mit Pferden. Und gehässig sind sie obendrein. Vermutlich macht es dem Kerl da hinter mir einen Riesenspaß, die arme Lorine vor sich herumhampeln zu sehen, und er wartet genüßlich darauf, daß ich 'runterfliege. Ich will mich umdrehen und ihm zuwinken, aber ich habe beide Hände voll zu tun, Lorine zu halten, sie vom Stacheldraht wegzudrängen, mich auf ihr oben zu halten, die galoppierende Kuh nebenan zu beobachten, und eigentlich ist es eine hoffnungslose Situation. Das kommt Lorine wohl auch so vor, plötzlich rast sie los, geht mir einfach durch auf dem harten Weg, ich sehe uns schon beide stürzen, aber da ist auf einer Seite der Draht zu Ende, und wir rasen in voller Fahrt in eine saftige Wiese hinein. Weg – nur weg, denkt Lorine, und ich hänge auf ihr, presse die Knie an, wenn nur kein Hindernis auf unserem Wege erscheint, kein Hase hopst, kein Loch im Boden ist, kein Stein – ach, der Himmel steh mir bei! Irgendwo sehe ich wieder einen Draht vor mir, Lorine biegt geschickt ab und dann steht sie endlich. Zitternd und bebend. Ich zittere auch. Über meinen Rücken läuft Schweiß. Nein, nun langt es mir. Ich will nach Hause.

Ich blicke zurück. Hinter uns auf dem Weg hat dieser Mann nun sein Motorrad abgestellt, steht daneben und droht mir mit der Faust. Wohl weil wir in die Wiese hineingeritten sind. Begreift er nicht, daß er selber daran schuld ist, dieser Idiot? Im Schritt, und beide ziemlich erschöpft, kommen wir endlich in den Wald. Die Richtung habe ich nun endgültig verloren. Ist ja egal. Irgendwie werden wir schon heimfinden.

Im Wald ist es herrlich kühl. Lorine hat sich etwas beruhigt, sie geht mit vorgerecktem Kopf am langen Zügel und windet sich elegant durch die Stämme durch. Es stört sie nicht im geringsten, daß hier kein Weg ist, im Gegenteil, es scheint, als mache es ihr Spaß, so eine Art Slalom um die Bäume herum zu vollführen. Der weiche Moosboden behagt ihr.

»Langsam, renn doch nicht so. Und paß auf, hier gibt es jede Menge Wurzeln.«

Wie als Antwort stolpert Lorine über einen Knubben, der versteckt von Kräutern uns im Weg lag.

»Siehst du! Paß halt auf. Du hast doch auch zwei Augen im Kopf.«

Ich nehme die Zügel wieder auf und achte jetzt auf jeden Meter Boden vor uns.
Und einen Durst habe ich. Auf meiner Uhr ist es elf. Wie weit ist es nach Hause? Sind wir eigentlich im Kreis geritten oder nicht? Eine Stunde brauchen wir sicher noch. Ich glaube, mehr rechts muß ich mich halten.
Plötzlich ist der Wald zu Ende. Am Waldrand läuft ein Wiesenstreifen. Ich biege nach rechts und lasse Lorine antraben. Der Streifen mündet in einen Feldweg, der vom Wald wegführt, ins Gelände hinein, auf beiden Seiten wieder die verflixten Drähte. Und natürlich wieder mal Kühe. Kühe rechts in der Nähe, direkt hinter dem Draht, Kühe links, glücklicherweise weiter entfernt.
»Komm, die sind ja ganz friedlich. Wir traben ganz einfach vorbei. Du kennst das ja schon. Die wollen nichts von dir.«
Lorine schielt mißtrauisch nach rechts, ihr Hals versteift sich, aber sie trabt immerhin weiter.
Gar nicht beachten, wenn ein Pferd scheuen will. Flott weitertreiben. Das sagte immer mein Reitlehrer. Der müßte mich hier mal sehen. Zumal nun der Feind von der anderen Seite naht; die Kühe, die so weit entfernt schienen, haben sich offenbar gelangweilt. Die kleine Unterbrechung kommt ihnen sehr gelegen. Es müssen junge Rinder sein, verspielt und neugierig wie Kinder, eins hat angefangen, die anderen tun es ihm nach, die ganze Herde kommt in flottem Galopp auf uns zugestürmt, und um das Unheil zu vollenden, tragen sie auch noch Glocken am Hals. Laut bimmelnd stürmen sie wie ein wildes Heer heran.
Das macht die trägen Kollegen auf der rechten Seite munter, sie erheben sich, drängen ebenfalls zum Zaun.
Zaun! Dieses dünne, kaum sichtbare Drähtchen, wie kann

es diese wilden Tiere aufhalten und vor allem: sieht Lorine überhaupt, daß zwischen ihr und der andrängenden Gefahr etwas ist? – Sicher nicht. Und nun hat sie endgültig die Nase voll. Sie steigt vor Entsetzen kerzengerade in die Höhe, macht kurz kehrt und rast den Weg zurück, panisch vor Angst, und die beiden Herden bimmelnd und bammelnd hinter den Drähten neben uns her.

Bei der Kehrtwendung bin ich beinahe aus dem Sattel gekommen, der Sitz ist hin, ich hänge vornüber, dicht vor einem Sturz, und der Wald, den wir soeben verlassen haben, kommt in Windeseile auf uns zu. Wird Lorine, kopflos wie sie jetzt ist, in die Stämme hineinrennen?

Ich versuche, beruhigende Laute auszustoßen, aber das gelingt nicht mehr, ich rutsche seitwärts, gleich liege ich unten, aber da verlangsamt Lorine das Tempo. Sie hat den Feldweg und die wilden Tiere hinter sich, sie kriegt die Kurve auf den Waldrand-Rasenstreifen, und ich kann mich wieder hochziehen. Ich sitze im Sattel, ich kann sie durchparieren. Wir stehen. Lorine zittert; den Kopf seitwärts gedreht, blickt sie zurück zu den Kühen. Ihr Herz klopft wild an meinen Schenkeln. Mein Herz klopft auch.

»Na, weißt du! So geht es aber nicht. Wenn du so weitermachst, fahren wir morgen wieder nach Hause. Ich habe auch bloß Nerven. Schämst du dich denn nicht? Wegen dieser lächerlichen Kühe! Siehst du denn nicht, daß sie *hinter* dem Draht sind. Mein Gott, Lorine, ich habe nie gewußt, wie dumm du bist.«

Ich wische mir den Schweiß von der Stirn und überlege. Also hier geht es nicht, bei den Kühen kommen wir nie vorbei. Am besten zurück durch den Wald. Und dann müssen wir eben auf der anderen Seite den Heimweg suchen.

Plötzlich wendet Lorine mit einem Ruck den Hals, stellt die Ohren. Was ist denn nun schon wieder los? Ist vielleicht eine Kuh ausgebrochen? Das wäre das Letzte, was ich heute noch ertragen könnte.
Keine Kuh. Ein Pferd trabt hinter uns auf dem Wiesenstreifen heran. Und da sehe ich auch schon, wer da kommt. Timotheus mit seinem Herrn, dem arroganten Pinsel. Na, vielen Dank, wenn die uns beobachtet haben, sind wir schön blamiert.
Timotheus verzieht keine Miene, sein Reiter auch nicht. Der hebt nur grüßend die Gerte und will vorbeireiten.
»Ach, entschuldigen Sie ...«
»Bitte?«
Man sieht nichts von einer Parade, aber der Goldfuchs steht wie ein Denkmal.
»Ich bin ein bißchen vom Weg abgekommen. Sie können mir wohl nicht sagen, wie ich zum Stall zurückfinde?«
»Zum Stall Meisel?«
Idiot! Wohin denn sonst? Du weißt doch genau, wer ich bin. »Ja.«
»Sie waren durchaus auf dem richtigen Weg. Der Feldweg hier quer durch die Weiden, dann dort drüben ein Stück durch den Wald, um die Waldecke herum, und dann sehen Sie in der Ferne bereits die Kirchtürme von Waldhofen.«
»So ähnlich habe ich es mir gedacht. Und auf welchem Weg könnte man noch nach Hause kommen?«
»Tja ...«
»Ich komme nämlich an diesen dämlichen Kühen nicht vorbei.«
»Ja, ich hab's gesehen. Ihre Stute hat offenbar mit Rindviechern nicht viel im Sinn.«

»Sie hat gräßliche Angst vor ihnen, ich weiß auch nicht warum.«
»Sie ist eben eine Städterin. Haben Sie sie das erstemal mit auf dem Land?«
»Ja. Wir sind erst seit drei Tagen hier.«
»Ach so.«
Das ist vielleicht ein Knülch. Der tut, als seien wir soeben vom Himmel gefallen. Ein richtiger Angeber.
»Kennen Sie sie denn nicht? Sie steht neben Ihrem Timotheus.«
Und jetzt lächelt er auf einmal, ein wenig nur, sehr sparsam, aber... dieser Mann gefällt mir eigentlich. Er hat einen guten Kopf. So ein Vornehmer ist er, ein ganz zurückhaltender. Aber wenn er lächelt... Und nun sieht er mich auch an mit seinen blauen Augen.
»Ja, ich weiß, sie muß mit dem Landleben erst vertraut werden. Vollblüter sind ja meist sehr empfindlich.«
»Das ist sie. Ich habe heute schon allerhand mitgemacht.«
»Immerhin... Sie haben sich weit herausgewagt.«
»Ja, nicht wahr?« Ich lächle auch, es klang ein bißchen nach Anerkennung.
Die beiden Pferde unterhalten sich inzwischen auch. Schließlich kennen sie sich besser als Reiter und Reiterin. Sie haben schon drei Nächte und drei Tage zusammen verbracht. Jedenfalls nebeneinander. Lorine hat den Kopf zunächst hochmütig beiseite gedreht, aber als der Fuchs mit seinen Nüstern ihren Hals beschnuppert, dreht sie ihn kokett wieder zurück. Sie flirtet gern.
»Wenn ich mir erlauben darf, Ihnen einen Rat zu geben«, sagt nun der mit den blauen Augen, »dann sollten Sie auf jeden Fall versuchen, auf diesem Weg durchzukommen.

Unbedingt. Und jetzt gleich muß es sein. Sehen Sie, die Rinder haben sich beruhigt, sie stehen ganz still dort herum. Wenn es Ihnen recht ist, begleiten wir Sie ein Stück. Wenn noch ein Pferd dabei ist, wird Ihre Stute nicht so viel Angst haben.«

Als Feigling lasse ich mich nicht gern anschauen. »Wenn Sie meinen...«

Er nickt und dann lächelt er wieder. Richtig nett lächelt er jetzt.

»Wenn es Sie nicht von Ihrem Weg abbringt«, sage ich.

»Wir können ja wieder zurückreiten.«

Er wendet sein Pferd, und es kostet gar keine Mühe, Lorine in Bewegung zu setzen, sie geht bereitwillig hinter Timotheus her, ganz ruhig, ohne Zaudern, denselben Weg, den sie soeben in kopfloser Flucht hergerast ist.

Wir wir zu den Kühen kommen, zaudert sie, will stehenbleiben.

»Nur weiter, nur weiter«, sagt Mr. Timotheus, »legen Sie die Schenkel an, tippen Sie ein wenig mit der Gerte an und reden Sie mit ihr.«

Und so kommen wir, stockend zwar und mit steifem Hals, an den Kühen rechts und links vorbei.

»Glauben Sie, daß Sie den Heimweg allein finden?«

»Natürlich. Sie haben es mir ja genau erklärt. Geradeaus zu dem Wäldchen da drüben, um das Wäldchen herum, dann sehe ich die Kirchtürme von Waldhofen.«

»So ist es. Sie haben dort vom Wald aus einen Feldweg, der geradewegs durchs Gelände führt, direkt auf Waldhofen zu. Sie müssen dann nur vor dem Ort nach rechts abschwenken. Eine Stunde etwa dürften Sie brauchen.«

»Sie kommen nicht mit?«

»Nein. Es sei denn, Sie kommen mit dem Weg nicht zurecht.«
»Ich komme immer zurecht«, sage ich großartig. – Der soll bloß nicht so angeben. Wie er sich rar macht! Wenn er ein richtiger Kavalier wäre, würde er mich begleiten. Aber er will mir wohl damit zu verstehen geben, daß er kein Interesse an einer näheren Bekanntschaft hat. Läßt er es eben bleiben. »Vielen Dank für das Geleit. Auf Wiedersehen!«
Energisch wie nie lege ich die Schenkel an und treibe Lorine voran. Sie soll bloß nicht denken, daß sie weiterhin Begleitung hat. Aber Lorine benimmt sich vorbildlich. Falls sie enttäuscht ist, läßt sie es sich nicht merken. Sie trabt gehorsam los. Eine Kleberin ist sie nie gewesen.
Einmal drehe ich mich um und blicke zurück. Thimotheus galoppiert auf dem schmalen Weg zwischen den Kühen entlang, es stört ihn nicht im geringsten, daß rechts und links von ihm die Kühe bimmeln und springen. Den stört anscheinend gar nichts. Der ist so gelassen und unberührbar wie sein Herr. Na ja, man sagt ja immer: wie der Reiter so sein Pferd. Ein ruhiger Reiter hat ein ruhiges Pferd. Aber ich bin doch nicht hysterisch. Warum ist es dann Lorine?
Wer dieser Mann wohl ist? Lebt er immer hier in Waldhofen? Ich muß doch mal vorsichtig im Stall danach fragen. Was für ein Gesicht! Ein Herrengesicht. Schmal, scharf geschnitten, verschlossen, aber dazu diese unwahrscheinlich blauen Augen. Ob man es hier nicht mit einem verkappten Romantiker zu tun hat?
Diese kühlen Burschen, die so tun, als interessiere sie überhaupt nichts, und schon gar nicht eine Frau, also die kenne ich. Die sind manchmal ganz anders als sie scheinen.

Ach! Vera, dumme Gans! Fang bloß nicht an, dich für einen Mann zu interessieren. Laß bloß die Finger von den Männern, du erwischst sowieso immer die falschen.
Basta! Dieser Herr ist mir schnurz und schnuppe.
Aber diese blauen Augen...

Von Pferden und Freunden

Die blauen Augen sehe ich am nächsten Abend wieder. Da blicken sie weder kühl noch distanziert, noch uninteressiert, sie leuchten und sind voll Wärme, nur schauen sie mich nicht an, sondern eine außerordentlich junge Dame, ein junges Mädchen; höchstens neunzehn kann die Kleine sein. Na, ich sage es ja, diese zurückhaltenden Herren mit den vornehmen Allüren, die haben es hinter den Ohren.
Der Schauplatz ist die Bar in meinem Hotel, wo ich mit dem lieben Ferdinand sitze. Der Gute kam schon in aller Frühe, er steuerte den Stall an, fand ihn auch, und wie ich vom Ausritt zurückkam – heute nur ein kurzer, denn das Wetter ist gemischt am Morgen, Regen dräut –, sehe ich schon vor dem Tor die vertraute Gestalt stehen.
Ich freue mich, wie ich ihn sehe.
»Na, da seid ihr beiden ja«, sagt er. »Gut schaut ihr aus.«
»Du bist schon da? Das ist fein.«
Er hat Lorine eine große Tüte Äpfel mitgebracht, die sie sich schmecken läßt, als sie in der Box steht. Heute ist alles gutgegangen. Keine Maschinen auf den Feldern, und die Kühe sind nicht mehr gar so schrecklich.
Wir fahren nach Waldhofen hinein, trinken einen Aperitif

in einem Café an der Kurpromenade, und ich erzähle Ferdinand haarklein alles von Lorine und unseren gemeinsamen Erlebnissen. Er kennt das schon. Alle Leute, die mit passionierten Reitern Umgang pflegen, kennen das. Man kann stundenlang über Pferde reden und was man mit ihnen erlebt hat. Dabei ist es erzählt meist nicht mehr dramatisch. Da waren Kühe, na schön, und das Pferd scheute ein bißchen, na und? Es hört sich alles so harmlos an. Richtig verstehen kann es nur einer, der selber reitet. Und der redet dann auch pausenlos über Pferde und Reiten, und so unterhält man sich aufs beste. Ferdinand, wie gesagt, ist an diese Art von Unterhaltung gewöhnt, seit ich reite, seit drei Jahren also, hat er dank meiner einen umfassenden Kursus im Umgang mit Pferden absolviert.
Damals, als ich auf die Idee kam, reiten zu gehen, verschwieg ich das jedermann gegenüber. Nun ist es so, daß ich kein ganz unbeschriebenes Blatt war. Ich bin in Berlin aufgewachsen. Als dann der Krieg kam und Bomben auf Berlin fielen, verfrachteten mich meine Eltern in eine märkische Kleinstadt, wo meine Mutter eine Jugendfreundin besaß, die mit einem Tierarzt verheiratet war. Da ich immer schon Tiere leidenschaftlich liebte, war diese Evakuierung für mich der Himmel auf Erden, Krieg hin, Bomben her.
Der Tierarzt hatte zwei Söhne, Zwillinge, älter als ich, die wunderbare Gefährten für mich waren. Mit kleinen Mädchen hatte ich sowieso nicht viel im Sinn. Ich ging weiter zur Schule, kam recht und schlecht von Klasse zu Klasse, denn die Hauptsache für mich, vom ersten Tag meines Dortseins bis zum letzten, die Hauptsache war die Praxis. Jede freie Minute verbrachte ich in der Praxis, und ich glaube, ich war gar keine schlechte Hilfe für den Doktor.

Er besaß ein Reitpferd und war ein begeisterter und ausgezeichneter Reiter. Ein zweites Pferd, ein unsagbar gutartiger und gemütlicher Brauner, war auch noch da für seine Söhne. Auf ihm lernte ich das Reiten. – Später, als die beiden Jungen zum Arbeitsdienst mußten, durfte ich den Braunen allein reiten, und ich entdeckte damals, daß es etwas auf der Welt gibt, was einen restlos glücklich machen kann: ein Pferd.

Ich liebte den dicken Braunen stürmisch, putzte und hegte und pflegte ihn und bewunderte außerdem des Doktors elegante Fuchsstute, die ich höchstens mal im Schritt trokkenreiten durfte.

Als meine Mutter Berlin auch verließ, nachdem unsere Wohnung kaputt war, sollte ich sie natürlich nach Bayern begleiten. Das war bereits 1944. Ich weigerte mich unter Tränen, die Tierarztfamilie und die Pferde zu verlassen. Meine Mutter, eine sehr temperamentvolle Dame, war darob sehr erbost. Anfang 45 kam mein Vater ums Leben. Er war Journalist und als Kriegsberichter eingesetzt und starb bei einem Fliegerangriff an der zurückweichenden Ostfront.

Danach mußte ich dann doch zu meiner Mutter, die in der Nähe von München lebte und später, nach Kriegsende, direkt nach München zog. Ich machte die Schule fertig, es ging uns ziemlich mager, wir hatten wenig Geld, und als ich anfing zu studieren, wurde die Lage erst recht kompliziert.

»Dann studiere ich eben nicht und suche mir eine Stellung«, sagte ich.

»Natürlich studierst du«, sagte meine hübsche und sehr charmante Mama, »du mußt einen richtigen Beruf haben und keine Stellung. Ich wünschte, ich hätte so etwas auch.«

»Und wie werden wir das bezahlen?«
»Just wait and see«, bekam ich zur Antwort, und ich brauchte nicht lange zu warten, dann sah ich, denn Mama heiratete wieder. Sie war damals erst neununddreißig Jahre alt, kaum älter also als ich heute, und sehr attraktiv. Chancen hatte sie in den vergangenen Jahren immer gehabt. Zunächst war es ein amerikanischer Offizier, der uns mit Menage versorgte – sehr wichtig damals –, dann war es ein etwas trübsinniger Heimkehrer, den sie sich bald wieder vom Halse schaffte, und dann war es Signor Bertelli aus Genua. Er war nur ein halber Italiener, seine Mutter war Deutsche gewesen, er hatte den größten Teil seines Lebens in Deutschland verbracht, und Mama kannte ihn von früher aus Berlin her. Und da sie so hübsch und so temperamentvoll und vor allen Dingen so wunderbar blond war, echt blond, hatte Signor Bertelli immer schon eine große Begeisterung für sie gezeigt. Er vertrat inzwischen eine große deutsche Firma in Italien, das fing bescheiden an, heute ist er ein steinreicher Mann, und Mama hat das höchste Leben bei ihm.
Ich verstehe mich sehr gut mit ihm, manchmal kommen sie nach München, und manchmal fahre ich nach Genua zu Besuch, und wir haben immer viel Spaß miteinander. Mama bekam sage und schreibe mit einundvierzig noch ein Baby, meinen kleinen Bruder Stefano; es war ihr damals etwas peinlich, als sie mir das gestand – »in meinem Alter, dio mio, Vera, es ist eigentlich ein Ding der Unmöglichkeit«. War es aber nicht, es ging sehr gut, sie freut sich über den Buben, der heute immerhin auch schon fünfzehn ist, und Signor Bertelli vollends wurde halb verrückt vor Glück und Stolz.

Aber was wollte ich eigentlich sagen, wie komme ich auf die Familie Bertelli? Ach so, ja, die Pferde. Also wie gesagt, 1945, nachdem ich von meinem Tierarzt weg war, war es Schluß mit der Reiterei für mich. Kriegsende, letzte Schuljahre, Beginn des Studiums, immer Geldknappheit. Und dann meine blödsinnige Ehe mit René.

Konnte ich daran denken, zu reiten, geschweige denn ein Pferd zu kaufen? Nie. Ich besaß in jenen Jahren nicht eine Mark zuviel. Aber tief in meinem Herzen blieb der Traum, einmal ein eigenes Pferd zu besitzen.

Ich verdiente ganz gut mit meinem Buch, aber nicht genug, um mir solche Wünsche zu erfüllen. Und ich verdiente sehr gut, als ich mit Gert schließlich in Werbung machte.

Gelegentlich war ich schon an der Reitschule vorbeigegangen, dann ging ich hinein, sah den Reitstunden zu, und dann ging ich eines Tages kühn zu jenem netten Reitlehrer, von dem ich schon erzählt habe, und sagte schlicht und einfach: »Ich möchte auch reiten.«

»Bitte sehr«, sagte er.

»Ich bin früher schon geritten, im Krieg. Ich weiß nicht, ob ich es noch kann.«

»Versuchen Sie's halt.«

Am nächsten Tag fand ich mich zur Stunde ein. Noch ohne Dreß, nur in langen Hosen und Halbschuhen. Kletterte auf ein leidgeprüftes Verleihpferd, stand die Stunde einigermaßen durch, schlich krumm und lahm weg, voll blauer Flecken und aufgeriebener Stellen an Beinen und Schenkeln, bekam einen furchtbaren Muskelkater, aber das half alles nichts, ich hatte Blut geleckt. Schon am nächsten Tag erstand ich Reithosen und Stiefel, Konfektion damals noch. Und so begann es also.

Nach vier Wochen war es mir unerklärlich, wie ich je ohne Pferde leben konnte. Nach weiteren vier Wochen saß ich schon ganz sicher wieder im Sattel, durfte mit ausreiten, bekam schon bessere Pferde.

Ferdinand war der erste, dem ich davon erzählte. Er staunte und bewunderte mich und fand sich in der Reitschule ein, um meine noch bescheidenen Künste zu bewundern. Es war in der vierten Stunde.

Gert erzählte ich es etwas später, bisher war ich immer heimlich verschwunden, zog mich erst in der Garderobe der Reitschule um, und das alles war sehr unbequem. Wir lebten ja damals zusammen, und eigentlich wußte er immer ganz genau, wohin ich ging, woher ich kam.

»Was treibst du eigentlich, Vera?«

»Oh, Gymnastik. Ich muß etwas für meine Figur tun.«

»Deine Figur ist tadellos. Und für so einen Unsinn haben wir keine Zeit. Betrügst du mich?«

Genaugenommen betrog ich ihn. Mit den Pferden. Die mir nach und nach wichtiger wurden als er. Überhaupt, als ich Lorine dann kaufte.

Nachdem er wußte, was ich tat, wenn ich vormittags verschwand, tippte er sich an die Stirn. »Du spinnst. Reiten! Muß doch wahnsinnig unbequem sein.«

Gert war ein ausgesprochen unsportlicher Mensch. Er hielt es für eine Laune, die vorübergehen würde. Als ich das Pferd kaufte, hatten wir einen Riesenkrach. Lorine kostete mich viertausend Mark, und er fand, ein neuer Wagen sei wichtiger gewesen.

»Es ist schließlich mein Geld.«

»Es ist unser Geld.«

»Mir langt der alte Wagen, der tut es noch leicht.«

Wir stritten oft wegen Geld. Wir waren beide leichtsinnig und gaben viel Geld aus. Und obwohl die Firma gut ging, waren wir nie richtig flüssig. Dies nur nebenbei.
Mit Lorine war es Liebe auf den ersten Blick. Sie kam von der Rennbahn, war ein mittelmäßig erfolgreicher Galopper gewesen und wurde als Siebenjährige in Privathand verkauft. Die Dame, die sie kaufte, stellte sie bei uns im Stall ein, begann sie zu reiten und brach sich als erstes das Schlüsselbein.
Lorine war außerordentlich lebhaft damals, ein empfindlicher, leicht hysterischer Vollblüter, die man nur mit leichter Hand und sehr viel Liebe behandeln durfte.
In den nächsten Wochen ritt sie nur mein Reitlehrer, er kam natürlich blendend mit ihr aus, Lorine wurde ruhiger und artiger, lernte ein bißchen was dazu, denn bisher hatte sie nur gelernt zu laufen, und das möglichst schnell und möglichst vor den anderen. Aber als dann die Dame mit geheiltem Schlüsselbein sie wieder reiten wollte, ging es wieder nicht gut. Vielleicht war ihre Hand zu hart, vielleicht harmonierte ihr Wesen nicht mit dem Lorines, nach einigen weiteren Stürzen und einer leichten Gehirnerschütterung hatte sie die Nase voll.
Lorine stand zum Verkauf und wurde von Herrn Weber, dem Chef der Reitschule, erworben. Das war eine gefährliche Kurve in ihrem Dasein, denn nun wurde sie unter die Schulpferde eingereiht. Sie ging im Verleih, täglich vier bis fünf Stunden, unter immer wechselnden Reitern, und das nahm ihr einiges von ihrem Elan. Sie war kein Pferd für den Schulbetrieb, sie wurde mager, sie wurde nervös, sie war unglücklich. Jeder konnte sie natürlich nicht reiten, man setzte möglichst leichte und einigermaßen sichere Rei-

ter auf sie, vor allem solche mit leichter Hand. Das war wohl auch der Grund, warum ich sie eines Tages bekam. Ich ritt da etwa ein halbes Jahr. Das erstemal hatte ich allerhand Angst, als ich auf ihr saß, denn sie war als schwierig bekannt. Aber wir kamen gut miteinander aus. In der Bahn und später auch beim Ausreiten. Ich habe, wie gesagt, eine weiche Hand, ich reite gern schnell, ich bin nie hart und unfreundlich mit einem Pferd. Lorine erkannte das und dankte es mir mit einigermaßen anständigem Betragen. Ich liebte sie nach kurzer Zeit von ganzem Herzen. Ich ritt sie jeden Tag. Ich litt Qualen, wenn ich andere auf ihr sitzen sah. Ich brachte ihr jeden Tag Rüben oder Äpfel mit, sie kannte mich schon, sie drehte sich um, wenn sie meinen Schritt hörte, wir unterhielten uns, ich besuchte sie nochmals am Nachmittag, und schließlich sagte mein Reitlehrer: »Kauf sie dir doch. Das wäre ein Pferd für dich. Und dann käme sie aus dem Verleih, das ist sowieso nichts für einen Vollblüter.«

Und ich: »Ja, das mache ich. Ich will sie für mich allein haben.« Und ohne weiter zu überlegen, ohne jemanden zu konsultieren, schon gar nicht Freund Gert, kaufte ich die kapriziöse Lorine. Und war glücklich. Und war stolz. Schon am nächsten Tag machte ich meinen ersten Alleinausritt – so etwas dürfen nur Pferdebesitzer –, und das war sehr dramatisch. Sie ging mir einmal durch, sie scheute, wo es nur zu scheuen ging, aber wir kamen beide heil und vergnügt in den Stall zurück.

Ich hatte ein Pferd. Ein Pferd, das ich zärtlich liebte und liebe.

All das hatte Ferdinand vom ersten Moment an miterlebt. Alle meine Sorgen und Freuden, als Reitschüler, als Pferdebesitzer, hatte er mit mir geteilt. Er ist selber dabei ein Pferdekenner geworden und ein Pferdefreund. Wenn ich nicht da bin, wenn ich verreisen muß, besucht er Lorine getreulich jeden Tag und bringt ihr Rüben oder Äpfel. Sie kennt ihn gut. Er ist einer der wenigen, der sie anfassen darf.

Dieser liebe gute Ferdinand! Neben Lorine ist er der beste Freund, den ich besitze. Ob ich gleich auch von ihm ein bißchen erzähle, damit man ihn besser kennenlernt?

Er ist ziemlich klein und ein bißchen schmächtig, kein Mann, der nach viel aussieht. Er hat ein rundes treuherziges Gesicht mit Sommersprossen auf der kleinen Stupsnase, und er hat hellgraue Augen und hellblonde Haare. Er ist alles in allem eine Miniaturausgabe von einem Mann. Äußerlich. Aber er hat ein großes, gutes Herz und eine große weite Seele und allerhand Verstand in seinem Kopf. Von Beruf ist er Drogist. Inhaber einer kleinen Drogerie in Schwabing.

Als ich ihn kennenlernte, lebte seine Mutter noch. Ich pflegte in der kleinen Drogerie, die nicht weit von meiner damaligen Studentenbude lag, meine kleinen Einkäufe zu machen: Seife, Zahnpasta, Watte, Sonnencrème und was man eben so braucht. Die Mutter war eine ebenso kleine, ebenso liebe und nette alte Dame. Manchmal war sie im Laden, manchmal Ferdinand.

Ich kaufte ein, ich sagte danke, sie sagten auch danke, und damit war's getan. – Aber einmal, Ferdinand war im Laden, kippte ich um und fiel in Ohnmacht. Ich erwartete damals ein Kind. Von René. Und es ging mir mies. Ich war unglücklich. Ich war auch noch nicht verheiratet. Ich hatte wenig Geld. Und am liebsten wäre ich gestorben.

Das war das erste, was ich sagte, als ich wieder zu mir kam. Auf dem Sofa in ihrer Wohnung, wo Mutter und Sohn mich hingeschleppt hatten. Das bestürzte die beiden sehr. Irgendwie fühlten sie sich von da an für mich verantwortlich.

Ferdinands Mutter ist gestorben vor fünf Jahren, er führt die Drogerie allein, sie bringt nicht sehr viel Geld, aber für ihn reichlich genug. Er hat kaum Ansprüche, hat weder Weib noch Kind, und manchmal frage ich mich, ob er jemals überhaupt ein Mädchen gehabt hat, ich meine, so richtig, aber ich weiß es wirklich nicht.

Für mich jedenfalls ist er immer da, für mich tut er alles, auch wenn ich ihn noch so schlecht behandele, was oft genug vorgekommen ist. Er bewundert mich uneingeschränkt, er findet mich unbeschreiblich schön und unbeschreiblich klug und mit einmaligem Charme ausgestattet und angefüllt mit Edelmut und Herzensgüte. In seinen Augen besitze ich alle Tugenden der Welt. Ich kann ihm noch so oft sagen, daß nichts davon wahr ist, daß ich ein abscheuliches, eigensinniges, egoistisches, arrogantes Frauenzimmer bin – er glaubt es nicht. Da kann man nichts machen.

Manchmal habe ich schon gedacht, ich täusche mich in mir, und er kennt mich besser. Wie auch immer, er hat in all den Jahren getreulich mein Leben begleitet, kam, wenn ich ihn brauchte, und hielt sich bescheiden zurück, wenn ich keine Verwendung für ihn hatte.

Er hat alles miterlebt: meine Ehe, die stürmisch war, die Geburt meines Kindes und seinen Tod nach einem halben Jahr, schließlich meine beruflichen Erfolge und Mißerfolge, meine Liebhaber und nun schließlich in den letzten beiden Jahren den besten Teil meines Daseins: mein Leben mit Lorine.

Er ist noch nicht alt, der Ferdinand, neunundvierzig. Er hat sich eigentlich in all den Jahren nicht verändert, er sieht noch immer aus wie damals, als er mir das Waschpulver verkaufte und ich ihm über den Ladentisch kippte.
Er ist mir oft auf die Nerven gegangen. – Alle Menschen, die immer gut zu einem sind, gehen einem gelegentlich auf die Nerven – komisch –, aber es ist so. Aber er ist ein Freund. Und es ist gut, einen Freund zu besitzen.

Waldhofen am Abend

Aber ich muß wieder ein neues Kapitel anfangen, damit ich endlich zu dem komme, was ich erzählen wollte, von dem Mr. Timotheus in der Bar. Immer komme ich vom Hundertsten ins Tausendste und schweife ab.
Zurück zu diesem Sonntag. Nach dem Essen machte ich mit Ferdinand einen Rundgang durch Waldhofen, und dann spazierten wir in die Gegend hinaus. Das Wetter hatte sich wieder gebessert, es war sonnig und leidlich warm; mitten im Wald fanden wir ein Café, da kehrten wir ein, tranken Kaffee und aßen einen wunderbaren Zwetschgenkuchen mit Sahne, und dann spazierten wir zurück und kreisten nochmals über die Kurpromenade, und dann sagte ich:
»Jetzt laufe ich keinen Schritt mehr.«
»Was machen wir also?«
»Nichts mehr. Wann mußt du fahren?«
»Och, erst später. Da sind die Straßen nicht so voll.«
»Gut. Dann mache ich mich fein, wir gehen essen, und dann tun wir etwas für unseren Kreislauf.«

Damit war er einverstanden. Wir tun oft und gern etwas für unseren Kreislauf, wir haben beide Unterdruck, und darum sitzen wir also in der Bar und trinken Sekt.
Zwei Tische entfernt sitzt Mr. Timotheus und flirtet mit einem blutjungen Ding.
Als wir kamen, war er schon da, er hat mich nicht gesehen, so vertieft ist er in das Gespräch mit seiner Begleiterin. Das Mädchen ist sehr niedlich, wie eben die jungen Mädchen heutzutage sind, schlank und langbeinig, mit langem dunklem Haar, das ihr offen über die Schultern fällt, und dunklen Augen, und ich frage mich, wo er die aufgegabelt hat. Ist sie ein Kurgast? Eine Einheimische? Er lebt ja wohl hier in Waldhofen, aber ich weiß noch nicht einmal, wie er heißt und was er macht. Beruflich, meine ich. Strenggenommen geht es mich auch nichts an. Nur weil sein Pferd neben meinem steht und ich ihn einmal nach dem Weg gefragt habe, besteht durchaus noch kein Anlaß, mich für seinen Lebenslauf und seine Amouren zu interessieren. Es ist durchaus nicht so, daß ich mich hauptberuflich nach Männern umsehe, ganz im Gegenteil, ich tue keinen Schritt dazu, um einen Mann kennenzulernen. Habe ich auch nie nötig gehabt. Meist war es so, daß die Männer sich für mich interessieren. Das hinwiederum habe ich sehr gern. Tut es einer nicht, irritiert mich das. Besonders wenn es einer ist, der mir gefällt. Und dieser hier gefällt mir. Ich weiß nicht warum, eben so, rein von seiner Erscheinung her. Er ist ein Herr, und das ist ein Typ, der nicht alltäglich ist.
Ob ich schon zu alt bin, daß man sich nach mir nicht mehr umsieht? Dieser Gedanke beunruhigt mich eine ganze Weile.
»Wie sehe ich eigentlich aus?« frage ich Ferdinand mitten in einem Gespräch.

»Bitte?« fragt er verstört.
»Wie ich aussehe.«
»Du? Wunderbar.«
»Na ja, schon, sicher. Aber ich meine es jetzt ganz sachlich. Wenn du mich mal so ansiehst, als wenn du mich nicht kennen würdest. Als wenn du mich eben zum erstenmal siehst. Was würdest du dann von mir denken?«
»Daß du die schönste und charmanteste Frau bist, die ich je gesehen habe.«
Ach – das tut gut, auch wenn nur Ferdinand es ist, der es sagt. »Wirklich?«
»Ja. Bestimmt. Ich kenne keine Frau, die so ist wie du, apart, mit dieser ganz persönlichen Note, ein bißchen sophisticated und dabei so warmherzig und so natürlich. Du bist eine ganz einmalige Mischung, Vera.«
»Ah ja, findest du?«
»Jeder findet das, der dich kennt. Auch Gert hat es erst neulich wieder gesagt.«
»Gert?«
»Ja. Er war bei mir im Laden. Ich wollte es dir eigentlich nicht erzählen.«
»Mein Gott, warum denn nicht? Was denkst du, was mir das ausmacht. – Da war er wohl nicht allein?«
»Im Laden schon. Seine Freundin saß draußen im Wagen.«
»Aha.«
»Nichts Besonderes. So Durchschnitt. Ich bin extra mit hinausgegangen, um sie mir mal aus der Nähe anzusehen. Affig kam sie mir vor. Die hat er bestimmt nicht lange.«
»Was wollte er denn bei dir?«
»Einkaufen. Er will mir wohl seine Kundschaft nicht entziehen. Du weißt ja, ich habe immer für ihn sein Badesalz

vorrätig und die Seife, die er mag, und das Rasierwasser und so verschiedenes noch.«

»Aha. Und da habt ihr von mir geredet?«

»Ja. Er wollte wissen, wie es dir geht und was du machst und ob du traurig bist ...«

»Traurig, ich? Vielleicht seinetwegen? Pöh! Daß ich nicht lache.«

»Hab' ich ihm auch gesagt. Und er hat gesagt: ›Vera braucht mich nicht, sie hat mich nie gebraucht. Sie ist ein ganz und gar unabhängiger Mensch. Sie nimmt einen Mann, behält ihn, solange sie mag, und dann läßt sie ihn stehen. Eigentlich ist sie hundertprozentig der Typ einer modernen Frau. So wie alle Frauen wahrscheinlich in fünfzig Jahren sein werden.‹ Und ich hab' gesagt: ›Ich glaube nicht, daß alle Frauen so sein werden, auch in fünfzig Jahren nicht. Da müßten sie alle so klug und dabei so großzügig sein wie Vera, um sich diesen Luxus der Unabhängigkeit leisten zu können. Bekanntlich sind aber die meisten Frauen ein bißchen dumm und mehr oder weniger kleinlich.‹«

»Das hast du gesagt?«

»Ja. Und Gert hat genickt und blickte dabei hinaus zu seinem Auto. ›Das stimmt wohl‹, sagte er. ›Aber in gewisser Weise tut es einem Mann ganz gut, wenn eine Frau ein bißchen dumm ist. Jedenfalls vorübergehend. Es stärkt sein Selbstbewußtsein. Bei Vera kam ich mir immer ein paar Nummern kleiner vor.‹«

Ich muß lachen. »Na ja, ehrlich ist er immer gewesen. Ich meine, er hat sich nie viel vorgemacht über sich selbst. Das war noch eine seiner besten Eigenschaften.«

»Ja. Und weißt du, was er dann noch gesagt hat, ehe er ging?«

»Ich weiß es nicht, aber du wirst es mir sagen.«
»Er sagte: ›Nein, Vera braucht mich nicht, aber ich brauche Vera.‹«
»Ach, sieh da. Das ist ja eine ganz neue Entwicklung.« – Es tut natürlich gut, so etwas zu hören. – »Leider wird er in Zukunft ohne mich auskommen müssen.«
Wie ich gerade wieder einmal in jene Richtung blicke, sehe ich, daß Mr. Timotheus mich ansieht. Er hat also entdeckt, daß ich hier bin. Er neigt leicht den Kopf, ich lächle und nicke auch. Doch dann hat er wieder nur Augen für seine Begleiterin. Etwas später kommt der Hotelbesitzer durchs Lokal, er bleibt kurz bei uns stehen und grüßt, doch bei Mr. Timotheus setzt er sich sogar eine Weile nieder. Er ist also hier gut bekannt, mein Boxnachbar.
Ferdinand startet gegen halb elf, ich bringe ihn hinaus zu seinem Wagen, er bekommt einen Kuß auf die Wange, und er verspricht, daß er nächsten Sonntag wiederkommt.
Ich schlendre noch ein Stück die Straße entlang, aber mir ist kalt, ich habe keinen Mantel an, und südliche Sommernächte werden einem hier nicht geboten.
Wie ich zum Hotel zurückkomme, tritt gerade Mr. Timotheus mit der jungen Dame aus der Tür. Er schiebt seine Hand unter ihren Arm, sie lächelt ihn liebevoll an. Und so, dicht nebeneinander und eifrig redend, gehen sie davon, nahe bei mir vorbei, ohne mich zu sehen.
Ich verspüre fast so etwas wie Eifersucht. Geradezu kindisch. Das ist ein wildfremder Mann, und auch wenn er mir gefällt, geht er mich nichts an. Er interessiert sich für sehr junge Mädchen und offenbar nicht ohne Erfolg. Mir hat er den ganzen langen Abend lang keinen zweiten Blick gegönnt.

Oben in meinem Zimmer betrachte ich mich sehr kritisch im Spiegel. Bin ich schon so alt, daß man kaum zu mir hinschaut? Ach, es ist schrecklich, daß man älter wird. Schrecklich! Schrecklich! Nicht, daß ich unbedingt wieder ein junges Mädchen sein möchte – diese Lebenszeit finde ich gar nicht so schön. Aber so zwischen dreißig und fünfunddreißig, das sind die besten Jahre, da sollte man stehenbleiben und keine Stunde älter werden.
Ob das wohl mal einer erfinden wird? Wäre mir lieber als die Fahrt zum Mond. Nur leider – für mich kommt es zu spät.

Stehtag

Montag ist Stehtag auch hier, wie in fast allen Ställen heutzutage. Da ist man frei und ledig, kann mal ausschlafen und in Ruhe frühstücken. Aber irgendwie ist man nie glücklich dabei, es fehlt einem etwas, wenn man nicht zu seinem Pferd gehen kann. Zu Hause benütze ich den Montag immer für Behördengänge, falls welche anstehen, oder Einkäufe und Stadtbummel. Und ich bin froh, wenn es wieder Dienstag ist. Hier ist es vollends ein verlorener Tag.
Ich bleibe lange im Bett, lasse mir das Frühstück heraufbringen, lese in dem Krimi, den ich inzwischen erstanden habe, ein furchtbarer Käse, dann entschließe ich mich, etwas zu unternehmen.
Nach einem kurzen Besuch bei Lorine fahre ich ein Stück durch die Lande. Besuche die nahe Kreisstadt, kann dort nicht viel Interessantes entdecken, gondele langsam weiter

und esse unterwegs zu Mittag. Gegen vier Uhr komme ich nach Waldhofen zurück. Ziehe mich um, die Sonne scheint, und begebe mich auf die Kurpromenade. Die Musik spielt heute im Freien. Habe ich schon vom Waldhofener Kurorchester erzählt? – Das sind fleißige Leute, sie spielen vormittags und nachmittags und abends. Bei schönem Wetter draußen, bei schlechtem Wetter drinnen. Dann sitzen die Kurgäste auf Stuhlreihen oder auf Bänken vor der Kapelle, oder sie wandeln mit feierlichen Gesichtern im Kreis herum und lauschen. Und die Musik spielt dazu. Operetten- und Opernpotpourris, Märsche, Stücke mit phantasievollen Namen und dazwischen auch mal was ganz Rasantes, etwas Spanisches oder Mexikanisches. Sie machen das gar nicht schlecht, und ich frage mich, wie wird man Kurorchestermitglied? Leben sie immer hier, sind es Waldhofener Bürger, oder kommen sie nur zur Saison her, spielen sie das ganze Jahr zusammen, oder sind sie nur vorübergehend eine Gemeinschaft? Sind verhinderte Paganinis und Armstrongs dabei, ist der eine oder andere große Künstler in ihren Reihen, der sich sein Musikerleben anders vorgestellt hat und der nun leidet, oder sind alle oder sagen wir mal die meisten, zufrieden mit dieser Art Darbietung, die sie da von sich geben? Ich halte mich eine Weile in der Nähe des Orchesters auf und sehe ihre Gesichter an. Sie sehen eigentlich alle ganz friedlich und zufrieden aus. Da ist einer mit der Klarinette, der setzt immer zu früh ein. Die erste Geige ist ein Beamter, satt und selbstzufrieden, er fiedelt seinen Part ohne Schwung herunter. Neben ihm sitzt ein Junger, der einzige eigentlich, der einen Künstlerkopf hat, ein schmales, blasses Gesicht mit tiefliegenden Augen. Möchte er lieber das Beethoven-Violinkonzert spielen? Kann er es

am Ende? Einer mit der Trompete ist ein Sonnenscheinchen. Wenn er nicht bläst, strahlt er. Lächelt die Leute an, die vorüberwallen, besonders einigermaßen ansehnliche Frauen.
Der Dirigent ist ein dicker Mittelalterlicher. Er hat ein Doppelkinn, eine Glatze und ist die Ruhe selbst. Er ist nett, aber er ist alles andere, nur nicht das, was sich der kleine Moritz unter einem Künstler vorstellt. Er könnte einen Lebensmittelladen haben oder ein Postamt leiten oder eine gemütliche Gastwirtschaft betreiben. Nicht immer sieht man den Menschen an, wer und was sie sind. Mein Kaufmann in Schwabing fällt mir ein, bei dem ich mein Gemüse, meine Butter, meine Eier und die Konserven kaufe. Der hat einen Künstlerkopf! Eine schwungvolle Tolle, feurige Augen, und dabei ist er ein Charmeur von hohen Graden. Wenn man bei ihm einen Krautkopf und ein Viertel Emmentaler kauft, so ist das jedesmal mit einem Flirt verbunden. Das Geschäft geht entsprechend gut, trotz mehrerer Supermärkte in nächster Nähe.
Das Orchester fasziniert mich. Ich möchte wissen, was das für Männer sind. Ich möchte eigentlich immer wissen, wie Menschen sind. Und dann möchte ich über sie schreiben. Leider bleibt es immer nur bei den Plänen, bei den ausschweifenden Phantasien. Ich denke das alles, aber ich tue es nicht. Ich bin faul. Leider. Aber eines Tages wird sich das ändern. Wenn ich älter geworden bin, wenn ich ruhiger geworden bin, wenn das Leben mir weniger Abwechslung zu bieten hat, werde ich das alles schreiben, was ich mir immer so ausdenke. Das sage ich mir selbst. Und weiß dabei, daß ich mir im Grunde etwas vormache. Ich werde es *nicht* tun, wenn ich älter bin. Kein Mensch tut etwas, nur weil er älter

wird. Und die Zeit, die man sich in bewegten Jahren stiehlt, ist tausendmal mehr wert als jene Zeit, die man im Überfluß hat, weil das Leben träge geworden ist. Denn man selbst ist dann auch träge geworden. Es fehlt der Schwung, es fehlt der Geist, es fehlt das Feuer. O Gott! Wie ich mich vor dem Altwerden fürchte! Wie ich mich vor der Trägheit, der Bequemlichkeit, der Nachlässigkeit graule! Ich weiß, daß ich resignieren werde. Daß ich sagen werde: Es ist nicht mehr der Mühe wert. – Daß ich alles wegwerfen werde. Soweit kenne ich mich. Und darum ist es besser, vorher zu sterben.

Was für Gedanken, Vera! Nimm dich zusammen. Ich löse meinen Blick aus dem Blumenbeet, in das ich verbissen hineingestarrt habe, und wende mich wieder dem Orchester zu. Sie sind jetzt bei Tannhäuser gelandet. Also das sollten sie nicht tun. Wirklich nicht. Erstens sind Opernpotpourris überhaupt etwas Grausames, und dann fehlen ihnen die Bläser, ich sehe überhaupt nur eine einzige Posaune, o nein, bitte, das geht nicht. Ich verlasse meinen Platz in so naher Nähe und schlendere von dannen.

Ob das schon mal einer geschrieben hat? Die Geschichte eines Kurorchesters. Die Geschichte all dieser Männer, die da zusammen sind und die ja irgendwann einmal angetreten sind, um Musik zu machen. Vielleicht stand ein Konservatorium am Anfang, eine Musikhochschule, ein großer Ehrgeiz, ein leidenschaftlicher Traum. Und nun ist es ein Tannhäuser-Potpourri, unvollkommen musiziert auf einer Kurpromenade. Aber fast alle Träume enden so. Ganz wenige sind es, Sternenkinder, die ein Ziel erreichen oder ihm wenigstens nahe kommen.

Ich setze mich auf die Terrasse des Hotels, in dem ich

gestern vormittag mit Ferdinand saß. Hier hört man die Musik auch noch, aber nicht so genau. Eigentlich, wenn man es genau nimmt, langweile ich mich. Soll ja sehr erholsam sein, wenn man sich langweilt. – Was mache ich heute abend? Ich kann doch nicht schon wieder ins Kino gehen. Noch einen Krimi kaufen? Mich still für mich besaufen? Oder einfach – wie wär' denn das, mich einfach hinsetzen und irgend etwas schreiben? Das habe ich lange nicht mehr getan. Und das werde ich ja endlich wieder einmal tun müssen, irgendwie muß ich schließlich Geld verdienen.
Ich bestelle einen Gin-Tonic und zünde mir eine Zigarette an. Der Gedanke belebt mich. Etwas schreiben also. Gut. Und was? Über das Kurorchester von Bad Waldhofen? Über die Kurgäste selbst? Über mich und Lorine? Über alles und nichts.
Natürlich ist mir nicht entgangen, daß ich beobachtet werde. Vom Nebentisch aus, der nur eine Armlänge von mir entfernt ist. Gutaussehender stattlicher Endfünfziger, im dunkelblauen Blazer, Managertyp. Endlich tue ich ihm den Gefallen, mal flüchtig hinzublicken. Wie ich die nächste Zigarette nehme, windet er sich ein bißchen hoch und läßt ein Feuerzeug vor mir aufschnappen.
»Danke«, sage ich kühl, ohne ihn anzusehen.
Das nimmt ihm den Mut.
Eigentlich blöd von mir. Warum soll ich denn nicht mal ein bißchen Gesellschaft haben? Nicht einzusehen, daß ich mich immer allein mopse. Hier tritt fast alles paarweise auf. Kurschatten nennt man das, habe ich schon gelernt. Da ich ja keine Kur mache, steht mir eigentlich so etwas nicht zu. Und überhaupt – was soll's denn! Nach einer Weile zahle ich, stehe auf und gehe. Hinter mir verwehen die letzten

Takte der ›Alten Kameraden‹ in der Spätsommerluft. Die letzte Nummer für diesen Nachmittag. Die Künstler werden anschließend wohl ein Bier trinken.
Ob ich noch mal in den Stall fahre? Ach, Unsinn. Stehtag, man macht sich nur unbeliebt. Ich werde Schaufenster angucken. Und auf der Post ein paar Marken kaufen. Und im Buchladen einen neuen Krimi. Und ein paar Ansichtskarten, werde Mama schreiben und noch einigen Leuten. Ins Hotel gehen, mich wieder mal umziehen, nur so zum Spaß, dann Abendbrot essen und dann Kino. Gott sei Dank, morgen kann ich wieder reiten.
Bei mir im Hotel gibt es nichts zu essen, das Restaurant ist geschlossen. Auch so eine Art Stehtag. Nicht zu glauben, das gibt es noch. Nun ja, Personal jeder Art muß heutzutage gut behandelt werden, sonst ist man es los. Und einmal in der Woche wollen die Köche und Küchenmädchen, die Kellner und Kellnerdamen sich unter die Kurgäste mischen, auf der Promenade lustwandeln und tanzen gehen. Nichts gegen zu sagen. Das tun sie anderswo auch. Nur an verschiedenen Tagen. Hier tun sie es an einem Tag gemeinsam.
Ich trödle eine Weile herum. Abendessen muß nicht unbedingt sein. Ich kann auch mit einer Tafel Schokolade bewaffnet ins Kino gehen. Genausogut kann ich aber auch mal in ein anderes Lokal hineinschauen. Eins habe ich gesehen, das macht von außen einen vielversprechenden Eindruck. Die Speisekarte auch.
Andere Leute finden das wohl auch. Das Lokal ist gut besucht. Nicht daran zu denken, daß man irgendwo für sich sitzen könnte. Nachdem ich durch die Räume spaziert bin, alles sehr nett und gemütlich hier, und Hunger habe ich

eigentlich auch, will ich mich schon wieder zum Ausgang wenden, da höre ich hinter mir eine Stimme: »Hier wäre noch ein Platz.«

Ich bin geneigt, das zu überhören, blicke jedoch flüchtig aus den Augenwinkeln zu dem Sprecher hin. Mein Nachbar vom Nachmittag. Der dunkelblaue Blazer. Er ist nicht allein, eine ähnliche Type sitzt mit ihm an dem ovalen Holztisch. Beide Männer blicken erwartungsvoll zu mir auf.

Na los, Vera. Es muß nicht immer Kino sein.

Ich wende mich den beiden zu, ein kleines Lächeln.

»Oh, wirklich?«

»Machen Sie uns das Vergnügen, gnädige Frau«, sagt der Blazer und steht auf.

Nun denn, ein Mann mit Manieren, pourquoi non? Ich setze mich, sage: »Das ist sehr freundlich, meine Herren«, worauf der zweite, weniger gewandt als der vom Nachmittag, mir mitteilt: »Hier bleibt man sowieso nicht allein am Tisch. Da haben wir schon lieber eine hübsche Frau bei uns sitzen. Was?«

Das Was gilt dem Blazer, der etwas gequält lächelt. Ja, im Urlaub kann man sich seine Bekanntschaften nicht immer aussuchen.

»Vielen Dank«, sage ich, »ich weiß die Ehre zu schätzen.« Und dann mache ich meine kühl-arrogante Miene, die die beiden erst mal verstummen läßt. Eine Weile beschäftige ich mich mit der Speisekarte, entscheide mich für geräuchertes Forellenfilet und Steak Hawaii, schalte um auf Charme, schaue den Blazer vertrauensvoll an, der ein Viertel Wein vor sich stehen hat – der andere trinkt Bier –, und frage lieb: »Ich nehme an, Sie kommen öfter hierher. Da können Sie mir sicher einen Wein empfehlen.«

Das kann er. Und das tut er ausführlich, nachdem er ermittelt hat, welche Geschmacksrichtung ich bevorzuge. Leicht, spritzig, möglichst jung und herb. Und dann erfahre ich auch gleich noch, daß er sehr wohl öfter herkommt, nämlich nun seit genau sieben Jahren. Alle Jahre wieder, Ende August bis Mitte September.

»Oh!« staune ich. »Das nenne ich Treue.«

»Die Kur bekommt mir ausgezeichnet. Ich habe festgestellt, daß ich mich nirgends wohler fühle als hier. Wissen Sie, gnädige Frau, ich kenne andere Kurbäder. Teilweise sind sie hochgestochen, teilweise ist da viel Rummel. Hier ist es ruhig und ländlich, und trotzdem bekommt man alles, was man braucht.« Daß dem so ist, bestätigt der andere, der allerdings erst zum drittenmal hier ist. Früher hätte er Kurbäder verabscheut, keine zehn Pferde hätten ihn in ein Kurbad bekommen, obwohl seine Frau immer in ihn hineingeredet hätte, er solle doch endlich etwas für seine Gesundheit tun.

»Na ja, und dann merkt man eben doch, daß es an der Zeit ist, mal ein bißchen langsamer zu gehen. Früher konnte ich es im Urlaub nicht lebhaft genug haben. Und möglichst weit fahren, fremde Länder und so, aber dann wird man doch bequem, und man kennt ja auch alles, und dann merkt man, wie es hier und da zwickt und das Herz ein bißchen komisch klopft, na ja, Sie wissen schon«, das gilt dem Blazer, der sich aber offenbar weder als bequem noch mit komisch klopfendem Herzen betrachtet haben will und also diese Symptome weit von sich weist. Nein, er käme nur her zur Erholung und als – nun ja, eben als Auffrischung gedacht. Über sein Herz könne er nicht klagen. Eine Weile reden sie so hin und her, über Herzen und sonstige Organe und was man alles hier tun könne und wie wohl einem das täte. Ich brauche nichts dazu zu sagen, ich nicke mal, wenn ich angesprochen werde, oder frage: »Oh, wirklich?« Dazwischen kommt die Bedienung, und ich kann meine Bestellung aufgeben. Dann will der Blazer wissen, was ich denn für Anwendungen habe.

»Gar keine.«

»Wieso?«

»Ich mache keine Kur. Bis jetzt jedenfalls nicht. Ich bin erst seit letztem Donnerstag hier.«

»Dann wird es Zeit, daß Sie damit anfangen. Der Arzt hat Ihnen doch sicher schon einiges verschrieben.«

»Ich war nicht beim Arzt.«

Darob erstaunen sie maßlos. Nachgerade wird mir klar, daß ich der einzige hier bin, der nicht mit Wasser pantscht.

»Nicht beim Arzt?«

»Nein, da ich ja nicht kuren will ...«

»Aber was machen Sie denn hier?«

»Oh, Ferien halt. Ich erhole mich. Hoffentlich.«

Flüchtig bin ich geneigt, ihnen von Lorine zu erzählen. Aber dann lasse ich es bleiben. Wenn man erzählt, daß man reitet und gar ein Pferd besitzt, denken die Leute immer, man will angeben. Und überhaupt – die beiden hier verstehen das sicher nicht. Sie langweilen mich nach einer halben Stunde maßlos. Das Essen ist gut und der Wein auch, ich trinke noch ein zweites Viertel, aber als Gesprächspartnerin bin ich nicht sehr ergiebig. Dann kommt noch ein dritter dazu, den die beiden kennen. Der dritte ist eine Betriebsnudel, er redet mich gleich dämlich an, nachdem er die beiden mit großem Geschrei begrüßt hat, und fängt an, pausenlos Witze zu erzählen, die ich gar nicht so witzig finden kann. Alle drei Männer sind zweifellos wohlhabende, erfolgreiche Geschäftsleute, Ehrenmänner, tüchtig im Beruf, ohne Fehl und Tadel. Aber wie so oft frage ich mich, wie eine Frau es ertragen kann, jahraus, jahrein so etwas um sich zu haben. Dasselbe Gerede, dieselben Witze und von Geist keine Spur. Ich finde, die Frauen bezahlen das bißchen Sicherheit ziemlich teuer. Aber vermutlich empfinden es die meisten nicht so.

Der dritte entdeckt im Lokal eine Dame, die er kennt, er winkt hinüber, er grinst, dann erzählt er den beiden im halblauten Flüsterton einiges über diese Dame, er weiß offenbar eine ganze Menge Genaueres über sie; er amüsiert sich königlich, die beiden anderen auch, sie lachen mekkernd, und nur dem Blazer ist es ein bißchen peinlich vor mir, er streift mich mit einem Blick, ich tue ihm nicht den Gefallen, verständnisvoll zu grinsen. Und ich denke:

Nein. Ich kenne euch so gut. Ich kenne euch im Alltag und im Beruf, hinter Schreibtischen und Konferenztischen, hinter dem Steuer eurer schweren Wagen, hinter den Tischen der Luxusrestaurants, in den Bars und in den Betten, ich kenne euch. Wenn ihr saturiert seid, seid ihr für die Welt verloren. Seid ihr für eine Frau verloren, die einen Partner sucht.

Wenn ihr jung seid, verletzt ihr uns durch eure Unerfahrenheit. Und wenn ihr älter seid durch eure Indifferenz. Wenn ihr Charme habt, so wie Gert, durch eure Treulosigkeit, durch eure Oberflächlichkeit. Wenn ihr schön seid, wie René, durch eure Kälte, durch euren Egoismus. Wenn ihr klug seid, wie einer, den ich kannte, durch eure Unfähigkeit zur Liebe. Wenn ihr primitiv seid, so seid ihr vollends ein Greuel.

Ich möchte einmal einen Mann erleben... wo kommt das gleich her? Ist es nicht ein Chanson, das die Dietrich sang? Weiß Gott, ja, ich möchte einmal einen Mann erleben, der so ist, wie ich ihn mir erträume.

Aber das ist natürlich lächerlich. Träumen von einem bestimmten Mann kann man mit sechzehn, siebzehn. In meinem Alter weiß man, daß Träume eben – Träume sind.

Wenn ich an meine Männer zurückdenke, finde ich einen, der wirklich liebenswert war.

Ich kannte ihn zu jener Zeit, als ich noch mit René verheiratet, aber schon von ihm getrennt war und sehr unglücklich. Mein Stolz war verletzt, mein Selbstbewußtsein, es ging mir nicht sehr gut finanziell, und ich wußte nicht recht, wie es weitergehen sollte. Damals machte ich durch Zufall die Bekanntschaft eines Mannes, der gesellschaftlich weit unter mir stand. Ein ganz einfacher Mann, ein Mann aus dem Volk gewissermaßen. Handwerker, nicht gebildet, nicht belesen, von allem, was mein Leben ausmachte, wußte er nichts. Er sah gut aus, auf eine schlichte unaufdringliche Art, er hatte eine Leidenschaft: Skifahren. Sonst war er bescheiden, einfach, unkompliziert. Und er war der zartfühlendste Liebhaber, den ich je besessen habe, ohne jeden Egoismus, behutsam, zärtlich, echter unverstellter Hingabe fähig.

Natürlich konnte ich seine Liebe nicht erwidern. Daß ich mit ihm mich einließ, war halb Trotz, halb Trostbedürfnis, war eine Flucht vor meinem Kummer, meiner Verlassenheit, aber dennoch verstand es selten ein Mann, mich als Frau so glücklich zu machen. Für ihn war ich ein Wunder. Ein Märchen aus einer anderen Welt. Und als ich ihn nach einiger Zeit verließ, verlassen mußte, denn was sollte ich auf die Dauer mit ihm anfangen, ich schämte mich vor meinen Bekannten, ich zeigte mich mit ihm nicht, er war nun mal aus einer anderen Schublade, und es ging eben einfach nicht, ja – als ich ihn verließ, stürzte für ihn der Himmel ein. Ich habe ihn sehr unglücklich gemacht. Ich hoffe, er hat mich bald vergessen und hat ein nettes Mädchen geheiratet, das zu ihm paßte.

Ach – ich lüge ja. Ich weiß, er hat mich nicht vergessen. Ich habe seinen Stolz verletzt, denn er war ein Mann von empfindsamer Ehre, ich habe ihm eine Wunde geschlagen, die ihn auch heute noch manchmal schmerzen wird. Und wenn es einer nicht verdiente, dann er. Denn er besaß etwas, was ich bei keinem vorher oder nachher so vollkommen gefunden habe: die Fähigkeit zu lieben.

»So nachdenklich, gnädige Frau?«

»Ach, ich bin müde. Ich weiß nicht, es muß die Luft hier sein. Ich könnte immerzu schlafen.«

»Ja, die Luft«, sagte der Zuletztgekommene. »Die Luft von Waldhofen. Die hat schon allerhand angerichtet. Da war mal hier ein Mädchen und ein junger Mann, und die hatten auch zuviel von der Waldhofener Luft geschnappt, und da...«

Die Witze werden jetzt gewagter. Zeit, daß ich mich verabschiede. Die Herren protestieren zwar, aber nicht sehr energisch, vermutlich finden sie mich fad. Ich lache nicht über ihre Witze, ich poussiere nicht, ich mache es ihnen nicht gar so leicht, wie sie es gerne hätten, diese unternehmungslustigen Ehemänner auf Urlaub, die in ihr Wassergepantsche so gern ein bißchen unverbindlichen Paprika gestreut bekämen.

Ich zahle, ich gehe. Eine halbe Stunde später strecke ich

mich mit Genuß in meinem Bett aus. Ich denke noch an Lorine. Und ich freue mich auf den nächsten Morgen. Gute Nacht, Lorine, Liebling. Du schläfst sicher schon lange.
Und mit dem Lächeln, das Lorine gilt, schlafe ich ein.

Der Wundermann

Die nächsten drei Tage, der Dienstag, der Mittwoch, der Donnerstag vergehen ohne besondere Vorkommnisse. Das Wetter ist soso, lala, nicht ganz schlecht, nicht richtig gut, mal scheint die Sonne, mal regnet es, aber nur ein bißchen. Wir können jeden Tag ausreiten. Zwei Tage bewegen wir uns nur im nahen überschaubaren Gelände, an einem Tag wagen wir uns wieder einmal etwas weiter. An die Kühe hat sich Lorine immer noch nicht gewöhnt, sie sind ein bleibendes Schrecknis, besonders, wenn sie sich bewegen oder wenn sie sehr nahe sind. Auch mit den verschiedenen Ungetümen der Landmaschinenindustrie hat sie sich noch nicht abgefunden; wenn es irgend geht, schlagen wir einen Bogen darum. Aber im großen und ganzen ist sie artig und sehr gehfreudig.
Es fällt mir auf, gleich am Dienstag, daß Lorines Nachbar Timotheus in seiner Box ist und offenbar nicht geritten wird. Er sieht ein wenig mißmutig aus, und wenn wir hinausgehen, schaut er uns sehnsüchtig nach. Bilde ich mir jedenfalls ein. Wo ist der mit den blauen Augen hingekommen? Ist er krank? Verreist? Hat ihn die sehr junge Dame mit Haut und Haaren verspeist?
Ich unterhalte mich immer ein bißchen mit Timotheus, und

er kriegt auch immer etwas von unseren Rüben ab, was er dankbar entgegennimmt. Lorine mag er sehr gern, das habe ich schon gemerkt. Jedesmal wenn sie vom Ausritt zurückkommt und den Stall betritt, begrüßt er sie mit einem kurzen Wieherer. Und am Donnerstag – da schau an – wiehert Lorine zurück.

»Gefällt er dir, mein Mädchen? Flirtest du mit ihm? Er ist ein hübscher Junge, da hast du recht.«

Angelika, die uns an diesem Tag in Empfang nimmt und Lorine den Sattel abnimmt, frage ich: »Geht der Timotheus zur Zeit gar nicht?«

»Doktor Gerlach ist verreist. Herr Meisel bewegt ihn.«

Auf diese Weise erfahre ich den Namen von Timotheus' Herrchen. Dr. Gerlach also. Und am nächsten Tag komme ich dazu, wie Herr Meisel den Timotheus reitet. Es geschieht draußen auf dem offenen Reitplatz. Herr Meisel hat offensichtlich Vergnügen daran, und das kann man verstehen. Der Goldfuchs geht wie gestochen. Er traversiert, er kann eine tadellose Passage, er macht elegante fliegende Galoppwechsel, er hat eine vollendet stolze Haltung und ist dabei ganz gelöst. Ein schönes Bild, wenn man zuschaut. Ich sage das Herrn Meisel, nachdem er abgesessen ist, und er nickt. »Ein gutes Pferd. Sie sollten Doktor Gerlach sehen, wenn er ihn Dressur reitet, die beiden sind wie aus einem Guß, da merken Sie nicht die kleinste Hilfe. Es sieht aus, als macht das Pferd alles allein. Ich bin nicht so gut mit ihm eingeritten, ich reite ihn selten.«

»Demnach ist Doktor Gerlach ein guter Reiter.«

»Ein hervorragender Reiter. So etwas sieht man heute selten.«

»Hat er das Pferd schon lange?«

»Seit der Timo geritten wird, ist er bei Doktor Gerlach. Er hat ihn selbst zugeritten. Na ja, kein Wunder, daß die beiden so gut aufeinander eingespielt sind.«
»Ein Arzt?«
»Bitte?«
»Ich meine, ist Doktor Gerlach Arzt?«
»Nein.«
Mehr erfahre ich nicht. Blöde Frage auch von mir. Den Doktortitel kann man hierzulande auch führen, ohne Arzt zu sein.
»Er wohnt hier, dieser Doktor Gerlach?«
»Ja. Seit drei Jahren.«
Mehr ist aus Herrn Meisel nicht herauszubringen. Mehr Fragen möchte ich auch nicht stellen.
Dann überrascht mich Herr Meisel mit der Ankündigung, daß er Lorine am Nachmittag mal auf die Koppel tun wird. Ich habe ihn schon des öfteren danach gefragt, und er meinte, man müsse abwarten, bis sie sich ein bißchen eingewöhnt hätte. Auch sei der Boden noch zu naß.
Nun meint er, es ginge wohl, und er würde ihr den Timo zur Gesellschaft mitgeben, die beiden verständen sich ja sehr gut.
»Das muß ich sehen. Wann ungefähr?«
»So gegen Abend, vielleicht um sechs.«
Kurz vor sechs finde ich mich im Stall ein und führe meine Lorine persönlich am Halfter auf die Koppel, die ein Stück vom Stall entfernt liegt. Angelika bringt den Timo mit.
Da steht sie nun, etwas verwundert über die ungewohnte Freiheit, schaut sich um, und da der Timo sofort ohne Verzögerung zu grasen beginnt, tut sie es ihm nach.
Wie ich ihr das gönne! Die armen Pferde in der Großstadt

haben nie ein Stückchen Wiese, auf dem sie frei laufen dürfen. Der Englische Garten in München zum Beispiel ist ein riesengroßer Park mit Wiesen über Wiesen, aber nicht eine einzige davon wird den Pferden gegönnt. Nicht mit einem Fuß dürfen sie darauf treten und mal saftiges Gras fressen und frei herumlaufen. Warum das so ist, weiß ich nicht. Pferde und Reiter sind bei Stadtverwaltungen und Parkverwaltungen unbeliebte Lebewesen. Störende Elemente. Sie werden bestenfalls geduldet, und das läßt man sie merken, wo es geht.

Eine Weile grasen die Pferde friedlich, immer dicht beieinander, es ist ein so hübsches Bild, ich schaue mir das wohlgefällig an. Aber dann kommt auf dem Zufahrtswege zum Stall ein Auto, und der Weg führt an der Koppel vorbei. Wie entsetzlich! Lorine hebt mit einem Ruck den Kopf, eine kurze Kehrtwendung, und dann rast sie in voller Karriere über die Wiesenfläche.

Der Timo schaut ihr erst verwundert nach, aber dann rast er natürlich mit. So etwas tun Pferde immer gemeinsam. Die Koppel 'rauf, die Koppel 'runter, dann einmal rundherum, einen Haken geschlagen und in anderer Richtung. Lorine immer voraus, den Kopf hoch erhoben, den Schweif gestreckt. Wie eine Wilde, wie eine Bacchantin. Ich kriege es mit der Angst. Wenn sie nur nicht stürzt und sich weh tut. Und dann plötzlich steht sie, mitten auf der Koppel, biegt den Hals, äugt nach allen Seiten. Gott, wie schön sie ist!

Ich rufe sie, aber sie hört nicht. Der Rausch der Freiheit hat sie erfaßt. Sie rennt weiter, noch einmal hin, noch einmal her. Aber Timo ist der Meinung, nun langt es. Er steht und schaut ihr nach, dann fängt er wieder an zu grasen. Und plötzlich grast Lorine auch wieder in aller Gemütsruhe, als sei nichts gewesen. Erst sind sie voneinander entfernt, aber nach wenigen Minuten sind sie wieder beieinander, Körper an Körper, der goldfarbene Wallach, die schwarzbraune Stute.

»Na, die beiden verstehen sich anscheinend ganz gut«, höre ich auf einmal eine Stimme neben mir. Ich habe den Pferden so fasziniert zugesehen und gar nicht gemerkt, daß jemand gekommen ist. Ich wende den Kopf, und da ist es der mit den blauen Augen. Dieser Dr. Gerlach.

»Oh, Sie sind wieder da?«

»Ja. Gott sei Dank.«

Ich nehme an, das gilt Timotheus. Und so sage ich: »Mir geht es auch immer so. Wenn ich Lorine ein paar Tage nicht gesehen habe, bin ich ganz unglücklich. Und bin froh, wenn ich wieder heimfahren kann. Die schönsten Reisen können einen nicht mehr interessieren.«

Er sieht mich an, eigentlich das erstemal, daß er mich richtig ansieht. Und dieser Blick ist schwer zu beschreiben. Er ist nach wie vor sehr distanziert, sehr kühl, aber er ist gleichzeitig sehr genau, sehr prüfend. Es ist nicht der Blick, mit dem ein Mann eine Frau sieht, die ihm vielleicht gefällt. Aber trotzdem wird mir bewußt, daß ich nicht beim Friseur war, seit ich hier bin, daß ich keinerlei Make-up aufgelegt habe, daß ich alte graue Hosen und eine nicht mehr ganz frische Bluse trage. Und gleichzeitig bin ich auf meiner Hut. Ich weiß, daß ich absolut keinen Unsinn schwätzen darf, daß ich nicht kokettieren darf.

Was ist das eigentlich für ein Kerl? Ich bin weiß Gott erfahren mit Männern, mir kann keiner mehr etwas Neues erzählen. Und schon gar nicht kann mich einer unsicher ma-

chen. Aber der hier kann es offenbar doch. Eine ganz ungewohnte Situation für mich.
Er gibt keine Antwort, wendet den Blick gelassen von mir, schaut wieder auf sein Pferd und pfeift eine leise Terz nach unten.
Timotheus hebt mit einem Ruck den Kopf, sieht zu uns her, und da kommt er schon an, mit ein paar Sprüngen ist er am Zaun, er brummt und grunzt vor Freude, er quietscht geradezu, er freut sich schrecklich, daß Herrchen wieder da ist, streckt den Kopf über den Zaun, läßt sich den Hals und die Nase streicheln, und ich sehe von einem zum andern, vom Pferd zum Mann und vom Mann zum Pferd. Und ich sehe zwei, die sich von Herzen freuen. Da ist keine Strenge mehr in diesem schmalen Herrengesicht, keine Kühle mehr in den blauen Augen. Das ist das Gesicht eines glücklichen, zärtlichen, liebevollen Mannes. Er und sein Pferd, sein Pferd und er, sie sind im Moment ganz allein auf der Welt.
Ich habe in das Herz dieses fremden Mannes gesehen. Und ich denke ganz etwas Blödsinniges. Ich denke: Ob er eine Frau auch so ansehen könnte? Ob er so glücklich sein könnte mit einer Frau? So voll Liebe für eine Frau? Sie müßte sich wie im Paradies fühlen. – Wirklich blödsinnige Gedanken. Aber ich kann nur sagen, ich beneide die Frau, die mit diesem Dr. Gerlach verheiratet ist. Vorausgesetzt er liebt sie wie er sein Pferd liebt.
Lorine hat ihrem Verehrer, der plötzlich davonsprang, erstaunt nachgesehen. Dann kommt sie auch zum Zaun, streckt auch den Kopf herüber, scheint zu fragen: Was ist los? Gibt's hier was Besonderes?
Auch das. Der Heimgekehrte hat zwei Äpfel in der Hosentasche, die er gerecht zwischen den beiden verteilt. Lo-

rine findet es ganz in Ordnung, daß sie an der Begrüßungsfreude von Timotheus teilnehmen darf.
Dann kriegen die beiden einen Patscher auf den Hals, und er sagt: »So, nun lauft.«
Darauf bekomme ich wieder einen Blick und sogar ein Lächeln. Ein ganz natürliches, ein frohes Lächeln. Ich lächle zurück. Im Moment ist fast so etwas wie eine Verbindung zwischen uns hergestellt. Keiner von uns spricht ein Wort. Wir lehnen nebeneinander auf dem Koppelzaun und sehen den Pferden zu, die wieder grasen.
Eine Weile später kommt Herr Meisel, auch seine Begrüßung ist sehr herzlich. Frau Meisel kommt hinterher, und sie strahlt geradezu, wie sie diesem Dr. Gerlach die Hand schüttelt. Offenbar ist der Herr sehr beliebt.
Wir stehen noch etwa zehn Minuten, reden über die Pferde und übers Wetter, dazwischen fragt Herr Meisel: »Ist Fräulein Nathalie wieder abgereist?« Und Herr Gerlach sagt: »Ja. Leider.« Und mir kommt die Idee, daß dieses junge Mädchen vielleicht auch die Tochter von Herrn Gerlach sein könnte. Sieht man einer Tochter so nahe in die Augen, nimmt man sie so behutsam am Arm? Na ja, vielleicht schon, viele Väter sind stolz auf eine hübsche Tochter. Keiner klärt mich auf. Wir bringen die Pferde zurück in den Stall, und da erlebe ich noch etwas ganz Gewaltiges: Friedrich, wie er den Herr Gerlach sieht, verzieht seinen Mund doch wahrhaftig zu einem Lächeln und sagt laut vernehmlich: »N'Abend, Herr Doktor.«
Nun gibt es keinen Zweifel mehr: Dieser Dr. Gerlach ist eine ganz besondere Nummer.
Mit mir gibt sich keiner mehr weiter ab. Ich trödle noch ein bißchen herum, nehme Abschied für heute von Lorine und

gehe zu meinem Wagen. Herr Gerlach steht mit den Meisels im Hof, dann nimmt er sein Fahrrad von der Hauswand, schwingt sich drauf und radelt von dannen. Dieser Wundermann ist nicht etwa mit einem Mercedes hier, nein – er fährt Rad.
Mich hat er gar nicht mehr angesehen.
Mein Selbstbewußtsein hat einen schweren Knacks bekommen. Bin ich eine Anfängerin? Wie macht man das, wenn einem ein Mann gefällt und man möchte gern einen zweiten Blick von ihm haben? Offenbar weiß ich das nicht mehr.

Ganz nette Unterhaltung

Ich bekomme einen zweiten Blick und zwar am folgenden Tage. Vormittag sehe ich Pferd und Reiter nicht, sie sind schon aus dem Stall, wie ich Lorine holen komme. Und wie wir gegen halb zwölf heimkehren, ist Timotheus noch nicht da.
Am frühen Nachmittag gehe ich zum Friseur, was ziemlich dumm von mir ist, denn es ist Samstag, und ich muß daher eine Weile warten, bis ich drankomme. So etwas hasse ich. Aber ich habe das Gefühl, ich müsse dringend etwas für mein Aussehen tun. Morgen, Sonntag, will der gute Ferdinand wieder herauskommen, das hat er mir am Abend zuvor telefonisch mitgeteilt.
»Oder hast du inzwischen bessere Gesellschaft?« hat er noch vorsichtig gefragt.
»Bessere Gesellschaft als dich gibt es nicht«, antworte ich liebevoll. Und das freut ihn natürlich.

Nach dem Friseur gehe ich Kaffee trinken, trödle ein bißchen auf der Kurpromenade herum und fahre dann zum Stall hinaus. Das Wetter ist sehr schön, vielleicht darf Lorine wieder auf die Koppel. – Sie darf. Zusammen mit Freund Timo.

Ich stehe noch nicht lange am Zaun, da erscheint neben mir Herr Gerlach, und heute entwickelt sich zwischen uns so etwas Ähnliches wie eine Unterhaltung. Ich sage, daß ich ihn gestern sehr bewundert hätte, weil er mit einem Rad gefahren sei. Was daran denn so bewundernswert wäre, will er wissen.

»Man sieht das heute selten, ein erwachsener Mann auf dem Fahrrad.«

»Das ist bedauerlich. Radfahren macht Spaß und ist außerdem sehr gesund. Die Kurgäste täten besser daran, ein bißchen radzufahren als für einen Fünfminutenweg ihr Auto zu besteigen.«

Wann bin ich das letzte Mal mit einem Rad gefahren? Das war in der Nachkriegszeit, als ich studierte. Aber nicht sehr lange. René besaß ein Auto, und als ich mit ihm befreundet war, stieg ich auf das Auto um. Damals machte ich auch meinen Führerschein.

Herr Gerlach ist gesprächig an diesem Tag. »Ich fahre hier draußen immer mit dem Rad. Außer es ist ganz schlechtes Wetter. Oder im Winter wenn Schnee liegt.«

»Sie leben immer hier?«

»Ja.«

»Aber Sie sind doch nicht von hier?«

Er wirft mir einen belustigten Blick zu. Weil ich neugierig bin? »Ich lebe seit drei Jahren ständig hier. Früher kam ich nur besuchsweise.«

»Zur Kur?«

Er lacht. »Nein. Man könnte sagen, ich stamme halb und halb von hier. Meine Mutter ist in Bad Waldhofen geboren. Als kleiner Junge kam ich her, um meine Großeltern zu besuchen, später meine Tanten und was sonst noch an Verwandten vorrätig war. Mir ist der Ort von jeher vertraut. Und als ich den Plan faßte, mich irgendwo zur Ruhe zu setzen, lag es nahe, es hier zu tun.«

»Sagten Sie, zur Ruhe setzen?«

Wir haben unsere Blicke beide von den Pferden abgewendet, haben die Köpfe zueinander gedreht und sehen uns an.

»Stört Sie der Ausdruck?«

»Er erscheint mir etwas deplaciert. Für einen Mann im Pensionsalter sind Sie noch ganz gut erhalten.«

Er lacht wieder. Er ist heute sichtbar aufgeschlossen und mitteilsam.

»Vielen Dank. Aber wenn ich sagte, zur Ruhe setzen, meinte ich damit nicht, daß ich gar nichts mehr tue. Man kann auch hier arbeiten.«

»Sicher. Das kann man wohl.«

Nun würde ich gern fragen: Was? Aber das ist kein Mann, den man einfach ausfragt. Wenn er es nicht freiwillig erzählt, soll er es bleiben lassen.

Statt dessen spricht er von Waldhofen. »Ich bin in einer Großstadt aufgewachsen, in Berlin. Und wenn ich als kleiner Junge zu den Ferien hierher kam, war ich jedesmal selig. Mein Großvater war Arzt, Kurarzt. Meine Großeltern hatten ein wunderschönes Haus mit einem riesigen Garten. Man lebte in diesem Haus ganz nach der Gesundheit, nach den Vorschriften des Pfarrers Kneipp. Ich mußte morgens mit nackten Füßen durch das nasse Gras laufen, mußte mich mehrmals am Tag von meiner Großmama mit Wasser begießen lassen, und ich mußte weite Spaziergänge machen, entweder mit Großvater persönlich oder mit einer seiner Töchter.

Ich fand das alles sehr lustig. Und als meine Eltern in den dreißiger Jahren längere Zeit im Ausland lebten, blieb ich sogar für ganz hier und ging hier zur Schule. Sehen Sie, das ist wohl der Grund, warum ich dem Ort eine gewisse Anhänglichkeit bewahrt habe. Sicher, es gibt vielleicht interessantere Landschaften und amüsantere Orte, auch Kurbäder, aber mir gefällt es hier immer noch. Ich liebe dieses weite grüne Land. Und Waldhofen selbst hat sich gar nicht so sehr verändert. Ein bißchen vergrößert, ein bißchen mehr Betrieb, aber im großen und ganzen ist es sehr ländlich, sehr einfach geblieben.«

Das alles erzählt er nicht so hintereinander weg, er schaut dazwischen wieder mal auf die Pferde, er schaut übers Land, dieses grüne, weite, das er so liebt, und plaudert das alles so hin, sehr ruhig, sehr sicher, und ich habe dabei Zeit, festzustellen, daß er eine außerordentlich sympathische Stimme besitzt und eine sehr gepflegte, sehr hochdeutsche Sprache. Hol mich der Teufel, aber dieser Mann interessiert mich. Dieser Mann gefällt mir. Ich möchte mehr über ihn wissen. Aber er ist keiner, dem man einfach Fragen stellt, nach woher und wohin, nach Beruf und Lebensumständen. Immerhin, etwas weiß ich ja inzwischen schon.

»Ich stamme auch aus Berlin.«

»Ah, ja, wirklich?«

»Jetzt lebe ich in München.«

»In München lebt es sich gut.«

Eine Weile schweigen wir, dann zieht er eine Packung Zigaretten aus der Tasche, bietet mir an, und wir rauchen friedlich eine Zigarette miteinander.

Dann kriegen die Pferde wieder mal das große Rennen. Lorine fängt an. Ohne hör- und sichtbaren Grund. Vielleicht ist es ihr einfach langweilig. Sie macht einen kleinen Hopser, das soll wohl heißen: Na, wollen wir mal? Und dann saust sie los, wie eine Irre auf der Koppel herum. Timotheus immer feste mit.

»Wie die Verrückten«, sage ich.

»Das tut ihnen gut. Ihre Stute bringt meinen Tim ein bißchen in Bewegung. Er ist sonst ein sehr gemessener Herr.«

»Wie sein Herr«, sage ich, es schießt mir so heraus und trägt mir einen recht intensiven, recht genauen Blick aus den blauen Augen ein.

»So? Finden Sie das?«

Ich hebe leicht die Schultern. »Doch ...«

Beide Pferde kommen jetzt zu uns an den Zaun, etwas atemlos, wie zwei aufgeregte Kinder.

»Na, mein Mädchen«, sage ich und fasse Lorine an der Nase, »du bist ja eine ganz Wilde. Macht das Spaß? Ist das fein hier?«

»Wie geht's denn jetzt mit den Rindviechern?« will Herr Gerlach wissen.

»Ja – immer noch schwierig. Sie fürchtet sich nach wie vor. Aber wir gehen nicht so nahe 'ran. Timotheus hat wohl vor nichts Angst?«

»Vor nichts und niemand. Nun ist er auf dem Land aufgewachsen, er kennt Kühe und Landmaschinen seit frühester Jugend. Aber er ist überhaupt nicht ängstlich. Ich kenne es gar nicht, daß er scheut.«

»Beneidenswert. Lorine fürchtet sich vor ihrem eigenen Schatten. Und alles Unbekannte ist ihr ein Greuel. Glauben Sie, es gelingt mir, sie durch ein Dorf zu bringen? Nie. Wir haben es vorgestern wieder probiert. Da hinten, unter dem Hügel, ist ein hübsches Dorf, ich wollte da mal durchreiten. Nicht um die Welt.«

»Das dürfen Sie ihr nicht durchgehen lassen.«

»Das sagen Sie. Aber sie ist auf jeden Fall stärker als ich.«

Einige Zeit darauf führen wir die Pferde zurück in den Stall, es ist bald Essenszeit, Herr Meisel hat noch Stunde in der Bahn. Friedrich ist im Stall und pinselt Lorines kastanienbraunem Nachbarn die Fesseln ein.

»Was hat er denn? Lahmt er?« frage ich.

»Mmmmm.«

»Hat wieder die Sehnen verzerrt, was?« sagt Herr Gerlach.

»Wenn die Leut' nicht aufpassen. Wenn sie auf den Steinen galoppieren«, knurrt Friedrich, blickt hoch und nickt bedeutungsvoll, und Herr Gerlach nickt genauso bedeutungsvoll nach unten. Anscheinend wird der Kastanienbraune nicht immer richtig behandelt. Er gehört einem Fabrikanten aus der Gegend, wie ich schon weiß, und wird meist am Abend geritten, eine kurze und schnelle Runde, immer in Hetze, und da geht es offenbar manchmal etwas unachtsam zu. Mit Pferdebeinen muß man behutsam umgehen.

»Der Timo braucht Beschlag«, sagt Friedrich.

»Ja, ich hab's gesehen. Ich werde Montag hinüberreiten.«

»Gibt es einen guten Schmied hier in der Gegend?« frage ich.

»Doch. Sehr gut sogar. Einer der noch sein Handwerk versteht«, sagt Herr Gerlach.

Wir werden hoffentlich mit unseren Eisen auskommen, so-

lange wir hier sind. Ich habe Lorine kurz vor der Abreise neu beschlagen lassen.
Als wir den Stall verlassen, denke ich: Eigentlich könnte er mich fragen, was ich heute abend mache.
Aber er denkt nicht dran. Es ist Samstag abend, und ich bin schön frisiert, aber ziemlich allein. Schade. Ich hätte Lust, heute abend mit einem netten Mann auszugehen. Nicht mit irgendeinem. Mit diesem hier.
Die ganze Gleichberechtigung ist keinen Pfifferling wert, solange man als Frau nicht fragen darf: Was machen Sie heute abend? Hätten Sie nicht Lust, mit mir zu essen?
Kann man das nicht? Verflixt nein, man kann eben nicht. Jedenfalls nicht bei einem Mann, den man so kurz und so wenig kennt. Ehe wir uns trennen im Hof, hält er es noch für angemessen, sich vorzustellen.
»Übrigens – mein Name ist Gerlach«, sagt er.
Ich neige leicht mein wohlfrisiertes Köpfchen und erwidere: »Ich heiße Vera Marvin.«
Und nun erlebe ich eine Überraschung. »Marvin? Vera Marvin?« Er denkt einen Augenblick nach, sagt dann: »Haben Sie nicht ein Buch geschrieben? Über Paris?«
Ich bin sprachlos und merke, wie mir ein wenig Rot in die Wangen steigt. Passiert mir selten. »Sagen Sie bloß, daß Sie mein Buch kennen, mein erstes und einziges?«
Er lächelt. »Ich gestehe, gelesen habe ich es nicht. Aber es müßte in meinem Regal stehen. Meine Frau hat es seinerzeit gelesen. Und ich erinnere mich, daß sie sehr begeistert davon war.«
»So! Ihre Frau.«
»Ja. Sie kennt Paris gut, und liebt es über alles. Und sie sagte damals, die Atmosphäre sei ausgezeichnet getroffen.

Dessen erinnere ich mich. Ich habe ein sehr gutes Gedächtnis, besonders was Bücher betrifft.«
Es ist ja sehr erfreulich, daß Frau Gerlach mein Buch gelobt hat. Wirklich nett von ihr. Aber genau genommen, könnte ich auf Frau Gerlach gut verzichten. So ist es immer. Man lernt einen netten Mann kennen, einen Mann, der einem gefällt, einen Mann von Format, und natürlich ist er verheiratet.
Na ja, Vera, schon gut. Warum soll er schließlich nicht verheiratet sein!
Und darum kann er mich auch nicht fragen, was ich heute abend mache.
Bleibt nur die Wahl zwischen ausführlichem Abendessen, Kino oder Krimi im Bett.
»Auf Wiedersehen, Herr Gerlach«, sage ich mit meinem strahlendsten Lächeln und strecke ihm die Hand hin, »grüßen Sie Ihre Frau, und ich lasse mich für das wohlwollende Urteil bedanken.«
Er nimmt meine Hand, beugt andeutungsweise seinen Kopf darüber, lächelt, und mir scheint, um seinen Mund ist ein wenig Spott.
»Au revoir, Madame.«
Wie er das sagt, klingt es charmant. Klingt es nach Mann. Ob er eine nette Frau hat? Sicher. Und wo war Madame Gerlach eigentlich, als er neulich mit der Kleinen in der Bar saß?

Der nächste Tag ist wie gesagt Sonntag. Ferdinand kommt, es regnet den ganzen Tag ununterbrochen. Ich habe lange geschlafen und wie ich in den Stall komme, kann ich natürlich nicht in die Bahn, es ist Stunde. Erst nach zwölf gehe ich schnell auf zwanzig Minuten hinein, damit Lorine wenigstens etwas bewegt wird. Eigentlich schon Futterzeit, aber ich kann es auch nicht ändern.

Ferdinand ist um diese Zeit schon da, er sitzt auf dem Tribünchen und schaut mir zu. Lorine benimmt sich einigermaßen erträglich.

Ein trübsinniger Tag. Wir können nicht viel unternehmen, sitzen beim Essen, sitzen im Café, sitzen beim Dämmerschoppen, sitzen wieder beim Essen. Ich bin schlecht gelaunt, weiß auch nicht warum – es ist nicht nur der Regen. Ferdinand kennt diese Stimmungen bei mir und erträgt sie mit Engelsgeduld. Nur einmal sagt er: »Mir scheint, du hast hier schon die Nase voll.«

»Wieso?« frage ich aggressiv. »Wie kommst du denn darauf? Mir gefällt es ausgezeichnet hier.«

»Um so besser. Dann bleibst du also noch?«

»Ich bleibe vier Wochen, das weißt du doch. Eine Woche bin ich erst da.«

»Zehn Tage.«

»Na schön, zehn Tage.«

»Hast du schon nette Leute kennengelernt?«

»Nette Leute? Nicht daß ich wüßte. Nur einen netten Mann.«

»Hab' ich mir gedacht.«

»Hast du dir gedacht, nicht? – Leider ist er verheiratet.«

Ferdinand lacht amüsiert. »Von der spießigen Seite kenne ich dich gar nicht, Vera. Seit wann stört es dich beim Flirt, wenn ein Mann verheiratet ist?«
Stimmt. Seit wann stört es mich? Hier stört es mich aber, ich weiß auch nicht warum.
»Muß eine Alterserscheinung sein.«
Ferdinand lacht noch mehr und verschluckt sich bald an seinem Wein.
»Lach doch nicht so blöd. Ich werde schließlich auch älter. Und früher hat es mich wirklich nicht gestört. Als junges Mädchen verliebte ich mich nur in ältere Männer. Und die waren immer verheiratet. Mein erster war zweiundfünfzig und hatte zwei Söhne in meinem Alter.«
»Daß dir das Spaß gemacht hat«, meint Ferdinand vorwurfsvoll und schüttelt mißbilligend den Kopf.
»Es *hat* mir Spaß gemacht. Soweit einem das mit achtzehn überhaupt Spaß macht. Er war liebevoll und sehr zärtlich. Er verstand wenigstens was von der Sache, was man von den Jungen meist nicht sagen kann. Er hat nicht an mir herumprobiert, er hat mir gleich alles richtig beigebracht. Alles, verstehst du. Und alles richtig.«
Ferdinand macht ein Gesicht, als hätte er Zahnschmerzen. Ich bin gemein. Wenn ich ihn ärgern will, erzähle ich ihm von meinen Liebhabern. Dabei gibt es weit und breit keinen Grund, warum ich ihn ärgern sollte. Aber seine Sanftmut und Güte reizen mich manchmal. Gerade wenn ich in einer Stimmung bin wie heute.
»Der nächste war schon wesentlich jünger, er war fünfundvierzig. Und sah toll aus.«
»Ah, das war Leopold.«
»Genau. Er nahm mich mit nach Zürich. Das war meine

erste Reise ins Ausland. Wir wohnten in einem ganz feinen Hotel und alles imponierte mir gewaltig. Als ich zurückkam, bekam ich von Mama eine Ohrfeige.«

»Die hätte sie dir vorher geben sollen.«

»Vorher wußte sie es ja nicht. Ich hatte gesagt, ich führe übers Wochenende zu einer Freundin nach Garmisch. Und als ich Montag nicht zurückkam, rief sie dort an und erfuhr, daß ich nicht da war.«

»Und dann?«

»Dann rief sie bei Leopold an. Beziehungsweise bei seiner Frau. Es waren nämlich Bekannte von Mama. Und als sie merkte, daß Leopold nicht da war, dachte sie sich alles.«

»Na, du hättest meine Tochter sein müssen.«

»Du hättest auch nicht mehr tun können, als mir eine herunterhauen.«

»Ich hätte besser auf dich aufgepaßt.«

»Es ist ziemlich schwierig, auf ein junges Mädchen aufzupassen.«

»Und sie vermutete gleich, daß du mit Leopold weggefahren warst?«

»Mhm. Mama ist in diesen Dingen sehr clever. Und sie wußte, daß ich in Leopold verknallt war. Und sie kannte Leopold gut, er war bekannt für seine Eskapaden.«

»Und das hat dich nicht gestört?«

»Du wirst lachen, nein.«

»Und Leopolds Frau?«

»Sie war daran gewöhnt.«

Ferdinand starrt tiefsinnig in sein leeres Glas. »Ach, Vera!« seufzt er.

»Ich bin gräßlich, nicht?«

»Du bist nicht gräßlich. Du bist wie du bist.«

»Eben. Und heute bin ich ja viel vernünftiger geworden.«
»Bist du sicher?«
»Du siehst es ja. Heute stört es mich, wenn ein Mann verheiratet ist. Man ist so herrlich unbekümmert, wenn man jung ist. Ach!«
Ich starre auch tiefsinnig in mein leeres Glas. »Trinken wir noch einen?« Als wir wieder gefüllte Gläser haben, stöbere ich weiter in meiner Vergangenheit. Alle Frauen tun das gern von Zeit zu Zeit. Überhaupt wenn sie einen geduldigen Zuhörer haben.
»Mein nächster war René. Und der war nun jung, nur vier Jahre älter als ich. Und da ist auch prompt alles schief gegangen. Ich habe ein Kind gekriegt und habe geheiratet. Na, das kennst du ja alles bestens.«
Ferdinand nickt. Er kennt das alles. Er hat es miterlebt. Ich habe mich oft genug an seiner Schulter ausgeweint.
René studierte wie ich an der Münchener Universität. Er war ein Bild von einem jungen Mann. Zu schön, um wahr zu sein. Schlank, rassig, schwarzes Haar und dunkle Augen, charmant und gewandt, der geborene Verführer.
Seine Mutter war Deutsche, sein Vater Franzose. Und nachdem sein Vater 1940 während des kurzen Frankreichfeldzuges gefallen war, kam seine Mutter mit ihm nach Deutschland. In Frankreich wollte sie keiner mehr haben. René war damals vierzehn Jahre alt. Er liebte seine Mutter nicht, glorifizierte seinen toten Vater, sprach immer davon, daß er nach Paris gehen würde. Seine ganze Jugend über befand er sich in Opposition zu seiner Mutter und ihrer Familie, obwohl es alles liebe und brave Menschen waren. Wir kannten uns ein Vierteljahr, da sagte er einmal bösartig: »Diese boches! Ich habe nichts mit ihnen zu schaffen.«

Ich war schrecklich wütend und stritt mich mit ihm. Nicht daß ich so ein glühender Deutscher gewesen wäre, aber man hört so etwas eben nicht gern. Aber es war schon zu spät. Ich war schwanger. Immerhin – er heiratete mich. Als unser Kind geboren wurde, war er ein verhältnismäßig liebevoller und entzückter Vater. Aber das dauerte nicht lange. Wir hatten nicht viel Geld, wir lebten in einem Zimmer, er studierte, ich nicht mehr. Die Welt war einfach zu eng geworden, wir gingen uns auf die Nerven. Das Kind, ein kleines Mädchen, starb an einer Gehirnhautentzündung. Das alles war schrecklich. Aber als der erste Schock vorbei war, empfand ich es beinahe als Befreiung. Eine Weile trösteten wir uns gegenseitig, René und ich, es war die beste Zeit unserer Ehe. Nur hatte ich ständig Angst, wieder ein Kind zu bekommen. Das wollte ich auf jeden Fall vermeiden.

Es ging mir nicht gut damals, ich war nervös, überschlank, reizbar. Ich fuhr dann zu meiner Mutter nach Genua für einige Zeit, und als ich wiederkam, hatte René ein Verhältnis mit einer jungen Schauspielerin. Wir sprachen sehr offen und sehr großzügig darüber. Aber es war noch nicht das Ende. Er ging wirklich dann für einige Zeit nach Frankreich, ich studierte noch ein bißchen, aber ich hatte kein Geld, nahm eine Stellung beim Funk an, suchte mir eine kleine Wohnung und lebte soweit ganz angenehm.

Um die Mitte der fünfziger Jahre etwa kam René wieder einmal nach München und zeigte sich überraschenderweise von seiner charmantesten Seite. Auch ich war sicherer geworden, selbstbewußter, vielleicht auch hübscher. Er nahm mich mit nach Frankreich zu seinen väterlichen Verwandten, die sehr reizend zu mir waren. Ein halbes Jahr etwa führten wir eine Art Ehe, aber dann war es endgültig vorbei. Ich kehrte nach München zurück. Ein Jahr später ließen wir uns dann scheiden.

War es Liebe? Heute bin ich geneigt, daran zu zweifeln. Es war alles mögliche, aber es war niemals das, was ich mir unter Liebe vorstelle. Aber vermutlich gibt es das, was *ich* mir unter Liebe vorstelle, gar nicht.

»Woran denkst du?«

»An René.«

Ferdinand nickt. »Was er wohl jetzt tun mag?«

»Das ist mir ziemlich egal.«

»Wenn das Kind am Leben geblieben wäre, wäre vielleicht alles anders geworden.«

»Ach, red nicht wie aus der Gartenlaube, das hätte gar nichts geändert. René war zur Ehe nicht geeignet, bestimmt damals nicht. Und ich auch nicht.«

»Aber du hast René doch geliebt.«

»Ach, Unsinn. Liebe! Gibt es die überhaupt. Liebe ist nur eine Fiktion. Etwas für Romanschreiber und Schlagertexter.«

»Nein, Vera«, sagt Ferdinand bestimmt und sehr ernst. »Das ist nicht wahr.«

»Na, bestenfalls ist sie für Dumme und Primitive. Ein Mensch mit Verstand weiß ziemlich bald, was er von der sogenannten Liebe zu halten hat. Er durchschaut den ganzen Schwindel, verstehst du? Ein paar körperliche Bedürfnisse, na schön. Sonst noch was?«

Ich bin heute abend wirklich abscheulich. Armer Ferdinand. Da sitzt er mit unglücklichem Gesicht vor mir, mit seinem guten Herzen, mit all seiner ungenutzten Liebesfähigkeit, und ich bin es, die er liebt, und wenn er klug wäre, würde er seiner Wege gehen und sich nicht einmal mehr nach mir umsehen.

Ich streiche mit dem Finger über seinen Handrücken. »Veruschka ist ein gräßlicher Balg. Nur noch zum Wegschmeißen gut. Du mußt sie nicht gern haben.«

Statt einer Antwort nimmt er meine Hand und küßt sie. Später, als ich ihn zu seinem Wagen bringe, küsse ich ihn auf den Mund. Das habe ich noch nicht oft getan. Wird er glücklich sein darüber während der Heimfahrt im Dunkeln? Oder stimmt es ihn nur wehmütig?

Am Ende hofft er immer noch. Auf mich ...

Das neue, alte Spiel

Der erste Tag der neuen Woche, der Beginn meiner zweiten vollen Woche in Waldhofen, ist große Klasse. Die Sonne strahlt von einem wolkenlosen Himmel, schon vom Bett aus sehe ich das, denn ich schlafe bei weit offener Balkontür, und wenn ich den Kopf ein wenig hebe, sehe ich die vollen tiefgrünen Wipfel der Bäume im Garten. Was für ein Tag! Nur schade, daß ich heute nicht reiten kann. Aber ich werde Lorine auf jeden Fall besuchen.

Das tue ich am späten Vormittag, ich bin allerbester Laune und ich freue mich, daß ich hier bin. Ich nehme Lorine heraus und longiere sie eine halbe Stunde, denn sie hat gestern wenig getan, sonst ist sie morgen zu munter. Timofreund ist nicht da, mir fällt ein, daß er heute in die Schmiede gehen sollte. Es ist still und verlassen im Stall. Herr Meisel und seine Frau sind fortgefahren, die blonde

Angelika hat sich gestern verabschiedet, die Ferien sind vorbei, die Kinder verschwinden nach und nach. Nur Friedrich treffe ich, aber Unterhaltungen mit ihm sind nicht sehr ergiebig.

Schade, mir wäre gerade nach ein bißchen Unterhaltung zumute. Lorine tut ihr Bestes. Wie ein Füllen hopst sie an der Longe herum, sie ist durchaus nicht zu ernsthafter Arbeit zu bewegen. – Als ich gegen Mittag nach Waldhofen zurückkomme, ist es richtig warm, die Frauen spazieren in Sommerkleidern, die Männer teilweise in kurzen Hosen.

Jetzt beginnt der bayerische Sommer. Er beginnt immer im September und er reicht bis in den späten Oktober hinein. Das ist die Zeit des blauen Himmels, der südlich warmen Luft, der sternklaren Nächte. Das ist die Zeit, in der man sich verlieben möchte, die Zeit, in der man – ja, was? Doch, ja, es ist die Zeit, in der man etwas anstellen möchte.

Ich setze mich zu einem Aperitif auf die bekannte Terrasse an der Kurpromenade und mustere unternehmungslustig meine Mitmenschen, vornehmlich die männlichen Geschlechts. Wenn zum Beispiel jetzt der dunkelblaue Blazer käme... aber er kommt nicht. Fast ein Uhr, da sitzt er sicher schon bei Tisch in seinem Hotel, denn man erinnert sich – gar streng sind hier die Bräuche. Bis dreizehn Uhr dreißig wird gegessen, später nicht mehr.

Ich habe nicht die geringste Lust, meinen Platz in der Sonne zu verlassen. Esse ich eben nicht, tue ich was für die schlanke Linie. Ich blättere in den Illustrierten, die ich mir gekauft habe, bestelle einen zweiten Drink und überlege, was ich mit dem Rest des Tages anstelle. Irgendwohin fahren, irgendwohin laufen, im Liegestuhl auf dem Balkon liegen... nur müßte man zu allem nicht so allein sein.

Als es mittäglich still auf der Kurpromenade ist, kommt da plötzlich in flottem Bogen vom Kurhaus her einer angeradelt. Obwohl jegliches Fahren, auch das Radfahren, hier verboten ist. Einer auf dem Fahrrad mit Reitstiefeln, schlank und gerade, unbekümmert und jung, genau der, den ich mir wünsche. Ich springe auf, hebe die Hand und rufe: »Hallo!«

Der Radler schaut im Fahren her, wendet elegant und hält vor meiner Terrasse.

»Wissen Sie nicht, daß Radfahren hier verboten ist?«

Er lacht zu mir herauf. »Ich darf das.«

»Immer diese Eingeborenen. Für sie gibt es keine Vorschriften. Schon zurück vom Schmied? Passen die neuen Schuhe?«

»Es scheint so. Tim hat sich nicht beklagt. Was gibt es hier bei Ihnen?«

»Campari.«

»Hm. Falls die mir ein ganz gewöhnliches Bier verkaufen, käme ich zu Ihnen hinauf. Wenn es Ihnen recht ist.«

»Es ist mir sehr recht.«

Er lehnt sein Rad an die Terrassenwand, nimmt die drei Stufen in einem Sprung, steht vor mir und lacht mich an.

»Sehr recht?«

»Ja. Ich war gerade dabei, mich einsam zu fühlen.«

»Wie ist das möglich? Wo hier alle männlichen Kurgäste Jagd auf einsame Damen machen.«

»Wer sagt das?«

»Es geht die Rede, keine sei hier länger als drei Tage allein.«

»Ich bin es bereits seit – warten Sie, ja genau seit elf Tagen.«

»What's wrong with you, mylady?«
»I can tell you. I'm a sophisticated lady. Maybe that isn't very appealing. Not for men.«
»Is that so?«
Die Barmaid kommt an unseren Tisch, nimmt die Bestellung auf ein Bier entgegen und entschwebt wieder. Die blauen Augen sehen mich an.
»Kein Kurschatten also?«
»Sie haben nicht im Ernst erwartet, mich hier als Kurschatten vorzufinden.«
»Eigentlich nicht. Das ist wahr.«
»Eine Frau wie ich findet immer nur etwas Richtiges oder gar nichts«, sage ich mit all der Anmaßung, die in mir steckt, »die Männer, die hier auf Jagd gehen, verschonen mich. Die wissen ganz genau, daß ich nicht das passende Wild für sie bin.«
»Alles keine Großwildjäger«, sagt Herr Gerlach, zieht eine Sonnenbrille aus der Tasche und setzt sie auf, so daß ich seine blauen Augen nicht mehr sehen kann.
Ich finde, das ist ein hübsches Kompliment – das mit dem Großwild. Es geht mir 'runter wie Öl. Und richtig frech müßte ich eigentlich fragen: Und Sie, mein Herr, sind Sie ein Großwildjäger? Aber ich hüte mich wohl. Das ist keiner, den man leichtfertig herausfordert. Es würde ihn stören. Man spürt so etwas, man weiß so etwas, wenn man ein bißchen was von Männern versteht.
Wir reden eine Weile hin und her über die Kurgäste, so im allgemeinen und besonderen, und Herr Gerlach erzählt ein paar ulkige Geschichten, selbst erlebt. Dann schaut er auf die Uhr. Ich auch. Fast zwei Uhr.
»Müssen Sie nicht zum Essen nach Hause?«

»Und Sie?«

»Ach, ich als popliger Kurgast kriege sowieso nichts mehr. Ab dreizehn Uhr dreißig präzise wird nichts mehr serviert. Wissen Sie das nicht?«

»Das kann doch nicht wahr sein?«

»Aber ja. Wer hier essen will, muß sich pünktlich einfinden. Nachher ist die Küche zu.«

»Davon hatte ich keine Ahnung.«

»Da sieht man mal! Diese Eingeborenen! Für sie gelten alle diese Gesetze nicht. Sie dürfen radfahren auf der Promenade, Montag ihr Pferd satteln und um zwei noch Mittag essen. Was glaubt ihr eigentlich, wer wir sind?«

Er grinst. »Und ich habe Sie aufgehalten. Meinetwegen müssen Sie nun hungern. Ich sinne auf Abhilfe.«

»Dann sinnen Sie mal schnell. Ich habe wirklich Hunger.«

So schrecklichen Hunger habe ich gar nicht. Aber die Vorstellung, daß ihm vielleicht doch etwas einfällt, ist zu verlockend. Es fällt ihm etwas ein.

»Haben Sie Ihren Wagen zur Hand?«

»Er steht gleich um die Ecke.«

»Dann fahren wir wohin, wo wir garantiert etwas zu essen kriegen.«

»Wir?«

»Ja. Gönnen Sie mir kein Mittagessen? Ich habe immerhin zwei Stunden in der Schmiede verbracht, das macht Hunger.«

»Ich gönne Ihnen alles, was Sie sich selbst gönnen. Aber werden Sie nicht zu Hause zum Essen erwartet?«

»Wenn ich nicht komme, schadet es auch nichts. Und es ist ja wirklich schon ein bißchen spät.«

Ich finde, er könnte wenigstens zu Hause anrufen, aber er

tut es nicht. Madame Gerlach muß eine außerordentlich langmütige und nachsichtige Dame sein.
Er zahlt unsere Getränke, obwohl ich meine selber zahlen will. Mit einer kurzen entschiedenen Handbewegung bescheidet er mich: »Wenn ich mit am Tisch sitze, bezahlt eine Dame nicht.« Punkt. Klingt gut. Ein Kavalier der alten Schule. So etwas habe ich gern.
Wir gehen zu meinem Wagen, er setzt sich neben mich, und wir fahren los. In meinem Herzen habe ich eine richtige kleine Freude. Da sitzt er also neben mir, dieser nette Mann, und wir werden zusammen essen. Vera! Sooo alt bist du offenbar doch noch nicht.
Wir fahren nicht in der mir bekannten Richtung aus Waldhofen hinaus, sondern gegen Südosten. Eine Gegend, in die ich noch nicht gekommen bin. Eine gute neue Straße, rechts und links Felder und Wiesen, in der Ferne im Süden sieht man die Berge.
»Es ist leicht föhnig«, meint mein Begleiter. »Das Wetter wird gut bleiben.«
»Das wäre schön.«
»Es wird sogar noch wesentlich wärmer werden. Wenn wir Glück haben, kriegen wir das beste Badewetter.«
»Können wir hier baden gehen?«
»Wollen Sie damit sagen, Sie haben das Waldhofener Freibad noch nicht gesehen?«
»Nein. Hab' ich nicht.«
»Dann sollten Sie das schleunigst nachholen. Eine Pracht von einem Bad. Es liegt auf und an einem Hügel, ist ziemlich groß und hat auch ein sehr großes Schwimmbassin. Ein Musterbad. Wir sind sehr stolz darauf. Wir haben es erst seit zwei Jahren.«

»Ach so. Ganz neu also.«
»Es war eine langwierige Geschichte, bis es endlich stand. Und eine teure Angelegenheit. Mein Großvater hat sein ganzes Leben lang für den Bau eines Schwimmbades plädiert. Er hat geradezu einen Kampf dafür geführt. Leider hat er es nicht mehr erlebt.«
»Das tut mir leid für Ihren Großvater. Es hätte ihn sicher befriedigt, daß es so ein schönes Bad geworden ist.«
»Das hätte es wohl. Aber er hätte am nächsten Tag einen neuen Kampf begonnen. Den für ein Hallenbad. Denn das wollte er auch immer haben.«
»Und haben die Waldhofener früher gar nicht gebadet? Ich meine außer in der Badewanne?«
»Doch, doch. Es gibt nicht weit von hier zwei ganz hübsche kleine Seen. Die Gemeinde war immer der Ansicht, das genüge eigentlich. Aber moderne Kurgäste sind anspruchsvoll. Und an gut gepflegte Schwimmbäder gewöhnt.«
Wir sind etwa zwanzig Minuten gefahren, als wir in ein kleines, außerordentlich hübsches Dorf kommen. Ein paar Bauernhäuser rechts und links der Straße, dann kommt man gleich ins Zentrum, da stehen die Kirche, die Schule, und ein prächtiges breites Haus mit grünen Fensterläden, das Rathaus, wie ich höre, in dem auch die Post untergebracht ist, und am Ende dieses Platzes, etwas zurück gelegen, ein wuchtiger bayerischer Gasthof mit Holzveranden und einem herausgebauten Erker mit bunten Scheiben. Hübsch ist dieser Platz, alles so schön beieinander, so übersichtlich. Und alles so harmonisch, so mit Geschmack und Kultur gebaut und gepflegt.
»Zum Oberwirt«, steht breit über dem Gasthof, und Herr Gerlach bedeutet mir, direkt mitten davor anzuhalten.

Es ist halb drei. Ich sage: »Sie bilden sich doch nicht im Ernst ein, daß wir hier noch etwas zu essen kriegen um diese Zeit. Weit und breit ist kein Mensch zu sehen.«
»Ich kriege«, antwortet er selbstbewußt und steigt aus. Ich folge ihm durch die Tür ins Innere des Hauses. Links und rechts ist eine Gaststube, er geht rechts hinein, ein schöner großer Raum mit gemütlichen Nischen, aber er ist leer. Im Hintergrund ist die Theke, dort an einem Tisch neben der Theke sitzen immerhin zwei Männer vor ihrem Bier.
Sie blicken auf, als wir kommen, Herr Gerlach sagt: »Grüß Gott!«, die beiden murmeln etwas zurück. Neben der Theke ist die Durchreiche zur Küche. Hier steckt Herr Gerlach seinen Kopf durch und ruft mit kräftiger Stimme: »Marei!«
Ich lausche auf ein Echo. Die zwei Männer am Tisch verfolgen interessiert das Unternehmen. Stille.
Und noch einmal, lauter: »Marei!«
Und nun eine helle Frauenstimme aus dem Hintergrund: »Jessas naa! Der Herr Doktor! Naa so was aa!«
Und gleich darauf erscheint in dem Durchguck ein rundes fröhliches Gesicht unter dunklem Haar, zwei schwarzbraune Augen strahlen ganz beglückt, sie schütteln sich die Hände durch das Fenster, und sie ruft: »Naa, daß'd aa wieder mal da bist, Herr Doktor, das gefreit mi aber. Hast di eh lang nimmer sehn lassen! Wo steckst denn immer? Hast vui Arbeit? Oder warst am End' gar verreist?« Und so weiter und so fort. Eine Weile erkundigen sie sich gegenseitig nach ihrem Ergehen, berichten, daß es ihnen gutgeht, ja, der Leni und der Dori auch, und der Aloys sei auch gut beieinand', a bisserl Rheuma halt, weißt ja eh, das kriegt er ab und zu, und die Tonerl hätt' geschrieben

und vielleicht käm' sie im November auf einen längeren Besuch, wenn halt die Saison vorbei sei, und der Sepp sei beim Militär, weißt ja eh, gfallt ihm net besonders und so an Trutschn hätt' er sich angelacht da droben, vom Heiraten redt er, aber da hätt' ma schließlich auch noch a Wörterl mitzureden, und wo denn der Xaver sei, und weißt scho, daß der Wastl gestorben ist, ja, grad vor vier Wochen, so a schöne Leich. Und so geht es endlos weiter. Die beiden am Tisch hören aufmerksam zu, ich auch, was bleibt mir anderes übrig. Ich sehe mich um, wo der nächste Stuhl steht, nicht einzusehen, warum ich mich nicht hinsetzen soll. Da kommen sie endlich zur Sache.

»Ich hab' Hunger, Marei. Und die junge Dame hier auch. Drunten geben sie uns nichts mehr zu essen. Die haben so alberne Gebräuche. Und halb zwei sperren's die Küche zu.«

»I woaß eh«, die Marei kichert vergnügt. »Sind schon manche herkommen, weil's nix mehr z'essen kriegt ham. Was magst denn?«

»Was hast denn?«

Das runde Gesicht sammelt sich zum ernsten Nachdenken.

»Also ihr könnt's haben Rostbraten oder Schnitzel mit am Salat, dann hätt' ich no a Gulasch und an Schweinsbraten, der wär' aber gewärmt; wanns solang warten könnt, könnt i euch an Gockel braten, an ganz jungen, und an Kaiserschmarren natürli und ...«

»Das genügt schon, Marei. Da finden wir was.« Er dreht sich zu mir um, sein Gesicht ist jungenhaft vergnügt, er ist nicht mehr der gemessene Herr, der keine Miene verzieht, seine blauen Augen lachen, sein Mund – Herrgott, dieser Mann regt mich auf. Er hat ja mehrere Gesichter, das merke ich jetzt.

»Nun, Madame, was könnte Sie reizen?«
»Ach, eigentlich alles«, sage ich begeistert. »Ich habe einen Riesenhunger.«
Zu dritt beraten wir eine Weile, entscheiden uns für Schnitzel mit gemischtem Salat und zum Nachtisch Kaiserschmarren.
»Hast noch von dem guten Württemberger Roten, Marei?«
»Hab' i no. Den heb' i extra für dich auf. Alsdann setzt's euch. Oder wollt's lieber im Garten sitzen?«
»Ich könnt' Frau Marvin mal deinen Gemüsegarten zeigen, Marei. So was hat sie sicher noch nicht gesehen.«
»Aber gern. Geh nur hintere, kennst di eh aus.«
»Das ist Vera Marvin. Sie ist auch eine Reiterin. Sie ist mit ihrem Pferd in Waldhofen drunten.«
»Da schau her! Des is recht!« lobt mich Marei. Und wir schütteln uns die Hand.
Damit entschwebt die Wirtin in die Küche, und wir gehen wieder hinaus in den Flur, durch den Flur durch, und hinten zum Haus hinaus, auf einer Holzveranda bleiben wir stehen.
»Na, das war ja überwältigend«, sage ich. »Sind Sie überall so beliebt?«
»Wo man mich kennt«, sagt er selbstbewußt und lacht mich an, auch ziemlich selbstbewußt.
Ja, sein Mund, den lerne ich jetzt besser kennen. Erst waren es seine Augen, so seltsam blau, so erstaunlich kühl. Nun nicht weniger blau, aber viel wärmer. Nicht meinetwegen, Gott bewahre. Marei hat dieses Wunder vollbracht. Und sein Mund, der mir zuerst herb und verschlossen erschien, er ist viel weicher geworden. Die Oberlippe ist schmal, aber für einen Mann bemerkenswert schön ge-

schwungen. Aber – seine Unterlippe. Sie ist genaugenommen ein bißchen unverschämt, voll und etwas gewölbt, von der Art, um die sich Spott, Kühnheit, aber auch viel Zärtlichkeit ansiedeln können.

Wir gehen durch den Garten, in dem es nicht nur herrliches Gemüse jeder Art gibt, sondern in dem auch die buntesten Blumen blühen, die ich je gesehen habe.

»Sie werden sehen, was für einen Salat wir nachher bekommen. Ganz frisch, noch warm von der Sonne. Und wenn wir wieder einmal herfahren, dann rufen wir vorher an und lassen uns eine Gemüseplatte machen. Die macht sie großartig.«

»Ich esse sehr gern Gemüse«, erkläre ich schwach, leicht schwindelig bei dem Gedanken, daß *wir* wieder einmal hierher fahren. Erst hat er mich kaum angeguckt, dieser Herr Doktor mit dem versteckten Charme. Und nun auf einmal wird er ausgesprochen aktiv.

»Und was sind das nun für Leute hier? Auch Verwandte von Ihnen?«

»Nein, keine Verwandten. Alte Freunde. Der Bruder von der Marei und ich, wir waren gute Freunde schon als Buben. Als ich hier war, damals die zwei Jahre, gingen wir zusammen in die gleiche Klasse. Im Krieg dann trafen wir uns wieder. Er ist gefallen. – Als Junge bin ich viel hier im Hause gewesen.«

Das Essen ist eine Wucht. Das Schnitzel so groß, daß eine ganze Familie davon satt werden könnte. Und so saftig und zart, daß man es ohne Zähne essen könnte. Der helle Württemberger Rote ist ein Gedicht. Wir trinken in Null Komma nichts einen ganzen Liter und bestellen noch einen halben dazu.

»Vor dem Kaiserschmarren brauche ich unbedingt eine Pause«, sage ich. Aber die Pause wird mir nicht gegönnt. Der Schmarren kommt kurz danach, er ist knusprig und duftet so herrlich, daß ich doch noch ein paar Löffel davon verdrücken kann.

»Ich habe mindestens fünf Pfund zugenommen«, stöhne ich. »Mir paßt morgen meine Reithose nicht.«

»Dann reiten Sie morgen eine Stunde länger, dann paßt sie wieder«, sagt er ungerührt.

Nach dem Essen führt er mich hinaus in den Garten und meint, ich solle mich eine Weile unter den Apfelbaum in den Liegestuhl legen. Da könne ich den Kaffee trinken, während er den Aloys begrüße und noch ein bißchen mit ihm und der Marei schwatzen werde.

Der Liegestuhl ist verlockend. Der Kaffee wird neben mich auf einen Stuhl gestellt, er schmeckt herrlich, ich fühle mich wie im Himmel, ich schaue in die Zweige des Apfelbaums, ich sehe den Hühnern zu, die um mich herum im Gras picken, ich will ein wenig über meinen neuen Bekannten nachdenken, aber...

Ich weiß nicht, wie lange ich geschlafen haben. Und ich weiß auch im ersten Moment gar nicht, wo ich bin, als ich aufwache. Über mir Zweige und blauer Himmel. Und eine himmlische Ruhe. Und ein Duft nach Blumen und Gras.

Wie ich den Kopf wende, sehe ich geradewegs in die blauen Augen.

»Na, gut geschlafen?«

»So was! Bin ich eingeschlafen?«

»Das kann man wohl sagen. Sie haben anderthalb Stunden geschlafen wie ein kleines Kind.«

»Ist das wahr?«

»Doch, ist wohl wahr. Mit einem unschuldigen Kindergesicht. Nichts von einer ›sophisticated lady‹ zu entdecken.« Ich sehe ihn an, wie er das sagt. Ich bin auch keine »sophisticated lady« im Moment. Ich bin ein wenig ängstlich und sehr beunruhigt. Denn da hat etwas angefangen – da fängt etwas an. Ein altes Spiel. Nein, ein neues Spiel. Und etwas warnt mich untergründig, daß es kein Spiel sein wird.

Überraschende Entdeckung

Am nächsten Tag, wieder herrliches Wetter, komme ich sehr früh in den Stall. Timo ist noch in seiner Box, von seinem Herrn keine Spur. Ich trödle ein bißchen herum, aber er kommt nicht. Gestern war es sechs Uhr, als wir nach Waldhofen zurückkehrten. Ich sagte, daß es mir gut gefallen hätte. Er sagte, das freue ihn. Aber mehr nicht. Wir verabschiedeten uns, und damit hatte es sich. Ob es zu Hause Ärger gab, weil er so lange ausgeblieben ist? Fragt seine Frau, wo er war und mit wem? Höchst vermutlich. Frauen fragen immer. Fragen sie nicht, sind sie nicht normal.
Er kommt offenbar heute nicht zum Reiten. Ich gehe schließlich los mit Lorine und habe allerhand Ärger mit ihr. Wie immer am Dienstag nach dem Stehtag ist sie munter bis frech. Wie wir am Waldrand entlang galoppieren, erschreckt sie ein plötzlich aufspringender Hase, sie zischt los, geht mir richtig durch. Es dauert eine Weile, ehe ich sie wieder in der Hand habe. Wir sind dabei in eine Wiese hineingeraten und bis dicht an einen dieser verflixten dünnen Drähte gelangt, die man erst im letzten Moment oder gar nicht sieht.

Ein durchgehendes Pferd unter dem Hintern zu haben ist ein ekelhaftes Gefühl. Ja, wenn man massenhaft Platz zur Verfügung hätte, wenn es keine Straßen, keine Steine, keine Löcher, keine Drähte gäbe, dann wäre es nicht so schlimm. Dann ließe man sie eben sausen und würde nur darauf achten, oben zu bleiben. Aber so, bei all den Gefahren, die einen umlauern, kann einem schon mulmig werden.

Richtig, wie wir glücklich wieder auf einen Feldweg gelangt sind, beide etwas atemlos und aufgeregt, ist da ein Bauer mit seiner Hilfstruppe auf dem Feld gegenüber und droht mir mit bitterböser Miene. Er denkt vermutlich, ich trample absichtlich in seinem schönen Gras herum.

»Du bist das unartigste Pferd weit und breit. Eines Tages wird man dein armes Frauchen einsperren, weil du nicht folgen kannst«, schimpfe ich mit Lorine. Es macht ihr wenig Eindruck. Ich gehe im Schritt in Richtung Wald, und dann eine Weile kreuz und quer im Wald herum. Da beruhigt sie sich am ehesten. Viel weiter gehe ich heute nicht, bleibe im Gebiet, das nahe dem Stall liegt.

Wie ich zurückkomme, steht Timo immer noch in seiner Box. »Kommt dein Herrchen heute gar nicht? Ist er wieder verreist? Wo fährt er denn da eigentlich hin? Timo, erzähl doch mal.«

Timotheus schweigt, blickt mich mit seinen großen dunklen Augen an, wartet auf die Rüben, die er von mir bekommt.

Heute muß ich wieder allein zu Mittag speisen. Am Nachmittag mache ich mich daran, das Schwimmbad zu entdekken, das mir so angepriesen wurde. Es ist wirklich außerordentlich schön. Und gut besucht bei diesem wunderbaren Wetter. Das Wasser ist leider nicht sehr warm. Achtzehn Grad. Mit Todesverachtung stürze ich mich hinein und schwimme ein paar Runden. Wenn sie schon so ein schönes Bad gebaut haben, und das erst ganz kürzlich, dann hätten sie auch eine Heizanlage einbauen können. Macht man doch heute allgemein. Dann hätten die Leute mehr von diesem Prachtstück.

Nach dem Baden fahre ich ins Hotel zurück, ziehe mich um, bißchen auf fein, und spaziere über die Kurpromenade, aus der Ferne ein bißchen Kurkonzert, und dann bleibe ich vor der Buchhandlung stehen.

Die Buchhandlung hat eine sehenswerte Auslage. Alles was gut und gängig ist und in den letzten Jahren erschienen ist, wird angeboten. Von Angélique bis Henry Miller, von Jean-Paul Sartre bis zu der unverwüstlichen Lady Chatterley. Nur Vera Marvin entdecke ich nirgends. Wäre wohl auch zuviel verlangt. Ich mit meinem einzigen popligen Buch kann nicht verlangen, daß man sich noch an mich erinnert. Fünf Jahre her ist es schon, daß es erschien. Wenn man sich ein Leserpublikum erobern will, muß man weiterschreiben, muß man ein Buch auf das andere folgen lassen.

Angenommen, ich hätte Gert damals nicht kennengelernt, angenommen, ich hätte, wie geplant, ein zweites Buch geschrieben und dann ein drittes... okay – ich habe nicht. Aber ich kann jetzt. Stoffe gibt es genug. Ich könnte den Stoff von der Côte wieder aufgreifen. Recherchen habe ich schon allerhand gemacht, ich könnte einen anderen Plan verwirklichen, ein Buch schreiben über die Intrigen und Karrieren in der Haute Couture, ich könnte, ausgestattet mit selbsterlebten Kenntnissen, etwas schreiben über moderne Werbung, über Mädchen und Männer, die in und für die Werbung arbeiten... Stoffe gibt's genug.

Ich bin kein Romanschreiber, so etwas liegt mir nicht. Ich kann keine Geschichten erfinden, aber ich kann berichten über Geschichten, die passiert sind, und über die Geschichtchen, die dabei abfallen.
Also angenommen, ich würde... plötzlich wird mein Blick starr. Ich stehe immer noch vor dem Fenster der Buchhandlung, ich bin jetzt in der rechten Ecke, zweite Reihe von oben, gelandet. Da stehen drei Bücher nebeneinander, alle drei mit bemerkenswert guten Umschlägen, alle drei haben auf dem Titel den gleichen Verfasser stehen: Robert Gerlach.
In meinem Kopf klickt es. Robert Gerlach... wie war das doch gleich? Keine Bücher für die breite Masse, aber gute Besprechungen, viel Raum dafür in honorigen Zeitungen. Vor einem Jahr dürfte das letzte erschienen sein. Da oben steht es. »Der sizilianische Falke« von Robert Gerlach. Könnte es möglich sein, daß...?
Im Laden ist gut zu tun. Die Bücher sind anscheinend nicht nur fürs Schaufenster gedacht. Obwohl, wie ich zuhöre, die meisten Leute kaufen Ansichtskarten, Illustrierte oder Krimis, so wie ich. Schließlich gelingt es mir, die Gehilfin anzusprechen. »Könnte ich mal das Buch von Robert Gerlach sehen? ›Der sizilianische Falke‹?«
Sie muß es nicht aus dem Fenster holen, es steht außerdem noch im Regal. Alle Gerlach-Bücher stehen da.
Wie ich es in der Hand habe, drehe ich es gleich um. Na bitte! Da haben wir es. Auf der Rückseite des Umschlages ist ein Bild, das schmale Herrengesicht, ernst, sehr intelligent und seriös sieht er aus.
Darunter steht: Robert Gerlach war nach dem Studium zehn Jahre als Diplomat tätig. Noch während dieser Zeit

schrieb er sein erstes Buch »Das Mittelalter an der Wende«, in dem bereits die profunden historischen Kenntnisse des Autors, gepaart mit der eigenwilligen Art der Geschichtsbetrachtung, sichtbar wurden und einen beachtlichen Erfolg erringen konnten. Das Buch war ebenso umstritten wie erfolgreich. Der Autor quittierte den diplomatischen Dienst und lebt heute als freier Schriftsteller in Süddeutschland. Sein neuestes Werk, »Der sizilianische Falke«, erzählt auf lebendige und teilweise kühne Art das Leben Friedrichs des Zweiten, des letzten Staufers auf dem Kaiserthron, einer der größten Herrschergestalten des Mittelalters.
Da hätten wir ihn also, meinen geheimnisvollen Boxnachbarn. Jetzt weiß ich, wer er ist und was er macht. Diplomat – das paßt gut. Historiker, der lebendige Bücher schreibt, ganz was Seltenes. Muß ich sehen, ob das stimmt.
»Der sizilianische Falke«, ein guter Titel. Wie war das gleich mit dem Staufer Friedrich? Er wuchs in Sizilien auf, seine Mutter hieß Konstanze. Oder? Er kannte Deutschland nicht, als er deutscher Kaiser wurde. Und er... na ja, so genau weiß ich es auch nicht mehr. Wird in dem Buch ja wohl drinstehen. Ich kaufe das Buch und gehe stracks damit nach Hause.
Keinen Krimi heute abend. Kein Kino.
Robert heißt er.

Der große Ritt

Am nächsten Morgen, wie ich in den Stall komme, ist er da. Er will gerade losreiten, als ich in den Hof einfahre. Er hält den Timo an und wartet, bis ich ausgestiegen bin.

»Guten Morgen«, sage ich. »Sie scheinen recht zu behalten mit Ihrer Wetterprognose, ein Tag schöner als der andere.«
Ohne weitere Umschweife fragt er: »Wie ist es? Wollen Sie mitkommen?«
Mein Herz klopft auf einmal oben im Hals. »Wenn Sie auf mich warten...«
»Wir gehen inzwischen hier geradeaus zum Wäldchen. Machen Sie schnell!«
Na, Lorine! Dann mal los. Da dürfen wir uns nicht blamieren. Bitte, liebe Lorine, sei artig und mach mir nicht solche Zicken wie gestern.
Wie wir herauskommen, Lorine und ich, ist von dem Goldfuchs nichts mehr zu sehen. Wir traben flott den Feldweg entlang, der geradewegs auf das kleine Wäldchen zuführt, und hier im Dämmer der Bäume schimmert Timos goldenes Fell.
Lorine spitzt die Ohren, als sie sieht, daß einer auf sie wartet. Es freut sie. Immer mußte sie allein gehen in letzter Zeit, das hat sie gar nicht so gern. Ein bißchen Unterhaltung unterwegs, das sollte schon sein.
Wir tauschen nur einen flüchtigen, sehr gleichgültigen Blick, Robert Gerlach und ich. Wir sind beide ein wenig befangen.
Im Schritt durchreiten wir das kleine Wäldchen, kommen auf der anderen Seite wieder ins Freie, auf die weite offene Ebene hinaus.
»Wohin möchten Sie reiten?« fragt er formell.
»Oh, mir ganz egal. Sie kennen sich besser aus als ich. Bis jetzt waren wir nur immer hier auf diesem Gelände und zweimal nach rechts über die kleine Bahnlinie, drüben auf der anderen Seite.«

»Wenn's Ihnen recht ist, gehen wir heute mal nach Norden.«
»Sehr gern.«
Und dann traben wir los, einen ruhigen gemäßigten Trab, den Feldweg entlang, der nach Norden führt.
Ja, wir sind beide befangen. Das zu erklären, einem Nichtreiter zu erklären, ist schwierig.
Die Reitersleute sind alle ein bißchen komisch. Da hat jeder so seine Methode, man könnte auch sagen, jeder seinen Knall für sich. Jeder glaubt, er müsse beim Reiten auf seine eigene Art selig werden, beziehungsweise, so wie er es selber macht, so allein ist es richtig. Von dem Augenblick an, wo man sich von der Abteilung unter Führung eines Reitlehrers gelöst hat, das heißt, also Pferdebesitzer geworden ist und die erste Scheu vor dem Alleinreiten im Gelände verloren hat, legt man sich seinen eigenen Stil zurecht, seine ganz spezielle Art im Umgang mit Pferd und Landschaft. Fordert man einen anderen auf, einem beim Ausritt zu begleiten, oder wird man dazu aufgefordert, so ist das a) ein Vertrauensbeweis, aber b) zunächst nichts als ein Versuch. Man weiß nie, wie es ausgehen wird. Paßt man zueinander? Einigt man sich? Oder stört man sich? Der eine reitet diszipliniert, der andere nicht. Der eine juxt wie ein Wilder im Gelände herum, ohne Rücksicht auf Verluste, der andere ist überängstlich und kriegt Zustände bei einem schnellen Galopp. Einer überholt in schneller Gangart, weil er sein Pferd nicht in der Hand hat. Oder ist er vorn, so reitet er rücksichtslos darauf los, ohne sich darum zu kümmern, was aus dem Partner hinter ihm wird, springt über Gräben und fetzt verwegen um unübersichtliche Ecken, und meist wird das Pferd, das an zweiter Stelle geht, dann schwierig.

Das erste Mal ist ein Versuch, der oft schiefgeht und nicht wiederholt wird. Haben sich aber zwei gefunden, die miteinander reiten können, dann bleiben sie auch meist beieinander. Die Beobachtung macht man in jedem Stall; die gleichen Partner bleiben zusammen, wenn sie festgestellt haben, daß es gutgeht.

Es sind oft Leute, die außerhalb des Stalles nichts gemein haben, die sich gar nicht zu sehen bekommen, außer wenn sie im Sattel sitzen. Oft aber entstehen auch auf diesem Wege gute und haltbare Freundschaften. Dann nämlich, wenn man gemeinsam die Freuden des Rittes teilt, dieses einmalige, durch nichts zu übertreffende Glück, auf einem gehlustigen und fröhlichen Pferd unter freiem Himmel zu reiten. Fröhlich und gehfreudig ist ein Pferd immer dann, wenn man ihm die Freiheit läßt, auch seinerseits das Glück der ungestörten Bewegung zu genießen. Und man sieht es einem Pferd von allen Seiten an, ob es glücklich ist.

Ich sehe es bei Lorine am Ohrenspiel, an der Haltung des Kopfes, am Ausdruck des Gesichts; an der Schwingung des Rückens merke ich es, an jeder Bewegung.

Ist sie verspannt, ist sie unruhig, was bei ihr, nervös und übersensibel wie sie ist, leicht vorkommen kann, so muß ich mich hüten, daß es sich nicht auf mich überträgt, weil dann alles nur noch schlimmer wird. Da ich aber auch ein Gefühls- und Stimmungsmensch bin, genau wie sie, klappt es eben durchaus nicht immer so, wie ich gern möchte. – Ist ein zweiter Reiter dabei, wachsen die Schwierigkeiten ins Ungemessene. Obwohl im Grunde ein Pferd lieber in Gesellschaft geht als allein. Pferde sind Herdentiere, keine Einzelgänger. Aber ein Partner, der stört, ist schlimmer als gar keiner.

Soviel zur Pferde- und Reiterpsychologie, soweit es das Ausreiten betrifft.
Über die Probleme also dieses Versuches ist sich mein Begleiter sicher genauso klar wie ich. Keiner von uns will einen Präzedenzfall schaffen. Mal sehen, wie es geht. Und darum sind wir eben leicht befangen.
Wir durchtraben die ganze Ebene, nur zweimal parieren wir durch zum Schritt, als harte und steinige Stellen kommen. Einige Male kommen wir bei Kuhweiden vorbei, Lorine schielt ängstlich zur Seite, trabt aber brav neben Timo weiter. Eines dieser riesigen Ungetüme steht am Feldrand, Lorine weicht in elegantem Bogen auf die andere Seite aus.
»Gräßliche Dinger sind das«, sage ich, und es ist das erste Wort, das seit dem Wäldchen geäußert wird. »Was macht man eigentlich damit?«
»Es sind Mähdrescher.«
»Aha.«
Sehr viel kann ich mir noch immer nicht darunter vorstellen. Mäht und drischt das Ding gleichzeitig? Nicht zu glauben, wie kompliziert das Landleben heutzutage geworden ist. Muß doch ein Vermögen kosten so ein Ungetüm. Kein Wunder, daß die Bauern soviel Geld brauchen. Aber vermutlich erleichtert es das Bauernleben sehr und verhilft zu der auf dem flachen Land immer so schmerzlich vermißten Freizeit.
Alle diese Feldwege, die parallel über die Ebene nach Norden führen, enden an der Straße. Bis zur Straße sind wir auch schon gekommen, Lorine und ich. Darüber hinaus noch nie. Diese Straße ist nicht so eine friedliche Landstraße, wie die, die nach Bad Waldhofen hineinführt, nein, es ist eine richtige große Überlandstraße mit brausendem

Verkehr in beiden Richtungen. Mit Lastern und Berufsverkehr, mit Tempo und erbarmungsloser Härte.
Die Straße liegt von uns aus erhöht, eine Böschung führt zu ihr hinauf. Im Schritt gehen wir die Böschung hoch, und da stehen wir nun am Straßenrand, sst... ssst... flitzt es, bbbrrr... brummt es vorbei. Tim, der Goldfuchs, steht reglos, Lorine tänzelt nervös, weicht zurück, macht sogar eine Kehrtwendung. Das ist ihr nicht geheuer. Ich klopfe ihren Hals, rede beruhigend auf sie ein.
Keiner geht mit dem Gas herunter, wenn er die Pferde sieht. Falls er sie überhaupt sieht bei dem Starren auf das graue Untier Straße.
Endlich eine Lücke auf beiden Seiten, die es uns ermöglicht, hinüberzukommen.
»Los!« befiehlt Herr Gerlach, und Timo marschiert zügig über die Straße. Lorine tänzelt hinterher, da kommt schon der nächste Laster angebrummt. Lorine macht einen erschreckten Satz und rumpelt die Böschung auf der anderen Seite hinunter.
»Schrecklich!« sage ich. »Warum muß man in einem Zeitalter leben, in dem es soviel Verkehr gibt.«
»Jedes Zeitalter hat seine Nachteile«, werde ich ziemlich schulmeisterlich belehrt. Das wäre ein hübscher Übergang, um auf die Staufer zu kommen. Aber dafür bleibt mir keine Zeit.
»Einen kleinen Galopp?« fragt er. Denn vor uns ist erneut eine ebene Fläche, Felder rechts und links und dazwischen ein grüner, schnurgerader Weg.
»Darf ich voraus?« frage ich ein wenig zaghaft.
»Bitte sehr!«
Lorine hat nur darauf gewartet, endlich mal galoppieren

zu dürfen. Sie springt mit einem gewaltigen Satz an und geht ziemlich munter los, ich muß sie ein wenig festhalten, damit das Tempo nicht zu schnell wird. Einmal blicke ich über die Schulter, der Goldfuchs kommt ungerührt und mit größter Ruhe nachgaloppiert, den stört offenbar gar nichts. Der geht vorn und hinten und wenn's sein muß, galoppiert er vermutlich auch rückwärts. Wenn es stimmt, daß das Wesen des Reiters auf das Pferd abfärbt, dann muß dieser Mann hinter mir das ausgeglichenste und diszipliniertеste Temperament der Welt haben.

Der Weg biegt nach links ab, bekommt Furchen und führt wieder zwischen Weidedrähten entlang. Lorine läßt sich leicht durchparieren, geht ein bißchen Trab, dann Schritt. Timo kommt wieder neben uns.

»Es macht Ihnen doch nichts aus, daß ich vorn galoppieren wollte?« frage ich mit aller in solchen Fällen gebotenen Höflichkeit und Vorsicht.

»Nicht im geringsten.«

»Sie wissen ja, Vollblüter! Sie meint, sie muß immer die Nase vorn haben. Man hat es ihr schließlich jahrelang beigebracht. Wenn sie hinten geht, haut sie mir ab.«

»Ist sie früher Rennen gelaufen?«

»Ja.«

Ich kann nun das Gelände überblicken, in dem wir uns jetzt befinden, und stelle fest, daß es nicht so weit ist, wie die Ebene vor der Straße. Auch diese Fläche wird begrenzt im Norden, und zwar von einer Bahnlinie, die auf einem richtigen hohen Bahndamm entlangläuft. Das muß die Hauptstrecke sein.

»Schade«, sagte ich, »da ist die Bahn. Da kommen wir wohl nicht weiter.«

»Aber natürlich. Wir reiten am Bahndamm entlang nach Westen, im nächsten Dorf ist ein Übergang.«
Ich will etwas sagen, schlucke es hinunter. Sagte er: am Bahndamm entlang? Und wenn ein Zug kommt? Na, Vera, erst mal abwarten, vielleicht führt der Weg in gebührender Entfernung vom Bahndamm entlang.
Tut er nicht. Er geht direktemang am Fuß des Bahndammes entlang.
»Hier?« frage ich verzagt, als wir dort angelangt sind.
»Hier. Kommen Sie nur«, sagt er, und zum erstenmal wird mir ein kleines Lächeln zuteil. »Keinen Aufenthalt, nur rasch voran.«
Unten am Bahndamm ist ein schmaler Wiesenstreifen, und auf dem trabt Timo, er jetzt an erster Stelle, flott voran. Lorine ist etwas irritiert von den Masten und Leitungsdrähten, aber sie trabt mit. Mir sträubt sich jedes Haar einzeln. Was passiert, wenn ein Zug kommt? Das werden wir kaum überleben. Denn gleich auf der linken Seite von uns ist eine eingezäunte Weide. Keine Möglichkeit, daß Lorine nach links wegschießen kann.
Es kommt kein Zug. Wir landen auf der Straße, die auf ein Dorf zuführt, und ehe sie ins Dorf hineinführt, ist der Bahnübergang mit Schranken. Nicht daran zu denken, daß Lorine hier so ohne weiteres hinübergeht. Die Schienen, die in der Sonne glänzen, die in die Luft starrenden Schranken. Sie geht vor, sie geht zurück, sie macht kehrt, sie tänzelt, das Übliche eben.
Timo steht jenseits der Schienen und schaut ihr kopfschüttelnd zu. Ich schaue wild nach beiden Seiten. Wenn bloß jetzt kein Zug kommt. Wenn bloß jetzt die Schranken nicht heruntergehen.

»Los!« ruft Herr Gerlach, »seien Sie energisch!«
Energisch! Er kennt Lorine nicht. Je energischer ich werde, desto kopfscheuer, desto widerspenstiger wird sie. Ich streichle sie, rede ihr gut zu. Schließlich steht sie mitten auf den Schienen, dann bekommt sie Angst vor ihrem eigenen Mut, weicht wieder zurück. Wenn jetzt die Schranken zugingen! Herr Gerlach scheint ähnliches zu denken. Er kommt mit Timo zurück, wir gehen ein paar Schritte die Straße entlang, wenden dann. »So, und nun bleiben Sie dicht neben uns. Weitertraben! Nicht stehenbleiben!«
Ich schwitze. Lorine auch. Sie zittert. Ich auch. Aber diesmal geht sie hinüber, dicht neben Timo überwindet sie das schreckliche Hindernis. Und kaum sind wir drüben, bimmelt das Glöckchen, gleich geht die Schranke hinab.
»Wir traben an«, sagt Herr Gerlach. »Lassen Sie sie nicht zurückschauen.«
Weiter nach Norden, von dem Dorf weg, von den Schienen weg, traben wir in raschem Tempo; bis der Zug hinter uns fährt, sind wir weit genug entfernt, daß er die Pferde nicht stören kann. Was heißt die Pferde! Timo würde wahrscheinlich die rechte Vorhand heben und den Zug anhalten, wenn er schnell hinüber wollte. – Dann gehen wir eine lange Weile Schritt.
»So ist es immer mit ihr«, klage ich. »Und sagen Sie bitte nicht, daß es an mir liegt. Sie ist nun mal ein Angsthase, und alles, was sie nicht kennt, ist für sie lebensgefährlich. Und gerade durch ihre Angst bringt sie uns immer wieder in Gefahr. Das kapiert sie nicht.«
Er schaut herüber und lächelt. Nicht spöttisch, richtig lieb. »Sie machen es ganz gut mit ihr. Sicher hat sie doch schon mehr Vertrauen als früher.«

»Ja, viel mehr.« Ich erröte vor Freude über das Lob, über das Verständnis.
»Na, sehen Sie. Es wird immer noch besser werden. Zum Reiten gehört Geduld. Beiderseitig. Der Reiter muß Geduld haben mit seinem Pferd, und noch viel öfter das Pferd mit seinem Reiter.«
Das hat er hübsch gesagt. Irgendwo da in der Gegend, wo mein Herz sitzt, verspüre ich ein warmes, seltsames Gefühl. Im Moment bin ich butterweich. Ein kleines Blümchen auf der Wiese, das er mit lockerer Hand abpflücken könnte. Den Zustand kenne ich bei mir. So fängt das an. Ach, verflucht!
Aber nun ist keine Zeit mehr, mich über meine Zustände aufzuhalten, jetzt fängt der Ritt erst richtig an.
Nach der Schrittstrecke kommen wir wieder auf einen samtweichen Wiesenweg, der nach Osten abbiegt, auf einen großen Wald zu.
»Wenn Sie wieder vorgaloppieren wollen«, sagt Herr Gerlach, »bitte! Immer diesen Weg entlang, dann nach rechts, auf den Wald zu, dann am Waldrand entlang.«
Es ist eine Galoppstrecke von vielleicht drei Kilometern. Vielleicht täusche ich mich auch, und es sind nur zwei oder vier, schwer, so etwas zu schätzen. Auf jeden Fall ist es ein Traum von einer Galoppstrecke, der Boden ist wie Samt, Lorine prustet vor Vergnügen, sie geht gleichmäßig, weich und schwingend, es ist eine Lust, sie zu reiten.
»Herrlich!« rufe ich, als der Weg schließlich in den Wald mündet und wir die Pferde durchpariert haben. »Das war wunderbar. Was für ein Galopp!«
Er strahlt auch. Seine Augen leuchten blau wie der Himmel.
»Ja, nicht wahr?«

Wir reiten im Schritt durch den Wald, ein bißchen kreuz und quer, wir sind schon über eine Stunde unterwegs, aber ich könnte ewig so weiterreiten.

Auf der anderen Seite des Waldes wenden wir uns wieder nach Norden, am Wald entlang ist abermals ein Wiesenweg, wieder ein Galopp.

Nichts stört uns hier, keine Kühe, keine Mähdrescher, weit und breit kein Mensch.

»Das ist der schönste Ritt, den ich je gemacht habe«, erkläre ich, als wir schließlich am Nordende des Waldes halten, vor uns immer noch Ebene, immer noch Platz, immer noch weite grüne Fläche.

»Ich beneide Sie, daß Sie immer hier reiten können.«

»Es ist ein schönes Gelände, ja.«

Wir schlagen einen großen Bogen erst nach Westen, dann wieder nach Süden, in Richtung Heimat. Wir gehen Schritt. Und jetzt wird er gesprächig. Er erklärt mir die Gegend. Wo es da hingeht und wo dort. In dieser Richtung liegt das Dorf X, und wenn man da hinüberreitet, kommt man zu einem alten Kloster, und würde man weiter nach Norden reiten, dann käme man in einen reizenden kleinen Ort, wo man einkehren könne und... Ich höre ihm zu, seine Stimme ist mir schon vertraut, er hat so eine gepflegte Aussprache, spricht bestes Hochdeutsch, wo mag er eigentlich herstammen? Na ja, teilweise von hier, das weiß ich ja schon. Diplomat war er. Kann ich mir gut vorstellen. – Plötzlich platze ich heraus: »Übrigens weiß ich jetzt, wer Sie sind.«

»Wer ich bin?«

»Robert Gerlach, der bekannte Autor. ›Der sizilianische Falke‹ ist von Ihnen.«

Er lacht ein bißchen. »Und wie kommen Sie zu der Weisheit?«
»Ich habe gestern Ihre Bücher ausgestellt gesehen.«
»So.«
»Und in dem ›Falken‹ habe ich bis nachts um zwölf gelesen.«
»Zuviel der Ehre.«
»Gefällt mir prima. Es ist großartig geschrieben. Und sehr interessant.«
Es ist immer schwierig, einem Autor ins Gesicht seine Bücher zu loben. Man wird dabei so leicht banal. Gefällt mir gut. Ist interessant. So spannend, großartig zu lesen, na, und so was alles. Andererseits wollen Autoren das hören. Wer wüßte das besser als ich.
»Vielen Dank«, sagt er und lacht mich an. »Übernehmen Sie sich nicht.«
»Nein, wirklich. Es ist mein Ernst. Ich freue mich schon aufs Weiterlesen heute nachmittag.«
»Bei dem schönen Wetter?«
»Baden war ich gestern auch. Wirklich ein schönes Bad.«
Alles rundherum ist lobenswert. Das Bad, die Landschaft, die Pferde, das Reiten, das Reitgelände, das Buch von Robert Gerlach und am meisten Robert Gerlach selbst. Es ist alles so erstklassig, daß eigentlich irgendwo ein Haken sein müßte, um die Welt wieder ins Gleichgewicht zu rücken.
»Schreiben Sie an einem neuen Buch?«
»Ja.«
»Wieder ein geschichtliches Thema?«
»Ja.«
»Was für eins?«

»Karl von Anjou.«
»Ah...«
Keine Ahnung, wer das ist.
»Wenn Sie weiterkommen mit dem Staufer... falls Sie weiterlesen... werden Sie ihm bereits begegnen.«
»Was heißt, wenn ich weiterlese! Ich sage Ihnen doch, ich freue mich darauf.«
Ich bin eifrig wie ein Schulmädchen, das sich bei seinem Lehrer beliebt machen möchte. Zu albern. Wahrscheinlich lacht er mich insgeheim aus. Was bin ich für ein furchtbarer Mischmasch. »Du wirst nie richtig erwachsen werden«, das sagte mir ein Mann namens Ulrich, mit dem mich eine kurze leidenschaftliche Liebe und langwährende Freundschaft verband. Das heißt, die Freundschaft verbindet uns heute noch, wenn wir uns auch selten sehen, da er zur Zeit in Amerika lebt und arbeitet... er ist Journalist. Ulrich war nicht viel älter als ich, und eigentlich hätte ich der vollkommen überlegene Teil sein müssen, was ich sowieso meist bei meinen Verbindungen war. Aber er war ein sehr fertiger Mensch, sehr bewußt, sehr überlegen und überlegend in allem, immens gescheit, auf eine geradezu umwerfend vielseitige Weise, es gab praktisch nichts, was er nicht wußte. Bei alledem konnte er außerordentlich kaltschnäuzig und abgebrüht wirken. Letztere Eigenschaften habe ich persönlich von ihm nicht zu spüren bekommen, aber ich ließ es auch gar nicht so weit kommen. Mir ist nur bekannt, daß er einige Frauenherzen auf ziemlich erbarmungslose Weise gebrochen hat. Er war kein Mann zum Bleiben, kein Mann zur Ehe, genaugenommen nicht mal einer zur Liebe. Ein rasantes Abenteuer, eine jähe Leidenschaft, sehr schön – dafür war er ein idealer Partner. Aber mehr war nicht drin.

Die wenigsten Frauen können das begreifen und sich damit abfinden. Dabei sollte jeder – eine Frau so gut wie ein Mann – eines Tages gelernt haben, Menschen richtig einzuschätzen, und sich darüber klar sein, daß Menschen eben verschieden sind. Gott sei Dank, sage ich. Wie gräßlich wäre es, wenn diese Erde von langweiliger Einheitsware bevölkert wäre.

Soweit es das Gefühls- und Privatleben betrifft, gibt es genauso viele Verschiedenheiten wie auf allen anderen Gebieten. So wie der eine musikalisch ist und der andere Musik nicht ausstehen kann, der eine für Fußball schwärmt, der andere fürs Reiten und der dritte mit Sport überhaupt nichts im Sinn hat, so ist ein Mensch begabt für Technik und kann erstklassig rechnen, und der andere schreibt Gedichte und kann dafür keine Sicherung einschrauben. Der Variationen gibt es unzählige. Und schließlich: So ist es auch mit dem Gefühlsleben der Menschen. Naive Menschen erwarten immer, daß jeder oder jede zur Liebe bereit und befähigt sei. Und zwar möglichst auf die herkömmliche und bürgerlich anerkannte Art der Zweisamkeit. Warum denn eigentlich? Sicher, es kann passieren, man ist ganz normal und durchschnittlich in diesen Dingen und sehr bescheiden in seinen Ansprüchen, und man latscht in jungen Jahren an ein ebensolches Exemplar hin, und dann kriegt man sich eben und tut es recht und schlecht und heiratet und setzt ein paar Kinder in die Welt. Und das ganze nennt sich dann Liebe und Ehe, ist es natürlich auch, und es ist natürlich auch mieser Ersatzkaffee.

Jedenfalls in meinen Augen. Bitte sehr, man kann der Meinung sein, daß ich auf diesem Gebiet leichtfertige und unmoralische Ansichten habe, ich find's zwar nicht, kommt eben ganz darauf an, an welchem Ufer man steht und wie man diese Dinge betrachtet.

Ich habe jedenfalls Verständnis dafür, daß Menschen verschieden lieben. Der eine tut es treu und brav und mit Hingabe, aber ohne, daß es sehr aufregend dabei zugeht. Und beim anderen ist es, als flöge ein ganzer Vulkan in die Luft, ist aber das Feuerwerk verpufft, bleibt ein kümmerliches Häufchen Asche zurück, von dem man meint, es hätte nicht einmal ausgereicht, in unverbranntem Zustand ein winziges Kanonenöfchen zu heizen. Die Explosion jedoch war herrlich und hat einen ganz schön durcheinander gewirbelt. Dann aber hinterher hinzugehen und in der Asche herumzustochern und die große Glut darin zu suchen, die praktisch *nie* vorhanden war, das ist in meinen Augen schiere Dummheit.

Und gerade das ist es, was so viele Frauen tun. Männer übrigens auch manchmal. Aber Frauen haben ein seltenes Talent, sich und anderen das Liebesleben zu erschweren. Man soll genießen, was einem Gutes geboten wird, man soll die knusprig gebratene Ente essen und nicht enttäuscht darüber sein, daß es kein Elefant war, an dem man ein Leben lang knappern kann. Ach! Vera, Veruschka, Geliebtes! Schön hast du das wieder gesagt. Nicht gerade lyrisch, aber vielleicht verständlich.

»Warum lachen Sie?« fragt es von nebenan.

»Kann ich nicht sagen.«

»Warum nicht?«

»Ich habe über was nachgedacht«, erkläre ich ein wenig verlegen, »genaugenommen über mich und was ich manchmal für Blödsinn mache.«

Ich kann schlecht sagen, ich habe über die Liebe und ihre

verschiedenen Erscheinungsformen nachgedacht. Dann denkt er am Ende, ich mache ihm Avancen. Nö, das denn doch nicht. Wenn er mir was will, dann soll er sich gefälligst anstrengen. In der Beziehung bin ich eine altmodische Dame. Außerdem ist es viel besser, er will mir nichts, denn ich habe mir geschworen, mit verheirateten Männern keine Verhältnisse mehr anzufangen. Nicht aus moralischen Gründen, auch nicht weil ich auf eine Ehe aus bin, sondern nur, weil es unbequem ist. Und weil einem der liebste Mann dann doch irgendwie zum Ärgernis wird, ganz einfach deswegen, weil der Zwiespalt, in dem er sich befindet, sich meist nicht sehr vorteilhaft auf seine Persönlichkeit auswirkt.

Rein sachlich gesehen, ist eine Affäre mit einem verheirateten Mann ganz praktisch. Man hat und kennt den Mann nur von der Schokoladenseite, man kennt nicht seine widerwärtige Stimmung zu Hause, man bekommt nichts mit von den Ausläufern seines Büroärgers und der Finanzamtstreitereien, man muß sich nicht mit ihm auseinandersetzen wegen eines neuen Kleides und neuer Tapeten, nicht wegen der Zensuren der Kinder, nicht wegen des verbrauchten Haushaltsgeldes, man braucht ihm nicht schlecht frisiert und schlecht gelaunt gegenüberzutreten, und wenn man genug von ihm hat, geht man friedlich seiner Wege. Man sollte nur soviel Verstand haben, nicht allzuviel Gefühl in die Sache zu investieren, und sollte ein bißchen sparsam mit dem eigenen Herzblut umgehen. Aber Frauen... siehe oben! Die meisten lernen es nie, ihre Gefühle zu dosieren.

»Es ist aber sehr hübsch, gelegentlich ein wenig Blödsinn zu machen«, höre ich zu meinem Erstaunen von Timos Herrchen.

Ich bin entzückt. »Das sagen Sie? Hätte ich gar nicht gedacht.«

»Wieso denn nicht?«

»Ich halte Sie für einen überaus seriösen Herrn.«

Er lacht ein bißchen. Ich kenne dieses Lachen nun schon, es ist unerhört charmant, um seine blauen Augen erscheinen dann viele Fältchen, und seine unverschämte Unterlippe wird noch unverschämter.

»In gewisser Weise bin ich das auch. Es würde mich nur noch interessieren, was Sie von seriösen Männern halten.«

»Oh, eine Menge. Ich schwärme geradezu für seriöse Männer. Aber das ist weiter nicht originell. Ich glaube, jede Frau tut das. Es gibt nämlich nicht nur ein Kind im Mann, das gern mit Puppen spielt, es gibt auch ein Kind in der Frau, das an den gütigen Weihnachtsmann glaubt und am liebsten von ihm verführt sein möchte. Deswegen haben sogenannte seriöse Männer immer viel Chancen bei Frauen, die sie oft auch weidlich ausnützen. Und daher kommen dann die Sprüche: Stille Wasser sind tief, oder ... oder ...«

Mir fällt nicht gleich noch ein passender Spruch ein, aber er hilft mir mit süffisanter Miene aus der Verlegenheit.

»Wie wär's mit dem Wolf im Schafspelz?«

»Ist vielleicht ein bißchen hart, aber lassen wir's mal gelten. Stimmt's vielleicht nicht?«

»Was?«

»Na, mit den Chancen, die seriöse, kühlwirkende Herren bei Frauen haben.«

»Ich habe keine Ahnung. Zu der Zeit, als Frauen sich noch für mich interessierten, war ich wesentlich jünger und gar nicht seriös. Falls ich es zur Zeit sein sollte, was ich bezweifle, dann hat es noch keine Früchte in dieser Hinsicht getragen.«

»So brav lebt es sich in Waldhofen?«

»Unbeschreiblich brav. Die Waldhofener Damen sind an mich gewöhnt. Und finden mich gänzlich unsensationell. Und die Kurdamen bemerken mich gar nicht, weil sie mit den Kurherren vollauf beschäftigt sind. Es sind da nicht die geringsten Möglichkeiten für mich vorhanden.«

»Das erschüttert mich geradezu. Wenn Sie wüßten, wie Sie mich enttäuschen.«

»Ich? Wieso das?«

»Weil Sie für mich so gar nicht der Typ des braven Haus- und Familienvaters sind.«

»Notgedrungen bin ich es geworden. Wenn auch nicht gerade aus Neigung, das will ich Ihnen gern zugeben.«

Wenn das kein ausgewachsener Flirt ist, dann weiß ich nicht. Wir plänkeln hin und her, und dazwischen geht ein Blick herüber und einer hinüber, sehr dezent und leicht, aber zweifellos – wir präludieren.

Er *hat* es hinter den Ohren, der seriöse Herr mit den blauen Augen, keiner soll mich lehren, die Männer zu durchschauen. Und wie raffiniert er ist! Wie geschickt er es vermeidet, von seiner Familie, von seiner Frau zu sprechen. Ein einziges Mal hat er diese Frau erwähnt, im Zusammenhang mit meinem Buch. Und seither nie wieder.

Aber jetzt wird es Zeit, daß wir wieder Tempo gewinnen. Es ist elf Uhr, und wenn wir bis zum Füttern zu Hause sein wollen, müssen wir vorwärtsreiten. Übrigens ist es sehr heiß geworden, hochsommerliche Temperatur, und hier auf die Ebene, weit vom Wald entfernt, brennt einem die Sonne ganz schön aufs Haupt.

Wir galoppieren eine lange Strecke zwischen den Feldern in Richtung Süden, dann traben wir und kommen schließlich

bei dem Dorf heraus, wo der Bahnübergang ist. Lorine geht mit größter Selbstverständlichkeit über die Schienen. Sie kennt das nun schon. Und Richtung Heimat geht sowieso alles leichter. Kurz nach zwölf landen wir im Stall.
»Es war herrlich«, sage ich. »Ein wunderbarer Ritt. Vielen Dank fürs Mitnehmen!«
»Es freut mich, wenn es Ihnen Spaß gemacht hat«, sagt er wieder ganz formell. Kein Wort davon, daß wir wieder einmal zusammen reiten könnten. Morgen vielleicht. Na warte, du!
»Einen Durst habe ich.«
»Herr Meisel hat verschiedenes im Kühlschrank stehen. Bier oder Limonade?«
»Dann schon lieber ein Bier.«
Herr Meisel ist im Stall und füttert, das tut er immer selbst. Er sagt: »Sie wissen ja Bescheid, Herr Doktor.«
Herr Doktor weiß Bescheid. Er kommt zurück mit zwei Flaschen Bier ohne Gläser.
»Geht es so?«
»Natürlich.« Ich trinke aus der Flasche, mit großem Genuß. Wie schön es ist, mal richtig Durst zu haben. Meist muß man nur trinken um des Trinkens willen.
Es ist wie mit der Liebe. Wenn man so ein richtiges heißhungriges Verlangen nach einem Mann hat, nach einem bestimmten möglichst, und dann ist er da, und – ach verflucht, Vera, hör auf über die Liebe zu philosophieren, das wird langsam zur Manie. Alles bloß wegen dieses Kerls mit seinen blauen Augen und diesem Mund, diesem unverschämten. Ich benehme mich wie ein phantasievoller Backfisch, der sich in alles verliebt, was in Reichweite ist.
Wir sehen unseren Pferden noch ein bißchen beim Mittag-

essen zu, es macht so Spaß zu sehen, wie es ihnen schmeckt. Bei der Gelegenheit mache ich auch die Bekanntschaft der Frau Kreutzer. Ihr gehört die Schimmelstute, die neben dem Kastanienbraunen steht. Sie sind auch Urlauber in Waldhofen, Frau Kreutzer und die Stute Ludmilla, wie ich höre, schon zum drittenmal.

Sie kommen aus der Gegend von Frankfurt. Herr Kreutzer macht jedes Jahr Kur in Waldhofen, und seine Frau begleitet ihn mit Pferd.

Nicht daß mir die Dame Kreutzer bisher entgangen wäre, das ist kaum möglich. Sie ist eine sehr gesprächige und eine sehr laute Dame, eine von diesen Pferdeexpertinnen, die der Schrecken jedes Reitstalls sind. Wann immer man in den Stall kommt, ist sie da. Sie redet Herrn Meisel, Frau Meisel, dem stummen Friedrich und sonstigen Reitersleuten, deren sie habhaft werden kann, ein Loch in den Bauch. Bloß von mir will sie nichts wissen. Über ein frostiges Grüßen sind wir nicht hinausgekommen. – Nun, das kenne ich. Ich bin im allgemeinen bei Frauen nicht sonderlich beliebt, jedenfalls bei einer gewissen Sorte. Das ist ganz komisch, das war in der Schule schon so und ist eigentlich geblieben. In der Schulzeit bin ich mit gewissen flotten und kritischen Mädchen ganz gut ausgekommen, während des Studiums auch. Aber die meisten hielten sich fern von mir, sie betrachteten mich immer mit mißtrauischen Blicken. Und die Durschnittsehefrauen sehen in mir immer eine Gefahr für das Seelenheil ihrer wohlbehüteten Männer, auch wenn mich der Alte nicht im geringsten interessiert.

Warum Frau Kreutzer mich nicht leiden kann, weiß ich eigentlich nicht. Ihr Mann läßt sich im Stall kaum blicken, ich habe ihn ein einziges Mal gesehen. Alle anderen Männer, die hier herumwimmeln, belegt sie sowieso mit Beschlag. Die Tatsache, daß ich vielleicht vier, fünf Jährchen jünger bin als sie und vielleicht auch eine Spur attraktiver, kann sie doch kaum so beeindrucken, zumal es ihr an Selbstbewußtsein nicht mangelt.

Heute also erlebe ich mit, wie sie sich mit Vehemenz auf Robert Gerlach stürzt.

»Ach, Herr Doktor!« Das kommt so zuckersüß, so voll Hingabe, das brächte einen Eisberg zum Schmelzen. Sie stellt sich neben ihn an die Box von Timo, während ich, ein paar Schritte entfernt, mein Bier süffle, und dann geht es los wie ein Wasserfall: Wie das war mit Ludmillas rechter Hinterhand vorgestern, und neulich hat sie gehustet, schrecklich dieser Husten in allen Ställen zur Zeit, und wissen Sie schon, daß Ganofsky, Sie erinnern sich doch an Ganofsky, der voriges Jahr hier war, in Dortmund gestartet ist, aber natürlich ganz »unter ferner liefen« blieb. Na ja, als ich noch Turniere ritt, da war das Reglement ja strenger, mein Gott, was hat man damals alles beachten müssen, und ein zweites Pferd habe ich mir jetzt gekauft, einen jungen Hannoveraner, phantastisch gebaut, eine kräftige Hinterhand und eine solche Brust, momentan wird er zugeritten, könnte mich direkt reizen, auch noch mal zu starten, und wann reiten wir denn wieder einmal zusammen aus, war doch immer so nett im vergangenen Jahr, und Sie müssen uns unbedingt im Hotel besuchen auf einen Drink, ja natürlich, wir wohnen wieder im Kurhotel Sonne, ist doch das beste hier, wie geht's denn Ihrer Frau, und was macht das Fräulein Tochter, und schreiben Sie wieder an einem neuen Buch, das letzte war ja wahnsinnig interessant, na und so weiter.

Er steht mit höflicher Miene, den Kopf leicht abwärts geneigt, denn sie ist sehr klein, er hat ein verbindliches Lächeln um den Mund, hat ihr die Hand geküßt, er ist wirklich ein wohlerzogener Mann. Und ausgeritten ist er mit dieser Ziege also auch. Brauche ich mir gar nichts darauf einzubilden, daß er mich heute aufgefordert hat. Nicht nur eine Frau, eine Tochter hat er auch, jetzt weiß ich's ganz genau. Irgendwann einmal dazwischen streift mich sein Blick, es liegt ein seltsamer Zug um seinen Mund, ein wenig Resignation, ein wenig Spott, und ich denke: Du weißt gar nicht, wie gut du mir gefällst!

Hat er gelesen, was in meinem Blick stand? Als die Dame mal Luft schöpfen muß, macht er eine kleine Handbewegung zu mir hin, die ich ja nur drei Schritte entfernt an Lorines Box stehe, und fragt: »Die Damen kennen sich ja sicher?«

Frau Kreutzer, die mir betont den Rücken zugekehrt hat, wendet sich widerwillig um.

»Ah – ja, doch.«

»Nur vom Sehen«, sage ich.

Er nennt unsere Namen. Ich trete näher, wir nicken uns zu.

»Sie sind ja auch mit Ihrem Pferd auf Urlaub hier, nicht wahr?« werde ich gnädig gefragt, ich bestätige es, und damit bin ich aus der Unterhaltung wieder ausgeschlossen.

Der Gatte dieser Dame muß sehr reich sein, sie kurvt mit einem Mercedes 300 durch die Gegend, hat zwei Pferde und wohnt im besten Hotel. Wenn ich mir denke, daß der arme Mensch dies jahraus, jahrein ertragen muß, sogar im Urlaub während seiner Kur, dann finde ich, er ist ein bedauernswertes Wesen. Aber ich habe es mir längst abgewöhnt, mich darüber zu wundern, was Männer in dieser

Hinsicht alles ertragen. Und schließlich ist es ja ihr freier Wille. Irgendwann haben sie sich so was ausgesucht und geheiratet. Und behalten haben sie es auch noch. Also bitte!

Meine Hoffnung auf ein paar freundliche Abschiedsworte von meinem Robert, der leider nicht mein Robert ist, erfüllt sich nicht. Bis zu seinem Fahrrad begleitet ihn das wonnige Wesen. Ich latsche hinterher. Herr Meisel will den Stall absperren. Eine Weile geht das Gespräch, oder besser gesagt, der Monolog vor dem Stall noch weiter. Robert muß versprechen, bestimmt schon heute nachmittag ins Hotel zu kommen, mein Mann wird sich ja sooo freuen, dann schwingt er sich auf sein Rad und fährt davon, so schnell er kann.

Jetzt bekomme ich ein schmales Lächeln. »Ist er nicht goldig? Fährt mit dem Rad. Aber davon behält er auch die tolle Figur.«

Na da!

Und darauf besteigt sie ihren Schlitten und braust davon.

Ach, Robert!

Schade.

Geburtstagsfeier

Mit der Zeit kenne ich nun einige Reiter aus dem Stall, allerdings nur ganz flüchtig. Da ist der Fabrikant aus der Gegend, dem der Kastanienbraune gehört, der kommt meist am Abend und auf die schnelle. Ist ein eiliger, offenbar vielbeschäftigter Mann. Sehr nett ist das Ehepaar Hirte, ihnen gehört ein älterer dunkler Fuchs, den sie abwechselnd reiten. Denn ihnen gehört auch eine renommierte Kurpension am Ort – das weiß ich von Angelika –, und dadurch sind sie jetzt in der Saison mit Arbeit eingedeckt und können nur sehr früh am Morgen oder eben auch am Abend reiten. Der Braune gleich an der Tür, der so kontaktfreudig ist und jedem, der hereinkommt, einen Stups gibt oder, wenn er ihn schon näher kennt, am Ärmel zupft, immer ganz vorsichtig, nur mit den Lippen, nie mit den Zähnen, gehört einem Zahnarzt von Bad Waldhofen. Auch ein schwerbeschäftigter Mann. Und der fünfte einheimische Reiter, von dem ich nicht weiß, wie er heißt und was er macht, ist das Herrchen des Schimmels Balduin. Er grüßt immer sehr freundlich, der Reitersmann, und zieht allein ins Gelände oder reitet den Schimmel in der Bahn, wo ich ihn am ersten Tag getroffen habe. Urlauber sind außer mir noch zwei da, eben die liebreizende Frau Kreutzer mit ihrer Ludmilla und ein Geschäftsmann aus Aschaffenburg, dem ein großer Brauner namens Sorrent gehört. Der reitet nie allein, sondern schließt sich immer Herrn Meisels Truppe an. – Das wär's.

Am nächsten Morgen komme ich mit der stillen Hoffnung in den Stall, Robert wird auf mich warten, und wir können wieder zusammen reiten. Aber Robert ist bereits auf und davon, ich bekomme ihn nicht zu Gesicht. Hat er das absichtlich gemacht? Möglich. Nun, er braucht keine Angst zu haben, ich werde mich ihm nicht aufdrängen. Ludmilla ist auch weg. Vielleicht hat er heute die Dame Kreutzer im Schlepptau.

Am nächsten Tag dasselbe. Auch gut. Falls ich enttäuscht bin, lasse ich es mir nicht anmerken, und falls Lorine enttäuscht ist, sie auch nicht. Wir gehen heute allein nach Norden, allerdings nur über die Straße, nicht über die Bahn. Auf dem Rückweg schlagen wir einen Bogen bis zum großen Wald und reiten quer durch.

Dort im Wald, wie schon einmal, treffen wir Timo und seinen Herrn. Allein. Diesmal reiten wir nicht aneinander vorbei. Wir halten, begrüßen uns, plaudern ein bißchen und reiten dann zusammen heimwärts.

Wir stellen fest, daß das Wetter einfach toll ist, der Himmel blau, so weit das Auge reicht, und dabei ist es warm wie im höchsten Hochsommer. September in Süddeutschland, schönste Zeit des Jahres.

»Heute könnte ich eigentlich wieder einmal zum Schwimmen gehen«, sage ich und erfahre, er war gestern. Ich wollte eigentlich gehen, war nur zu faul. Ich lag auf dem Balkon und habe den »sizilianischen Falken« fertig gelesen. Wirklich ein ausgezeichnetes Buch, ein historischer Stoff und dabei spannender als ein Kriminalroman. Ich sage es ihm, und ich glaube, es freut ihn.

Nachmittags, als ich zum drittenmal das Schwimmbecken durchkreuze, taucht plötzlich sein Kopf neben mir auf. Das Wasser ist nach wie vor sehr frisch, aber ums Herz wird mir warm, wie immer, wenn ich ihn sehe. Eigentlich hätte er die Absicht gehabt zu arbeiten an diesem Nachmittag, erzählt er mir, aber das Wetter sei eigentlich zu schön zum Arbeiten.

»Ist es Karl von Anjou, den Sie versetzt haben?«

»Nein. Er nicht, er ist sowieso momentan auf Eis gelegt. Ich schreibe eine Artikelreihe für eine Zeitschrift.«

»Aha. Und wann soll Karl gestartet werden?«

»Nächstes Jahr wohl noch nicht, übernächstes Jahr denke ich. Es sind allerhand Studien zu machen. Ich muß vor

allem noch eine längere Reise nach Frankreich machen, die Provence vornehmlich, und durch Italien vermutlich auch.«
»Auf den Spuren des Karl von Anjou.«
»So ist es.«
Wir klettern nacheinander aus dem Wasser, und wie immer bin ich ganz zufrieden, wenn ein Mann mich im Badeanzug sieht. Über meine Figur kann ich nicht klagen, und ich bin der Meinung, das sollte nicht verborgen bleiben. Zumal gerade Robert mich noch nie in einem Kleid gesehen hat, immer nur in Hosen. Reithosen oder anderen. Die Sache mit dem Fahrgestell – nicht wahr? Ich zeige meine Beine sehr gern her.
Robert übrigens hat ebenfalls eine ausgezeichnete Figur, er ist schlank, schmalhüftig, ohne eine Spur von Bauch oder Fett, hat breite Schultern und gerade lange Beine. Es überrascht mich nicht. Er hat Rasse. Und Menschen mit Rasse haben auch meist einen rassigen, wohlgebauten Körper.
Wir sitzen eine Weile nebeneinander im Gras, und ich sage: »Ich kriege direkt Lust.«
»Worauf?« fragt er.
»Aufs Schreiben. Wenn ich Sie so höre... Also, es ist nicht einzusehen, warum ich nicht auch wieder mal ein Buch schreiben sollte.«
»Was haben Sie noch geschrieben außer dem Pariser?«
»Eben nichts. Das war mein erstes und einziges. Und es ist mehr als fünf Jahre her. Ich war damals bei den Vorarbeiten für ein neues Buch. Und da kam mir etwas dazwischen.«
»Das ist schade.«
»Ja. Finde ich auch. Es war übrigens ein Mann. Ich ließ

mich dummerweise breitschlagen, mich nicht nur persönlich, sondern auch geschäftlich mit ihm zusammenzutun. Es handelte sich um eine Werbefirma. Public relations, wie man heute sagt. Irgendwie reizte mich das, ich hatte so etwas noch nie gemacht. Man kann viel Geld dabei verdienen.«

Ich betrachte versonnen eine zierliche Brünette in einem Nichts von Bikini. Niedlich sieht sie aus. Und jung ist sie, höchstens neunzehn. Beneidenswert. Dabei denke ich: Warum erzähle ich ihm das? Interessiert ihn vermutlich gar nicht. Und man soll nie zuviel von sich selbst erzählen.

»Und es machte Ihnen Spaß?«

»Es hat mir zeitweise Spaß gemacht, doch. Aber nun ist es sowieso vorbei. Ich bin da ausgestiegen. Die Geschichte ist passé.«

»Der Mann oder die Firma?«

»Beides. Und darum stünde nichts im Wege, daß ich ein neues Buch schreibe.«

»Haben Sie schon bestimmte Pläne?« Er fragt es höflich, aber vermutlich interessiert es ihn nicht besonders. Er sitzt manierlich von mir entfernt im Gras, und ich habe nicht das Gefühl, er fühle sich besonders von mir angezogen.

»Mehrere. Pläne habe ich immer.«

Ich erzähle ihm von den »Capricen« und noch von einigen anderen Projekten, die mir so im Kopf herumgehen oder gegangen sind, und er hört mir geduldig mit dieser liebenswürdig-verbindlichen Miene zu, die ich nun schon kenne, dasselbe Gesicht, das er Frau Kreutzer hingemacht hat, im Grunde ist es ihm vollkommen wurscht, was ich tue und was ich schreibe. Er ist eben ein höflicher Mann, dies ist sein Diplomatengesicht, und es besteht gar kein Zweifel, daß er sich nicht das geringste aus mir macht.

Manchmal habe ich schon gedacht, neulich, wie wir bei der Marei zum Essen waren oder bei unserem großen Ritt, da war es manchmal so, als ob es knistert, aber vermutlich ist das bei ihm auch nur Höflichkeit, er spielt ein bißchen mit, weil er weiß, man erwartet das. Wenn ich nur einmal seine Frau sehen würde, dann wüßte ich Bescheid. Sicher ist sie attraktiv. Ein Mann wie er kann nur eine attraktive Frau haben. Und darum sind andere Frauen ihm vollkommen schnuppe. Komisch nur, daß sie sich nie sehen läßt. Sie kommt nicht in den Stall, reiten tut sie offenbar nicht, aber wenigstens hätte sie ja heute mitgehen können zum Schwimmen.

»Nun, das sind ja alles sehr hübsche Projekte«, sagt er gnädig. »Sie sollten wirklich das eine oder andere davon verwirklichen.«

Tüt, tüt, sehr von oben herab, das liebe Robertchen. Ich habe eine gelinde Wut im Bauch und beschließe, mich um diesen Herrn nicht mehr zu kümmern.

»Ich muß gehen«, sage ich, »ich habe ein Rendezvous.«

»Oh! Wie schön. Dann kommen Sie nicht mit in den Stall?«

»Nein. Ich habe nicht die Absicht.«

»Frau Meisel hat heute Geburtstag. Sie haben zu einem Abendtrunk eingeladen.«

»Mich nicht.«

»Das hat er sicher vergessen.«

»Warum sollte er mich einladen. Wir kennen uns kaum.«

Wir verabschieden uns vor den Kabinen, er meint, falls ich Lust hätte, sollte ich ruhig später noch in den Stall kommen. Ich lächle sehr süß und bin im Grunde sauer.

Es stimmt, daß ich ein Rendezvous habe. Mit dem Friseur. Als ich den Salon Maria verlasse, ist es sechs Uhr, ein milder, fast südlicher Sommerabend. Und da stehe ich mit meinem feinen Kopf und bin allein. Kurpromenade 'rauf, Kurpromenade 'runter, Drink auf der Terrasse am Kurhaus. Immer noch allein. Wenn wenigstens der Blazer käme. Nun, er kommt. Aber *nicht* allein. Er hat eine hellblonde, ganz ansehnliche Dame im Schlepptau, die ihn geradezu anhimmelt. Sie hat ein bißchen viel Busen und ein bißchen viel Popo, aber sonst geht es, lebhaft ist sie sehr und lächelt mit allen blitzendweißen Zähnen. Ihm gefällt sie offenbar, er ist ganz Auge und ganz Ohr. Zwar sieht er mich, sie sitzen zwei Tische von mir entfernt, aber er hält es nicht für nötig, mich zu grüßen. Das habe ich nun davon. Wäre ich freundlicher gewesen, dann hätte *ich* ihn mir unter den Nagel reißen können. Und wäre nun ein wohlbestallter Kurschatten. So träume ich einem Mann nach, der nichts von mir wissen will.

Ist gar nichts für mich da? Nein, weit und breit kein einschichtiger Mann, alle sind wohlversorgt, entweder mit eigener Frau oder einem Kurschattengewächs.

Arme Vera, du tust mir leid! Soll ich doch noch in den Stall fahren? Nur weil ich so fein frisiert bin? Nein, nun gerade nicht. Keiner hat mich aufgefordert, und vermutlich wollen sie mich auch nicht haben. Gehe ich halt Abendessen und ins Kino. Bei dem Wetter? Das wäre Sünde und Schande.

Ich ziehe mich um, allein oder nicht, ich habe einfach das Bedürfnis, mich mal hübsch zu machen. Es gibt da ein brandneues Kleid, blau mit einem sehr aparten Türkismuster darin, schmal, schlank machend und raffiniert geschnitten, das habe ich überhaupt noch nicht angehabt. Auch wenn's keiner sieht, ich ziehe es heute mal an, das Wetter ist schön genug. Lange weiße Ohrgehänge dazu, die schicke Frisur, also es wäre direkt ein Abenteuer wert. Es kommt aber keins. Ich esse im Hotel und werde Zeuge einer bewegten Kurliebe.

Das Paar sitzt bei mir am Tisch. Er ist vielleicht Mitte fünfzig, hat ein Kasperlgesicht mit einer roten Knollennase und ist von schlichter Gemütsart. Sie ist überhaupt ganz und gar handgestrickt, ein ganz kleinkariertes Muster, mit sage und schreibe einem Dutt am Hinterkopf, die Harmlosigkeit in Person. Aber da hat sie nun einen Mann ergattert. Oder jedenfalls so etwas Ähnliches. Und das ist für sie eine weltbewegendes Ereignis, eine Sensation, ein wahres Wunder. Sie hat keine Ahnung vom Flirten, keine Ahnung von Koketterie, ihr Herz liegt mitten auf dem Tisch zur gefälligen Bedienung. Er bedient sich und kommt sich als doller Teufelskerl vor. Ihnen zuzuhören ist eine Kabarettnummer. Und da er sich nun gerade so als richtiger Casanova fühlt, zieht er auch mich ins Gespräch, und hoho, er läßt durchblicken, was da alles im Gange ist. Ihre Zimmer liegen nämlich nebeneinander in dem Kurheim. Ist das nichts, höhö? Das ist doch ein Fingerzeig des Schicksals, haha?

Sein Kurschatten wird abwechselnd blaß und rot, ihre Augen glimmern, und sie ist glücklich, das arme Wesen. Ich erfahre allerhand über die beiden. Er hat natürlich eine Frau zu Hause sitzen, das verschweigt er gar nicht. Sie ist eine Witwe mit erwachsener Tochter und zwei Enkelkindern, und das nun nochmals so was passiert, wer hätte das gedacht? Er tätschelt ihre Hand und manchmal auch ihr Knie, und wenn sie ihr Weinglas hebt, zittert ihre Hand. Und dann sagt sie auf einmal, ganz todtraurig, daß sie ja nun in einer Woche abreisen müsse, ja genau in sieben Tagen, dann wäre alles vorbei und sie müsse nach Hause, ihre Tochter ginge dann auf Urlaub, sehr spät dieses Jahr, weil der Tochtermann vorher nicht gekonnt hätte. Sie hätte versprochen, auf die Kinder aufzupassen, und darum könne sie ja nicht verlängern, ach, und dann sei eben alles vorbei.

Er grinst mich an über den Tisch, zieht seinen breiten Mund noch breiter, er blinzelt mir zu, er fühlt sich doll und noch doller, er sagt gönnerhaft, nun ja, man werde sehen, vielleicht käme er nächstes Jahr wieder hierher zur Kur, das könnte ja sein, höhö, und sie sagt noch trauriger, ein Jahr sei ja so lang und da könne viel passieren und überhaupt, und so geht es weiter. Ich zahle schließlich und überlasse die beiden ihrer bitter-süßen Romanze.

Ich hänge mir ein Jäckchen um die Schultern, denn mein schickes neues Kleid ist ärmellos, und verlasse das Hotel, begebe mich wieder mal auf die Kurpromenade. Allein.

Dabei denke ich über das Liebespaar nach. Wie das wohl weitergeht heute abend. Ihre Zimmer liegen bekanntlich nebeneinander, und wenn ich mir vorstelle... Also genaugenommen ist es nicht vorstellbar. Sie, die brave Oma mit dem Dutt, und bestimmt hat sie außer ihrem Verblichenen niemals einen Mann umarmt, ich kann es mir jedenfalls nicht denken, und dazu der Kasperl als Liebhaber, von dem ich mir auch kaum vorstellen kann, daß er noch sehr potent ist, also es ist eine Wucht. Sachen gibt's, die gibt's gar nicht.

Eins jedenfalls steht fest, das habe ich hier gelernt: St-Tropez und Cannes und Capri und Kampen und Acapulco, das ist alles ein alter Hut. Die großen Abenteuer des Herzens finden in Orten wie diesen statt, in kleinen Kurbädern wie Bad Waldhofen.

Gegen halb zehn komme ich ins Hotel zurück. Was nun? Ins Bett gehen. Vielleicht noch ein bißchen mit Ferdinand telefonieren.
Aber wie ich zum Empfang gehe, um meinen Schlüssel zu holen, wen treffe ich? Den Herrn aus Aschaffenburg, dem das Pferd Sorrent gehört.
»Guten Abend, gnädige Frau!« begrüßt er mich sehr lebhaft und reichlich beschwingt. »Wo stecken Sie denn? Wir haben Sie schon vermißt.«
»Mich? Wieso denn das?«
»Aber wir feiern doch Geburtstag. Der ganze Stall ist da.«
»Aber ich wußte nicht...«
»Kommen Sie, kommen Sie schnell. Sie kommen gerade noch zur rechten Zeit.«
In der Bar unten im Hotel sitzt wirklich der ganze Stall. Herr und Frau Meisel, Frau Kreutzer mit Mann, der Zahnarzt mit seiner Frau, das Herrchen von Balduin mit seiner Frau, die Pensionsinhaber mit Sohn und Tochter, noch drei Leute, die ich überhaupt nicht kenne. Und Robert.
Robert ohne Frau. Er sieht mir entgegen, wie ich mit dem Aschaffenburger komme, er steht auf, als ich an den Tisch komme, was die anderen Herren nicht tun, er setzt sich erst wieder, als ich sitze. Ihm gegenüber. Man hat mich sehr nett begrüßt, sie sind außerordentlich animiert, sie feiern seit nachmittags sechs Uhr, jetzt trinken sie Sekt. Frau Meisel, ein schmales, junges, dunkelhaariges Wesen mit großen Kulleraugen, immer ein wenig scheu und schüchtern, hat rote Wangen und strahlt, es beglückt sie, wie herzlich man sie feiert. Herr Meisel, um forsche Töne bemüht, strahlt auch, er hat seine Kunden um sich versammelt, und alle sind so schrecklich nett zu ihm und seiner Frau.

Im Laufe des Abends komme ich auch dahinter, dank mehreren Trinksprüchen und mehr oder weniger deutlichen Bemerkungen, daß Frau Meisel Ausgang des Winters ein Baby erwartet, ihr erstes. Augenscheinlich hat das keiner gewußt, aber heute hat es der stolze Vater irgendwann durchblicken lassen, und das ist nun ein doppelter Grund zum Feiern. Frau Meisel wird jedesmal ein wenig rot, wenn darauf angespielt wird, sie sieht reizend aus, und wenn sie verlegen wird, sieht sie erst ihren Mann an, der zu ihrer Rechten sitzt, und dann auf eine unschuldig hilflose Weise Robert, der links von ihr sitzt. Robert lächelt ihr dann zu, er ist so richtig lieb. Und ein verfluchter Charmeur dazu. Das habe ich nun schon begriffen. Mit Frauen versteht er es verdammt gut. Jede kriegt von ihm, was sie braucht. Und er kennt die Wirkung genau. Er hat es faustdick hinter den Ohren, dieser schriftstellernde Diplomat. Wir sehen uns einige Male an über den Tisch hinweg. Ich bin anfangs ein wenig still, es ist immer schwierig, ganz nüchtern in eine animierte Gesellschaft hineinzugeraten, aber nach einigen Gläsern Sekt geht es leichter. Neben mir habe ich den Aschaffenburger sitzen, der sich lebhaft um mich bemüht. Seine Frau übersieht es großzügig. Später kommen noch zwei Leute dazu, die ich nicht kenne, sie stammen aus Waldhofen. Der eine hat doch wahrhaftig eine Trompete mitgebracht und der andere eine Gitarre. Bisher – das habe ich vergessen zu erwähnen – bestand die musikalische Untermalung aus einem singenden Zitherspieler. Jetzt machen sie alle drei Musik, und wenn einer denkt, das ginge nicht, es geht doch.

Wir fangen an zu tanzen. Die Stimmung ist grande.

Der Hotelbesitzer kommt dazu, so gegen elf. Er gibt seinerseits ein paar Flaschen aus, es ist Krimsekt, und wer den schon mal getrunken hat, kann sich vorstellen, wie die Wirkung ist.

Ich bin nun auch ganz guter Stimmung, jedenfalls äußerlich, ich tanze viel, mit dem Aschaffenburger, dem Zahnarzt, mit Herrn Hirte und mit Balduins Herrchen und noch mit einigen Herren, die ich nicht näher kenne. Und ich denke, Robert könnte doch auch mal mit mir tanzen, aber er denkt nicht dran. Nicht daß er gar nicht tanzt. Er tanzt mit Frau Meisel mehrmals und mit der Dame Kreutzer, die sich hingebungsvoll an ihn schmiegt, und mit der Frau vom Hotelbesitzer, die später auch dazu kommt, und mit Frau Hirte, und mit weiß ich noch wem, aber nicht mit mir.

Warum? Ist das Absicht? Raffinesse? Oder was sonst?

Es ist ein turbulentes Fest. Es dauert bis halb eins. Dann sagt der Hotelbesitzer, es täte ihm schrecklich leid, aber die Hotelgäste, nicht wahr? Das müsse man verstehen... Wir alle bringen Herrn und Frau Meisel hinaus in den Hof, wo ihr Auto steht. Ob sie denn wirklich auch fahren können? Herr Meisel weist jeden Zweifel mit großer Geste zurück. Er kann. Und außerdem ist hier nachts sowieso nichts und niemand auf der Straße. Und er wird ganz langsam fahren.

Wir stehen alle im Hof, wir lachen und reden, ab und zu macht einer: Pssst!! Und da – nicht daß ich blau bin, nur so ein bißchen dizzy und auch müde, es war ein langer Tag, reiten und schwimmen und spazierengehen – immer an der Luft, ich bin es auch gar nicht mehr gewöhnt, so spät ins Bett zu gehen. Auf einmal merke ich, daß Robert hinter mir steht, dicht hinter mir. Ich lehne mich ein wenig zurück, ach, einen Zentimeter nur, ich berühre ihn nicht, aber ich spüre ihn.

Eine halbe Stunde später liege ich im Bett und kann nicht schlafen. Kann nicht schlafen, weil mir heiß und wild ist, weil ich Sehnsucht habe nach diesem Mann, auf eine so heftige Art, wie ich seit Jahren keine Sehnsucht verspürt habe. Ich glaube noch nie.

Es ist zu albern. Was ist gewesen? Nichts. Weniger als nichts. Wie wir da im Hof standen und der Abschied sich hinauszögerte, die anderen redeten und lachten und machten ihre dummen Witze, aber ich war auf einmal ganz still. Und Robert auch. Er stand hinter mir. Und meine kleine Bewegung auf ihn zu, das Zentimeterchen, das ihm meine Schulter entgegengekommen war, er hatte sie erwidert. Nicht daß ich an ihm lehnte, nein, durchaus nicht, da war immer noch ein Hauch dazwischen, ein winziger Raum zwischen unseren Körpern, der aber ausgefüllt schien mit Feuer. Mit loderndem, glutheißem Feuer. Ja, bitte schön, genauso war es. Und dann legte sich seine Hand um meinen Unterarm. Weiter nichts. Seine Finger schlossen sich um meinen nackten Arm, nicht besonders fest, aber auch nicht lose, es war ein richtiger Griff, den ich spürte.

Weiter nichts. Nein, bei Gott, weiter gar nichts. Doch die Wirkung auf mich war ungeheuerlich. Die leidenschaftlichste Umarmung hätte mich nicht wehrloser, nicht hingebungsvoller machen können als seine Hand auf meinem Arm. Ich war wie gelähmt, meine Kehle wurde eng, und ich spürte wieder, was ich so lange nicht gespürt hatte: die Gänsehaut, die über meinen Rücken lief, der jähe Schmerz in meinen Brüsten und das süße ziehende Nachgeben in den Knien.

Ich weiß nicht, wie lange wir so standen. Es kam mir vor wie eine Ewigkeit, aber in Wahrheit können es nur Sekunden gewesen sein, eine Minute, zwei Minuten vielleicht. Dann waren die Abschiedspalaver vorbei, die Gesellschaft löste sich auf, Familie Meisel fuhr vom Hof, die anderen verschwanden nach und nach, Frau Kreutzer fragte Robert: »Sollen wir Sie nicht heimfahren?« und er, sich von mir lösend: »Nein, nein, danke, ich laufe gern noch ein Stück.« Immer noch halb betäubt, reichte ich ihm meine Hand, er beugte sich darüber, küßte sie, und dann, im Aufrichten, leise: »Morgen um neun?«
Ich nickte. Ich sagte nichts. Ich stand unter dem Hotelportal und sah ihm nach, wie er ging.
Jetzt liege ich im Bett und erlebe das immer wieder. Wie so ein ganz, ganz junges Mädchen, das seinen ersten Kuß bekommen hat, die erste Liebkosung, und zum erstenmal gespürt hat, daß da etwas in ihm ist, was es nicht kennt, daß da irgendwas ganz von selbst funktioniert, wenn ein Mann es anfaßt. Das ist erschreckend, das ist ein Schock, und es ist wunderschön.
So war es jedenfalls bei mir, und ich weiß noch, daß ich tagelang die harmlose kleine Szene immer wieder nachvollzog, nacherlebte und auch, wenn auch nach und nach schwächer werdend, dieselbe Wirkung verspürte. Ich weiß nicht, ob es bei allen jungen Mädchen so ist, aber ich möchte es annehmen. Später legt sich das, man reagiert nicht mehr so feinfühlig, nicht mehr so leicht erregbar auf Kleinigkeiten. Und jezt auf einmal passiert mir das wieder auf meine alten, vielerfahrenen Tage. All die Liebe, die ich genossen habe, die Männer, die mich umarmt haben, die Leidenschaft, die mich mit ihnen verband – alles weg, nie gewe-

sen. Ich bin wie neu, ganz ungeküßt. Ein Mann legt seine Hand auf meinen Arm, und ich stehe in Flammen. Pardon! Aber ich muß es so primitiv ausdrücken, denn genauso war es. In Flammen – tut mir leid – lichterloh. Wenn er gesagt hätte: Komm mit – ich wäre gegangen, wohin er wollte. Hätte getan, was er wollte. Oh, verdammt! Was ist mir hier passiert?
Am besten, ich reise morgen ab. Ich kann flirten, ich bin auch einer Affäre nicht abgeneigt, aber ich will mich nicht ernstlich verlieben in einen Mann, der einer anderen gehört. Dazu habe ich die Nerven nicht mehr.
Ich werde gleich morgen früh den Transporteur anrufen, den Wagen bestellen und mit Lorine nach Hause fahren.
Rette dich, Vera, rette dich! Denn diesmal geht es dir ernstlich an den Kragen.

Zweiter Ritt mit Robert und Tim

Ich reise nicht ab, ich bin fünf nach neun im Stall, nicht richtig ausgeschlafen, ein wenig verkatert.
Robert ist schon da, er lehnt bei Lorine und Timo an der Box, beide sind gesattelt, er sieht mir entgegen, wie ich durch den Stall komme. Sein Gesichtsausdruck ist undefinierbar. Beherrscht und kühl, wohlausgeruht und wohlgepflegt sieht er aus, ein gemessener, überlegener Herr vom Scheitel bis zur Sohle. Nichts hat ihn erregt, nichts hat ihn aus der Ruhe gebracht. Er war zu allen Damen charmant gestern abend, er hat mit allen geflirtet, auch mit allen getanzt, mit mir zwar nicht, und dann hat er ein bißchen

seine Hand auf meinen Arm gelegt, so what? Ist das auch schon was?

Ich muß mich zusammennehmen. Er würde sich totlachen, wenn er meine Gefühle und Gedanken kennen würde. Nun, er wird sie nicht kennenlernen, ich kann mich auch beherrschen. Ich lächle ihn unbefangen an, sage »guten Morgen«, sage, daß ich ein bißchen verkatert bin und mich auf den Ritt freue, und dann führen wir unsere Pferde aus dem Stall, sitzen auf und reiten los.

»Da war Ihnen neun vielleicht zu früh?« sagt er, als wir im Schritt aus dem Hof reiten.

»Ach wo, ich werde schon munter beim Reiten.«

»Frau Kreutzer wollte um halb zehn kommen, ich dachte, es wäre besser, wir sind schon um die Zeit unterwegs.«

»Wollen Sie damit sagen, daß Sie sie versetzen?«

»Aber nein, wir haben nichts ausgemacht. Sie erwähnte es nur.« Aber er grinst dabei wie ein Lausejunge.

Heute geht es schon sehr gut mit uns vieren, wir kennen uns nun, wissen, was wir voneinander zu halten haben, die Pferde machen zufriedene Gesichter, es gefällt ihnen, miteinander zu gehen.

Wir reiten von Anfang an ein scharfes Tempo, der Morgen ist noch kühl und dabei voll strahlender Sonne, beim Galoppieren weht mir der Fahrtwind um die Ohren und vertreibt die letzte Müdigkeit. Wir gehen schräg über mehrere Stoppelfelder, das ist herrlich, da kann man flottes Tempo reiten. Auch Lorine findet es herrlich, sie läuft, daß es eine Wonne ist, ich bin im leichten Sitz, ein wenig vorgeneigt, ich habe sie nur locker in der Hand, ein Pferd wie eine Wolke im Wind.

Wir gehen heute nach Osten, über die kleine Bahn und die

kleine Landstraße, und dann drüben in die Wälder hinein. Robert kennt hier offenbar jeden Weg und Steg, er findet kleine Pfade im tiefsten Wald, und dann ist mitten im Wald eine Wiese, tiefgrün, und am Wiesenrand steht ein Kruzifix, doppeltmannshoch etwa, zu seinen Füßen ist eine Gruppe von kleinen Tannen gepflanzt und Blumen. Davor halten wir eine Weile.

»Wie schön«, sage ich. »Was ist das?«

»Eine Gedenkstätte. Die Wiese gehört einem Bauern aus Dirlach, dessen beide Söhne im Krieg gefallen sind. In Rußland. Er kennt ihre Gräber nicht, er weiß nicht, wie sie gestorben sind. An Allerheiligen zündet er hier die Kerzen an, an Weihnachten bringt er einen kleinen Christbaum heraus, und an den Geburtstagen der Buben Blumen.«

Ich schaue den Christus an, der über mir am Kreuze hängt, es ist eine einfache Schnitzarbeit, verwittert von Sonne, Regen und Schnee, aber es ist eine schlichte Schönheit in dem Bildwerk. Ich hebe die Hand und schlage ein Kreuz.

»Sie sind katholisch?« fragt er.

»Nein. Aber ich finde, es ist eine gute Sitte, und darum tue ich es manchmal.«

Wir reiten im Schritt weiter, wieder in den Wald hinein, auf samtweichem Nadelboden.

Hinter dem Wald sind wieder Stoppelfelder, wir reiten wie der Sturmwind nach Osten auf eine ferne Hügelkette zu und kommen schließlich an einen Fluß. Robert kennt eine seichte Stelle, wo das Ufer nicht zu abschüssig ist, und Timo steigt begeistert ins Wasser, patscht mit der rechten Vorhand darin herum. Lorine weigert sich, das kommt ihr nicht geheuer vor. Nach langem Zureden bringe ich sie schließlich wenigstens mit den Füßen ins Wasser.

»Genügt im Moment«, meint Robert. »Das nächstemal traut sie sich weiter.«
Noch eine Mutprobe wird Lorine abverlangt. Wir reiten durch ein Dorf. Bisher ist es mir nicht gelungen, sie auf eine Dorfstraße zu bringen. Auch heute gibt es einen Tanz, aber schließlich geht sie zitternd und tänzelnd und schnaubend hinter Timo her.
»Na, siehst du, mein Mädchen«, sage ich, »ist doch gar nicht so schlimm.«
Das findet sie nicht. Im Dorf gibt es Geräusche und Gerüche, die sie nicht kennt. Und dann fährt rasselnd ein Traktor mit einem Anhänger aus einem Hof auf die Straße heraus. Lorine macht entsetzt kehrt, buckelt, und ich habe allerhand Mühe, sie wieder zu beruhigen. Aber schließlich kommen wir am anderen Ende wieder aus dem Dorf heraus. Ich lobe sie lange und ausführlich, sie bekommt ein Stück Zucker in den Mund geschoben.
Kurz vor zwölf kommen wir zurück. Es ist Samstag und im Stall viel Betrieb, Frau Kreutzer ist da und schaut mich gehässig an, der Zahnarzt, der Fabrikant, der Aschaffenburger. Die Männer begrüßen mich sehr nett, war doch lustig gestern abend, nicht? Das machen wir wieder mal...
Ich erfahre, daß Herr Meisel am Nachmittag eine Springstunde gibt und daß alle kommen wollen, um zuzusehen.
Ich komme nicht mehr dazu, mit Robert allein zu sprechen, aber als ich mich verabschiede, sagt er: »Wenn Sie es morgen fertigbringen, schon um acht hier zu sein, könnten wir mal zum Kloster reiten. Montag ist Stehtag, da können sich die Pferde ausruhen.«
»Ich komme gern.«
Er nickt. Er hat es wohl nicht anders erwartet.

Am Nachmittag komme ich, um beim Springen zuzusehen, das ist teilweise sehr dramatisch, es gibt ein paar Stürze; überraschenderweise erweist sich der Schimmel Balduin als großartiger Springer, und auch der Braune vom Zahnarzt geht mit Schwung über die Hürden. Anschließend bekommen wir von Frau Meisel Kaffee serviert auf der Wiese vor dem Haus. Es ist alles sehr gut und schön und wäre noch viel besser, wenn Robert da wäre. Aber er ist nicht gekommen.
Was tut er? Was macht er? Zweifellos muß er sich um Frau Gerlach kümmern. Ob er ihr erzählt von unserem Ritt heute morgen? Ob er sagt: Da ist eine ganz nette Person aus München, mit der bin ich ausgeritten, wir waren da und dort, und morgen wollen wir zum Kloster reiten.
Er wird es nicht sagen. Ist wohl auch besser.
Abends bin ich allein und gehe wieder mal ins Kino und dann gleich ins Bett, um am Morgen fit zu sein.

Und dritter Ritt des Quartetts

Unnötig, wieder einmal zu erwähnen, *wie* schön das Wetter ist. Märchenhaft geradezu. Die Glocken läuten, als ich zum Stall fahre. Ich freue mich. Freue mich auf den Ritt, auf Lorine. Und ich freue mich, Robert wiederzusehen.
Es ist wie gestern. Er ist da, die Pferde sind bereit. Wir reiten nach Norden, die Tour wie beim erstenmal, über die Straße, die sonntäglich still ist, über die Bahn, dann aber durch das Dorf durch und nach Westen in die Wälder hinein, den Hügel hinauf. Wenn wir Schritt gehen, unterhalten

wir uns, ich erzähle vom Springen gestern, erzähle von Beobachtungen, die ich in Bad Waldhofen gemacht habe, auch Robert hat so seine Erfahrungen, und ich höre bei dieser Gelegenheit, daß ihm Kurgäste nicht so fremd sind, denn seine Tanten, die Töchter von Großpapa Kurarzt, betreiben eine frequentierte Kurpension.

»Sie führen ein strenges Regiment«, berichtet er und lacht vergnügt, »ich glaube in ganz Waldhofen wird nicht so eisern und erbarmungslos gekurt wie bei uns. Das ist noch die Schule von Großvater. Der kannte auch kein Pardon. Das Wasser konnte nicht kalt und naß genug sein. Und teilweise sind auch noch Leute im Haus, die bei ihm gearbeitet haben. So Schwester Melanie, ein Drachen, ein goldiger zwar, zu mir jedenfalls, aber ein Drachen. Bei der haben die Kurgäste nichts zu lachen. Und unser Masseur, der Bastian, stammt auch noch aus Großvaters Epoche. Zugegeben, unser Personal ist ein bißchen überaltert. Aber ich glaube, sie nehmen es leicht mit den Jungen auf.«

Ich weiß gar nicht, wo er wohnt. Wie sollte ich auch, ich weiß ja überhaupt nichts von ihm. Nun kenne ich zwar Schwester Melanie und den Masseur Bastian und erfahre, daß die Tanten Dori und Leni heißen und beide nie geheiratet haben und allerhand Haare auf den Zähnen haben. Aber von seiner Frau und seiner Tochter spricht er kein Wort. Tut er das absichtlich?

»Sie wohnen dort mit im Haus?« frage ich.

»Nein, nicht mehr. Es ist ein riesiges Haus. Das alte Doktorhaus von Großvater, stabil und für die Ewigkeit gebaut. Früher wohnte ich im Dachgeschoß, wenn ich hier war, aber inzwischen habe ich mir meine eigene Bleibe gebaut, ganz hinten auf dem Grundstück, klein nur, aber für mich reicht

es. Da komme ich mit den Gästen nicht so zusammen. Und die Tanten können mich nicht allzusehr tyrannisieren.«
Er lacht zu mir herüber und fügt hinzu, ganz lässig und mit großer Selbstverständlichkeit: »Besuchen Sie mich doch mal. Sie müssen schließlich auch Xaver kennenlernen.«
»Wer ist Xaver?« frage ich schwach, ganz erschüttert von der so en passant ausgesprochenen Einladung.
»Ein Dackel. Ein alter Herr schon. Aber immer noch eine sagenhafte Persönlichkeit. Mir ist selten im Leben so eine ausgeprägte Persönlichkeit begegnet. Früher hatte er mich immer in den Stall begleitet und dann dort auf mich gewartet, bis ich mit Tim zurückkam. Das heißt, manchmal hat er sich auch selbständig gemacht und ist in die Wälder gegangen, wodurch ich oft Ärger bekam. Zur Zeit haben wir hier Hundesperre. Tollwutgefahr. Da lasse ich ihn lieber zu Hause. Er hat einen großen Garten zur Verfügung. Und er hält auch nicht mehr sehr viel von längeren Spaziergängen.«
Die Tanten, der Dackel, das Personal – nur Madame Gerlach bleibt im Dunkel.
Nach anderthalb Stunden etwa kommen wir bei dem Kloster an. Es liegt ziemlich auf der Höhe, man reitet eine Weile bergan durch den Wald, und auf einem vorgeschobenen freien Platz findet man das wuchtige alte Gebäude, romantisch unter Buchen und Eichen. Ein Kirchlein ist dabei, eine Gaststätte.
Robert Gerlach ist hier bekannt, er wird erfreut begrüßt. Der Pächter der Gaststätte kommt persönlich, und wieder geht es los wie neulich bei der Marei: »Ja, der Herr Doktor! Das ist schön, daß Sie sich wieder einmal sehen lassen. Wir haben uns schon gewundert, wo Sie stecken. Meine Frau

sagte: Sicher sind Sie wieder auf Reisen ...« Und so weiter und so fort.
Man nimmt uns die Pferde ab, sie haben hier sogar einen Stall, Tim und Lorine werden abgesattelt und bekommen eine Schwinge Hafer. Das Kloster ist kein Kloster mehr, es gibt hier weder Mönche noch Nonnen, das alte Gemäuer ist halb verfallen, nur die Kirche und das Lokal sind instand gesetzt.
Es ist wirklich ein romantischer Platz. Wir sitzen im Garten, direkt an einer halbhohen Mauer, und haben einen wunderschönen Blick ins Tal, in jenes Gelände, wo wir bei unserem ersten Ausritt waren.
»Was möchten Sie trinken?« fragt Robert mich.
»Oh, ich weiß nicht. Worin besteht hierzulande ein Reiterfrühstück?«
»Sie können alles haben, was Sie wollen. Kaffee, Bier, Wein, Tee, und wenn Sie mir die Wahl überlassen, würde ich sagen, wir trinken eine Flasche Sekt.«
»Oh ja, gern.«
Der Wirt hat offenbar nichts anderes erwartet, er kommt bereits mit der Flasche. Ein Mädchen bringt eine Platte mit Schinken und Wurst, frische Butter und schwarzes Brot.
»Das finde ich gar nicht schlecht«, sage ich begeistert, als alles vor uns auf dem Tisch steht. »Alle guten Sachen lerne ich hier durch Sie kennen.«
Und nun, das erstemal wieder, sieht er mich an wie ein Mann. Über den Tisch hinweg, sehr intensiv. Sieht mich so an, daß ich die Zähne zusammenbeißen muß. Kann auch sein, ich habe was Dummes gesagt. Man kann natürlich vielerlei Sinn darin entdecken. Aber ich schweige und schwäche nichts davon ab.

Er nimmt sein Glas in die Hand. »Prost Reiter«, sagt er, und obwohl ich den Brauch kenne, bei diesem Ausspruch das Glas in der linken Hand zu haben, anders sonst man eine Runde bezahlen muß, habe ich es in meiner Verwirrung rechts und trinke so. Ich sehe an seinem Lächeln, daß ich es falsch gemacht habe.
»Die nächste Flasche geht dann also an mich«, sage ich.
»Ich glaube, daß uns eine Flasche genügen wird«, sagt er, »wir müssen schließlich noch zurückreiten. Aber Sie können es anderweitig gutmachen.«
»Wie?« frage ich mit einer kleinen piepsigen Stimme und mit Herzklopfen, denn wie er mich ansieht – Gott, steh mir bei!
Er steht gelassen auf, kommt um den Tisch herum, setzt sich neben mich auf die Bank. Da sitzt er, legt den Arm hinter mich auf die Lehne, ist mir zugewandt, und die blauen Augen sind nahe, so verdammt nahe, und ich sitze wie ein hypnotisiertes Häschen, und er sagt: »So.«
Sein Arm, der auf der Lehne lag, umfaßt mich, zieht mich heran, eine kleine Weile noch sieht er mich an, ganz ruhig, er läßt sich Zeit, genießt zweifellos die Verwirrung in meinem Gesicht, und dann küßt er mich.
Küßt mich in aller Ruhe und Selbstverständlichkeit, nicht sehr heftig, nicht sehr leidenschaftlich, aber ziemlich intensiv und ausführlich. Dann läßt er mich los, biegt ein wenig den Kopf zurück und sieht mich wieder an. Das ist ein Genießer! Er will sehen, was er anrichtet. Ich kenne die Sorte. Es soll ihm nicht gelingen, mich aus der Fassung zu bringen. Jedenfalls soll er es nicht sehen. Aber wie auch immer und wenn ich mich noch so anstrenge, ruhig und kühl zu bleiben, ich bin verloren. Ich bin ganz und gar ver-

loren. Ich bin dabei, mich rettungslos in diesen Mann zu verlieben.

»Und das in einem Kloster«, sage ich, und meine Stimme gehorcht mir nicht ganz.

Er lächelt. »Es mißfällt dem lieben Gott nicht.«

»Wissen Sie das so genau?«

»Ja.«

Und damit zieht er seelenruhig seinen Teller von der anderen Seite des Tisches herüber und fängt an, Butter auf ein Brot zu schmieren. Der Mann hat Nerven. Das ist ein ganz ausgekochter Hund. Und so was muß mir über den Weg laufen. Na warte! Ich bin auch nicht so ein heuriger Hase, wie du vielleicht denkst. Ich sehe ihm zu, wie er das Brot streicht, wie er eine Scheibe Schinken drauf legt und mir es dann bietet. Ich nehme es und beiße hinein. Was soll ich sonst tun? Ich esse ein Schinkenbrot und esse ein zweites, aber ich könnte genausogut eine tote Maus oder ein Stück Pappe essen. Er schiebt mir ein Rädchen Gurke in den Mund, und dazwischen trinke ich den Sekt, hastig und durstig, ein Glas, zwei Glas, ein drittes und merke auch gleich die Wirkung, mein Kopf wird leicht, ich schwebe über der Wirklichkeit.

Der Wirt kommt und setzt sich zu uns, die beiden Männer reden über dies und das, ich brauche nichts weiter dazu zu sagen. Ich weiß nur eins, daß er dicht neben mir sitzt, sehr dicht, wir berühren uns nicht, aber ich spüre ihn, es ist genau wie an dem Abend der Geburtstagsfeier. I've got you under my skin, so ungefähr in der Art. Das gibt es, das gibt es alles. Ich habe schon viel erlebt, aber so etwas wie dieses noch nicht. Und wie ich damit fertig werden soll, das weiß ich nicht.

Schließlich zahlt er, es ist schon fast elf, wir stehen auf, er sagt: »Jetzt müssen wir aber flott reiten«, wir gehen in den Stall zu unseren Pferden, die dicht nebeneinander stehen und die Köpfe zusammengesteckt haben, und Robert sagt: »Die beiden mögen sich.«

»Ja, es sieht so aus.«

Wir stehen neben den Pferden im Stall, es ist ein wenig dämmrig hier, ein alter kühler Klosterstall, er hebt die Hand, streicht mir weich das Haar aus der Stirn, legt die Hand in meinen Nacken, zieht meinen Kopf heran und küßt mich wieder, sehr leicht, sehr zärtlich, läßt mich los und sieht mich an, ich möchte lächeln, möchte etwas sagen, etwas Leichtes, Oberflächliches, aber es geht nicht, mein Gesicht ist ernst, und auch er ist ernst. Und dann legt er beide Arme um mich, und wir küssen uns. Ich ihn nun auch.

Wir küssen uns.

Küssen uns eine Ewigkeit.

Ach!

Es ist kein Zentimeter mehr zwischen uns, kein Millimeter, ich spüre ihn, er trägt nur ein Hemd und ich nur eine Bluse, und wir sind uns ganz nahe. Es ist atemberaubend. Ich will diesen Mann, ich bin verrückt nach diesem Mann. Es ist mir egal, ob er verheiratet ist. Ob er eine Frau hat und eine Tochter und diverse Tanten, alles ist mir egal. Ich will nichts auf der Welt als diesen Mann. Es ist der Mann, von dem ich mein ganzes Leben lang geträumt habe. Denn nie – *nie* – ist es mir passiert, daß ich so unvermittelt, so gewissermaßen aus dem Stand mitten in die Liebe hineingesprungen bin. Mitten in ein heißes Begehren, in ein wildes Verlangen.

Ach! Es ist nicht zu glauben, daß es so was gibt. Ich weiß

nicht, wie ich aufs Pferd gekommen bin, wie wir losreiten, ich sage adieu zu dem Wirt, schüttele ihm vom Pferd herab die Hand, wir reiten durch den Wald abwärts, es ist warm, nahe der Mittagsstunde. Wir sprechen kein Wort. Wir brausen unten durch die Ebene. Als wir in den Stall kommen, ist es schon halb eins, Herr Meisel hat gewartet und schaut uns vorwurfsvoll an, sagt aber nichts.

Noch einer wartet. Ferdinand. Er sitzt im Hof auf den Stufen zur Reitbahn. Ich habe ihn ganz vergessen. Und ich habe gar keine Verwendung für ihn.

Aber vielleicht hat auch Robert Gerlach jetzt keine Verwendung mehr für mich. Er muß schließlich nach Hause zum Mittagessen. Unser Abschied ist sehr rasch und unpersönlich, ich mache die Herren noch miteinander bekannt, sie schütteln sich die Hände, ein flüchtiges Lächeln, Roberts Gesicht ist wieder undurchdringlich, höflich-glatt, er sagt nicht, wann wir uns wiedersehen, nichts von morgen, nichts von Dienstag, er schwingt sich auf sein Rad und fährt davon. Ich stehe da und sehe ihm nach.

Ferdinand sieht mich an. »Na, da!« sagt er.

»Was soll das heißen?« frage ich gereizt.

»Nichts«, sagt er friedlich. »Ich meine nur.«

Begegnung mit Pan

Der arme Ferdinand! Es ist sein Schicksal, an meinem verworrenen Seelenleben teilzunehmen. Er muß immer alles ausbaden, meine schlechten Launen, meine Zweifel, meine Komplexe, und wenn ich glücklich bin, habe ich keine Ver-

wendung für ihn. Er kennt mich so gut. Ich glaube, es gibt keinen Menschen auf der Welt, der mich so gut kennt wie er. Und natürlich hat er gleich gemerkt, was los ist.
»Ist er das?« fragt er, ehe wir unsere Wagen besteigen.
»Wer ist was?« frage ich kriegerisch zurück.
»Dein neuester Flirt?«
»Keine Rede davon.«
»Dann also schlimmer.«
»Ach, laß mich in Ruhe.«
Wir fahren zu mir ins Hotel. Während ich mich umziehe, trinkt er unten einen Aperitif, dann essen wir. Ich bin zerstreut und in Klärchens Stimmung: himmelhochjauchzend, zu Tode betrübt. Wie alt bin ich eigentlich? Achtzehn? Oder erst siebzehn. Sweet seventeen und fallen in love.
»Ich soll dich grüßen«, sagt Ferdinand bei der Suppe.
»So!«
»Von Gert.«
»Ach! Ihr seid offenbar seit neuestem die dicksten Freunde.«
»Ich kann nichts dafür. Er war wieder da, diesmal allein, und hat sich ewig mit mir unterhalten.«
»So. Fährt er denn nicht in Urlaub?«
»Er kann nicht, sagt er. Wahnsinnig viel zu tun. Ganz dolle neue Aufträge. Die Firma blüht und gedeiht.«
»Freut mich für ihn.«
»Du fehlst ihm.«
»So.«
»Jetzt hast du zum drittenmal ›So‹ gesagt.«
»Na und?«
»Nichts. Aber sonst bist du im Gespräch einfallsreicher.«
»Tur mir leid, wenn ich dich langweile.«

»Dein ›So‹ ist unterhaltender und aufschlußreicher als anderer Leute gekonnteste Formulierungen.«
»So. Ich meine, dann ist es ja gut.«
»Ich habe so eine Art Botschaft auszurichten.«
»So. Und?«
»Er sagt, du sollst nicht zu lange Urlaub machen und dich lieber wieder mal bei ihm in der Firma sehen lassen.«
»Fallen ihm keine guten Texte ein?«
»Es sieht so aus.«
»Das bekümmert mich verhältnismäßig wenig. Ich bin fertig mit dem Werbegeschäft. Ich schreibe wieder ein Buch.«
»So?«
»Gewiß.«
»Was für eins?«
»Weiß ich noch nicht. Ich bin zur Zeit dabei, darüber nachzudenken.«
»Daß du dazu Zeit hast...« Es klingt hinterhältig.
»Ich habe jede Menge Zeit hier.«
Pause. Ich komme mit meinem Schweinsbraten nicht recht voran. Kein Appetit. Das sicherste Zeichen, daß ich verliebt bin. Dann brauche ich so gut wie nichts zu essen.
Ferdinand schmeckt es. Er ißt alles auf bis zum letzten Knödelbrocken. Dann lehnt er sich zurück, betrachtet mich mit der Miene eines abgeklärten Großvaters und sagt: »Er sieht gut aus.«
»Wer?«
»Na, dieser Mann, mit dem du heute ausgeritten bist.«
»Mmmmm.«
»Reitest du öfter mit ihm?«
»Mmmmm.« Das habe ich von Friedrich gelernt. Man kommt damit ganz gut durchs Leben.

»Du machst doch keine Dummheiten, Vera?«
»Was verstehst du unter Dummheiten, teurer Freund?«
»Du weißt recht gut, was ich darunter verstehe. Dasselbe wie du.«
Ich schiebe meinen Teller zurück, stütze die Ellenbogen auf den Tisch, lege meinen Kopf in die Hände und schaue meinen guten Freund an. »Doch, Ferdinand, ich glaube schon. Wenn es eine Dummheit ist, sich zu verlieben.«
»Was meinst du?«
»Sicher, es ist eine. Oh, Ferry, wie alt muß man werden, daß es nicht mehr passiert?«
»Ich weiß nicht, ob es mit dem Alter etwas zu tun hat. Bei dir sicher nicht, Vera. Sagtest du nicht, der Herr ist verheiratet?«
»Ist er. Stört es dich?«
»Dich?«
»Doch, ja.«
»Willst du nicht lieber mit mir nach Hause fahren?«
»Nein.«
Wir sitzen lange auf der Terrasse vor dem Hotel, trinken eine Tasse Kaffee, ich füttere die Vögel mit Brotkrumen. Und ich denke: Was geschieht nun? Ein Kuß, gut. Zwei oder drei Küsse, was ist das schon. Aus der Stimmung des Augenblicks heraus. Ernst gemeint im Moment oder nicht, es vergißt sich, es verweht, es ist vorbei. Was weiß ich über Robert Gerlach.
Vielleicht ist er ein Don Juan, der ganz gern mal ein wenig mit dem Feuer spielt. Für ihn bin ich eine erwachsene, erfahrene Frau. Eine sophisticated lady. Kann er annehmen, daß ich an Liebe denke, daß ich mich so töricht hineinsteigere? Das kommt ihm sicher nicht in den Sinn. Er ist jetzt

zu Hause bei Weib und Kind, hat sich das Mittagessen schmecken lassen, macht einen Mittagsschlaf, mich hat er längst vergessen.
Man wird sehen, der Sonntag ist noch lang, morgen ist Montag, Ruhetag im Stall. Er weiß, wo ich wohne. Er könnte sich melden. Mal anrufen. Mal vorbeikommen, so was in der Art. Wenn er nur eine Spur von Interesse an mir hätte, müßte er das tun.
Tut er es?
Er tut es nicht.
Nur widerstrebend gehe ich am Nachmittag mit Ferdinand spazieren, dränge zum Hotel zurück. Am Empfang frage ich: »Hat jemand für mich angerufen?«
Niemand hat.
Ferdinand hat mir verschiedenes mitgebracht. Silvodor, mein Lieblingsbadeöl, die Babyseife, mit der ich mich wasche, eine Sonnencreme, Nagellack, meinen bevorzugten Lippenstift. Er räumt es aus seinem Wagen und meint dabei, wir sollten abends mal woanders hingehen zum Essen.
»Warum denn?«
»Zur Abwechslung.«
Also gut. Er kann ja, wenn er anruft, eine Nachricht hinterlassen. Wir essen anderswo, wir kommen bald zurück, sitzen noch in der Bar. Hier habe ich ihn schon einmal gesehen an einem Sonntagabend. Könnte er nicht heute auch kommen? Er kommt nicht.
Der Montag nimmt kein Ende. Ich fahre in den Stall, Lorine zu besuchen. Ich bin nachmittags im Schwimmbad. Kein Robert. Übrigens habe ich im Telefonbuch nachgesehen, dort steht sein Name nicht. Wie die Pension von den Tanten heißt, weiß ich nicht. Ich habe keine Ahnung, in

welchem Teil von Waldhofen er wohnt. Ich gehe am späten Montagnachmittag über die Kurpromenade, dann spaziere ich durch den Ort, ausgiebig nach allen Seiten hin. Die ganze Zeit bin ich darauf gefaßt, daß er plötzlich auftaucht, zu Fuß, zu Rad, es ist ein ganz blödsinniger Zustand, in dem ich mich befinde.

Kaum zu glauben, daß einem so was auf seine alten Tage noch passieren kann. Es erinnert mich an meine Jungmädchenzeit. Damals, als ich in der Kleinstadt lebte, bei dem Tierarzt während des Krieges, war ich wahnsinnig verliebt in einen Arzt. Es war der Hausarzt der Familie. Ein Mann etwa Anfang vierzig, blendend aussehend, von einem leicht verwegenen Charme. Er war im Krieg gewesen, verwundet worden, hinkte ein wenig, was ihn noch interessanter machte, war freigestellt vom Militär und hatte eine große Praxis.

Er behandelte mich bei einer Mandelentzündung, später nochmal, als ich vom Pferd gefallen war und mir das Handgelenk verstaucht hatte. Ich war dreizehn, dann vierzehn. Ich liebte den Doktor mit leidenschaftlicher Inbrunst. Man hat in diesem Alter eine umwerfende Phantasie. Natürlich hatte er eine Frau und auch Kinder, ich ließ die Frau sterben und die Kinder ebenfalls irgendwie verschwinden und aus uns beiden ein glückliches Paar werden. Jeden Tag ging ich mehrmals am Doktorhaus vorbei, und manchmal glückte es, er kam gerade heraus oder fuhr in seinem Wagen ab, und ich konnte ihm »guten Tag, Herr Doktor« entgegenhauchen. »Ah, Vera, wie geht's dir? Du wirst immer hübscher.« So etwas sagte er oft, er war ein Charmeur. Ich kannte seinen Wagen, einen alten grauen Opel, und fuhr mit meinem Rad durch die Kleinstadt, ob ich den Wagen irgendwo stehen sah, wo er vielleicht einen Besuch machte. Dann wartete ich hinter der nächsten Ecke oder in einer Toreinfahrt, bis er kam, und wenn er einstieg, kam ich zufällig vorbeigeradelt. »Guten Tag, Herr Doktor!« – »Hallo, Vera!« Mit der Zeit wurde ich mutiger und erfindungsreicher. Ich legte mir die eine oder andere Krankheit zu, leider war ich damals sehr gesund, ich mußte simulieren, und die Frau vom Tierarzt, die zwei Söhne großgezogen hatte, die auch manchmal gern die Schule schwänzten, war nicht leicht zu täuschen. Immerhin – mit einem fremden Kind ist man vorsichtiger. »Hast du Halsschmerzen, Vera?« »Ja, schrecklich.« Die Hand auf meiner Stirn. »Fieber hast du nicht. Kopfschmerzen?«

»Furchtbar.« – »Hm. Schreibt ihr heute eine Arbeit?« – »Nein. Aber Tante Hanna!« Ich war sehr gekränkt.

»Hm. Mach den Mund auf, sag aah! – Bißchen rot vielleicht. Also gut, geh ins Bett, ich mach dir einen Wickel.«

Der Doktor wurde nicht geholt, und ernstlich krank wurde ich einfach nicht. Also blieben nur die Promenaden am Doktorhaus vorbei, die Radfahrten durch die Stadt.

Als mich meine Mutter dann dort fortholte und mit mir nach Süddeutschland ging, brach mir das Herz.

Benehme ich mich heute anders als mit vierzehn? Ich spaziere durch Waldhofen und hoffe, ihn hinter jeder Ecke zu treffen. Aber ganz schlimm wird es, als er Dienstag auch nicht im Stall auftaucht. Ist er denn wieder verreist? Wo fährt er denn bloß immer hin? Angelika ist nicht mehr da, die ich fragen kann. Nachmittags bringe ich Lorine auf die Koppel, zusammen mit Timo, lehne am Koppelzaun und warte, daß er kommt, wie schon einmal. Er kommt nicht.

Er hat auch nicht angerufen. Und ich mache mich lächerlich.

Gut, daß es niemand weiß – er vor allem nicht –, wie ich mich benehme. Ein paar Küsse, na gut. Habe ich nicht schon oft einen Mann geküßt und morgen nicht mehr daran gedacht? So geht es ihm eben mit mir.
Mittwoch morgen ist er im Stall. Sattelt gerade seinen Timo, wie ich komme, sagt er freundlich »guten Morgen«, ohne mir einen besonderen Blick zu schenken, nimmt den Timo am Zügel und geht mit ihm aus dem Stall.
Das ist deutlich. Ich könnte heulen. Aber nun langt es mir. Nun ist der Film für mich gelaufen.
Aber wie ich mit Lorine herauskomme, wartet er draußen hoch zu Roß. Sitzt gewissermaßen auf dem hohen Roß und schaut zu mir herab.
»Wohin reiten wir heute?«
Ich möchte etwas ganz Gemeines, etwas ganz Häßliches sagen. Und zumindest wünsche ich, ich hätte mich mittlerweile mit einem der anderen Herren angefreundet und mit einem von ihnen ein Ausreiterendezvous.
»Mir egal«, sage ich statt dessen und versuche, es gleichmütig klingen zu lassen. Bloß keinen Ärger zeigen. Der Herr ist ein Sadist und vermutlich tut er das absichtlich. Das ist eine Masche von ihm.
»Ist Lorine gestern viel gegangen?«
»Nein. Nur eine Stunde.«
»Fein. Tim hat überhaupt gestanden, dann können wir ein Stück weiter gehen. Wollen wir zur Marei reiten und dort zu Mittag essen?«
Wunderbar! Mein Ärger verfliegt, ich schaue eifrig zu ihm hinauf wie ein Schulmädchen, dem der Lehrer einen Schulausflug verspricht.
»Dann müßten wir bloß Herrn Meisel Bescheid sagen.«

»Das mache ich«, rufe ich begeistert. »Er ist in der Bahn. Halten Sie Lorine, ja?«

Er nimmt Lorines Zügel, ruft mir nach: »Warten Sie!«

»Sie haben nicht zufällig einen Badeanzug zur Hand?«

Ich kehre um.

»Doch, im Wagen.«

»Wunderbar. Nehmen Sie ihn mit. Wir können schwimmen vor dem Essen.«

Ein richtiges großes, dickes Programm. Hört sich an, als ob wir viele Stunden zusammen sein würden. Bin ich ihm also gleichgültig? Wohl doch nicht. Sonne, wie scheinst du strahlend! Himmel, wie bist du blau! Leben, wie bist du schön!

Ich komme zurück, etwas ratlos den Badeanzug in der Hand. Das heißt, es ist kein richtiger Badeanzug, bloß ein alter Bikini, den ich zur Reserve im Wagen habe. »Wie soll ich das transportieren?«

Er grinst. »Na, soviel ist das ja nicht.«

Ich befestige das Oberteil am Hosenbund, das Höschen würge ich in die Tasche. Dann sitze ich endlich auf. Lorine hat das ganze Unternehmen interessiert beobachtet. Sie stampft ungeduldig mit dem Bein. Geht's endlich los?

Es geht los.

Diesmal entfernen wir uns vom Stall in Richtung Süden. Ein Stück Feldweg im Schritt, dann kurz vor dem Ort über die Straße und die kleine Bahn.

Natürlich muß ich ihn fragen. Frauen fragen immer, ich sagte es bereits, sonst ersticken sie daran.

»Wo haben Sie denn gesteckt?«

»Haben Sie mich vermißt?«

»Mmmmmm.«

»Hätte ich mich abmelden müssen?«

»Ich hätte es nett gefunden.«
Er lacht zu mir herüber, so richtig unverschämt. Oh, du Mannsbild, du! Du bist deiner Wirkung verdammt sicher.
»Ich war in München.«
»Aha.«
»Ich habe meinen Verleger getroffen. Und sonst noch einiges erledigt. Zufrieden?«
»Sie denken doch nicht etwa, daß ich neugierig bin?«
»Nicht?«
Dann bleibt nicht mehr viel Zeit zum Reden, er legt ein scharfes Tempo vor, erst ein Stück nach Osten, dann südwärts.
Diesmal galoppiert er voran. Lorine dem Timo nach, manchmal ist sie heftig, und ich habe Mühe, sie zu halten. Aber wenigstens schießt sie mir nicht vor.
Grüne Feldwege, Stoppelfelder, ein Stück durch den Wald. Ein richtiger ausgewachsener Geländeritt, immer voran, immer weiter. Eigentlich kennen wir so etwas gar nicht, Lorine und ich. Der Englische Garten in Ehren, man kann sehr schön in ihm reiten, wenn er nicht zu naß oder zu trokken ist und wenn uns die Parkverwaltung nicht liebenswürdigerweise dicke Steine auf die Reitwege geschüttet hat.
Aber das hier ist natürlich eine andere Sache. Das ist kein Spazierenreiten, das ist ernsthafte Fortbewegung. Von einem Ort zum anderen.
Wir brauchen zwei Stunden bis zum Ort, wo der »Oberwirt« steht und die Marei residiert. Zwei Stunden scharfer, flotter Ritt.
Die Sonne brennt, mir ist heiß, aber es ist wunderbar.
Robert springt vor dem Gasthof mit einem Cowboysatz vom Pferd, läßt den Timo stehen und kommt zu mir.

»Gut. Sie haben sich prima gehalten. So einen Partner lob' ich mir.«
Wie blau seine Augen sind! Wie jung er aussieht!
Er streckt mir die Arme entgegen, ich schwinge auch mein rechtes Bein auf Cowboyart über Lorines Kopf und lasse mich in seine Arme gleiten. Einen kleinen Augenblick hält er mich, lacht mir in die Augen.
Wir führen die Pferde am Zügel durch den Wirtsgarten, dann hinters Haus. Die Marei hat den Hufschlag gehört, erscheint auf der Holzveranda.
»Jessas, der Herr Doktor! Grüß di Gott, Robert!«
Hinter ihr erscheint ein stattliches, kräftiges Mannsbild. Das ist Aloys, wie ich erfahre, der Marei ihr Mann und Wirt des Hauses.
Beide schütteln auch mir die Hand, dann geht wieder ein großes Gespräch los, an dem ich nicht viel teilnehmen kann. Dazwischen satteln wir die Pferde ab und bringen sie zu einer Koppel, die am Rand des Dorfes liegt. Eine saftige grüne Wiese, wo die beiden grasen können. Anschließend müssen wir mit dem Aloys einen Schnaps trinken, und dann sagt Robert: »Ich hab' gedacht, wir könnten baden gehen, bis das Essen fertig ist. Zum kleinen See hinunter. Leihst mir deinen Wagen, Aloys?«
Das tut der Aloys mit Vergnügen. Und die Marei bringt noch ein paar Handtücher und eine Decke zum Drauflegen. Um eins könnten wir zum Essen kommen, sie würde heute Göckerl braten, ganz junge, zarte.
Als wir in Aloys' Wagen sitzen – ein Mercedes versteht sich –, frage ich: »Müssen die armen Hähnchen sterben wegen uns?«
»Vermutlich.«

»Dann hätte ich eigentlich lieber wieder Schnitzel gegessen.«
»Das Kalb ist auch nicht freiwillig verschieden.«
»Na ja, aber es ist vermutlich schon tot. Die Göckerl müssen extra unseretwegen sterben.«
»Ich nehme an, sie sind sowieso doomed to death. Essen wir sie nicht, hätten andere sie gegessen. Haben Sie so ein zartbesaitetes Gemüt, Vera?«
»Trauen Sie mir das nicht zu?« – Er hat mich das erstemal Vera genannt.
»Doch. Durchaus. Nicht, daß es mich stört.«
»Das beruhigt mich.«
Ich bin gewappnet und bereit, es mit ihm aufzunehmen. Er mit seiner verdammten Sicherheit und Überlegenheit soll bloß nicht denken, daß er mir so gewaltig imponiert. Er ist auch bloß ein Mann. Er wäre der erste, mit dem ich nicht fertig werde.
Zum erstenmal fahre ich mit ihm im Auto. Er steuert den Wagen mit lässiger Sicherheit, wie alles, was er tut. Wir fahren zum Ort hinaus, ein Stück Landstraße entlang, dann biegt er auf einen Feldweg ab, der nach einer Weile in den Wald mündet.
»Wo fahren wir eigentlich hin, falls ich mir die Frage erlauben darf?«
»Sie dürfen. Wir fahren baden.«
»Ja, das habe ich vernommen. Ist ein See in der Nähe?«
»Ja. Sie werden sehen, ein hübscher kleiner See, mitten im Wald. Wir haben dort als Buben schon gebadet.«
Wir sind nun allein, er hätte Gelegenheit, ein bißchen, nun ja, also sagen wir mal, seine Sympathie zu zeigen. Aber er tut nichts dergleichen. Auch nicht, als wir bei dem See angekommen sind. Er steigt aus, reckt sich und schaut sich zu-

frieden um. Ein hübscher Platz, der See ist nicht groß, er wirkt etwas düster. Auf der einen Seite reicht der Wald bis an sein Ufer, da wo wir halten, ist ein Stück Wiese.
Hier sind ein paar Buben beim Fußballspiel, doch sogar sie kennen den Herrn Doktor und verziehen sich manierlich in die äußerste Ecke.
Robert hat den Wagen unter den Bäumen geparkt und steigt ohne weitere Verzögerung aus seinen Stiefeln und seinen Reithosen. Die Badehose hat er bereits an, wie ich sehe.
Bei mir geht das nicht so einfach. Eitel, wie ich bin, habe ich sehr elegante, sehr enge Stiefel und komme ohne Stiefelknecht nicht aus ihnen heraus. Robert sieht mir eine Weile zu, wie ich mich abmühe, dann deutet er auf einen Baumstumpf.
»Setzen Sie sich, Madame! Ich werde Sie ausziehen.«
Er zieht mir gekonnt die Stiefel aus. Die Hose schaffe ich allein, er wendet sich diskret ab, während ich mich in den Bikini zwänge. Reichlich knapp ist der. Ich habe ihn ewig nicht mehr angehabt. Er liegt nur so zur Reserve im Wagen. Bademütze habe ich natürlich auch nicht. Aber in der Hosentasche steckt ein gelbes Stirnband, das ich manchmal zum Reiten überziehe. Mit dem binde ich, so gut es geht, die Haare hoch.
Er sieht mir dabei zu. Er sieht mich ziemlich unverhohlen an. Ich gäbe ein Vermögen drum, zu wissen, was er denkt.
Das Ufer ist moorig, ein bißchen glitschig, ich rutsche mehr oder weniger ins Wasser hinein. Überraschenderweise ist es schön warm, wärmer als das Waldhofener Schwimmbad.
Das tut gut nach dem schnellen, heißen Ritt. Wir schwimmen quer über den See, halten uns drüben an einer Wurzel fest.

»Schön?« fragt er.
»Herrlich!«
Zurück und das Ganze nochmal. Auf der zweiten Tour veranstalten wir eine Art Wettschwimmen. Ich bin eine gute Schwimmerin, aber er schlägt mich mühelos, läßt mich auch nicht aus Höflichkeit gewinnen.
Wie alt mag er sein? Mitte, Ende vierzig etwa. Aber er ist tadellos in Form.
Die Buben sind verschwunden, wie wir aus dem Wasser kommen. Mir ist wunderbar zumute.
Robert holt die Decke von Marei aus dem Wagen, breitet sie im Gras aus, und wir legen uns hin.
Da liegen wir und reden kein Wort. Es ist hoher Mittag, es ist ganz still, ein Vogel läßt sich hier und da vernehmen, sonst tiefste Stille. Eine Stille aber, die lebt. Die Stunde des Pan. September, warme letzte Sommertage. Ich liege auf dem Rücken, habe die Augen geschlossen und spüre, daß ich lebe.
Eine lange Weile rührt er sich nicht. Zwischen unseren Körpern ist ein kleiner Raum, der winzigste Raum, den man sich vorstellen kann. Und in diesem Raum – ja, was ist da? Vielleicht Elektrizität? Oder wie soll man das nennen? Wenn man es überhaupt benennen kann.
Dann bewegt er sich, rollt sich auf den Bauch, und nun ist kein Zwischenraum mehr da, sein Arm berührt meinen Arm. Und dann ist sein Mund auf meiner Schulter. Zärtliche Lippen, ganz sanft, sehr behutsam. Ich rühre mich nicht. Ich könnte mich gar nicht bewegen. Doch alles in mir und an mir beginnt zu leben. Zauberstunde im mittäglichen Wald. Pan geht durch den Wald und bläst sehnsuchtsvoll auf seiner Flöte.

Ich warte, was geschieht. Und alles, mein ganzes Sein ist auf diese Lippen konzentriert, die sanft und weich über meine Schulter gleiten, in die Halsbeuge, und langsam, quälend langsam, millimeterweise tiefer wandern zum Ansatz der Brust, dort zärtlich verweilen, verschwunden sind, wiederkehren, und das Spiel wiederholen, immer wieder, bis alles an mir vibriert, und ich meine Hände in den Boden kralle, um ihn nicht einfach zu fassen, festzuhalten.

Auch das bemerkt er. Seine Hand streichelt meinen Arm, bis meine Finger sich lockern, bis ich ihn schließlich doch umarme. Jetzt endlich küßt er mich. Er küßt mir den letzten Rest Verstand aus dem Kopf.

Und dann läßt er mich plötzlich los, richtet sich auf. Ich öffne aufgeschreckt die Augen. Ist jemand gekommen? Nein. Nichts und niemand, Wald und Wiese schweigen, über dem See flirrt eine Libelle im Licht.

Er steht auf, steht plötzlich vor mir und streckt mir die Hände entgegen. Ich ergreife sie verwirrt, er zieht mich hoch, und wir stehen dicht voreinander, Körper an Körper, er sieht mich an, ganz nah, und fragt: »Willst du?«

Weiter nichts. Steht vor mir, hält mich an den Händen, sieht mir in die Augen und fragt: »Willst du?«

Gibt mir keine Zeit für Spiel und Koketterie, keine Zeit für ein bißchen Theater, für ein kleines Zögern, und ich, was tue ich? Ich sage: »Ja.«

Nichts weiter.

Willst du?

Ja.

Er hat es nicht anders erwartet, nimmt mich bei der Hand, geht das Stück über die Wiese bis zum Wald, in den Wald hinein.

Kann ich weglaufen? Kann ich sagen, was fällt Ihnen ein? Kann ich vielleicht ein bißchen lachen und die Situation für mich retten? Nicht daran zu denken.
Ich gehe mit an seiner Hand, er redet kein Wort, ich auch nicht. Ein Stein piekt mich in den Fuß, ich sage nicht mal au, ich gehe brav und folgsam mit, und dann ist da ein grüner Rasenfleck unter den Bäumen, er läßt meine Hand los, faßt mich an den Armen, küßt mich, küßt mich, wie ich nie geküßt worden bin, und noch im Küssen zieht er mich nieder auf die Erde, auf den grünen weichen Waldboden, streift mir geschickt und geübt das Oberteil ab und dann das Nichts von Höschen, ich denke noch: Das kann er gut! Das kann er verdammt gut, das macht er nicht zum erstenmal, und dann denke ich nichts mehr.
Es ist alles ganz einfach und ganz natürlich. Es braucht weiter keine Präluminarien. Ich bin so wohlvorbereitet, so bereit, ich bin gleich da, wir lieben uns, als hätten wir nie etwas anderes getan. Wir lieben uns mit einer Vollkommenheit, die andere Paare nicht nach tausend Versuchen erreichen und die auch wir vielleicht nie wieder erreichen können, weil soviel Vollendung, soviel Glück nicht wiederholbar ist.
Das jedenfalls denke ich, als ich langsam wieder denken kann. Ich habe nie einen Mann auf diese Weise geliebt, nie einen Mann so in mich aufgenommen. Und ich halte ihn noch fest, spüre ihn noch mit meinem ganzen Körper, und er hält mich auch. Ich weiß nicht, wie lange wir so liegen, ohne uns zu bewegen. Dann merke ich, daß er mich ansieht. Soll ich die Augen öffnen? Soll ich jemals wieder die Augen aufmachen, um zu sehen, was geschieht? Um zu sehen, wer es ist, der mich so wunderbar geliebt hat?

Blau sind seine Augen. Und glücklich. Gibt es etwas Schöneres als in die glücklichen Augen eines Mannes zu sehen? Zu sehen, zu erkennen, daß man ihn glücklich gemacht hat? Er küßt mich leicht, rollt sich zur Seite, liegt neben mir nun, aber er hält mich noch mit beiden Armen.
Und so liegen wir endlos lange, während Pan langsam durch den Wald geht und zufrieden auf seiner Flöte bläst.

Um dich zu sehen

Erst am Nachmittag gegen fünf kommen wir in den Stall zurück. Der Heimritt hat mir ein wenig Gelegenheit gegeben, meine Gedanken zu sammeln. Ich bin wie in einem Rausch. Die Stunden, die hinter mir liegen, waren außerhalb jeder Wirklichkeit, außerhalb dieser Welt, in der ich sonst lebe.
Das Mittagessen, von Marei exzellent zubereitet, war im Grunde an mich verschwendet, die Göckerl hätten meinetwegen nicht sterben müssen. Natürlich esse ich, und es schmeckt gut, aber genau weiß ich nicht, was ich esse.
Er sitzt mir gegenüber, wir sehen uns an, ihm schmeckt es offenbar, er ist jung, er ist so lebendig, es geht etwas von ihm aus, wie ein Strahlen, eine Kraft, die man fast mit Händen greifen kann. Wenn er mich ansieht, wenn unsere Hände sich berühren, antwortet alles an mir sofort. – Später muß ich darüber nachdenken, was das ist. Wie ich mir das erkläre. Jetzt komme ich nicht zum Denken, die Marei und der Aloys setzen sich nach dem Essen zu uns, wir trinken zusammen Kaffee, die drei unterhalten sich, und ich

sage manchmal auch etwas dazu, schließlich kann ich nicht gänzlich stumm dasitzen. Ich frage mich nur, ob man mir ansieht, in welchem Zustand ich mich befinde. Wohl nicht, meine Miene ist gleichmütig, mein Lächeln beherrscht, was meine Augen tun, weiß ich nicht.

»Du bist schön heute, Vera«, sagt er, als wir auf der Koppel sind, um die Pferde zu holen. »Deine Augen leuchten.«

Natürlich muß ich schön sein. So schön, wie nur die Liebe eine Frau machen kann. Timo kommt sofort auf seinen Pfiff, Lorine macht ein bißchen Theater, bis sie sich einfangen läßt, aber schließlich kann ich ihr den Zügel über den Kopf streifen und sie aufzäumen.

Auf dem Heimweg, als wir ein Stück Schritt durch den Wald gehen, schaut er auf die Uhr. »Reichlich spät geworden. Ich muß noch nach München fahren.«

»Heute noch?«

»Ja. Ich habe abends eine Verabredung. An sich wäre ich in München geblieben. Ich bin nur gekommen, um dich zu sehen.«

Daß er das sagt, ist wunderbar. Den ganzen restlichen Heimweg über klingt der kleine Satz in meinem Ohr. Ich habe nicht darauf geantwortet. Bei jedem anderen Mann hätte ich vermutlich gesagt: Na und? Hat es sich gelohnt?

So was in der Art. Bei ihm sage ich das nicht. Irgendwie, es ist ganz komisch, kenne ich mich selbst kaum wieder. Und es ist sehr gut, daß er wieder wegfährt. So habe ich Zeit, heute abend über mich selbst nachzudenken. Und was eigentlich mit mir los ist. Und was ich da getan habe, so in aller unschuldvoller Selbstverständlichkeit. Und was das nun eigentlich werden soll. Ob es überhaupt etwas werden soll. Und werden kann.

Kurz ehe wir zum Stall kommen, frage ich: »Wann kommst du wieder?«

»Ich weiß noch nicht. Morgen sicher nicht. Ich will sehen, ob ich es bis übermorgen schaffe.«

Heute ist er nicht mit dem Rad, er fährt einen Wagen, einen hellen französischen Sportwagen, und gleich nachdem wir angekommen sind, verschwindet er.

»Tut mir leid, aber ich muß weg, du verstehst?«

Unser Abschied ist formell, ohne große Umstände, er küßt mir die Hand, ein flüchtiges Lächeln, und weg ist er.

Ich stehe vor dem Stall und sehe dem Wagen nach. Dann reiße ich mich zusammen. Wenn jemand mich so sieht... vermutlich sieht man mir mehr an, als mir lieb sein kann.

Ich gehe zurück in den Stall zu den Pferden und bleibe noch eine Weile bei Lorine und Timo, gehe zu ihnen in die Box, verfüttere alle Rüben, die ich habe, lege meine Wange, die glüht von Sonne und Wind und Liebe, an Lorines Seidenfell, flüstere ihr allerlei törichtes Zeug zu und verschwinde erst, als es um sechs lebhaft im Stall wird. – Herr Meisel kommt mit seiner Truppe vom Ausritt zurück, die Reiter für die Sechsuhrstunde finden sich ein.

Im Schneckentempo trödle ich nach Waldhofen zurück. Ich bade, liege eine halbe Stunde auf meinem Bett und denke zurück, dann ziehe ich mich an, mache einen kleinen Rundgang durch den Ort, nur um überhaupt etwas zu tun. Zum Abendessen habe ich keine Lust. Ich müßte Leute sehen und mich von Leuten ansehen lassen, aber viel lieber will ich allein sein.

Um neun liege ich schon im Bett, mit einem Buch in der Hand. Aber ich lese nicht. Aus dem Transistor kommt leise Musik. Frank Sinatra singt: »Strangers in the night...«

Das Lied paßt gut, finde ich. Zwar war es nicht Nacht, aber der eine Satz – »lovers at first sight« –, der stimmt genau. Jedenfalls soweit es mich betrifft. Und er? Hat er am Ende ähnlich empfunden, trotz seiner Arroganz, seiner hochnäsigen Kühle? Es wäre zu schön, um wahr zu sein. Immerhin hat er gesagt: Ich bin gekommen, um dich zu sehen. Das bedeutet eine Menge. Bei ihm schon.
Und so komme ich schließlich zu der Frage, die ich nicht beantworten kann. Was nun? Wie geht das weiter? *Wenn* es weitergeht. Doch, es geht weiter. Das weiß ich. Aber wie? Noch immer weiß ich so wenig, fast nichts, von ihm. Seine Familie, wie er lebt. Und dann natürlich auch – hat es ihm überhaupt etwas bedeutet? Und warum, in aller Götter Namen, ist es mir so wichtig?
Doch diese Frage kann ich beantworten. Weil ich nie einem Mann begegnet bin, der mir besser gefallen hat. Weil ich nie – ja was eigentlich? – weil ich nie so plötzlich, so heftig verliebt war. Nie. Das schwöre ich, nie in dieser Art.
Kurz nach zehn ruft Ferdinand an.
»Wie geht's dir?«
»Oh, gut.«
»Was machst du?«
»Ich liege schon im Bett.«
»Brav. So solide kenne ich dich gar nicht, Vera.«
»Nein? Nein. Du kannst mich gar nicht kennen. Ich kenne mich ja selber nicht.«
»Vera! Ist was los?«
»Was soll los sein?«
»Du hörst dich so merkwürdig an.«
»Höre ich mich merkwürdig an? Ja, schon möglich. Und es ist auch was los. Ich bin glücklich.«

Pause.
»Glücklich?«
»Ja, sehr.«
»Verliebt also?«
»Ja, sehr.«
»Ach, um Gottes willen. Mußte das sein?«
»Ja.«
»Hm. Dann soll ich wohl Sonntag nicht kommen?«
»Ach, Ferry... ich weiß nicht. Ich weiß noch gar nichts. Ich rufe dich an, ja?«
»Du rufst mich an, wenn ich kommen soll.«
»Ja.«
»Und wenn ich nicht kommen soll, rufst du nicht an.«
Ach, armer Ferdinand! Armer, lieber Freund, aber du weißt ja nicht, du kannst ja nicht wissen...
»Wünsch mir Gutes, Ferry, ja? Wünsch mir ganz viel Gutes.«
»Aber das tue ich doch immer, Vera.«
»Nein, du mußt es jetzt tun, jetzt gleich und morgen und übermorgen und immerzu.«
»Wenn ich nur wüßte, was gut für dich ist.«
»Das, was mich glücklich macht.«
»Was dich jetzt und heute glücklich macht, Vera. Und morgen? Was wird morgen sein?«
»Das weiß ich nicht. Aber das weiß keiner, nicht? Aber wenn man so richtig glücklich gewesen ist, das geht ja nicht wieder verloren, da bleibt ja etwas zurück.«
»Vielleicht. Vielleicht ist man auch nur um so trauriger, je glücklicher man war.«
»Ja, Ferry, wer wüßte das besser als ich. Alles im Leben hat seinen Preis. Irgendwie und irgendwann muß man im-

mer bezahlen. Und Glück ist besonders teuer. Aber wenn es so ist, dann zahle ich diesmal Höchstpreise.«
»Ach, Vera! Du machst mir Kummer.«
»Nein, Ferry, das will ich nicht. Schlaf gut. Und wünsch mir Gutes.«
Ich lese nicht mehr. Ich knipse das Licht aus nach diesem Telefongespräch, und dann schlafe ich gleich ein.

Märchen im Wald

Der nächste Tag ist ein sehr friedlicher, sehr geruhsamer Tag. Ich weiß ja, daß er nicht kommt. Und ich habe Zeit, über mich und alles nachzudenken. Vormittags reite ich, nicht weit, eine knappe Stunde, Lorine scheint genauso sanfter, nachdenklicher Stimmung zu sein wie ich, zwei verträumte Jungfern, so wandeln wir im Wald einher, und ich erzähle ihr lange Geschichten.
»Die Liebe, Lorine, weißt du, ist eine komische Sache. Ein seltsam Ding – heißt es nicht irgendwo so?
Eigentlich, von Natur aus, ist es ein ganz unkomplizierter und absolut nicht romantischer Vorgang. Biologisch, verstehst du? Der Fortpflanzung gewidmet. So ist das gedacht. Und was haben die Menschen daraus gemacht? Eine ganze Oper. Ein Riesendrama. Ein gewaltiges Ungeheuer. Liebe! Man wächst von vornherein auf mit der Vorstellung, daß es sich da um eine gewaltige Sache handelt, man kommt gar nicht dazu, eine sachliche Einstellung zu diesen Dingen zu gewinnen.
In Büchern steht es, und in Schlagern wird es gesungen, in

Volksliedern natürlich auch, und sogar in den Märchen kommt es vor, wenn man noch ein kleines Kind ist. Da ist immer von Liebe die Rede und was sie alles anrichtet im Guten und im Bösen. Als ich ein kleines Mädchen war, Lorine, liebte ich vor allem das Märchen vom Dornröschen. Es regte meine Phantasie ganz ungeheuer an. Mein Vater war nicht unschuldig daran. Er war bei uns zuständig für Märchen. Er war ein Mann des tätigen Lebens, Journalist, falls du dir darunter etwas vorstellen kannst, sehr wendig, sehr gescheit, sehr up to date, wie man heute sagt. Aber irgendwo hatte er so eine kleine verkappte lyrische Ader. Sicher hat er in seiner Jugend Gedichte geschrieben. Er konnte wunderbar formulieren, sehr scharf und treffend, aber dazwischen hatte er dann plötzlich so eine bunte Blüte drin, die dem Ganzen etwas Melodisches gab, etwas, worüber man nachdenken mußte.

Ich hab' das damals als Kind noch nicht so richtig verstanden, nicht so ganz gewürdigt. Und viel ist nicht übriggeblieben von dem, was er geschrieben hat, fast alles ist verbrannt. Aber das, was übriggeblieben war, habe ich später oft gelesen, und da merkte ich das. – Ja, was wollte ich sagen. Ach ja, Dornröschen.

Die Geschichte von dem erweckenden Wunder der Liebe, wo ein Kuß nicht nur ein Mädchen, sondern ein ganzes Land aus tödlicher Starrheit erweckt. Wo ein Kuß, wo eine Begegnung mit der Liebe Leben schafft. Ein sehr kluges Märchen. Denn Liebe schafft immer Leben. Die ganze Welt, die ganze Menschheit bestünde nicht, ohne das Wunder der Begegnung.

Mein Vater also erzählte mir Märchen. Nicht so, wie sie im Märchenbuch standen. Die Story natürlich, die blieb und die stellte er sehr klar und überzeugend dar. Aber das Drumherum, die Atmosphäre, der Background, ganz egal, wie du das nennen willst, das war seine persönliche Zutat. Und das brachte mich zum Nachdenken, als sehr kleines Mädchen schon. Es waren gewissermaßen feuilletonistische Märchen mit allerhand Tiefgang. Kinder haben ja viel Verständnis für so etwas. Dornröschen muß es ihm ganz besonders angetan haben. Er schilderte sehr ausführlich das Schloß und die Leute, die in dem Schloß lebten und wie sie so im einzelnen waren und was sie taten.

Die Königin, Dornröschens Mutter, war ein bißchen dumm. Und der König, der Vater, war nur mit dem Regieren beschäftigt. Und Dornröschen selbst war so einsam. Sie lebte schon vorher, ehe das alles passierte, in einer Traumwelt. In einer Traumwelt voll Sehnsucht. Sie suchte immer irgend etwas und wußte selber nicht, was. Es war sehr lustig auf dem Schloß, sie hatten große Feste und prächtige Bälle, und Dornröschen bekam schöne Kleider und hatte viele Verehrer, aber sie sehnte sich nach etwas, von dem sie nicht wußte, was es war. Und wenn keiner auf sie aufpaßte, strolchte sie im Schloß herum oder im Schloßgarten auf der Suche nach ihrem Traum. Anfangs suchte sie nur ein Tier. Sie wünschte sich ein Kätzchen. Aber die Königin konnte Katzen nicht leiden. Dann wollte sie einen Hund haben. Aber auch den bekam sie nicht. Die Königin, ihre Mutter, sagte: Katzen riechen, und Hunde bellen, das kann ich nicht vertragen.

Übrigens konnte ich das sehr gut mitempfinden, denn ich wünschte mir auch ein Tier, als ich klein war, und ich bekam es nicht. Mein Vater wußte das.

Und dann traf Dornröschen im Schloßpark ganz am

äußersten Ende einen großen schwarzen Kater. ›Wer bist du denn?‹ – ›Ich bin der Kater Sokrates und bin schon dreitausend Jahre alt. Und wer bist du?‹ – ›Ich heiße Röschen und bin die Prinzessin. Ich bin erst fünfzehn Jahre alt. Ich habe dich noch nie gesehen. Hier dürfen keine Katzen sein beim Schloß. Wenn meine Mutter, die Königin, dich sieht, läßt sie dich wegjagen.‹ – ›Deine Mutter, die Königin, sieht mich nicht. Und im Schloß selbst ist auch eine Katze, meine Frau.‹ – ›Deine Frau? Das kann nicht wahr sein. Ich habe sie nie gesehen.‹ – ›Doch. Sie ist schon seit hundert Jahren im Schloß. Sie ist ganz oben im Turm, bei der Spinnerin.‹ – ›Wer ist die Spinnerin?‹ – ›Du wirst sie kennenlernen.‹

Und so ging es weiter. Immer wieder ging Dornröschen in den Schloßpark, ganz hinten, wo die Mauer war, und unterhielt sich mit dem Kater Sokrates. Und dazwischen suchte sie im Schloß die Katze, die seine Frau war. Und die Spinnerin suchte sie auch. Denn Sokrates hatte gesagt: ›Sie spinnt den Faden des Schicksals. Nur sie kann es, sonst keiner. Hüte dich, die Spindel anzufassen.‹ – ›Was geschieht, wenn ich die Spindel anfasse?‹ Sokrates wußte es auch nicht. Er wiegte seinen schwarzen dicken Kopf mit den bernsteingelben Augen und vermutete: ›Dann reißt der Schicksalsfaden ab.‹ – ›Du meinst, dann hört das Leben auf?‹ – ›Vielleicht.‹ – ›Dann wird mein Vater nicht mehr regieren? Und meine Mutter nicht mehr die Katzen und die Hunde hassen? Und was wird mit mir?‹ – ›Du gehst verloren.‹ – ›Verloren? Findet man mich nicht wieder?‹ – ›Vielleicht. Vielleicht nicht. Viele gehen verloren und werden nicht wiedergefunden. Finden kann dich nur die Liebe.‹ Oh, Lorine, kannst du dir solche Märchen vor-

stellen? Immer wieder neu, immer wieder anders waren die Gespräche zwischen der Prinzessin und Sokrates. Manchmal unterbrach meine Mutter, wenn sie dabei war: ›Axel, du findest wieder keinen Bahnhof. Wie soll das Kind das begreifen?‹
Das Kind begriff. Nicht mit dem Verstand, aber mit dem Herzen. Und wie herrlich ging die Geschichte weiter.
Auf ihren vielen langen Wegen durch das Schloß kam die Prinzessin schließlich in das oberste kleine Zimmer im Turm. Und da saß wirklich die Spinnerin. Und bei ihr eine große graue Katze. Und dann die Gespräche, die dort stattfanden. Oh, Lorine, du hast ja keine Ahnung. Heute tut es mir leid, daß das keiner aufgeschrieben hat.
Bis also dann die Prinzessin wirklich zu spinnen versuchte, sie tat es schon deswegen, weil Sokrates sie davor gewarnt hatte. Denn, Veruschka, so sagte mein Vater, wenn man ein kleines Mädchen vor etwas behüten will, muß man es ihm verschweigen. Aber wenn das Mädchen groß geworden ist, hilft auch das Schweigen nichts mehr, dann sprechen die Mauern zu ihm, die Bäume, die Blumen, die Sterne und sein Blut.
›Axel, bitte‹, sagte meine Mama.
Nun also, die Geschichte ist bekannt. Das heißt, Lorine, vielleicht kennst du sie auch nicht. Die Prinzessin versucht zu spinnen und sticht sich in den Finger und versinkt in Schlaf und mit ihr das Schloß und das ganze Land. Und um das Schloß herum wächst eine dichte Hecke, unten vom Garten rankt sie sich an den hohen Mauern empor, bis zum Turm. Und der Kater Sokrates sitzt vor der Dornenwand und wartet. Er ist schon dreitausend Jahre alt, hundert Jahre mehr oder weniger machen ihm gar nichts aus. Denn

hundert Jahre lang schläft das Schloß und alle, die darin sind. – Und wie mein Vater das schilderte! Das hättest du hören müssen, Lorine. Es war ein abendfüllendes Programm, das schlafende Schloß und seine schlafenden Bewohner und die dornige Rosenhecke, die höher und höher wuchs. Rote Rosen waren es, die in der Nacht betäubend dufteten und am Tage mit spitzen Dornen jeden Eindringling abwiesen.

Die armen Kinder heutzutage, die man vor den Fernseher setzt und die sich ansehen müssen, wie die Leute einander mit Kinnhaken und Schießprügeln traktieren, nie bekommen sie solche Märchen zu hören. – Das Ende der Geschichte, Lorine, es kommt ein Prinz, der keine Angst vor den Dornen hat, er ist sehr klug, er wartet eine Vollmondnacht ab, in der Dornen nicht stechen können, in der Rosen nur blühen und leuchten und duften, und da dringt er in das Schloß ein, geht vorbei an all den Schlafenden, an ihnen, die kein Schicksal mehr haben, weil die Prinzessin den Faden reißen ließ, und zuletzt kommt er in das Turmzimmer. Die Spinnerin ist verschwunden, die Prinzessin liegt in einem grünen Sessel, ihr blondes Haar ist ganz matt und bleich, und in ihren Arm geschmiegt schläft die graue Katze. Und nun tut der Prinz etwas Merkwürdiges, er fängt die Geschichte logisch an. Er geht an das Spinnrad und knüpft den Faden wieder zusammen. Und erst dann küßt er Dornröschen.

›Mißtraust du dem Wunder?‹ fragte Mama. Und mein Vater antwortete: ›Er soll nicht nur küssen können, der Prinz. Er soll sich auch etwas denken bei dem, was er tut. Verstehst du mich, Veruschka? Liebe ist ganz schön. Aber Liebe plus Verstand, das ist erst richtig schön. Und nur das kann auf die Dauer etwas Sinnvolles ergeben.‹ – ›Axel!‹ sagte Mama und lachte. Und ich sagte: ›Ich verstehe es, Papa.‹«

Jetzt sind wir schon dreimal kreuz und quer durch den Wald gegangen. Lorine hört mir immer noch geduldig zu. Und mir fällt unter dem Reden immer noch mehr ein. Komisch, daran habe ich lange nicht mehr gedacht. Eigentlich nie. Vaters Märchen. Und warum denke ich jetzt auf einmal daran? Etwas ganz Seltsames kommt mir in den Sinn. War mein Vater nicht der erste, der zu mir von Liebe sprach? Ich war zu jung, um zu begreifen, was für ein *Mann* er war. Und nun kommt es mir vor, als sei es einer gewesen, der von Liebe etwas verstand. Hat meine Mutter nicht später immer wieder die Liebe gesucht, bei diesem und jenem, und sie schließlich auch gefunden? Hätte sie das getan, wenn sie nicht daran gewöhnt gewesen wäre, zu lieben und geliebt zu werden?

Langsam trotteln wir in den Stall zurück, Lorine und ich. Der ganze Tag trödelt sich so hin. Nachmittags gehe ich zum Friseur, und anschließend fahre ich wieder hinaus und bringe Lorine und Timo auf die Koppel, sitze bei ihnen im Gras und warte. Aber es kommt keiner.

Abends warte ich auf einen Anruf. Aber es kommt keiner.

Nächsten Morgen komme ich in den Stall. Aber es ist keiner da.

Ich sehe Herrn Meisel eine Weile bei der Stunde zu, ich versuche wieder einmal eine Unterhaltung mit Friedrich. Schließlich fällt mir nichts mehr ein. Ich reite los. Allein. Er ist nicht gekommen.

Wir reiten heute wieder einmal nach Norden, über die weite Ebene. In flottem Trab, eine lange Strecke Galopp über ein leeres Feld. Es ist sehr windig, Wolken fahren über den Himmel, mein Haar bäumt sich auf, die neue Frisur ist beim Teufel. Kurz vor der Straße pariere ich durch. Über die Straße allein? Nö, das machen wir nicht. Schlagen wir hier noch einen Bogen.
Ich wende, und plötzlich, ganz hinten, da, wo wir hergekommen sind, ist etwas. Man kann nicht sehen, was. Irgend etwas bewegt sich. Etwas Goldenes in der grünen Landschaft. Wir stehen wie aus Erz, Lorine und ich, und starren in die Ferne. Ist es nicht wie ein wehender Schweif? Eine tanzende goldene Mähne im Wind?
»Lorine, ich glaube, da ist dein Freund Timo. Was meinst du?« Wir setzen uns in Bewegung, gehen erst Schritt, und dann, als wir sehen, was da in gestrecktem Galopp auf uns zukommt, traben wir an. Es ist der Timo, wer macht sonst so weite Sprünge. An einer Wegkreuzung halten wir wieder und jetzt sehen wir es ganz genau, es ist Timo mit seinem Herrn, sie reiten direkt auf uns zu.
Mir klopft das Herz im Hals. Die erste Begegnung – danach. So wichtig, so entscheidend. Wie wird es sein?
Plötzlich stößt Lorine ein helles Wiehern aus. Einmal, noch einmal, der ganze Pferdeleib zittert. Der Fuchs fällt in Schritt und wiehert auch. Das ist so schön, so rührend, daß ich weinen könnte. Die Pferde begrüßen sich, sie freuen sich, einander zu sehen.
Da sind sie. Seine blauen Augen blitzen, er lacht, mit seinem Blick schon greift er nach mir.

»Muß ich auch wiehern?« fragt er.
»Versuch's!«
»Tim kann es besser.«
»Da bist du.«
»Ja, da bin ich. Grad aus München gekommen.«
»Und wann fährst du wieder?«
»Nicht so bald. Jetzt bleibe ich erst mal da und beschäftige mich mit dir.«
»Richtig ernsthaft?«
»Sehr ernsthaft. Und sehr ausführlich.«
Das sagt er und sieht mich nur an dabei. Wir sitzen auf unseren Pferden, zwischen uns ist ein guter Meter Zwischenraum. Aber ich bin schon wieder rettungslos verloren.
All lost.

Das Drei-Männer-Haus

Heute endlich sagt er, was ich schon so gern einmal hören wollte: Sehen wir uns heute?
Er sagt es, als wir in den Stall zurückkommen und die Pferde absatteln. Geritten sind wir etwa anderthalb Stunden, nach Osten hinüber, zu dem Kruzifix auf der Waldwiese, im großen Bogen wieder auf Waldhofen zu, so daß wir uns von Süden her dem Stall nähern.
Gesprochen haben wir unterwegs nicht allzuviel, jedenfalls nichts Persönliches. Denn noch kennen wir uns ja kaum, noch müssen wir das Terrain sondieren, müssen erst behutsam ausprobieren, in welcher Klasse wir angetreten sind. Um einmal einen anderen Sport zu Hilfe zu nehmen: Es ist wie beim Tennisspiel, die richtige Spielstärke des ande-

ren erkennt man erst beim Spiel. Erst dann merkt man, wie er die Bälle setzt und wie man am besten darauf reagiert. Wir sind zweifellos beide starke Charaktere, und das macht die Sache nicht einfacher. Der Flirt, der bisher stattfand, die kurze leidenschaftliche Begegnung, das ergibt noch keine Basis. Erst jetzt wird sich entscheiden, ob und wie das Spiel weitergeht.

Ich bin jedenfalls nicht gewillt, ihm unnötig entgegenzukommen. Erstens kenne ich seine Lebensverhältnisse nicht, es empfiehlt sich also, vorsichtig zu sein, und zweitens hat er bewiesen, daß er der Mann ist, im gegebenen Moment zu handeln. Darum kann ich getrost ihm die Initiative überlassen. Was ich sehr gern tue. Ich glaube, jede Frau tut das gern. Man fordert einen Mann nur in äußersten Notfällen heraus, man wartet lieber ab, daß er aktiv wird, um dann mit erschreckten Augen und heimlichem Entzücken »Oh!« zu hauchen.

Er also sagt beiläufig: »Sehen wir uns heute?«, und ich antworte gleichmütig: »Gern.«

Und bin gespannt, was er vorschlägt.

Sein Vorschlag überrascht mich.

»Kennst du das Denkmal rechts vorn im Kurpark, kurz vor dem Hotel ›Sonne‹?«

»Ja.«

»Darf ich dich dort um fünf erwarten?«

Präzise und offenbar wohlüberlegt.

»Und dann?« frage ich.

»Wenn es dir recht ist, gehen wir zu mir.«

O la, la! – Nun denn!

Und seine Frau? Die eventuellen Kinder und Tanten und sonstiges Getier? Er muß es wissen. Ich weiß es nicht.

Und ohne größere Umstände trennen sich unsere Wege für die nächsten paar Stunden. Ein bißchen kenne ich ihn nun doch schon. Er ist, so würde ich es nennen, ein Stratege. Ein Diplomat dazu. Und hinter den Ohren hat er es wohl auch. Er macht es einer Frau nicht leicht, beläßt sie gern in einer kleinen Ungewißheit. Und weiß offenbar sehr gut, was er damit tut. Es erhöht die Spannung, stärkt seine Position, schwächt die des Partners. Man muß bei ihm auf überraschende Angriffe gefaßt sein.

So ein Angriff ist die Einladung, ihn zu besuchen. Er muß sich darüber klar sein, daß mir seine Lebensform unbekannt ist. Bisher hat er nicht davon gesprochen. Vermutlich bewußt nicht. Und wenn er denkt, ich frage, dann täuscht er sich. Man wird sehen.

Mittagessen ist nicht so wichtig, ich erledige es knapp und kärglich. Dann versuche ich es mit einem Mittagschlaf, was mir heute nicht recht gelingen will. Dieses Biest hat es doch fertiggebracht, mich aus der Ruhe zu bringen und meine Sicherheit wackeln zu lassen. Gott, wie ist das schön!

Um vier fange ich an, mich hübsch zu machen. Diskret hübsch zu machen. Kein Make-up, ist auch nicht nötig, ich sehe frisch und braungebrannt aus von Sonne und Wind, auf alle Fälle eine haltbare Wimperntusche und heller Lippenstift. Und was ziehe ich an? Lange Hosen und eine Bluse? Nein, das wäre ungeschickt. Ein Kleid und zwar ein praktisches, ein Hemdblusenkleid, helles Grün mit ein bißchen Gelb darin, das vorn zum Knöpfen ist. Das hat gegebenenfalls seine Vorteile. Ein bißchen Schmuck, Clips in die Ohren und eine Kette. Gelbe Sandaletten. Ich bin bereit.

Es ist immer erst halb fünf. Vielleicht doch lieber das weiße Kleid mit dem großen Dekolleté? Ich ziehe mich um. –

Nein, so warm ist es heute auch wieder nicht. Oder marineweiß, wie wäre das? Ich habe ein hübsches dunkelblaues Leinenkleid mit weißem Kragen, Verschluß im Rücken. Schließlich kehre ich doch zu dem grünen zurück.

Zehn Minuten nach fünf schlendere ich auf das Denkmal zu. Er ist bereits da, wie immer salopp gekleidet, helle graue Hose, ein weißes offenes Hemd. Habe ich ihn schon einmal in einem Anzug gesehen? Ach ja, abends in der Bar. An der Leine hat er einen Dackel.

Einen blondgelockten Dackel mit klugem Gesicht.

»Das ist sicher Xaver?«

»Das ist er. Er wollte dich gern mit abholen.«

»Das ist nett von ihm.«

Ich beuge mich zu dem Hund herunter und streichle ihn. Er verhält sich abwartend.

»Hast du gut geschlafen?«

»Ich habe nicht geschlafen.«

»Warum nicht?«

»Oh – ich weiß nicht. Mir fehlte die rechte Ruhe.«

Den Gefallen kann ich ihm schon tun, das zu sagen. Er quittiert es mit einem amüsierten Blick und einem befriedigten Lächeln.

Wir gehen schräg durch den Kurpark, am anderen Ende wieder hinaus, und kommen auf die Straße, die in südlicher Richtung aus Waldhofen herausführt. Es ist eins der hübschesten Viertel von Waldhofen, besonders schöne Häuser, Villen und Kurheime sind hier angesiedelt. In dieser Straße, ziemlich am äußersten Ende, wohnt er.

Ein riesiggroßes Allgäuer Haus mit herabgezogenem Dach, breiten Holzveranden rundum, Kurheim Sanitas steht darauf.

Der Vorgarten ist bunt von Blumen, der Kiesweg ordentlich geharkt, das Gras geschnitten und tiefgrün.
»Das ist also Großvaters Haus?«
»Ja, das ist es.«
Wir gehen nicht ins Haus hinein, sondern seitwärts am Haus vorbei. Hinter dem Haus ist eine richtige schöne Wiese, auf der Wiese Tische und Korbsessel und Liegestühle. Darauf die Kurgäste. Sonnend, lesend, kaffeetrinkend, plaudernd. Xaver wird von der Leine gelassen und läuft stracks über die Wiese, verschwindet. Wir können nicht laufen, wir müssen langsam gehen. Robert grüßt mit verbindlichem Lächeln nach rechts und links, er wird ebenfalls gegrüßt, sehr freundlich, öfter mit Namen angesprochen, von einigen Damen mit schmelzendem Lächeln bedacht. Die Blicke, die mich treffen, reichen von kritisch bis feindselig. Besseres ist nicht dabei.
An einem der Liegestühle, in dem eine alte Dame ruht, steht eine ältere Schwester in weißer Tracht. Der Blick, den ich von ihr erhalte, läßt sich nur mit einem Pfeil vergleichen. Ein Pfeil mit Widerhaken und ein bißchen in Gift getaucht.
»Schwester Melanie, nehme ich an«, sage ich, nachdem wir vorbei sind.
»Genau.«
»Sehr gern scheint man mich hier nicht zu sehen. Die Frage ist nur, lotsen Sie öfter eine fremde Frau hier durch, so daß man denkt: schon wieder eine? Wer ist denn die nun wieder? Oder ist es so eine Seltenheit, daß man es als eklatanten Einbruch in Ihren Seelenfrieden betrachtet.«
Ganz unwillkürlich habe ich wieder ›Sie‹ gesagt.
Er grinst. »Letzteres, Madame, letzteres.«

Die Wiese wird von einer Hecke begrenzt. Eine ziemlich dichte, wie mir scheint sogar dornige Hecke. Nur ein schmaler Durchlaß ist geblieben, durch den Xaver längst verschwunden ist. Jetzt schlüpfen wir dort durch, was mich sehr erleichtert, wir lassen die neugierigen Blicke hinter uns, haben erneut ein Stück Wiese vor uns und mittendrin ein kleines Haus. Ein kleines, hübsches, ebenerdiges Haus, weiß gestrichen mit grünen Fensterläden, ein ganz normales Haus ohne jeden Aufwand und dadurch sehr anheimelnd.

»Voilà, Madame«, sagt Robert und macht eine einladende Handbewegung. »Seien Sie mir gegrüßt!«

»Hier wohnst du also?«

Das kann man ja nicht wissen. Und das konnte ich auch nicht finden. Er lebt wie auf einer kleinen Insel, ganz für sich, sehr ruhig und friedlich. Bloß eben immer den Weg durch die Kurgäste. Ich sage das, und er antwortet: »Der muß nicht sein. Ich kann da unten über die Wiese kommen und über den Zaun steigen. Dann sehen sie mich nicht. Und wenn ich Damenbesuch heimlich einschleusen will, mache ich es so.«

»Verstehe. Und wie komme ich zu der Ehre, dem versammelten Volk präsentiert zu werden. Oder ist es keine Ehre?«

»Doch. Durchaus. Warum soll ich dich nicht herzeigen? Du bist von Kopf bis Fuß des Herzeigens wert.«

»Danke.«

»Bitte.«

Wir stehen voreinander. Er nimmt mich leicht an den Armen und gibt mir einen kleinen Kuß auf die Stirn. Also über etwas kann ich wohl beruhigt sein: Frau Gerlach ist bestimmt nicht auf dem Gelände, sonst täte er das nicht.

Ist sie vereist? Oder gibt es am Ende gar keine Frau Gerlach? Das wäre zu schön, um wahr zu sein. Aber er hat schließlich selbst von ihr gesprochen. Und die Dame Kreutzer hat sie auch erwähnt. Also doch verreist? Oder vielleicht vorn im großen Haus mit tätig, und dies hier ist so eine Art Dichterklause?

Na, irgendwie und irgendwann, am besten heute, werde ich ja das wohl endlich mal erfahren.

Wir treten ein. Das Haus ist innen genauso reizend, so anheimelnd und gemütlich wie von außen.

Er fragt mich: »Tee, Kaffee, Whisky? Gin-Tonic, Campari, sonst einen kühlen Trunk?«

»Tee«, erwidere ich. Im Grunde ist es mir gleich, aber Tee finde ich irgendwie beruhigend.

»Schau dich um«, sagt er, »ich setze Wasser auf.«

Links ist die Küche, eine gar nicht mal kleine, wohlausgestattete Küche, gut aufgeräumt, hell und freundlich. Ich werfe nur einen Blick hinein und mache dann von seiner Aufforderung, mich umzuschauen, Gebrauch.

Das Haus hat drei Zimmer. Ein sehr großer Raum mit einer Fensterwand, die nach Südosten geht, und eine Terrasse davor, ein herrlicher Blick über Wiesen und Wälder, im Hintergrund die Berge. Dies ist offenbar Wohn- und Arbeitsraum. Eine Sitzecke, ein großer Schreibtisch, der nach Arbeit aussieht, zwei Wände voller Bücher bis zur Decke, kostbare Teppiche, ein alter gotischer Schrank, der echt aussieht, ein paar gute Bilder.

Das zweite Zimmer ist das Schlafzimmer, auch ziemlich groß, mit einem überdimensionalen französischen Bett, das ich ein wenig nachdenklich betrachte, kaum anzunehmen, daß er immer allein darin schläft, ein dicker weißer Lamm-

fellteppich, eingebaute Schränke, ein großer Spiegel. Das wieder läßt auf die Anwesenheit einer Frau schließen.
Mitten auf dem Bett, das mit einer goldgelben Decke zugedeckt ist, liegt ein bildschöner schwarzer Kater mit seidig glänzendem Fell; schlank und entspannt und graziös liegt er da, blinzelt, wie er mich sieht, rührt sich aber sonst nicht. Xaver, der mich auf meinem Rundgang begleitet, stemmt die Vorderpfoten auf das Bett und schwänzelt. Der Kater blinzelt noch einmal und hebt, wie zur Begrüßung, die Schwanzspitze. Das dritte Zimmer ist klein. Eine Couch, ein Bauernschrank, ein Bücherregal, an der Wand ein kleiner Tisch und ein Sessel davor.
Robert ist mir nachgekommen. »Das ist als Gastzimmer gedacht.«
»Aha! Sehr hübsch hast du es hier. Ganz besonders hübsch sogar. So richtig gemütlich. Und so schön übersichtlich. Hast du das Haus selbst gebaut?«
»Ja. Nach eigenen Angaben. Früher habe ich vorn gewohnt, oben. Aber da hatte ich nie Ruhe zum Arbeiten. So wie hier, das genügt mir. Das Grundstück war ja da, groß genug ist es auch, und die Kurgäste brauchen nicht den ganzen Garten. Die haben Platz genug.«
Jetzt muß ich es endlich wissen. »Und wer wohnt hier alles?«
»Ich. Wer sonst?«
»Nun, deine – Familie?«
»Die Tanten wohnen natürlich vorn.«
Das ist nun ausgesprochen gemein von ihm. Ich sehe ihm an, daß er genau weiß, was ich meine. Er will mich so ein bißchen zappeln lassen. Albern finde ich das.
»Und deine Frau? Deine Tochter?«

»Ich habe zwar eine Frau, aber ich lebe nicht mit ihr zusammen«, erklärt er ganz sachlich. »Suzanne lebt in Paris.«
»Sie ist Französin?«
»Ja.«
»Ulkig.«
»Wieso?«
»Mein Mann war auch Franzose.«
»War?«
»Ich bin geschieden.«
»Ah, so!«
»Aber sie ist manchmal hier, deine Frau Suzanne?« Ich lächle ihn unbefangen an. »Ich bin nicht neugierig. Oder doch, ein bißchen schon. Ich will bloß in etwa wissen ...«
»Aber natürlich«, er legt seine Hand um meinen Arm, und wir gehen zurück in den großen Wohnraum, »es ist gar kein Geheimnis dabei. Ja, Suzanne hat mich manchmal besucht. Gelebt hat sie nur vorübergehend hier. Das ist kein Platz, an dem sie leben könnte. Sie ist eine sehr mondäne Frau, sie braucht die Atmosphäre einer großen Stadt, und möglichst Paris muß es sein. Sie stammt zwar aus Bordeaux, aber Paris war für sie immer der einzige Platz, an dem sie leben wollte und konnte. Nun – ich nicht. Wir sind nicht etwa zerstritten. Wir sind die besten Freunde. Oder sagen wir mal, wir sind es wieder, nachdem alle Stürme vorüber sind. Heute läßt jeder den anderen nach seiner Façon selig werden.«
Na, das hört sich alles ganz vernünftig an. Es erleichtert mich sehr. Wenn er schon eine Frau hat, dann ist dieser Status sehr handsam.
»Und deine Tochter? Ist es das junge Mädchen, mit dem ich dich einmal abends in der Hotelbar gesehen habe?«

»In der Hotelbar? Doch, du hast recht. Da haben wir uns gesehen. Das war Nathalie.« Er betont den Namen französisch auf der letzten Silbe. »Sie ist nicht meine Tochter. Sie ist eine Tochter meiner Frau aus erster Ehe. Aber wir verstehen uns sehr gut. Und wir haben uns sehr gern. Und wenn sie irgend etwas auf dem Herzen hat, Liebeskummer oder Studiensorgen oder so, dann kommt sie meist zu mir. Zur Zeit ist sie in England.«
Ich lächle ihn an, sehr erleichtert. »Jetzt weiß ich immerhin ein wenig von dir.«
»Du weißt schon eine ganze Menge, würde ich sagen. Du kennst mein Haus und du kennst mich.«
»Nein, ich kenne dich kaum. Sehr, sehr flüchtig. Es ist seltsam.«
»Was?«
»Ach, überhaupt.«
Er lächelt, ein wenig spöttisch, ein wenig zärtlich. Er könnte mich jetzt mal küssen, finde ich. Aber er tut es nicht.
So eine zweite Begegnung ist schwierig. Dabei entscheidet sich viel. Das erstemal, besonders in unserem Fall, war so spontan, so unüberlegt und vermutlich gerade darum so gelungen.
Wie es nun weitergeht, wissen nur die Götter.
Wie ich bald erfahren soll, Robert weiß es auch. Und er hat gar keine Bedenken, daß die Dinge schwierig sein könnten. Er hat zu sich selbst ein großes Zutrauen. Und hat unerhört viel Geschick, auch prekäre Situationen zu meistern. Auf jeden Fall aber läßt er sich die Führung nicht nehmen.
Jetzt pfeift zunächst mal der Teekessel, er entschwindet in die Küche, kommt nach einer Weile zurück mit dem Tablett, deckt sehr sorgsam den Tisch vor dem Sofa und den Ses-

seln, stellt ein bißchen Gebäck dazu, Rum, Zitrone, eine Flasche Kognak.
Wir sitzen kaum, da kommen die beiden Tiere, Xaver und der Kater.
»Die beiden und Tim«, sagt er, »das ist meine Familie. Der Schwarze heißt übrigens Tom.«
»Und die beiden vertragen sich?«
»Sie sind die besten Freunde. Xaver hat natürlich ältere Rechte. Tom ist erst seit einem Jahr bei uns. Aber er hat sich gut angepaßt.«
Tom setzt sich neben mich auf das Sofa und fängt sofort an, mit mir zu flirten. Er liebe Frauen, sagt mir Robert. Wenn schon keine Katzendame in der Nähe sei, dann dürfe es auch eine Menschenfrau sein, die er umschmeichelt.
Nach einer Weile liegt Tom auf meinem Schoß, er schnurrt, er sieht mich verliebt mit seinen grünen Augen an. Xaver ist ein wenig beleidigt, er nimmt den Keks nicht, den ich ihm anbiete und setzt sich dicht zu seinem Herrn.
»Ein sehr beschauliches Leben, das du führst«, sage ich.
»Wenn nicht noch andere Seiten hinzukommen, die ich nicht kenne. Ein kleines Haus, versteckt in einem Garten, drei Tiere, eine weit entfernte Ehefrau. Ist das nun alles?«
»Das ist alles.«
»Sonst niemand?«
»Niemand. Ein paar Bekannte. Aber keine Frau – denn das meinst du doch.«
»Das meine ich.«
»Nein, keine Frau.« Er sagt es sehr ruhig und schaut mich sehr gelassen dabei an. Irgendwie kommt es mir unwahrscheinlich vor. Gewiß, daß er zurückhaltend ist, das habe ich anfangs gemerkt und merke ich auch jetzt noch. Aber

ich kenne ihn immerhin nun schon anders. Sehr temperamentvoll, das muß man sagen, und keineswegs schüchtern und schon gar nicht ungeschickt, soweit es Frauen betrifft. Denn so naiv bin ich nicht, daß ich mir einbilde, dies würde nun ausgerechnet mir allein geboten. Immerhin könnte dieser verflixte Kerl ja so etwas sagen, vielleicht daß ich genau die Frau wäre, die ihm gefiele und auf so etwas habe er lange gewartet; in der Art etwas könnte er sagen.
Er denkt nicht dran.
Wir zünden uns Zigaretten an, und er redet weiter: »Du sprachst von anderen Seiten, die dazukommen könnten. Nun, da ist vor allem meine Arbeit. Sie beansprucht viel Raum in meinem Leben. Sie macht mir Freude und sie verlangt meinen vollen Einsatz.«
Was er für hübsche, gepflegte Sätze spricht!
»Ja, das verstehe ich. Ich habe dein Buch gelesen. Und es hat mir großartig gefallen. Es ist, glaube ich, etwas ganz Seltenes, was du da machst. Geschichte, zwar sachlich und historisch getreu berichtet, und dabei so voll Feuer und Schwung geschrieben, daß es sich liest, wie der spannendste Roman. Und du hast auch gute Erfolge damit?«
»Im Rahmen des Möglichen, ja. Natürlich haben solche Bücher nur einen gewissen Leserkreis. Aber wie mir mein Verleger sagt, haben wir diesen voll erfaßt und auch noch neue, abseits stehende Leser, dazugewonnen. Der ›Falke‹ hat bis jetzt vier Auflagen.«
»Respekt!«
»Diese Bücher bedingen natürlich viel Vorarbeit, viel Recherchen, viel Studien. Und darum bin ich bis jetzt auch in einer Zeit geblieben, im späten Mittelalter. Nach dem Karl werde ich mich einer anderen Zeit zuwenden.«

»Welcher?«

»Vielleicht das Altertum, die Römer, die Griechen, vielleicht auch eine ganz andere Zeit. Ich weiß es noch nicht. Es gibt so viel. Und Geschichte ist überall interessant. So voll Leben.«

»Du hast Geschichte studiert?«

»Eigentlich nur im Nebenfach. Ich studierte Jura und politische Wissenschaften. Aber Geschichte machte mir am meisten Spaß und auf diesem Gebiet war ich am fleißigsten.«

»Ich habe auf dem Klappentext gelesen, daß du Diplomat warst.«

»Früher, ja. Es ist eine Familientradition. Mein Vater war in diplomatischen Diensten, mein Großvater auch. Man erwartete von mir dasselbe. Und darum tat ich es, schon meinem Vater zuliebe, den ich sehr verehrt habe.«

»Und warum bist du nicht dabei geblieben? Ich kann es mir gut vorstellen. Ich meine, daß du Diplomat bist. Es paßt irgendwie zu dir.«

»Findest du? Nun, gewiß, ich habe in mancher Beziehung an diesem Beruf Freude gehabt. In andrer nicht. Ich liebe die Ungebundenheit, die Unabhängigkeit. Ich bin vielleicht auch – zu ehrlich. Am falschen Platz und zur falschen Stunde. Private Gründe kamen auch dazu, daß ich den diplomatischen Dienst verließ. Ist das ein Interview, Madame?«

»Nein. Aber ein wenig sollte ich doch über dich wissen.«

»Was möchtest du noch wissen?«

»Ob du ...«, nein, ich spreche den Satz nicht zu Ende. Ob du mich magst, wollte ich sagen. Aber ich denke nicht daran. Ich werde es irgendwie schon erfahren.

»Ob ich ...?«

»Ach, nichts. Erzähl mir von deinem neuen Buch. Von Karl

von Anjou. Das muß ja ein toller Bursche gewesen sein. Ob du es glaubst oder nicht, ich habe den Namen nie gehört. Beweist das meine Unbildung?«
»Nicht unbedingt. Ich glaube, daß nur die Historiker ihn kennen. Was bedauerlich ist. Und darum will ich über ihn schreiben.«
»Er war also gewissermaßen ein Gegner des Staufers? Das habe ich jedenfalls aus dem ›Falken‹ gelernt.«
Er lächelt. Er lächelt sehr lieb und sehr zärtlich. Steht auf und setzt sich neben mich auf das Sofa.
»Ich werde dir gelegentlich von Karl erzählen. Falls du mir die Freude machst, mich wieder einmal zu besuchen. Im Moment interessiert er mich nicht so sehr.«
Wie er mich ansieht! Mir wird ein wenig kalt zwischen den Schulterblättern.
»Nein? Nicht? Und was interessiert dich im Moment?«
»Du.«
Und mit der wohlausgewogenen Ruhe und Gelassenheit, mit der er diese Dinge immer anfängt, legt er einen Arm um meine Schulter, dreht mit der anderen Hand mein Gesicht zu sich und küßt mich.
Endlich!
Ein Kuß, was ist ein Kuß? Eine ganz alltägliche Sache, könnte man meinen. Eine billig hergegebene und empfangene Münze. Und er kann der Himmel auf Erden sein.
Nicht jeder kann küssen. Nicht jeder Mann, nicht jede Frau. Robert kann es. Er kann es wunderbar. Und mir hat man schon öfter gesagt, ich könne es auch sehr gut.
Küssen kann man sich lange. Auf viele verschiedene Arten. Und vor allen Dingen gibt es unwahrscheinliche Steigerungsmöglichkeiten. Nach einer Weile ist meine Position

auf dem Sofa sehr verändert. Tom hat verärgert meinen Schoß verlassen. Die beiden obersten Knöpfe meines Kleides sind von seinem Herrn ganz nonchalant und nebenbei geöffnet worden. Dazwischen versuche ich immer mal wieder, ein wenig Abstand zu gewinnen, nicht weil ich möchte, nur weil ich denke, das müsse ich tun. Aber viel Erfolg habe ich damit nicht. Hat dieser Mann ein Temperament und ein Feuer! Daß es so was noch gibt! Es ist zu schön, um wahr zu sein.

Schließlich gelingt es mir, mich freizukämpfen, benommen stehe ich auf, stehe vor ihm.

»Robert, bitte...«

»Was?« Er sitzt vor mir, legt beide Hände an meine Oberschenkel, streichelt sie zärtlich.

»Du machst mich vollkommen verrückt.«

»Aber das will ich ja.«

Ich schaue auf ihn herab, ich bin ziemlich aufgelöst, und ich weiß eins: Entweder ich muß davonlaufen, endgültig, so weit ich kann, oder ich werde diesen Mann ganz wahnsinnig lieben. So etwas weiß man. Und ein wenig habe ich Angst vor allzuviel Liebe. Ich weiß zuviel über die Liebe, um sie nicht zu fürchten.

Er fängt nun an, auch die untersten Knöpfe meines Kleides aufzuknöpfen. Das praktische Kleid! Ich habe mir durchaus etwas dabei gedacht, als ich es anzog. Jetzt denke ich, ob es nicht besser gewesen wäre, doch lange Hosen zu nehmen und einen hochgeschlossenen Pullover. – Hätte es etwas geändert? Mitnichten. Es hätte nicht.

Schließlich hält nur noch der Gürtel das Kleid in der Mitte zusammen. Aber auch das ist für ihn kein Hindernis, mit solchen Dingen kennt er sich bestens aus.

»Ein hübsches, handliches Kleid«, lobt er. Steht seinerseits auf, tritt hinter mich und zieht es mir von der Schulter. Ich mache die Augen zu und lasse mich in die Arme nehmen. Und dann führt er mich an der Hand, genau wie neulich vom See weg in den Wald, nach nebenan in sein Schlafzimmer. Hier hat sich inzwischen wieder Tom auf der goldgelben Decke niedergelassen.
»Verschwinde!« sagt Robert zu ihm und zieht die goldgelbe Decke von seinem Riesenbett.
»Tom wird mir das übelnehmen«, sage ich. »Immerzu wird er von seinen Ruheplätzen verscheucht. Oder ist er das gewöhnt?«
»Was du für dumme Fragen stellst!« sagt dieser fremde wunderbare Mann, der das einmalige Talent besitzt, die Situation zu beherrschen.
Ob das die diplomatische Schulung ausmacht? frage ich mich. Und das ist der letzte klare Gedanke, den ich bis auf weiteres in meinem Kopf gestalten kann.

Und drei Männer im Bett

Ich habe mich des längeren und breiteren über das Glück ausgelassen, das einem das Reiten beschert, das man auf dem Rücken eines Pferdes genießt. Nun wird es Zeit, über das Glück der Liebe, die Wonnen der Liebe zu meditieren. Wonnen der Liebe, sage ich, und keiner möge mir vorwerfen, ich bediene mich eines altmodischen und abgenutzten Klischees. – Ich meine, was ich sage. Und auf die richtige Weise geliebt zu werden ist die höchste Wonne, die man

sich denken kann. Seligkeit, Glück, Wonne – mir fällt kein richtig modernes Wort ein.
Aber schließlich ist die Liebe keine Erfindung der Jetztzeit, alles andere als eine Modernität ist sie, sondern bestens erprobt und gut erhalten durch Jahrhunderte und Jahrtausende, also laßt sie uns getrost mit altbewährten Worten besingen. Zu besingen ist sie dann, wenn sie wohlgelungen ist. Und damit meine ich nicht nur die schönen und edlen und tiefen Gefühle, sondern auch – ja, wie könnte man diskret sagen, vielleicht so: die praktische Anwendung.
Das Wort Anwendung stört mich ein wenig in diesem Zusammenhang. Seit ich in einem Kneippkurort residiere, verbinden sich mit diesem Begriff für mich kalte Güsse und nasse Wickel. Also sage ich: die Fähigkeit, die einer besitzt, seine schönen Gefühle in wohltuendes, lustvolles und beglückendes Handeln und Tun umzuwandeln. – Geht es so? Ach, ist ja egal. Wer mich versteht, versteht mich ohne umständliche Formulierungen. Wer nicht versteht, dem kann man es sowieso nicht erklären, zumindest nicht mit Worten.
Um nun in medias res zu gehen – Robert, dieser Mann, der seit neuestem mein Geliebter ist, Robert, dieser Mann, den alle guten Geister dieses himmelblauen, sonnenwarmen Septembers mir beschert haben, dieser Robert ist ein Meister der Liebe. Dafür muß man dem Schicksal dankbar sein. Und ich bin es. Wie auf allen Gebieten des Lebens sind auch auf diesem die Spitzenkönner, die wahren Meister, dünn gesät.
Diese Erfahrung macht jede Frau, sofern sie sich die Mühe nimmt und das Vergnügen bereitet, einige Erfahrungen zu sammeln. Man sollte annehmen, eine so altbewährte und

vielerprobte Angelegenheit wie die Liebe sei für einen jeden leicht zu erlernen.
Mitnichten.
Manchmal habe ich mir schon gedacht, man sollte auch hierfür Schulen errichten. Eine Art Liebesschule, die für junge Männer obligatorisch sein müßte. Meinetwegen auch für junge Mädchen. Aber da noch immer viele Männer in unseren Regionen Wert darauf legen, ein Mädchen mehr oder weniger fabrikneu in Gebrauch zu nehmen, so stieße eine Schulung der Weiblichkeit wohl auf Widerstand. Sollen die jungen Männer, die Jünglinge es also lernen! Bei erfahrenen, beschwingten und die Liebe liebenden Damen, die in ihrer Rolle als Lehrerin höchste Achtung genießen müßten. Die so Geschulten könnten es dann an die Mädchen weitergeben. Und damit wäre allen gedient.
Es wird heute sehr viel von der Freiheit der Liebe, dem Sex, dem möglichst hemmungslosen, gesprochen und geschrieben. Grau jedoch ist bekanntlich alle Theorie. Und wenn es an die Praxis geht, sind auch die scheinbar aufgeklärten Kinder dieses Jahrhunderts auf die gleiche Stümperei, auf das gleiche ungeschickte Probieren angewiesen wie ihre prüden Vorfahren.
Es gibt natürlich Naturbegabungen. Es gibt, wie in allen Bereichen des Lebens, auch hier intelligente und aufgeschlossene Anfänger, die ohne Mühe und in Kürze das Nötige gelernt und begriffen haben, sich dann im Laufe der Zeit weiterbilden und, wenn alles wohlgelingt, zum Meister werden. Denn ich stehe auf dem Standpunkt: Ein guter Liebhaber, eine beglückende Geliebte zu sein – es wird einem dummen, einem stumpfen, einem bornierten, einem engherzigen Menschen nie gelingen.

Ich bin also an einen Meister geraten. Er weiß Bescheid. Er kennt die ganze Skala der Lust und des Entzückens, er weiß etwas anzufangen mit seinem und meinem Körper, und er ist dabei ohne Krampf, ohne Brutalität, ohne Perversität, ohne falsche Scham, und ich betone hier das Adjektiv, und kein Gefühl der Peinlichkeit, der Abwehr kann erwachen. Er läßt sich Zeit, ohne unnötig zu zögern. Er ist wie ein guter Virtuose, der sein Instrument beherrscht und es jedesmal aufs neue gewinnen will, der Sinn hat für riterdandi und crescendi und auch für die Fermaten, der die Höhepunkte voll ausspielt und der schließlich und endlich sein eigenes meisterhaftes Musizieren voll genießt.

Eine göttliche Musik ist das.

Da liege ich in seinen Armen eine Stunde später und bin noch erfüllt von dem seligen Klang und lausche ihm nach, genau wie man ein herrliches Konzert nicht vergißt, nachdem der letzte Ton verklungen ist. – Und damit verlasse ich den Abstecher in musikalische Gefilde, um das Gleichnis nicht zu Tode zu reiten.

Kann es etwas Schöneres geben, als müde, glücklich, ein wenig erschöpft, im Arm eines Mannes zu liegen, den Kopf an seiner Schulter, ihn zu spüren von Kopf bis Fuß, zu entdecken, daß einem seine Haut angenehm ist, sein Atem, sein Geruch, auch noch, nachdem alles vorbei ist?

Zwei glückliche Menschen, die sich wunderbar geliebt haben – ich denke, daß Gott an ihnen seine Freude haben muß. Weil sie den rechten Gebrauch von seinem schönsten Geschenk machen.

Übrigens liegen noch mehr Männer im Bett. Der Kater Tom hat sich vor einiger Zeit, nachdem es ruhiger im Schlafzimmer geworden war, wieder eingefunden. Er liegt mir warm und weich und mollig zwischen den Schulterblättern, manchmal gleitet seine Pfote spielerisch über meinen Arm, er schnurrt. Ich habe es rundherum und von allen Seiten warm und gemütlich, denn am Fußende hat sich Xaver angesiedelt.

Und so nach und nach, als die Erregung abgeklungen ist, als die erste Müdigkeit aus mir herausgeruht ist, als meine Gedanken wieder hin und her spazieren, lässig und behaglich, ziellos und planlos, heitere Bummelanten, die alle Zeit der Welt haben, so allmählich stelle ich mir das Bild vor, das wir vier hier bieten.

Ich würde sagen, es ist kein alltägliches Bild. Es müßte jedem Betrachter ein Schmunzeln entlocken. Mir wird nun klar, warum dieser Mann Robert ein gar so breites Bett benötigt.

»Fehlt nur noch, daß Tim sich mit hereinlegt«, murmele ich.

Er versteht sofort, lacht leise und drückt mich ein wenig an sich.

»Ich weiß nicht, ob er sich daran gewöhnen könnte.«

»Tim schon«, sage ich, »dem traue ich alles zu, den bringt nichts aus der Ruhe.«

Als nächstes beschäftigt mich die Frage, ob wohl die hier versammelten Tiere, Xaver und Tom, an ähnliche Situationen gewöhnt sind. Würden sie sich so selbstverständlich dazugesellen, wenn sie so etwas noch nie erlebt hätten? Offen gestanden quält mich die Frage nicht weiter. – Jetzt bin ich es jedenfalls, das ist mir im Moment genug.

»Du bist mir angenehm im Arm«, läßt sich Robert eine Weile später vernehmen, »angenehm im Arm und angenehm in meinem Bett.«

»Das freut mich. Man kann das vorher nie wissen, nicht wahr?«
»Nein, nicht genau. Aber man hat die Vorstellung, es könnte so sein. Man vermutet es.«
»Du hast es bei mir vermutet?«
»Mhm.«
»Wann?«
»Ziemlich bald.«
»Das kann nicht sein. Du hast mich kaum angeschaut.«
»Ich habe dich sehr genau angeschaut.«
»Davon habe ich nichts gemerkt.«
»Das war auch nicht nötig.«
Wir beginnen das alte Spiel der Liebenden, davon zu reden, wie es kam, wie es war, wann man das erste Mal gedacht hat, man könnte und man möchte, und wieso man es gedacht hat, und wie es dazu kam, und als du das gesagt hast, da dachte ich... und als ich dir nachsah, war mir so, als ob...
Das ist ein unerschöpfliches Thema. Denn noch ist man mit dem Wunder dieser Begegnung und dem Erstaunen über das Geschehene lange nicht fertig. Noch ist man voller Überraschung, wie das denn eigentlich kam. Ein fremder Mann, eine fremde Frau und dann auf einmal dies? – Es kann nicht möglich sein. Man kennt sich nicht. Man weiß im Grunde nichts voneinander. Auch wenn man sich erkannt hat, wie es in der Bibel so ausdrucksvoll heißt. Man hat eine Forschungsreise in unbekanntes Land angetreten, man geht sehr vorsichtig, man ist behutsam, man will möglichst keine unliebsamen Entdeckungen machen, nur Dinge sehen, hören und finden, die einen erfreuen. Das ist das Schöne, das Unschuldige an neuer und junger Liebe. Und

das Gefährliche. Denn natürlich wird man, muß man eines Tages auf dem unbekannten Terrain die Brennesseln, die Disteln, ein wenig Unkraut und eine verborgene Bestie entdecken.
Muß man?
Sei uns gnädig, Aphrodite, laß uns wenig davon finden.
Nachdem wir beide schließlich zu dem Ergebnis gekommen sind, daß es, wenn nicht gerade Liebe, so doch Sympathie auf den ersten Blick gewesen sei, meint Robert, darauf könnten wir einen Schluck trinken. Was er mir servieren dürfe?
Ich werde aus seinem Arm entlassen, er erhebt sich, steht schlank und wohlgewachsen vor mir, ein erfreulicher Anblick, und ich wünschte, er wäre schon zurück und ich könnte ihn wieder fühlen und umfangen. Es ist dunkel im Zimmer, nur durch die offenen Türen vom Wohnraum her kommt Licht.
»Ja, was meinst du?« frage ich träge.
»Ich würde sagen, Whisky wird der Stunde nicht gerecht. Eine Premiere sollte man mit Champagner begießen.«
»Eine gute Idee. Obwohl es ja genaugenommen keine richtige Premiere war.«
»Nehmen wir das Vorhergegangene als Generalprobe. Wäre sie mißglückt, hätte man das Stück immer noch absetzen können.«
»Du bist ein Biest.«
»Warum? Ich bin ein Realist. Und nun können wir ja getrost ein wenig feiern. Ich würde sagen, die Premiere war ein Erfolg. Oder bist du anderer Ansicht?«
»Ich bin ganz deiner Meinung. Sie war ein Sensationserfolg. Von mir aus kann das Stück eine Weile auf dem Spielplan bleiben.«

»Sie sind sehr vorsichtig, Madame.«
»Du vielleicht nicht?«
Er lacht und geht. Ich versuche langsam, meine Lage mal zu verändern. Xaver knurrt verärgert. Tom dagegen paßt sich geschmeidig an, er liegt nun in seiner ganzen Länge ausgestreckt auf meiner Vorderseite. Den Kopf zwischen meinen Brüsten, die Pfote an meinem Hals, er schnurrt, als wenn er es bezahlt bekäme.
»Du bist ein Schmuser«, sage ich und kraule ihm das Fell.
»Ich würde sagen, ihr habt eine ausgesprochen erotische Atmosphäre in eurem Drei-Männer-Haus. Wo kommen diese Talente her, Provinzler, die ihr seid?«
Mein Geliebter kommt mit der Flasche, den Gläsern und Zigaretten, knipst eine Stehlampe an, die in der Ecke steht und die einen nicht blendet.
»Hattest du die Flasche vorsorglich kalt gestellt?«
»Das tue ich immer, wenn ich Damenbesuch erwarte. Man kann nie wissen.«
»Bist du einer, der gern Premieren begießt?«
»Sehr gern.«
»Kommst du auf deine Kosten?«
»Unterschiedlich.«
»Ich mag dich trotzdem.«
»Warum trotzdem?«
»Weil ich dir nicht ganz traue. Aber das macht nichts.«
»Ich würde auch sagen, daß es nichts macht.«
Nach dem zweiten Glas fragt er mich, ob ich Hunger habe. Bis jetzt hatte ich keinen. Aber nun, so aus der Nähe betrachtet, kommt es mir fast so vor.
»Ich könnte was essen.«
»Dann werde ich dir etwas kochen.«

»Kochen?«
»Ja. Kochen ist nämlich eine Leidenschaft von mir.«
»Das hätte ich mir denken können.«
»Wieso?«
»Es erklärt manches. Zum Beispiel die Atmosphäre in deinem Haus. Kochen und essen ist auch ein sinnliches Vergnügen. Ich koche nämlich auch gern. Jemand, der nicht gern ißt, wird auch nicht gut lieben können. Und wer gern ißt und ein bißchen intelligent dabei ist, Phantasie besitzt, der kocht auch gern.«
Er liegt wieder neben mir, mit aufgestütztem Arm, raucht, lächelt auf mich herab und sagt: »Du bist ein kluges Mädchen.«
»Gefällt dir das?«
»Das gefällt mir sehr. Dumme Mädchen zu lieben ist sehr bald langweilig.«
Später in der Küche sehe ich ihm interessiert zu, was er da zaubert. Das geht ihm flott und geschickt von der Hand, jeder Griff sitzt, er koordiniert, meine Hilfe ist gar nicht vonnöten.
Er hat Pfifferlinge, die er mit Tomaten und einer Paprikaschote kurz brät, aus einer Büchse kommen junge Erbsen dazu, ein wenig Petersilie darüber, daneben kocht bereits der Reis, kein Beutel, sondern schmaler, echter Reis. Zum Schluß pfeffert und papriziert er ein Stück Filet, schneidet es in schmale Streifen, brät es kurz mit Zwiebel und einer Spur Knoblauch, löscht ab mit etwas Sahne, kostet sachverständig.
Auf den Teller kommt zunächst der Reis, darauf das Gemüse und oben drauf das Fleisch mit der Sahnensauce.
Es schmeckt herrlich. Es ist ein Gedicht. Zum Essen trinken

wir einen leichten hellen Rotwein aus Baden. Von einer Platte hören wir dazu das Warschau-Konzert.
Es ist neun Uhr.
»Eigentlich könnte ich ja nun nach Hause gehen«, sage ich höflich.
Er widerspricht, wie ich gehofft habe.
»O nein, du mußt dich ausruhen. Wir suchen uns eine ganz lange Langspielplatte aus mit einer ganz bezaubernden Musik und gehen wieder ins Bett.«
Er sagt es mit viel Autorität. Und ich gehorche ihm mit Vergnügen.

Familienleben

Mit jeder Liebe beginnt das Leben neu. Aber mit so einer Liebe und so einem Mann ist man wie neugeboren, wie neuerschaffen, könnte die ganze Welt umarmen und dazu noch erobern. So jedenfalls geht es mir. Ich berste vor Tatendrang. Die etwas matte, oft melancholische Stimmung der ersten Waldhofener Tage ist verflogen.
Übrigens, was heißt erste Tage. Es ist kaum zu glauben, ich bin schon drei Wochen da. Und obwohl ich mich manchmal ziemlich gelangweilt habe, jedenfalls anfangs, ist die Zeit rasch vergangen. Seit die Sache mit Robert so ein bißchen in Gang kam, war das Dasein natürlich interessant. Und jetzt rinnt mir die Zeit durch die Finger wie feinster Seesand. Vier Wochen wollte ich bleiben. Aber daran zu denken, daß ich in acht Tagen schon abreisen sollte, ist natürlich ein Ding der Unmöglichkeit. Ein wenig werde ich verlängern. Eine Woche – eine zweite. Auch wenn es der schiere

Leichtsinn ist, denn das Leben hat ja nicht nur romantische und verliebte Seiten, es ist auch verdammt realistisch und ernst. Es gibt Finanzämter, Monatserste, unbezahlte Rechnungen und sonstige Verpflichtungen.
Mit anderen Worten, ein ganz klein wenig muß ich mich mit meiner Zukunft beschäftigen. Denn genaugenommen bin ich zur Zeit arbeitslos. Ich lebe von der Substanz, von selbstverdienten und daher begrenzten Rubeln. Sicher, Gert kann mich nicht auf die Dauer so hängenlassen. Er muß mir mindestens noch zwanzig- bis dreißigtausend Mark aus der Firma auszahlen, wenn nicht auf einmal, dann peu à peu. Und wenn er nicht von selbst so einsichtig ist, werde ich mich an seinen und auch meinen Steuerberater wenden, damit er die Dinge mal auseinanderfieselt. Abgesehen davon aber muß ich mir nun langsam klarwerden, was ich in Zukunft tun will. In den letzten Wochen habe ich schon meine Fühler ausgestreckt, Redakteure und Lektoren, die ich kenne, habe ich wissen lassen, daß ich einen Job suche. Ich habe es nicht mit großem Nachdruck getan, zugegeben.
Und warum das so war, ist mir inzwischen klargeworden. Weil ich, halb unbewußt, mehr oder weniger mit dem Gedanken gespielt habe, wieder zu schreiben. Auf eigenes Risiko, auf freier Wildbahn. Und ganz nebenbei, ohne daß ich allzu intensiv darüber nachgedacht habe, ist aus dem Gedankenspiel ein Entschluß geworden. Ja. Ich werde ein neues Buch schreiben. Und da ich ein ordentlicher Mensch bin, muß ich einen Plan machen.
Zunächst ist es nötig, daß ich einen Verleger dafür interessiere. Am besten jenen, der das Pariser Buch damals von mir herausbrachte. Ich habe gut mit ihm zusammengearbei-

tet, er ist ein älterer, sehr aufgeschlossener Mann mit Ideen, wir waren uns sympathisch, und er hat in den vergangenen Jahren, oder sagen wir die ersten beiden Jahre nach Erscheinen meines Buches, immer mal wieder nachgefragt, wann es denn nun weiterginge. Falls er interessiert ist, muß ich mich mit ihm über den Stoff einigen. Dann brauche ich das Material. Auf jeden Fall kann ich mich nicht zu langwierig mit den Vorbereitungen befassen, denn im Angesicht meiner derzeitigen Lage wäre es nötig, daß das Buch im nächsten Herbst erscheinen könnte. Mit ein bißchen Vorschuß und bei sparsamer Einteilung meiner Finanzen müßte ich bis dahin über die Runden kommen.

Am Tag, der meinem Rendezvous mit Robert folgt, es ist ein Samstag, schreibe ich einen Brief.

Vormittags sind wir geritten. Es war ein wenig trüb an diesem Tag, auch ziemlich kühl, manchmal spürt man nun schon den nahenden Herbst. Robert bekommt am Nachmittag Besuch, wie er mir gesagt hat, sein Anwalt, und er würde, wenn sie mit ihren Besprechungen fertig wären, am Abend mit dem Herrn ins Hotel kommen, um mich in der Bar zu treffen. Ob mir das recht wäre? Er ist wie immer sehr höflich, er fragt stets nach meinen Wünschen, und es ist durchaus angenehm, mit ihm Vereinbarungen zu treffen.

»Das wäre fein«, sage ich. »Bleibt dein Besuch übers Wochenende?«

»Er ist auf der Fahrt in die Schweiz und wird wohl morgen früh weiterfahren. Ich denke, daß wir zur gewohnten Zeit reiten können. Bekommst *du* morgen Besuch?«

»Das kann ich haben, wie ich will. Ferdinand kommt, wenn ich sage, er soll kommen, und wenn ich nicht mag, bleibt er zu Hause.«

»Sehr praktisch. Wer ist eigentlich Ferdinand?«
»Ein langjähriger, sehr, sehr guter Freund. Einer, der sich um mich kümmert. Und zwar selbstlos.«
»Etwas Seltenes also. Dann solltest du ihn vielleicht nicht enttäuschen.«
»Er war immerhin an drei Sonntagen hintereinander da. Er könnte ruhig einmal daheim bleiben, angenommen du und ich...«
»Ja, das dachte ich, du und ich.«
Das Gespräch findet nach dem Ausritt statt, im Hof vor dem Stall, es ist Samstagsbetrieb, viele Leute sind da, wir sprechen mit sachlicher Miene miteinander, nur unsere Augen lächeln sich zu.
»Gut. Ein Sonntag für uns. Wirst du wieder kochen?« Ich habe es halb im Scherz gefragt, aber er antwortet ganz ernsthaft darauf: »Ich denke. Die Lokale sind sonntags immer so voll. Ißt du gern Forellen? Ich kann schöne Forellen bekommen.«
»Ich esse gern Forellen.«
»Vorher eine Suppe, ja?«
»Und das Dessert werde ich machen«, sage ich eifrig. »Ich gehe gleich noch einkaufen, damit ich alles da habe, was ich dazu brauche.«
Wir sagen nichts mehr. Wir sehen uns nur an, es ist so schön, wenn man sich so gut versteht. Und wenn man sich auf etwas freuen kann.
»Bis heute abend dann«, sagt Robert, »so gegen neun in der Bar. Auf Wiedersehen, mein Liebling.« Und damit schwingt er sich auf sein Rad und flitzt davon.
»Na?« tönt es süß hinter mir. »Sie sehen ja ganz beglückt aus.«

Die Dame Kreutzer, mit spöttischem Mund.
Ich lache sie freundlich an. »Ich bin auch beglückt.«
»So gut gefällt Ihnen der Urlaub hier?«
»Der schönste Urlaub meines Lebens.«
»So, so, so, so!« Jedes So in einer anderen Tonlage.
Ich gehe noch einmal hinein zu Lorine und Tim. Sie sind beim Mittagessen und momentan nur mäßig an mir interessiert.
Dann fahre ich in den Ort hinein, um einzukaufen, ehe die Läden schließen.
Am Nachmittag borge ich mir aus dem Hotelbüro eine Schreibmaschine und verfasse den Verlegerbrief. Ich sei entschlossen, ein neues Buch zu schreiben, und zwar solle es bis zum frühen Sommer fertig sein, und falls er grundsätzlich daran Interesse habe, schlage ich folgende Themen vor...
Die Themen sprudeln nur so. Es fällt mir eine Menge ein.
Irgend etwas, so hoffe ich, wird Anklang finden.
Später rufe ich Ferdinand an und frage, ob er sehr traurig ist, wenn er morgen daheim bleiben muß.
Er habe damit gerechnet, sagt er. Und er wünsche mir viel Vergnügen.
»Oh, Ferry, Ferry, Ferdinand!«
»So schön ist das?«
»Es ist unvorstellbar schön. Sei darauf gefaßt, daß mir das Herz bricht, wenn das eines Tages aufhört.«
»Aufhören muß es ja wohl irgendwann. Oder?«
»Sicher. Aber vielleicht auch nicht. Und vielleicht nicht so bald. Und weißt du was, Ferry? Ich schreibe ein neues Buch.«
»Über die Liebe?«

»Nein, leider nicht. Über irgend etwas anderes Aktuelles. Was, weiß ich noch nicht genau.«
»Es freut mich jedenfalls, daß du solche Pläne hast. Das beweist, daß du doch nicht ganz den Kopf verloren hast.«
»Ich habe überhaupt nicht den Kopf verloren. Eine schöne Liebe, eine gute Liebe hat immer etwas Positives. Etwas Aufbauendes.«
Es gluckert amüsiert am anderen Ende. »Das hört sich prächtig an. Da bin ich ja wirklich gespannt, wie es weitergeht.«
Ein kleiner Seufzer von mir. »Ich auch.«
Am Abend ist es sehr nett in der Bar, wir unterhalten uns ausgezeichnet und gehen nicht zu spät ins Bett.
Am nächsten Morgen ist es immer noch kühl, aber sonnig. Wenn es mir Spaß macht, könnten wir wieder zum Kloster reiten. Es macht mir Spaß. Im Klostergarten hat er mich zum erstenmal geküßt, daran erinnern wir uns beide gut, und das ist ein Grund, auch heute ein Glas Sekt zu trinken, um das Ereignis, das eine Woche zurückliegt, zu feiern.
Nachdem wir zurückgekommen sind und die Pferde versorgt haben, fahre ich schnell ins Hotel, um mich umzuziehen. Eine halbe Stunde später finde ich mich bei meinen Freunden Robert, Xaver und Tom ein.
Robert ist schon dabei, eine Tomatensuppe zu rühren, ich schäle Kartoffeln, und dann mache ich eine Mousse au chocolat mit Nüssen und Schlagsahne verziert.
Ein Sonntag wie aus dem Bilderbuch. Wir essen ausführlich und mit Genuß, trinken den Kaffee vor dem Haus in den Liegestühlen, lesen dabei die Sonntagszeitungen, fast wie ein richtiges Ehepaar, und später verzieht sich die ganze Familie ins Bett, das sie an diesem Tag nicht mehr verläßt.

Der Antwortbrief meines Verlegers kommt postwendend, und das betrachte ich als gutes Zeichen, noch ehe ich ihn gelesen habe. Ich täusche mich nicht. Es ist ein langer, sehr persönlicher Brief.
Unter anderem heißt es darin:

Es freut mich besonders, daß ich mich nicht getäuscht habe in Ihnen, denn ich war immer der Meinung, daß Sie wieder schreiben würden. Manchmal muß man eben Geduld haben, das gehört zu meinem Beruf. Natürlich ist es schade, daß wir auf dem recht netten Erfolg des ersten Buches nicht gleich weiteraufbauen konnten, fünf Jahre sind eine lange Zeit, besonders heute, wo Bücher leider so kurzlebig geworden sind. Wenn Sie nun noch einmal starten wollen, und ein neuer Start ist es, darüber müssen Sie sich klar sein, bin ich bereit, Ihnen mit vollem Einsatz Starthilfe zu geben, aber nur unter einer Bedingung: Sie müssen mir versprechen, nun bei der Sache zu bleiben, bald ein zweites und drittes Buch folgen zu lassen, damit wir Sie auf dem Buchmarkt etablieren können.
Und noch etwas, liebe verehrte gnädige Frau. Ich bin, auch das bringt mein Beruf so mit sich, ein Seelenfänger. Ich möchte Sie systematisch aufbauen und bin der Meinung, daß Ihr Talent weiter gespannt ist, als Sie selbst vermuten. Sie haben mir einmal gesagt und sogar geschrieben – Ihr Brief liegt hier vor mir –, Sie hätten keine Eignung, Belletristik zu schreiben. Nun, ich bin andrer Meinung. Sie haben einen guten Stil und eine moderne Diktion. Sie wären durchaus in der Lage, einen Roman zu schreiben, einen

modernen Roman, der das Leben der Frau in der heutigen Zeit mit heutigen Worten und Begriffen darstellt. Keine verschrobene überhöhte Literatur, die ihre Meriten haben mag, aber letzten Endes doch schwer verkäuflich ist und im luftleeren Raum operiert. Nein, Sie sollen Bücher schreiben, die gelesen werden.

Ich kam darauf, als ich Ihren Vorschlag erwog, ein Buch über die Praktiken und Usancen im Werbefach zu veröffentlichen. Zweifellos spielt die Werbung eine große Rolle in unserem Dasein heute. Andererseits gibt es Sachbücher zu diesem Thema in Massen. Warum wollen Sie nicht einen Roman schreiben, der in diesem Milieu spielt? Sie schreiben mir, Sie hätten ausreichende Erfahrungen zu diesem Thema gesammelt. Versuchen Sie einmal diese in einem Roman unterzubringen; facts, die stichhaltig sind, werden in modernen Romanen verlangt – und Sie werden sehen, daß man damit weiterkommt als mit einem reinen Sachbuch. Denn, auch das sei nicht verschwiegen, Ihre Schreibweise ist für das trockene Sachbuch sowieso zu temperamentvoll. Sie haben in ›Fremd in Paris‹ den Erfolg dadurch gehabt, weil die *menschlichen* Schicksale plastisch und mit Anteilnahme dargestellt waren. Ich habe mit meinem Lektor darüber gesprochen, und er ist der gleichen Meinung. Es ist übrigens immer noch Herr Burkhard, den Sie ja kennen. Als Übergang habe ich Ihnen einen Vorschlag zu machen, den Sie sich bitte gründlich überlegen wollen. Durch Zufall wurde ich mit folgender Situation bekannt:

Ein Mann, Studienrat an einer höheren Schule, hat drei Töchter. Sie sind alle in der ersten Hälfte zwanzig, alle drei wohlgeraten und wohlerzogen und offenbar mit Unternehmungsgeist ausgestattet. Zwei der jungen Damen be-

finden sich zur Zeit in Amerika. Die eine studiert dort Physik und soll, wie mir glaubwürdig berichtet wurde, geradezu ein Genie auf diesem Gebiet sein und es leicht mit jedem Mann aufnehmen können. Was sie wohl auch vorhat.
Die andere, wohl die hübscheste der drei, kam zwar auch zum Studium in die Vereinigten Staaten, hat aber inzwischen als Fotomodell – auch ein sehr moderner Frauenberuf – Karriere gemacht und bereits ein Titelbild in ›Look‹ oder ›Life‹ gehabt, was, wie man mir sagte, eine Art Ritterschlag in diesem Beruf bedeutet. Sie verdient für ihre jungen Jahre erstaunlich viel Geld.
Die dritte der Schwestern ist hiergeblieben, hat studiert und soeben ihr Staatsexamen gemacht, will promovieren und wird gleich dem Vater das Lehramt ausüben, hat aber den stillen Ehrgeiz, sich später zu habilitieren.
Ist so etwas nicht bemerkenswert? Für mich auf jeden Fall, der ich noch aus einer Zeit stamme, der den Frauen nur beschränkte Berufs- und Bewegungsmöglichkeiten bot. Könnte es Sie nicht reizen, ein Buch über diese drei Mädchen zu schreiben? Ihr Wesen, ihre Art, ihre Laufbahn, ihre Hoffnungen, ihre Pläne. ›Mädchen von heute – Frauen von morgen‹, so etwa könnte der Titel lauten. Und ich bin der Meinung, Sie wären die richtige Autorin dafür.
Sie müßten nach den Staaten fahren, die beiden Mädchen dort interviewen, eine Weile an ihrem Leben teilnehmen. – Über die Form des Buches müßten wir uns unterhalten – sachlich berichtend, romanhaft ausgestattet oder vielleicht auch in Form von Briefen, die die beiden in Amerika an die daheimgebliebene Schwester schreiben. Wie gesagt, das muß sich ergeben. Was halten Sie davon? Würde Sie diese Auf-

gabe reizen? Und könnten Sie es schaffen bis zum nächsten Sommer, sagen wir bis Ende Juli, das Manuskript abzuliefern?

Ich lese den Brief dreimal, und mir wird direkt heiß dabei. Würde mich diese Aufgabe reizen? Doch, das würde sie. Ich habe das Gefühl, das ist etwas für mich, und das hat dieser Mann sehr gut erkannt. Ein Schönheitsfehler ist dabei. Ich muß weg. Ich muß nach Amerika. Und Robert? Meine schöne Liebe? Da sitze ich und hadere mit mir und dem Schicksal. Ich kann schließlich nicht mein Leben in Bad Waldhofen verbringen, ich kann nicht hier sitzen bleiben und fürderhin der Liebe leben. Einmal habe ich den Fehler gemacht, wegen eines Mannes, wegen einer Verliebtheit meine Zukunft, meine beruflichen Erfolge leichtfertig in den Wind zu schlagen. Gert war diesen Einsatz nicht wert.
Und auch wenn Robert ein ganz anderes Kaliber von Mann ist und mir viel mehr bedeutet – oder gerade deshalb –, darf ich nicht wieder den Fehler machen, wie eine dumme kleine Gans zu handeln, die sich mühelos einkaufen und vereinnahmen läßt und darüber ihr eigenes Dasein, ihre eigene Entwicklung vergißt.
Ich muß mich also von ihm trennen? Der Gedanke ist im Moment furchtbar. Aber ich muß sowieso. Wenn ich eine neue Stellung annehme, an einer Zeitung, beim Funk, irgendwo sonst, falls ich überhaupt etwas Passendes bekomme, muß ich ja auch weg. In Waldhofen kann ich so und so nicht bleiben. Und dann bin ich angebunden, habe im Jahr drei bis vier Wochen Urlaub und wenig Freiheit. Gelingt es aber, mir ein Auskommen als Autor zu schaffen, bin ich ein freier unabhängiger Mensch. Und gerade das ist es, was

mir als erstrebenswert erscheint. Als schlechthin beste Form des Lebens. Dann kann ich ihn sehen, wann ich will. Kann bei ihm sein, wann ich will. Vorausgesetzt, *er* will mich sehen und mich haben.

So kurz kenne ich ihn, so wenig wissen wir noch voneinander, aber ich wünsche mir nur eins, ihn zu behalten. Eine Weile wenigstens, ein paar Monate, ein paar... Jahre? Vera, du bist vermessen, du bist unvernünftig. Aber ich liebe ihn. Ich werde ihn immer lieben. Und nie wird mir jemals wieder ein Mann begegnen, der mir so gut gefällt wie er.

Vera! Wie alt bist du eigentlich? Und wie dumm bist du geblieben? Hast du nicht längst erkannt, daß man nie immer und nie nie sagen soll? Daß nichts so wandelbar ist wie des Menschen Herz und nichts so ungewiß wie des Menschen Leben. Und dennoch – es gibt Dinge, die weiß man, die fühlt man, und irgendwann ist man auch alt genug, um sich selbst zu kennen. Und zu *erkennen*, wenn ein Traum sich erfüllt, ein Ziel erreicht ist.

Am späten Nachmittag bin ich mit Robert verabredet. Er wolle arbeiten zuvor, sagte er. Den Brief fand ich vor, als ich vom Reiten kam. Die Stunden bis sechs wollen kaum vergehen. Ich gehe wieder mal zum Friseur, kaufe mir in einem Laden an der Kurpromenade eine neue Bluse, vertrödle einige Zeit beim Kaffeetrinken, und dann endlich ist die Stunde da, wo ich zu ihm gehen kann. Unsere Liebe, unsere Verbindung ist noch zu neu, von keiner Gewohnheit verwässert – obwohl auch Gewohnheit, schöne Gewohnheit, den Reiz einer Liebe ausmachen kann –, noch immer ist es für mich ein Moment höchster Spannung, zu ihm zu kommen.

Heute komme ich allein. Im Vorgarten der Kurpension »Sanitas« bei den Rosensträuchern steht eine zierliche weißhaarige Dame, die zwar zerbrechlich aussieht, aber den Eindruck großer Energie und eines fundierten Selbstbewußtseins ausstrahlt. Neben ihr die schon bekannte Schwester Melanie. Ich weiß es nicht, aber ich vermute, die alte Dame ist eine von Roberts Tanten, die ich ja bisher nicht kennengelernt habe. Sicher aber ist ihnen nicht entgangen, daß der Neffe in letzter Zeit öfter mal den Besuch einer Dame hatte. Ich weiß ja nun nicht – nein, ich weiß wirklich nicht –, ob das bei meinem lieben Robert öfter vorkommt und also nichts Sensationelles an sich hat. Natürlich bin *ich* geneigt zu glauben, es sei eine Besonderheit.
Die beiden Damen im Vorgarten, die schwarzgekleidete Zierliche und die große, finsterblickende Schwester, mustern mich ziemlich unverhohlen. Ich gestehe, es macht mich befangen. Ich bin gewiß kein heuriger Hase und auch kein unerfahrenes junges Mädchen, aber im Moment komme ich mir so vor. Männer sind in diesem Punkt ziemlich unbekümmert. Wenn sie mit einer Frau schlafen wollen, dann tun sie es einfach und verkünden im Brustton der Überzeugung: Ach, das merkt ja keiner, und wenn auch. Für eine Frau ist die Situation ein wenig anders, besonders familiärer Weiblichkeit gegenüber, als da sind Mütter, Schwestern, Tanten, von Ehefrauen ganz zu schweigen. Meist wird man mit kritischen und fast nie mit freundlichen Augen gemustert. So geht es mir jetzt, und zwar sehr offensichtlich. Ich lächle, sage freundlich »Guten Abend«. Die alte Dame erwidert meinen Gruß, Schwester Melanie gibt nur einen Brummlaut von sich. Fast fürchte ich, eine von ihnen würde mich fragen: Bitte? Zu wem wollen Sie? –

Aber das tun sie nicht. Also wissen sie, zu wem ich will.
Ich bin froh, als ich um das Haus herum verschwunden bin. Und auch dort wird mein Gang über die Wiese von diversen Blicken begleitet. Die Einwohner des Kurheims »Sanitas« mißbilligen.
Uff! Endlich die Hecke und Xaver, der mir freundlich schwänzelnd entgegenkommt. Hat Robert nicht einmal gesagt, man könne irgendwo über den Zaun klettern? Andererseits, wenn man mich dabei erwischt, ist es erst recht peinlich.
Ich kichere wie ein Backfisch. Es ist komisch, aber neue Verliebtheit macht immer irgendwie jünger. Es bringt einen in Situationen der Jugendzeit, es bringt Heimlichkeiten, Albernheiten und eine gewisse Spannung mit sich. Und das ist ja nun auch wieder das Schöne dabei.
Die Tür ist offen. Ich finde Robert am Schreibtisch. Er dreht sich um und steht auf, als er mich hört.
»Laß dich nicht stören«, sage ich. »Komme ich zu früh?«
»Du kommst nie zu früh«, sagt er und nimmt mich liebevoll in die Arme.
Es ist ein wundervoller, ein glücklicher Moment, wenn er mich umfängt, wenn ich ihn fühle, es ist schöner als alles, was ich je erlebt habe. Oh, ich muß mich hüten, ich muß mich bewahren, um mich nicht ganz zu verlieren. Ein kluger Mann hat mir einmal gesagt: Die Liebe in der Jugend hat gewiß ihre Reize. Aber es ist ein mattes Gefühl gegen das, was der reife Mensch, der bewußt Liebende, empfindet.
Damals war ich selbst jung und habe ungläubig gelächelt. Nun erlebe ich, daß dieser Mann recht hatte.
Wir sehen uns an.

»Du machst so ein ernstes Gesicht«, sagt Robert. »So nachdenklich. Was ist?«
»Etwas ziemlich Furchtbares ist im Gange«, sage ich. »Man müßte es verhindern.«
»Was?«
»Ich bin dabei, mich ernsthaft in dich zu verlieben.«
»Und das willst du nicht?«
»Nein. – Einerseits schon. Aber andererseits habe ich Angst davor.«
»Liebe ist immer etwas zum Angsthaben. Sonst ist sie nicht viel wert.«
»Ich habe mir geschworen ...«
»Was?«
»Ach, nichts. Ich habe mir geschworen, nur noch unverbindliche Affären zu haben. Sonst nichts. Und gerade diesmal ...«
»Gerade diesmal?«
»Ist es schlimmer als alles, was je war. Ach, Robert!«
Ich lege den Kopf an seine Brust und mache die Augen zu. Eine ganz dumme, kleine, schwache Frau bin ich, genau das, was ich nie war und bestimmt nie sein wollte. All lost. Das kann nicht gutgehen.
Er lacht leise, er legt seine Lippen an meine Schläfen, wir stehen regungslos, und dann hebe ich den Kopf, und er küßt mich.
Verloren. – Und was daraus werden soll, wissen die Götter.
»Da drüben steht Whisky. Und Eis«, sagt er ganz unvermittelt sehr sachlich. »Bediene dich bitte. Ich habe etwa noch eine Viertelstunde zu tun.«
Ich setze mich artig auf das Sofa, schenke mir einen Whis-

ky ein, zünde mir eine Zigarette an und bemühe mich, nicht zu ihm hinzusehen, solange er arbeitet. So etwas macht einen nervös, das weiß ich selbst gut genug.

Freund Tom kommt und leistet mir Gesellschaft. Er ist mindestens so zärtlich wie sein Herr, und er zeigt seine Zuneigung unverhohlen. Klettert auf meinen Schoß, rangelt mit seinen geschmeidigen Pfoten an mir hoch, schnurrt und kost mit voller Hingabe. Die Katzendamen müssen es wunderbar bei ihm haben. Er ist der geborene Liebhaber.

Dann kommt Robert, schaut uns an, nimmt sich auch einen Whisky und sagt: »Na, ihr beiden!«

»Dein Kater ist noch zärtlicher als du.«

»Das kann ich nicht auf mir sitzen lassen. Geh da weg, Schwarzer. Such' dir selber eine Frau. Die da gehört mir.«

Er setzt sich neben mich auf das Sofa, zieht mich an sich, küßt mich und knöpft auch schon an meiner Bluse herum.

»Nein!« sage ich, »schau sie dir wenigstens erst an. Sie ist neu.«

»Sehr schick. Es täte mir leid, wenn wir sie zerdrücken.«

»Sag mal, was tätest du, wenn jetzt eine deiner Tanten käme?«

»Hm. Ich würde sie auch zu einem Whisky einladen.«

»Und wenn ich hier so säße mit der aufgeknöpften Bluse und überhaupt, was täte sie dazu sagen?«

»Sie wäre schockiert.«

»Siehst du.«

»Ich werde die Tür abschließen.«

»Hast du sonst deine Tür abgeschlossen um diese Zeit?«

»Nie.«

»Siehst du!«

»Na und?«

»Ich glaube, ich habe heute die eine Tante gesehen. Wie sieht sie aus? Eine schmale, zarte alte Dame, ganz weißhaarig. Mit sehr energischem Gesichtsausdruck?«

»Das war Tante Dori. Tante Leni ist zwar einen Kopf größer, aber viel gemütlicher. Von sehr weicher Gemütsart. Sie würde dich sofort liebhaben.«

»Tante Dori nicht?«

»Wohl kaum.«

»So kam es mir auch vor. Und Schwester Melanie war auch dabei. Wie die mich erst angesehen hat!«

»Das kann ich mir denken. Vor ihr mußt du dich hüten. Sie würde mich am liebsten in einen Käfig sperren und bewachen. Sie hält mich für einen unseriösen Menschen, der nur Unfug macht.«

»Dich?«

»Ja. Sie kennt mich seit meiner Kindheit. Damals kam sie zu diesem Urteil und hat es nie revidiert. Sie ist einer von den Menschen, die nie von einer vorgefaßten Meinung abgehen.«

»Eine Menge Frauen um dich herum. Ehefrau und Tochter gibt es auch noch.«

»Die sind weit vom Schuß.«

»Schwester Melanie hat recht. Du *bist* ein unseriöser Mensch.«

»Ich habe gefürchtet, daß du es eines Tages merken würdest.«

»Und du wirkst so ganz anders, wenn man dich das erstemal sieht.«

»Das ist ja eben das Unseriöse an mir.«

Später am Abend zeige ich ihm den Verlegerbrief. Er liest ihn aufmerksam, nickt dann anerkennend.

»Das ist ein guter Brief. Ich würde sagen, das ist keine schlechte Verbindung, die du da hast. Er schreibt wie ein richtiger Verleger. Wie ein Verleger sein soll. Ein Seelenfänger, ja, genau das ist es. Wenn einer nur Bücher herstellt und verkauft, wenn er nur seine Bilanzen sieht, wenn der Autor für ihn nur ein Geschäftsfaktum ist, so einer wird nie ein richtiger Verleger werden. Für einen echten Verleger ist das Buch fast nur ein Nebenprodukt. Er ist ein Seelenfänger, genau das, das schreibt er richtig. Ein Menschenfänger. Für ihn ist der Autor das Material, mit dem er arbeitet, er fängt ihn ein, er heizt ihn an, er führt ihn behutsam in die brauchbare Richtung, er holt das Beste aus ihm heraus, er holt Dinge aus ihm heraus, von denen der Autor selber nicht weiß, daß sie vorhanden sind. Es ist etwas Schöpferisches an der Arbeit eines echten Verlegers. Er ist ein Gestalter. Und er gestaltet am edelsten Material, das es geben kann: am Menschen. Meist an einem hochgezüchteten, hochempfindlichen, leicht beeinflußbaren Menschen. An einem, dessen Seele wie eine straffgespannte Saite vibriert. Und die reißen kann, wenn einer sie mit groben und dummen Fingern anfaßt. Und die zum Klingen kommt, wenn einer die richtige, verständige Hand dafür hat. Nein – dieser Mann gefällt mir. Ich will sagen, sein Brief gefällt mir. Du solltest auf ihn hören.«

»Ich soll diese amerikanische Sache machen?«

»Warum nicht? Ich finde, es klingt irgendwie verlockend.«

»Das schon. Aber ich müßte für einige Zeit nach Amerika gehen.«

»Möchtest du nicht?«

»Es ist so weit weg.«

»Es kommt auch ein Flugzeug zurück.«

Es tut mir weh, daß er das alles so gleichmütig sagt. Müßte er nicht sagen, ich soll bleiben? Soll nicht so weit weggehen. Soll bei ihm bleiben. Ich möchte es wenigstens hören.
»Warst du schon einmal in den Staaten?«
»Nein.«
»Dann solltest du die Chance wahrnehmen, dieses Land kennenzulernen. Oder besser gesagt, diese Welt. Land sagt zu wenig. Jeder Europäer, der mitreden will, sollte einmal drüben gewesen sein. Erst recht jemand, der schreiben will.«
Und ich sage, so richtig dämlich weiblich: »Dir macht es wohl gar nichts aus, wenn ich so lange weg bin?« – Und ärgere mich, kaum daß ich es ausgesprochen habe. Wie so eine richtige dumme Ziege.
Er antwortet mir sehr sachlich darauf. »Was glaubst du, wie lange du brauchen würdest für diese Recherchen?«
»Keine Ahnung. Vier bis sechs Wochen mindestens. Es ist auch eine Finanzfrage. Ich kann es nicht bezahlen. Der Verlag müßte es finanzieren. Na, und so leicht spucken die das Geld auch nicht aus. Also könnte ich mich drüben sowieso nicht endlos ausbreiten.«
»Siehst du! Sechs Wochen für die Vorarbeiten. Dann schreibst du das Buch.«
»Und was mache ich mit meiner armen Lorine?«
»Was machst du sonst mit ihr, wenn du verreist?«
»Ja, früher hatte ich einen guten Reitlehrer, der sie dann geritten hat. Den habe ich leider nicht mehr. Jetzt kenne ich ein junges Mädchen bei uns im Stall, ein sehr liebes Ding, die gut reitet, mit Gefühl und weicher Hand, die übernimmt Lorine, wenn ich nicht da bin.«
»Und ist wahrscheinlich noch sehr froh darüber.«

»Sie ist selig. Sie bringt sich um mit dem Pferd.«

»Na also, dies Problem ließe sich lösen. Ich könnte sagen, du läßt sie hier, aber ich werde auch einige Wochen nicht da sein.«

»Wo bist du denn?«

»Ich fahre im Oktober nach Paris, anschließend muß ich nach England. Dann beginnen die Vorarbeiten für mein neues Buch. Ich muß vermutlich nach Italien und auch nach Frankreich. Ich werde lange unterwegs sein.«

Ganz plötzlich ist so etwas wie eine Abschiedsstimmung in unser Gespräch gekommen. Ich wehre mich dagegen. Das ist zu früh. Das ist einfach zu früh. Wir haben erst angefangen, wir kennen uns kaum, unsere Liebe ist so jung, so unschuldig, so ... unbewährt noch, ich möchte mich noch nicht wieder von ihm trennen. Dieses wenige, das zwischen uns war, das verfliegt zu leicht. Das bindet noch nicht.

Mein Gott, Vera, wer spricht von Bindung? Du verstößt gegen die Spielregeln. Wer in aller Welt sprach je von Bindung?

Ich muß mich zusammennehmen, um nicht in Tränen auszubrechen. Was ist bloß mit mir los? Das muß eine Alterserscheinung sein. Vor vier Wochen wäre ich vor Freude an die Decke gesprungen, wenn dieser Verlegerbrief gekommen wäre. Und wenn mir einer gesagt hätte, ich wolle mich in einem Nest wie Waldhofen verkriechen, um hier einem Liebesidyll zu leben, dann hätte ich mich totgelacht. Wie ist das Leben voller Überraschungen! Und wie wenig kennt man sich im Grunde selber.

Robert scheint zu wissen, wie mir zumute ist. Er hält mich in den Armen, er küßt mich. Und ich küsse ihn, als sei es schon das letzte Mal.

»Es hat eben erst angefangen«, das sage ich nun doch.
»Ja, mein Liebling, ich weiß. Aber ich weiß noch viel mehr. Es wird auch weitergehen.«
»Das redest du nur so.«
»Ich weiß, wovon ich rede. Ich gebe dich nicht so schnell wieder her. Und ich habe noch viel an dir zu entdecken. Das sind bisher so kleine Anfangsexkursionen gewesen.«
»Ich bin ein dummes Weib. Liebe macht immer dumm.«
»Oder auch klug. Liebst du mich denn?«
»Ach, ich weiß nicht. Frag mich nicht.«
»Ich tät's gern wissen.«
»Ich beiße mir eher die Zunge ab.«
Er lacht wie ein übermütiger Junge, legt sich mit seinem ganzen Gewicht auf mich und küßt mich mit Leidenschaft.
»Sag's!«
»Nicht um die Welt.«
»Wenn du's sagst, erzähle ich dir, was für eine Idee ich habe.«
»Eine Idee?«
»Mhm. Eine großartige Idee. Aber erst will ich wissen, ob du mich liebst. Nun?«
»Ich denk' schon. Ein bißchen vielleicht.«
»Ich werde mich sehr anstrengen, damit es mehr wird.«
»Die Idee also?«
»Was? Für so ein klägliches bißchen Liebe soll ich sie dir verraten!«
»Du hast's versprochen.«
»Angenommen, die Liebe würde mehr. Und du würdest mich ganz gern einmal wiedersehen. Und angenommen, du hast dir keinen amerikanischen Boy angelacht, der dir besser gefällt, und angenommen, du hättest dein Buch brav

geschrieben oder wenigstens gut in Fahrt gebracht, dann...«

»Dann?«

»Dann könntest du mich auf der Frankreichreise begleiten.«

»Oh!«

»Ja. Wäre das nichts?«

»Auf den Spuren des Karl von Anjou?«

»Genau das. Wir bummeln durch die Provence, wir essen in französischen Restaurants, wir lieben uns in französischen Betten, wir sind ganz allein unter dem Himmel des Südens. Wenn die Mimosen blühen. Wenn der Frühling kommt.«

»Oh, Robert!«

Es ist ein schöner Plan.

Aber es ist so weit bis zum Frühling.

Und wenn ich es auch nicht sage: Ich liebe ihn so sehr. Und es wird mir so schwerfallen, mich von ihm zu trennen.

Suzanne

In dieser Nacht bleibe ich erstmals bei ihm. Bisher bin ich immer, wenn auch oft spät, ins Hotel gegangen. Miteinander schlafen, diesmal im echten Sinn des Wortes gemeint, es wollen und auch können, ist ein entscheidender Fortschritt in einer Zweisamkeit. Und ein Experiment ist es sowieso. Daß man einen Menschen die ganze Nacht neben sich erträgt, seine Nähe, seinen Atem, daß man gern neben ihm aufwacht und auch dann, in der Morgenstunde, nichts an ihm auszusetzen findet, ist ein Kriterium der Zuneigung, aber auch eine Bewährung für jeden der Partner. Jeder Mensch hat Angewohnheiten, die man entweder tolerieren kann oder die einen stören. Grundsätzlich bin ich ein Gegner davon, immer und ständig, Nacht für Nacht zusammen zu schlafen. So etwas muß meiner Meinung nach die größte Liebe töten. Das gemeinsame Schlafzimmer der Durchschnittsehe ist für mich ein unfaßbares Phänomen. Wie jemand es aushalten kann, jahraus, jahrein, täglich, beziehungsweise nächtlich in Gemeinschaft zu leben, niemals ein Einzelwesen zu sein, nicht sich einmal zu sich selbst zurückziehen zu können, auch nicht an Tagen, da man sich vielleicht nicht wohlfühlt oder wo man das Bedürfnis nach Einsamkeit hat, ist mir ein Rätsel.

Wir sprechen davon, nachdem wir aufgewacht sind und beiderseits festgestellt haben, daß wir sehr gut miteinander geschlafen und uns nicht gestört haben. Robert ist durchaus meiner Ansicht. Er findet, ein eheliches Doppelschlafzimmer sei ein Graus.

»Hast du eins gehabt, als du mit deiner Frau noch zusammen lebtest?«

Diese Frage stelle ich unnötigerweise, aber manchmal juckt es einen eben, Fragen zu stellen, zumal ich von dieser Frau immer noch so gut wie nichts weiß.

»Nie. Das hätte Suzanne gar nicht ertragen. Sie ist eine große Individualistin. Sehr verwöhnt, auch etwas launenhaft. Eine Frau, die man nicht besitzt, die man nicht vereinnahmt. Die man immer wieder erobern muß und bei der man sich sehr anstrengen muß, wenn man bestehen will.«

Das klingt natürlich gut. An sich. Nicht in diesem Zusammenhang. Ich würde lieber hören, Suzanne hinge ihm zum Halse heraus und sei ein Greuel.

»Würde dich das nicht mehr reizen?«

»Was?«

»Nun, sie zu erobern. Dich anzustrengen.«

»Nicht mehr. Es kommt ein Punkt, von dem aus man sich nur noch entfernen kann. Gerade, wenn eine Verbindung sehr ereignisreich, sehr stürmisch war.«

»Das war sie also?«

»Doch, das kann man sagen.«

Ich warte, ob er weiter redet, aber er tut es nicht. Einerseits bin ich froh, wenn ich nichts davon höre, andererseits plagt mich eben doch die Neugier, etwas über die Frau zu wissen, die seine Frau ist.

»Wie ist sie?«

»Suzanne? Oh, sie ist vor allem sehr schön. Sehr kapriziös, temperamentvoll. Und eine außerordentlich eigenwillige Persönlichkeit.«

»Das klingt gut«, sage ich nun doch. »Man sollte meinen, es sei eine Frau, die ganz gut zu dir paßt.«

»Das war auch so. Es wäre unrecht, dies zu leugnen. Mir hat Suzanne sehr viel bedeutet. Und ich habe sehr viel – nun, sagen wir mal, ich habe sehr viel für sie eingesetzt. Genaugenommen meine Karriere.«

»Deine Karriere als Diplomat?«

»Ja. Möchtest du gern etwas davon wissen?«

»Natürlich. Ich bin ein wenig neugierig.«

Ich liege in seinem Arm, den Kopf an seiner Schulter, im Zimmer ist es noch halb dunkel, durch die herabgelassenen Jalousien kommt nur mattes Licht. Es ist morgens acht Uhr, der Tag beginnt schon später zu erwachen. Herbstanfang ist heute, fällt mir ein. Vier Wochen bin ich jetzt in Waldhofen, und eigentlich müßte ich abgereist sein. Aber an Abreise mag ich nicht denken. Die Zeit war so kurz, die uns gehört. Es ist noch keine vierzehn Tage her, daß er mich oben beim Kloster geküßt hat. Eine Woche ist es her, daß ich zum erstenmal in dieses Haus kam. Es kommt mir unwahrscheinlich vor. Die Zeit, die wir zusammen hatten, zählt nach Tagen. Aber wie relativ ist Zeit. Mir ist, als hätte ich ihn ewig geliebt. Mir ist alles schon so vertraut, dieses Haus, dieses Zimmer, dieses Bett, Xaver an meinen Füßen und Tom, der erst gegen Morgen zurückgekehrt ist und jetzt fest neben mir schläft, um sich von seinem nächtlichen Ausflug zu erholen.

»Suzanne brach in mein Leben ein wie ein Vulkanausbruch. Dabei war ich keineswegs ein unbeschriebenes Blatt. Ich hielt mich für einen außerordentlich erfahrenen Mann. Ich hatte immerhin den Krieg hinter mir, den ich von Anfang bis Ende, abgesehen von einigen Semestern Studium dazwischen, mitgemacht hatte.

Mein Vater erschoß sich 1944, in der Folge des zwanzigsten Juli. Er war Diplomat, er hat ansehnliche Positionen bekleidet, auch unter Hitler, was er sich im Grunde nie verzieh. Ich habe den Konflikt meines Vaters sehr intensiv und genau miterlebt, schon als Junge. Ich liebte und bewunderte ihn. Er kam aus einem brandenburgischen Gutshaus, war ein echter Preuße und außerdem ein sehr weltläufiger Mann, der das Leben und besonders die Frauen liebte.

Meine Mutter war von hier, ein ganz anderes Milieu, eine ganz andere Einstellung. Sie harmonierten im Grunde nicht sehr gut miteinander, aber es wurde elegant überspielt und kam nie an die Oberfläche. – Mein Vater wollte, daß auch ich die diplomatische Laufbahn einschlug. Ich war von Jugend an in diesem Geiste erzogen worden, mußte Sprachen lernen, wurde auf Reisen mitgenommen, bekam vor allem den Sinn für Haltung und Disziplin eingeimpft. Mein Vater wußte sehr gut, daß ich auch künstlerische Neigungen hatte, aber er hatte nichts dagegen, förderte es sogar. Er war selbst sehr musikverständig, spielte hervorragend Klavier. Einmal, es war schon während des Krieges, sagte er mir: ›Du mußt gutmachen, was ich an mir und meinem Leben verdorben habe. Ich habe dem falschen Herrn gedient. Ich habe es immer gewußt. Und auch, daß ich es nicht hätte tun dürfen. Aber du wirst es gutmachen. Deutschland wird nicht untergehen. Es wird auch dies überleben.‹

Er hat selber versucht, es noch gutzumachen. Es mißglückte, und er zog die Konsequenzen daraus. Meine Mutter verstand ihn in diesem Punkt sehr gut. Sie kehrte hierher zurück und lebte bis zu ihrem Tod in Waldhofen. Ich, wie gesagt, studierte nach dem Krieg zu Ende, ich trat die von meinem Vater bereits vorbereitete Laufbahn an, und ich tat es nicht ungern.«

»Ich kann mir vorstellen, daß du für diesen Beruf gut geeignet warst.«

»Ich glaube, ich war es. Und es ließ sich zunächst auch alles ganz hoffnungsvoll an. Ich brauche dir nicht die einzelnen Stationen der ersten Jahre zu schildern. Es ging gut, bis zu dem Moment, als Suzanne meinen Weg kreuzte.«

Jetzt kam, was mich am meisten interessierte.

»Suzanne und ich, um es kurz zu sagen, wir waren ein Skandal. Ich war Attaché an einer deutschen Botschaft, dreißig Jahre alt, und sie war die Frau des französischen Botschafters.«

»O weia!«

»Genau. Du hast es erfaßt. Sie war eine brillante Person, sprühend von Leben und Geist, Anfang Dreißig, eine Frau, der die Männer scharenweise zu Füßen lagen. Das mag kitschig klingen, aber es war so. Warum sie gerade mich erwählte – nun, sie tat es. Und ich verliebte mich wahnsinnig in sie. Das ging zunächst in aller Heimlichkeit vor sich, ließ sich aber auf die Dauer nicht verbergen. Dazu war Suzanne zu stolz, zu selbstbewußt. Je m'en fiche, pflegte sie zu sagen, ich habe nur dies eine Leben. Ich will es ganz haben. Ihr Mann war wesentlich älter, ein sehr charmanter Herr, aber an der Liebe nicht mehr so sehr interessiert. Man hatte Suzanne sehr jung aus ehrgeizigen Gründen mit ihm verheiratet. Ihr Vater war ein reicher Weinhändler aus Bordeaux, der seine Tochter um jeden Preis in der ersten Gesellschaft placieren wollte. Das ließ er sich etwas kosten, und das gelang ihm. Es ging eine Weile gut, dann wurde sie lebendig. Sie hat ihren Mann zuvor betrogen, aber nun – nun ja, nun war es eben Liebe.«

Liebe! Ich kann es verstehen. Dieser junge, dieser sicher strahlende und schwungvolle Robert, unverbraucht und voller Leben. Gott, ich kenne ihn heute, ich kenne seine Talente in der Liebe. Ich kann Suzanne verstehen.

»Wie gesagt, es wurde ein Skandal. Man versetzte mich in ein mittelamerikanisches Ländchen, weit vom Schuß, es half nichts. Wir trafen uns in Mexiko, in den Staaten, ich machte Schulden, ich kam in Verruf, man legte mir nahe, den diplomatischen Dienst zu quittieren. Ich tat es. Und Suzanne ließ sich scheiden.«

Ich seufze. »Eine richtige tolle Liebesgeschichte. Und doch kein Happy-End.«
»Zunächst schon. Wir heirateten. Wir waren glücklich, jedenfalls eine Zeitlang. Aber ich hatte kein Geld. Und Suzanne war eine sehr verwöhnte, anspruchsvolle Frau. Liebe scheitert oft an den Verhältnissen, das ist bekannt. So war es auch bei uns. Von ihrem Vater bekam sie keinen Pfennig, er war viel zu wütend. Du mußt bedenken, die Familie war außerdem streng katholisch, eine Scheidung war eine Katastrophe. Ich habe meine Schwiegereltern nie kennengelernt, sie weigerten sich, mich zu empfangen. Das alles spielte sich vor nunmehr acht Jahren ab.«
»Länger ist es noch nicht her?«
»Nein.«
Vor acht Jahren hatte ich meine Ehe schon hinter mir. –
»Und dann?«
»Ja, dann«, Robert blickt zur Decke hinauf, er ist ernst, wie ich ihn gar nicht kenne, das alles ist für ihn durchaus noch nicht so Vergangenheit, wie ich gemeint habe – »dann wurde es schwierig. Da war vor allem Nathalie.«
»Suzannes Tochter.«
»Sehr richtig. Suzanne war nicht nur eine leidenschaftliche Frau, sie war auch eine leidenschaftliche Mutter. Und die Tatsache, daß man ihr Nathalie zunächst vorenthielt, ihrem Einfluß entzog, sie nicht zu ihr ließ, machte sie halb wahnsinnig. Es überschattete unser Zusammenleben, daß sie ihre Tochter nicht bei sich haben konnte. Nathalie war damals zwölf. Sie kam in ein Internat in die Schweiz, und Suzanne war ständig auf Reisen zwischen Paris und Lausanne, um Nathalie heimlich zu sehen und zu treffen. Das alles mußte finanziert werden, ihre Reisen, unser Leben in

Paris, das auch damals schon nicht billig war. Ich hatte von meinem Vater nicht viel geerbt, woher auch. Von meinem Großvater hier bekam ich ab und zu eine kleine Hilfe, obwohl natürlich auch er mein Leben sehr mißbilligte. Als es gar nicht mehr weiterging, kamen wir hierher.«
»Nach Waldhofen?«
»Ja. Und das war der Anfang vom Ende. Suzanne konnte hier nicht leben. Man machte es ihr auch nicht leicht. Betrachtete die Familie in Bordeaux mich als das Verhängnis in Suzannes Leben, so sah meine Familie in Waldhofen Suzanne als meinen bösen Geist an.«
»Schwester Melanie und die Tanten!«
»Sehr richtig. Mein Großvater, einer schönen Frau gegenüber aufgeschlossen, fand sich am ehesten damit ab. Leider starb er bald, meine Mutter lebte damals schon nicht mehr.
Suzanne blieb nicht hier, sie kam und ging, sie lebte in Paris bei Verwandten, sie wurde immer rastloser, immer unzufriedener. Und unsere Liebe wurde dabei zerstört.«
»Du bist sehr unglücklich darüber?«
»Heute nicht mehr. Es ist vorbei. – Schließlich kehrte sie ganz nach Paris zurück. Sie wollte hier nicht bleiben. Sie haßte Waldhofen. Der Botschafter, der nun auch etwas milder dachte, wurde großzügiger, was Nathalie betraf, sie konnte das Mädchen öfter sehen, wir trafen Nathalie gemeinsam. Im Gegensatz zu Suzanne kam Nathalie gern nach Waldhofen, machte hier Ferien, ritt mit mir – sie reitet sehr gut – und freundete sich überhaupt mit mir an. Sie war natürlich auch sehr hin- und hergerissen worden und suchte die Freundschaft eines neutralen Dritten, und das war ich. Wir verstanden uns immer besser.«

»Sie ist reizend. Ich habe sie ja gesehen.«
»Ja. Sie ist ein liebenswertes Kind. Und sehr gescheit. Sie wird heute schon sehr gut allein fertig. Und kürzlich, als sie hier war, erzählte sie mir, daß sie sich in England demnächst verloben wird. Sie macht eine gute Partie. Um sie braucht man sich jedenfalls in nächster Zeit keine Sorgen mehr zu machen.«
»Und wie ging es weiter mit Suzanne und dir?«
»Eigentlich gar nicht. Der Höhepunkt war überschritten, die jahrelangen Kämpfe, erst daß wir zusammenkamen, dann wegen Nathalie und schließlich die Existenzsorgen, hatten uns zermürbt, hatten vor allen Dingen unsere Gefühle verbraucht. So ist es nun mal eben. Liebe ist eine empfindliche Pflanze. Sie kann zwar im Sturm erblühen. Aber sie welkt dann auch sehr schnell. Um zu gedeihen, braucht sie ein ruhiges Klima.«
Das hat er hübsch gesagt. Ich werde es mir merken. Nicht zu stürmisch, Vera! Was braucht ein Mann, um glücklich zu sein? Zärtlichkeit, Liebe, Wärme. – Letzten Endes dasselbe, was eine Frau auch braucht.
»Als ich damals in Mittelamerika war und angeödet von Kopf bis Fuß, hatte ich angefangen zu schreiben. Mehr zu meiner eigenen Unterhaltung. Ich nahm das selbst gar nicht so ernst. Geschichte hat mich immer interessiert, ich hatte mich während meiner Studienzeit sehr intensiv damit beschäftigt. Auch dazu inspiriert von meinem Vater. Ich ließ das Manuskript liegen, und erst später, als ich finanzielle Sorgen hatte, bot ich es einmal, ohne eine Hoffnung zu haben, einem Verleger an, und zu meinem größten Erstaunen wurde es angenommen, gedruckt und sogar verkauft. Und damit begann für mich ein neues Leben.«

Tom neben mir reckt sich und streckt sich. Er hat zunächst einmal ausgeschlafen, steigt auf die Bettdecke und sieht uns fragend an. Frühstück wäre ihm recht. Auch Xaver springt vom Bett, er möchte den Tag beginnen.

»Das Leben eines Schriftstellers«, fährt Robert fort, »hat mich immer gereizt. Die Ungebundenheit, die Freiheit. Und die Zurückgezogenheit, die man sich leisten kann. Ich hatte die ganze Welt ziemlich satt. Es interessierte mich alles nicht mehr, was sie mir zu bieten hatte. Auch von den Frauen hatte ich genug. Ich wollte hier leben, in Waldhofen, in Großvaters Haus, mit meinen Tieren und sonst möglichst allein. Ich wollte schreiben, und wieviel Geld ich damit verdienen würde, war mir gar nicht so wichtig.«

»Von den Frauen hattest du auch genug?«

»Ja. Wenn man einige Zeit lang Suzannes Leben geteilt hat, war das nicht so verwunderlich. Ich wollte allein sein und sagte ihr das. Und du wirst lachen, sie verstand es sogar. Das rechne ich ihr hoch an.«

»Und heute? Wie stehst du heute zu den Frauen?«

»Nun, das ist so. Mit der Zeit merkte ich, daß es ganz ohne Frau auch nicht richtig ist. Und jetzt habe ich eine funkelnagelneue Frau, die mir gut gefällt. Und mit der ich allerhand anfangen kann.«

Er könnte ja sagen, daß er sie liebt, diese neue Frau. Aber das sagt dieses Biest nicht. Oh, wie ist er vorsichtig! – Na warte, ich werde hier nicht liegen- und sitzenbleiben und darauf warten, was du mit mir anfängst. Ich werde mein Leben weiterleben, sehr strebsam, sehr zielbewußt, nun gerade, und wenn du diese neue Frau ernsthaft haben willst, dann wirst du dich ein bißchen anstrengen müssen, mein Lieber! Du hast mich zwar sehr leicht bekommen, du

kamst gerade im richtigen Moment in mein Leben, das war es, aber nun wirst du dich bemühen müssen.
Ich *werde* nach Amerika fahren.
»Ah ja, ist das so?« frage ich gedehnt.
»Das ist so«, sagt er selbstsicher und fängt an, mich zu liebkosen.
»Wir müssen aufstehen«, sage ich, »Hund und Katze müssen Frühstück haben, und unsere Pferde warten.«
»Wir können in einer halben Stunde auch noch aufstehen«, antwortet er mir. »Hund und Katze werden nicht verhungern, und die Pferde kommen auch noch zu ihrem Recht. Jetzt bist du erst mal dran.«
»Vielen Dank, es geht nichts über eine sorgfältige Einteilung des Lebens.«
»So ist es.«
Und natürlich stehe ich nicht gleich auf, und natürlich dauert es länger als eine halbe Stunde, weil wir uns so warm und zärtlich im Arm liegen, nachdem wir uns geliebt haben.
Beim Frühstück frage ich: »Und was macht Suzanne heute?«
»Sie lebt in Paris, und es geht ihr gut. Sie hat sich Gott sei Dank mit ihrem Vater versöhnt. Nathalie, die der Alte sehr liebt, war das Bindeglied. Er hat in den letzten Jahren Suzannes Lebensunterhalt gezahlt, und als er im vorigen Jahr starb, hat sie geerbt. Viel geerbt. Sie kann heute leben, wie es ihr beliebt. Und das tut sie wohl auch.«
»Das ist sehr angenehm für dich.«
»Das kann man wohl sagen. Ich habe mir vorgenommen, wenn ich demnächst nach Paris fahre, mit ihr über eine Scheidung zu sprechen. Das heißt, gesprochen haben wir

früher schon davon. Aber es war unmöglich, daß sie sich noch mal scheiden ließ, solange der Alte lebte. Vielleicht können wir nun zu einer Einigung kommen.«
Er sagt das ganz ruhig und sachlich, legt keinerlei Bedeutung in diese Worte. Und ich hüte mich, darauf einzugehen. Hüte mich, irgendeine törichte Hoffnung daran zu knüpfen.
Möchte ich ihn heiraten? Ihn schon, ja. Das kann ich mir selbst gegenüber nicht leugnen.
Ich war aufs Heiraten nicht scharf, all die Jahre nicht. Eine Ehe einzugehen, nur um verheiratet zu sein, das fand ich immer albern. Unter meinem Niveau. Anders natürlich, wenn der Richtige kommt.
Der berühmte Richtige. Es gibt ihn nämlich wirklich, das weiß ich nun.
Ich würde ihn heiraten. Aber es muß nicht sein. Es spielt im Grunde keine Rolle. Es ist mir wichtiger, ihn zu lieben. Und von ihm geliebt zu werden.

Ein unerwarteter Besuch

Ich antworte meinem Verleger noch an diesem Tag. Bedanke mich für sein nettes Schreiben und lasse ihn wissen, daß ich seine Anregung interessant fände und mich gern mit diesem Stoff befassen würde. Ob es ihm recht sei, wenn ich ihn in etwa vierzehn Tagen besuchen würde?
Vierzehn Tage – diese Frist habe ich mir gestellt. Diese Zeit schenke ich mir noch, auch wenn es Leichtsinn ist. Denn wenn das Buch bis zum nächsten Sommer fertig sein soll,

muß ich möglichst bald anfangen. Und eine Reise nach Amerika bedarf schließlich auch einiger Vorbereitungen. Mein Freund Ulrich fällt mir ein. Er lebt in Washington, ist Journalist. Er wird mir behilflich sein, wird mir zur Seite stehen in der fremden Welt. Auch ihm schreibe ich und teile ihm mit, daß er demnächst mit meinem Kommen rechnen könne.

So habe ich die Dinge also in Bewegung gesetzt, obwohl ich es eigentlich gar nicht will. Aber so ist das Leben nun mal. Man muß meistens etwas tun, was man nicht will. Ich muß mich darum kümmern, was aus mir wird, muß an meine Zukunft denken, muß vor allem Geld verdienen. Nur so kann ich Robert eine ebenbürtige Partnerin sein. Falls es zu einer Partnerschaft kommen wird. Denn was ist es bis jetzt anderes als eine kurze Ferienliebe, ein seliges Abenteuer, das genauso schnell beendet sein kann wie es begonnen hat. Das sage ich mir immer, das vergesse ich keine Minute. Ein Intermezzo, kann sein, mehr ist es nicht. Quartett im September. Zwei Menschen, die sich begegnet sind und für die eine kurze schöne Liebe vom blauen Herbsthimmel fiel. Zwei Pferde, die dazugehören. Die genaugenommen diejenigen waren, die diese Begegnung verursacht haben. Man muß so klug sein zu wissen, wieviel in einer Schachtel drin ist. Wenn man ein Viertelpfund Pralinen aufgegessen hat, und es war eine köstliche Mischung, dann hat man einen Genuß gehabt und soll sich dran erfreuen. Und nicht darum weinen, daß es kein Dauerpaket war, das ein Leben lang reicht. Das wäre Torheit.

So philosophiere ich über die Liebe, so rede ich mir selbst gut zu, so versuche ich vernünftig zu sein, so unbeschreiblich vernünftig, jede Stunde zu genießen, jede Minute, die ich bei ihm bin, und dabei rasen diese Stunden, diese Minuten dahin, galoppieren wie durchgehende Pferde, und die Zeit, die uns bleibt, wird immer weniger.

Wird es eine Fortsetzung geben? Werden wir uns wiedersehen? Ich weiß nicht. Und ich frage nicht danach. Nicht ihn. Nur mich selbst, nur das Schicksal, nur die Götter, die es vielleicht wissen.

Ferdinand hat seit unserem Gespräch vor jenem Sonntag, an dem ich ihn auslud, nichts mehr hören lassen. Ist er beleidigt? Er nicht. Aber ich bin auch oft oder vielmehr meist abends nicht im Hotel, er kann mich ja gar nicht erreichen. Also rufe ich ihn eines Tages an, um ihm mitzuteilen, daß ich noch lebe und so um den siebenten Oktober zurückkehren würde nach München.

»Also doch«, sagt er.

»Was heißt also doch?« frage ich leicht gereizt.

»Nun, ich dachte, du kommst nicht mehr zurück.«

»Leider muß ich. So weit habe ich es noch nicht gebracht, daß ich mich auf dem Land zur Ruhe setzen könnte.«

Er lacht. »Das wäre auch das letzte, was ich mir von dir vorstellen könnte.«

»Wieso? Was ist daran so komisch?«

»Du auf dem Land! Vielleicht sogar in Waldhofen. Das gäbe eine Katastrophe.«

Vor ein paar Wochen hätte ich das auch gedacht. Was denke ich heute? So sicher bin ich nicht. Ob es mir auf die Dauer genügen würde, nur Waldhofener Pflaster zu treten? Aber schließlich, man kann reisen, nicht wahr? Und um zu arbeiten, falls die Arbeit darin besteht, Bücher zu schreiben, und um zu lieben, falls es Robert ist, wäre das Landleben sicher ein ganz passender Rahmen.

»Waldhofen ist sehr hübsch.«
»Gewiß. Und du offenbar immer noch verliebt.«
»Immer noch? Bist du verrückt? Ich war nie in meinem Leben so verliebt. Und mir bricht das Herz, wenn ich von hier fort muß.«
»Das kann ja heiter werden«, sagt der ahnungsvolle Ferdinand.
»Ich habe bloß nicht viel Zeit dazu, unglücklich zu sein. Ich muß nach Amerika.«
»Was mußt du?«
Ich erzähle ihm von meinen neuesten Plänen, und es beruhigt ihn sehr, daß so wichtige Geschäfte und so große Taten auf mich warten.
»Dann ist es ja gut. Dann wirst du ja bald wieder du selbst sein.«
»Das bin ich auch jetzt noch. Aber es ist trotzdem alles anders geworden«.
Das glaubt er nicht ganz, zuviel Affären hat er miterlebt, kommen und gehen sehen, um nun ausgerechnet dies so ernst zu nehmen.
»Würdest du so lieb sein«, sage ich noch, »im Stall vorbeizugehen und meine Rückkehr zu verkünden? Und den Transporteur mußt du anrufen, ob er Lorine so um den Siebenten, Achten herum holen kann.«
So. Nun ist es entschieden. Das Ende ist in Sicht. Ob es ein Ende für immer sein wird, das liegt an Robert. So weit ist München schließlich von Waldhofen nicht entfernt. Und er ist ja auch bisher manchmal nach München gefahren.
Die Zeit rast. Rast wie ein Sturmwind. Und die Ereignisse überstürzen sich. Zunächst bekomme ich nochmals Post. Eine Hamburger Wochenzeitschrift, deren Chefredakteur

ich kenne und dem ich geschrieben hatte, läßt mich wissen, daß sie eventuell an meiner Mitarbeit interessiert wären. Ich soll zu einer Rücksprache vorbeikommen. Sehr gut. Man hat mich nicht ganz vergessen.
Und dann wird mir ein wohlbekannter Job wieder angeboten.
Eines Nachmittags, als ich mich gerade fertig mache, um zu Robert zu gehen – ich habe versprochen einzukaufen, abends kochen wir selbst –, klingelt mein Telefon, ein Herr sei unten, der mich sprechen wolle. Ich denke natürlich zuerst, es ist Ferdinand, aber da es ein Wochentag ist, kommt mir das unwahrscheinlich vor. Er kann schließlich den Laden nicht einfach zusperren. Er hat zwar eine Hilfe, die stundenweise kommt. Kann es also doch sein.
»Wer ist es denn? Hat der Herr seinen Namen nicht gesagt? Wo ist er?«
»Er sitzt im Restaurant.«
»Ich komme gleich.«
Ich schlüpfe in Hosen und einen Pulli, die Zeit der Sommerkleider ist leider vorbei, fahre hinunter, und wen treffe ich im leeren Restaurant vor einer Tasse Kaffee? Gert.
»Wo kommst du denn her?«
Er steht auf, lächelt mich unbefangen an. »Tag, Vera. Das klingt nicht gerade sehr begeistert.«
»Das hast du von Ferdinand. Dieser Schwätzer!«
»Mitnichten, meine Teure. Er hat geschwiegen wie ein Grab über deinen Verbleib. Ich hab' es von der Sekretärin in eurem Reitstall.«
»Ach!«
»Bitte sehr. Ganz so doof, wie du vielleicht denkst, bin ich auch nicht. Ich finde es überhaupt albern, daß du so ein Ge-

heimnis um diese Reise gemacht hast. Kein Mensch weiß, wo du abgeblieben bist. Was soll denn das?«

»Ich wollte meine Ruhe haben.«

»Na, die hast du ja nun gehabt, fünf Wochen lang. Da müßte sich ja ein Elefant erholt haben.«

»Ein Elefant? Wieso ein Elefant? Braucht ein Elefant besonders viel Erholung?«

»Das denke ich mir so. Es ist schließlich ein großes Tier.«

Das sind so typische Gespräche mit Gert. Blödeln konnten wir immer gut.

Ich setze mich zu ihm, bestelle mir auch einen Kaffee.

»Kognak dazu?« fragt er.

»Bitte. Einen Doppelten.«

»Ist dir mein Anblick so in die Glieder gefahren?«

»Dein Anblick läßt mich ziemlich kalt.«

»Das ist unfein, Vera.«

»Was?«

»So etwas zu sagen. Es kränkt mein männliches Selbstbewußtsein. Du hast immer darauf hingearbeitet, mich psychiaterreif zu machen.«

»Du kannst ja dein männliches Selbstbewußtsein anderswo aufbügeln lassen. Wo hast du denn deine neue Braut? Hast du sie nicht mitgebracht?«

»Ich habe sie wieder nach Hause geschickt zu ihrer Mami. Sie hat mich nervös gemacht.«

»Tut mir leid für dich, mein Lieber.«

»Tut dir gar nicht leid, sondern freut dich. Übrigens schaust du blendend aus.«

»Danke.«

»Na ja, fünf Wochen Urlaub, da muß man sich ja erholen. Und ich kann mich inzwischen totarbeiten.«

»Das wäre das erstemal.«
»Ich konnte mir überhaupt keinen Urlaub gönnen, nachdem du mich so schnöde verlassen hast.«
»Gleich fange ich an zu weinen. Ich hoffe, du hast dann wenigstens viel Geld verdient und mir meine ausstehenden Anteile auf mein Konto überwiesen.«
»Ich verstehe immer Bahnhof. Die Firma ist durch deine Fahnenflucht nahe der Pleite. Wer soll eigentlich die Arbeit machen?«
Ich lache schadenfroh. »Na, ich jedenfalls nicht mehr. Strengt ihr euch halt selber ein bißchen an.«
»Im Ernst, Vera, du mußt zurückkommen. Ich brauche dich. Ich habe tolle neue Aufträge. Ich habe den Unitan-Konzern bekommen. Was sagst du dazu?«
»Gratuliere.«
»Ja. Das kann man wohl. Weißt du, was da drinsteckt? Wenn wir die richtig bedienen, gehören wir zur ersten Garnitur. Die Schweizer habe ich übrigens inzwischen auch, die Textilfritzen.«
»Auch ein schöner Brocken.«
»Eben. Also, wie ist es? Wann kann ich mit dir rechnen?«
»Gert!« sage ich und schaue ihn an. Ich bin nun ernst, böse bin ich ihm nicht mehr, es ist alles so ganz und gar vorbei, berührt mich gar nicht mehr. Komisch, wie schnell so etwas gehen kann. Vier Jahre lang habe ich das Leben dieses Mannes geteilt, vier Jahre lang haben wir zusammen gedacht, geplant und auch Erfolg gehabt. Und nebenbei auch ein gemeinsames Privatleben gehabt. Ich brauche mich dessen nicht zu schämen, er ist ein intelligenter, geschickter Bursche, er hat Einfälle und Schwung, er sieht gut aus, ist schmal, blond, sehr lebhaft, genauso alt wie ich und hat

sicher noch eine beachtliche Zukunft vor sich. Denn er hat den richtigen Beruf und versteht seine Arbeit gut zu verkaufen.

Wenn ich bei ihm bliebe, wenn ich wieder mit ihm arbeiten würde, hätte ich vermutlich keine Existenzsorgen. Ich würde einen vernünftigen Vertrag mit ihm machen, wäre Teilhaber der Firma, Aufträge sind da, Einfälle habe ich immer gehabt, wir würden vermutlich viel Geld verdienen. Und es ist durchaus nicht nötig, daß sich unsere private Beziehung wieder etabliert. Wir könnten Geschäftspartner sein, nichts sonst.

»Wie hast du dir das vorgestellt?« frage ich.

Er kommt sogleich in Schwung, geht auf wie ein Primeltopf, weil er meint, ich bin ansprechbar. Hält mir einen langen Vortrag über unsere zukünftige Arbeit. Wie er sich das alles vorstellt, was wir demnächst und was wir danach tun werden und tun müssen.

»Nun?« fragt er schließlich.

»Klingt alles gar nicht schlecht. Aber entschuldige mich bitte einen Moment, ich muß eben mal schnell telefonieren. Bestell mir bitte einen Whisky.«

Ich stehe auf und gehe, er bleibt etwas verdutzt sitzen, daß ich so plötzlich verschwinde und nichts weiter zu seinen Plänen sage. Aber ich muß schnell Robert anrufen. Er wartet auf mich.

»Ich kann jetzt nicht kommen, ich habe Besuch hier.«

»Besuch?«

»Ja.« – Er fragt nicht, wer, und ich sage es nicht.

»Ich hoffe, daß ich ihn bald wieder losbekomme. Aber ich weiß noch nicht, wann. Das Dumme ist nur, ich habe nicht eingekauft.«

»Das macht nichts. Das kann ich noch tun, es ist erst fünf Uhr. Meinst du, du wirst abends kommen können?«
»Auf jeden Fall. Wenn er nicht geht, lasse ich ihn hier sitzen.«
»Ist es ein Er?« fragt er nun doch.
»Ja. Ein alter Bekannter.«
»Ah so!«
Irgendwas muß ich noch sagen. »Er will mir einen Job anbieten.«
»Das ist nun schon der dritte. Ich würde sagen, du bist sehr begehrt.«
»Ja, nicht wahr? Irgendwie beruhigend, daß ich demnächst noch nicht verhungern muß.« – Ich lache ein wenig nervös. Hört er die Unsicherheit in meiner Stimme? Ich habe ihm von Gert nicht viel erzählt. Nur ziemlich flüchtig über die gemeinsame Arbeit, das gemeinsame Leben dabei nur angedeutet. Männer sind komisch in diesen Dingen. Sie hören nicht gern von ihren Vorgängern.
»Auf Wiedersehen, Robert, ich schaue, daß ich bald kommen kann. Und ich liebe dich.«
Das habe ich noch nie so deutlich gesagt. Er nimmt es ohne Kommentar entgegen. Über den Draht huscht eine kleine Fremdheit. Eine kleine Störung.
»Bis nachher dann«, sagt er.
Der andere fragt: »Wen hast du angerufen?«
»Jemand, mit dem ich jetzt verabredet war. Ich habe gesagt, daß ich später komme.«
»Später? Ich dachte, wir essen zusammen zu Abend.«
»Tut mir leid, Gert. Das geht nicht.«
»Ein Mann?«
»Ja.«

»Du betrügst mich?« fragt er maßlos überrascht.
Ich muß lachen. »Du bist gut. Was hast du denn gedacht? Bin ich Solveig?«
»Das sind ja tolle Sachen. Deswegen verschwindest du in diesem Kaff. Ich habe mich gleich gewundert, was du hier tust. Vera in so einem ulkigen kleinen Kurort, das kann ja wohl nicht wahr sein. Was hast du denn da für einen Knülch aufgetan, der dich hierher verschleppt? Muß aber eine bescheidene Kragenweite sein.«
»Mach dir bloß um mein Privatleben keine Sorgen.«
»Ich bin außer mir. Wo ist denn der Kerl? Hier im Hotel?«
»Geht dich das was an?«
»Und ob mich das was angeht. Wen denn sonst, wenn nicht mich?«
»Da bist du in einem Irrtum, mein Lieber. Dich am allerwenigsten, darüber wollen wir uns doch mal klarwerden.«
Wir sehen uns gerade in die Augen. Rede und Gegenrede gehen rasch hin und her, ping, pong, so war es immer bei uns. Ich fühle mich stark. Und irgendwie tut mir das natürlich gut. Immerhin hat er mich betrogen.
»Vera!« sagt er mit Nachdruck. »Alles, was ich dir gesagt habe, meine ich verdammt ernst. Ich möchte, daß du zurückkommst. Und zwar in jeder Beziehung.«
»Gert«, sage ich mit dem gleichen Nachdruck, »mach dir keine Hoffnungen. Ich werde nicht zurückkommen. Weder in dieser noch in jener Beziehung.«
»Das kann nicht dein Ernst sein.«
»Doch. Ist es.«
»Was ist das für ein Kerl?«
»Es ist kein Kerl, sondern ein Mann, den ich liebe. Ziemlich sehr sogar. Und beruflich habe ich auch andere Pläne.«

»Andere Pläne? Was denn?«
»Ich werde wieder schreiben.«
»Ach, du liebe Güte!« Er lacht spöttisch. »Du mit deinen Ansprüchen! Hast du schon jemand gesehen, der vom Schreiben leben kann?«
»Das gibt es.«
»Nicht, wenn er so viel Geld braucht wie du. Du hast so frisch und fröhlich jeden Monat deine dreitausend Mark verbuttert, das weißt du ja.«
»Das ist übertrieben. Aber sei es auch so. Werde ich eben in Zukunft zweitausend haben.«
»Vom Schreiben? Vom Bücherschreiben etwa? Da lachen ja die Hühner.«
»Wait and see. Vielleicht nicht gleich. Aber nach und nach.«
»Na, viel Spaß. Der Herr muß viel Geld haben.«
»Red nicht so dumm daher. Ich habe noch nie von einem Mann Geld gebraucht.«
In dieser Weise reden wir noch eine Weile weiter. Und fast wird ein Streit daraus, ich werde scharf, er böse. Er will wissen, wer der Mann ist, ich sage darüber natürlich nichts. Wir trinken Whisky, ziemlich viel und schnell, die ersten Abendgäste kommen ins Lokal.
Er fängt wieder von seinen Plänen an, ich sage, daß mich die nicht mehr interessieren.
Feindselig starren wir uns schließlich an.
Nein, so soll es nicht sein. Ich beherrsche mich.
»Bitte, Gert, wir wollen nicht streiten. Nicht mehr. Es ist alles vorbei. Und wir könnten so etwas Ähnliches wie Freunde bleiben. Ich komme nicht zurück. Und jetzt bin ich dafür, du ißt etwas. Du kannst so nicht fahren.«
»Ich bin nicht blau.«

»Nein. Natürlich nicht, aber es ist besser nach dem vielen Whisky.«

Er bockt wie ein kleiner Junge. Ich bestelle einfach eine kalte Platte für ihn, mache ihm die Brote zurecht. Fast habe ich mütterliche Gefühle. Kein Zorn mehr, kein Haß. Und ich will wirklich sein Freund bleiben, wenn er es will. Ich bin ja glücklich, ich liebe, ich kann leicht großzügig sein.

»Warum ißt du nichts?«

»Ich bin zum Abendessen verabredet.«

»Ich werde diesen Kerl umbringen.«

»Das wirst du nicht. Ich habe deine Freundin auch nicht umgebracht.«

»Das ist etwas anderes.«

»Ach nein?«

»Du gehörst zu mir, Vera.«

»Nicht mehr.«

»Du liebst diesen Kerl wirklich?«

»Ich liebe ihn.«

»Einer, der mit dir in so ein Nest wie dieses Waldhofen fährt?«

»Waldhofen ist reizend. Mir gefällt es hier.«

»Dann mußt du wirklich verliebt sein«, sagt er und ist auf einmal traurig.

Nur mit Mühe kann ich ihn daran hindern, weiter zu trinken. Und nur mit Mühe gelingt es mir, ihn endlich zu seinem Wagen zu bringen. Es ist bereits halb acht.

Wie er einsteigt, tut er mir fast leid. Vier Jahre kann man so leicht auch nicht auslöschen.

»Versprich mir, daß du es dir noch einmal überlegen wirst.«

»Also gut«, sage ich – bloß damit er endlich abfährt, »ich werd's mir überlegen.«
Ich sehe dem Wagen nach. Er tut mir leid, ja. Er wird nie mehr eine Frau wie mich bekommen. So eingebildet bin ich, das zu wissen. Ich gehe hinauf in mein Zimmer, putze mir die Zähne, denn ich habe sicher eine Fahne, mache ein bißchen Make-up und ziehe mir ein Kleid an. Ein hübsches Kleid, rote Seide, das Robert noch nicht kennt. Es ist gleich acht Uhr. Bis ich dort bin, wird es fast halb neun sein. Ich habe das dunkle Gefühl, es wird Schwierigkeiten geben.

Und der erste Streit

Ich täusche mich nicht. Robert ist keiner, der gern wartet. Er hat schmale Augen und sein verschlossenes Herrengesicht. Er küßt mich nicht zur Begrüßung. Er macht mir auch keinen Vorwurf – und das ist schlimmer.
Das Essen ist fertig. Irgend etwas Mexikanisches hat er gekocht, mit Huhnfleisch und Hummer, sehr scharf ist es und sehr gut. Wir essen ziemlich schweigend, ich trinke rasch ein paar Gläser Wein. Seine unbeteiligte Höflichkeit macht mich unsicher. Eine gute Woche haben wir noch. Neun kümmerliche Tage. Er soll nicht verärgert über mich sein, ich liebe ihn doch, ich habe es doch heute abend dem anderen deutlich gesagt. Ich bin nun auch traurig. Und ganz verzagt. So allein bin ich auf der Welt, alles ist unsicher, auch dieser Mann hier, der mir so viel bedeutet und den ich kaum kenne und den ich so bald verlassen muß. Und was wird aus mir werden. Vom Schreiben leben ist

nicht so einfach. Und alles muß ich allein schaffen. Ich möchte so gern eine Schulter haben, an die ich mich ein wenig stützen kann.

Nicht irgendeine. Seine Schulter.

Ich will ihm helfen, das Geschirr hinaustragen.

»Bitte, laß es«, sagt er höflich-kalt, »bleib sitzen. Ich mache es allein.«

Sonst durfte ich ihm immer helfen. Ich lege mich auf das Sofa und mache die Augen zu. Xaver sitzt vor mir. Er hat gemerkt, daß ich traurig bin.

Robert kommt zurück.

»Zigarette?« fragt er.

»Ich bin traurig.«

»Warum?«

»Du bist nicht lieb zu mir.«

Und plötzlich ist er bei mir am Sofa, faßt mich ziemlich heftig an den Armen, zieht mich hoch und fragt, laut und böse: »Wer war bei dir heute nachmittag?«

Oh, alle guten Geister der Liebe! Aphrodite, holde Göttin, ich danke dir! Er ist eifersüchtig! Das ist wunderbar! Das ist herrlich! – Das ist zu schön, um wahr zu sein.

Ich bin nicht mehr traurig.

»Hab' ich dir doch gesagt. Ein Bekannter.«

»Es war der Mann, mit dem du bisher gelebt hast, nicht wahr?«

»Wie kommst du darauf?«

Jetzt schüttelt er mich sogar. »Gib mir Antwort! Ist es wahr?«

Ich mache ein Kindergesicht. Große unschuldige Augen, ein wenig angstvolles Beben um die Lippen. Oh! Was wird er mit mir anfangen? Es ist herrlich!

»Ja. Er war da.«
Er läßt mich so plötzlich los, daß ich mit einem Plumps auf das Sofa zurückfalle. Geht weit von mir weg. Zündet sich eine Zigarette an. Betrachtet mich mit kalten Augen. Ach, wie ist er süß!
Das erstemal, daß ich Oberwasser habe.
»Wie hast du das gewußt?«
»Was wollte er von dir?«
»Oh, nichts weiter Ich soll zu ihm zurückkommen. Soll wieder mit in der Firma arbeiten. Und überhaupt.«
»Und warum bist du nicht gleich mitgefahren?«
»Robert!«
Liebe ohne Eifersucht ist ein alter Hut. Also ein bißchen liebt er mich doch. Und diese kühle Maske, die er da so vor sich herträgt, ist eben doch nicht echt. Ich habe es bisher an seiner Liebe gemerkt. Nun merke ich es an seiner Eifersucht.
Tom kommt. Klettert mir auf den Bauch, schnurrt, ich fange an mit ihm zu spielen. Ich finde das Leben großartig.
»Du bist sehr häßlich zu mir«, sage ich mit Schmollmund. »Ich kann doch nichts dafür, daß er plötzlich hier ankommt. Er wußte gar nicht, daß ich hier bin. Ich hab's ihm nicht gesagt.«
»Und wieso kam er dann?«
»Er war im Stall in München und hat sich dort erkundigt, wo ich bin. Schließlich kann ich dort im Büro nicht den Auftrag geben, man soll meinen verflossenen Liebhabern keine Auskunft über meinen Verbleib geben.«
Das war frech und war vielleicht auch ein wenig zu viel. Ich bekomme auch gleich die richtige Antwort darauf.

Kalt, mit schmalen Lippen, sagt er: »Der Andrang wäre vermutlich auch zu groß.«
Nun muß ich wohl ein bißchen die Beleidigte spielen. Ich richte mich auf, sage mit Würde: »Bitte überleg dir ein wenig, was du redest.«
Kein Zweifel, wir streiten. Wir haben unseren ersten Streit. So etwas muß man auskosten. Ich sitze nun sehr gerade auf dem Sofa, Tom hat sich etwas beklommen hinter meinen Rücken verkrochen. Xaver sitzt mit unglücklichem Gesicht zwischen uns auf dem Teppich, schaut von einem zum anderen. Fehlen nur noch die Pferde. Was die wohl tun würden?
»Ich wundere mich, daß du überhaupt gekommen bist. Du hättest ruhig bleiben können. Sicher wartet er doch im Hotel auf dich.«
Er ist richtig primitiv eifersüchtig. Hätte ich das in ihm vermutet? Offengestanden nicht. Ich habe ihn nie so sehr geliebt wie in diesem Moment. Wenn ich ihn noch ein bißchen reize, verhaut er mich glatt.
Soll ich noch ein bißchen frecher sein? Besser nicht. Aber da sage ich schon, und eigentlich will ich es gar nicht, es ist reine Lust an der Freud', – ich sage: »Na und? Würde dir das was ausmachen?«
Mit zwei Schritten ist er bei mir, ich ducke mich erschreckt, er sieht fast wirklich so aus, als täte er mir was. Steht da vor mir, seine Augen sind nicht mehr blau, ganz hell und kalt sind sie und funkeln böse, und er sagt: »Laß dich nicht aufhalten.«
Zeit, daß ich umschalte. Ich lächle ihn zaghaft an, weiche Stimme: »Robert, Liebling! Sei doch nicht so dumm. Er ist wieder gefahren. Ich habe ihn weggeschickt.«

Ich fasse nach seiner Hand, er zieht sie zurück, als sei ich giftig, geht fort von mir.
Ich stehe auf und gehe ihm nach.
»Bitte! Sei nicht so häßlich zu mir. Es ist wirklich kein Grund vorhanden, ich erzähl' dir alles, wenn du willst.«
»Es interessiert mich nicht«, sagt er eisig. Unlogisch wie eine Frau kann er also auch sein.
Jetzt werde ich wütend. Stampfe mit dem Fuß auf. »Doch interessiert es dich, sonst wärst du nicht so eklig zu mir. Und nun gehe ich wirklich.«
Ich gehe aber nur bis zum nächsten Stuhl, lasse mich darauf fallen und weine ein bißchen. Nach weinen war mir heute schon lange zumute. Nicht viel, das macht zu häßlich. Aber ein bißchen tut gut. Xaver kommt mit den Pfoten auf meine Knie. Tom kommt auf die Lehne. Und dann kommt er endlich auch. Hebt mich hoch, setzt sich in den Sessel und mich auf seinen Schoß. Ich weine noch ein wenig an seiner Schulter, gut, daß ich die wasserfeste Wimperntusche genommen habe.
Ach, wie ist es gut, ihn zu spüren, ich halte ihn fest, schmiege mich dicht an ihn, er sagt erst nichts, tut auch nichts, aber dann küßt er meine Schläfe.
»Hör auf zu weinen!«
Noch ein paar Schluchzer, er beginnt mich zu streicheln, seine Hände sind warm und fest, ich liebe seine Hände, ich liebe alles an ihm von Kopf bis Fuß.
Er hebt mein Gesicht hoch, küßt mir die Tränen fort, küßt mich auf den Mund.
»Schau mich nicht an«, sage ich und halte die Augen fest geschlossen. Dann mache ich mich frei von ihm, wenn es auch schwerfällt, und stehe auf. Nehme mir eine Zigarette,

mache alle Lichter aus bis auf eine kleine Stehlampe. Ist besser so, verweint ist man kein ansprechender Anblick.
Er kommt mir nach, gibt mir Feuer, fragt: »Noch einen Schluck Wein?«
»Ja, bitte.«
Er gießt ein, gibt mir das Glas in die Hand, sagt: »Entschuldige bitte.«
»Du mußt nicht so häßlich zu mir sein. Ich wollte dir ja alles erzählen. Ich konnte wirklich nichts dafür, daß er hier ankam. Und schließlich kann ich ihn ja nicht vor dem Hotel stehen lassen. Oder?«
»Und was will er von dir?«
»Ich hab' dir's ja gesagt. Ich soll zu ihm zurückkehren. Und wieder mit ihm zusammen arbeiten. Er hat neue Aufträge, und er braucht mich.«
»Und was hast du gesagt?«
»Daß ich nicht will und nicht kann. Daß ich anderes vorhabe. Und daß ich...«
»Daß du?«
Immer noch die Stimme eines Inquisitors!
»Daß ich einen anderen Mann liebe.«
»Hat ihn nicht sehr überrascht, wie? Das ist er gewöhnt, daß du dich öfter mal verliebst.«
»Robert, wenn du jetzt nicht aufhörst, gehe ich wirklich.«
Nein. So schnell beruhigt er sich nicht. Eine Weile geht es noch so hin und her, wir trinken dabei eine zweite Flasche Wein und rauchen mehrere Zigaretten. Nach und nach vergeht mir die Lust an dem Streit, ich werde der Sache müde, ich rede jetzt seit nachmittags um vier, erst mit dem einen, dann mit dem anderen. Ich will jetzt endlich gut behandelt sein. Ich lege die Arme um seinen Hals, flüstere sehr weich

und hilflos: »Bitte, sei ein bißchen lieb zu mir. Du machst mich ganz unglücklich.«
Er legt seine Arme so fest um mich, daß mir fast die Luft ausgeht. »Vera, ich kann es nicht ertragen ...«
»Nein, ich weiß. Ich soll keine anderen Götter haben neben dir. Hab' ich auch nicht. Brauch' ich auch nicht. Soll ich nun nach Hause gehen?«
»Nein, geh ins Bett.«
Na endlich! Es ist elf. Höchste Zeit, ins Bett zu gehen. Ich muß mich heute, wohl zur Strafe, allein ausziehen. Er läßt sich Zeit. Es dauert eine ganze Weile, bis er kommt. Wir drei, Xaver, Tom und ich, haben uns schon häuslich eingerichtet. Aber dann kommt er, scheucht die beiden Tiere ziemlich barsch weg, und dann komme ich dran. Ein bißchen gewalttätig ist seine Liebe heute, ich werde morgen ein paar blaue Flecken haben. Wunderbar ist das! Nein, ich kenne diesen Mann noch lange nicht.
Der dichtende Historiker in seiner Klause, der elegante Herrenreiter, der charmante Kavalier, der zärtliche Liebhaber, der aufmerksame Gastgeber – und plötzlich so ein richtiges gefährliches Stück Mann, bei dem man nur noch stillhalten kann und ein paar Schmerzenslaute von sich geben muß und nicht viel Rücksichtnahme zu erwarten hat.
Nachher sage ich gar nichts mehr. Liege ganz still in seinem Arm und schlafe bald reichlich erschöpft ein.
Ein aufregender Tag war das. Und da sagt dieser Gert, in Waldhofen sei nichts los. Der hat eine Ahnung!

Beim Schmied

Am nächsten Morgen beim Frühstück muß ich die ganze Gert-Geschichte erzählen, von Anfang bis Ende. Er will das wissen. Bisher habe ich nicht viel davon gesprochen. Einzig von René und meiner mißglückten Ehe habe ich mal ausführlich berichtet.

Jetzt will er also alles über Gert erfahren, seit wann ich ihn kenne, warum ich mich mit ihm liiert habe, was das war mit der Firma und so weiter. Er sitzt mir gegenüber mit ziemlich strengem Blick und gibt nicht eher Ruhe, bis er genau Bescheid weiß.

»Mein lieber Freund«, sage ich, »du bist ein ganz schöner Tyrann.«

»Ich teile eine Frau nicht mit einem anderen.«

»Davon kann doch gar keine Rede sein. Was soll denn der Unsinn. Ich bin längst mit Gert fertig, ich habe ihn seit vergangenem April nicht mehr gesehen. Und daß er hier ankam, war für mich eine große Überraschung. Ich hab' gesagt, no, nichts geht mehr und damit aus. Und nun langt es mir aber, ich will nichts mehr davon hören.«

Einigermaßen befriedet brechen wir auf zum Stall. Das heißt, ich muß erst ins Hotel, um meinen Reitdreß anzuziehen. Was die von mir denken, weiß ich auch nicht. Ist mir aber ziemlich egal.

Im Stall verkündet mir Friedrich, bei Lorine sei ein Eisen locker. Dumm! Ich dachte, wir kämen für den Rest der Zeit noch hin.

»Macht nichts«, meint Robert, »reiten wir zum Schmied.«

Wir reiten los, langsam, damit Lorines Eisen nicht ganz abgeht. Zuerst nach Südosten, so, als wenn es zur Marei

ginge, aber dann biegen wir scharf nach Osten ab, auf den Fluß zu, bei dem wir schon einige Male waren.
Es ist nun doch schon sehr herbstlich. Die Felder längst alle leer, zum Teil schon wieder umgepflügt. Über den Wiesen hängt manchmal morgens ein bißchen Nebel. Der Himmel ist heller geworden, die Luft schärfer, und hier und da beginnt sich das Laub zu färben.
Der Sommer ist endgültig vorbei. Der Oktober beginnt übermorgen.
»Bist du eigentlich ein Waagemann?« frage ich.
»Wie kommst du darauf?« fragt er überrascht zurück.
»Ich finde, du müßtest einer sein.«
»Du hast recht.«
»Siehst du! Robert, dann hast du bald Geburtstag.«
»Anfang Oktober.«
»Wie schön! Dann können wir noch zusammen feiern. Was soll ich dir schenken?«
»Ich werd' es dir sagen, wenn es soweit ist.«
»Ich bin ein Zwilling. Das paßt gut zu Waagemännern.«
»Es scheint so.«
Im Walde ist es still, dünne Fäden hängen zwischen den Zweigen, legen sich einem ins Gesicht. Durch die Baumwipfel sickert schräg die Sonne. Die letzten Septembertage, Abschiedszeit, Melancholie schwebt in der Luft.
Wie werde ich es nur ertragen, von ihm getrennt zu sein? Nein, man soll nicht lieben. Man soll nicht. Wie angenehm und friedlich lebt es sich mit einem ruhigen Herzen. Auch wenn es ein wenig leer ist und wenn die Leere manchmal Unbehagen verursacht... immer noch besser als dieses Abschiednehmen.
Ja, ich habe begonnen, Abschied zu nehmen, eine Woche ist

es noch, sieben Tage bleiben, sieben klägliche kümmerliche Tage. Und es war zu wenig, es war einfach zu wenig.
Warum kann man die Zeit nicht anhalten? Nicht eine Minute, nicht eine Sekunde kann man festhalten. Nicht wenn man glücklich ist, hält man sie; und kann sie nicht rasch verscheuchen, wenn man unglücklich ist. So vieles hat der Mensch erreicht und geschaffen. So vieles wird er noch erreichen und schaffen. Eines Tages wird der Weltraum ihm eine wohlbekannte Landschaft sein, wird er Krankheit, Alter und Hunger besiegt haben, wird er die Kräfte der Natur zu seinen Sklaven gemacht haben. Aber nie, nie wird es ihm gelingen, die Zeit zu besiegen. Nie wird eine Minute länger dauern als sechzig Sekunden. Und eine Sekunde wird ewig eines Herzschlags Länge währen.
O Gewalt, dort hinter dem blaßblauen Himmel, unenthüllbares Geheimnis hinter den Bergen und Wäldern und Meeren, du Wesen, das wir Gott nennen und das uns ewig verborgen bleiben wird, unantastbar, ungreifbar wie die Zeit und der Tod, wird es eine Stunde geben, jenseits dieses Himmels, dieser Berge, Wälder und Meere, da wir dich doch erkennen, doch erfassen? Wird dann die Zeit stillstehen? Wird dann das einzige Ding, das fähig ist, dich zu suchen und zu finden, des Menschen Herz, das du geschaffen hast, wird das dann sein Ziel erreicht haben?
Wir halten am Waldrand, vor uns eine weite Ebene, drüben im Osten das Dorf mit seinem spitzen Kirchturm. Lorine hat den Kopf gehoben, ihre Nüstern sind weit geöffnet. Ich lege meine offene Hand auf ihren warmen Hals, fühle in jeder Fingerspitze ihr seidiges Fell.
Dann merke ich, daß Robert mich ansieht. Ich wende den Kopf zu ihm.

»Du bist so nachdenklich«, sagt er.
»Ich habe auch nachgedacht.«
»Worüber?«
»Ach, über alles. Vor allem über die Zeit. Warum man sie nicht anhalten kann.«
»Nein, mein Liebling, das kann man nicht.«
»Alles geht vorbei. Das ganze Leben ist einmal vorbei. Und dieser September geht zu Ende. Oh, ich bin so traurig.«
Seine Hand kommt, legt sich auf meine. Die Pferde drehen die Köpfe zueinander, sie stehen reglos, sie empfinden mit uns.
»Du sollst nicht traurig sein. Es ist kein Ende, Vera.«
»Nein? Bestimmt nicht?«
»Nein. Soweit es mich betrifft: nein.«
Wie schön, daß er das sagt. Er hat es bisher noch nie gesagt.
»Dann bin ich nicht mehr traurig. Kennst du die schöne Stelle aus dem ›Rosenkavalier‹ im ersten Akt? Die Marschallin singt es: Die Zeit, das ist ein sonderbar Ding...‹ Und später heißt es: ›Halten und lassen mit leichten Händen...‹ Ich will es versuchen. Ich habe immer gedacht, ich kann es. Aber jetzt fällt es mir zum erstenmal schwer.«
»Ich hab' die Platte da. Wir werden sie heute nachmittag spielen.«
Wir haben viel Musik gemacht. Er liebt Musik genau wie ich.
Wir haben überhaupt vieles gemeinsam, es ist noch nicht alles entdeckt, und das ist ja auch wieder gut so.
»Wirst du mich besuchen in München?«
»Natürlich. Und wenn du aus Amerika zurückkommst, hole ich dich ab. Ich werde auf dem Flugplatz sein. Falls du es dann noch willst.«

»Ich will es. Ich kann es dir heute schon sagen. Ich werde es immer wollen.«
Immer! Immer, sage ich. Und ich bin gewiß, zum erstenmal in meinem Leben gewiß, daß ich es meine.
Lorine geht nun schon brav und ohne Zögern auf die Dorfstraße. Sie hat viel gelernt in diesen Wochen. Genau wie ich. Ulkig, fast muß ich lachen, aber es ist bei ihr ähnlich wie bei mir. Der ruhige souveräne Tim hat einen erfreulichen Einfluß auf die nervöse ängstliche Stute gehabt.
Ein Schmied, das ist ein honoriger Mann. Ein Mann mit einem großartigen Beruf. Angesehen und voll Würde in allen Zeiten. Schon die alten Griechen hatten einen Extragott für diese Zunft. Hephaistos, der Gott der Schmiede. Und bei den alten Germanen war, glaube ich, Odin persönlich der Schirmherr. Leider ist es ein aussterbender Beruf. Es gibt nicht mehr viel Schmiede, wir Reiter wissen ein Lied davon zu singen. Hat man einen, der sein Handwerk versteht, so hält man ihn hoch in Ehren. Denn es gehört Fingerspitzengefühl, eine sichere Hand und viel Erfahrung dazu, ein Pferd kunstgerecht zu beschlagen.
Der Schmied in diesem Dorf ist ein netter sympathischer Mann, der uns freundlich begrüßt. Er kennt Robert natürlich und tätschelt Tim sogleich den Hals. Die Schmiede selbst ist keine Schmiede mehr, sondern eine Reparaturwerkstatt hinter einer Tankstelle. Aber ein Schmiedeofen ist noch da.
Lorine, die sich nur mißtrauisch genähert hat, braucht ein bißchen Zureden, bis sie sich an den Traktoren vorbei, die hier zur Reparatur stehen, hineinführen läßt. Aber dann benimmt sie sich musterhaft. Sie macht nie Schwierigkeiten beim Beschlagen, sie weiß, daß sie gelegentlich eine

Pediküre und neue Schuhe braucht. Nicht, daß sie es besonders gern hätte. Sie steht reglos mit unglücklichem Gesicht und hat es gern, wenn man sie dabei ein bißchen tröstet und ihr gelegentlich ein Stück Zucker in den Mund schiebt. Heute passiert ihr nicht viel, nur das eine Eisen muß neu verpaßt werden. Die anderen lassen wir, bis wir nach Hause kommen.

Es ist wichtig, daß ein Pferd sich leicht und ohne Theater beschlagen läßt. Nie sollte man ein Pferd kaufen, ohne zuvor sich dessen zu versichern. Denn fast nie läßt sich das reparieren, wenn ein Pferd in dieser Beziehung verdorben ist. Es wird höchstens schlimmer. Meist wird es dann zunehmend grob behandelt, und das verbessert den Vorgang nicht und nimmt dem Pferd nie die Angst.

Dieser Schmied hier versteht sein Handwerk, jeder Griff sitzt. In einer halben Stunde ist alles überstanden, und Lorine tänzelt frohgemut über die Dorfstraße. Fein – jetzt kann sie wieder richtig laufen.

Das tut sie dann auch. Den Galopp, den wir uns auf dem Herweg versagen mußten, holen wir nach. Wie der Sturmwind brausen wir über die leeren Felder, die wir noch finden, an Wiesenrändern entlang, auf weichen Feldwegen.

»Morgen«, sagt Robert, als wir uns dem Stall nähern, »könnten wir eigentlich noch mal zur Marei reiten. Was hältst du davon?«

»Eine Menge.«

Ich hätte das nicht gesagt, wenn ich gewußt hätte, was mir bevorsteht. Es wird ein dramatischer Tag. Zunächst jedoch beginnt alles wie immer.
Ich habe wieder einmal bei mir im Hotel geschlafen, schließlich soll man die Dinge nicht übertreiben. Wir reiten um zehn Uhr los, die Pferde sind munter, denn es ist kühl und sehr windig. Wind wirkt immer anregend. Lorine leistet sich ein paar ansehnliche Hopser und reißt wieder mal vor ein paar Kühen aus, die ihr zu nahe kommen. An die Kühe hat sie sich in all der Zeit nicht richtig gewöhnt. Es ist nicht mehr so schlimm wie am Anfang, aber unheimlich sind ihr diese Tiere immer noch. Wer weiß, vielleicht ist doch einmal eine darunter, die gern ein Pferd zum Frühstück verspeisen würde. Als nächstes erschrickt sie maßlos vor einer Schar auffliegender Krähen, die laut kreischend hinter einem Busch hervorkommen. Sie springt mit einem Riesensatz nach links, und nun passiert, was ich immer schon befürchtet habe: Sie kommt an den Stacheldraht, reißt sich, wird dadurch noch aufgeregter, ihr Schweif verfängt sich im Draht, sie buckelt und steigt, ich kann mich kaum auf ihr halten. Schließlich gelingt es mir, sie zu beruhigen. Wir steigen ab und betrachten das Malheur. Sie hat eine blutende Wunde an der rechten Hinterhand.
»Ach, um Gottes willen«, jammere ich, »jetzt haben wir die Bescherung. Diese verfluchten Drähte! Sie wird eine Blutvergiftung kriegen.«
Robert untersucht den Draht. »Er ist wenigstens nicht rostig.«
»Was machen wir denn nun bloß?«

»Wir reiten weiter. Wir sind sowieso bald da. Ich kenne dort einen Bauern, der hat selber noch zwei Pferde im Stall, vielleicht hat er etwas da zum Desinfizieren. Schlimmstenfalls hat die Marei Jod im Hause.«
Lorine wird von Robert sachkundig behandelt, als wir angelangt sind. Sie zuckt zusammen, als er die Wunde betupft, es brennt natürlich, aber sie hält brav still.
»Immer mit deinem blöden Gehopse«, schimpfe ich und halte ihren Kopf in den Armen. »Ich sage dir immer, du bringst dich nur selber in Gefahr.«
Später bringen wir die Pferde auf die Koppel, wo Tim seine Freundin nun ein bißchen trösten kann. Wir genehmigen uns einen Schnaps und bekommen später von der Marei wie gewohnt erstklassig zu essen. Baden gehen kann man leider nicht mehr. Es ist zu kalt geworden.
Wir sitzen ziemlich lange mit der Marei und dem Aloys zusammen beim Kaffee, ich erzähle, daß ich nun bald abreisen muß und daß ich darüber ganz unglücklich bin.
»Aber Sie werden doch wiederkommen?« fragt mich die Marei.
»Ja, vielleicht. Im nächsten Sommer.«
Es ist schon fast vier Uhr, als wir mit der Trense in der Hand zur Koppel gehen, um die Pferde zu holen. Aber nun kommt die schlimmste Überraschung dieses Tages.
Die Pferde sind weg. Die Koppel ist leer.
Ich stehe wie erstarrt. »Robert!«
Auch Robert macht ein ratloses Gesicht. »Da soll doch gleich ...«
Nun ist diese Koppel keine richtige Pferdekoppel, das heißt, also nicht mit dem entsprechenden hohen Holzzaun umgeben, sondern nur von einem Draht eingefaßt. Wie wir

über die Wiese gegangen sind, sehen wir am anderen Ende, was passiert ist. Sie sind durch den Draht durchgebrochen, er ist zerrissen an einer Stelle.
»Du lieber Gott! Robert! Wo sind sie hin?«
»Das möchte ich auch gern wissen.«
Die Weide liegt am Rand des Dorfes, offenbar hat niemand den Ausbruch beobachtet.
»Sie sind längst tot«, sage ich, »sie sind irgendwo auf die Straße geraten und in ein Auto gerannt. Oder auf die Bahnstrecke.«
»Hier ist weit und breit keine Bahnstrecke.«
Aber Autos gibt es natürlich.
»Ob sie nach Hause gelaufen sind?«
»Ich verstehe das gar nicht. Tim hat so etwas noch nie gemacht. Ich kann ihn überall frei stehen lassen, er läuft mir nicht weg.«
»Lorine war heute so aufgeregt. Wer weiß, was hier noch passiert ist. Da ist sie einfach durch und Tim ihr nach.«
Das Wetter hat sich übrigens auch verschlechtert, der Himmel ist von Wolken bedeckt, der Wind ist stärker geworden, es ist richtig kalt.
»Was machen wir jetzt?«
»Wir müssen sie suchen.«
Zunächst rufen wir. Robert pfeift die gewohnte Terz, aber der Wind verweht alles. Die Ebene liegt still vor uns, drüben am Waldrand rührt sich nichts.
Wir gehen zum ›Oberwirt‹, und Robert sucht Helfer. Er bekommt sie in großer Zahl. Mehrere Autos werden startklar gemacht, die Dorfjugend zieht mit Fahrrädern und Mopeds los. Wir fahren mit Aloys in seinem Wagen auf gut Glück in irgendeine Richtung. Unterwegs treffen wir hier

und da jemand, den wir fragen. Im nächsten Dorf ist endlich ein Bauer, der uns Auskunft geben kann. Jawohl, vor einer Stunde etwa hat er zwei herrenlose Pferde gesehen, nackt und bloß, die mitten durch die Kartoffeln galoppierten. Er sagt es vorwurfsvoll.

»Und?« fragt Robert. »Was haben Sie unternommen?«

»Unternommen? San's froh, daß i net den Gendarmen gerufen hab'!«

»Hätten Sie es doch getan. Denken Sie, wir lassen die Pferde zum Spaß allein durch die Gegend rasen?«

Immerhin erfahren wir nun die Richtung, in der wir suchen müssen.

Ich sage gar nichts mehr, ich sitze zusammengekauert hinten im Wagen, ich bin verzweifelt. Lorine ist tot. Nun nimmt alles ein böses Ende.

Plötzlich hupt es wild hinter uns. Zwei junge Leute rasen auf den Mopeds hinter uns her. Wir halten und warten und erfahren, daß sie die Pferde gesehen haben. Sie sind westlich von hier und grasen ganz friedlich auf einer Wiese.

Das hört sich schon besser an; und wirklich, so ist es auch. Da sind sie, müde gelaufen, schmutzig und offenbar ganz froh, daß wir kommen. Sie lassen sich bereitwillig aufzäumen und ins Dorf zurückreiten. Dort müssen wir für die Helfer eine Runde ausgeben, und dann ist es höchste Zeit, daß wir losreiten, wir kommen sowieso in die Dunkelheit hinein.

In die Dunkelheit und in den Regen. Wir sind etwa eine halbe Stunde unterwegs, da fängt es an. Und wie! Wochenlang hat es nicht geregnet, und nun wird alles nachgeholt. Und kalt ist es. Der Herbst, der schöne milde Herbst ist vorbei. Dies ist ein Vorgeschmack auf Novemberwetter.

Ich habe nur eine Bluse an und bin im Nu total durchnäßt. Die Haare hängen mir in nassen Strähnen im Gesicht. Robert schaut mich besorgt an. »Geht es noch?«
»Natürlich! Ist alles nicht so schlimm. Hauptsache, wir haben die beiden Ausreißer wieder.«
Wir lächeln uns zu, weiter geht es. Tim läßt sich auch durch den Regen nicht aus der Ruhe bringen, aber Lorine ist unwillig, schüttelt sich, wird zunehmend verstörter, und schließlich fängt sie sogar an zu lahmen. Das hat mir noch gefehlt. Das ist wirklich ein Pechtag. Kommt es von der Wunde, die sie sich am Stacheldraht geholt hat, oder hat sie sich bei dem Ausbruch den Fuß verknackst, ich weiß es nicht. Es ist nicht viel, aber sie tritt auf einer Stelle tiefer.
»Ich kann sie nicht weiterreiten«, sage ich, »ich muß sie führen.«
»Setz dich auf den Tim. Ich werde sie führen.«
»Wie weit ist es denn noch?« – Es ist ganz dunkel inzwischen, ich kenne mich überhaupt nicht mehr aus.
Beim Führen merkt man nichts, da läuft sie ganz normal. Vielleicht war sie nur eben mal schief getreten. Ich versuche es wieder schweren Herzens, es geht besser.
Es ist acht Uhr, bis wir im Stall ankommen. Hier sind sie schon in heller Aufregung. Und nun setzt eine rege Tätigkeit ein, die Pferde werden trockengerieben, Lorines Wunde wird behandelt, ihre Füße genau untersucht. Ich sitze auf einer Sattelkiste, bin todmüde und schüttle mich vor Kälte.
»Gehn Sie doch nach Hause«, sagt Herr Meisel. »Ich mach' das hier schon. Jetzt sollen die beiden erst mal fressen, nachher schaue ich noch mal nach ihnen.«
Robert läßt sein Rad stehen, setzt sich ans Steuer von meinem Wagen, wir fahren zu ihm.

»So«, sagt er, als wir da sind, »sofort ausziehen, in die Badewanne.«
Er läßt schon das Bad einlaufen, bringt mir einen großen Schnaps, und dann sitze ich in der Wanne, und es wird mir langsam wohler.
Er kommt auch, steigt ebenfalls ins Bad, reibt mir mit der Bürste kräftig den Rücken.
»Na weißt du, dieser Tag heute. Da war aber alles dran.«
»Ist ja alles gutgegangen. Wir sind da, die Pferde auch. Vielleicht kriegen wir einen Schnupfen.«
»Und Lorines Fuß?«
»Mal sehen, wie es morgen ist. Lassen wir eben den Tierarzt kommen.«
Ich muß gleich ins Bett, bekomme Abendbrot im Bett und einen heißen Grog, dann nimmt Robert mich in die Arme, nun ist mir überhaupt nicht mehr kalt, mir fallen die Augen zu, ich bin schon im Einschlafen, da bellt Xaver, und dann klingelt es an der Tür.
»Was 'n das?« murmle ich, dann fahre ich hoch. »Lorine! Jetzt ist sie doch tot.«
»Komm, Vera, sei jetzt still. Lorine fehlt gar nichts. Ich schau mal eben nach.«
Ich lausche, aber ich höre nichts. Er hat die Tür zugemacht. Aber dann merke ich doch, daß er nebenan im Wohnzimmer mit jemand spricht. Reichlich spät für einen Besuch. Es muß schon zehn sein.
Wie er zurückkommt, grinst er, zieht den Morgenrock aus, schlüpft ins Bett.
»Puh! Und ich war schon so schön warm geworden.«
»Komm«, sage ich und kuschle mich eng an ihn. »Jetzt wärme ich dich. Wer war denn das?«

»Tante Dori.«
»Nein? Was wollte sie denn?«
»Suzanne hat heute den ganzen Tag versucht, mich anzurufen, dann hat sie vorn angerufen.«
»Suzanne? Es ist doch nichts passiert?«
»Ach wo! Sie hat erfahren, daß Nathalie sich verloben will. Und ist natürlich dagegen. Wie Mütter eben so sind. Ich soll sofort kommen und mit ihr nach England fahren.«
»Du bist ja gar nicht gegen die Verlobung.«
»Eben. Ich werde ihr morgen einen Brief schreiben. Abgesehen davon hatte ich sowieso die Absicht, mir den jungen Mann demnächst anzusehen. Nathalie hat es gar nicht so eilig. Sie ist ein vernünftiges Mädchen.«
»Dann kann ich also beruhigt schlafen.«
»Das kannst du, mein Liebling.«
Da fällt mir noch etwas ein. »Und Tante Dori? Sie hat doch nicht gemerkt, daß ich hier bin?«
»Es dürfte ihr nicht entgangen sein. In der Diele standen deine dreckbespritzten Stiefel. Über dem Schreibtischstuhl hing deine Reithose zum Trocknen ausgebreitet.«
»Ach, du lieber Himmel! Und du im Morgenrock. Mit nackten Beinen. Jeder konnte sehen, daß du aus dem Bett kommst.«
»Eben.«
»Hat sie was gesagt?«
»Nein. Aber ihr Blick sprach Bände.«
»Kann ich mir denken. Schämst du dich nicht?«
»Ich? Wieso ich? Du mußt dich schämen.«
»Morgen. Heute bin ich zu müde. Ach Liebling!« – Es ist warm und weich und dunkel. Tante Dori in Ehren, aber ich kann mich jetzt darüber nicht grämen. »Das war ein schlim-

mer Tag. Aber ich liebe dich so sehr. Auch wenn es regnet. Auch wenn es stürmt. Überhaupt immer. Es ist furchtbar.«

»Ist es wirklich so furchtbar?«

»Ich weiß nicht. Vielleicht auch nicht. Man wird sehen. Wenn ich aus Amerika komme. Wirst du am Flugplatz sein?«

»Mhm.«

»Und wirst mir Blumen mitbringen?«

»Mhm.«

»Und dann wirst du mit mir schlafen gehen?«

»Mhm.«

»Hoffentlich stürzt das Flugzeug nicht ab.«

»Das tut es sicher nicht.«

»Manche tun es.«

»Deins nicht. Das würde ich nicht zulassen.«

»Nein, das darfst du nicht zulassen. Und wenn ich dann wieder da bin ...«

Nein, ich weiß nicht, was dann sein wird, wenn ich wieder da bin. Alles schwimmt weg, ich versinke, seine Arme um mich, mein Gesicht an seiner Brust, ich schlafe.

Graue Tage

Lebe wohl, du schöner Sommer, ade, du blaugoldener September voller Glück und Erfüllung, du bist fort, bist vergangen, nicht zurückzuholen, nur in meinem Herzen, in meiner Erinnerung wirst du ewig weiterleben. Nun ist der Himmel grau, es regnet, die Bäume schütteln sich im Wind, fürchten sich vor dem Winter wie ich, die Wolken hängen tief, und das weite grüne Land sieht trostlos und leer aus. So jedenfalls präsentiert sich uns die Welt am folgenden Morgen. Wir fahren mit dem Wagen zum Stall, Robert meint, die Zeit fürs Radfahren sei ja nun leider auch bald vorbei.

»Wenn ich wieder einmal herkomme, möchte ich auch mit dem Rad fahren«, sage ich.

»Warum nicht.«

»Meinst du, daß ich noch einmal herkomme?«

Er sitzt am Steuer, blickt flüchtig zu mir her, lächelt.

»Warum nicht.«

»Das klingt nicht sehr begeistert.«

Er legt seine Hand auf mein Knie. »Natürlich kommst du. Und zwar schon bald. Und oft. Es ist auch im Winter sehr schön hier.«

»Wirst du mich in München auch besuchen?«

»Das werde ich. Ich möchte einmal ganz groß mit dir ausgehen. Magst du das?«

»Und wie!« sage ich begeistert. »Richtig schick gehen wir aus. Du kennst mich noch nicht, wie ich aussehe, wenn ich mich fein mache.«

»Ich kann mir vorstellen, daß es ein erhebender Anblick ist.«

»Ist es auch. Ich habe eine Menge schicker Kleider. Ich habe auch ein langes Abendkleid und eine Nerzstola und silberne Schuhe, all so was habe ich. Und ich laß mich toll frisieren und mal' mich richtig an, und dann gehen wir in eine Premiere und anschließend in die ›Kanne‹ essen. Oder zu Humplmayer. Kennst du das?«

»Kenn' ich alles. Aber ich kenne es nicht mit dir.«

»Ich esse gern Austern. Du auch?«
»Ich auch.«
»Wunderbar! Wir werden richtig angeben.«
»Das werden wir, mein Liebling. Ich werde extra dir zuliebe meinen Smoking wieder in Betrieb nehmen.«
»Du mußt hinreißend aussehen im Smoking.«
»Das hoffe ich.«
»Magst du gern in die Oper gehen?«
»Sehr gern. In gewisse Opern.«
»Ich auch. Wir suchen uns etwas aus, das wir beide mögen. Den ›Rosenkavalier‹ oder die ›Arabella‹ oder eine gute Verdi-Aufführung. Und dann gehen wir in die Oper. Ach, Robert!«
Im Stall vergeht mir die gute Laune. Lorine lahmt noch immer. Wir nehmen sie heraus, führen sie im Hof ein wenig hin und her, sie tut sehr wehleidig und schaut mich unglücklich an.
»Da haben wir die Bescherung. Jetzt komme ich mit einem kranken Pferd nach Hause.«
Robert ruft den Tierarzt an, der ist nicht zu Hause, aber seine Frau verspricht, ihn zu verständigen, sie kennt seine Route für diesen Tag. Dann sattelt Robert seinen Tim und reitet ihn in der Bahn.
Es ist leer geworden im Stall. Die Kinder sind längst alle weg, Frau Kreutzer mit ihrer Ludmilla, der Aschaffenburger, alle anderen sind nach und nach abgereist. Lorine und ich, wir sind die einzigen Urlauber, die hier noch herumgeistern.
Ich sitze ganz allein auf dem Tribünchen und schaue Robert und Tim zu. Und sehe, was ich alles nicht kann und wohl auch nicht mehr lernen werde in diesem Leben.

Die beiden sind ein großartiges Paar. Tim ist ein Bild von schwebender gebändigter Kraft, er geht wie gestochen, jeder Tritt sitzt auf den Zentimeter. Und Spaß macht es ihm auch, das sieht man ihm deutlich an.
Robert sitzt auf dem Pferd, als sei er mit ihm verwachsen. Man merkt nichts von den Hilfen, das geht alles wie von selbst, mit spielerischer Leichtigkeit. Trotzdem sagt er, als sie schließlich vor mir halten bleiben: »Wir sind ziemlich verschlampt. Wird Zeit, daß wir wieder einmal arbeiten.«
»Das ist die reine Koketterie«, sage ich, »ihr seid einfach großartig.«
Herr Meisel, der sich inzwischen eingefunden hat, stimmt mir bei. Es sei ein Genuß für ihn, so etwas zu sehen, sagt er, nachdem er die ganze Zeit die mehr oder weniger unglücklichen Gestalten hier herumhampeln sah.
»Es war leicht mit Tim«, meint Robert. »Ich habe nie ein Pferd besessen, daß so leicht an die Hand zu reiten war und so intelligent mitgemacht hat. Er hat einfach Freude daran, zu lernen, und auch Freude, sich zu präsentieren.«
»Es ist ein Jammer, daß Sie nie mit ihm auf ein Turnier gegangen sind. Ich habe es Ihnen immer gesagt.«
»Ja, ich weiß. Aber damit wollte ich nicht mehr anfangen.«
»Hast du früher Turniere geritten?«
»Als junger Mensch, vor dem Krieg. Damals übrigens hatte ich auch ein Pferd, das so gut zu reiten war. Das heißt, genaugenommen gehörte es meinem Vater, der es mir aber ganz überließ, als er sah, wie gut ich damit auskam. Es war ein Trakehner, ein Rappe. Der hat auch so schön mitgemacht. Auf ihm habe ich gelernt, *wie* man reitet. Denn das meiste lernt man immer noch von einem Pferd.«

Tim steht wie ein Denkmal, mit gewölbtem Hals, er kaut, nur manchmal schielt er zu mir her.
Eins weiß ich nun, eins habe auch ich so nebenbei gelernt. Dieser Mann, den ich liebe, lebt in einer festgefügten Welt. Ich werde ihn nicht aus dieser Welt herausreißen können. Man könnte sagen, diese Welt, die er sich selbst gewählt hat, ist zu eng für ihn, entspricht seiner Persönlichkeit nicht. Der kleine Ort, das kleine Haus, seine Tiere – was sonst? Er ist klug und sehr gebildet, er kennt und weiß vieles, er würde im anspruchsvollsten Kreis gute Figur machen, und es gäbe zweifellos bedeutende Aufgaben, denen er gewachsen wäre.
Vor einigen Tagen machte ich eine Andeutung in diesem Sinne. Seine Antwort lautete: »Mag sein. Vielleicht ist es einer meiner größten Fehler, daß ich weder Ehrgeiz besitze noch Machthunger. Meine diplomatische Karriere habe ich mir durch eigene Schuld verbaut. Möglicherweise könnte ich heute zurück, wenn ich wollte. Man vergißt, und über Affären wächst Gras. Aber ich bin nicht mehr interessiert daran. Auch nicht an einer politischen Laufbahn. Irgendwann muß man soweit kommen, sich selbst zu kennen und zu erkennen. Man hat nur dieses eine Leben. Das sagte Suzanne immer. Und einmal muß man sich entscheiden, wie man es verbringen will. Ich habe mich entschieden, habe mich für ein zurückgezogenes einfaches Dasein entschieden. Und fühle mich wohl dabei. Wenn du einen Mann willst, der Karriere macht, der Spitzenpositionen anstrebt, dann werde ich es nicht sein.«
»Du bist mir recht, so wie du bist«, war meine Antwort.
»Auch wenn diese Art von Leben, das du führst, für mich fremd ist. Und mir niemals in den Sinn gekommen ist. Ich

gebe zu, ich habe mich noch nicht entschieden, wie ich leben will. Ich hatte auch bisher wenig Gelegenheit dazu. Ich wurde immer mehr von den dringenden Notwendigkeiten getrieben. Bilde ich mir jedenfalls ein. Vielleicht ist das dumm, vielleicht hätte ich mir längst darüber klarwerden müssen, was ich eigentlich will. Eins jedenfalls habe ich mir immer gewünscht: unabhängig zu sein. Soweit man es in diesem Leben sein kann. Zugegeben – ich habe es nie richtig angefangen. Nicht überlegt genug. Aber ich werde es jetzt versuchen.«

Er *ist* unabhängig. Er lebt hier auf dem Lande, hat ein hübsches kleines Haus, schreibt seine Bücher, die ihm ein relativ gutes Auskommen verschaffen, er hat ein reiches, ausgefülltes Leben, zu dem er nichts und niemand braucht als sich selbst. Ich wünschte, er würde auch mich dazu brauchen. Aber das weiß ich nicht. Wenn ich aus seinem Leben wieder verschwinde – ganz verschwinden würde –, was wäre dann? Es bliebe eine hübsche Erinnerung an blaugoldene Septembertage. Und sonst wäre alles wie zuvor.

Und ich? Auch mein Leben ginge weiter wie zuvor. Neue Arbeit, andere Aufgaben, auch eines Tages einen anderen Mann. Gewiß – das Leben ist nun einmal so.

Aber wenn es etwas gibt, was ich mir von ganzem Herzen wünsche, dann ist es dies: diesen Mann zu behalten, seine Liebe, seine wirkliche, echte Liebe zu gewinnen, ihm eine Gefährtin zu sein. Ach, verflixt – das klingt so pathetisch. So kitschig. Man schreckt vor solchen Worten zurück. So jemand wie ich tut es jedenfalls. Aber wie soll ich es sonst ausdrücken? Ich möchte, daß er mich wirklich liebt und daß ich so sein kann und sein werde, wie er sich eine Frau wünscht. Ich denke nicht an eine Ehe, das ist nicht so wichtig. Es ist auch gar nicht nötig, daß wir stets und ständig zusammen sind. Wir sind beide freie, unabhängige Menschen, wir können unsere eigene Lebensform finden, die abseits der bürgerlichen Norm liegt. Es ist schön, wenn man sich das leisten kann. Ich kann es. Und er auch.

Was nun aber wirklich für mich schlechthin überwältigend ist, überwältigender noch als diese Liebe, die mich da so plötzlich überfallen hat, das ist die seltsame, ganz andere, mir noch fremde Vera, die mir nun begegnet ist. Oder besser gesagt, mit der ich dabei bin, Bekanntschaft zu schließen.

Bin ich bisher ein oberflächlicher Mensch gewesen? Nein. Ich wäre ungerecht gegen mich selber, wenn ich das behaupten würde. Aber ich habe mir da so eine Lebensform zurechtgeschneidert, eine Art Kostüm, von dem ich glaubte, ich passe ganz gut hinein. So eine Mischung aus kühlem Intellekt und etwas schnoddriger Herzlichkeit, mit Charme verbrämt und gegen die Umwelt ziemlich fest abgeschirmt. Illusionen habe ich mir nie gemacht, weder über das Leben noch über die Liebe und schon gar nicht über mich selbst. Auch jetzt mache ich mir keine. Ich werde mich nicht ändern. Wer ändert sich schon in wesentlichen Dingen seines Charakters und seines Denkens und Fühlens? Aber ich gewinne, oder – lieber vorsichtiger ausgedrückt – ich werde fähig sein, eine neue Dimension dazu zu gewinnen. Nein, bei Gott, es ist nicht gleichgültig, wen man kennt, mit wem man umgeht, wen man liebt. Und von wem man geliebt wird. Und eins kann ich mit voller Aufrichtigkeit zugeben: Ich habe mir immer solch eine Liebe gewünscht. Zumindest habe ich von ihr geträumt. Ich ahnte, daß es so etwas geben müßte. Auch für mich. Man kann es nicht erzwingen, nicht

herbeizaubern. Es geschieht einem, oder es geschieht nicht. Und wenn es wirklich nicht mehr sein sollte als diese paar Wochen – es war ein großes Geschenk. Und es wird auf mich und mein Leben nicht ohne Einfluß bleiben.
Der Tierarzt kommt, noch während wir im Stall sind, seine Frau hat ihn unterwegs bei einem Bauern erreicht, und da auch der Doktor natürlich Robert sehr schätzt, kam er eilends herbeigefahren.
Lorine wird herausgeführt, wird im Hof am Halfter getrabt. Jetzt lahmt sie nicht mehr. Sie macht auch ein ganz zufriedenes Gesicht, es freut sie, wenn man sich so ausführlich mit ihr beschäftigt. Der Fuß ist nicht dick, ist auch nicht heiß, die Sehnen scheinen in Ordnung. Vielleicht – so meint der Doktor – hat sie sich nur vertreten, sie soll am besten zwei Tage stehenbleiben, höchstens morgen ein bißchen geführt werden; sie bekommt eine schöne weiße Paste auf ihre Fessel, was sie sich wohlgefällig von oben betrachtet. Es wäre auch traurig gewesen, wenn unser schöner Urlaub so einen üblen Abschluß gefunden hätte. Der gute Gott der Liebe läßt es nicht zu.
Am nächsten Tag führe ich Lorine auf der Koppel hin und her, es ist zwar trüb, regnet aber nicht mehr, und sie ist bereits wieder sehr munter, versucht immer mal wieder einen kleinen Hopser einzulegen. Dann kommt der Montag, das ist sowieso Stehtag, da bleibt sie in ihrer Box.
Am Dienstag hat es sich die Sonne überlegt und offenbar beschlossen, doch nicht ganz so kampflos das Feld zu räumen. Sie versucht emsig der dunklen Wolken Herr zu werden. Ganz gelingt es ihr nicht, bis Mittag steht es fifty-fifty. Wir sind um zehn im Stall, Robert reitet seinen Tim eine halbe Stunde, und dann nehme ich Lorine heraus,

sattle und sitze auf. Von Lahmheit keine Spur mehr, sie ist voller Tatendrang. Wir reiten alle vier eine halbe Stunde ins Gelände, fast nur Schritt, höchstens eine kleine Strecke Trab dazwischen, und Lorine ist kaum zu bändigen. Was soll das Gezampel, scheint sie zu fragen, ich möchte mal wieder richtig laufen. Heute darf sie das noch nicht, aber wenn die Besserung anhält, steht nichts im Wege, daß wir am kommenden Tag noch einmal einen schönen Ritt machen.

Das wird dann sowieso der vorletzte sein. Denn am Tag darauf wird der Transporter kommen und Lorine verladen – mir graut schon jetzt davor – und sie nach München zurückbringen.

Lorine weiß es noch nicht. Aber ich. Und ich muß mich sehr zusammennehmen, um nicht widerstandslos in Melancholie zu verfallen. Aber das kann ich mir gar nicht leisten. Auf mich wartet Arbeit, warten neue Aufgaben, die für mein ganzes weiteres Leben entscheidend sein werden. Irgendwie freue ich mich auch darauf. Es ist eine Herausforderung, vielleicht die größte und wichtigste, die das Leben mir bisher geboten hat. Ich nehme sie an. Ich werde es schaffen. Ich will es.

Und das, was hier geschehen ist in den vergangenen Wochen, das soll mir dabei helfen. Soll mir die Kraft dazu geben. Na bitte – vielleicht klingt das nun wieder mal so richtig schön kitschig und pathetisch, mag sein, aber gemeinhin ist das Leben ja sowieso viel kitschiger, als es unsere hochgezüchtete, unterkühlte Snob-Weisheit sich träumen läßt.

Und dieser Mann, den ich liebe – in meinem Leben ist jede Menge Platz für ihn. Angenommen in seinem wäre für mich auch Raum genug vorhanden, und ich kann eigentlich nicht einsehen, warum nicht, dann ...

Dann ... Schicksal, unergründliches, sei mir gnädig!

Aphrodite, Schützerin der Liebenden, vergiß nicht an mich!

Robert hat Geburtstag

Eine freundliche Laune des Schicksals, vielleicht auch ein gutes Omen ist es, daß der letzte Tag meines Aufenthalts in Bad Waldhofen ausgerechnet auf Roberts Geburtstag fällt.

Ach, dieses Bad Waldhofen! Wie lieb habe ich es gewonnen, wie gut gefällt es mir jetzt hier! Nannte ich es einmal ein ödes Kaff? Ich muß blind und blöd gewesen sein. Nun ist alles vertraut, heimelig, fast heimatlich. Die beiden Kirchtürme, die Bauernhäuser, daneben die großen und kleinen Hotels, die schicken Läden auf der Kurpromenade, meine fremden Freunde vom Kurorchester, die Kühe, die am Spätnachmittag von den Weiden kommend durch die Straßen trotten, und die lieben, lieben Kurgäste, alt und mittelalt, und gelegentlich auch sogar jung, die Park und Promenade bevölkern. Alle liebe ich auf einmal, auch wenn ich in letzter Zeit an ihrem Leben keinen Anteil mehr genommen habe. Mein Dasein spielte sich zwischen Stall, dem Drei-Männer-Haus und dem Hotel ab. Für anderes blieb keine Zeit mehr.

Aber ich werde wiederkommen. Ich werde sie alle wiedersehen, und es wird sein, als wenn ich nach Hause komme.

Die Geburtstagsnacht darf ich nicht bei Robert schlafen.

Wir trinken zwar nachts um zwölf eine Flasche Sekt auf seine Gesundheit und sein Glück, aber dann bringt er mich ins Hotel. Denn, so hat er mir erzählt, es ist ein jährlich wiederkehrender Brauch, daß die Tanten beide am Geburtstagsmorgen bei ihm erscheinen, um ihm zu gratulieren.

»Allerdings gratulieren sie mir nicht als erste«, erzählt er. »Tante Dori sieht streng darauf, daß der erste Gratulant ein junger Mensch, möglichst ein Kind ist. Meist muß die kleine Tochter vom Gärtner dies Amt übernehmen. Sie kommt mit einem großen Blumenstrauß, sagt ihr Sprüchlein auf, und die Tanten stehen gerührt hinter ihr. Und da die Kleine vom Gärtner vor drei Wochen ihr erstes Schuljahr begonnen hat, wird das ganze Unternehmen vermutlich vor Beginn der Schule, also vor acht Uhr, gestartet.«

»Na, dann sieh zu, daß du nicht zu spät ins Bett gehst. Und was geschieht dann?«

»Das Reserl bekommt Schokolade und trollt sich dann in die Schule, nehme ich an. Ich gehe mit ins große Haus, wo Schwester Melanie und Bastian, der alte Masseur, warten, um zu gratulieren. Dann frühstücke ich mit den Tanten. Ich bekomme eine Torte, ein Kerzenlicht und ein paar Geschenke.«

Irgendwie finde ich es hübsch, wenn es solche Bräuche gibt. Daran soll man möglichst nichts verändern. Immerhin, ein Schnippchen haben wir den Tanten in diesem Jahr geschlagen: Der erste Gratulant bin ich gewesen. Nicht mehr ganz so jung wie die Tochter vom Gärtner, aber so alt nun auch wieder nicht.

Wir treffen uns um zehn im Stall. Es ist unser letzter Ritt. Ich betrachte es als noch ein gutes Omen, daß die Sonne nun doch wieder scheint, etwas blaß und müde zwar, Nebeldunst liegt über dem Horizont, die Bäume sind schon ein wenig bunt gefärbt. Ein wunderschöner Herbsttag. Und das allerschönste daran: Lorine ist wieder ganz in Ordnung, keine Spur von Lahmheit mehr, sie ist munter und lebendig und prustet vergnügt in die kühle Morgenluft.

Glücklicherweise ist Lorine überhaupt nicht sehr empfindlich trotz ihres sensiblen Seelenlebens. Dafür muß man dankbar sein. Denn es gibt kaum fragilere und empfindlichere Geschöpfe als Pferde. Wer das Wort von der Roßnatur aufgebracht hat, worunter man etwas besonders Robustes verstehen soll, hat bestimmt von Pferden keine Ahnung gehabt. Es gibt unendlich viele Krankheiten, die Pferde haben können. Und was Pferdebeine betrifft, so sind sie überhaupt wie Porzellan. Es gibt Pferde, die stehen das halbe Jahr, irgend etwas fehlt ihnen immer, und der Tierarzt geht bei ihnen aus und ein. Wie gesagt, mit Lorine habe ich in dieser Beziehung, unberufen, bisher wenig Kummer gehabt. Und auch jetzt hat sie sich schnell wieder erholt.

Ein schöner Ritt also. Beide Pferde sind bester Laune, die Reiter auch. Stoppelfelder sind leider nicht mehr da. Wir reiten auf Feldwegen, an Wiesenrändern und schließlich in den Wald hinein. Still ist es immer im Wald. Aber jetzt, so kommt es mir vor, ist die Stille noch stiller geworden. So als ob die Natur um das große Schweigen, um das lautlose Sterben weiß und duldsam darauf wartet. Wir reiten zum Kruzifix im Wald, ich hebe die Gerte grüßend an die Schläfe und sage laut: »Ich möchte wiederkommen.«

Der Christus am Kreuz lächelt schweigend auf mich herab.

Hat er mich gehört?
»Und ich möchte, daß wir vier dann wieder gesund vor dir stehen.«
Und lautlos füge ich hinzu: ›Und ich wünsche mir so sehr, daß Robert mich dann noch liebt. Daß er mich richtig lieben wird. Daß er zu mir gehört. So wie ich ihn heute schon liebe und zu ihm gehöre. Hörst du mich, Herr Jesus im Wald? Ich bitte dich darum.‹
Robert lächelt, als wir weiterreiten. »Du bist ein großes Kind, Vera.«
»Ist das schlimm?«
»Nein. Ganz im Gegenteil.«
»Möchtest du auch, daß ich wiederkomme?«
»Ich möchte es auch.«
Na schön, mehr ist im Moment nicht aus ihm herauszuholen. Es gibt Stunden, da ist er ein wenig großzügiger mit den Kundgebungen seiner Zuneigung. Aber so ist er nun mal. Und es macht auch nichts. Allzu wortreiche und freigebig verteilte Liebeserklärungen sind meist nicht viel wert. Liebe soll langsam wachsen, echte Liebe, meine ich. Sie soll kein windiges, rasch aufgeschlagenes Zelt sein, sondern ein festes, behutsam und sorglich gebautes Haus, in dem man behütet wohnen kann.
Ach, Vera! Veruschka, Geliebtes! Was ist nur mit dir los? Ich kenne dich kaum wieder. Was für neue, was für seltsame und ungewöhnliche Gedanken. Oder eigentlich doch nicht? Ist es nicht das, was ich mir immer gewünscht, was ich immer erhofft habe?
Wir reiten wieder zum Wald hinaus, am jenseitigen Ende, und hier führt am Waldrand ein weicher Wiesenweg entlang, der Gelegenheit zu einem langen ruhigen Galopp bie-

tet. Ich galoppiere wie immer voran, und auf einmal höre ich hinter mir Robert lachen. Laut und fröhlich lachen. Ich blicke über die Schulter zurück und pariere dann Lorine zum Schritt durch. »Warum hast du gelacht?«
Er hält neben mir. »Warum? Ich weiß auch nicht. Vielleicht weil ich glücklich bin.«
Mir verschlägt es den Atem. Ich will es genauer wissen.
»Du bist also glücklich?«
»Ja, mein Liebling.«
»Weil du Geburtstag hast?«
»Auch.«
»Weil es so ein schöner Ritt ist?«
»Auch.«
»Und warum noch?«
»Weil *du* da bist«, sagt er mit größter Ruhe und Selbstverständlichkeit.
Ich antworte nicht. Sehe ihn nur an. Nun habe also ich auch ein Geburtstagsgeschenk gekriegt, ein Geschenk *vom* Geburtstagskind.
Wir lassen die Pferde langsam weitergehen, und ich sage nach einer Weile: »Dann bin ich auch glücklich.«
Wir schlagen einen Bogen durch den Wald zurück, finden eine schöne grüne Waldwiese, an deren Rand wir entlanggaloppieren. Ach, Lorine, wie werden wir in München diesen weichen federnden Boden vermissen.
»Das höchste Glück der Erde liegt auf dem Rücken der Pferde«, sage ich, als wir im Schritt weiter auf einem Waldweg gehen. »Den kennst du ja sicher auch, diesen Spruch von Hafis?«
»Er geht noch weiter, dieser Spruch. Kennst du die Fortsetzung auch?«

»Nein.«

»Das höchste Glück der Erde liegt auf dem Rücken der Pferde, in der Gesundheit des Leibes und am Herzen des Weibes.«

»Muß ein kluger Mann gewesen sein, dieser alte Perser.«

»Also erstens nehme ich an, daß er noch gar nicht so alt war, als er das von sich gab. Und zweitens finde ich nicht, daß so viel Klugheit dazu gehört, diese Feststellungen zu machen. Es sind die einfachen, die echten, die selbstverständlichen Dinge, die er preist. Sie zu erkennen, zu erleben und zu genießen – nun ja, du hast recht, vielleicht gehört doch ein gewisses Maß an Verstand und Erfahrung dazu.«

Gegen zwölf kommen wir in den Stall zurück. Die Pferde bekommen eine extra große Portion Äpfel zu ihrem Hafer serviert, und dann eilen wir von dannen. Denn an diesem Tag haben wir noch einiges vor. Jeder fährt zu sich nach Hause und macht sich fein.

Ich ziehe ein hellgrünes Chanelkostüm an, letzter Schick, das Robert noch nicht kennt. Ein wenig Make-up, Perlenclips in die Ohren. Denn heute wollen wir ganz groß essen gehen.

Es gibt in einem anderen Kurort, etwa vierzig Kilometer von hier, ein höchst luxuriöses Hotel mit einem exquisiten Restaurant. So heißt es jedenfalls, ich kenne es noch nicht. Dort hat Robert für uns einen Tisch und ein Geburtstagsmenü bestellt.

Das Restaurant ist keine Enttäuschung. Es gibt Kaviar auf Toast zu einem Glas Champagner. Dann ein Täßchen Hühnersuppe und danach einen jungen Fasan. Zum Nachtisch ein Eisparfait. Ein erstklassiges Essen, wir genießen es beide mit Verstand und Hingabe. Sehr schön und vor allem sehr wichtig, wenn man auch dies zusammen tun kann. Ein Mann, der keine Freude am Essen hat und nichts vom guten Essen und vom guten Wein versteht, ist für mich ein unvollkommener Gefährte. Irgend etwas fehlt an solch einem Mann und wird immer fehlen, ist einfach nicht nachzuliefern. Auch in der Liebe.

So ist das. Wir stellen das gemeinsam beim Speisen fest. Und Robert meint, ihm ginge es mit einer Frau genauso.

Ich nehme an, auch Suzanne war eine Feinschmeckerin. Ich frage nicht danach, weil es sich eigentlich von selbst versteht. Als Französin und so, wie sie mir geschildert wurde, kann es eigentlich gar nicht anders sein. Es stört mich nicht. Ich habe weder unfreundliche oder gar eifersüchtige Gefühle für Suzanne. Warum auch? Es wäre töricht. Er hat sein gelebtes Leben genau wie ich. Und wenn es also eine Frau von Format ist, die bisher in seinem Leben die größte Rolle gespielt hat, so kann mir das nur recht sein. Es beweist, daß er ein Mann von Geschmack ist und immer war. Das ist ein Kompliment auch für mich. Möchte ich einen Mann, der sich jemals mit billiger Ware zufriedengegeben hat, im Ernstfall? – O nein, ich möchte ihn nicht. Man muß immerhin befürchten, es fehle ihm am rechten Unterscheidungsvermögen. Auch im vorliegenden Fall.

Nach dem Mokka machen wir einen kleinen Rundgang durch den Ort, der herbstlich still und verlassen erscheint. Es ist kein Kurbad, nur ein Sommerfrischenort, und bis auf wenige Gäste, ganz besonders raffinierte Genießer, ist keiner mehr da. Man ist hier den Bergen schon sehr nahe, und mir kommt es vor, als sei es hier schon kälter.

Gegen fünf sind wir wieder in Bad Waldhofen, fahren noch einmal in den Stall, um die Freunde zu besuchen.

»Arme Lorine«, sage ich, »morgen wirst du verladen. Mir graust jetzt schon davor.«
Der Abend gehört uns allein. Haben wir uns vorgenommen. Aber ganz so klappt es nicht.
Wir sind kaum bei Robert angelangt, haben Hund und Kater über unser langes Ausbleiben getröstet, erscheint Tante Leni.
Sie ist eine kräftige rundliche Dame älteren Jahrgangs mit einem lieben runden Gesicht unter grauem Haar. Sie kommt, wie sie sagt, um Robert noch ein Geschenk zu bringen, das erst im Laufe dieses Tages übergabereif geworden ist. Ein selbstgestrickter Pullover. Ein schönes, dickes, warmes Ding.
»Ich bin einfach nicht rechtzeitig fertig geworden«, klagt sie wortreich. »Tut mir so leid, Robert. Aber ich habe heute den ganzen Tag noch daran gearbeitet. Und hier ist er nun.« Dabei betrachtet sie mich mit neugierigen Augen, und ich habe so das Gefühl, der Pullover ist mehr oder weniger ein Vorwand. Sie platzt vor Neugier und möchte mich nun endlich mal in Ruhe und aus der Nähe sehen. Robert scheint das auch zu denken. Er schmunzelt vergnügt, er ist sehr nett zu Tante Leni, placiert sie zu mir in die Sitzecke, und wir trinken alle einen Kognak.
»Ich trinke sonst nie Alkohol«, meinte Tante Leni, aber sie nimmt dann doch noch ein zweites Gläschen, und es scheint ihr auch ganz gut zu schmecken.
Ich bin so charmant, wie ich nur kann, und habe das Gefühl, damit ganz gut anzukommen.
Robert erzählt, daß ich morgen abreisen muß, daß mein Urlaub zu Ende ist.
»Wie schade!« sagt Leni.

Und ich darauf: »Sehr, sehr schade.«
»Aber Sie werden doch sicher einmal wiederkommen?« fragt sie; ein wenig verschmitzt und sehr neugierig.
Ich lächle, und mein lieber Robert sagt: »Das hoffe ich sehr.«
Tante Leni sieht ihn an, dann mich, dann wieder ihn, und dann lächelt sie auch.
Und dann sagt sie sehr lieb: »Ich hoffe es auch. Für dich, mein Junge.«
»Eins zu null für dich«, sagt Robert, als sie weg ist. »Bei Tante Dori wärst du nicht so leicht weggekommen.«
»Was hätte sie getan?«
»Sie hätte dich sehr kritisch gemustert und ein paar hinterhältige Fragen gestellt.«
»Wird mir das eines Tages noch bevorstehen?«
»Ganz gewiß.«
»Nun denn! Ich werde es mit meinen besten Sonntagsmanieren zu überstehen versuchen.«
Post hat er viel bekommen. Suzanne hat geschrieben, Nathalie, sein Verleger, eine Menge Freunde. Blumen sind gekommen und Geschenke. Und Besuch kommt auch noch.
Zwei Herren aus Waldhofen, der eine ist Anwalt, der andere ein Geschäftsmann. Wie ich dem Gespräch entnehme, haben die Herren gelegentlich zusammen Skat gespielt. – Sie hätten den ganzen Tag versucht anzurufen, sagen sie vorwurfsvoll, aber das Geburtstagskind sei nie erreichbar gewesen. Jetzt hätten sie ihre Präsente wenigstens vor die Tür legen wollen. Aber o Wunder, da ist er. Und da sie nun sähen, in welch reizender Begleitung, sei es verständlich, daß man von ihm neuerdings nichts zu sehen und zu hören bekäme.

Wir trinken Whisky, später mache ich ein paar Sandwich zurecht, und Robert kredenzt Wein. Von dem Anwalt kommt die Ehefrau dazu, eine noch jüngere, sehr lebhafte Dame. –

Es ist sehr nett, es ist sogar reizend, wenn es nur nicht unser letzter Abend wäre. Wenn wir nur nicht mit den Stunden, die uns bleiben, so arm dran wären. Gegen zehn sind wir endlich allein.

»Morgen um die Zeit bin ich längst schon fort«, sage ich.

»Wir werden alle so traurig sein«, sagt Robert. »Nicht, Xaver?«

Xaver blickt mich ernsthaft an mit seinen klugen Augen. Traurig ist er im Moment nicht. Noch sind alle da, und seine Welt ist in Ordnung.

Tom, der Kater, hat sich bereits aufs Bett verzogen. Er möchte jetzt ein, zwei Stunden schlafen und dann einen kleinen Bummel machen.

Unsere letzte Nacht. Wir sind beide heute nicht sehr temperamentvoll, nicht sehr einfallsreich. Wir lieben uns stumm, mit einer kleinen Traurigkeit im Herzen. Wir liegen einander im Arm, wir schweigen, wir sind uns so nahe, so vertraut wie nie.

Und ich denke etwas ganz Merkwürdiges. Ich denke:

Es ist schwer, Abschied zu nehmen. Es ist bitter, sich zu trennen. Und dennoch ist es gut so. Unsere Liebe war bisher ohne Alltag. Und wenn wir nun auseinandergehen für längere oder kürzere Zeit, so wird ihr der Alltag weiterhin erspart bleiben, es wird in unseren Herzen und in unserem Gedächtnis nichts zurückbleiben als der Glanz und das Glück dieser goldenen Septembertage.

Was später sein wird? Wer weiß das. Aber wann immer

wir uns wiedertreffen, wird es sein wie Ferientage. Ein Fest wird es sein, keine müde, grau gewordene Gewohnheit.
Und zu alledem hat er heute noch gesagt, er sei glücklich, weil ich da bin.
Ich werde bleiben, wenn er es wünscht!

Kein Grund zum Weinen

Am nächsten Tag bleibt nicht viel Zeit zu großen Abschiedszeremonien.
Lorines Abreise von Bad Waldhofen gestaltet sich ähnlich dramatisch wie ihre Abreise von München und läßt mich ziemlich echauffiert zurück.
Wir stehen vor dem Stall und sehen dem Transporter nach, wie er schwerfällig aus dem Hof rollt mit der unglücklichen Lorine an Bord. Und dazu kommt noch aus dem Stall ein fragendes, vorwurfsvolles Wiehern von Tim.
»Er weiß Bescheid«, meint Robert.
»Dann müssen wir ihn trösten.«
Vierfacher Trennungsschmerz ist es. Nicht nur wir, auch die Tiere müssen Abschied nehmen.
Und dann geht alles furchtbar schnell. Meine Koffer sind schon gepackt, ich suche in meinem Zimmer die letzten Reste zusammen, alles wird in den Wagen verladen. Und dann könnte ich fahren.
»Willst du nicht noch etwas essen?« fragt Robert.
»Ach, ich habe keinen Hunger.«
»Doch. Eine Kleinigkeit solltest du unbedingt essen.«
Noch eine letzte Galgenfrist. Wir sitzen im Restaurant

meines Hotels, es ist zwölf Uhr, die ersten Mittagsgäste haben sich eingefunden, wir haben beide einen Teller vor uns stehen, aber wir schieben nur lustlos ein paar Gabeln in den Mund, wir vermeiden es, uns allzuviel anzuschauen, wir sind kühl und sachlich und reden belangloses Zeug. Ich trinke noch eine Tasse Kaffee, und eigentlich gibt es beim besten Willen keinen Grund mehr, noch länger zu zögern.

»Also«, sage ich und versuche, meine Stimme möglichst gleichmütig, ganz matter-of-fact klingen zu lassen, »auf geht's!«

»Ja, es ist besser, du fährst«, sagt Robert genauso gleichmütig, »sonst kommst du noch in den Nachmittagsverkehr.«

Wir stehen vor meinem Wagen, Robert betrachtet noch mal prüfend meine Reifen.

»Hast du alles?«

»Ich denke.«

Mich überkommt auf einmal eine wilde Lust zu weinen. Einfach die Arme um seinen Hals zu schlingen und zu weinen. Aber natürlich tue ich das nicht.

Ich lächle vielmehr, ich streichle mit der Hand leicht über seinen Arm, ich sage: »Lebe wohl! Mach's gut! Ich ruf' dich heute abend an.«

»Auf Wiedersehen, Liebling«, sagt er. Jetzt sehen wir uns doch an, nur kurz, ein, zwei Sekunden lang. Dann steige ich schnell ein.

»Fahr vorsichtig«, sagt er noch. »Laß dir Zeit.«

Und dann ... dann fahre ich wirklich.

Habe ich daran gedacht, daß ich jemals abreisen würde? Habe ich gedacht, es würde ein Wunder geschehen?

Aber es ist ein Wunder geschehen. Ob ich hierbleibe oder ob ich wegfahre. Das Wunder ist geschehen. Mir ist die Liebe begegnet. Und ich nehme sie mit. Sie reist mit mir.
Ich möchte noch einmal Waldhofen ganz genau betrachten, möchte nach rechts und links blicken, auf Häuser und Park und Bäume, auf das weite grüne Land – aber ich muß auf die Straße schauen, ich muß aufpassen, es ist auch keine Zeit zum Weinen jetzt.
Und eigentlich auch kein Grund.
Vielleicht werde ich heute abend ein bißchen weinen, zu Hause in meinem Bett. Ich weiß nicht. Vielleicht auch nicht. Vielleicht kommt er morgen schon mir nachgereist? Vielleicht übermorgen oder nächste Woche? Eines Tages kommt er. Das weiß ich. Eines Tages werden wir uns wiedersehen. Vielleicht schon sehr bald. Der September ist vorbei. Er ging zu Ende.
Aber für uns ist es kein Ende, sondern ein Beginn.

Gestern oder Die Stunde nach Mitternacht

Roman

Unsere Herrin ist die Zeit,
sie ist die Fessel,
die uns bindet.
Ob heute oder Ewigkeit,
ihr gilt es gleich,
da sie uns stets
in ihrem Käfig findet.

DIE STUNDE NACH MITTERNACHT ... in der Stunde nach Mitternacht schlafen normale Menschen. Ich habe eigentlich nie oder fast nie um diese Zeit geschlafen. Heute, in dieser Mitternachtsstunde, bin ich allein. Allein mit mir und der ganzen Welt, allein mit meinem Leben und mit dem, was geschehen wird.
In dieser Nacht werde ich sterben. Hoffentlich reichen die Tabletten. Nichts ist peinlicher als ein mißglückter Selbstmord. Jeder würde dann glauben, es sollte nur ein Selbstmordversuch sein.
Soll es nicht sein. Ich will niemanden erpressen, nicht einmal das Schicksal. Das sich sowieso nicht erpressen läßt. Ich will wirklich sterben.
Diese eine verfluchte Freiheit muß man doch haben, zu gehen, wenn man nicht mehr bleiben will. Ich habe sie mir immer genommen, diese Freiheit – ich bin gegangen, wenn ich nicht bleiben wollte: von Partys, auf denen mir die Gesellschaft nicht paßte, aus einem Vertrag, der mich drückte, von einem Mann, den ich nicht mehr mochte. Und jetzt nehme ich mir die Freiheit, aus dem Leben zu verschwinden.
Ich will nicht mehr. Hörst du mich, Leben? Ich nehme mir die Freiheit und gehe.

Nur blamieren möchte ich mich nicht gern. So vieles ist in den letzten Jahren schiefgegangen, hoffentlich klappt das wenigstens.

In der Zeitung werden ein paar Zeilen stehen, dazu ein Archivbild; wenn sie fair sind, nehmen sie ein gutes. Einigen Leuten wird es leid tun um mich. Die meisten werden sagen: Es war sowieso aus mit ihr, sie war passé, restlos passé. Nicht mehr jung genug. Es ist eine Weile her, daß sie im Geschäft war, wer kennt sie noch? Und so toll war es mit ihren Erfolgen eigentlich auch nicht.

Das ist ungerecht. Aber sie sind immer ungerecht – später. Einmal gehörte ich zur ersten Garnitur. Nicht international, das gebe ich zu. Meine einzige Gastspielreise in den Vereinigten Staaten war nur ein mäßiger Erfolg. Aber hierzulande war ich lange in der Spitzengruppe.

Jetzt bin ich unten, ganz unten. Der Saal war heute abend nicht einmal halb voll. Die Zeiten haben sich geändert – sie ändern sich für alle und jeden. Andere Stars, andere Namen – und ein anderes Publikum.

Wenn Jack wenigstens gekommen wäre! Dann würde ich jetzt irgendwo mit ihm sitzen, wir würden trinken und reden, er würde mich trösten, vielleicht hätte ich geweint oder ein Glas an die Wand geschmissen, und er würde sagen: »Hör auf, verrückt zu spielen. Das gehört zu dem Geschäft, es geht 'rauf und 'runter. Manche sind zwei, drei Jahre top und dann verschwunden. Was willst du denn eigentlich? Du machst das seit fünfzehn Jahren und verkaufst dich immer noch. Du wirst dich wieder besser verkaufen.« Er würde ein paar Namen nennen von solchen, die oben waren, dann unten und abgeschrieben und plötzlich ein großes Comeback hat-

ten. So was hat's gegeben. Weiß ich selber. Aber ich würde ihm nicht glauben, er würde es nicht glauben, doch seine Ruhe und sein Optimismus hätten mir geholfen. Sie haben mir immer geholfen.
Natürlich wußte er genau, daß es eine Pleite sein würde, darum ist er gar nicht erst gekommen. Und auch weil er wußte, die Pleite würde so groß sein, daß selbst ihm keine Trostworte mehr einfallen würden. Ich bin passé. Er weiß es genausogut wie ich.
Nicht einmal angerufen hat er. Warum auch? Er hat ein paar neue gute Leute in seinem Stall, er kann es auch brauchen, mit mir hat er sowieso schon zuviel Zeit verplempert. Heute ist nur noch die Jugend gefragt. Und Jack hat jetzt junge Leute. Die sind unbelastet und haben im Moment die besseren Nerven.
Nicht so gute Nerven, wie ich sie hatte. Und sie werden nicht so lange durchhalten wie ich. Aber jedenfalls, solange sie zwanzig sind, haben sie nun mal bessere Nerven. Und Nerven braucht man in diesem Geschäft. There's no business like showbusiness. Bei Gott!
Es ist das härteste Geschäft der Welt. Es ist erbarmungslos. Wenn ich bedenke, daß ich es als Kind schon gehaßt habe und dennoch nicht davon loskam – absurd! Und daß es mir trotz aller Rückschläge immer wieder Spaß gemacht hat, daß ich einfach nicht glücklich sein konnte ohne meine Arbeit – nochmals absurd! Aber so bin ich, so war ich immer, voller Widersprüche; was ich nicht hatte, wollte ich haben – was ich besaß, mochte ich nicht mehr. Ohne meine Arbeit kann ich nicht leben, das weiß ich seit langem. Immer wieder bin ich in die Manege gegangen wie ein gutdressiertes Zirkuspferd, das den Kopf hebt, wenn es die Musik hört.

Nur heute abend, als ich den leeren Saal sah, da wäre ich am liebsten umgekehrt. Ich habe diesen Abend durchgestanden, aber es hat mir den Rest gegeben.
Nun nicht mehr. Nein, nie wieder.
Ich wollte es wissen. Diese gute neue Band, die Jack da unter Vertrag hat, ein paar erstklassige Nummern für mich, dazu meine alten Hits – die Leute, die da waren, haben geklatscht wie wild, denen hat's gefallen.
Aber ich sah nur die leeren Stühle. Und dachte an das, was morgen oder übermorgen in der Zeitung stehen wird. Nein! Man muß wissen, wenn es aus ist. Vorhang!
Jetzt sterbe ich an diesem Beruf, an diesem gehaßten und geliebten Beruf – das ist nicht absurd.
Das ist eigentlich ganz in Ordnung.
Gemein ist es nur von mir, daß ich mir gerade diesen Ort ausgesucht habe, um zu sterben. Immerhin ist es ein gepflegter Rahmen für meinen letzten Akt – alles teuer, geschmackvoll und wertvoll in diesem Haus: die Möbel, die Bilder, die Teppiche. Ich habe mich entsprechend zurechtgemacht, ganz dezentes Make-up, ein hochgeschlossenes, sehr teures Kleid aus flaschengrünem Seidensamt. Grün war immer meine Farbe.
Ihn wird es ärgern. Ob er weiß, daß ich den Schlüssel noch hatte? Sicher, so etwas weiß er. Natürlich war er zu vornehm, ihn zurückzuverlangen, dachte wohl, ich werfe ihn in den Papierkorb. Weil es ihm und mir gleichermaßen kindisch vorgekommen wäre, wenn ich gesagt hätte: »Hier sind übrigens die Schlüssel. Ja, also dann ...«
So sind wir beide nicht. Wir haben nicht viel Gemeinsames, aber wir sind weder kitschig noch sentimental;

wir haben uns so ganz beiläufig voneinander getrennt, es wurde gar nicht darüber gesprochen, kein Krach, keine Abschiedsszenen, kein melancholischer Blick und kein resigniertes Lächeln, nicht die abgedroschenen guten Wünsche auf den Lippen und das obligate Versprechen, gute Freunde zu bleiben.
An die Schlüssel habe ich gar nicht gedacht, ich habe sie sowieso selten benutzt.
Ich habe nie Freundschaft gehalten mit den Männern, die ich geliebt habe und die ich verließ oder die mich verließen. Entweder – oder.
Was Sandor betrifft, so kann ich nicht einmal sagen, daß ich ihn geliebt habe. Ich ihn so wenig, wie er mich. Eine Weile war es ganz amüsant mit ihm. Aber daß ich bei ihm blieb, war Berechnung. Das erste Mal in meinem Leben, daß ich so etwas tat. Es ist fast so schlimm wie der leere Saal heute abend. Und beides gehört natürlich zusammen. Nicht ihn, sein Geld habe ich gebraucht. Weil ich selbst keines mehr verdienen konnte. Nicht so viel, wie ich brauchte. So kam das zustande: ein Mann mit viel Geld und entsprechendem Society-Glanz, trotz seines fragwürdigen Lebens, und eine Frau, die ihren eigenen Ruhm überlebt hat, aber immerhin den bekannten Namen hat und dazu ein Auftreten, das vergessen läßt, daß sie und ihr Ruhm von gestern sind.
Mit Liebe hat das natürlich nichts zu tun.
Wenn ich darüber nachdenke, wann und wen ich denn wirklich geliebt habe – oh, no! Das ist das letzte, worüber ich jetzt nachdenken werde. Jetzt noch nicht. Vielleicht in den letzten Minuten.
Jetzt werde ich erst mal über das Sterben nachdenken. Dazu brauche ich etwas zu trinken.

Alles ist vorhanden in diesem Haus. Die edelsten Sorten aus internationalen Weinbergen und Barschränken. – Was eignet sich am besten, um die Tabletten hinunterzuspülen? Wein wäre dafür zu schade. Wein ist für die Lebenden, für die Liebenden. Nehmen wir Whisky. Der paßt zu diesem Anlaß am besten. Ich habe nie gern Whisky getrunken.

Ich kann natürlich auch Champagner nehmen. Champagner habe ich getrunken, als ich das erstemal in diesem Haus war, das ist fast vier Jahre her. Wäre doch ganz sinnig.

Auch wieder nicht, sonst bildet er sich noch ein, ich hätte kurz vor Ladenschluß an ihn gedacht.

Warum hasse ich ihn eigentlich? Stimmt nicht – ich hasse ihn nicht. Ich kann ihn so wenig hassen, wie ich ihn lieben konnte. Und ich brauche es mir jetzt nicht einzureden, nur um es dramatischer zu machen.

Wir haben nebeneinanderher gelebt, ich habe ihn betrogen, er hat mich betrogen, obwohl selbst diese dramatische Vokabel in unserem Fall zu bombastisch ist, und manchmal gingen wir uns auf die Nerven.

Als er vergangenes Jahr zu meinem Geburtstag mit dem Smaragdarmband ankam, das dritte Geburtstagsarmband in drei Jahren, konnte ich mich nicht einmal darüber ärgern. Just bored – that's all.

Er sah mir wohl an, was ich dachte, denn ich war nie eine Frau, die sich die Mühe machte, sich zu verstellen.

»Wäre dir ein neuer Nerz lieber gewesen? Ich dachte nur, weil du schon zwei hast ...« Es klang ironisch.

»Ein paar Armbänder habe ich auch schon. Und zwei davon bekam ich von dir zum Geburtstag, Schätzchen. Nerz ist Weihnachten dran. Es hat mich immer schon

an dir bezaubert, daß du so unerhört phantasievoll bist.«
Blattschuß. Zu der Zeit, als wir noch miteinander schliefen, habe ich ihm einmal mitgeteilt, er sei der phantasieloseste Liebhaber, den ich je gehabt hätte.
So etwas vergißt kein Mann, das trifft ihn tief.
Vielleicht habe ich deswegen nie einen Mann behalten, weil ich ihnen so gern die Wahrheit sagte.
Merke, Mädchen, im Umgang mit Männern: Lasse sie immer glauben, sie seien in jeder Beziehung einmalig. Und wunderbare, vollkommene Liebhaber. Lüge das Blaue vom Himmel herunter, mit Worten und Blicken, mit Seufzern und Stöhnen, sie werden es vorbehaltlos glauben und werden dich lieben, lieben, lieben.
Diese Weisheit lernte ich von Marja, als ich sechzehn war und noch niemals, verlogen oder wahr, aus Liebe gestöhnt hatte.
Sie hatte recht. Sie hatte immer mit allem recht, was sie sagte. Ich begriff das ziemlich schnell, aber ich habe dennoch nie, oder fast nie, ihre Ratschläge befolgt.
Marja! An dich denke ich in dieser Nachtstunde, und die Welt ist nicht mehr so kalt und leer. Wenn du jetzt hier wärst, würdest du mich ohrfeigen.
Du hast mir oft eine geklebt – und jedesmal hatte ich es verdient. Viel lieber hast du mich gestreichelt und bemuttert, hast für mich gesorgt, hast für mich gekocht, oh, wie gut gekocht; nicht in den teuersten Restaurants habe ich so gut gegessen wie bei dir.
Mütterchen! Als ich ein Kind war, stecktest du mir Bonbons in den Mund, zum Trost, zur Belohnung, zur Ablenkung. Jetzt gibt mir keiner ein Bonbon, um mich zu trösten, jetzt werde ich Tabletten schlucken. Du

kennst mich, nicht wahr, du weißt, daß ich mich nicht mit dem Rest bescheiden kann, so wie du es getan hast. Ich kann nicht leben mit dem sicheren Wissen, daß es nur noch abwärts geht.

Du warst niemals so preisgegeben wie ich. Du hattest uns. Und du hattest mich.

Oh, mein Papa... Marja gehörte zu unserer Truppe. Sie trat nicht auf, dazu sei sie zu alt, fand Papa. Das war sie zu jener Zeit gewiß noch nicht. Was würdest du denn zu mir sagen, Papa, heute?
Wie jung und lebendig Marja noch war, bewies sie dadurch, daß sie in fast jeder Stadt, in der wir gastierten, einen Liebhaber auftat. Vielleicht war es manchmal kein richtiger Liebhaber, auf jeden Fall wimmelte immer ein Mann um sie herum, mit dem sie sich abgab. Soweit ihre Zeit reichte.
Unsere Männer zogen sie auf mit ihrem jeweiligen Freund, das gehörte dazu, sie tat dann jedesmal sehr geheimnisvoll, als sei ihr diesmal die große Liebe begegnet.
Einmal war es ein Feuerwehrmann, und auf diese Eroberung war sie besonders stolz. Sie stand neben ihm in der Kulisse, wenn wir Auftritt hatten, Mamas Kostüm zum Wechseln über dem Arm, in der Kitteltasche Puderquaste und ein paar Schminkstifte, und sie lehnte sich leicht an ihren uniformierten Helden, dem das ein wenig peinlich war. Aber stolz war er auch auf sie, schließlich war sie einmal eine große Künstlerin gewesen, das hatte sie ihn wissen lassen.

Bestimmt verstand sie viel von der Liebe. Jemand, der so fachmännisch darüber reden konnte, mußte wohl auch in der Praxis einiges aufzuweisen haben.
»Wenn doch bloß mal einer klebenbleiben und sie heiraten würde«, sagte Papa. »Sie hat so ein gutes Herz. Und kann so gut kochen.«
»O nein, José, nein, was täten wir ohne sie? Ich wäre restlos verloren, wenn sie nicht mehr da wäre.« Das sagte darauf Mama.
Marja war alles für sie: Zofe, Garderobiere, Vertraute, Helferin in allen Lebenslagen, sie schminkte Mama, zog sie an und aus, massierte ihr die Füße nach dem Tanzen und kümmerte sich schließlich und endlich um mich. Marja war unentbehrlich, das mußte Papa zugeben.
Wenn wir weiterzogen ins nächste Engagement, blieb der Liebhaber zurück, Marja weinte ein bißchen, aber in der nächsten Stadt mußte alles etabliert und arrangiert werden, und dann vergaß sie ihn und hielt Ausschau nach einem neuen Mann. – Den Feuerwehrmann – das weiß ich zufällig noch genau – behielt sie zwei Monate, denn wir waren verlängert worden. Er war ein großer, stattlicher Mann, und er gefiel auch mir ausnehmend gut. Ich war damals vielleicht zwölf oder so.
Marja war Russin und hatte eine richtige klassische Ballettausbildung gehabt. Die Anfangsgründe des Tanzens lernte ich von ihr, und später, als die Morawa mich unterrichtete, war Marja meist dabei und beobachtete kritisch, was mir beigebracht wurde. Das war in Berlin. Die Truppe war im Wintergarten aufgetreten, und ich blieb dann ein halbes Jahr in Berlin, als die anderen nach Amerika gingen. Ich müßte endlich einmal ordentlichen Unterricht haben, fand Papa, sonst würde nie

etwas aus mir. Die Morawa gab sich große Mühe, aber ich war zur Tänzerin nicht geboren.
Marja war die erste, die das entdeckte. »Das ist ganz nett, was du machst. Aber eine große Tänzerin aus dir wird nie. Du bist zu eigenwillig. Zum Tanzen gehört Disziplin und wieder Disziplin. Man muß sich ganz klein machen können. Man muß sich zerbrechen lassen. Und dann neu zusammensetzen.«
»Zusammengesetzt werden.«
»Sage ich ja.«
Ich war nicht so leicht zu zerbrechen, nicht einmal von der Morawa. Auch nicht von Père Fortune, der mich später in Paris unterrichtete.
»Mizzi, das wäre eine Tänzerin geworden. Sie hätte es gebracht zur Primaballerina. Du mußt ansehen ihre Hände. An den Händen man sieht sofort, ob eine sich hingeben kann für Tanz. Es ist so schade um Mizzi, daß sie muß machen das Gehopse.«
Mizzi war Mama. Ausgebildet im Wiener Opernballett und vielleicht wirklich zur Primaballerina geboren, hätte sie sich nicht mit achtzehn in Papa verliebt und sich ihm statt dem Tanz hingegeben. – Was heißt verliebt? Das traf es wohl nicht. Was ich erfuhr von der Begegnung dieser beiden Menschen, die meine Eltern wurden, so muß es sich wohl eher um einen Vulkanausbruch, um einen mittleren Weltuntergang gehandelt haben. Natürlich nicht, soweit es die kleine Mizzi betraf. Aber Papa!
Oh, mein Papa ... Ich habe das Lied auch gesungen, und wer hätte es mit mehr Berechtigung singen können als ich. Er war der schönste Mann, den man sich vorstellen kann. Ein Traum von einem Mann, schwarzhaarig,

schwarzäugig, groß, geschmeidig, voll Musik bis in die Fingerspitzen, und von einem Temperament, das alles überfuhr, was sich ihm in den Weg stellte.
Und da hätte dieses kleine Wiener Mädel widerstehen sollen, diese sanfte Unschuld aus kleinbürgerlichem Haus, gut und brav erzogen – küß die Hand, ergebensten Dank, Frau Baronin, ich bitt' recht schön – so habe sie geredet, erzählte mir Papa, als er sie kennenlernte. Dieses kleine Mädel, zart und feingliedrig, scheu und keineswegs verdorben von der Arbeit im Ballett, o nein, dazu war die Schule zu streng, das Training zu hart, das Pensum zu gewaltig, Disziplin und nochmals Disziplin, sich zerbrechen und wieder zusammensetzen lassen, das mußte ja sein, wenn man eine große Tänzerin werden wollte; und so eine Kleine sollte diesem Märchenprinz von Mann widerstehen können, der mit seiner südländischen Glut, seinem Elan, seinem Charme um sie warb?
Denn das hatte er getan, der Papa. War nicht so einfach gekommen und hatte sie verführt, das tat er nur in nebensächlichen Fällen. Aber die Mizzi wollte er ganz, für immer. Und er bekam sie auch.
Er war Argentinier, mein Papa, und hatte Geige gespielt, solange er denken konnte. Erst in einem Kaffeehaus, dann in einem Tanzorchester, und dann hatte er die Idee, er müsse noch etwas dazulernen und war in Wien zu einem großen Maestro gegangen. Vielleicht spukte ein wenig Virtuosenehrgeiz in seinem Kopf herum, zu jener Zeit in Wien. Aber die zwanziger Jahre waren hart für einen Künstler, und die Stunden bei einem Maestro teuer, und er mußte wieder in einem Kaffeehaus spielen. Doch dafür war er viel zu schade, er spielte

so gut, er war ein Zauberer auf seinem Instrument, das sagte jeder. Und später konnte man es in der Zeitung lesen, als er der berühmte José de Santander geworden war.

Damals, als er Mama kennenlernte, war er gerade dabei, das Orchester zu gründen. Erst waren sie neun Mann, und es war nicht leicht, Engagements zu bekommen. Aber sie konnten viel und wurden täglich besser. Papa war immer probenbesessen, das war er noch zu meiner Zeit, als sein Orchester fünfzig Mann stark war, das weltberühmte Tangoorchester von José de Santander, ausgebucht für Jahre von den großen Varietés und Showtheatern. Jeder ein Könner, und jeder ein Künstler in diesem Orchester. Wenn ihre Geigen einsetzten zu den berühmten argentinischen Tangos, dann riß es die Leute förmlich von den Sitzen, und nicht auf die Art, wie es die Teenager heute produzieren, wenn einer ins Mikrofon winselt – nein, da war noch Leidenschaft darin, wenn die spielten, es war richtige Musik, wild und stark und voll – eine sehr erotische Musik war das.

Und zu alldem noch Papa. Wie er vor dem Orchester stand, hell angestrahlt in seinem weißen Frack, manchmal bei einem Solo in Rot getaucht – und wie er spielte!

Er und seine Geige waren eins, und dazu sein schönes dunkles Gesicht mit den brennenden Augen und das schwarze Haar, das ihm in die Stirn fiel. Ich sehe es noch und höre es noch, heute und hier, ich habe den Klang noch im Ohr, denn so etwas hat es nie wieder gegeben. Es war Kitsch in Vollendung. Aber es war auch Kunst. Und es wirkte immer. Die Frauen waren verrückt nach ihm. Sie schrieben ihm Briefe, sie schickten ihm Blumen und ihre Telefonnummern und ihren Chauffeur, und manchmal ..., mag sein – aber er war sehr diskret, ich glaube, so oft hat er Mama gar nicht betrogen, denn er liebte sie ja, liebte sie abgöttisch, die süße kleine Mizzi aus dem Opernballett mit den Rehaugen unter den langen Wimpern; und darum war auch keine Primaballerina aus ihr geworden, sondern seine Frau, die mit ihm durch die Welt reiste und nicht den Kaiserwalzer tanzte, sondern Tango und Rumba und einen hinreißenden Flamenco gelernt hatte. Zwei Nummern hatte Mama meist während des Auftritts des Orchesters, manchmal sogar drei, sie beherrschte die spanischen und südamerikanischen Tänze perfekt. Maria Cadero hieß sie jetzt, ihr Haar, lang und dunkelbraun, flog um ihre Schultern, sie ließ die Kastagnetten klappern, doch das beste war ihr großer Tangoauftritt in einem langen roten Kleid mit schwarzen Rüschen, geschlitzt bis zu den Oberschenkeln, dann bog sich ihr Körper, bis ihr Haar den Boden berührte, sie war zerbrochen worden und wieder zusammengesetzt, und ganz etwas anderes war aus ihr geworden, als sie gedacht hatte. José de Santanders Frau. Maria Cadero, der Star der Santander-Truppe. Mizzi? – Wer war das gewesen?

Das hochgeschlitzte rote Kleid mit den schwarzen Rüschen ist mir gut in Erinnerung geblieben. Es war das letzte, in dem ich sie tanzen sah. Das war in Berlin, in der Scala, während des Krieges, ein Zweimonatsengagement in einer großen Ausstattungsrevue. Kurz danach wurde die Scala zerstört.

Ich durfte auch schon auftreten mit einer Rumba und einem kleinen spanischen Lied. Gegen Mamas Tanz war meine Hopserei vermutlich sehr bescheiden. Aber mit

dem Lied kam ich gut an; was mir an Technik fehlte, verdeckte das Mikrophon, ein paar Triller, ein wenig Tremolo, ein wenig Koketterie – es gefiel den Leuten. Ich war fünfzehn, als ich das erstemal auftreten durfte. Marja sagte: »Bei dir es dauert länger. Du bist keine Südländerin. Ist noch nichts dran an dir.«
»Ich bin zur Hälfte Südländerin. Papa ist Argentinier.«
»Täubchen, du nicht denken, Marja ist dumm – sie ist nicht von Zeitung. Kein Reporter, dem man erzählt Märchen. Der Papa von deinem Papa war Argentinier. Vielleicht. Seine Mama stammt aus Neukölln. Und der Papa davon kam aus Polen. Das ist Ahnenforschung, Täubchen, das ist Mode heute. – Und deine Mama ist aus Wien. Und von der Mama die Mama aus Slowenien, und was glaubst du, der Papa von der Mama seinem Papa vermutlich aus dem Zigeunerwagen.«
Ich mußte lachen und ärgerte mich dabei. »Hör auf. Du redest Unsinn. Der Papa von dem Papa und die Mama von der Mama – kein Mensch findet sich da durch. Das geht wie Kraut und Rüben durcheinander.«
»Das ist es, was ich sagen will. Rüben und Kraut. Und du bist davon die Produkt. Eine fürchterliche Mischung. Kann man sich nicht vorstellen, was das wird.«
»Papa ist Argentinier und damit basta. Und was meinst du, wenn du sagst, es dauert bei mir länger?«
»Ist das zu verstehen schwer? Bist du keine Frau. Bist du noch nicht einmal junges Mädchen. Bist du Rotznase, sehr dumm und ein bißchen frech. Kann man nicht wissen, was soll werden aus dir.«
»Findest du nicht, daß ich schön bin?«
Sie schüttelte sehr energisch den Kopf. »Gar nicht. Bist du viel zu mager. Hast keinen Busen und keinen Popo.

Und kein Gesicht. Kannst du schön werden. Ist möglich.«
»Wann? Wann, Marja?«
»Kann man wissen? Nächstes Jahr vielleicht. Oder übernächstes. Vielleicht auch in fünf Jahren erst. Vielleicht morgen schon. Vielleicht wenn du erstemal geliebt hast.«
»Ich habe schon oft geliebt.«
»Ich meine, richtig geliebt. Nicht dummes Tenor angehimmelt, wo nicht zählen kann bis drei.«
Damals liebte ich Tino, den Italiener, der zwei Schmachtfetzen im Programm sang und der fast so schön war wie Papa. Auch ihm liefen die Frauen nach, und mich sah er überhaupt nicht an.
»Tenor?« fragte ich kühl. »Von welchem Tenor redest du?«
»Sage ich nur so allgemein. Bloß um zu sagen etwas. Kann ich auch sagen Jongleur.«
Ich schwieg erbittert. Marja wußte immer alles. Im vergangenen Engagement hatte ich einen Jongleur geliebt, ein hübscher, schlanker, behender Junge, der sein Lächeln und seine Blicke nicht weniger tanzen ließ als Tassen, Ringe und Bälle. Er hatte den Auftritt vor uns, und ich stand in der Kulisse und sah ihm zu, im Gegensatz zu dem Tenor nahm er Notiz von mir, streichelte mir die Wange, wenn er atemlos von der Bühne kam, oder warf mir irgend etwas zu, wenn wir uns im Garderobengang begegneten, ein Bällchen, einen Ring und einmal sogar ein Kätzchen, das er mitgebracht hatte; und zweimal küßte er mich im Vorübergehen, leichte, rasche Küsse, ohne Bedeutung, jedenfalls für ihn – aber nicht für mich. Für mich bedeuteten sie viel, und als

das Engagement zu Ende war und unsere Wege sich trennten – er ging nach Stockholm, und wir gingen, ach, genau weiß ich nicht mehr, wohin –, da weinte ich, genau wie Marja manchmal weinte, und ich träumte noch tagelang von seinem Lächeln, seinen Bällen und den zwei kleinen Küssen, die durch die Luft geflogen waren.

»Und wird man schön, wenn man richtig liebt?«

»Ja, Täubchen, jede Frau wird schön, wenn sie richtig liebt.«

»Das ist Unsinn, Marja. Dann müßte jede Frau schön sein. Denn jede Frau hat einmal richtig geliebt.«

»Wer hier Unsinn redet, Täubchen, bist du. Nicht jede Frau hat einmal richtig geliebt. Es ist nicht Liebe, wenn man sich mal auf den Rücken legt und ...«, sie bekam einen Hustenanfall, schob sich und mir einen Hustenbonbon in den Mund, sie trug sie immer in der Schürzentasche, »ja, so ist es nicht. Was wollte ich sagen?«

»Wenn sie sich auf den Rücken legt«, erinnerte ich sie, begierig auf die Fortsetzung der Belehrung.

»Ist wieder Unsinn. Wollte ich gar nicht sagen. Ich wollte sagen, wenn sie, und sie hat mit einem Mann, verstehst du, das muß nicht sein richtige Liebe. Das bedeutet gar nichts.«

»Aber wenn einer sie küßt, das ist doch Liebe.«

Wenn man bedenkt, in welcher Umgebung ich aufgewachsen war, so war es erstaunlich, wie naiv und ahnungslos ich in diesen Dingen war. Doch dafür hatte Papa gesorgt. Und Mama und Marja auch. Ich wurde sehr sorgsam behütet. Keiner der Männer aus unserem Orchester war mir je zu nahe getreten. Sie waren alle so eine Art Onkel für mich, es kam vielleicht daher, daß ich die meisten seit meiner Kindheit kannte. Denn als Papas Orchester erst einmal stand und berühmt war, hielt er seine Leute gut zusammen. Sie hatten es gut bei ihm, und sie mochten ihn. Er war der Chef. Er war die anerkannte Autorität, der Beste von allen, das wußten sie. Aber er war auch ihr Freund, der alle Sorgen mit ihnen teilte. Er ließ keinen im Stich, der krank wurde oder sonstwie in Schwierigkeiten geriet, was immer wieder einmal vorkam: Frauengeschichten, Ehequerelen, Geldkalamitäten. Papa war immer für sie da. Und sie blieben bei ihm. Und darum kannte ich sie alle. Ich war für sie ein Kind, ein kleines Mädchen. Die Tochter vom Chef.

Was kannte ich sonst für Männer? Die Artisten, das immer wechselnde Bühnenpersonal; alle vier Wochen, und alle acht Wochen bei einem verlängerten Engagement, andere Menschen, andere Gesichter. Gewiß, man traf sich auch immer wieder. Und sie waren alle viel bürgerlicher, als der normale Bürger sich das vorstellt. Sie waren verheiratet, sie hatten eine feste Partnerin, und so ein kleines Ding, das zwischen ihnen aufwuchs, war tabu.

Sonst kannte ich keine Menschen. Ich hatte keine Freunde oder Freundinnen. Keine Schulfreunde, keine Nachbarskinder, keine Tanzstundenverehrer.

Ich dachte über die Küsse des Jongleurs nach und kam zu der Erkenntnis, daß sie wohl nicht von der Art gewesen waren, die nötig war, um mich schön zu machen.

»Aber wenn man richtig geküßt wird und richtig geliebt wird, dann ist man schön?«

»Dann ja, Täubchen.« Marja seufzte. »Aber auch nur so lange, wie es da ist.«

»Es bleibt nicht?«

Marja schüttelte bekümmert den Kopf. »Es bleibt nicht.«

»Ich will aber, daß ich immer schön bleibe.«

Ich konnte mich endlos im Spiegel betrachten. Und Spiegel gab es überall. Ich konnte auch bereits mit Stiften und Farbe umgehen. Marja hatte mir gezeigt, wie man sich schminkt.

Oftmals fand ich mich schön, wenn ich mich dick und bunt angestrichen hatte. Mein Haar war dunkel wie Mamas, ich trug es lang und offen. Es lockte sich ein wenig an den Spitzen, es fühlte sich weich und seidig an. Meine Augen waren dunkel, dunkler als Mamas, fast so schwarz wie die von Papa. Aber meine Arme waren noch dünn und mein Busen klein. – Eines Tages würde ich richtig lieben, um endlich schön zu werden. Und damit es blieb – das Schönsein –, mußte ich immer wieder lieben. Dann würde ich auch immer schön sein.

An die Liebe dachte ich viel. Und natürlich an mich und mein Leben, wie es werden würde. Nicht sosehr an eine Karriere auf der Bühne. Das interessierte mich nicht. Ich hatte in der Beziehung keinen Ehrgeiz. Denn eigentlich – und das war es, was meine Kindheit nicht so glücklich machte –, eigentlich liebte ich das Leben nicht, das wir führten. Ich beneidete immer die anderen Kinder. Ich wünschte mir, irgendwo bleiben zu können, an einem Ort, in einer Stadt. An einem festen Platz, wo ich zu Hause sein könnte. Wo es eine Wohnung für uns geben würde und nicht die ewig wechselnden Hotel- und Pensionszimmer.

Und ich wollte gern in eine Schule gehen. Ein Kind sein wie die anderen Kinder.

YESTERDAY ... da sitze ich mitten in der Nacht allein, trinke Whisky und rauche. Vor mir auf dem Tisch habe ich die Tabletten ausgebreitet. Fünfunddreißig Stück.

Es eilt nicht, die Nacht ist lang genug. Und dann ist morgen ein Tag und dann noch eine Nacht, und dann erst kommt Frau Winter zurück und wird mich finden. Arme Frau Winter! Tut mir leid für sie. Unangenehme Geschichte. So leid auch wieder nicht, denn sie mochte mich nie, und manchmal war sie biestig.

Sie wird also meine Leiche finden, und bis dahin werde ich wohl noch einigermaßen ansehnlich sein. Hoffe ich jedenfalls. Es wäre mir schrecklich, einen widerlichen Anblick zu bieten.

Im Hotel bin ich nicht geblieben, weil man mich dort vielleicht zu früh gefunden hätte. Irgendwann im Laufe des morgigen Tages wäre das Zimmermädchen gekommen. Oder sie hätten sich gewundert, daß ich keinen Anruf beantworte.

Falls jemand anruft. Könnte ja sein, Jack ruft doch noch an, um zu hören, wie es war.

Finden sie mich zu früh, bin ich noch zu retten. Sie pumpen mir den Magen aus, und was weiß ich, was sie

sonst noch alles mit einem machen. Was für eine Blamage! Ich wache auf, häßlich und aufgelöst, und muß in ein spöttisches Arztgesicht blicken. Nein.
Ich habe mir das schnell, aber gut überlegt. In letzter Zeit habe ich oft mit dem Gedanken gespielt, es zu tun. Doch heute abend vor den leeren Stühlen, ein einziges knappes Interview und dann noch Heide – da wußte ich plötzlich, daß ich es heute tun würde.
Als ich mit dem Taxi ins Hotel fuhr, überlegte ich mir, daß es nie wieder eine bessere Gelegenheit geben würde. Vorgestern traf ich Sandor zufällig in der Hotelhalle, er saß da mit zwei Herren. Er kam zu mir und begrüßte mich, charmant wie immer – nett, dich zu sehen, wie geht's denn immer so? Blendend schaust du aus.
Das übliche Geschwätz.
»Ich fliege heute abend noch nach New York, sonst hätten wir zusammen diniert. Aber wenn ich zurück bin, treffen wir uns mal. Bleibst du länger in München?«
»Einige Zeit. Ich weiß noch nicht. Wir verhandeln wegen einer neuen LP.«
Das war gelogen, und er wußte es sicher.
»Schade, daß ich nicht da bin zu deinem Konzert. Ach – übrigens, du solltest deine Pelze abholen, es ist November. Du wirst sie bald brauchen.«
»Ach ja, gelegentlich.«
»Frau Winter ist zur Zeit nicht da, sie ist gestern nach Karlsruhe gefahren, ihre Schwester ist krank. Aber Montag, spätestens Dienstag ist sie zurück. Falls du dann noch hier bist ...«
»Sicher. Ich rufe sie an und hole mir die Pelze. Nett, daß du daran denkst.«
»Du sollst doch nicht frieren, Baby.«

Sein charmantes Lächeln, Handkuß. »Also, toi, toi, toi für dein Konzert. Und auf bald.«
Daran dachte ich vorhin, als ich ins Hotel fuhr. Eine vorzügliche Konstellation.
Eine Weile suchte ich die Schlüssel, sie waren ganz unten in einem Koffer.
Die Tabletten brauchte ich nicht zu suchen. Die hatte ich sorgfältig aufbewahrt.
Abschminken, neues Make-up, das elegante Kleid, hinunter, der Portier schiebt mir Post zu, ich stecke sie unbesehen ein, Taxi ...
»Zum Herzogpark bitte!«
Ich saß ganz still, ohne mich zu rühren. Ich war ganz ruhig, richtig erleichtert. – Heute also.
Das war der passende Abschluß für diesen Abend.
Der Saal halb voll. Halb leer. Das sieht fürchterlich aus. Und kein Mensch verhandelt mit mir wegen einer neuen Platte.
Und dann auch noch Heide. Sie kam nach dem Konzert und brachte mir Blumen.
Es war wie ein Hohn. Ich empfand es so. Sie nicht, boshaft war sie nie.
Aber da war das Gestern auf einmal da und erschlug mich geradezu.
›... love was such an easy game to play, now I need a place to hide away – oh, I believe in yesterday ...‹
Ich verstecke mich in dieser Nacht hier in diesem Haus im Herzogpark, ich verstecke mich vor der ganzen Welt, und nie – nie! – werdet ihr mich wiederfinden.
Es ist zu Ende, ich weiß es. Man muß wissen, wenn es soweit ist, daß man die Hand aufmacht und sich fallen läßt.

Der Herzogpark ist eines der vornehmsten Wohnviertel von München. Und Sandors Haus ist eines der vornehmsten der vornehmen Häuser, die hier stehen. Kein Neubau, ein altes verspieltes Jahrhundertwendehaus, eine Villa. Mit einer Auffahrt, mit Säulen neben der Eingangstür und riesigen hohen Zimmern, mit einem kleinen romantisch verwilderten Garten. Gepflegt verwildert gewissermaßen, ein Gärtner macht das.
Sandor legt Wert darauf, in dieser Gegend unter lauter feinen Leuten zu wohnen. Genau wie er Wert darauf legt, zur feinen Gesellschaft zu gehören. Was man eben heute so darunter versteht.
Mit Geld läßt sich so ziemlich alles kaufen. Die Gesellschaft fragt nicht danach, woher einer kommt, wenn er nur Geld hat und sie amüsiert. Zu Sandors Partys kommen die Leute gern, die sogenannte High-Society dieser Stadt: die echten und die falschen Konsuln, die Bosse aus der Wirtschaft und der Industrie, die Playboys, die Film- und Partymädchen, auch eine Menge Adel, davon gibt es hier viel, und sie sind nicht wählerisch in ihrem Umgang.
Sandor ist nicht nur ein großzügiger Gastgeber, er ist auch ein großzügiger Freund. Wenn einer mal in Verlegenheit ist, pumpt er ihm gern was, oder er löst einen, Wechsel ein. Er tut das ganz nonchalant und mit größter Selbstverständlichkeit. Es sei sein unverwechselbarer ungarischer Charme, sagen die Leute, diese wunderbare Art von savoir vivre, die leider immer mehr ausstirbt.
Er leiht ihnen Geld, er vermittelt Geschäfte, er küßt ihre Frauen und schläft auch mal mit der einen oder anderen, wenn es seine Eitelkeit gerade kitzelt, er finanziert mal ein Filmchen, er bringt die Leute mit Leuten

zusammen. Er kennt so viele in dieser Stadt. In anderen Städten auch.
Anfangs habe ich mich darüber gewundert, wie er das eigentlich macht, mit seiner nebulosen Import- und Exportfirma so viel Geld zu verdienen. Ich kenne das Büro in der Stadt, seine Sekretärin, die drei oder vier Mitarbeiter, die da herumsitzen. Es war mir ziemlich bald klar, daß er dort und mit denen das Geld nicht macht. Aber ich bin nicht so dumm, wie er vielleicht denkt, ich habe manches gesehen und gehört im Laufe der Jahre, ich glaube, ich weiß, woher das Geld kommt, mit dem er so großzügig umgeht und an dem kein Finanzamt partizipiert: Er ist im Waffenhandel drin. Das ist immer noch ein lukratives Geschäft, heute mehr denn je. Überall auf der Welt bringen sie sich ja so gern um.
Er weiß, daß ich mich nicht seinetwegen umbringe, auch wenn es in diesem Hause geschieht. So dumm ist er nun wieder nicht. Aber ein bißchen bringe ich mich doch seinetwegen um. Vielleicht, weil ich mich schäme.
Ich schäme mich, so lange von ihm, von seinem Geld gelebt zu haben. Obwohl ich ihn nicht liebte und obwohl ich weiß, was für einer er ist. Erst versuchte ich mir einzureden, es sei ein Übergang. Ich würde wieder ins Geschäft kommen, würde wieder eigenes Geld verdienen. Eine neue Platte, die ein Erfolg wird. Ein neuer Film, eine gute Rolle. Ein Musical. Mein alter Traum. Ich habe mir immer so sehr gewünscht, ein Musical zu machen, ich kann singen, ich kann tanzen, ich bin eine leidliche Schauspielerin. Kiss me Kate – das war meine Traumrolle.
Jack hat sich lange darum bemüht. Aber hierzulande

macht man selten Musical. Es kommt nicht an, heißt es. In Amerika brauchen sie mich natürlich nicht, sie haben da Bessere als mich. Und dabei wird man immer älter und älter. Man zählt nicht mehr die Jahre, man zählt die Monate, die Wochen, die Tage. Und die Jungen kommen. Sie können auch tanzen und singen und spielen. Viele können es nicht so gut wie ich. Aber sie sind jung. Nur das zählt noch. Nur das.
Und dann der veränderte Stil. In den fünfziger Jahren, als ich meine großen Erfolge hatte, sang man ganz anders. Heute ... für mich ist es ein Gegröle. Ein Gejaule. Ich kann mich nicht hinstellen mit vierzig Jahren und Beat machen. Das wäre lächerlich.
Sie machen Lärm heute – keine Musik.
Und ich habe kein Publikum mehr. Heute abend habe ich es gesehen, deutlich genug. Ich sehe es seit Jahren. Seit sechs Jahren keinen Film. Seit zwei Jahren keine Platte. Wovon soll man eigentlich leben?
Darum blieb ich bei Sandor. Darum in diesem Haus. Darum brauchte ich sein Geld. Und darum schäme ich mich. Und darum will ich nicht mehr.
Ich will mich nicht besser machen, als ich bin. Sicher – ich habe eine Menge Fehler, ich war leichtsinnig, unbedacht, ich habe viel Böses getan. Aber ich war nie berechnend. Und schon gar nicht, wenn es ich um einen Mann handelte. Und daß ich es nun doch war, sein mußte, und daß es so einer war wie Sandor – deswegen bin ich mir selber so zuwider geworden. So zuwider, daß ich lieber sterbe, als mich länger zu ertragen. Und noch älter zu werden, noch erfolgloser, noch unglücklicher.
Ja, ich bin unglücklich. Ich bin es seit langem. Auch

wenn es mir keiner angesehen hat. Oh, ich verstehe mich auf mein Geschäft. The show must go on. Und darum lache ich und strahle und bin wie das sprühende Leben. Das täuscht sie alle. Eine gut einstudierte Maske. Der einzige, der weiß und immer wußte, wie mir zumute ist, war Jack.

Jack konnte Sandor nie ausstehen. Dabei ist er in seinem Beruf daran gewöhnt, mit allen Menschen auszukommen und Toleranz zu üben. Vermutlich kommt es daher, daß Jack mich sehr gern hat. Wir sind Freunde. Nicht nur Star und Manager. – Star ... lächerlich. Ich bin schon lange kein Star mehr. Genaugenommen war ich nie einer. Leidlich bekannt für einige Jahre, das ist alles. Aber Jack tut immer so, als sei ich einer. »Die einzige in diesem Land, die Chanson machen kann«, sagte er früher immer.

Aber Chanson in diesem Land geht eben nicht. Und wenn es gehen soll, muß es aus Frankreich kommen, damit man es anerkennt.

Und wenn es Jazz ist – das konnte ich auch –, muß es aus Amerika kommen, damit man es anerkennt. Und wenn es Beat ist – das kann ich nicht –, muß es aus England kommen, damit es anerkannt wird. Sie sind so in diesem Land. Ich weiß auch nicht, warum sie so sind, aber sie sind so. Sie waren immer so.

Und darum ist man gezwungen, Schlager zu singen, möglichst schmalzige, möglichst billige Schlager. Und dann heißt es: Ja, was anderes können sie eben hier nicht, Schnulzen, das ist alles, was sie zustande bringen. Wenn man ein anständiges Chanson hören will, muß man die Greco oder die Piaf holen. Und wenn es ordentlicher Jazz sein soll ... na, und so weiter.

Es ist ein Teufelskreis, aus dem keiner einen befreien kann. Auch Jack konnte es nicht. Ich habe ein paar gute Nummern gehabt im Laufe der Jahre, wirklich gute Nummern. Aber keine davon ist ein echter Erfolg geworden. Erfolge waren immer die Sachen, die eigentlich unter meinem Niveau lagen. Zwei hervorragende Songs hatte Andy für mich geschrieben, wir waren damals ganz berauscht davon, wir drei, Andy, Jack und ich. Wir dachten, jetzt landen wir den großen Treffer. ›Tränen im Regen‹ hieß die eine Nummer. ›Midnight-Blues‹ die andere. Beide waren, na, sagen wir 'mal, Achtungserfolge – mehr nicht. Die Platten gingen einigermaßen, aber nicht gerade berauschend. Große Erfolge hatte ich mit den sentimentalen Schlagern, mit den üblichen Schnulzen.

›Tränen im Regen‹ wurde unter dem Titel ›Lost in the rain‹ später ein großer Hit in Amerika. Andy ging für einige Jahre hinüber, nachdem wir uns getrennt hatten. Mit dieser Nummer kam er drüben gut an, Sheila Anderson hat es gesungen. Jack meinte, ich wäre besser gewesen.

Jack versteht viel von Musik, auch wenn er ein harter Geschäftsmann ist. Aber bei allem Verständnis lebt er auch besser von den großen als von den kleinen Erfolgen. – Also lieber Schnulzen oder das derzeitige Geschrei, wenn es Geld bringt.

Vor zwei Tagen hat er aus London angerufen. »Also, wenn ich es schaffe, bin ich da.«

Ich habe nie einen Abend gegeben, ohne daß Jack dabei war. Diesmal war es das erstemal. Und das letztemal. Es wird ihm leid tun, daß er mich im Stich gelassen hat. Es soll ihm leid tun. Er soll es bereuen. Ja.

»This time is the last time ...«, ach, verflucht, jetzt werde ich gleich hier sitzen und heulen. Möchte wissen, warum. Jeder muß sterben. Spielt es eine Rolle, wann? Bloß nicht sich selbst überleben. Hinter dem herstarren, was man einmal war. Klein und kümmerlich dasitzen und an einem stinkenden Rest herumknabbern. Ich kann das nicht.
Wenn man einmal erkannt hat, daß das Leben gestern stattfand, wenn man weiß, daß das Heute nur noch eine Pleite ist und das Morgen einfach nicht mehr vorhanden – okay, das ist der Zeitpunkt, die Tür hinter sich zuzuschmeißen.
Übrigens eine Nummer, die ich liebe, obwohl sie von den Beatles ist – Yesterday.
Das paßt prima, das paßt großartig auf mich. Als wenn sie mich gekannt hätten.
Vermutlich paßt es mehr oder weniger auf jeden Menschen. Für jeden kommt einmal der Punkt, wo er sagen muß: Mein Leben war gestern. Bloß daß es bei anderen nicht so wichtig ist.
Ich wollte so gern eine Aufnahme von Yesterday machen, mir gefiel die Nummer immer schon. Aber Jack meinte, das ginge nicht, ich könnte schließlich nicht den Beatles eine Nummer nachsingen. Womit er sicher recht hatte. Ein paar haben es ja getan. Sinatra zum Beispiel. Bei ihm ist der Song noch viel schöner als im Original. Bei ihm ist alles top. Ganz mein Geschmack. Eben – Yesterday.
Na schön, das wäre geklärt. Gar kein Grund zur Traurigkeit. Einmal ist eben gestern, und dann ist Schluß. Noch einen Whisky, Madame? Noch eine Zigarette? Bißchen Musik vielleicht? Was Lautes, Vergnügtes ...

Sieh an, auf dem Plattenteller liegt ›Tränen im Regen‹, das kann ja wohl nicht wahr sein. Wie komme ich denn zu der Ehre? Hat er das seiner neuen Freundin vorgespielt? »Lorena Rocca, kennst du die noch? Kaum, dazu bist du zu jung, Baby. Sie war mal recht bekannt mit ihren Songs. Hör dir's mal an.« So etwa.
Weg damit, ich brauche was Lautes, etwas ganz Lautes. Da – das ist gut –, wie das brüllt und röhrt, paßt in die Zeit, paßt zu ihnen, damit sollen sie nur weiterleben. Ich nicht. Ich muß mir das nicht mehr anhören.
Gestern gab es Musik. Gestern gab es Liebe.
Andy hat in Amerika geheiratet, es soll eine glückliche Ehe gewesen sein. Sie ist später mit einem Flugzeug abgestürzt. Vor zwei Jahren habe ich ihn auf einer Party getroffen. Er war sehr höflich und sehr kühl, immerhin machte er mir ein Kompliment über meine letzte Platte.
»Eine gute Nummer, Lorena. Ich hab' sie mir oft angehört. Ein trauriges Lied.« Er lächelte, doch seine Augen waren auch traurig.
»Ja, ein sehr trauriges Lied. Und darum auch nur ein bescheidener Erfolg.«
Immerhin mein letzter, einigermaßen ansehnlicher Erfolg. ›L'amour est mort‹, sparsamer Text, sehr geschickt arrangiert. Der junge Bender, eine Entdeckung von Jack, hatte es für mich geschrieben.
L'amour est mort, da standen wir voreinander, Andy und ich, jeder ein Glas in der Hand.
Und plötzlich sahen wir uns richtig an. Keiner sprach ein Wort.
Ich dachte: Ich werde dich immer lieben. Du und ich, das war das einzige für mich, was zählt. Sag ein Wort,

sag, daß es bei dir auch so ist. Sag, daß du vergessen hast, was damals war. Sag, daß du mich auch liebst.
Er schwieg. Und was er dachte, das wußte ich nicht.
Dann kam Sandor mit irgend jemand, den er mir vorstellen wollte. Später sah ich mich nach Andy um, er war nicht mehr da.
Ich dachte: Er kann mich finden, wenn er will. Er weiß, daß ich hier bin.
Aber er hat mich nicht gesucht.
Warum habe ich an jenem Abend nicht gesagt...
Schluß damit jetzt! Man sollte im Angesicht des Todes nicht kitschig sein.
Angesichts des Todes... Du machst mich schwach, Lorena. Trink noch was! Je mehr du trinkst, desto besser wirken die Tabletten. Es soll möglichst schnell gehen.
Dir wird es auch leid tun, Andy, wenn ich tot bin. Genau wie es Jack leid tun wird. Ihr habt mich alle im Stich gelassen.
Und du, Heide, du bist auch schuld. Vielleicht, wenn du heute abend nicht gekommen wärst ... Aber daß du auch noch meine Niederlage mit angesehen hast ... Hat es dich sehr gefreut? Hat es dir gutgetan?
Ich denke, daß es dir guttut – so etwas Dummes. So etwas sagst du zu mir. Wenn du wüßtest, wie egal du mir bist, du und dein Leben – das war nicht mal gestern, das war vorgestern.

Heide... sie hat sich gar nicht verändert. Blond und still, immer noch hübsch auf ihre ruhige, sanfte Art. Keine Frau, nach der sich Männer umdrehen. Aber eine Frau, die ein Mann lieben und behalten kann. Einen Mann hatte sie dabei.

»Mein Mann«, sagte sie und lächelte auf die scheue Heide-Art. »Ich wollte gern, daß er dich kennenlernt.«

»Ich wußte gar nicht, daß du geheiratet hast.«

Ihre Stimme war ohne Vorwurf: »Ich habe es dir damals geschrieben.«

»Ah ja? Doch. Jetzt erinnere ich mich. Ist schon eine ganze Weile her, nicht?«

»Ein Kollege.«

»Wie praktisch!«

Ein netter, harmloser Mann, sehr ruhig und ernsthaft auch er, offensichtlich nicht sonderlich interessiert an mir. Er sagte, was man eben in so einem Moment sagt: »Meine Frau hat mir schon viel von Ihnen erzählt.«

»O weh!« rief ich und lachte, hörte, wie schrill mein Lachen war. »Wie konntest du nur, Heide!«

»Nur Gutes«, sagte er.

»Dann hat sie gelogen. Sie kann über mich nicht viel Gutes erzählen.«

Er blickte mich gelassen an, und sie hatte ihr sanftes Engelsgesicht, und genau wie früher reizten mich ihre Sanftmut und ihr gräßlicher Edelmut. Sie kann über mich nichts Gutes erzählen, gerade sie nicht. Aber sie tut es. Ich weiß, daß sie es tut.

»Sie sind also auch Arzt«, sagte ich. »Das ist ja fein. Sie können ja dann zusammen eine Praxis machen.«

Dummes Gerede, aber was sollte ich sagen? Die beiden waren ganz fehl am Platze hier in dem kahlen sogenannten Künstlerzimmer, wo die Jungen von der Band schwatzten und unnötigen Lärm machten, vermutlich um sich über den flauen Abend hinwegzubringen.

»Das nicht«, sagte Heide und lächelte lieb und freundlich. »Er ist Psychiater.«

»Oh!« Ich sah ihn mir etwas genauer an. Auch das noch. Dann war er vielleicht gar nicht so harmlos, wie er aussah.

Bernd gab mir ein gefülltes Glas und eine angezündete Zigarette, ich blickte immer wieder zur Tür, weil ich dachte, Jack käme doch noch, ich strich mir das Haar aus der Stirn und ärgerte mich, daß ich mir diese dumme rote Tönung hatte machen lassen. Es machte mich älter – überhaupt mußte ich schrecklich aussehen so aus der Nähe und ohne Scheinwerfer, die langen falschen Wimpern und die dicke grüne Farbe auf meinen Lidern. Heide sah ganz natürlich aus, sehr jung und anmutig, sie war ein Jahr jünger als ich. Mußte ihr Spaß gemacht haben zu sehen, wie ich vor einem halbleeren Saal sang.

Ich war nicht mal so sicher. Sie war nicht so. Wahrscheinlich tat es ihr sogar leid. Das fehlte noch, daß ausgerechnet sie mich bedauerte.

Bernd hatte seine Gitarre glücklich verwahrt und rief: »Los, gehen wir essen. Ich bin halb tot vor Hunger. Ich weiß in Schwabing eine Kneipe, da bekommen wir wunderbare Steaks.«
»Ich komme nicht mit«, sagte ich.
»Klar kommst du mit. Gerade!«
Dann kam ein Reporter und stellte mir dußlige Fragen, was ich für Pläne hätte und ob ich eine neue Platte machen würde und warum ich in der Fernsehshow nicht aufgetreten sei, in der man mich angekündigt hatte.
»Ich hatte Halsschmerzen, als sie die Aufnahmen machten«, sagte ich krötig.
Als Heide sich von mir verabschiedete, sagte sie: »Möchtest du uns nicht einmal besuchen, Lore? Es wäre doch nett, wenn wir einmal richtig miteinander reden könnten.«
Ich mit dir reden, Heide? Nein, nie. Nie mehr.
Ich lächelte. »Aber gern. Wenn ich es mal einrichten kann ...«
Lore? Wer hatte mich je im Leben Lore genannt? Wer war das denn, Lore? ... Ich? Neunzehn Jahre jung, braungebrannt und glücklich ... Und Heide war meine Freundin. Die einzige Freundin, die ich je hatte.
»Da kommt Heidelore«, sagte ihr Vater, wenn wir kamen. Immer zusammen. Immer ein Herz und eine Seele. Ich hatte eine Freundin. Etwas Neues in meinem Leben, etwas ganz Einmaliges. Ich liebte sie so sehr.
Ich beugte mich zu ihr und fragte hastig und leise: »Bist du glücklich?«
Sie sah mich nachdenklich an und nickte. »Ja«, sagte sie dann. Weiter nichts.

»Mit ihm?«
»Ja, mit ihm. Und mit meiner Arbeit. Und mit meinem Kind.«
»Du hast ein Kind?«
»Ja. Einen Jungen. Deswegen möchte ich gern, daß du mich einmal besuchst. Damit du ihn auch kennenlernst. Er ist jetzt zehn Jahre alt.«
»Wie schön! Daß du glücklich bist, meine ich.«
Und dann kam es. »Ich freue mich, daß ich dir das sagen kann. Ich könnte mir denken, daß es dir guttut.«
Darauf sagte ich nichts mehr. Ich wußte nicht, ob es mir guttat, daß sie glücklich war. Im Grunde war es mir gleichgültig. – Daß ich ihr einmal etwas Böses angetan hatte – wen kümmerte das noch? Mich vielleicht? Bildete sie sich etwa ein, ich hätte ein schlechtes Gewissen gehabt und das würde dadurch beruhigt, wenn sie mir erklärte, glücklich zu sein? Warum sollte *sie* glücklich sein? Ich war es auch nicht.
Dann ging sie mit ihrem Mann, ich warf mein Haar zurück und rief: »Geht voraus, Kinder, ich komme nach. Ich fahre nur schnell ins Hotel und ziehe mich um.«
Bernd wollte mich fahren, aber ich sagte, ich wolle lieber ein Taxi nehmen.
Ich ging, ließ die Blumen liegen, nahm ein Taxi, und während der Fahrt zum Hotel nahm ich mir vor, es heute zu tun.
Heide wird es in der Zeitung lesen. Sie wird ein paar sanfte, traurige Worte dazu sagen, es wird ihr so gleichgültig sein, wie es mir gleichgültig ist, ob sie glücklich ist.
Aber ich hasse sie, weil sie mich heute gesehen hat in dem leeren Saal.

Es muß ein großer Triumph für sie gewesen sein. Und es war bösartig von ihr, daß sie nachher kam und mir zeigte, daß sie es gesehen hatte.
Und dann noch zu sagen: Ich bin glücklich. Und ich denke, daß dir das guttut.
So etwas ist Ärztin und kennt die Menschen so wenig.
Ich hasse sie!

MIDNIGHT-BLUES ... der Lärm aus Sandors teurer Stereoanlage ist verstummt. – Noch einen Whisky, noch eine Zigarette und dann noch so ein Gegröle.
Nein – man muß es nicht zu weit treiben. Warum soll ich in der letzten Stunde meines Lebens Musik hören, die keine ist und die ich nicht ausstehen kann. Wenn ich gar nichts war, musikalisch war ich. Und in meiner Stimme waren Kraft, Biegsamkeit und Musikalität, das zumindest hat mir jeder bescheinigt.
Paul war damals sogar der Meinung, es sei noch mehr darin, und am liebsten hätte er mich zur Opernsängerin ausgebildet. Die beiden Cherubin-Arien aus dem Figaro habe ich bei ihm gesungen. Schade, vielleicht hätte ich es versuchen sollen. Aber auch Opernsängerinnen werden alt. Auch für sie ist es einmal zu Ende. Ein paar Jahre länger als unsereiner – vielleicht.
Ob er Midnight-Blues auch da hat? Doch, hat er. Meine Platten stehen alle ordentlich zusammen auf der rechten Seite des Plattenschrankes. Vermutlich Frau Winters Werk. In diesem Hause befindet sich stets alles an dem Platz, an den es gehört. Also auch die Platten von Lorena Rocca, hübsch nebeneinander. Daß sie mich

nicht leiden kann, die Winter, beeinträchtigt ihre Ordnungsliebe nicht.

Midnight-Blues.

Wenn ich ganz ehrlich bin, war das der Song, den ich von allen am liebsten gesungen habe. Schwermütig, ohne sentimental zu sein. Ein klein wenig Härte darin, kein Selbstmitleid, aber Resignation.

›Was ist mir denn geblieben,
seitdem du fortgegangen?
Die Nacht hat tausend Stunden,
die Nacht hält mich gefangen.‹

Komisch, daß ich das gerade damals sang, als ich so glücklich war. Glücklich mit Andy, den ich so liebte. Glücklich mit meinem Erfolg, den ich so genoß. Ich war gut im Plattengeschäft, kein Tag, an dem man nicht im Rundfunkprogramm mindestens zwei- oder dreimal die Rocca zu hören bekam. Fan-Briefe. Ein Lorena-Rocca-Club. Jedes Jahr mindestens ein Film.

Ein Kritiker hatte geschrieben: Man hat uns hier eine Frau präsentiert, die es in diesem Land noch niemals gab – mondäne Eleganz gemischt mit ursprünglicher, fast wilder Schönheit; Temperament und Leidenschaft, ohne Kitsch und Schmalz. Sie hat nicht das Pathos der Zarah Leander, nicht den quirligen Operettencharme der Marika Rökk, sie ist in ihrer Art etwas ganz Neues und Einmaliges. Man wünscht ihr und uns den intelligenten Regisseur, der das richtig herausstellt.

Daran fehlte es leider oft. Der Film, um den es sich hier handelte, mein dritter und bisher aufwendigster, war schlecht. Zwar ein Erfolg, aber schlecht. Das Buch war schlecht, die Regie war schlecht, mein Partner mittelmäßig. Nur ich war gut, soweit es unter solchen Bedingungen möglich sein kann. Es war meine erste Hauptrolle. Danach bekam ich bessere Partner und bessere Regisseure.

Drollig übrigens, daß der Kritiker die Leander und die Rökk zum Vergleich heranzog. Zu jener Zeit waren beide Stars dem Publikum und den Kritikern noch gegenwärtig. Und Film, der von gestern und heute, war noch wichtig.

Midnight-Blues also.

Das schleppende Blues-Tempo, aber dabei sehr hart skandiert; meine Stimme, dunkel, unsentimental, diese mir eigentümliche Verzögerung vor dem neuen Takt. War ein Trick von mir und hatte eine tolle Wirkung.

›Die Zeit steht still,
der Zeiger steht auf Mitternacht,
niemals ein neuer Morgen,
ich bin gefangen von der Nacht.‹

Ich sitze hier und höre zu, ich finde die Nummer immer noch gut.

Ich möchte wissen, wie Papa das gefallen hätte. Schade, daß er es nicht mehr gehört hat.

Papa nahm das, was er machte, sehr ernst. Er unterschied nicht zwischen Kunst erster, zweiter oder dritter Klasse. Ob ernste Musik oder Unterhaltungsmusik, E-Musik oder U-Musik, wie man heute sagt, es spielte keine Rolle, was es war, nur erstklassig mußte es gemacht und dargeboten sein. Das Beste ist gerade gut genug für das Publikum, das war Papas Maxime.

Und ich finde ja auch, irgendwie kann man die Dinge nicht trennen. Der Schlager ist symptomatisch für die Musik und für die Kunst der Zeit. Wenn er schlecht und billig gemacht ist, hingeschlampt, taugt auch meist alles andere nicht viel. Er ist das Volkslied von heute, für einen Großteil der Menschheit überhaupt die einzige Berührung mit Musik. Und darum kann er sehr geschmacksverbildend wirken. Ist er aber gut gemacht, besitzt er Einfall und Originalität, kann er genauso geschmacksbildend wirken. Wahrscheinlich läßt sich diese These auf jede Art von Kunst anwenden, auf Literatur, auf Malerei, auf Film und Theater.

Zusätzlich sind es noch gewisse Einzelheiten, die typisch sind für eine Zeit und ihren Kunstgeschmack, mehr auf ihre ganze Substanz. Zum Beispiel das Aussterben der Streicher in der Tanzmusik. Neuerdings findet man auch kaum mehr Bläser. Nur noch Schlaginstrumente: Schlaggitarren, Schlagbaß, Schlagzeug, und alles möglichst noch elektrisch verstärkt. Was bleibt, ist Lärm, keine Musik.

Was ebenfalls auf der Strecke blieb, ist Erotik. Man kann keine Erotik in die Musik zaubern ohne Streicher, ohne weiche Bläser.

Ob sich das noch einmal ändert, ob es zurückkommt? Manche sagen ja, und sogar bald. Andere sagen: nein, nie. Es ist das technische Zeitalter, das Zeitalter ohne Liebe, ohne Erotik, ohne Kunst.

Einige schwören auf die neue Romantik, andere lachen nur darüber und halten das Gerede über sie nur für einen albernen Reklametrick. Denn sie ist tot, tot für immer und ewig. Toter geht es nicht.

Tatsache ist, daß eigentlich keiner mit dem heute Gebotenen glücklich werden kann. Nicht einmal die so umschmeichelten Jungen, auch wenn sie so tun. Denn wir bekommen ja immer pausenlos zu hören, wie mißverstanden, wie unzufrieden, wie unglücklich diese

Jugend von heute ist. Obwohl ihr das Leben auf einem goldenen Tablett dargeboten wird.
Aber ein goldenes Tablett ist genaugenommen auch eine harte und langweilige Sache.
Ich werde das Problem in dieser Nacht nicht mehr lösen. Es kann mir ja nun auch egal sein. Das hat auch sein Gutes. Es ist eigentlich das Beste von allem, bei dem, was ich heute nacht tun werde.
Ich muß sie noch einmal hören, meine Platte. Man soll sich nicht selbst loben, aber hier so ganz für mich allein – also ich finde den Song gut, und meine Interpretation ebenfalls. Ganz ausgezeichnet finde ich das.
›... Ich bin gefangen von der Nacht ...‹
Wirklich komisch, daß ich das damals gesungen habe. Wenn mir einer gesagt hätte, ich werde das hören in der Nacht meines Todes ...

ARTISTENKIND... als ich ganz klein war, nahmen sie mich schon mit auf die Reise. Damals war Papa noch nicht berühmt, ihre Engagements und dementsprechend ihr Leben waren bescheiden. Billige Pensionszimmer und eine Menge Sorgen, aber davon wußte ich natürlich nichts. Mama erzählte später immer nur, sie habe sich nicht von mir trennen wollen, ich sei so ein süßes Kind gewesen und so artig, ich lag in der Garderobe und schrie nicht; später, als ich laufen konnte, fand sich immer einer, der auf mich achtgab, wenn sie Auftritt hatten. Ein süßes, artiges Kind, das jeder liebte. Ein Artistenkind.

So süß und artig blieb ich nicht; als ich größer wurde, war ich offenbar zeitweise recht ungebärdig, und keiner riß sich mehr darum, mich zu hüten. Ich kam nach Wien zu den Großeltern, denn in die Schule sollte ich schließlich auch gehen.

Das waren eigentlich schöne Jahre für mich, so zwischen sechs und neun etwa. Die Großeltern waren natürlich über die Heirat ihrer Tochter nicht gerade begeistert gewesen. Wenn sie Primaballerina an der Hofoper geworden wäre, ja, das wäre eine Ehre gewesen. Wenn auch für sie und ihr enges Leben sowieso schon eine fremde Welt.

Der Großvater war Buchbinder. Aber das Handwerk brachte nicht viel ein. Man machte alles mit Maschinen. Im XV. Bezirk hatten sie ein kleines Schreibwarengeschäft. Die Heirat der Mizzi mit diesem fremdländischen wilden Mann, der sich durchs Leben fiedelte, war ein schwerer Schlag für sie gewesen. Und jetzt mußten sie noch das Kind um sich haben.

Für meine Großmutter, eine stille, bescheidene Frau, war ich bestimmt eine schwere Belastung. Ich war ein lebhaftes kleines Mädchen. Natürlich liebten sie mich. Aber eine Belastung war es doch. – In die Schule ging ich sehr gern. Ich lernte leicht und rasch, und als ich später nicht mehr in die Schule gehen konnte, jedenfalls nicht regelmäßig, war das ein richtiger Kummer für mich.

Als ich wieder mit ihnen reiste, nachdem die Großmutter gestorben war, bekam ich selbstverständlich auch Unterricht. Ich besuchte immer wechselnde Schulen, in den verschiedenen Ländern. Viel kam dabei nicht heraus. Es gab Lücken, die immer größer wurden, die einfach nicht zu füllen waren.

Für die anderen Kinder war ich ein ungewöhnliches Tier, ein Artistenkind, das ein paar Wochen blieb und dann wieder verschwand und vielleicht ein Jahr später wieder für einige Wochen auftauchte.

Aber da war Papa schon eine berühmte Nummer und verdiente viel Geld, also bekam ich eine Privatlehrerin, die eine Weile mit uns reiste und mich regelmäßig unterrichtete. Ich liebte sie zärtlich, geradezu leidenschaftlich, obwohl sie ein sehr zurückhaltender, fast verschlossener Mensch war. Ich habe nie erfahren, was sie veranlaßte, diesen merkwürdigen Job anzunehmen, der gar nicht zu ihr paßte. Es dauerte auch nicht lange, dann verließ sie uns wieder. Kehrte zurück in ein ruhiges bürgerliches Leben, und ich wäre viel lieber mit ihr gegangen, als bei der Truppe geblieben. Ich wollte auch so ein Leben haben. Mit einer Wohnung, in der man ständig lebte. Mit Menschen, die immer die gleichen blieben.

Dann ging ich ein halbes Jahr lang in Berlin in die Schule, das war während der Zeit, in der die Morawa mich unterrichtete. – Später ging ich nie mehr in eine richtige Schule. Und ich beneidete jedes Kind, das weiter in die Schule gehen durfte. Manchmal haßte ich das Leben, das wir führten. Warum konnte mein Vater keinen ordentlichen Beruf haben, warum konnten wir nicht leben wie andere Menschen?

Das fragte ich Marja einmal.

Sie sagte: »Versteh' ich dich nicht, Täubchen. So ein interessantes Leben. Immer andere Städte, immer andere Länder. Du hast Kinstlerblut. Du kannst nicht sein Spießbürger.«

Von dem Künstlerblut war sie nicht abzubringen, das war einer ihrer Lieblingsausdrücke. Sie nahm den edlen Saft auch für sich selbst in Anspruch. Ihr Vater war Sänger gewesen, ihre Mutter ebenfalls Tänzerin, alles im alten Rußland, versteht sich. Marja hatte in Petersburg tanzen gelernt. Der einzige Ort auf der Welt, wo man überhaupt richtig tanzen lernen konnte, wie sie sagte. Von allen war sie die Beste gewesen, mit siebzehn hatte sie schon Soli getanzt, als sie zweiundzwanzig war, kam der Krieg, und dann die Revolution, und ihr Freund war ein Großfürst, aber sicher – das war er, und mit ihm floh sie nach Berlin. Er verließ sie, und sie heiratete einen anderen, einen armen jungen Musiker, das ging schief, und dann ging sie nach Wien und tanzte wieder. Aber nicht als Primaballerina, sondern im Corps, dann brach sie sich das Bein sehr kompliziert, als ihr Partner sie bei einer Hebefigur fallen ließ, und damit war ihre große Karriere vorbei.

Künstlerblut! Künstlerleben! Auch schon was! Das dachte ich damals bereits.

Als meine Mama, die kleine Mizzi, im Corps tanzte, war Marja bereits in der Statisterie gelandet. Und die nächste Station war eine Nachtbar, und der Himmel weiß, was aus ihr geworden wäre, wenn Papa und Mama sie nicht aufgenommen hätten.

Etwas war Marja nie gewesen: neidisch, gehässig oder kleinlich. Sie hielt die Mizzi für ein großes Talent und hätte ihr die Karriere gewünscht, die sie selbst nicht gemacht hatte. Es war eben Schicksal, nicht wahr? Das Leben war so. Nitschewo.

Und obwohl Marja meinen schönen Papa sehr bewunderte, war sie der Meinung, die Mama hätte ihn besser nicht heiraten sollen. Denn so war aus ihr keine Primaballerina geworden.

»Man kann verstehen gut. So eine wunderbare Mann. Sie muß gewesen sein verrückt nach ihm. Ein junges Mädchen wie sie. Vorher hat sie kein Mann gehabt. Keine Ahnung von Liebe. Mußte verrückt werden. Trotzdem schade. Sehr schade.«

»Mama ist doch glücklich«, sagte ich darauf. »Vielleicht wäre sie keine Primaballerina geworden. Genausowenig wie du.«

»Möglich. Möglich schon. Man kann nie wissen. Gehört auch Glück dazu. Viel großes Glück. Nicht nur Talent und Arbeit. Ja, du hast recht. Sie ist glücklich mit ihm. Sie liebt ihn. Und schlecht geht Geschäft ja nicht.«

Nein, schlecht ging es uns nicht. Wir hatten immer Engagements, wir konnten uns anständige Hotelzimmer leisten, Tanzstunden, Gesangsstunden für mich, ich lernte mehrere Instrumente spielen, und vor allem lernte ich Sprachen. Spielend und ganz von selbst.

Daß ich den Wunsch hatte, weiter in die Schule zu gehen, war allen unverständlich. Ich sprach einmal davon, so mit vierzehn oder fünfzehn Jahren – und Papa war maßlos erstaunt. »Wozu denn das? Du kannst lesen und schreiben und rechnen. Und du sprichst Englisch und Französisch. Und Italienisch und Spanisch. Und von Marja sogar ein bißchen Russisch. Auf welcher Schule lernt man mehr? Du hast bei mir die beste Startmöglichkeit. Ich mache eine große Nummer aus dir. – Eine ganz große Nummer.«

Worin die große Nummer bestehen sollte, wußte man noch nicht. – Zur Tänzerin war ich nicht geboren, darüber war man sich bald klargeworden. Doch dann entdeckte Papa meine Stimme. Die freute ihn viel mehr. Eine Tänzerin hatte er schließlich.

Ich sang in sämtlichen Sprachen, die ich gelernt hatte, ich spielte Gitarre dazu oder Klavier. Sogar Akkordeon mußte ich lernen, was ich haßte.

Papa ging das alles zu langsam. Ich wurde ihm nicht schnell genug erwachsen. Als er mich mit fünfzehn auf die Bühne brachte, protestierte Mama. Das sei zu früh, und ich könne noch nicht genug.

»Jeder sieht, wie jung sie ist. Es wirkt rührend. Und sie bekommt Sicherheit und Erfahrung.«

Im Olympia in Paris schickte man mir die ersten Blumen

in die Garderobe, ich war gerade sechzehn geworden. Es war im Krieg. Ein junger deutscher Leutnant schrieb einen artigen Brief dazu und lud mich zum Abendessen ein. Das machte mich sehr stolz. Natürlich erlaubte Papa nicht, daß ich die Einladung annahm.
»Dazu bist du noch zu jung. *Ich* werde dem jungen Mann antworten.«
Sicher schrieb er ihm einen sehr höflichen und charmanten Brief. Aber ich war erbost.
»Auf diese Weise werde ich nie die Liebe kennenlernen.«
Marja lachte mich aus. »Kommt schon noch. Kommt früh genug. Du bist noch zu dumm. Du läßt dir ein Kind machen, und das mitten im Krieg. Du kannst noch warten.«
Aber ich hatte nicht sehr lange zu warten. Ein knappes Jahr darauf verführte mich ein Trompeter. Er war natürlich nicht aus unserem Orchester, sondern aus dem hauseigenen Orchester des Varietés, in dem wir damals auftraten. Es war wieder einmal die Scala in Berlin. Es war zum letztenmal, daß wir in der Scala auftraten, ehe sie zertrümmert wurde.
Er war ein gutaussehender blonder Mensch, etwa Mitte dreißig, und wir poussierten heftig miteinander während der ersten vierzehn Tage des Engagements. Ich hatte zwei Lieder im Programm, und wenn ich auf der Bühne war, wußte ich, jetzt sitzt er da unten und starrt zu mir herauf. An sich hatte das Hausorchester Pause während unseres Auftritts, und die meisten verließen den Graben. Er blieb sitzen und hörte mir zu. Also sang ich für ihn. Von der Liebe natürlich.
Manchmal trafen wir uns in der Kantine, obwohl es

mir verboten war, dahin zu gehen. Dann verdrückten wir uns irgendwo in den Gängen, es gibt so viele Gänge und Winkel und Ecken in einem so großen Theater, und dann küßte er mich, meinen Mund, meinen Hals, und als seine Hand in meinen Ausschnitt fuhr und meine Brust umfaßte, erschrak ich des Todes, riß mich los und lief davon.

Nachts noch im Bett spürte ich diesen Griff. War es nicht wunderbar gewesen? Ich bekam eine Gänsehaut und kam mir sehr verrucht vor. – Am nächsten Tag lief ich nicht fort, ich war begierig zu wissen, wie das alles war. Und noch einen Tag später fanden wir einen noch stilleren Winkel, und er streifte mir das Kleid von der Schulter und küßte meine Brust, und ich war fassungslos, entzückt und entsetzt zugleich.

Trotzdem wäre natürlich nie etwas Ernsthaftes passiert, denn wann und wo hätte es geschehen sollen, es war ja immer nur in der Pause, daß wir uns trafen, die übrige Zeit mußte er spielen, und daß ich einmal nach der Vorstellung meine eigenen Wege gegangen wäre, war ganz und gar unmöglich.

Aber eines Tages trafen wir uns vormittags im Theater. Papa probierte eine neue Nummer, erst hatte es geheißen, ich käme auch dran, aber dann sagte Papa zu mir: »Heute nicht mehr, Lorena, ich habe noch länger zu tun. Geh nach Hause.«

Nach Hause war eine Pension in der Nähe, wo Marja auf dem Zimmer für uns kochte. Das tat sie immer, wenn es sich ermöglichen ließ. Und ich half ihr gern dabei.

Hinter der Bühne traf ich ihn.

»Mußt du nicht singen?«

»Nein.«
»Wohin gehst du?«
»Nach Hause.«
Er lächelte mich an, sehr zärtlich, und ich wollte gern ein bißchen von ihm geküßt und gestreichelt werden. Daran hatte ich mich schon gewöhnt. – Er nahm mich an der Hand und zog mich mit sich, und ich widerstrebte keinesfalls. Er kannte sich gut aus im Haus. Wir waren unter der Bühne, da waren die Garderoben, die Proberäume, es waren kaum Leute da, es war Mittagszeit, das Haus still und leer.
Er ging immer weiter, um Ecken herum, es wurde schmutzig, und ich fragte: »Wo willst du denn hin?«
»Komm nur mit. Wir wollen endlich mal ein paar Worte zusammen reden und eine Zigarette rauchen.«
»Aber ich darf nicht zu lange bleiben.«
»Du wirst rechtzeitig zu Hause sein.«
Wir redeten nicht in Ruhe ein paar Worte, und wir rauchten keine Zigarette, jedenfalls nicht gleich, es gab da ein kleines, enges Zimmerchen am Ende des finsteren Ganges, schmutzig und verlassen, ein alter schiefer Diwan stand darin.
Sicher war er nicht das erstemal hier. Zu zielbewußt hatte er diesen Weg eingeschlagen. Aber das dachte ich natürlich damals nicht.
Ich kam gar nicht dazu, mich viel zu wehren, es ging ziemlich schnell, die Zeit war zu knapp. Die Küsse, die herabgestreifte Bluse, das kannte ich ja schon. Ein wenig entsetzte ich mich vor dem fremden, gierigen Gesicht, das er auf einmal hatte, ich wollte ihn wegstoßen, aber da hatte er mir den Rock auch schon hochgestreift.
So passierte es. Es hatte weh getan, und ich starrte ent-

setzt auf den Blutfleck auf dem verblichenen schmutzigen Polster; ich war maßlos enttäuscht.

Das? Das sollte die Liebe sein? Aber das war ja gräßlich. Das *konnte* nicht die Liebe sein.

Er gab mir sein Taschentuch, richtete sich auf, und ich war froh, als er seine Hose wieder geschlossen hatte und ich dieses furchtbare Ding nicht mehr sehen mußte.

Er zündete sich eine Zigarette an, ich saß da auf dem Diwan und war dem Heulen nahe.

»Nun, nun, mach nicht so ein entsetztes Gesicht, Kleine. Es ist wirklich das erstemal bei dir? Das hätte ich nicht gedacht. So wie du küssen kannst. Küssen kannst du gut. Das andere wirst du auch noch lernen. Komm, nimm eine Zigarette.«

Ich beherrschte mich mühsam, versuchte erwachsen und gelassen zu erscheinen und ärgerte mich, daß man merkte, es war das erstemal gewesen. Ich nahm eine Zigarette, meine Hand zitterte ein wenig, ich fühlte mich elend.

Das war ja schrecklich! Maldito! Schrecklich! Das würde ich nie wieder tun!

»Wenn Papa das erfährt, bringt er dich um«, war das erste, was ich schließlich herausbrachte.

»Er braucht es ja nicht zu erfahren. Für gewöhnlich erzählt man so etwas seinem Vater nicht.« Er setzte sich neben mich und gab mir einen flüchtigen Kuß. »Du hast sicher nicht viel davon gehabt. Aber wenn du mich mal besuchst, bei mir, wenn wir mehr Zeit haben, dann zeige ich es dir richtig. Kommst du?«

»Das kann ich nicht.«

»Warum nicht? Ich wohne hier ganz in der Nähe. Mal am Nachmittag. Wenn wir keine Nachmittagsvorstellung haben. Ich bin dann allein. Meine Frau arbeitet in einem Modeatelier.«

Eine Frau hatte er auch. Auf diese Idee war ich noch gar nicht gekommen.

»Gehst du denn nicht mal spazieren? Oder etwas einkaufen? Oder zum Friseur oder so was? Bist du immer unter Aufsicht?«

Ich ging manchmal nachmittags ins Kino. Oft mit Marja. Aber manchmal auch allein.

»Ich glaube nicht, daß es geht«, sagte ich gemessen. – Ich wollte auch gar nicht. Er war verheiratet. Und er gefiel mir überhaupt nicht mehr. Und es war auch viel zu schrecklich.

»Ich wette, daß es dir Spaß machen wird. Wir müssen nur mehr Zeit haben. Und jetzt geh lieber. Ich warte hier noch. Wirst du den Weg finden?«

Ich nickte. Er gab mir einen Klaps auf den Popo, und ich ging.

Nein. So hatte ich mir die Liebe nicht vorgestellt. Wie irgendein Mensch dabei glücklich sein konnte, war mir unbegreiflich. Und wieso eine Frau davon schön werden konnte, war mir vollends ein Rätsel.

Ich kam noch vor Papa und Mama in der Pension an. Fest davon überzeugt, daß Marja mir alles sofort ansehen würde, hütete ich mich, ihr zu nahe zu kommen. Aber sie hörte mich und rief mich sofort in ihr Zimmer, wo sie eifrig in den Töpfen rührte. Sie hatte überall ihren elektrischen Kocher dabei, und meist gestattete man ihr auch – wenn auch ungern –, ihn gelegentlich zu benutzen.

»Komm her, Täubchen, rühr die Soße.«

Ich stand und rührte und hoffte, sie würde mir nicht

ins Gesicht sehen. – Aber sie sah gar nichts. Sie erzählte wortreich von einem Streit, den sie an diesem Vormittag mit dieser Pute von einer Wirtin gehabt hatte, die überhaupt kein Unterscheidungsvermögen besaß, mit wem sie es eigentlich zu tun hatte.
Dann kamen Mama und Papa und sahen auch nichts. Wir saßen um den Tisch herum und aßen, jeder konnte mein Gesicht sehen, es fiel ihnen nicht das geringste an mir auf. Das gab mir mein Selbstvertrauen wieder, und langsam begann ich Stolz auf mein Abenteuer zu empfinden. Ich war nun erwachsen. Eine Frau. Und die waren so dumm und merkten es nicht einmal.
Abends auf der Bühne sang ich mit viel Elan, und Papa sagte hinterher zu mir: »Du warst gut heute, Lorena. Du wirst langsam. Hat mir Freude gemacht.«
Also war wohl doch etwas dran, daß man sich veränderte, wenn man eine Frau war.
Zwei Tage später, als ich wußte, daß Marja Kostüme ausbessern mußte, erbat ich die Erlaubnis, ins Kino gehen zu dürfen. Und dann ging ich zu ihm. So lange, wie eine Kinovorstellung dauerte. Zeit genug, daß er es mir richtig zeigte. Viel schöner fand ich es aber immer noch nicht.
Mittwoch, Sonnabend und Sonntag hatten wir Nachmittagsvorstellung. Und natürlich konnte ich auch an den anderen Tagen nicht immer weg. Aber einige Male gelang es mir noch, ihn zu besuchen. Man wird ja sehr erfinderisch in solchen Situationen. War ich verliebt? Ich glaube nicht. Wenn ich es mir auch einredete. Auf jeden Fall war es aufregend und spannend. Und auch nicht mehr so schrecklich. Ich fand Gefallen daran, ganz nackt zu sein, mir sagen zu lassen, ich hätte eine süße

Figur, und langsam gewöhnte ich mich auch an den Anblick eines nackten Mannes, wenn mich auch seine Anatomie nach wie vor befremdete.

Dann hatte seine Frau ein paar Tage Urlaub. Und als ich ihn danach wieder besuchte, fragte ich: »Hast du denn mit deiner Frau nun auch ...?«

Und er antwortete brutal: »Natürlich. Das würde sie doch nur unnötig mißtrauisch machen.«

Das widerte mich an. Ich beschloß, nicht mehr hinzugehen. Aber ich ging doch. Bis das Engagement zu Ende war, das letzte, wie schon gesagt, ehe die Scala zerbombt wurde.

Ich dachte, ich müßte traurig sein, als wir abreisten. Aber ich war es nicht. Ich war irgendwie erleichtert, daß ich es hinter mir hatte. Und dann, mit zunehmendem Abstand, kam ich mir sehr wichtig vor mit meinem Abenteuer. In meiner Phantasie verschönerte ich es nachträglich, und nach einer Weile bildete ich mir ein, es sei Liebe gewesen.

SANDOR ... mit dem Glas in der Hand gehe ich langsam durch die vier ineinandergehenden Räume, die den offiziellen Teil von Sandors pompösem Haus bilden.

In der Mitte ein Riesenraum, die Halle, sehr sparsam möbliert, schwere Sessel, einige ausgesuchte Antiquitäten, gute Bilder, in der rechten Ecke hinten, groß und ausladend die Hausbar. Rechts von der Halle das sogenannte Kaminzimmer mit Sitzplatz vor besagtem Kamin, zwei kosigen Ecken und auch ein paar Büchern an den Wänden, damit jeder gleich sehen kann, daß er sich nicht bei einem Analphabeten befindet. Auf der Gartenseite des Raumes führt ein gewölbter schmaler Durchgang in das Eßzimmer, hellgrün und zartlila tapeziert, weiß eingerichtet, sehr bezaubernd.

Links von der Halle ist der Raum, den er Herrenzimmer nennt, da ist es betont dunkel und englisch, Stiche an den Wänden, afrikanische Jagdwaffen, schwere Lederfauteuils. Hier führt er geschäftliche Gespräche, falls einem Geschäftspartner die Ehre zuteil wird, ins Haus gebeten zu werden, und hier gibt er seine berühmten Herrenabende, bei denen keine Frau Zutritt hat.

Man wird zugeben, daß das Haus gekonnt eingerichtet

ist, wenn auch nicht sehr originell. Aber Sandor ist so ein geschickter Regisseur, der genau weiß, man enttäuscht das Publikum am wenigsten dann, wenn man ihm gibt, was es erwartet. In diesem Haus findet Klein Moritz all seine Träume vom Dasein des reichen Mannes bestätigt. Und kleine Moritze gibt es viele, auch in den bewußten besseren Kreisen und bei den höheren Bankkonten. In gewisser Weise ist auch Sandor ein kleiner Moritz geblieben. Auch das habe ich ihm mal gesagt, und auch das ist so etwas, was er mir nicht vergeben kann.

Noch besser denn als Regisseur ist er als Schauspieler. Ich glaube, ich kann das beurteilen. Er ist schillernder und verwandlungsfähiger als eine Frau; ich habe es oft staunend miterlebt, wie er es fertigbringt, jede Rolle zu spielen, die gewünscht und erwartet wird: der kaltblütige Abenteurer, der jeder Situation gewachsen ist und mit Kühnheit Menschen und Dinge herausfordert; der modernen Ideen und Künsten aufgeschlossene und – seit das Mode ist – sozialistisch angehauchte Künstler- und Journalistenfreund, die Zeitungsfritzen fressen ihm aus der Hand und schreiben gern und viel über ihn. Der jugendliche Sportsmann, in Reitstiefeln oder den Tennisschläger lässig unterm Arm, und er *kann* beides, reiten und Tennis spielen, und zwar gut. Und schließlich auch der Sensible mit dem Hang zu Romantik und Tiefsinn; und dann natürlich den Frauen gegenüber, da werden alle Variationen geboten, vom unwiderstehlichen Charmeur bis zu dem von der Liebe Überwältigten, der just auf diese einzige Frau gewartet hat.

Die Triebkraft für sein Talent, all diese Rollen zu spielen, ist seine Eitelkeit. Wo er gerade spielt, dort ist seine

Bühne, und er ist darauf der Protagonist. Dann ist er glücklich.

Er wirkt auf Männer und Frauen gleichermaßen. Sein Erfolg bei Frauen ist in gewisser Weise verwunderlich, denn er ist rein äußerlich kein Mann, der auf den ersten Blick atemlos macht. Er ist nicht sehr groß, aber schlank und von geradezu graziöser Körperbeherrschung und Gewandtheit. Sein Gesicht ist nicht schlecht geschnitten, aber es fehlt ihm die edle Linie, die Nase ist zu klein, der Mund zu weich, das Bärtchen auf der Oberlippe konnte ich sowieso nie ausstehen. Nur seine Augen sind schön, große, dunkle feuchte Augen mit erstaunlich langen Wimpern.

Meist hat er in dem Moment gewonnen, wenn man sich in ein Gespräch mit ihm einläßt, wenn man ihm Gelegenheit gibt, seine Rollen beziehungsweise die gerade passende Rolle zu spielen. Auf einmal ist er unwiderstehlich. Ich habe es selbst erlebt. So fing es an.

Ich konnte immer wieder beobachten, wie er auf Menschen wirkt. Männer nehmen ihn meistens sehr ernst, halten ihn für einen Erfolgsmann und einen Tiger bei Frauen. — Nun will das zwar nicht viel heißen. Erfolgsmänner von heute, also die, mit denen er bevorzugt umgeht, sind selten aus gutem Holz und haben oft wenig Verstand. Aber auch Frauen, die meist scharfblickender sind, fallen auf ihn herein. Ich denke da nicht nur an die kleinen Starlets, die von ihm ausgehalten werden möchten und sich von seinen Beziehungen etwas versprechen — nein, auch Frauen von gewissem Format, die es eigentlich besser wissen müßten.

Ich kenne zum Beispiel eine — sie spielt eine sehr angesehene Rolle in der Münchner Gesellschaft, blendend aussehend, gut verheiratet, zwei entzückende Kinder, sehr reich, sehr selbstsicher, sehr gewandt, todschick angezogen immer –, die ist ganz verrückt nach Sandor. Man könnte fast sagen, sie sei ihm hörig, was ich nicht begreifen kann, denn für meine Begriffe ist er ein lausiger Liebhaber, was er aber natürlich nicht wahrhaben will.

Sie war schon seine Geliebte, ehe ich aufkreuzte, dann gab es mal eine Pause – meinetwegen vermutlich –, und dann fing es wieder an. Sie kann ohne ihn nicht leben, das ist es. Sie kam ins Haus, wenn sie wußte, ich bin nicht da. Und natürlich haßt sie mich wie die Pest.

Einmal habe ich die beiden überrascht, als ich unangemeldet zurückkam. Wegen einer schweren Erkältung hatte ich die Tournee abbrechen müssen, ich war sauer obendrein, es war eine miese Provinztournee, und ich hätte lieber Bomben ins Publikum werfen mögen, als mich auf diese billige Weise zu prostituieren. Dazu bekam ich Krach mit Jack, der mich in eine Klinik stecken wollte, um mich schnell zu kurieren, und ich sagte: »Du kannst deine Scheißtournee allein weitermachen, ich will sowieso nicht mehr. So weit bin ich noch nicht, daß ich auf die Dörfer gehe.« – Ich ließ mich mit einem Taxi in die nächste Großstadt fahren, nahm die nächste Maschine nach München und fuhr von Riem dann nach dem Herzogpark, ich wollte weiter nichts, als mich in mein Bett legen und vielleicht ein bißchen heulen.

So war mir.

Frau Winter empfing mich mit widerspenstiger Miene, und ich merkte, daß sie mich am liebsten wieder hinausbugsiert hätte.

»Schon gut«, sagte ich, »falls Besuch da ist, sagen Sie

nichts. Ich bin krank. Ich geh' hinauf und lege mich gleich hin.«

Da es unten still war und Frau Winters Augen tückisch und schadenfroh glimmerten, war leicht zu erraten, daß sich der Besuch im ersten Stock aufhielt, wo die Schlafzimmer sind. An der Garderobe hatte ich inzwischen den Nerz entdeckt, den voluminösen Platin-Nerz, den ich kannte.

Als ich die Treppe hinaufging, dachte ich kurz daran, einfach in sein Schlafzimmer zu gehen und die beiden zu überraschen. Aber natürlich tat ich es nicht. – Vielleicht wenn ich eifersüchtig gewesen wäre, aber ich war es nicht. Es war mir sowas von egal, sowas von egal gab's nicht zum zweitenmal. Ich wunderte mich nur über diese Frau. Was fand sie an Sandor? Ich kannte ihren Mann, er war jeder Liebe wert. Auf jeden Fall war er weitaus attraktiver als Sandor. Und wenn sie schon einen Liebhaber brauchte, zur Abwechslung und zur Aufmunterung, warum mußte es Sandor sein, der egoistisch und phantasielos war?

Als ich Wasser in die Wanne laufen ließ, kam Sandor im seidenen Morgenrock. »Wo kommst du denn her?«

»Direkt vom Flugplatz«, sagte ich heiser. »Ich bin erkältet und muß ins Bett. Aber laß dich nicht stören.«

Und als ich merkte, daß er mit irgendeiner Erklärung beginnen wollte: »Oh, shut up! Ich weiß, wer bei dir ist, und es interessiert mich einen Dreck. Viel Spaß noch und gute Nacht.«

Er drehte sich um und ging. Zweifellos ging Madame auch bald darauf, ich hatte ihr wohl den Spaß verdorben. Ich badete heiß, nahm zwei Schlaftabletten und kümmerte mich um nichts mehr.

Am nächsten Morgen war er nach Rom geflogen.
Bei alledem war es so, daß Sandor komischerweise für mich allerhand übrig hatte. Ich will es nicht mit Liebe bezeichnen, das käme mir im Zusammenhang mit ihm deplaciert vor. Er weiß gar nicht, was das ist: Liebe.
Nebenbei: Wer weiß das? Ich vielleicht?
Wenn ich es wußte, habe ich es vergessen.
Ja, also – er mochte mich irgendwie gern. Er dekorierte sich gern mit mir – ich bin eine dekorative Frau –, und in gewisser Weise fühlte er sich zu mir hingezogen. Vielleicht weil ich einer der wenigen Menschen bin, die er nicht beeindrucken kann.
Midnight-Blues ist längst abgelaufen, und jetzt lege ich doch ›Tränen im Regen‹ auf.
Meine Stimme, dunkel, ein wenig verhaucht, doch plötzlich, wenn es paßt, sehr hart, sehr akzentuiert, scharfer Jazzklang – Tränen im Regen kann keiner sehn...
Eine gute Nummer. Immer noch. Ich habe nichts daran auszusetzen. Noch mal von vorn.
Ich weiß noch genau, wie es war, als ich das erstemal in dieses Haus kam. In einer Nacht im Januar war es, nach einem Ball. Jetzt haben wir November, also ist es fast vier Jahre her. Schrecklich, wie die Zeit vergeht – die Zeit –, damals war ich neununddreißig. Und jetzt – na was, neununddreißig geblieben.
Es war kein Faschingsfest gewesen, sondern ein sehr gepflegter, sehr exquisiter Schwarz-Weiß-Ball, irgend etwas Wohltätiges. Ich hatte ein herrliches Kleid an, mit Pailletten besetzt, aber ich langweilte mich schrecklich. Jack hatte es arrangiert, daß ich mit einem Filmproduzenten in einer Loge saß, er wollte mich unbedingt

wieder in einem Film unterbringen, aber die Zeit der Filme war vorbei, sie machten damals schon diesen komischen Quatsch, in dem es für eine Frau wie mich keine Rollen gibt, Filme, in denen kleine Mädchen und schwule Jungen auf den Straßen 'rumlaufen und blödsinnig vor sich hinstarren und irgendwelchen Unsinn von sich geben, wenn sie nicht überhaupt nur in der Nase bohren und schweigen. Das sind keine Filme, in denen eine Frau wie ich unterzubringen ist. Hier in Deutschland machen sie nur noch solche Filme. Woanders gibt es noch andere.
Aber ich war kein internationaler Star, woanders brauchten sie mich nicht.
Na ja, lassen wir das, weiß sowieso jeder. Jack hatte sich mit einer faulen Ausrede vom Ball gedrückt, er haßt solche Feste, er sitzt am liebsten in einer verräucherten Kneipe, trinkt klare Schnäpse und redet nur mit dem, mit dem er reden will.
Den Filmproduzenten hatte er vorher bearbeitet, und der hatte einen Pressemenschen dabei und der Pressemensch seine farblose junge Frau. Und natürlich kamen pausenlos junge Schauspielerinnen und Starlets an, die den Produzenten enthusiastisch begrüßten, ihn Schätzchen und Liebling nannten, was den nur immer hochnäsiger und arroganter machte. Manchmal streifte mich sein Blick, und ich las darin: Siehst du das? Hörst du das? Die schönsten Mädchen küssen mir die Füße, die schönsten und jüngsten. Junge, hörst du, junge! Was soll ich eigentlich mit dir?
Ich gab mir nicht einmal Mühe, charmant zu sein. Ich war lange genug im Geschäft, um zu wissen, daß ich auf diese Weise keine Rolle bekam. Und daß ich schlecht

gehandelt wurde, wußte ich auch. Mein letzter Film lag zwei Jahre zurück und war kein Erfolg gewesen. Es lag nicht an mir, es lag am schlechten Buch, an der billigen Machart. Aber woran es auch immer lag, in den Augen der Branche war ich es, die out war. Sie ist passé, sie zieht nicht mehr, das Publikum will neue Gesichter. – Ich kannte diese Sprüche, die waren altbekannt. Sie stimmen meist nicht. Aber belehre einer die Branche, sie sind bornierter als die Regenwürmer.

Ich saß also da und war genauso rotzig und arrogant wie der Produzent. Ich kann so was gut.

Eine junge Sängerin trat auf, sie war zierlich und blond und tat sich ab vor dem Mikrofon, doch kein Mensch hörte ihr zu.

»Reizend, die Kleine, nicht?« sagte der Filmproduzent. »Kommt aus Schweden. Achtzehn Jahre.«

»Ganz reizend«, stimmte ich zu.

Die Musik begann wieder, und der Pressemensch machte einen Versuch, sich vom Sessel zu liften. »Haben Sie Lust zu tanzen, gnädige Frau?«

»Nein«, sagte ich und lächelte ihn freundlich an, »bleiben Sie sitzen. Oder tanzen Sie mit Ihrer Frau.«

Ich hatte schon einen Tanz mit ihm getanzt und keine Lust auf eine Wiederholung. Er war hoffnungslos unmusikalisch. Selbst bei modernen Tänzen, wo das weiter keine Rolle spielt, war es aufgefallen. Er blickte mich unsicher an, die Frau gackerte, der Produzent zog mißbilligend die Brauen hoch. Schwierige Person, diese Rocca – sollte das wohl heißen.

Ich überlegte gerade, wie ich es anstellen könnte zu verschwinden, als plötzlich Sabine Lutz in unsere Loge kam, einen Mann im Gefolge.

Sabine rief heiter: »Hei, Leute, ist es nicht wieder toll heute abend? So herrlich öde. Ich komme mir vor wie ein Kamel in der Wüste. Ich hab' den ganzen Mund voll Sand, so trocken ist es.« Dann beugte sie sich zu mir. »Ich hab' dir einen interessanten Mann mitgebracht, der dich gern kennenlernen möchte. Er findet, du seist die schönste Frau hier im Saal. Ich finde das zwar übertrieben. Und reichlich unverschämt, daß er mir das ins Gesicht sagt. Findest du nicht auch?«
»Sehr unverschämt. Vermutlich will er dich ankurbeln damit.«
Sabine lachte, ihr helles sorgloses Lachen, mit dem sie alle Herzen gewann.
»Da kannst du recht haben. Aber du kannst ihn kriegen. Ich bin zur Zeit gut versorgt.«
Sabine, in meinem letzten Film noch in einer Nebenrolle beschäftigt, hatte inzwischen eine ansehnliche Karriere gemacht, beim Fernsehen. Ich nahm es ihr nicht übel. Sie war ein netter Kerl, nie zickig, nie bösartig, sehr offenherzig und wirklich begabt. Eine ziemliche Seltenheit in diesem Geschäft.
Sie präsentierte mir den Mann, den sie mitgebracht hatte, und ich ließ mir gelangweilt die Hand küssen. Als ich seinen Namen hörte, wußte ich, daß er kein kleiner Fisch war. Den Namen hatte ich schon öfter in der Zeitung gelesen, in den Klatschspalten, die so eine Art Barometer der zweitklassigen Gesellschaft bilden. Wenn man nicht zur erstklassigen gehört, ist es wichtig, dort gelegentlich genannt zu werden.
Er hatte mir also die Hand geküßt, ohne etwas dazu zu sagen, den anderen in der Loge nickte er nur zu und sagte in lässigem Ton: »Ich darf Ihnen Madame auf

eine kleine Viertelstunde entführen.« Es war keine Frage – eine Feststellung.
Mich hatte er auch nicht gefragt, aber ich fand es so fad, daß ich mich bereitwillig erhob. Ich dachte, er wollte mit mir tanzen, aber er führte mich in eine kleine Bar, die abseits lag und wo eine Nische für ihn reserviert war.
Generalstabsarbeit. Später lernte ich, daß immer und überall, wo er sich aufhielt, eine kleine Ecke für ihn reserviert war. Das kommt von den Trinkgeldern, mit denen er verschwenderisch umgeht. Eine Ausgabe, die sich immer bezahlt macht. Er fragte mich, was ich trinken wolle, ich sagte, es sei mir gleich. Darauf kam Champagner auf den Tisch, was ich phantasielos fand. Aber phantasielos in gewissen Dingen ist er nun mal.
Er machte mir ein paar Komplimente über mein Aussehen, mein Kleid und fügte hinzu, wie schade es sei, daß ich nicht gesungen hätte, dann hätte dieser Abend wenigstens einen Höhepunkt gehabt. Ich nickte, lächelte, sagte auch ein paar nichtssagende Worte und fühlte mich nicht weniger gelangweilt als zuvor.
»Sie machen nicht den Eindruck, als ob Sie sich besonders amüsieren?« sagte er.
»Nein. Sie?«
»Bis jetzt traf es zu. Wenn man sich amüsieren will, muß man selbst die Lust dazu mitbringen. Wie in der Liebe.«
Ich fand das gar nicht so dumm, was er sagte.
»Nur wenn man investiert, macht man Gewinn.«
Wem sagte er das? So war es in jedem Geschäft und nicht zuletzt in dem meinen.
»Wenn wir den Fall weiter untersuchen«, sagte ich,

»werden wir vermutlich feststellen, daß es in allen Dingen so ist.«
»Was gibt es schon noch außerdem? Geschäft, Liebe, Amüsement.«
Erstaunlicherweise hatten wir ein Gespräch in Gang gebracht, das mich eine halbe Stunde lang ganz gut unterhielt. Er war wirklich gewandt. Und charmant.
Kam dazu, daß er in einer für ihn günstigen Stunde in mein Leben trat. Ich war damals schon ausgebootet. Kein Mann, keine Arbeit, kein Erfolg.
Ich trank zwei Gläser von dem Champagner, mehr lehnte ich ab. »Danke, nichts mehr.«
»Lieber etwas anderes?«
»Nein. Ich wüßte nicht, was.« – Es war keine Blasiertheit, blasiert war ich eigentlich nie. Nicht echt, höchstens gespielt.
»Und was halten Sie von einem kleinen Mitternachtssouper, gnädige Frau?«
Davon hielt ich etwas. Ich hatte den ganzen Abend nichts zu essen bekommen.
»Wir werden hier nichts Gescheites kriegen.«
»Muß es hier sein? Oder sind Sie an Ihre Gesellschaft gebunden?«
»Nein. Aber es ist fast ein Uhr. So eine Weltstadt ist München nicht, daß einem noch besonders viel geboten würde um diese Zeit.«
»Wenn Sie sich mir anvertrauen wollen, Madame. Sie können wählen zwischen einem kalten Büffet oder, falls Ihnen warme Küche lieber ist, ein Steak, ein Fondue, ein gegrilltes Huhn und ...«, er dachte nach, »warten Sie, was könnte es noch geben? Ein Stroganoff? Möglicherweise ist ein Hummer vorrätig.«

»Alles etwas schwer für die späte Stunde. Ein kaltes Büffet würde genügen. Ich nehme an, das gibt es bei Ihnen zu Hause.«

»Sie haben es erraten, Madame.«

»Und wer sorgt für diese gutgefüllte Vorratskammer?«

»Eine Dame namens Frau Winter. Sie begleitet meinen Lebenslauf seit vielen Jahren und ist stets auf alles gefaßt und durch nichts zu erschüttern.«

»Das Gegenteil einer Ehefrau also, die demnach nicht vorhanden oder zumindest nicht zugegen ist.«

Vor Ehefrauen habe ich einen gewissen Horror, ich hatte schließlich meine Erfahrungen gesammelt.

»Weder–noch. Frau Winter ist jeder Ehefrau vorzuziehen. Sie ist schuld daran, daß ich nie geheiratet habe.«

Ein Mann, der nie geheiratet hat, imponiert mir. Es beweist, daß er Rückgrat hat. Und etwas von der Freiheit versteht.

»Man könnte jedem Mann so eine Frau Winter wünschen«, sagte ich und lächelte ihn erstmals etwas freundlicher an. »Rechtzeitig.«

»Mein Angebot ist akzeptiert, Madame?«

»Was das Mitternachtssouper betrifft, ja. Dazu würde ich auch gern noch ein Glas Champagner trinken ...«

»Und?«

»Was – und?«

»Ihre Stimme hörte sich an, als hätte der Satz noch eine Fortsetzung.«

»Nun, vielleicht hätte der Satz die Fortsetzung gehabt: Ich akzeptiere unter der Bedingung, daß der Abend nach Souper und Champagner nicht notgedrungen eine Fortsetzung haben muß.«

»Die Nacht, meinen Sie, Madame?«

»Die Nacht meine ich, Monsieur.«
»Das ist bedauerlich, Madame. Für mich. Aber ich werde mich in jeder Beziehung ganz nach Ihren Wünschen richten.«
Er beugte sich etwas näher zu mir, seine großen, wirklich schönen Augen sahen mich sehr direkt an. »In dieser Nacht. Und in jeder weiteren Nacht, in der Sie mir die Freude Ihrer Gegenwart schenken.«
Ohne Zweifel waren wir recht schnell und ohne großen Umweg beim ›touché‹ angelangt. (So nenne ich das, wenn ich merke, daß eine Verbindung hergestellt ist.) Ich wußte bereits, daß ich mit diesem Mann schlafen würde. Man kennt das Spiel, man kennt die Spielregeln, es ist immer wieder spannend und neu – eben solange es neu ist. Und wenn es einmal nicht mehr funktionieren sollte, kann man aufhören zu leben. So jemand wie ich kann dann aufhören.
Mit Liebe hat das nichts zu tun. Liebe ist überhaupt so eine dumme Illusion. Es gibt Leute, die werden nie erwachsen und glauben ein Leben lang an Liebe. Es gibt Leute, die werden sehr schnell erwachsen, so wie ich. Dann träumen sie nur noch davon. Das ist das Albernste, was es gibt. Von etwas zu träumen – an das man nicht glaubt.
Nicht mehr. Denn einmal habe ich es schließlich erlebt. Daß es sie gibt – le grand amour. Andreas, das warst du. Das bist du. Das bleibst du. Einmal und für immer. Once and forever. Das war auch ein Titel, den ich gesungen habe. Once and forever and then never again.
Aber an Andy will ich nicht denken. Nicht mal in meiner letzten Stunde. Aber die Nacht ist noch lang. Vielleicht denke ich später an dich. Wenn ich die Tabletten

geschluckt habe. Dann werde ich mir den Luxus leisten, an dich zu denken. Von dir zu träumen.
Wenn ich weiß, ich werde nicht mehr aufwachen müssen ohne dich.
Sicher bin ich selbst an allem schuld. Da stehe ich vor der Spiegelwand in der Halle und blicke mir ins Gesicht. Es liegt an einem selbst, was man aus seinem Leben macht.
Pf, nuts. Es liegt nicht am Willen. Es liegt am Sein. Ich war falsch konstruiert. Ich wollte immer alles ganz und hatte alles halb. Aber ich tat nie etwas ganz. Ich tat alles nur halb. Und so ist das Ergebnis: eine mittelmäßige Karriere, mittelmäßige Lieben, mittelmäßiges Leben.
Weil ich das Ganze wollte, war ich mit der Hälfte nie zufrieden. Weil ich nie zufrieden war, konnte ich die Hälfte, die ich bekam, nicht genießen. Sicher, jeder wartet auf die große Liebe und den großen Erfolg, die große Erfüllung. Aber die meisten richten sich ein mit dem, was sie bekommen, und sind relativ zufrieden damit.
Und wenn ich etwas Ganzes bekommen hatte, wollte ich noch das andere Ganze dazu. So verrückt bin ich. Keiner kann zwei Leben leben. Wenn ich zum Beispiel bei Berthold geblieben wäre, sein Leben mitgelebt hätte, mich angepaßt hätte, Kinder bekommen – wäre das vielleicht nicht etwas richtig schön rundherum Ganzes gewesen? Aber gewiß doch. Ich wollte ihn haben, um jeden Preis, habe ihn dem Mädchen weggenommen, das ihn liebte und das zu ihm paßte.
Als ich ihn hatte, wollte ich das andere Leben. So habe ich Unordnung und Schande in sein Leben gebracht.
Er sollte mir das geben, was ich mir als Kind immer gewünscht hatte, ein sicheres, friedliches Zuhause, ein

bürgerliches Dasein, er sollte mir heraushelfen aus der Scheinwerferwelt. Innerlich, meine ich. Und dann lief ich zurück unter die Scheinwerfer. Doch es waren nicht die hellen Scheinwerfer des Erfolges, wie sie für Papa und Mama gestrahlt hatten, es war nur ein klägliches Licht.

Lorena! Sieh dich an! Gefällst du dir?

Doch. Rein äußerlich kann ich mir noch ins Gesicht sehen, auch mit sehr kritischen Augen. Mein Gesicht gehört nicht zu den Gesichtern, die früh altern. Zweifellos bin ich heute schöner als mit zwanzig. Und wenn ich mich jetzt ausziehe und nackt vor den Spiegel stelle, kann ich auch zufrieden sein. Meine Figur ist, wie sie immer war, der durchtrainierte, straffe Körper einer Artistin.

Doch diese Zahl! Die Zahl meiner Jahre hat eine suggestive Gewalt über mich. Sie lastet auf mir wie ein Fels, sie steht an jeder Wand geschrieben wie ein Menetekel.

Ab morgen wird die Zahl nicht mehr existieren. Die gelebten und die ungelebten Jahre werden gleich unwichtig sein. Der Tod wird mich wieder so jung machen, wie ich mich fühle. So jung, wie ich damals war, als ich meine Mädchenzeit nachholte.

Die Kinderjahre in den Garderoben der Theater, die Mädchenjahre, als ich Lore war, Lore im kurzen Rock, mit offenem Haar, so unbeschwert in dieser Unschuldswelt der Jugend. Heides Freundin.

War ich das wirklich?

DANSE FUNÈBRE ... Mama und Papa, José de Santander und Maria Cadero, erlebten das Kriegsende nicht. Sie starben in einem Luftschutzkeller in Berlin.

Die Theater spielten damals schon nicht mehr. Wir waren in München gelandet, lebten dort etwas hilflos und ziellos in einer kleinen Pension, keiner wußte, wie es weitergehen sollte. Man wartete darauf, daß der Krieg zu Ende sein würde. Jeder wartete nur noch darauf. Das war die Hauptbeschäftigung der Menschen damals.

Das Orchester war zerstreut, sie lebten hier und dort, wo sie gerade untergekommen waren, Freunde oder Verwandte hatten. Für Papa war das ein unerträglicher Zustand. Er reiste kreuz und quer durchs Land, um seine Leute zu treffen, denn er wußte, daß sie sich heimatlos und verloren vorkamen ohne ihn, ohne die Truppe. Er wollte die Verbindung zu ihnen nicht verlieren. Sie sollten wissen, daß wir noch zusammengehörten. Er kümmerte sich darum, ob auch jeder gesund und einigermaßen wohlversorgt war, noch genügend Geld besaß, genug zu essen bekam.

In Berlin war ein großer Teil unserer Kostüme und Requisiten zurückgeblieben, auch Instrumente, und um das alles zu holen, reisten meine Eltern im Herbst 1944 nach Berlin.

Enrico, Papas erster Cellist und sein bester Freund, fuhr mit ihnen.

Er wurde mit verschüttet – aber er überlebte.

Als er zu uns nach München zurückkam, war er ein zerbrochener Mann. Er saß bei Marja in dem kleinen Pensionszimmer und weinte und weinte.

Ich weinte nicht. Ich war wie erstarrt.

Aber Marja weinte. Sie fluchte und betete wirr durcheinander, in deutsch, in russisch, sie beschwor alle Heiligen, daß dies nicht wahr sein könnte und daß sie es ungeschehen machen müßten. Nachdem sie das eine Zeitlang getan hatte, kehrten ihre Vernunft und Tatkraft zurück. Zunächst bemühte sie sich darum, Enrico wieder einigermaßen auf die Füße zu stellen. Und nachdem ihr das gelungen war, betrachtete sie mich. Die ich nicht weinte, die starr und unbewegt durch die Tage gegangen war. Die ich schwieg und mich kaum rührte.

»Was ist los? Warum trainierst du nicht? Du wirst werden steif wie ein Stück Holz.«

»Laß mich in Ruh!« sagte ich. Stand auf, schmiß die Tür hinter mir zu und ging weg. Lief durch das auch schon schwer beschädigte München. Machte die Bekanntschaft eines Offiziers, der irgendeinen eleganten Heimatposten hatte und mich zum Essen ausführte – es gab zu der Zeit noch einige ganz gute Lokale in München, und wenn einer da bekannt war, bekam er zu essen und auch Wein.

Er wurde mein zweiter. Nach dem Trompeter in der Scala.

Ich fand immer noch nicht viel Geschmack daran, aber es war eine Ablenkung. Er hatte in Schwabing eine Wohnung, seine Frau war mit den Kindern aufs Land evakuiert.

Erst besuchte ich ihn bloß am Nachmittag. Als ich das erstemal eine ganze Nacht wegblieb, ohrfeigte mich Marja am nächsten Tag. Rechts und links.

»Miststück!« nannte sie mich. »Verdammtes Miststück! Das ist das einzige, was du jetzt im Kopf hast.«

Es war nicht das einzige. Hauptsächlich waren in meinem Kopf die Bilder vom Tod José de Santanders und Maria Caderos zu finden.

Wie sie da in dem Keller waren, und dann kam also die Bombe oder die Luftmine ... und dann stürzte das Haus auf sie herab und zerquetschte sie. Und da lag Maria Cadero mit ihrem süßen, zarten Gesicht, es war ein Brei, und ihr zarter, biegsamer Körper war ein blutiger Klumpen, und ihr langes braunes Haar ertrank in ihrem Blut und war nur noch klebrige Masse.

Wenn es aber so gewesen war, war es gut gewesen.

Vielleicht aber waren nur die Beine eingequetscht — oder ein Teil ihres Körpers. Und sie lebte. Sie lebte. Sie lebte immer noch. Und es war ein langsames, elendes Verrecken.

Und José mit seinem schönen dunklen Gesicht hatte Schutt im Mund und Staub in den Augen, und er schrie. Er schrie.

Bis er erstickte.

Das war es, was in meinem Kopf vorging. Und nur wenn dieser fremde Mensch mich umarmte, vergaß ich es. — Manchmal. Ein bißchen. Höchstens minutenweise.

Wer will, kann das Liebe nennen. Ich hatte keinen Namen dafür.
»Wir müssen weg aus München«, zu diesem Entschluß kam Marja schließlich. Es fielen hier auch genug Bomben.
»Enrico! Wir müssen weg. Wir haben die Verantwortung für das Kind. Jetzt haben wir sie. Wir müssen das Kind retten.«
Zunächst vor den Bomben, aber auch vor den Nächten, die ich außerhalb ihrer Reichweite verbrachte.
Weg aus den Städten wollten alle. Plötzlich liebte jeder das Landleben. Aber auf dem Land war kein Platz. Wer da ein Haus besaß, einen Hof, eine Hütte – der hatte den Laden voll. Zuerst die Verwandten, Bekannten und Freunde. Dann die Flüchtlinge und die Evakuierten.
Keine Rede davon, daß man einfach hinausfuhr und fragte: Haben Sie ein Zimmer, eine Scheune, können wir bei Ihnen mieten?
Haha! Sie lachten sich tot darüber.
Und das letzte, was sie genommen hätten, waren eine abgetakelte Russin mit schlecht gefärbtem Haar, ein klapprig gewordener Musiker und ein schlecht erzogenes Artistenkind ...
Also saßen wir weiter des Nachts in den Kellern unter der Pension, Marja betete, Enrico saß zusammengeduckt mit zitternden Lippen, und ich malte mir aus, wie wir zerquetscht werden würden.
Oder ich saß im Keller bei meinem Freund. Der trug eine Uniform und nahm sich zusammen. Aber sein Gesicht war blaß. Auch er hatte Angst. Alle hatten Angst.
Wenn er Dienst hatte, mußte er in der Kaserne schlafen.

Einmal war ich allein in seiner Wohnung, als Alarm kam. Er war nicht gekommen. Ich traute mich nicht, allein in den Keller zu gehen. Die Leute sahen mich sowieso sehr komisch an. »Meine Nichte!« So hatte er mich im Keller vorgestellt. Ich war achtzehn, er einundvierzig. Die Leute glaubten ihm sowieso nicht. Ich sah nicht aus wie eine Nichte.

Ich saß während des Alarms auf dem Bett und biß mich in den Arm, um nicht zu schreien. Vor Angst.

Am nächsten Tag sagte ich zu Marja: »Wann gehen wir denn endlich weg von hier?«

In dem Haus, in dem wir wohnten, waren die oberen Stockwerke zerstört, in den Fenstern hatten wir keine Scheiben, sondern Bretter. Manchmal fiel der Strom aus. Oder das Wasser. Dann beides.

Sie hatte immer ein gutes Verhältnis zu der Heiligen Mutter Gottes, die sie in allen Sprachen, die sie kannte – meist jedoch in russisch –, beschwor.

Die Heilige Mutter Gottes führte ihr Tulpano über den Weg.

TULPANO... Tulpano war ein Clown. Nicht so berühmt wie Grock oder Charlie Rivel. Aber fast. Ein international berühmter Clown. Hier und da waren wir ihm begegnet, war er im gleichen Programm wie wir aufgetreten. Ich kannte ihn, und er kannte mich. Es existierte eine ganz direkte, ganz persönliche Beziehung zwischen Tulpano und mir.

Die erste Begegnung mußte stattgefunden haben, als ich noch sehr klein war, vielleicht vier oder fünf Jahre alt. Daran erinnerte er sich – ich nicht. Ich hätte damals an seiner großen roten Nase gedreht und immer wieder sein weiß geschminktes Gesicht gestreichelt, so erzählte er es. Und dazu hätte ich gesagt: »Ich hab' dich lieb. Ich hab' dich lieb.«

Meine Erinnerung reichte zurück nach London. Wir gastierten im Palladium, ich war etwa neun Jahre alt. Kurz nachdem meine Großmutter gestorben war und ich wieder bei Mama und Papa gelandet war.

Ich stand in der Kulisse und sah Tulpanos Auftritt zu.

Er kommt auf die Bühne in seinem weiten, schlotternden Gewand, da steht ein Tisch, ein Stuhl. Er hat einen Blumenstrauß in der Hand. Liebevoll bereitet er alles vor, rückt den Tisch zurecht, den Stuhl, steckt die Blumen in eine Vase, die ersten Blüten fallen ab, er nimmt sie heraus, betrachtet sie, bewegt sie langsam und vorsichtig, steckt sie wieder in die Vase. Dann holt er Teller und Tassen, stellt alles auf den Tisch. Dazwischen rennt er immer wieder zur Tür, lauscht. Kommt zurück, verhält, lauscht. Sein weißes Gesicht ist wie ein Mond. Sein knallroter Mund breitgezogen im Lachen. Die Tasse wird noch einmal gerückt, dann der Teller. Der Stuhl zum fünftenmal geradegerückt, zurechtgestellt. Zur Tür. Lauschen. Nichts? Noch nichts. Aber gleich. Seine Haltung, seine Mimik drücken gespannte Erwartung aus.

Dann kommt sie. Ein Mädchen, zart und jung, im weißen Tütü, im Ballettröckchen, sie schwebt auf Spitzen herein. Sein Entzücken kennt keine Grenzen. Sie ist da, sie ist gekommen! Zu ihm. Er hopst um sie herum, reicht ihr die Blumen. Doch nun sind alle Blüten abgefallen, nur kahle Stengel hält er in der Hand. Sie dreht eine Pirouette und lacht ihn aus.

Er nimmt die Tasse in die Hand, will ihr einschenken. Es sind nur Scherben auf dem Tisch.

Er rückt ihr den Stuhl zurecht. Der Stuhl bricht zusammen. Dann auch der Tisch. Alles, was er aufgebaut hat für sie, vorbereitet für sie, zerbricht unter seinen Händen.

Sie lacht immer mehr, dreht sich immer schneller, ihr Bein kreist über seinen Kopf, während er die Scherben aufsammelt, den Stuhl flicken will. – Er überlegt, was er tun, was er ihr geben könnte. Alles, was er anfaßt ist kaputt, ehe sie es bekommt.

Doch dann fällt es ihm ein. Er greift unter seine weite Jacke, er zieht und zerrt, und dann hat er es in der Hand.

Sein Herz. Sein großes, rotes, volles Herz. Er kniet hin und legt es ihr zu Füßen, blickt anbetend zu ihr auf. Sie tippt es mit der Fußspitze an, schiebt es hierhin und dorthin, und dann springt sie darauf, und es zerplatzt. Nur ein kleiner, kümmerlicher roter Fleck liegt noch am Boden.

Sie dreht sich auf der Spitze über die Bühne, tippt mit der Fußspitze an seine große rote Nase und pirouettiert aus dem Zimmer.

Sie ist fort. Er ist allein.

Er bückt sich nach dem kleinen roten Fleck, der einmal sein Herz war. Hebt es auf, will es zurückstecken unter seine Jacke, aber es fällt wieder herunter, flattert auf den Boden, verschwindet in einer Ritze, ist weg.

Und er sitzt auf dem Boden und weint. Sitzt mitten auf der Bühne und weint.

Hinter der Bühne sitzt da ein kleines Mädchen in der Kulisse und weint. Und weint.

Das war ich.

Ich weiß noch, daß er mich aufhob und mitnahm in seine Garderobe. Daß er mich streichelte und tröstete, mir Schokolade in den Mund steckte. Und daß er selber die Augen voller Tränen hatte – weiß ich auch noch.

»La petite war mein bestes Publikum heute abend«, sagte er nachher zu Mama und Papa. »Aber sie soll es nicht mehr ansehen. Sie ist so traurig. Pauvre petite!«

Ich sah seinen Auftritt noch öfter an. Ich gewöhnte mich daran und weinte nicht mehr. Aber ich war immer nahe daran.

Traurig machte es mich jedesmal. Und er merkte es. Er nahm mich jedesmal mit und tröstete mich.

Und einmal, das weiß ich noch ganz genau, sagte ich:

»Ich bleibe bei dir, auch wenn dein Stuhl kaputt ist und deine Blumen leer sind. Das macht mir gar nichts. Ich bleibe bei dir.«

»Auf dem nackten Boden, Petite?«

»Auf dem nackten Boden, Tulpano. Ich hab' dich lieb.«

Ich weiß noch, daß er mich in die Arme nahm, ganz zärtlich und ganz fest, und mich auf die Wange küßte, und ich erinnere mich auch noch an das, was er sagte, als Mama mich holen kam.

»Sitzt sie schon wieder bei dir herum, Tulpano?«

Und er sagte zu Mama: »Alles, was man uns beigebracht hat in der Schule und in der Kirche, ist nicht wahr, Maria. Sie sagen, ihr seid verflucht, weil ihr die Erbsünde begangen habt. Weißt du, Maria, worin der Fluch besteht? Daß aus Kindern Erwachsene werden. Eva und Adam waren wie die Kinder. Der Fluch, mit dem sie aus dem Paradies vertrieben wurden, lautete: Ab nun sollt ihr erwachsen sein! Und der Fluch wiederholt sich an jedem Geschöpf, das auf diese Erde kommt. Sie kommen als Kinder auf die Welt, rein und unschuldig, und an einem Tag werden sie erwachsen sein. Und dieser Tag wird der Tag sein, an dem sie die Hölle betreten.«

Mama lächelte, nahm mich an der Hand und ging mit mir.

Später, während des Krieges, trafen wir noch einmal mit Tulpano zusammen, im Hansa-Theater in Hamburg. Da hieß es, Tulpano sei krank und nicht mehr das, was er gewesen sei. An dieses Engagement habe ich keine Erinnerung, ich ging zur Schule und war nur selten abends im Theater.

An einem klaren, kalten Tag im Februar traf Marja in der Stadt Tulpano, ganz zufällig begegneten sie ein-

ander. Sie brachte ihn mit in unsere Pension, und als ich am späten Nachmittag nach Hause kam, von einem Rendezvous mit meinem Freund, war er da.
Ich war jung und sicher recht hübsch, und Marja sagte mit einem gewissen Stolz, als ich ins Zimmer kam: »Das ist sie.«
Alle drei saßen um den Tisch herum, Marja, Tulpano, Enrico, und betrachteten mich mit Wohlgefallen.
Tulpano blieb stumm, nickte nur mehrmals mit dem Kopf.
Auf den ersten Blick erkannte ich ihn nicht, ein kleiner, weißhaariger alter Mann saß da, aber dann sah ich seine großen blauen Augen, seine kleinen lebendigen Hände.
»Tulpano!« rief ich.
»Ma petite! Du erkennst mich?«
»Aber klar! Wo ist deine Nase, Tulpano? Warum lachst du nicht?«
Da verzog er den ungeschminkten Mund zu dem gewohnten breiten Grinsen, und ich flog ihm an den Hals und küßte ihn.
Tulpano brachte uns aus der Stadt heraus.
Er selbst wohnte in Gstadt am Chiemsee bei einem Freund, einem Opernsänger, der dort ein Haus besaß.
Tulpano hatte, das erfuhren wir später, auch einmal als Sänger begonnen. Er hatte richtig Musik studiert und soll einen schönen Tenor besessen haben. Die Stimme verlor er in dem Krieg, der vor diesem war. Dann wurde er Clown. Nun war er schon seit Jahren nicht mehr aufgetreten, er war herzkrank und lebte sehr ruhig, sehr moderato. Aber er besaß genügend Ersparnisse, um sich keine Sorgen machen zu müssen. Er war allein. Und

darum war er gern zu diesem Freund an den Chiemsee gezogen.

Das Haus des Sängerfreundes war voll besetzt. Der Sänger, dessen Frau, seine beiden Töchter, Tulpano, und dann noch ein paar Flüchtlinge, die sie hatten aufnehmen müssen.

Tulpano besorgte uns eine andere Bleibe am Chiemsee, in einem Ort, der einige Kilometer entfernt lag. In einem Haus, das einem Schriftsteller gehörte, den die Nazis eingesperrt hatten. Jetzt lebten in diesem Haus seine Frau und eine alte Tante, und im oberen Stockwerk wohnten ein älteres Ehepaar aus München und eine Flüchtlingsfrau aus Schlesien mit zwei Kindern.

Da es sich um das Haus einer politisch verdächtigen Person handelte, mußten sie sowieso damit rechnen, weitere Einquartierung zu bekommen, also erklärte sich die Besitzerin bereit, uns aufzunehmen, nachdem Tulpano lange genug auf sie eingeredet hatte.

Wir bekamen zwei kleine Zimmer im ersten Stock, es stand nur das Nötigste darin, aber es fielen keine Bomben, es gab keinen Alarm, die Nächte waren ruhig, und wenn man aus dem Fenster blickte, sah man auf die weite grauweiße Fläche der schneebedeckten Landschaft. Es war sehr still, sehr friedlich. Zuerst fand ich es schön, dann langweilig, und schließlich gewöhnte ich mich daran.

Meinen Freund war ich los, aber ich trauerte ihm nicht nach.

Das letzte halbe Jahr hatte ich wie auf einer Insel gelebt. Man sagt, Jugend vergißt schnell und überwindet Kummer leicht. Für mich traf das nicht zu. Die Tatsache, daß Mama und Papa nicht mehr da waren und nie wieder

da sein würden, war immer schwerer zu ertragen, und noch immer lag ich in den Nächten wach und malte mir plastisch aus, *wie* sie gestorben waren.
Es war gut, daß ich Marja hatte. Und für Marja war es gut, daß sie mich hatte, mich und Enrico. Sie hatte mit uns beiden viel zu tun, wir mußten versorgt, beköstigt und in Gang gehalten werden. Ich war ein dummes, manchmal unvernünftiges Kind. Und er war ein alter Mann geworden in den zwei Tagen, da er verschüttet zwischen Leichen lag. Seine Hände zitterten, er würde nie wieder ein Instrument spielen können. Meist saß er nur so herum und starrte vor sich hin. Und nur wenn Marja ihn heftig anfuhr und ausschimpfte, nahm er sich zusammen. Wenn er seine guten Tage hatte, redete er. Erzählte von früher. Von unseren Reisen, unseren Erfolgen, unseren besten Nummern, wie sie dies gespielt und jenes arrangiert hätten, er sprach von Städten, Theatern, Kollegen, er erinnerte sich an die Auftritte der anderen, an ihre Vorzüge und Fehler, er kannte fast von jedem eine Geschichte.
Sein Gedächtnis arbeitete fehlerlos, und wenn Marja Stimmung und Zeit hatte, beteiligte sie sich an diesen Erinnerungen, dann rankten sie sich gegenseitig mit diesen Geschichten aneinander empor und fanden kein Ende. Wie es gestern war ...
Vielleicht begann es damals schon, ohne daß ich es wußte. Daß die beste Zeit meines Lebens Gestern war.
Es war zu jener Zeit nichts Außergewöhnliches. Fast alle Menschen lebten damals vom Gestern.
Denn: Gestern war alles besser gewesen. Und so wie es gestern war, würde es nie mehr sein. Der Krieg schien einen Schlußpunkt zu setzen.

Dabei waren wir noch verhältnismäßig gut daran, gemessen an den anderen, die der Krieg hierher verschlagen hatte. Alle jammerten den Dingen nach, die sie verloren und verlassen hatten: ein Haus, eine Wohnung, Möbel, das gute Porzellan, Großmutters alte Uhr, die vielen schönen Bücher, das vertraute, geliebte Bett.
Wir hatten nichts verloren. Wir hatten nie ein Zuhause gehabt. Kein eigenes Bett, keine Möbel, keine Bücher, kein Meißner Porzellan.
In fremden Betten hatten wir immer geschlafen. Was Heimat war, wußten wir nicht. Um diese Dinge brauchten wir nicht zu weinen.
Wir hätten um eine verlorene Zauberwelt weinen können. Aber das Artistendasein ist so geartet, daß man diese Zauberwelt in sich trägt. Man kann sie weder verlassen noch verlieren, noch aus ihr vertrieben werden. Es kommt immer einmal vor, daß man kein Engagement hat. Man steht in den Kulissen und hat keinen Auftritt. Deswegen ist die Bühne dennoch da.

PASTORALE ... so ein Leben auf dem Lande, das hatte ich nie kennengelernt. Es war mir nie bewußt geworden, daß es Menschen gab, die immer so lebten. Andere Kinder machen meist in den Ferien Bekanntschaft mit dem Landleben. Für mich war alles fremd und neu, das Dorf, Wiesen, Wälder, ein See, immer die gleichen Menschen, ihre kleinen Probleme, die Stille, das Gleichmaß der Tage, an dem auch der Krieg nicht viel geändert hatte.

Für uns war es noch viel stiller als für alle anderen. Sie hatten etwas zu tun. Wir nicht. Allerdings mußte ich auf Marjas Befehl üben und trainieren. Das war nicht so einfach, unser Zimmer war sehr klein, mehr eine Kammer. Dafür war die Diele im ersten Stock des alten bayerischen Hauses sehr geräumig, groß, weit und leer, hervorragend geeignet als Trainingsraum. Das Treppengeländer diente mir als Ballettstange, erste Position, zweite, dritte, vierte, fünfte ... Marja stand dabei, kommandierte und schlug das Tamburin. Ein Klavier besaßen wir ja nicht.

»Dein linkes Bein hängt durch, Lorena. Paß doch auf!«

Sie war eine strenge Lehrerin, nichts entging ihrem kritischen Blick. Ich schlug zwei Salti über die ganze Breite

der Diele, grätschte zum Spagat auseinander, den Kopf auf dem Knie.
Die beiden Flüchtlingskinder sahen mir neugierig zu. Die Flüchtlingsfrau, anfangs etwas mißtrauisch, gewöhnte sich an uns und wurde zugänglich und gesprächig. Marja konnte letzten Endes keiner widerstehen.
Das ältere Ehepaar, das die beiden großen Zimmer nach vorn heraus bewohnte, war problematischer. Es waren sehr vornehme Leute, jedenfalls taten sie so. Er war ein pensionierter Beamter aus München und eigentlich ganz nett, auch nicht abgeneigt, mir bei meinem Training zuzusehen.
Das hinwiederum mochte seine Frau gar nicht. Von ihrer Seite kamen gelegentlich spitze Bemerkungen, von denen Komödiantenpack noch die mildeste war. Sie beschwerte sich schließlich bei der Dame des Hauses und verlangte, daß das Gehopse auf dem Flur aufhören solle.
Die Dame des Hauses hatte verständlicherweise andere Sorgen. Sie war sehr still, sehr niedergedrückt, es kam fast nie zu einem Gespräch mit ihr, selbst Marja brachte es nicht über ein paar alltägliche Worte hinaus. Sie hieß übrigens Lindhofer, die Hausherrin, und wir erfuhren, ihr Mann, der Schriftsteller, sei ein berühmter Mann gewesen. Er war nun seit drei Jahren verschwunden, und sie wußte nicht, was aus ihm geworden war.
Ich mache keinen Lärm, erhielt die Frau Regierungsrat aus dem ersten Stock auf ihre Beschwerde zur Antwort, ich sei eine trainierte Tänzerin, die sich lautlos bewegen könne, und wenn man in den Zimmern bleibe, würde man von meinen Übungen nicht belästigt werden.
»Sie versteht von Kunst etwas«, kommentierte Marja

den Bescheid aus dem Parterre, »denn ihr Mann ist ein Dichter, er ist auch Künstler.«
»Kinstlerblut«, spottete ich, »da hätten wir es wieder mal.«
Mit Gesangsübungen war es schon schwieriger, denn die hätte man unweigerlich gehört, meine Stimme war verhältnismäßig kräftig, und ich war gewöhnt, sie voll auszusingen, soweit das Volumen reichte. Dafür hatte Papa gesorgt.
»Mikrofon, gut und schön«, hatte er gesagt. »Aber man muß dich notfalls auch einmal ohne Mikrofon hören können.«
Als es Frühling wurde, ging ich hinaus in den Wald oder auf die Felder und sang dort. Aber vorher hatte Marja bereits eine neue Fährte entdeckt. Denn nach wie vor hielt sie eisern daran fest, daß dies ländliche Idyll nur ein kriegsbedingtes Zwischenspiel sei und meine große Karriere ganz demnächst beginnen würde.
Mit der Zeit kannte Marja fast alle Leute im Ort, und sie kam mit allen gut aus. Man war nicht engstirnig hier draußen, und an Künstler war man gewöhnt. Schon vor dem Krieg hatten in den Orten um den See viele Maler und Schriftsteller gelebt, und es gab Schauspieler und Sänger, die hier ihre Sommerhäuser hatten oder sich hier zur Ruhe gesetzt hatten. Die barocke bayerische Wesensart fand sich mit diesen Zuwanderern verhältnismäßig leicht ab. Viel schwerer hatten es die Flüchtlinge, die mochte man nicht. Es waren Fremde, die man ablehnte, heimatlose Habenichtse.
Dann tat Marja noch etwas sehr Kluges: Sie ging regelmäßig zur Kirche und machte sich damit beim Pfarrer und bei den Dorfbewohnern beliebt. Es war keine Heu-

chelei bei ihr, sie war immer gern in die Kirche gegangen. Zwar war sie griechisch-orthodox, aber mit der Zeit hatte sie sich an den katholischen Gottesdienst gewöhnt und konnte das ganze Programm fehlerlos mitmachen. Sie veranlaßte auch mich, sie gelegentlich zu begleiten, ich war ja nun echt katholisch, ich war ordentlich getauft und gefirmt, darauf hatten Mama und Papa Wert gelegt.

Ich fand es ganz hübsch, in der kleinen Dorfkirche zu sitzen, die Orgel zu hören, die der Lehrer spielte und nicht einmal schlecht.

Der Lehrer war der Mann, den Marja zielbewußt ansteuerte. Er war ein älterer kleiner Mann, sehr freundlich, sehr geduldig, und er besaß eine ebenso duldsame, freundliche Frau, und vor allem besaß er ein Klavier.

Es dauerte nicht lange, und ich durfte dreimal in der Woche ins Lehrerhaus zum Üben kommen, ich durfte Klavier spielen und singen, und manchmal begleitete mich der Lehrer, obwohl natürlich mein Repertoire für ihn etwas befremdend war. Wir besaßen ja nicht sehr viele Noten, aber ein Band mit französischen Chansons, teilweise recht gewagte Sachen, und ein paar Hefte mit südamerikanischer und spanischer Folklore waren noch vorhanden, teils handgeschrieben.

War die Sache mit der Arbeitsverpflichtung. Ich war schließlich jung und arbeitsfähig, und Theaterleute wurden meist in Fabriken verpflichtet. Nun, hier gab es keine. Und nicht einmal der nationalsozialistische Staat brachte es fertig, Marja zu etwas zu zwingen, was ihr nicht beliebte. Sie hatte mich schon in München von einem Arzt zum anderen geschleppt, bis sie einen fand, der mir Blutarmut und nervöse Erschöpfung attestierte,

und ich hatte Lebensmittelkarten bekommen, ohne etwas zu arbeiten.
Hier draußen wollte keiner ernsthaft etwas von mir. Es gab zwar verschiedene Ämter, die zweifellos noch von Leuten besetzt waren, die man als Nazis bezeichnen mußte, aber die waren alle bereits sehr vorsichtig geworden und hielten sich zurück. Keiner wollte sich mehr exponieren, denn keiner hoffte mehr auf den versprochenen Sieg.
Auch der Lehrer hatte irgendein Amt inne, und er stellte mir einmal eine Bescheinigung aus, daß ich bei ihm arbeite, und dann ließ man mich überhaupt in Ruhe.
Vom Krieg merkte man hier draußen nicht viel. Man las in der Zeitung davon, hörte Berichte im Radio, wir hatten zunächst gar keinen eigenen Apparat, bis ich dann vom Pfarrer einen Volksempfänger geschenkt bekam. Man hörte hier und da von einem Sohn, Mann oder Bruder, der gefallen oder verwundet sei, aber das betraf uns nicht. Für uns war der Krieg zu Ende. Es gab niemanden mehr, um den wir bangen mußten.
Und dann kam der Frühling. Er kam mit großer Vehemenz und strahlender Pracht, ich erlebte ihn zum erstenmal so aus der Nähe, so Blatt für Blatt und Blüte für Blüte, und ich war ganz hingerissen davon. Der See war nicht mehr grau und stumm, er lebte, er war blau, grün, silbern, er bewegte sich, er atmete, und ich hoffte, wir würden im Sommer noch dasein, damit ich darin schwimmen konnte.
Nachdem der Schnee geschmolzen war, konnte ich auch öfter Tulpano im Nachbarort besuchen. Ich lieh mir das Rad des Lehrers oder das seiner Frau und radelte hinüber. Zwar war ich zuvor nie mit dem Rad gefahren,

aber das lernte mein durchtrainierter Körper schnell, ich war binnen kurzem eine Künstlerin auf dem Rad, ich fuhr freihändig in verwegenen Bogen und Schleifen über die Landstraße, das war ungefährlich, es gab keine Autos.

Im Haus des Sängers war ich gern, dort war immer viel Betrieb, dort war es immer lustig. Der Sänger selbst war ein großer, breitschultriger Mann, Anfang der fünfzig etwa, er hatte einen richtig schönen, dekorativen Theaterkopf mit dichter Mähne und zupackendem Blick, er hatte eine laute, lebendige Stimme, er konnte herrlich lachen und wunderbar erzählen, und er mochte mich vom ersten Augenblick an.

Seine Frau war eine blasse, ganz verschusselte Malerin, ewig mit den Gedanken woanders, aber friedlich und freundlich, und es war ihr total egal, wer da alles im Haus herumwimmelte.

Das Haus war proppenvoll. Da waren die beiden Töchter des Sängers, die sich mit ihren Kindern hierhergeflüchtet hatten, die eine aus München, die andere aus Köln. Die Männer waren eingezogen, der eine zur Freude seiner Frau in amerikanischer Gefangenschaft, vom anderen hatte man lange nichts gehört.

Es waren beides hübsche, vergnügte Frauen, ein bißchen schußlig wie die Mutter, großzügig und lebensfroh wie der Vater, sie lachten gern und redeten meist gleichzeitig. Die Kinder waren laut und lärmten ungeniert, dann gab es noch Flüchtlinge im Haus, die auch Kinder hatten, und hier vertrugen sich alle gut, es gab keine Schwierigkeiten.

Der stillste von allen war Tulpano. Er saß meist lächelnd dabei, beobachtete alles, und ich hatte das Gefühl, er war zutiefst dankbar, daß er junge lebendige Menschen um sich hatte und nicht irgendwo allein und einsam leben mußte. Dafür ertrug er auch den Lärm geduldig. Außerdem hatte jeder in diesem Haus Verständnis dafür, wenn einer sich zurückzog und seine Ruhe haben wollte. Es gab hinten im Garten eine Ecke, die nannte man den »Seelenwinkel«, wo sich immer nur einer allein aufhalten durfte.

»Was heißt Seelenwinkel?« fragte ich erstaunt, als ich das Wort zum erstenmal hörte.

»Das bedeutet, daß man sich dort mit sich und seiner Seele beschäftigen kann, wenn man will«, wurde ich belehrt. »Manchmal soll man das tun.«

Nie wurde einer gestört, der sich dort aufhielt. So wenig, wie man ungebeten das Arbeitszimmer des Hausherrn betrat, so wenig, wie man die Malerin bei ihrer Arbeit störte. Wer allein sein wollte, konnte es in diesem vollen Haus.

Der Sänger hieß Paul, sein letztes Engagement war Königsberg gewesen, und als die Theater im Sommer 1944 schließen mußten, war er in sein Haus am Chiemsee gekommen. Genaugenommen war es nicht sein Haus, es gehörte ihr, sie hatte es von ihrem Vater geerbt, der ebenfalls Maler gewesen war und hier gelebt hatte, ein übrigens recht bekannter Maler, wie man mir erzählte. Seine Bilder hingen überall, und sie gefielen mir.

Paul war acht Jahre lang in Königsberg im Engagement gewesen, und seine Frau hatte es von vornherein abgelehnt, ihn dorthin zu begleiten. Worüber er, wie er offenherzig zugab, nicht böse gewesen sei. Es war eine Theaterferienehe gewesen, und nur so war sie aufrechterhalten worden. Jeder ließ den anderen machen, was

er wollte, und Paul, der nie ein Blatt vor den Mund nahm, sagte: »Die einzig mögliche Art von Ehe, die sich führen läßt. Jedenfalls für mich.«
Er wurde bald mein Gesangslehrer, und ein sehr guter dazu. Ich habe ihm viel zu verdanken. Er begann noch einmal ganz von vorn mit mir, mit Atemübungen, Scalen und Exercisen, dann durfte ich Lieder singen, Schubertlieder, Brahms, Mozart, und er konnte fuchsteufelswild werden, wenn ich sie in der Manier sang, wie ich zuvor meine Nummern gesungen hatte. Also stellte ich mich um, es fiel mir nicht schwer. Am liebsten hätte er mich wohl zur Opernsängerin ausgebildet, er meinte, ich hätte durchaus das Material dazu. Nur sei ich leider schrecklich ungebildet und hätte von wirklicher Kunst keine Ahnung.
Das stimmte. Ich war ein einziges Mal bis dahin in einer Oper gewesen.
Machte ich es nicht richtig, sang er mir vor. Er hatte einen vollen, metallischen Bariton, ich konnte ihm stundenlang zuhören.
Gab er ein Konzert, wie er es nannte, durften die anderen in sein Arbeitszimmer kommen, Tulpano, die Töchter, die Kinder, wer immer wollte. Nur seine Frau kam nie. Sie machte sich nichts aus Musik. Sie saß, nachdem das Wetter warm geworden war, irgendwo unten am See und malte. Den See, die Berge am anderen Ufer, Frauenchiemsee, das man von dieser Stelle aus gut sehen konnte und wovon es nahezu ein Dutzend Bilder im Haus gab, denn es hing wirklich auf jedem nur denkbaren Platz ein Bild, sie malte die Kähne auf dem See, einen Baum, einen Strauch, eine Wiese, sie malte immer wieder dasselbe und immer wieder mit der gleichen

selbstvergessenen Hingabe. Sie war ein durch und durch glücklicher Mensch, wenn sie malen durfte. Der Krieg hatte für sie überhaupt nicht stattgefunden.
Wenn Paul mir Unterricht gab, durfte niemand das Zimmer betreten. Ich mußte meine Übungen und Lieder singen, dazwischen hielt er mir lange Vorträge über Atemtechnik und Stimmführung, über Lied- und Opernliteratur, und im Mai, kurz nachdem die Amerikaner uns erobert und befreit hatten, verführte er mich.
Er war noch gut in Form, seine Begeisterung wirkte ansteckend, und ich fand es gerecht, denn auf irgendeine Weise mußte er ja für die Stunden, die er mir gab, honoriert werden.
Von allem, was ich bisher mit Männern erlebt hatte, gefiel es mir am besten. Denn er war es, der mir zeigte, ›wo die Seele der Frau sitzt‹, wie er es nannte. Als ich das erstemal das erlebte, was gewisse Zeitschriften heute mit so großer Ausführlichkeit beim Namen nennen und breittrampeln und was ich damals weder dem Namen nach noch de facto gekannt hatte, war ich sehr angetan.
Er war sehr stolz, daß er mir das bieten konnte. Was ich denn für Trottel von Liebhabern bisher gehabt hätte, wollte er wissen. Ich berichtete getreulich von meinen beiden kümmerlichen Erlebnissen, und er belehrte mich, nicht weniger ausführlich und nachdrücklich als in der Gesangstunde, über die Funktionen des männlichen und weiblichen Körpers und daß ich nie – nie, hörst du, Musette! – mit einem Mann schlafen solle, der zu dumm oder zu egoistisch sei, mich zu befriedigen.

»Das hast du nicht nötig, Musette. Du bist so hübsch und so temperamentvoll, du kannst von einem Mann verlangen, daß er dich glücklich macht. Wenn er's nicht kann, zeig's ihm, wie er es machen soll. Und wenn er es dann immer noch nicht kann, schmeiß ihn raus.«

Er nannte mich abwechselnd Musette oder Gilda, sowohl der Marcel wie der Rigoletto waren Rollen von ihm gewesen, und je nachdem, ob er sich als Liebhaber fühlte oder die Vaterrolle spielte, wechselten meine Namen.

Dieser Unterricht fand auf dem Diwan in seinem Musikzimmer statt, und, wie schon erwähnt, wir wurden niemals dabei gestört. Manchmal fragte ich mich, ob die Töchter oder Tulpano ahnten, was da vor sich ging, wenn wir nicht sangen. Aber keiner machte je eine Anspielung. Seine Frau wußte es sicher nicht. Und wenn sie es gewußt hätte, wäre es ihr egal gewesen.

Marja wußte es auch nicht. Endlich einmal konnte ich wirklich etwas vor ihr verheimlichen, und das befriedigte mich tief.

Alles in allem war es eine glückliche Zeit. Meine nachgeholte Jugend, die ich genoß. Es änderte sich nichts daran, als der Krieg schließlich zu Ende war, die Amerikaner in ihren Jeeps durch die Gegend rollten, ein paar Umbesetzungen in der Hierarchie der Dörfer stattfanden, andere Bürgermeister, andere Lehrer, andere Lebensmittelkartenausgeber, nicht immer und überall, aber hier und da, es fiel nicht besonders auf.

Es gab wenig zu essen, aber Marja hätte nicht Marja sein müssen, um nicht mit dieser Herausforderung fertig zu werden. Durch ihre Freundschaft mit dem Pfarrer hatte sie einige Bauern kennengelernt, und selbst die, hartgesotten durch den Umgang mit hungrigen und hamsternden Städtern, waren Marja nicht gewachsen. Irgend etwas brachte sie immer angeschleppt. Ihre Phantasie vor dem Kochtopf kannte keine Grenzen. Wir hungerten nicht.

Und dann bekam ich das, was ich noch nie besessen hatte: eine Freundin.

Heide kam in mein Leben.

SOMMER... wenn ich an Heide denke, denke ich an Sommer. Es war Sommer, als ich sie kennenlernte. Es war der nächste Sommer, den wir stündlich und täglich zusammen verbrachten, und es war wieder Sommer, als ich sie verriet.

Jetzt ist es November.

Ich gehe zu der breiten Tür, die über eine Terrasse hinaus in den Garten führt, schiebe den Vorhang zur Seite und blicke in die Dunkelheit des November-Gartens.

Die Bäume und Büsche sind kahl, der runde Springbrunnen in der Mitte des Rasens ist leer und stumm.

Wenn Sandor im Sommer eine Party gibt, wird der Garten miteinbezogen, es stehen Tische und Stühle draußen, man promeniert dort, plaudert, aus den offenen Fenstern und Türen fällt heller Lichtschein auf den Rasen und den Weg, der um Rasen und Springbrunnen herumführt. Hinten bei den Jasminbüschen ist es dunkel. Denn natürlich werden keine Lampions in die Zweige gehängt, das wäre albern.

Im vergangenen Sommer stand ich dort mit Jolly bei den Büschen, er küßte mich und erzählte mir von der Yacht, mit der er durch das Mittelmeer kreuzen würde, und daß ich ihn begleiten müsse. Weil er mich liebe.

Weil ich genau die Frau sei, von der er immer geträumt habe.

Ich lächelte und legte meine Hand an seine Wange. Dabei blickte ich zu der Terrasse hinauf, auf der Sandors Gäste wie auf einer Bühne agierten.

»Kommst du mit?« drängte Jolly.

»Aber nein«, sagte ich.

»Du sagst doch nicht seinetwegen nein?« fragte er ungeduldig und wies mit einer Kopfbewegung zur Terrasse hinauf, wo Sandor eben aus dem Haus getreten war und dort nun stand und mit irgend jemand plauderte.

»Nicht seinetwegen.«

»Warum dann?«

»Stell keine dummen Fragen. Ich erkläre nie, warum ich etwas tue oder nicht tue.«

Er begann, mir die Reise auszumalen, nannte die Häfen, in denen er anlegen wollte, die Orte, die wir besuchen würden.

Ich kannte sie fast alle. Die Côte d'Azur, die Bucht von Sorrent, Capri, Sizilien, die Adria, überall war ich gewesen. Ich habe an der Küste von Portugal gebadet, ich bin in Teneriffa gewesen, aber ebensooft auch, weil es nun einmal fashionable ist, auf Sylt. So verbrachte ich die Sommer meiner erfolgreichen Jahre.

Komisch, bereits im vergangenen Sommer, als ich da unten mit Jolly stand, seinen Körper neben meinem fühlte, dann wieder seine zärtlichen, drängenden Lippen auf meinen, dachte ich an den Chiemsee. Daß ich viel lieber, als mit seiner Yacht durch das Mittelmeer zu kreuzen, mit einem Ruderboot über den Chiemsee fahren würde. Zu einer der Inseln, ins Schilf hinein oder einfach in die Mitte des Sees, dort im treibenden Boot in der Sonne liegen oder vom Boot aus ins Wasser springen, schwimmen, auch dem Boot nachschwimmen, wie ich es getan hatte, weil ich wissen wollte, wie weit ich schwimmen konnte.

Heide führte das Ruder, und manchmal rief sie besorgt: »Kannst du noch? Komm lieber herein jetzt. Du bist schon so lange im Wasser, du kühlst ganz aus. Der See ist heute nicht so warm.« Die zukünftige Ärztin sprach da.

»Nein«, rief ich. »Ich schwimme bis nach Herrenchiemsee. Das schaffe ich leicht.«

Ich schaffte es. Sie trieb das Boot mit leichten Schlägen durch das Wasser, ich schwamm gleichmäßig und ruhig, mein Atem ging nicht schneller. Als ich auf der Insel an Land ging, rieb sie mich mit einem Handtuch trocken und befahl mir dann, eine Weile zu laufen, damit ich wieder warm würde, denn meine Haut war kalt wie Stein.

Ich machte ein paar Sprünge, dann sagte ich: »Ach, Quatsch!«, warf mich ins Gras und ließ mich von der Sonne bescheinen.

Das wollte ich noch einmal erleben. Das. Die schönste Yacht und Jolly dazu würde ich dafür hingeben. Das dachte ich, und ich wunderte mich selbst darüber, daß ich an Heide und an damals dachte. Ich hatte viele Jahre nicht an sie gedacht, weil ich nicht an sie denken wollte.

»Du kommst mit, Lorena, ich weiß es«, sagte Jolly und küßte mich wieder.

Ich küßte ihn auch, es war schön, von ihm geküßt zu werden, er konnte es gut, er konnte vermutlich auch das andere gut, und es war ein verführerischer Gedanke,

für einige Sommerwochen einen jungen leidenschaftlichen Liebhaber zur Verfügung zu haben.
Es war bestimmt nicht wegen Sandor, daß ich dennoch nein sagte. Das war zu Ende, das war bereits überfällig, morgen oder übermorgen würde ich das Haus im Herzogpark verlassen, das war mir längst klar. Ihm auch. Vermutlich wartete er darauf, daß ich endlich ging.
Jack hatte die Idee gehabt, ich solle im Sommer eine Tournee durch Bäder und Kurorte machen.
»Das kann nicht dein Ernst sein? Ich soll in den Kurorten tingeln? Lieber hänge ich mich auf.«
»Hör mal, Lorena, das ist ganz normal. Das machen Leute mit bestem Namen.«
»Ich weiß genau, wer das macht. Alle, die passé sind. Die Stars von gestern, die sich ein paar Piepen verdienen müssen. Deutlicher kann man der Branche nicht zu verstehen geben, daß man fertig ist. Erzähl mir nicht, daß du das nicht genausogut weißt wie ich.«
Er schwieg, denn er wußte es. Wenn ich keine Tournee machte, wenn ich Sandor verließ, hatte ich keine Bleibe, hatte ich kein Geld. Ich konnte so nach und nach Schmuck verkaufen, so etwas geht noch eine Weile. Und ich konnte, zunächst mal, den Sommer auf Jollys Yacht verbringen.
Daß ich nein sagte, war Feigheit. Denn ich dachte an das, woran man nie denkt, wenn man jung ist: an nachher.
Der Sommer ging zu Ende, die Reise ging zu Ende, vielleicht würde ich ein wenig in Jolly verliebt sein, vielleicht würde ich gewöhnt sein an seine Küsse, seine Umarmungen.
Nichts sollte mir mehr weh tun, nichts. Wenn man gar

nicht erst anfing, mußte man nicht aufhören. Erinnerungen besaß ich genug, mehr als genug, ich brauchte keine neuen mehr. Noch ein Stück Vergangenheit, noch ein Stück Gestern, das würde Jolly sein am Ende des Sommers, das wußte ich schon vorher.

Ich wollte nicht, daß immer mehr Gestern zusammenkam. Ich hatte keine Zukunft mehr, gut. Aber ich wollte nicht noch mehr Vergangenheit haben.

»Nein, Jolly-boy«, sagte ich, »es gibt so viele hübsche Mädchen. Am besten suchst du dir sie unterwegs. Wenn du schon eine auf die Reise mitnehmen willst, dann nicht mich.«

»Ich will dich und keine andere.«

Er wollte mich, jetzt, im Moment, und hauptsächlich deswegen, weil ich nein sagte. Das wußte ich sehr genau.

Jolly ist ein stadtbekannter Playboy, ein Junge wie Samt und Seide, siebenundzwanzig Jahre alt, der Vater einer der reichsten Männer im Ruhrgebiet. Gearbeitet hat er noch nicht viel in seinem Leben, wird er auch später kaum tun, er hat es nicht nötig. Das Geld ist da, der große Bruder arbeitet im Werk, vermutlich ist er ganz froh, wenn der kleine Bruder in der Welt herumzigeunert und sich amüsiert als Hauptberuf.

Jollys Frauengeschichten sind Partygespräch und Illustriertenthema. Genaugenommen konnte ich mich geehrt fühlen, daß er mich in Erwägung zog, ein Star von gestern, eine Frau von gestern.

Daß er es tat, genügte. Natürlich konnte ich nicht ja sagen, gerade bei ihm nicht.

Ich glitt mit den Fingern durch sein seidiges dunkles Haar, das sich im Nacken lockte.

»Ich mache eine Tournee in den nächsten Wochen.«
»Aber das ist doch nicht so wichtig.«
»Nein. Und du bist auch nicht wichtig.«
Ich küßte ihn noch einmal und ging dann zum Haus. Sandor sah mich kommen.
»Na? Flirtest du wieder mit dem Charming-boy?«
»Ja.«
»Was bietet er?«
»Eine Kreuzfahrt auf seiner Yacht.«
»Herzlichen Glückwunsch.«
»Danke.«
»Es wäre vielleicht amüsanter, als in Travemünde oder Baden-Baden den Kurgästen von vergangener Liebe vorzusingen.«
»Das wäre es sicher«, sagte ich und ließ ihn stehen. Er war gemein. Das war er jetzt manchmal. Zeit, daß ich ihn verließ.
Überfällig war es, daß ich ging. Maldito, ja!
Ich ging. Und nun bin ich wieder in diesem Haus, in einer verlassenen Novembernacht. Gerade die richtige Zeit für das, was ich tun will. Im Sommer zu sterben ist schwer.
Ich lasse den Vorhang zufallen, drehe mich um, blicke in die Halle und weiß nicht, was ich tun soll. Ich habe getrunken, ich habe geraucht, ich habe Platten gespielt – eigentlich ist es jetzt von allem genug. Die Tabletten sind dran. Worauf warte ich noch?

Als der Krieg zu Ende war ... das Leben hatte sich kaum verändert für uns. Man muß auch bedenken, daß der Krieg für uns gar keine so große Realität gewesen war, er hatte uns nicht betroffen. Genausowenig wie das Nazi-Regime uns belästigt hatte. Wir waren Künstler, wir waren verhältnismäßig frei, das, was wir taten, war absolut unpolitisch, das Artistenleben war von jeher international, und Artisten kümmerten sich wenig, meist gar nicht um politische Zustände.

Ihre Heimat ist die Bühne, das Theater. Ihr Lebensinhalt – die Nummer. Ihre Freunde – die Kollegen. Außerhalb des Theaters, der Garderoben, der Kulissen beginnt für sie eine unwirkliche Scheinwelt, die sie kaum zur Kenntnis nehmen. Es ist anders als beim Schauspieler etwa, der viel mehr der Umwelt, dem Zeitgeschehen verhaftet ist.

Dazu kam, daß der Krieg uns nicht einmal Grenzen gezogen hatte. Wir hatten in all den Ländern gastiert, wo die Deutschen einmarschiert waren – Paris, Brüssel, Kopenhagen, Rom – das gehörte alles noch in den Fahrplan. Fast bis zum Schluß war alles gewesen wie immer. Wir bekamen Kostüme, wir bekamen Extrarationen, wir bekamen Schminke – Krieg oder nicht Krieg, das Volk mußte unterhalten werden, das hatten die Nazis sehr gut begriffen. Die Ausstattung der großen Scalarevuen beispielsweise war von friedensmäßiger Pracht, die Kostüme, die Duisbergs Frau entwarf, aufwendig und ständig wechselnd.

Jetzt allerdings war meine Garderobe bescheiden. Sehr viel Privatgarderobe hatte ich nie besessen. Wichtig war immer nur das, was man auf der Bühne trug. Die eine von Pauls Töchtern, die gut nähen konnte, schneiderte für mich ein Dirndl, genau wie sie das für sich, ihre Schwester und die Kinder getan hatte. Der Stoff hatte sich noch im Haus befunden, irgendwann vor Jahren hatte die Malerin viele Meter Stoff gekauft, den man ihr zu erhöhten Preisen angeboten hatte. Für die Kinder, hatte sie wohl gedacht und dann den Stoff vergessen, sie war nun einmal so.

Pauls Tochter war entzückt, als sie ihn fand. Es gab zwei Versionen davon, blau mit rosa Blümchen und rosa mit blauen Blümchen. Ich bekam von dem Rosa, eine weiße Litze um den tiefen Ausschnitt, eine blaue Schürze dazu, und alle fanden, ich sähe großartig darin aus.

So lief ich meist in diesem Sommer durch die Gegend und hatte mich damit meiner Umgebung noch besser angepaßt. Ich war schlank und hochbeinig, mit festen Muskeln, nicht mager, sondern gut entwickelt, ich paßte gut in das bayerische Dirndl hinein.

Mein Gesicht war ungeschminkt. Marja hütete noch sorgfältig einige Schminkkästen für den Tag, an dem ich wieder auftreten würde. Auf dem Lande, so entschied sie, brauche ich keine Schminke.

Aber ich war braungebrannt, als die Sonne schien, ich

bräune sehr schnell, meine Haut hatte den Seidenglanz der Jugend, meine Wimpern waren auch ohne Tusche dicht und dunkel, ich brauchte auch keinen Friseur, ich wusch mir das Haar selbst, es war schulterlang, ich trug es offen oder mit einem Band zurückgebunden.
Ich kam mit allen Leuten im Dorf gut aus, ich war ganz unbefangen und benahm mich sehr brav und ordentlich, Lehrer und Pfarrer bezeigten mir Wohlwollen, ich hatte meine kleinen Flirts, mit dem Kaufmann, mit dem Metzger – das war wichtig –, mit einem netten Bauernburschen, aber das war alles ganz harmlos. Ich war ein braves junges Mädchen. Von dem Diwan in Pauls Musikzimmer wußte keiner etwas.
Bald nach Kriegsende kehrte übrigens der Schriftsteller aus einem Lager heim. Er hatte überlebt. Er war blaß, mager und düster, sprach mit keinem in der ersten Zeit. Seine Frau war überglücklich. Sie umsorgte ihn wie ein neugeborenes Kind. Da er ein Verfolgter des Naziregimes war, bekamen sie manche Vergünstigungen, bessere Verpflegung vor allem. Auch die Flüchtlingsfrau mit den Kindern kam aus dem Haus, wir durften bleiben und hatten mehr Platz, ich bekam das eine kleine Zimmer für mich allein.
Es lebten, wie gesagt, viele Flüchtlinge in den Orten um den See herum. Und es kamen immer noch neue dazu. So auch eines Tages eine Familie aus Ostpreußen, ein Mann, seine Frau und die Tochter. Ich kannte sie nur vom Sehen, sie lebten außerhalb des Dorfes auf einem Bauernhof.
Zuerst war er mir aufgefallen, und das war unvermeidlich, denn Friedrich Wilhelm Barkenow war eine Schau, und das lag vor allem an dem Pferd. Nicht, daß er nicht

gut ausgesehen hätte, ein schlanker, drahtiger Mann, aktiver Offizier gewesen, von höchst eleganter Attitüde und Haltung, souverän auch in der kläglichen Situation, in der er sich befand. Und da war das Pferd.
Eine Fuchsstute, so schlank und drahtig und elegant wie er, die die ganze Flucht mitgemacht hatte und die er mehr liebte als Frau und Tochter. Seine einzige Tätigkeit bestand darin, sich mit dem Pferd zu beschäftigen. Er ritt in aller Selbstverständlichkeit durch die Gegend, auch durch das Dorf, verlorener Krieg hin und Notzeiten her, das war er so gewöhnt, und dabei blieb es. Die einzige Initiative, die er je entwickelte, bestand darin, für das Pferd Futter zu besorgen – Hafer, Kleie, Rüben, eine Weide im Sommer. Dafür freundete er sich mit den Bauern an, und ich hatte stets den Eindruck, er hätte Frau und Tochter verkauft, wenn er dafür alles Lebensnotwendige für das Pferd hätte eintauschen können.
Seine Frau war in gewisser Weise ein Pendant zu Pauls Frau, nur daß sie nicht malte; eine stille, zurückhaltende Frau, die man kaum wahrnahm. Die Tochter, das war Heide.
Adelheid Barkenow.
Zuerst machte ich seine Bekanntschaft. Es war draußen im Wald, ich sang aus vollem Hals, er kam angeritten, hielt vor mir, grüßte mit der Gerte und entschuldigte sich dann formvollendet. Hoffentlich habe er mich nicht gestört.
»Keineswegs«, sagte ich. »Und ich habe hoffentlich Ihr Pferd nicht scheu gemacht mit meinem Geschrei.«
»Elina ist sehr musikalisch«, sagte er, und er meinte das ernst.
Ich lachte zu ihm auf. »Na, das betrachte ich ja direkt

als Kompliment. Ich meine, daß sie nicht durchgegangen ist, als sie mich hörte.«
Pferde liebte ich. Es gab einige berühmte Schulreiter, die oft mit Lipizzanern in den Varietés aufgetreten waren, Franz Ackerl, Möser-José, und ich war immer ganz beglückt gewesen, wenn wir Pferde im Programm hatten, und brachte stets Zucker mit für die schönen vierbeinigen Kollegen.
Fortan blieb Herr Barkenow immer stehen, wenn wir uns im Dorf trafen, und wir plauderten ein wenig. Einmal, das war schon im Sommer, war seine Tochter bei ihm.
Bisher hatte ich sie nur aus der Ferne gesehen. Sie gefiel mir, sie war blond, sehr zart und ein wenig scheu.
Heide fühle sich sehr einsam hier, sehr fremd, teilte er mir mit. Wir seien doch etwa gleichaltrig, es wäre doch nett, wenn wir uns ein wenig anfreunden würden.
Ich betrachtete die Blonde noch genauer und sagte dann, nicht ohne Wichtigkeit: »Ich habe sehr viel zu tun. Aber wir können ja mal zusammen zum Baden gehen. Wenn du Lust hast«, ich duzte sie ungeniert, »kannst du morgen mitkommen. Ich habe einen prima Badeplatz entdeckt, da ist man ganz ungestört und braucht keinen Badeanzug.«
Die Blonde riß die Augen erstaunt auf, aber Herr Barkenow lachte und meinte, das sei die beste Art zu baden, das habe er früher auch oft getan. Er erzählte noch irgend etwas von Zoppot und anderen Ostseebädern, und als wir uns trennten, hatte ich mit dem Mädchen verabredet, daß es mich am nächsten Tag abholen solle.
Sie kam auch treu und brav, wurde von Marja begutachtet und akzeptiert, dann zogen wir los. Ich hatte

wirklich einen schönen Platz gefunden, ein kleiner Wiesenfleck am See, versteckt zwischen Büschen, und dort badete ich ganz ungeniert ohne. Ich war gleichmäßig braun am ganzen Körper, und Heide wandte scheu die Augen ab, als ich mich ausgezogen hatte.
Sie besaß keinen Badeanzug, die Flucht hatte im Winter stattgefunden, aber sie bekleidete sich züchtig mit Hemd und Höschen, als sie ins Wasser ging, beides mußte danach in der Sonne trocknen, während sie wieder ihr Leinenkleidchen anzog.
»Mensch, nun hab' dich nicht so«, sagte ich. »Hier kommt keiner her. Und wennschon! Da ist doch nichts dabei.«
Ich liebte meinen Körper. Und zeigte ihn gern. Paul hatte mir nun oft und ausführlich genug erklärt, wie schön er sei, und ich fand es selber auch.
Es dauerte zwei Wochen, bis ich Heide soweit hatte, daß sie auch nackt badete, und es gelang mir nur dadurch, daß ich ihr Hemd und Höschen einfach wegnahm. Dann ging sie also zitternd ins Wasser und spähte immerzu zum Ufer, ob auch wirklich niemand in den Büschen stand. Als sie dann im Gras lag, deckte sie sich sorgfältig mit einem Handtuch zu, das ich ihr immer wieder fortzog. Ihre Haut war weiß und zart, sie bekam einen Sonnenbrand, und ich placierte sie dann immer im Schatten, bis ihre Haut sich an Luft und Sonne gewöhnt hatte.
Mit der Zeit wurde sie ungenierter, aber niemals so frei und frech wie ich. Sie bewunderte mich schrankenlos. Meine Welt und ihre Welt, da lag ein Abgrund dazwischen. Aber sie hörte es gern, wenn ich davon erzählte. Ich verschwieg auch meine beiden verflossenen

Liebhaber nicht, was sie einigermaßen fassungslos machte. Niemals jedoch erwähnte ich mein Verhältnis zu Paul. Ich konnte immer sehr genau unterscheiden, wovon man sprechen durfte und wovon nicht, und vor allem zu wem.

Sie lernte bald das lustige Haus im Nachbarort kennen, wir borgten für sie auch ein Rad, und wenn sie mich begleitet hatte, saß sie geduldig bei Tulpano und den anderen im Garten, während ich meine Stunden hatte, diese und jene.

Leuchtend und lebendig, strahlend vor Lebensfreude, kam ich dann aus dem Haus, ich hatte gesungen, ich hatte einiges über Harmonielehre und Musikgeschichte gelernt, dann hatte Paul mich umarmt. Das dauerte manchmal zwei Stunden, aber die anderen langweilten sich nicht, sie tranken dünnen Kaffee oder dünnes Bier, aßen die fettlosen Plätzchen, die eine von Pauls Töchtern buchstäblich aus dem Nichts backen konnte, Heide spielte mit den Kindern, sie liebte Kinder und konnte gut mit ihnen umgehen, Tulpano saß auf der Bank unter dem Birnbaum, er war ganz klein und sehr alt geworden, aber er blickte mich zärtlich an, ein wenig skeptisch manchmal auch und fragte: »Nun, ma petite, hast du es gut gemacht?«

Ich lachte, beugte mich zu ihm, küßte ihn und sagte: »Ich hoffe. Frag Paul.«

Paul, der mir gefolgt war, sagte: »Wir haben es beide gut gemacht«, und ich glaube, Tulpano verstand den Doppelsinn der Worte.

Nur er, sonst keiner. Heide gewiß nicht, sie war so arglos, so harmlos, sie war noch ein Kind, kein Mann war ihr je zu nahe gekommen.

Das war die Zeit, in der ich langsam Papa und Mama vergaß. Wo sie aus meinem Leben verschwanden, wo ich die furchtbaren Bilder nicht mehr sah.
Mein Leben war ohne Sorgen. Wenn ich später hörte, wie die Menschen in den großen Städten gehungert hatten zu jener Zeit, wie mühselig sie gelebt hatten, so war das für mich nicht weniger ein Märchen als für die Jugend der heutigen Zeit. *Meine* Nachkriegszeit war die beste Zeit meines Lebens.
Marja war manchmal eifersüchtig auf Heide.
»Du sollst arbeiten. Und nicht laufen herum in Gegend mit diese Mädchen. Was willst du denn mit der?«
»Ich liebe sie«, rief ich emphatisch. »Und ich arbeite doch. Oder nicht?«
In der Beziehung konnte Marja nichts an mir aussetzen. Nach wie vor trainierte ich unter ihrem strengen Blick auf der Diele, Brücke, Spagat, Salto, erste Position, zweite, dritte, vierte. Mein Gesangsrepertoire war recht beachtlich, Lieder, Operettenarien, sogar ein paar Opernarien waren dazugekommen, und als neuestes sang ich die amerikanischen Songs, die man jetzt täglich im Radio hörte und die mir ausnehmend gefielen. Meine Sprachkenntnisse waren in den Grundbegriffen vorhanden, das hatte ich auf den Reisen gelernt, natürlich fehlte es an der Grammatik, aber meine Aussprache war gut, und die amerikanischen Schlager halfen mir, mein Englisch aufzupolieren.
Hingegen hatte Heide ein großes Problem. Die Schule! Sie war ein Jahr jünger als ich und hatte die Schule nicht abgeschlossen, das hieß also, kein Abitur gemacht. Ich glaube, ich hörte bei dieser Gelegenheit zum erstenmal von dieser Einrichtung namens Abitur. Und wie wich-

tig das für Heide war. Auch ihr Vater fing immer wieder davon an.
»Aber du bist doch sehr gescheit«, sagte ich, denn sie hatte natürlich viel mehr gelernt als ich, »warum willst du denn noch in die Schule gehen?«
»Ich will studieren.«
»Warum denn das?«
»Ich möchte einen richtigen Beruf haben. Und am liebsten möchte ich Ärztin werden.«
»So was!« sagte ich.
Irgendwie imponierte es mir. Sie hatte wirklich ein angeborenes Talent für diesen Beruf, das merkte ich bald. Wenn einem von uns etwas fehlte, Enrico zum Beispiel litt an Rheumatismus, Marja japste manchmal nach Luft und bekam Schwindelanfälle, dann war das für Heide höchst willkommen. Sie ließ alles andere stehen und liegen und kümmerte sich um den Kranken. Und es fiel ihr auch immer etwas ein, was man tun konnte. Sie behandelte sogar ihres Vaters Pferd, als es sich am Fuß verletzt hatte. Ja, es kam so weit, daß die Leute aus dem Dorf sie holen kamen, wenn unser Doktor, der einzige weit und breit, nicht griffbereit war.
Der Arzt selbst erkannte ihr Talent und nahm sie manchmal zu Krankenbesuchen mit und schickte sie allein zu leichteren Pflegefällen.
Natürlich war ich bei Heide und ihren Eltern auf dem Bauernhof draußen genauso zu Hause wie sie bei uns. Der Star auf dem Hof war Elina, die von allen bewundert wurde. Herr Barkenow kam mit seinem Bauern gut aus, sie konnten stundenlang über Landwirtschaft reden, denn Barkenow stammte von einem großen Gut in Ostpreußen. Ich glaube, er war der einzige Flüchtling

weit und breit, der keine Schwierigkeiten mit den Einheimischen hatte, trotz seiner feudalen Lebensweise. Oder vielleicht gerade deswegen.
Der Winter war lang und langweilig. Es gab viel Schnee, es war kalt und dunkel, radfahren konnte man nicht, meine Besuche bei Paul wurden selten. Zwar fuhr ein alter, klappriger Autobus zwischen den Dörfern, aber er war nicht zuverlässig, manchmal verpaßte ich ihn auch, dann mußte ich in Pauls Haus übernachten. Ich schlief auf dem mir wohlbekannten Diwan im Musikzimmer, und Paul kam in der Nacht und liebte mich.
»Deine Frau!« sagte ich vorwurfsvoll.
»Sie schläft«, erwiderte er ungerührt.
Wir waren ein gut eingespieltes Paar, wir hatten beide unseren Spaß an der Sache. Liebe? Mit Liebe hatte das nichts zu tun. Was Liebe war, wußte ich immer noch nicht.
Er streichelte liebevoll meine Brüste und sagte: »Du bist eine Frau, die viel Liebe braucht. Weißt du, Musette, es gibt Frauen, die brauchen das alles nicht so sehr. Für die ist es eher lästig. Und die müssen immer erst mal die Augen zumachen und schlucken, ehe sie die Beine auseinanderkriegen«, er hatte manchmal eine recht drastische Ausdrucksweise, »aber du mußt es haben, sonst wirst du unausstehlich. Ach, Musette, ich möchte dich haben in zehn Jahren. Wenn du so richtig erwachsen sein wirst. Ich beneide die Männer, die dich dann lieben werden. Ich könnte mir vorstellen, daß einem Mann Hören und Sehen bei dir vergeht. Ich wünsche dir, daß du immer die richtigen hast. Die, die du brauchst.«
Es kam mir ganz normal vor, daß er immer von mehreren Männern sprach.

Genaugenommen lebte ich auch jetzt wieder ein gespaltenes Leben. Ich war eine Frau, wenn ich bei Paul war. Ich war ein junges Mädchen mit Heide. Und ich konnte beides spielend unter einen Hut bringen.
Doch dann lernte ich ein neues Gefühl kennen.

Eifersucht ... ich hatte bis dahin nicht gewußt, was das ist. Und wenn ich mein Leben von heute betrachte, so gibt es darin keine Eifersucht. Doch – vielleicht soweit es Jack betrifft.
Ich bin eifersüchtig auf die anderen, für die er arbeitet. In letzter Zeit bin ich es, weil die anderen wichtiger sind für ihn als ich.
Ich war rasend eifersüchtig, solange ich mit Andy lebte. Obwohl ich keinen Grund dazu hatte. Nicht, soweit es Frauen betraf. Aber es gab einiges in seinem Leben, das ihm wichtig war. Und ihm sollte nichts wichtiger sein als ich. Genau wie es für mich ja auch nichts gab außer ihm.
Und dieses Gefühl, daß es im Leben eines Menschen, den ich liebe, nichts geben soll außer mir, erlebte ich das erstemal mit Heide.
Ich war eifersüchtig auf diese verdammte Schule. Das war das erste.
Sie begann wirklich, noch im Winter, in die Schule zu gehen. Sie mußte dazu jeden Tag nach Traunstein fahren, und das war unter den damaligen Verhältnissen eine echte Strapaze. Ihr Tag begann in aller Herrgottsfrühe, im Dunkeln mußte sie aufstehen – für mich ein

unmögliches Ding, natürlich hatten wir, schon berufsbedingt, immer lange geschlafen –, sie hatte ein beträchtliches Stück bis zur Bushaltestelle zu laufen, dann kam die Fahrt, dann der Unterricht, dann die Fahrt nach Hause, bis sie kam, war es bereits schon wieder dunkel, und dann mußte sie noch Schularbeiten machen. Sie saß oft bis in die Nacht hinein, denn natürlich hatte sie große Lücken, sie hatte lange ausgesetzt, und hier war der Lehrplan ein anderer.
Sie wurde immer blasser und dünner, und ihre Mutter jammerte ständig über ihr Aussehen, und ich sagte: »Ist ja kein Wunder. Das hält ja kein Mensch aus. So ein Blödsinn, ist erwachsen und muß noch in die Schule gehen.«
Daß ich selbst einmal den Wunsch geäußert hatte – und so lange war das ja gar nicht her –, weiter in die Schule zu gehen, hatte ich vergessen. Oder ich wollte nicht daran denken. Ich haßte diese Schule, die sie mir wegnahm. Ich haßte diese Schule, die in ihrem Denken nun den ersten Platz einnahm. Schlicht und einfach: Ich war eifersüchtig auf die Schule.
Barkenow sagte: »Das verstehst du nicht, Lore. Sie soll studieren, wenn sie will.«
»Wovon soll sie denn studieren? Das kostet doch eine Menge Geld.«
»Das wird sich finden«, beschied er mich. Barkenow war kein Mensch, der sich jemals über den nächsten Tag Gedanken machte. Er war ein Tat- und Gegenwartsmensch, möglicherweise hatte das sein Beruf so mit sich gebracht. Aber es erboste mich, daß er ungerührt zusah, wie seine Tochter unter diesem gewaltigen Pensum fast zusammenbrach, während er nichts, absolut nichts tat.

Außer reiten, reden und Frau und Tochter beschäftigen.
Übrigens blieb das nicht so. Er konnte sehr aktiv werden, wenn es sich lohnte, das sollte sich später zeigen. Er ging in die Industrie. Anfang der fünfziger Jahre bekam er einen Job im Rheinland, wechselte später über zu einer größeren Firma und wurde ein recht erfolgreicher Manager. Ich las seinen Namen gelegentlich in der Zeitung. Denn zu jener Zeit hatte ich keine Verbindung mehr zu den Barkenows.
Glücklicherweise bot sich mir damals eine zusätzliche neue Unterhaltung, die sich zunächst an meinen Geist wandte.
Herr Lindhofer, der Schriftsteller, bei dem wir wohnten, hatte sich mit der Zeit so weit erholt, daß er langsam begann, etwas Anteil an der Umwelt zu nehmen. Und diese Umwelt war vor allem ich.
Arbeiten, das heißt also schreiben, könne er noch nicht wieder, hieß es. Dazu habe er zu viel Schreckliches erlebt, das müsse erst abklingen. Das sagte nicht er, sondern seine Frau. Er müsse das Verhältnis zu sich selbst und der Umwelt erst wieder normalisieren, so drückte sie es gelegentlich aus, Marja gegenüber, und Marja sagte zu mir und Enrico: »Ist sich großer Blödsinn. Arbeit ist gut für jeden Mensch. Macht am schnellsten normal.«
Dafür ging Frau Lindhofer seit neuestem arbeiten, ins Gemeindebüro. Er würde zwar eines Tages eine größere Entschädigung bekommen, aber noch hatte er sie nicht. Und außer der Miete, die sie für die Zimmer bekamen, hatten sie wohl weiter keine Einnahmen und sicher auch keine großen Ersparnisse.

Geldsorgen hatten wir gar nicht. Papa hatte gut verdient und war niemals ein Verschwender gewesen. Sein Konto hatte er glücklicherweise nach München verlagert, so daß wir darüber verfügen konnten. Auch Enrico, der keine Familie besaß und immer sehr solide gelebt hatte, besaß noch genügend Mittel. Wir brauchten ja auch nicht viel.
Ich kümmerte mich um diese Dinge überhaupt nicht. Bei Marja war das alles in besten Händen. Auf diese Weise allerdings habe ich nie gelernt, mit Geld umzugehen. Ich hatte von Papa ein kleines, sehr kleines Taschengeld bekommen, mal für Eis oder Kino; was ich sonst brauchte, bekam ich sowieso. Und so war es jetzt auch noch.
Natürlich war der Wert des Geldes gesunken, und er sank ständig weiter, aber auch davon wußte ich so gut wie gar nichts. Was das Leben in den Städten nach dem Krieg so verteuert hatte, die Einkäufe auf dem schwarzen Markt, war für uns sowieso unerreichbar. Die Lebensmittel, die es auf die Zuteilung zu kaufen gab, waren so wenig, daß es finanziell kaum ins Gewicht fiel. Und was Marja nebenbei kaufte, bei den Bauern oder aus hier verfügbaren schwarzen Quellen, hielt sich im Rahmen.
Es gab zum Beispiel im Dorf eine hübsche junge Frau, Kriegerwitwe, die einen amerikanischen Freund hatte, was anfangs mißbilligt worden war, woran sich die Leute inzwischen jedoch gewöhnt hatten, um so mehr, als eigentlich alle die amerikanischen Soldaten recht gut leiden konnten. Sie waren freundlich und umgänglich und machten uns das Leben nicht allzu schwer.
Die junge Witwe betrieb mit den Sachen, die sie von

ihrem Amerikaner bekam, und das war angefangen von Strümpfen über Zigaretten bis zu Käse in Dosen so ziemlich alles, was das PX zu bieten hatte, einen schwunghaften Handel und stand sich nicht schlecht dabei. Da Marja ihr einmal in prekärer Lage behilflich gewesen war, denn Marja, die lebenskluge, wußte unter anderem auch, wie man es verhinderte, ein Kind zu bekommen, bekam sie für ihre Einkäufe Sonderpreise. Zigaretten brauchten wir nicht, keiner von uns rauchte. Was Marja brauchte, war Tee, was Enrico brauchte, war Kaffee, er hatte einen niedrigen Blutdruck, und was wir alle drei brauchten, war gelegentlich etwas Gutes und Kräftiges zu essen.

Für den Metzger war ich zuständig, ich alberte ein bißchen mit ihm herum, gab ihm auch mal einen Kuß auf seine fette Wange, wenn seine Frau gerade nicht im Laden war, und dafür wog er unsere Fleischzuteilung sehr großzügig.

Dann war da noch der ehemalige Ortsgruppenleiter unserer Metropole, der sich zu Ende des Krieges vorsorglich erst einmal mit einer schweren Nierenerkrankung zu Bett gelegt hatte, bald jedoch wieder am Leben teilnahm und binnen kurzem der erfolgreichste Schwarzhändler mit dem größten Warenangebot weit und breit wurde. Bis aus Rosenheim und aus Traunstein kamen die Leute, um bei ihm einzukaufen. Er hatte sich offenbar nie besonders unbeliebt gemacht, die Bauern hatten ihn gern, und manches schwarzgeschlachtete Schwein, ja ganze Rinder gingen durch seine Hand.

Mit dem nun wieder hatte sich Enrico speziell angefreundet, sie spielten zusammen Schach, und das verbilligte die Preise bei unseren Einkäufen.

Frieren mußten wir auch nicht, unser befreiter Schriftsteller bekam reichliche Kokszuteilung. Und dank Marjas Geschick im Umgang mit Menschen kamen wir mit unserer Umgebung gut aus.
Wenn ich heute darüber nachdenke, dann gibt es eigentlich in meinem Leben keinen Menschen, dem ich so zu Dank verpflichtet bin wie Marja, der Russin. Sie hat meine Kindheit und meine Jugend behütet, ich habe alles von ihr gelernt, was ein Mensch von einer lebensklugen Mutter lernen kann, viel mehr als von meiner wirklichen Mutter. Marja erzog mich zu Disziplin und Arbeit, sie hat mir Haltung und Manieren beigebracht, sie hat für mein leibliches und seelisches Wohl gesorgt, und ich bekam Liebe von ihr, sehr viel Liebe.
Marja, was würdest du sagen, wenn du mich hier sehen würdest, mit der halbgetrunkenen Flasche Whisky, den Zigarettenstummeln im Aschenbecher und den fünfunddreißig Tabletten, ausgebreitet auf dem Tisch.
Ich weiß, was du tun würdest. Ohrfeigen würdest du mich. Und dann würdest du mich weitertreiben, du würdest meine Feigheit nicht dulden. Du würdest mich daran erinnern, wie schwierig dein Leben war und wie mutig du dennoch warst.
Aber die Zeit heute, Marja, ist erbarmungsloser als die Zeit des Krieges und die der Nachkriegsjahre. Das ist das Absurde an dieser Zeit, daß man inmitten allen Wohlstands so arm und verlassen sein kann.
Ich habe das alles jetzt erst begriffen. Zum Beispiel, wie leicht es ist, bei Null anzufangen. Es ist ganz einfach zu beginnen, wenn alle beginnen. Wenn man aufbauen kann, kämpfen kann, wenn man merkt, wie es Schritt für Schritt vorwärts geht, wenn man glücklich ist über

den kleinsten Erfolg, über selbstverdientes Geld, sei es noch so wenig, über den ersten Applaus, eine gute Kritik, einen neuen Vertrag.

Du hast es nicht erlebt, Marja, wie es heute ist. Es ist ein Dschungel, in dem wir leben müssen. Ein Dschungel des widerwärtigen Überflusses, der Sattheit, der Trägheit, der Geistlosigkeit. Sie sind alle dick, voll und satt. Es läuft ihnen zur Nase und zu den Ohren hinaus, sie freuen sich nicht, sie lachen nicht, sie weinen nicht, sie können sich nicht begeistern – sie haben stumpfe, leere Gesichter, sie sind eine formlose, geistlose Masse, ein lebloses Ungeheuer – der Kaliban der Prosperität.

Der Massenmensch, der Prototyp für das letzte Drittel dieses unglückseligen Jahrhunderts.

Da ist kein Platz mehr für solche, wie du es warst, für solche wie Mama und Papa, für Paul, für Tulpano, nicht einmal mehr für mich, die ich eine Generation jünger bin. Es gibt keine Individualisten mehr, nicht einmal unter den Künstlern. Ja, es gibt auch keine Künstler mehr.

Es gibt Macher, Produzenten, Manipulierer, Einpeitscher – das, was sie dir heute als Kunst verkaufen, läßt dich erfrieren. Sie zerstören das, was schön sein wollte, sie analysieren daran herum und zerreden es in tausend Teile, bis nichts mehr davon übrig ist. Sie haben auch die Liebe zerstört. Sie haben sich dafür einen Popanz geschaffen, ein nacktes Kalb von abgrundtiefer Häßlichkeit, das sie brüllend umtanzen – sie nennen es Sex. Es paßt in diese Zeit, dieses Monstrum, es paßt genau.

Ich kann nicht mehr arbeiten, Marja. Ich kann nicht mehr lieben. Ich habe auch niemanden, den ich lieben kann. Warum soll ich dann noch leben?

Ich habe nicht versagt. In dieser Stunde kann ich ehrlich sein zu mir selbst. Ich weiß, was ich kann. Und ich weiß, daß ich es gut gemacht habe. Und noch besser machen könnte. Aber mich will keiner mehr hören, keiner mehr sehen. Es ist keine Luft mehr da, die ich atmen könnte. Der Computer braucht keine Luft zum Atmen. Und es ist sein Zeitalter, nicht das Zeitalter des Menschen. Was soll man denn in solch einer Welt, Marja?

Sie starb vor sieben Jahren, sie starb leicht und mit Würde, ihr Herz blieb einfach stehen. Und sie starb zur rechten Zeit – sie mußte nicht miterleben, wie es mit mir abwärtsging.

Ich erinnere mich genau an den Tag ihres Todes. Es war im Winter, am Abend hatte ich eine Gala. Ein großes Fest, ein Film- und Presseball, und ich mußte auftreten, ich hatte ein paar Nummern im Programm. Zu der Zeit holte man mich noch für solche Sachen.

Die Tage zuvor waren turbulent gewesen, Proben, Besprechungen, Änderungen, wie das immer so ist. Sie hatte einen Schwächeanfall gehabt, zwei Tage vorher schon, ich ließ den Arzt kommen und bestand darauf, daß sie zu Hause blieb. Und dann wußte sie auch schon, daß sie sterben würde.

»Es ist aus«, sagte sie, ganz gelassen. »Macht nichts. Nitschewo.« Und sie betete zur Heiligen Jungfrau, daß sie ihr beistehen möge.

Ich saß an ihrem Bett und weinte.

»Heul nicht«, fuhr sie mich an. »Du mußt heute abend auftreten. Wie willst du aussehen?«

»Ich sage ab.«

»Du sagst ab nicht.« Ihre Stimme war schon leise, aber der alte Befehlston war noch da.

Ich sagte nicht ab. Sie war schon tot, und ich ging auf die Bühne. The show must go on.
Ich glaube, ich sang an diesem Abend besonders gut. Ich war nicht sicher, ob sie mir nicht zuhörte. Und ich wollte nicht, daß sie, kaum im Jenseits angekommen, Grund hatte, mit mir unzufrieden zu sein.
Zweimal auf Erden war sie sehr, sehr unzufrieden mit mir gewesen. Das erstemal, als ich Berthold heiratete. Das zweitemal, als ich mich von Andy trennte.
Zu Andy hatte sie einmal gesagt: »Ich bin froh, Andreas, daß sie dich hat. Du hast sie gemacht wieder zu dem, was sie ist.«
Was bin ich, Marja?
Du hast es offenbar gewußt. Ich nicht. Ich bin dumm.
Das sagte sie, als Andy gegangen war, als ich wieder heiratete.
»Du bist und bleibst dumme Gans.«
Jetzt sterbe ich, Marja. Ich weiß nicht, ob es einen Himmel, eine Hölle oder sonst irgendeinen Ort gibt, an dem ich dich treffen werde. Mir wäre ein wenig bange, dir zu begegnen. Ich fürchte, du würdest mich mit Ohrfeigen empfangen.
An die beiden letzten Ohrfeigen, die ich von ihr bekam, erinnere ich mich sehr genau. Die eine war wegen Lindhofer, die andere wegen der Amerikaner.
Als ich Heide betrog, als ich ihr Berthold wegnahm, ohrfeigte mich Marja nicht. Da verachtete sie mich. Jemanden, den man verachtet, den ohrfeigt man nicht, dem dreht man den Rücken zu.
Soll ich nun anfangen mit den Tabletten? Wie macht man das am besten, nimmt man alle auf einmal oder nach und nach?

Was ist, wenn mir bloß schlecht wird? Es ist gar nicht so einfach, sich das Leben zu nehmen. Jemand hat mir mal gesagt, wenn man Schlaftabletten nimmt, erstickt man elend. Weil die Luftröhre oder die Lunge oder was weiß ich zuerst versagt – ob das stimmt?

Ich warte noch ein wenig. Vielleicht sollte ich mir den Luxus leisten, noch ein wenig an damals zu denken. An die Zeit, in der ich glücklich war. So dumm glücklich. So jung und ahnungslos glücklich.

Mein einziger Kummer war Heides blöde Schule, wie ich es nannte.

Der Schriftsteller sagte einmal zu mir, als ich darüber nörgelte: »Rede nicht so einen Unsinn, Lorena. Du bist doch sonst nicht so dumm. Du trainierst deinen Körper doch auch. Warum soll sie ihren Kopf nicht trainieren? Wenn sie doch offenbar einen hat.«

»Und ich?« fragte ich böse. »Habe ich etwa keinen?«

Er lächelte, auf seine stille, resignierte Weise. »Du hast sogar ein kluges Köpfchen. Es ist schade, daß man nicht ein wenig mehr Wissen darin untergebracht hat.«

Er bemühte sich darum, auf seine Weise, und es war das erste, was er überhaupt tat – sich mit mir zu beschäftigen, allerdings nicht nur mit meinem Kopf.

Er lebte sehr zurückgezogen, anfangs hatten wir ihn kaum zu sehen bekommen. Seine Frau päppelte ihn auf wie ein Kind, er las viel, er ging selten aus dem Haus, er hatte keine Gesprächspartner.

Irgendwann entdeckte er mich. Er kam eines Tages herauf in den ersten Stock, als ich trainierte, und sah mir zu. Es störte mich nicht, ich war von Kindheit an Publikum gewöhnt. Auf einmal sagte er, ich müsse bei Musik doch eigentlich besser arbeiten können.

Er brachte mir ein Koffergrammophon herauf, dazu einen Haufen alter Schallplatten, alles mögliche, Jazz, Stücke aus der Nußknackersuite, Arien aus Carmen, aus Verdi- und Puccini-Opern.
Ich lernte es, danach zu tanzen. Nach einiger Zeit gab er mir Anweisungen, er studierte ganze Tänze mit mir ein. Seine Einfälle waren gar nicht schlecht. Wie er sagte, liebte er die großen Ausdruckstänzer der zwanziger Jahre, ich sollte tanzen wie Mary Wigman oder Harald Kreutzberg. Er erklärte mir das alles sehr genau und ausführlich, und ich gab mir Mühe, seinen Regieanweisungen zu folgen. Es war mal etwas anderes. Außerdem hatte ich es immer gern, wenn ein Mann sich mit mir abgab.
Von seiner Frau kam kein Protest. Vielleicht war sie froh, daß er sich überhaupt für etwas interessierte. Daß da oben nicht viel passieren konnte, wußte sie, wir waren ja nicht allein.
Dafür empörte sich wieder einmal die Frau Regierungsrat. Nur einmal. Das Wort schamlos fiel, das zweite Wort war Gesindel.
Lindhofer sagte: »Wenn es Ihnen hier im Haus nicht paßt, gnädige Frau, können Sie jederzeit ausziehen.«
Daraufhin blieben die Türen zu den regierungsrätlichen Räumen fest verschlossen, wenn wir arbeiteten.
Ich bin sicher, der arme Regierungsrat hätte uns gern zugesehen, sein Leben war recht eintönig, als einzige Gesellschaft die sauertöpfische Frau, er war zu bedauern, fand ich.
Lindhofer war sehr musikalisch, außerdem begriff er gut den Zusammenklang von Musik, Körper und Bewegung und erklärte mir gründlich, wie er sich einen

Tanz vorstellte. Ich glaube, es war gar nicht so schlecht, was wir da auf der Diele veranstalteten.
Auch Marja und Enrico, die meist zusahen, fanden es gut.
Marja hielt zwar nach wie vor daran fest, daß die einzig mögliche Art zu tanzen die klassische russische Art sei, aber Lindhofer meinte: »Damit haben Sie gewiß recht, Maria Petrowna« — er nannte sie immer so —, »aber es ist nicht die richtige Art für Lorena. Es gibt in jeder Kunst eine Form, die die reinste und edelste ist, und das ist für den Tanz das klassische Ballett, da gebe ich Ihnen recht. Aber sowenig wie ich Lyrik schreiben kann, nicht mehr schreiben kann, ebensowenig kann Lorena klassisches Ballett tanzen. Und in diesem Fall heißt können nicht, es beherrschen, sondern empfinden und gestalten. Lorena ist äußerlich nicht der Typ dazu, sie ist zu gesund, zu temperamentvoll, zu modern. Sie ist viel zu weiblich und zu ausdrucksvoll. Ballett tanzen in Vollendung kann nur die Unschuldige oder die Dekadente. Spanische Tänze, gut, das ist etwas für sie, sie hat Feuer und Blut. Sie ist eine Carmen, keine Giselle. Sie ist eine gute Schauspielerin und kann viel mit ihrem Körper ausdrücken, aber es muß Handlung haben, und sie muß es greifen können.«
Marja hörte sich das nicht ohne Respekt an, es imponierte ihr immer, wenn jemand von künstlerischen Dingen etwas verstand. Außerdem hatte sie ja selbst vor Jahren festgestellt, daß ich zur Tänzerin nicht geboren sei. Zu dem, was *sie* unter einer Tänzerin verstand.
Als nächstes begann sich der Schriftsteller mit meinem Geist zu befassen. Er fand, ich sei ungebildet, und dar-

um müsse ich mehr lesen. Er teilte mir die Bücher zu. Seine Bibliothek war sehr umfangreich, er brachte mir jeweils ein Buch herauf, ich mußte es lesen und mich danach dazu äußern. Manches gefiel mir, manches langweilte mich. Aber ich hatte viel Zeit. Die Winterabende waren lang, Heide saß über ihren Schularbeiten, und Unterhaltung wurde keine geboten.
Später durfte ich dann herunterkommen in die Wohnung und mir selber aus den Regalen die Bücher aussuchen. Was nicht immer bedeutete, daß ich das, was ich aussuchte, auch lesen durfte.
Bei dieser Gelegenheit kamen wir von meinem Geist wieder auf meinen Körper zurück. Ich stand etwas ratlos vor dem Regal, griff nach dem einen oder anderen Buch, blätterte darin, blickte ihn dann fragend an. Und einmal, als ich da so stand, griff er von hinten um mich herum und legte seine Hände auf meine Brüste.
Ich war etwas überrascht, aber nicht allzusehr. So unerfahren war ich nicht, ich hatte längst mitbekommen, daß seine Blicke und Gefühle nicht gar so abstrakt waren, wie es schien.
Aber das war auch schon alles, dabei blieb es. Er faßte mich an. Strich über meinen nackten Arm, umfaßte meine Brust, streichelte meine Hüfte, mehr war es nie. Ich hatte nichts dagegen. Es gab meinem Dasein in diesem Haus einen leicht sinnlichen touch, und das genoß ich.
Es war im Mai, als ich von Marja die Ohrfeige dafür bekam. Ich hatte die Erlaubnis, im Garten Sonnenbäder zu nehmen, und da ich immer noch nicht viel von Badeanzügen hielt und auch gern gleichmäßig bräunen wollte, hatte ich von meinem zweiteiligen Badeanzug

nur das Höschen anbehalten, als ich da in dem altersschwachen Liegestuhl lag. Er kam dann manchmal, sah mich an, und einmal kniete er sich hin und küßte meine Brüste, sanft und behutsam.

Kurz darauf ertönte Marjas Stimme energisch von oben. Als ich hinaufkam, knallte sie mir eine. Wortlos. Ich wußte, sie hatte die Szene beobachtet.

»Was habe ich denn getan?« sagte ich empört. »Er hat doch.«

»Kein Mann tut so etwas von allein. Wenn er so etwas tut, hat eine Frau ihn gefordert heraus. Du wirst mir was erzählen. Wir wohnen in dieses Haus, du wirst nicht verführen dieses Mann. Ich dulde es nicht.«

»Was ist denn an dem noch groß zu verführen«, sagte ich frech. »Mit dem ist doch nichts mehr los.«

Darauf bekam ich noch eine.

Also behielt ich in Zukunft das Oberteil an. Jedenfalls solange ich mich im Garten aufhielt. Sonst änderte sich nichts.

Der zweite Sommer nach dem Krieg ähnelte dem vergangenen, er war für mich immer noch eine Zeit unbeschwerter Freiheit. Zwar sprach Marja manchmal davon, daß bald etwas geschehen müsse, und das hieß, ich sollte arbeiten. Sie studierte eifrig die wenigen Zeitungen, die uns erreichten, und meinte dann, hier draußen werde ich nie ins Geschäft kommen, wir müßten nach München. Was wir dann jedoch von dem Leben in München mit seinen Schwierigkeiten hörten, ließ sie zögern.

Einmal tat sie eine Verbindung auf zu einer kleinen Theatertruppe, die in Traunstein saß und die von dort über die Dörfer tingeln wollte. Sie fuhr mit mir hin,

präsentierte mich, nahm mich aber sofort wieder mit. Das Unternehmen erschien ihr zu unseriös.
Ich hatte zu jener Zeit gar keinen Ehrgeiz. Mir gefiel mein Leben so, wie es war. Und ich wartete sehnsuchtsvoll darauf, daß die großen Ferien beginnen würden und Heide wieder ganz zu meiner Verfügung stand.
Allerdings hörte für Heide das Arbeiten auch in den großen Ferien nicht auf. Sie mußte Nachhilfestunden nehmen, denn noch immer waren Lücken auszufüllen, besonders in Latein hatte sie Mühe mitzukommen. Zuerst war es ein Lehrer in Traunstein, von ihrer Schule, der sie unterrichtete, doch dann ergab sich eine bequemere Möglichkeit.
Der Lehrer aus unserem Dorf kannte den Lehrer aus einem anderen Dorf, in unserer Nähe, und der wiederum hatte einen Sohn. Als Oberleutnant aus dem Krieg heimgekehrt, das heißt heimgekehrt erst vor kurzem aus englischer Gefangenschaft, lebte der junge Mann zur Zeit bei seinen Eltern, er war verwundet gewesen und mußte sich noch erholen. Er war Studienreferendar, hatte während des Krieges sein Staatsexamen gemacht, ehe er 1943 endgültig an die Front zurück mußte.
Der wurde nun Heides Privatlehrer, und es fiel mir bald auf, wie gern sie hinüberradelte, wie eifrig sie diese Stunden besuchte. Er sei so klug und so verständnisvoll, bekam ich zu hören, er sei eine so große Hilfe für sie, und das Lernen bei ihm mache richtig Spaß.
Das waren so die Verlautbarungen am Anfang, als die Stunden begannen.
Mich machte ihre Begeisterung hellhörig.
»Wie sieht er denn aus?« fragte ich einmal.
»Oh, gut.«

»Gut! Das ist keine Beschreibung. Du mußt doch auch gelegentlich mal ihn ansehen und nicht nur die Bücher.«
Sie hatte ihn angesehen. Und sie konnte ihn erstaunlich genau beschreiben. Sein Haar war blond, seine Augen blau, er war groß – sehr groß? – nein, mehr mittelgroß, nein, eigentlich bißchen mehr als mittelgroß, und er hatte schöne Hände, und er hatte eben einfach eine nette Art.
»So«, sagte ich, »eine nette Art. Das ist ja fein. Bist du in ihn verknallt?«
Sie wurde rot und wies diese Unterstellung heftig zurück. *Zu* heftig für mein mißtrauisches Ohr.
Und er hieß Berthold. Berthold Kronacker.
»Komischer Name«, sagte ich.
»Wieso komisch? Ich finde den Namen sehr hübsch.«
»Ja, ich merke schon, du findest alles sehr hübsch an diesem Berthold. Ich werde mir den Knaben mal ansehen.«
Ich radelte gelegentlich hinüber und holte sie ab. Berthold Kronacker bekam ich lange nicht zu sehen. Aber einmal brachte er sie bis zum Gartentor, und ich konnte ihn besichtigen. Stimmte alles, was sie gesagt hatte.
Er war blond und hatte blaue Augen und sah wirklich gut aus. Außerdem war er ein Stiller und ein Besinnlicher, wie es mir schien, und bestimmt keiner, der Mädchen an den Busen faßte oder auf den Diwan holte. Schon gar nicht eine Schülerin, die er unterrichtete. Da konnte ich ganz beruhigt sein.
Es war auch für mich später gar nicht so leicht, ihn zu verführen, jedenfalls anfangs. Nachdem ich das Feuer angezündet hatte, brannte es hell und lichterloh.

Das war, als Marja mich nicht ohrfeigte, als sie mich verachtete. Einem Mädchen den Mann wegzunehmen, den es liebt, und Heide liebte Berthold, betrachtete Marja als Gemeinheit. Überhaupt wenn man es nur tat, um zu zeigen, daß man es besser konnte.
Heute abend habe ich Heide gesehen. Ich habe viele Jahre nicht an sie gedacht, ich wollte nicht an sie denken. Aber nun, da ich bald sterben werde, denke ich an sie. An sie und an Berthold, den ich ihr wegnahm. Hauptsächlich deswegen, damit er mir sie nicht wegnehmen konnte. Denn ich war eifersüchtig. Heide gehörte mir.
Heute hat sie zu mir gesagt: Ich bin glücklich. Du sollst das wissen. Ich denke, daß dir das guttun wird.
Zum Teufel mit ihr! Sie hat ja alles bekommen, oder nicht? Ihre verdammte Schule hat sie fertiggemacht, sie hat studiert, ist Ärztin geworden, sie hat einen Mann, ein Kind – sie kann leicht glücklich sein.
Sie hätte das alles nicht bekommen, wenn ich ihr Berthold nicht weggenommen hätte. Sie wäre die Frau eines Lehrers in der Kleinstadt geworden, sehr fraglich, ob sie dabei so glücklich geworden wäre. Sie braucht sich gar nicht so aufzuspielen und zu tun, als schenke sie mir etwas, wenn sie mir gnädig mitteilt, glücklich zu sein. Es ist mir scheißegal.
Ich muß doch mal sehen, ob mein Lieblingssong von damals in Sandors Plattenschrank noch vorhanden ist. Es ist sowieso meine Platte. Wenn ich die Pelze geholt hätte, hätte ich mir auch meine Platten mitgenommen. Aber nun brauche ich beides nicht mehr.
Da ist sie – mein Favorit zu jener Zeit – ›Smoke gets in your eyes ...‹

SMOKE GETS IN YOUR EYES ... dann entdeckte ich die Amerikaner. Oder vielmehr einer entdeckte mich. Auf dem See. Ich ruderte immer noch gern hinaus, sonnte mich im Boot und sang auch oft, während das Boot über den See trieb.

Einmal, ich war allein, stoppte ein Motorboot neben mir.

»Hei, Baby«, sagte der große Blonde, der darin saß, und grinste mich fröhlich an.

»Hei, Daddy«, erwiderte ich lässig. Und das gefiel ihm.

Ich war nur minimal bekleidet, er musterte mich genau von Kopf bis Fuß und kam zu der Erkenntnis: »Why, you're a damned pretty girl.«

»Sure I am«, machte ich im gleichen Tonfall, und eine Weile quatschten wir uns auf diese geistreiche Art weiter an.

Die Amerikaner hatten am gegenüberliegenden Ufer das große Rasthaus beschlagnahmt, und von dort kurvten sie ständig auf dem See herum. Aber so weit herüber bis zu uns war eigentlich noch nie einer gekommen.

Er wollte wissen, wo ich herkomme, ich wies vage über die Schulter in Richtung Ufer, dann meinte er, wir müßten uns einmal treffen, oder ob ich nicht lieber gleich

zu ihm übersteigen wolle, doch dann kam so ein anderer Sonny-boy herangeflitzt, und mit einem »See you later« brauste der Sieger wieder über die Wasserfläche davon. Ich erzählte am nächsten Tag Paul davon, und er wurde sehr ärgerlich. »Ich verbiete dir, dich mit den Amis einzulassen. Das tut jede Gans heute. Du bist zu schade dafür.«
»Aber was soll ich tun, wenn du mich verläßt?« fragte ich scheinheilig.
»Ich verlasse dich nicht. Ich nehme dich mit.«
Denn Paul entwickelte seit einiger Zeit sehr viel Aktivität. Er für seine Person hatte genug von dem Leben auf dem Lande. Er fuhr gelegentlich nach München, er verhandelte mit mehreren Theatern und hatte immerhin für den nächsten Winter schon einige Gastspielverträge abgeschlossen. Genau wie Marja sprach er immer öfter davon, daß es für mich langsam Zeit würde zu arbeiten. Allerdings wußte er genausowenig wie Marja, *was* ich denn nun eigentlich arbeiten sollte. Tanzen, singen, Theater spielen?
Er konnte wieder ins Engagement in ein Opernhaus gehen – gut. Aber wohin sollte ich gehen?
Nun gab es zu jener Zeit in München ein sehr gutes Kabarett. Paul sprach immer wieder davon, ich müsse einmal mit hinein in die Stadt kommen und eine Vorstellung ansehen. Vielleicht ergebe sich für mich dort eine Startmöglichkeit. Allerdings war er sich klar darüber, daß ich für diese Art von subtiler Kunst zu jung und zu unerfahren war. Und er wußte auch, daß speziell in München nach dem Krieg die Elite deutscher Theaterleute zusammengekommen war, daß sie alle Arbeit suchten, daß sie alle arbeiten wollten und daß

ein so gutes Haus wie die Münchener Schaubude die besten Namen für sein Ensemble bekommen konnte und nicht auf eine blutige Anfängerin neugierig war.
Also endete diese Spekulation immer wieder in der Feststellung: »Es eilt ja nicht. Du bist jung und hast Zeit. Wenn ich erst wieder im Geschäft bin, werden wir weitersehen.«
Mir war das recht. Ehrgeiz hatte ich zu jener Zeit gar nicht.
Mein Amerikaner hatte mich nicht vergessen, einige Tage später kreuzte er wieder vor meiner Bucht, wo ich diesmal mit Heide badete.
»Was will der denn?« fragte Heide und zog sich hinter die Büsche zurück.
»Das wird wohl der sein, der mich neulich angequatscht hat, ich hab' dir's doch erzählt.« Ich hob den Arm, winkte und schrie: »Hei!«
»Laß doch den Unsinn!« sagte Heide ärgerlich. »Der kommt noch hierher.«
»Der kann hier gar nicht landen.«
Er konnte doch. Er setzte das Boot vorsichtig in den Sand und kam strahlend herausgeklettert.
Diesmal erfuhr ich, daß er Bill hieß, daß er schon mehrmals nach mir Ausschau gehalten hätte und daß wir unbedingt einmal zusammen ausgehen müßten. Mein girlfriend könne natürlich mitkommen, er hätte auch einen Freund, der würde sich freuen. Er sei in Bad Reichenhall stationiert, aber wenn er Zeit habe, käme er zum Schwimmen und Bootfahren an den Chiemsee.
Ich fand das sehr nett. Mal eine Abwechslung. Heide verhielt sich sehr zurückhaltend, fast unhöflich.
Als er wieder weg war, machte sie mir Vorhaltungen,

und ich sagte: »Sei doch bloß nicht so blöd. Warum soll man denn nicht einen Amerikaner kennen. Sind doch nette Jungs. Vielleicht kriegen wir dann was geschenkt, Strümpfe oder so.«
Das komme für sie nicht in Frage, ließ mich Heide erstaunlich energisch wissen.
»Ach, wohl wegen deinem doofen Lehrer, was?«
Wir stritten uns sogar, das kam jetzt öfter vor, und schuld daran war meine Eifersucht.
Einige Tage später kam Bill wieder in die Bucht, diesmal mit seinem Freund, einem kleinen, vierschrötigen Dunkelhaarigen. Ich war allein und sagte ohne Bedenken zu, daß wir am nächsten Abend mit ihnen zum Tanzen gehen würden – ja, meine Freundin auch. Wo sie uns abholen sollten? Ich dachte an Marja und bestellte sie vorsorglich an den Ortseingang.
Heide zum Mitkommen zu bewegen war eine mühsame Aufgabe. Sie wollte partout nicht.

»Du bist mir eine schöne Freundin«, sagte ich erbost. »Du kannst mich doch nicht allein mit denen gehen lassen. Ist doch wirklich nichts dabei. Wir gehen tanzen, haben sie gesagt. Ist doch prima.«
Sie wußte nicht, was sie ihren Eltern sagen sollte, und ich meinte, sie solle einfach sagen, wir führen zu Paul und Tulpano, das würde ich Marja auch erzählen.
»Ich lüge nicht«, sagte Heide ernst.
»Na, dann sagst du deinen Eltern einfach, ich hätte zwei nette amerikanische Offiziere kennengelernt, und die hätten uns eingeladen. Auch schon was. Dein Vater ist doch auch Offizier. Und neulich hat er erst gesagt, er kann die Amerikaner gut leiden, und wie glücklich wir

sein müßten, sie hier zu haben und nicht die Russen. Hat er das gesagt oder nicht?«

Doch – das hatte er gesagt, sie mußte es zugeben.

Ob er aber gern sehen würde, daß seine Tochter abends mit den Amerikanern ausging, bezweifelte sie.

»Dann sagst du eben, du gehst meinetwegen mit. Damit ich nicht allein gehen muß. Aus Freundschaft eben, nicht? Was kann uns denn schon groß passieren? Wir kommen nicht spät heim, dafür werde ich schon sorgen.«

Sehr widerstrebend, sehr ungern willigte sie schließlich ein.

Sehr begeistert, sehr unternehmungslustig stieg ich am nächsten Abend in den großen amerikanischen Straßenkreuzer, der uns erwartete. So ein schickes Auto, schade, daß ich mich nicht hatte von zu Hause abholen lassen.

Ich hatte mein bestes Kleid an, auch Heide hatte sich fein gemacht, sie war ein wenig hochmütig, was aber gar nicht zur Wirkung kam, denn ihr Kavalier war nicht dabei, den würden wir in Reichenhall treffen, er hätte noch zu tun. Etwas überrascht war ich, daß es nach Bad Reichenhall gehen sollte, denn natürlich hatte ich erwartet, wir würden nur auf die andere Seeseite zum Rasthaus fahren.

Aber dann fand ich die rasche Fahrt im offenen Wagen über die Autobahn ganz herrlich und genoß sie von Herzen.

Es fing alles ganz manierlich an, auch Heide konnte nichts daran aussetzen. Wir wurden zum Abendessen eingeladen in eine große alte Villa in Bad Reichenhall, offenbar eine Art Offizierskasino, es waren nur Offiziere da, und einige davon waren in Damenbegleitung. Alle waren sehr höflich, und auch unsere beiden Kavaliere benahmen sich tadellos. Wir bekamen gut zu essen, es gab Sachen, die ich lange nicht mehr bekommen hatte, Ananas zum Beispiel, die ich schon als Kind so gern gegessen hatte. Und eine herrliche Eiscreme als Nachtisch.

Nach dem Kaffee ging die Fahrt weiter, nach Berchtesgaden, wie wir erfuhren. Es war schon dunkel, aber die Sommernacht immer noch sehr lind und warm, obwohl wir uns hier schon tief in den Bergen befanden.

Heide stieß mich an. »Wir sollten nicht mitfahren. Wir kommen ja immer weiter weg.«

»Das ist doch nicht weit. Mit dem Wagen nur ein Katzensprung. Ist doch interessant, Mensch. Warst du schon in Berchtesgaden? – Siehst du, ich auch nicht. Und außerdem wollen wir doch tanzen.«

Das taten wir in Berchtesgaden. Ausgiebig. Und was ich dort zu sehen bekam, machte mich stumm vor Staunen. Ich hatte keine Ahnung gehabt, was eigentlich so vor sich ging in der großen Welt. Und Berchtesgaden war, jedenfalls zu jener Zeit und soweit es Amerikaner betraf, die ganz große Welt. Sie hatten dort ein Recreation Center, wie sie es nannten – Heide übersetzte mir das mit Erholungshauptort –, sie hatten fast alle Hotels beschlagnahmt, und die größte Schau war das Hotel ›Berchtesgadener Hof‹, jenes große, ganz moderne Hotel, das Hitler für seine Staatsgäste hatte bauen lassen.

Es lag gleich am Ortseingang. Ich fand es umwerfend prächtig.

Bei dieser Gelegenheit merkte ich erstmals, wie restlos verbauert wir schon waren und wie ahnungslos wir dort in unserm Dorf dahinlebten. Denn anderswo war das Leben inzwischen weitergegangen, der Krieg war wirklich über ein Jahr zu Ende, es gab Tanz, Lachen, Musik, schöne Frauen in eleganten Kleidern und dazu Männer, die sie verwöhnten.

Die Frauen waren es vor allem, die mich verblüfften. Hitlers Staatshotel in Berchtesgaden, das den amerikanischen Offizieren bis hinauf zu den höchsten Rängen zur Urlaubs- und Wochenenderholung diente, war voll von Frauen, bester Klasse teilweise. Deutsche Frauen, versteht sich. Eine veritable Gräfin befand sich darunter, überhaupt mehrere Adelige, unsere Begleiter versäumten es nicht, uns darauf hinzuweisen. Es gab junge Frauen dort, aber auch – jedenfalls für meine Grünschnabelbegriffe – reife Frauen. Es waren die Geliebten, die Freundinnen, die Bekannten der amerikanischen Offiziere, und sie waren alle ausnehmend schick gekleidet, gut frisiert, hübsch zurechtgemacht. Sie bekamen zu essen und zu trinken, was sie wollten, sie bewegten sich mit größter Selbstverständlichkeit in diesem luxuriösen Rahmen – sie hatten mit einem Wort die Eroberer erobert.

Ich begriff sehr schnell, daß wir beide, Heide und ich, hier einen sehr bescheidenen Eindruck machten in unseren nicht sehr modischen Sommerkleidern. Manche der Frauen hier trugen sogar lange Abendkleider.

Ich wurde sofort von hellem Neid ergriffen. Mein Gott! Wie lebte ich dort eigentlich auf dem Dorf? Ich verpaßte ja alles.

In dem Hotel wurde in verschiedenen Räumen alles geboten, was man sich zur Unterhaltung wünschen konnte. Theateraufführungen, Shows, eine Bar mit

Drinks aller Art und dann in einem großen Saal Tanzmusik.
Nachdem uns Bill und John – so hieß sein Freund – voll Stolz alles gezeigt hatten, landeten wir in dem Saal, um zu tanzen. Es war voll, aber es ging recht gesittet zu. Keiner war betrunken oder benahm sich laut, es war eine gepflegte Geselligkeit gebildeter Leute. Und die Amerikaner waren unerhört höflich zu ihren Damen. Standen auf, wenn diese den Tisch verließen. Standen wieder auf, wenn sie zurückkamen. Erfüllten alle Wünsche, die geäußert wurden, tanzten manierlich und mit Ausdauer. Tanzten allerdings cheek to cheek, das war amerikanische Sitte und durchaus in Ordnung, wie ich an diesem Abend lernte.
Bill tanzte oft mit mir, er tanzte gut, und er war ganz entzückt davon, wie gut ich tanzen konnte. Nun – das war kein Wunder. Ich ließ ihn wissen, daß ich Tänzerin sei, Künstlerin überhaupt, und nur durch den Krieg bedingt auf dem Lande lebte.
Wir tranken Whisky, es war das erstemal in meinem Leben, daß ich ihn bekam, und natürlich war ich bereit, ihn großartig zu finden. Aber das wirklich ganz große Erlebnis für mich war die Kapelle. Die Band, wie es die Amerikaner nannten. Es war ein richtiges Orchester, gut besetzt in klassischer Form, und ich fand, sie machten erstklassige Musik. Das konnte ich schließlich beurteilen.
Ich trank die Musik förmlich in mich hinein, ich ließ kaum ein Auge von dem Orchester, von seinem Leiter, dem Bandleader, wie er hier genannt wurde. Er war ein noch junger blasser Mensch mit hohen Backenknochen und hochmütigem Blick. Er sah über die Menge der

Tanzenden hinweg, schien sie kaum zu bemerken. Manchmal stand er nur so da, manchmal taktierte er ein wenig, aber dann griff er sich ein Instrument, eine Klarinette zum Beispiel, und spielte sie hervorragend, weich und samten im Ton, und später hatte er plötzlich eine Geige am Kinn.

Ich war so fasziniert, daß ich die Welt um mich vergaß.

Dieser Mensch konnte Geige spielen! Bei Gott, er konnte es wirklich. Nicht so gut wie Papa natürlich. Aber fast so gut. Und dazu spielte er noch einen Tango, für eine Weile sogar ein Solo – ich vergaß fast zu atmen.

»Der ist gut«, murmelte ich fassungslos. Immer wieder: »Der ist gut.«

»What did you say?« erkundigte sich Bill und versuchte, mich wieder vom Fleck zu bringen, denn ich war wie hypnotisiert stehengeblieben und starrte zum Podium hinauf.

»He plays so good«, sagte ich.

»Oh, Andrew? Sure, he plays rather well.«

Sie hätten ihn noch nicht lange, erfuhr ich. Die vorige Band habe nicht viel getaugt. Aber Andrew sei in Ordnung.

Zweimal trat eine Sängerin auf, eine zierliche schwarzhaarige Person in einem tiefausgeschnittenen goldglitzernden Abendkleid. Sie sang mit tiefer, rauchiger Stimme einige Songs, ihre Aussprache war sehr undeutlich, ich konnte die Texte nicht verstehen. Und dann sang sie mein Lieblingslied – ›smoke gets in your eyes ...‹

Ich kannte das Lied von Radio München, auch vom

AFN, ich kannte die Melodie auswendig, nur war es mir nie gelungen, den Text richtig zu verstehen. Auch heute abend nicht. Ich wollte ihn von Bill wissen, aber er wußte ihn auch nicht genau.
Dieses Lied wollte ich auch singen, unbedingt. Wenn ich nur wüßte, woher man die Noten bekommen konnte.
Ich trank mehrere Whiskys, ohne zu wissen, daß ich sie trank. Ich tanzte mit Bill, seine Wange an meiner, seine Hände umfaßten mich immer fester, aber er interessierte mich nicht im geringsten. Die Musik da oben, die Männer, die sie machten, die Sängerin – das war es.
»Wir müssen gehen«, flüsterte mir Heide zu, als ich wieder am Tisch saß.
»Ja«, sagte ich abwesend, »bald.«
Sie war keineswegs so gefesselt wie ich. Ihr Kavalier gefiel ihr nicht, die ganze Atmosphäre behagte ihr nicht, sie mochte keine fremde Wange an ihrer Wange haben, der Whisky schmeckte ihr auch nicht, und sie war voller Angst, wie wir wieder nach Haus kommen würden.
Es war gegen zwölf, als ich ihr den Gefallen tat, meinerseits von Heimfahrt zu sprechen. Unsere Begleiter willigten sofort ein. Wir gingen hinaus zum Parkplatz.
»Siehst du«, sagte ich zu Heide. »Du mit deinen ewigen Bedenken! Das war doch sehr nett. Und sie sind doch sehr anständig. Man muß das doch gesehen haben. Hättest du für möglich gehalten, daß es so etwas gibt?«
Nein, sie hätte es auch nicht für möglich gehalten. Aber es interessiere sie nicht im geringsten, und sie würde froh sein, daheim zu sein.
Jedoch es stellte sich heraus, die Heimreise hatte ihre Klippen. Zunächst mußte sich Heide hinten im Wagen

gegen die Attacken ihres Begleiters wehren. Ich drehte mich ein paarmal um, als ich ihre erst geflüsterten, dann ziemlich verzweifelten Abwehrversuche hörte. John wollte sie küssen, er versuchte auch sonst ihr nahe zu kommen.

»Now, John, be a good boy«, sagte ich mit Gouvernantenstimme nach hinten. »Let her go!«

Let her go war sicher kein korrektes Englisch, aber jedenfalls verstand er es. Er gackerte albern, und Bill neben mir am Steuer grinste. Wir fuhren wieder offen. Ich hatte den Kopf auf die Lehne gelegt, der Fahrwind kühlte meine heißen Wangen, der Himmel war voller Sterne.

Ich konnte besser singen als die da im goldenen Kleid. Und ich wollte das auch machen – da bei dem Orchester stehen und singen. Das wollte ich. Ja – das wollte ich!

Es war unbedingt notwendig, daß ich mir die Noten zu diesen amerikanischen Songs besorgte und daß ich sie lernte. Paul würde dagegen sein, aber das war mir egal.

Die Fahrt um die Kurven herum, sanft bergab von Berchtesgaden in Richtung Reichenhall, ging langsam, und ich entspannte mich dabei. Ich war richtig glücklich. Doch dann kam das dicke Ende.

Wir fuhren nicht bis Reichenhall. In einem kleinen Ort – später erfuhr ich, daß er Bayerisch Gmain hieß – bog Bill plötzlich von der Straße ab in einen Seitenweg, und wir landeten vor einem großen bayerischen Landhaus.

»Nanu«, sagte ich, »what's that? Where are we going?«

»Let's have a drink«, meinte Bill und stoppte den Wagen. Ich protestierte. Wir hätten genug getrunken und müßten unbedingt nach Hause.

Aber er stieg aus, John auch. Und wir mußten notgedrungen folgen. Vor dem Haus brannte Licht, drei andere Wagen standen auch noch da, und auch oben schien Licht aus den Fenstern.

Als ich im Haus war, begriff ich sehr schnell, was gespielt wurde. Der bisherige gesellschaftliche Teil des Abends war nur der Anfang des Unternehmens. Die Fortsetzung fand in diesem Haus statt.

Es hätte einem Nazibonzen gehört, ließ mich Bill auf meine Frage wissen. Und jetzt hätten sie es eben beschlagnahmt. That's all.

Das war nicht alles. Dieses Haus diente den Amerikanern als eine Art Absteige. Das ganze obere Stockwerk bestand mehr oder weniger aus Schlafzimmern. Nur der große Raum nach vorn heraus war als Wohnraum eingerichtet. Dort standen Flaschen auf dem Tisch, Schalen mit peanuts, Zigaretten, dort saß einer, den ich schon zuvor im Hotel gesehen hatte, mit einem Mädchen in enger Umschlingung auf der Couch. Die Insassen der anderen Wagen mußten sich in den Schlafzimmern befinden.

Bill hatte auch nicht die Absicht, sich noch lange mit Vorbereitungen aufzuhalten, er griff sich eine Flasche Whisky, sagte: »Come on, Baby«, und zog mich mit sich in eines der Schlafzimmer. Vorher küßte er mich noch, ja, das auch.

Ich ging zunächst ganz bereitwillig mit, ich wollte sehen, wie sie das so machten. Nun – es war eine ganz eindeutige Angelegenheit.

Ich stand in dem Schlafraum, sah mich um, lächelte – wie ich meinte, höchst ironisch – und sagte, als Bill begann, sich ohne Umstände seine Uniformjacke aufzuknöpfen: »Oh, no!«

»Don't be silly«, sagte er, setzte sich auf den Bettrand und wollte die Schuhe ausziehen.
Ich war ganz nüchtern, ganz kalt. So, auf diese Art – nein, mein lieber Bill. Nicht mit mir!
Mein amerikanischer Sprachschatz reichte nicht aus, um meine Ansicht zu diesem Unternehmen klarzumachen.
So sagte ich auf deutsch, was ich davon hielt, sagte es sehr ruhig und sehr gelassen, fügte dann nur hoheitsvoll hinzu: »Not me!« Und verließ das Schlafzimmer.
Im Wohnraum kam ich gerade zurecht, um Heide zu retten. Das andere Pärchen war verschwunden. Sie war allein mit John, und der hatte sie auf die Couch gedrängt, lag halb über ihr, und Heide kämpfte verzweifelt und schluchzte dabei.
Ich stürzte hinzu, versetzte John ein paar gezielte Boxhiebe, meine Muskeln waren schließlich gut trainiert, und zog ihn energisch von der Couch hoch.
»Let her go!« schrie ich dabei. »She is not for you. And not that way.«
John, der ziemlich betrunken war, wie ich jetzt merkte, war so verblüfft, daß er gar nichts sagte und mich nur sprachlos anstarrte.
Heide strampelte sich hoch, sie war ganz fassungslos, sie weinte, und ich fuhr sie an: »Heul doch nicht. Wir müssen sehen, wie wir hier wegkommen.«
»Du warst plötzlich verschwunden«, schluchzte Heide. »O Gott, Lore, was machen wir bloß?«
»Wir hauen ab. Das ist doch klar. Denkst du, ich lasse mich hier zum Nachtisch von denen vernaschen? So auf diese plumpe Art? Das können sie mit mir nicht machen. Die bestimmt nicht. Denen werd' ich's zeigen.«

Ich war ganz Kampfstimmung. Und John, der immer noch mit dummem Gesicht auf der Couch saß, blickte ängstlich zu mir auf.
»Du lächerlicher Nachtwächter«, sagte ich zu ihm – er war wirklich keine sehr attraktive Erscheinung –, »das könnte dir so passen. Ein Mädchen wie Heide. Mit dir werde ich noch lange fertig, dich schmeiß' ich glatt zum Fenster 'raus!«
Natürlich verstand er meine Worte nicht. Aber mein Ausdruck und mein Tonfall waren wohl deutlich genug. Dann kam Bill. Er war wenigstens ein netter Junge. Vielleicht wenn er es auf andere Art versucht hätte ... aber so ...
»Drive us home!« sagte ich zu ihm im Befehlston. »Und zwar sofort.«
Und zu Heide: »Was heißt sofort auf englisch?«
Aber ihr fielen vor lauter Schreck überhaupt keine englischen Vokabeln mehr ein.
In einer Mischung aus Deutsch und einer Art Pidgin-Englisch machte ich mich verständlich. Bill war zuerst frech. Er wollte nicht fahren. Dann würden wir laufen, erklärte ich. Er lachte höhnisch. Bis zum Chiemsee? Nein, bis Reichenhall. Dort gäbe es vielleicht ein Hotel oder so was. Oder Rotes Kreuz oder Polizei oder irgendeine Stelle, wo man uns aufnehmen würde. Ich wurde sehr phantasievoll. Und ich war finster entschlossen, dieses Haus zu verlassen.
Dann nahm ich Heide bei der Hand, die aufgehört hatte zu weinen und vertrauensvoll meinen Ergüssen lauschte. Verließ mit ihr das Zimmer. Draußen auf dem Gang hörte ich aus einem der Zimmer ein Mädchen albern lachen und wurde noch wütender. Nein! So nicht! So

niemals. Liebe – gut und schön. So wie mit Paul – warum nicht? Aber das hier mit diesen fremden Männern, die sich einbildeten, sie hätten ein Anrecht erworben, weil sie uns zum Essen und Tanzen ausgeführt hatten! – Was für ein Idiot war ich gewesen, offenbar eben doch restlos verblödet dort in meinem Dorf.
Bill kam uns nach, als wir etwas ratlos unten vor dem Haus standen, denn die Gegend war uns schließlich unbekannt. Er war wütend. Das konnte ich deutlich sehen – aber es kümmerte mich nicht.
Er setzte sich stumm hinter das Steuer, wir kletterten in den Wagen, und dann fuhr er los.
Was heißt er fuhr – er raste.
Er raste mit uns den Berg hinab nach Reichenhall, durch den stillen Kurort, hinaus in die Ebene und zur Autobahn. Er fuhr in einem Irrsinnstempo – und ich hatte Angst. Die Autobahnbrücke war noch zerstört, er mußte die Behelfsstraße hinab und auf der anderen Seite wieder hinauf, und er nahm das Tempo kaum weg. Glücklicherweise waren die Straßen leer, und der Ärger hatte ihn nüchtern gemacht.
Auf der ganzen Fahrt wurde kein Wort gesprochen. Ich dirigierte ihn zuerst zu Heides Bauernhof, sah, daß oben, wo ihre Eltern wohnten, noch Licht brannte.
»Was soll ich ihnen bloß sagen?« flüsterte Heide, als sie ausstieg.
»Die Wahrheit. Das kannst du doch. Es ist ja nichts geschehen.«
Ich ließ mich auch direkt vor das Haus fahren.
»Good night!« sagte ich zu Bill, ehe ich ausstieg. »And I thank you, that you behaved like a gentleman.«
Er blickte mich an, etwas erstaunt, und dann lachte er

auf einmal. »Good night, Baby. I wonder ... no, after all you're swell.«
Ich wußte zwar nicht, was das hieß. Aber es hatte ganz freundlich geklungen.
Oben in meinem kleinen Zimmer saß Marja. Stand auf, als ich hereinkam, und klebte mir eine. Wortlos, wie sie das meist tat. »Na schön«, sagte ich. »Einerseits habe ich das verdient. Andererseits auch wieder nicht.«
Während ich mich auszog, erzählte ich ihr alles. Sie hörte sich das stumm an, schüttelte ein paarmal den Kopf.
Als ich im Bett lag, nun wirklich hochzufrieden mit mir selbst, redete ich nur noch von der Band. Was sie gespielt hatten, wie sie gespielt hatten. Und dieser Andrew ...
»Er spielt gut, wirklich. Er hat einen richtig schönen, vollen Strich. Er ist kein Amerikaner. Er ist Deutscher, sagt Bill. Ich möchte ihn noch einmal hören. Ich möchte ihn für mein Leben gern noch einmal hören!«
»Du gehst mir da nicht mehr hin.«
»Ob ich da nicht auch singen könnte? Mit so einer Band, meine ich.«
»Dazu bist du zu jung. So etwas kommt überhaupt nicht in Frage. Schlaf jetzt.«
Sie beugte sich herab und küßte mich.
Allein im Dunkel, summte ich die schwermütige Melodie vor mich hin ... smoke gets in your eyes – es mußte sich um eine verlassene Frau handeln, sie will nicht zugeben, daß sie weint, und darum sagt sie das von dem Rauch, der ihr in die Augen kam. So ungefähr begriff ich den Inhalt des Liedes. Wenn ich nur wüßte, woher ich den Text bekommen könnte.

Ich nahm das Lied später in mein Repertoire auf. Andy hat es für mich instrumentiert, sehr gekonnt, auf ganz persönliche Weise, sehr einfach, sehr eindringlich. Ich sang es immer gern – auch Jahre später noch, als es längst vergessen und vergangen war.
Komisch – ich hatte immer eine Neigung zu traurigen oder melancholischen Liedern, sowohl sie zu hören als auch sie zu singen. Irgend so ein vergnügtes Tralala, so ein Hei, wie-ist-das-Leben-schön-Lied hat mich nie sonderlich interessiert.
»Bin ich eigentlich ein negativer Mensch?« fragte ich Andy einmal.
Er lachte mich aus.
»Nein. Ganz im Gegenteil. Es beweist deinen Kunstverstand. Es zeigt, daß du eine echte Künstlerin bist. Denn alle echte Kunst – und auch wir hier in unserem Bereich können echte Kunst machen – hat einen dramatischen, einen tragischen oder einen schwermütigen Kern. Keiner kann eine gute Komödie schreiben, beispielsweise, ohne einen dunklen Ton mitschwingen zu lassen. Oder nimm unser Gebiet: die Musik. Warum ist Mozart ein ganz Großer? Trotz aller vordergründigen Heiterkeit, aller scheinbar lichten Harmonie ist in seiner Musik das große Dunkel, die tiefe Schwermut, der Tod drin. Das unterscheidet ihn von allen Zeitgenossen, die sicher auch sehr hübsche Musik gemacht haben im Stile der Zeit. Mozart ist ein gutes Beispiel gerade für das, was ich sagen will. Bei Beethoven oder Brahms ist das ja ohnedies offensichtlich. Aber Mozart könnte den flüchtigen Hörer täuschen, hat ihn sicher auch zu seiner Zeit getäuscht, als man noch nicht wußte: Ah, Mozart! Große Kunst! – Doch wer wirklich hörte

und begriff, der wußte, daß da einer unter Tränen lächelte.«

Andy! Du hast Tanzmusik gespielt, du hast einc Band geleitet, du hast Unterhaltungsmusik komponiert, so etwas rechnet man nicht zur echten Kunst. Doch du bist ein Künstler von Kopf bis Fuß, du bist Musik bis in die Spitzen deiner Haare, bis in den kleinsten Atemzug. Du hast mir eine neue Welt erschlossen.

Paul war der erste, der mich lehrte, wirklich zu hören. Oder besser gesagt, der mich lehrte, auch anderes zu hören als Papas Orchester, denn damit begann und endete früher für mich die Musik. Von Andy habe ich alles andere gelernt. Er ging mit mir in Konzerte, in fast jedes Konzert, wenn es unsere Zeit erlaubte, später, als wir in München lebten.

Und ich sehe ihn noch sitzen neben mir, ein wenig vorgebeugt, er neigte sich gewissermaßen den Tönen entgegen, als könne er sie so besser empfangen, der Ausdruck seines Gesichts war angespannt, fast asketisch in solchen Momenten des hingegebenen Hörens, seine Augen, wenn auch auf das Orchester, auf den Dirigenten gerichtet, schienen nicht zu sehen, sondern ebenfalls zu hören, ja – es kam mir vor, als höre er mit den Augen auch, mit jeder Pore seiner Haut, mit jedem Atemzug – alles war Gehör bei ihm.

Und außerdem hatte ich immer das Gefühl, er hätte mich ganz vergessen, ich sei für ihn überhaupt nicht mehr auf der Welt. Dann legte ich manchmal meine Hand auf seine, nur um ihn daran zu erinnern, daß ich noch da sei, und er nahm meine Hand, hielt sie fest, ohne sonst einen Blick oder eine Geste an mich zu wenden, aber dann hatte ich wenigstens das Gefühl, wieder bei ihm zu sein, ihn wiederzuhaben, ihn nicht allein zu wissen in seiner unendlichen Ewigkeitswelt der Musik, die ihm alles bedeutete. Mehr als ich bedeutete sie ihm. Ich war manchmal eifersüchtig auf die Musik, weil sie ihn mir wegnehmen konnte.

Andy, wie sehr habe ich dich geliebt! Wie sehr liebe ich dich noch, werde dich ewig lieben. Meine Abenteuer, meine Affären, meine großen und kleinen Liebesgeschichten, ich kann sie wegblasen wie eine Feder. Ehe ich ihn kannte, wartete ich auf die Liebe. Und nach ihm – gab es keine Liebe mehr.

Jetzt, kurz vor meinem Tod, stelle ich fest, daß ich ein zutiefst treuer Mensch bin. Daß ich zu den Menschen gehöre, die nur einmal lieben können. Wenn mir das früher jemand gesagt hätte, hätte ich mich totgelacht.

Vielleicht ist das ein Erbteil. Mama hat auch nur einen Mann geliebt in ihrem Leben. Und Papa auch nur eine Frau. Richtig, mit dem Herzen geliebt.

An jenem Abend in Berchtesgaden sah ich dich zum erstenmal, Andy. Du standest da oben auf dem Podium, deine Band war gut, zwölf Mann wart ihr, und du hattest diesen hochmütig-fernen Ausdruck im Gesicht, den ich später genauer kennenlernte und den du immer bekamst, wenn du dich gegen deine Umwelt abschirmen mußtest. Denn das mußtest du oft. Du bist so dünnhäutig, so verletzlich, du hast gar keine Schale um dich, geschweige denn einen Panzer. Ich hatte immer das Gefühl, ich müßte dich beschützen. Beschützen vor den anderen, vor dem Lauten, dem Bösen, dem Grellen.

Die Tragik deines Lebens ist es, daß du nicht geworden bist, was du werden solltest. Werden mußtest.

Musikstudium. Eine jüdische Mutter. Ein Vater, der euch beide aus Feigheit verließ, kein Geld, kein Studium mehr. Die Mutter im Konzentrationslager. Und du selbst zwischen Angst und Lager, Dienstverpflichtung, Zwangsarbeit aufgerieben und irgendwo in der Tiefe deines Wesens für alle Zeiten verletzt. Und du liebtest deine Mutter so. Nie werde ich dein Gesicht vergessen, wenn du von ihr sprachst – dein Gesicht war dann weiß, deine Augen wie leere Löcher, in denen kein Leben mehr ist. Und dein Mund, dein weicher, sensibler Mund verzerrt von der Anstrengung, nicht zu weinen.

Du konntest so erblassen. Ich habe nie einen Menschen gesehen, der sich so verändern konnte wie du – dein Gesicht war dann ohne einen Blutstropfen. Und die Wangen unter deinen hohen östlichen Backenknochen ganz eingefallen. Und dazu diese toten, leeren Augen.

Beschützen wollte ich dich, helfen wollte ich dir, lieben wollte ich dich, meine ganze Kraft, meinen ganzen Mut wollte ich in dich eindringen lassen – und ich tat es ja auch, du hast immer behauptet, daß von mir viel Kraft auf dich überginge. Lebenskraft, Lebensfreude, Lebensmut – alles Dinge, die ich im Überfluß besaß. Damals, Andy!

Heute? – Heute brauchte ich sie von dir.

Heute habe ich alles verloren, was *ich* war. Heute bin ich – nichts.

Ich bin nicht mehr ich selbst. Es ist nichts übriggeblieben von mir.

Das vielbesungene Künstlerblut, von dem Marja immer faselte – wenn es je in mir lebendig wurde, so war es dein Werk. Du hast mir die Musik geschenkt.

Ich konnte dir dafür nichts geben. Du warst bestimmt

für die große Kunst, die große Musik. – Doch du warst arm, allein und verlassen. Du hast den Amerikanern zum Tanz aufgespielt, und es gab für dich keinen Weg mehr zurück. Du hast niemals an einem Pult vor einem großen Orchester gestanden, wozu du geboren warst.
»Versuch es doch!« sagte ich zu dir. Es war Mitte der fünfziger Jahre.
»Ich habe keine Praxis. Ich bin fünfunddreißig Jahre alt. Da kann man nicht mehr neu beginnen. Ich werde für sie immer ein Unterhaltungsmusiker bleiben. Da gibt es keinen Weg zurück.«
Ich wußte, daß du recht hattest. Die Branche macht strenge Klassenunterschiede. Hat eiserne Gesetze. Das wäre genauso gewesen, wenn ich hätte plötzlich anfangen wollen, die Brangäne zu singen.
An jenem Abend in Berchtesgaden, als ich dich zum erstenmal sah, habe ich dich sehr genau angesehen. Und angehört natürlich. Die Klarinette zum Beispiel, die konntest du wunderbar blasen.
Klarinette ist mir von allen Blasinstrumenten das liebste. Natürlich, eine gut geblasene Jazztrompete ist eine tolle Sache. Oder ein wirklich beherrschtes Tenorsax, was kann man da 'rausholen, ganze Gemütsbewegungen 'rauf und 'runter – das weiß ich gut genug.
Die Klarinette ist bescheidener, sie bietet nicht so viel schillernde Möglichkeiten, aber wenn einer sie richtig blasen kann, so wie du, so samten und voll – ach, ich weiß gar nicht, wie man das richtig beschreiben kann, Musik ist so schwer zu beschreiben, entweder man kann sie hören oder nicht, und wer es nicht kann, dem nützen auch die aufwendigsten Erklärungen nichts.
Mit der Klarinette ist es so: Einerseits könnte man

sagen, sie sei ein heiteres, ein fröhliches Instrument, sie kann lachen, sie kann jubeln, sie kann sogar richtig albern sein, aber gleichzeitig ist sie ein sehr schwermütiger, sehr eindringlicher Tönemacher, ganz einfach und ganz traurig kann sie sein, eine dunkle, rührende Klage, die einem ans Herz geht ... So, Andy, konntest *du* die Klarinette blasen.

An jenem ersten Abend nahmst du schließlich die Geige. Ich kannte dich ja nicht, ich wußte nicht, wer du warst. Es wäre lächerlich zu sagen, ich hätte dich von jenem Augenblick an geliebt, als du Geige spieltest. Obwohl ich das später manchmal behauptet habe.

In gewisser Weise fing es da an. Der fremde Mann da oben mit dem blassen Gesicht, der über alles hinwegblickte, und seine Geige, die alles aussprach. Ich konnte es hören an jenem Abend. Und damit hatte ich *dich* gehört.

Ich kam übrigens noch zweimal in den ›Berchtesgadener Hof‹. Bill verzieh mir mein sprödes Benehmen, eine Woche später etwa schaukelte sein Motorboot vor unserer Bucht. – Heide war natürlich zum Mitgehen nicht mehr zu bewegen, und sie verstand nicht, warum ich wieder mit dem Amerikaner nach Berchtesgaden fuhr. Ich konnte es ihr nicht erklären. Ich fuhr nicht wegen Bill.

Ich fuhr nur wegen der Musik dort, ich wollte sie noch einmal hören. Wir tanzten wieder einen Abend, cheek to cheek, und auf dem Heimweg, der ohne Abweichung vor sich ging, küßte mich Bill, und ich küßte ihn auch, und es war alles, soweit es Bill betraf, auf dem besten Weg. Er hatte offenbar eingesehen, daß es bei diesem Girl ein wenig länger dauern würde, und er schien

bereit, das auf sich zu nehmen. Vielleicht fand er es sogar ganz nett, ein Mädchen zu kennen, das nicht gleich mit ins Bett ging.
Normale Männer haben ja diese Art von Mädchen eigentlich immer lieber.
An diesem zweiten Abend hatten sie ›Smoke gets in your eyes‹ überhaupt nicht gespielt, viele schöne andere Nummern, auch deutsche Schlager dazwischen, die ich kannte, aber leider nicht meinen Lieblingssong.
Als ich das dritte- und letztemal mit Bill in Berchtesgaden tanzte, wartete ich von Anfang an auf mein Lied. Und bekam Angst, daß es wieder ausbleiben würde. Ich fragte Bill, ob er dem Bandleader nicht sagen könne, er solle ›Smoke gets in your eyes‹ spielen.
Bill war etwas überrascht, er wunderte sich, was ich ausgerechnet an diesem trübseligen Lied fand. Aber er gab meinen Wunsch weiter.
Und dann spieltest du es, Andy. Spieltest es für mich. Die Sängerin war nicht mehr da. Es war eine reine Instrumentalnummer.
Und bei der Gelegenheit, Andy, sahst du mich zum erstenmal.
Bill hatte gedacht, ich wolle tanzen, obwohl es eigentlich keine Tanznummer ist; ich ging mit ihm zur Tanzfläche, aber vorn am Podium blieb ich stehen und blickte zu dem Mann hinauf, dessen Gesicht ich schon so gut kannte.
Und da sah er mich an. Nicht sehr genau – nur flüchtig, aber er sah mich an.
Dann nahmst du die Geige, Andy, und spieltest die Smoke-Melodie. Ich stand und starrte zu dir hinauf, reglos, atemlos.

Bill wartete geduldig. Er wußte nun schon, daß von der Band eine gewaltige Faszination auf mich ausging.
Und als du fertig warst, Andy, sahst du mich wieder an, ich legte zwei Fingerspitzen an die Lippen und lächelte zu dir hinauf. Und du machtest eine kleine Verbeugung.
Das war alles.
Dann dauerte es fast drei Jahre, bis ich dich wiedersah.
Aber du erkanntest mich!

VERRAT ... Bill sah ich nicht mehr wieder, entweder war er versetzt worden, oder er hatte ein Mädchen gefunden, das ihm das Leben nicht so schwermachte. So kam ich nicht mehr in den ›Berchtesgadener Hof‹, hörte die Musik nicht wieder, aber ich dachte noch lange daran.

Es folgte eine langweilige Zeit.

Für Heide begann das letzte Schuljahr, das bedeutete viel Arbeit für sie, für mich blieb wenig Zeit übrig.

Noch immer haßte ich die Schule aus ganzem Herzen und versuchte, sie Heide zu vermiesen. Aber sie lachte mich aus.

Sooft es möglich war, traf ich sie, ich holte sie vom Bus ab, ich war bei ihnen im Hause, wenn sie ihre Schularbeiten machte, oder fuhr ihr entgegen, wenn sie von den Nachhilfestunden kam. Die allerdings auch seltener wurden, denn Berthold, der Nachhilfslehrer, verschwand im Winter für längere Zeit nach München hinein. Er ging wieder zur Universität, weil er – wie Heide sagte – promovieren wolle.

»Was'n das?« fragte ich.

»Er will seinen Doktor machen.«

»Ich denke, er hat fertig studiert.«

»Er hat das Staatsexamen. Und er denkt, daß er im

nächsten Jahr eine Anstellung bekommen wird. Da bleibt ihm gerade noch Zeit für seine Promotion. Er arbeitet bei seinem alten Professor, bei dem er studiert hat.«

Sie sprach auf eine altkluge, überlegene Art, die mich reizte. Und zusätzlich legte sie eine fürsorgliche Anteilnahme an den Tag, soweit es diesen Berthold betraf, die mich rasend machte.

»Ein Glück, daß er weg ist«, sagte ich. »Da kann wenigstens *er* dich nicht mehr plagen.«

»Er plagt mich nicht.«

»Nein, ich weiß, es ist die reine Wonne, sich für ihn totzuarbeiten. Es ist kaum mehr mit anzusehen, wie du ihn anhimmelst.«

Sie blickte mich ruhig an und schwieg. Bemerkungen dieser Art war sie gewöhnt, doch sie ließ sich dadurch nicht herausfordern. Überdies drang ich mit allen möglichen blöden Fragen in sie, ob er sie schon geküßt hätte, ob er dies und das getan hätte, ich tat mein möglichstes, um sie zu verwirren. Aber es berührte sie nicht. Höchstens sagte sie gelegentlich: »Rede doch nicht solchen Unsinn.«

Und einmal sagte sie: »Er ist nicht so.«

»So – was heißt das, so? Ist er ein Mann oder ist er keiner? Männer sind alle gleich.«

»Nein.«

»Doch. Wetten, daß? Der auch.«

Es war wirklich nichts zwischen den beiden vorgefallen, nichts als Blicke, ein vertrautes, nahes Gespräch, ein längerer Händedruck, das erfuhr ich später von ihm selbst. Aber das kann mehr sein als die leidenschaftlichste Umarmung. Es gibt so unendlich viele Möglichkeiten, eine wachsende Zuneigung auszudrücken, sie spürbar zu machen, und nichts ist ja bezaubernder an einer jungen Liebe als das Unausgesprochene, das Schwebende, das sich langsam Steigernde, das nicht sichtbar und hörbar wird – es sei denn für die Betroffenen selbst.

Er küßte sie zum erstenmal, als sie das Abitur schließlich hatte, am gleichen Tag, als sie kam, um es ihm zu sagen, erleichtert und glücklich, es hinter sich zu haben. Es war eine süße heimliche Liebe gewesen, von der keiner etwas weiß, wie es so hübsch heißt, aber natürlich wußte es jeder, seine Eltern, ihre Eltern und ich vor allem, und nun war sie keine Schülerin mehr, Heides ungeküßter Mund gehörte ihm.

Sie ging wie auf Wolken, sie war selig, auf einmal war das Studium nicht mehr wichtig. Und ich auch nicht.

Das war mehr, als ich ertragen konnte.

»Sag bloß, du willst ihn heiraten!«

Sie errötete und widersprach nicht. Für das kommende Schuljahr hatte er eine Anstellung nach Berchtesgaden, seine Doktorarbeit war im Druck, er war ein Mann und brauchte eine Frau, und daß sie wunderbar zueinander paßten, erkannte ich sofort, als ich ihn schließlich kennenlernte. Sie brachte ihn mir vertrauensvoll, ja, sie vertraute mir, sie vertraute ihm, und ich …

Ich war eine Frau und er ein Mann, Heide im Vergleich zu mir ein ahnungsloses Kind. Es war trotzdem nicht leicht für mich, ihn zu verführen, ich brauchte fast den ganzen Sommer dazu.

Das erstemal küßte er mich in unserer Bucht, es war schon Anfang September, ein trüber, verhangener Tag, ich war trotzdem zum Schwimmen gegangen, allein.

Heide war mit ihrer Mutter nach Prien gefahren, um einzukaufen.
Ich schwamm weit hinaus in den See, das Wasser war auch nicht mehr sehr warm, und ich kraulte in großem Tempo voran. Dazwischen blickte ich hinüber zur Kampenwand, ich liebte den Blick vom Wasser aus auf die Berge, und immer hatte ich den Wunsch zu schwimmen, bis ich drüben ankam.
Das Wasser übte überhaupt eine magische Gewalt auf mich aus. Ich habe ein ähnliches Gefühl eigentlich nur empfunden – später –, wenn ich sang; dieses Sich-davon tragen-Lassen, dieses Sich-restlos-Hingeben an etwas Uferloses, Unbegrenztes. Vielleicht noch in der Liebe zu Andy – da empfand ich es auch.
Schon leicht ermüdet, schwamm ich langsam zurück, sah beim Näherkommen jemand im Gras in unserer Bucht sitzen, und dann erkannte ich, daß es Berthold war.
Ich bewegte mich nur noch ganz langsam, die Wange seitwärts aufs Wasser gelegt, und dann stieg ich nicht an Land, sondern blieb lang ausgestreckt im flachen Wasser liegen, als sei ich tödlich erschöpft.
Er stand auf und kam zu mir. »Was hast du denn?«
Wir duzten uns seit einiger Zeit, ich hatte unbekümmert damit angefangen, weil ich eigentlich immer alle Leute, mit denen ich näher umging, duzte. Hier auf dem Lande war es sowieso üblich, und früher am Theater hatten wir es auch getan.
»Ich kann nicht mehr«, murmelte ich, »ich bin tot.«
»Du schwimmst auch immer so weit hinaus, das ist unvernünftig.«
»Einmal werde ich nicht zurückkommen.«
Ich lag da, die Augen geschlossen, mein Körper vom

Wasser umspült, mein Haar, das ich hochgebunden hatte, war gelöst und trieb wie bei einer Nixe um mich herum. Es war ein Anblick, und ich wußte es.
»Würdest du mich retten?«
»Ja«, sagte er und lachte unsicher, »wenn ich gerade zufällig in der Nähe bin.«
»Aber du mußt in der Nähe sein, du kannst mich doch nicht einfach ersaufen lassen. Oder wäre es dir lieber, wenn ich ersaufe?«
»Red nicht so einen Unsinn! Steh auf und komm endlich aus dem Wasser, du mußt ja eiskalt sein.«
»Eiskalt. Das Wasser ist gar nicht warm heute. Und aufstehen kann ich nicht.«
»Na los, komm schon, du holst dir den Tod.«
»Heb mich auf und wärme mich.«
»Nein«, sagte er kurz.
»Dann bleibe ich hier liegen.«
Wenn er klug gewesen wäre, hätte er gesagt: meinetwegen. Und wäre seiner Wege gegangen.
Aber er streckte mir die Hände hin, ich nahm sie, machte mich schwer und zog ihn zu mir hinab, er stand sowieso schon mit den Schuhen im Wasser. Er verlor den Halt und kniete plötzlich neben mir. Ich schlang meine nassen Arme um seinen Hals, und dann – ja –, dann küßte er mich. Das mußte kommen. Das lag seit Wochen in der Luft. Ich hatte es provoziert.
Meine Küsse waren anders als Heides Küsse. Und er wartete nicht mehr auf Heide. Ziemlich verstört verließ er die Bucht.
Ich saß da wie eine zufrieden schnurrende Katze, eine Katze, die aus einer fremden Schüssel die Milch aufgeschleckt hatte.

Um mich nicht schlechter zu machen, als ich bin: Ich war zu jener Zeit wirklich verliebt in Berthold, ich war verrückt nach ihm, ich wollte ihn haben. Das harmlose Geturtel zwischen ihm und Heide, das ich seit Monaten mit ansehen mußte, hatte mich rasend gemacht.
War er ein Mann, oder war er kein Mann? Ich wollte es wissen. War er keiner, sollte er mir Heide nicht wegnehmen. War er einer, wollte ich ihn selber haben ... Kam dazu, daß ich sehr einsam war, es gab keinen Mann für mich. Paul war selten da, im Sommer für einige Wochen, zur Zeit war er in Berlin, er bereitete eine Tournee mit einem Liederabend vor. Es war vor der Währungsreform, der Vorhang noch nicht eisern, er wollte auch in die Ostzone reisen. Das einzige, was mir geboten wurde, waren gelegentlich Lindhofers Hände an meinem Körper, das war nie mehr geworden, und interessant war das nun schon lange nicht mehr.
Es gibt manches in meinem Leben, von dem ich wünsche, ich hätte es nicht getan. Aber das mit Berthold ist es wohl, was ich am meisten bereue. – Ich liebte Heide doch wirklich, ich hätte nie geduldet, daß jemand ihr etwas Böses tat. Warum tat *ich* es dann?
Ihm, mir, ihr redete ich ein, es sei Liebe. Heide akzeptierte das stillschweigend – keine Szene, kein Streit. Und wenn sie weinte, sah ich es nicht. Für sie war es Schicksal, nicht Bosheit oder Gemeinheit von meiner Seite. Berthold war es, der ihr die Wahrheit sagte, er war keiner, der mit einer Lüge leben konnte.
Es blieb nicht bei dem ersten Kuß, es waren leidenschaftliche Küsse, leidenschaftliche Umarmungen, schon wenige Wochen darauf wurde ich seine Geliebte.
Das, worum ich Heide beneidet hatte, die Zeit der

heimlichen, verstohlenen Verliebtheit, gönnte ich mir auch diesmal nicht – ich war wohl dafür nicht geschaffen.
Nachdem Berthold mich geküßt hatte, küßte er Heide nicht mehr. Und dann sagte er es ihr.
Sie begann im folgenden Wintersemester ihr Studium in Tübingen, in München war die Universität überfüllt, sie bekam keinen Studienplatz. Ich habe sie seitdem nie wiedergesehen. Erst heute abend.
Es ging alles sehr schnell, auf einmal war ich die Frau eines Studienrates in Berchtesgaden. Von allen verrückten Situationen meines Lebens war dies zweifellos die verrückteste. Keiner konnte das fassen – ich am allerwenigsten.
Marja war so konsterniert, daß sie verstummte.
»Heiraten?«
»Warum denn nicht? Ich liebe ihn. Und ich habe nicht das geringste Interesse daran, durch die Gegend zu tingeln. Heute, in dieser Zeit. Ich wollte immer ein bürgerliches Leben haben.«
Paul lachte sich halbtot, als er es erfuhr.
»Du? Ein bürgerliches Leben?«
»Genau das.« Und wieder: »Ich liebe ihn. Hast du vielleicht etwas an ihm auszusetzen?«
Mit einem langen Blick auf mich: »Er tut mir leid.«
»Er liebt mich auch.«
»Dann tut er mir noch mehr leid.«
Tulpano starb im November. Ich weinte bitterlich um ihn. Pauls Töchter verschwanden aus dem Haus, die eine hatte ihren Mann wiederbekommen, die andere heiratete später einen Amerikaner. Pauls Frau malte.
Enrico war auch lange krank, und Marja damit beschäf-

tigt, ihn zu pflegen. Mit mir sprach sie kaum noch. Es war eine tiefe Entfremdung zwischen uns eingetreten. Das machte mich nur trotziger. Heide war fort. Ihren Eltern ging ich aus dem Weg.

Ich war auf einmal sehr allein. Ich hatte wirklich nur noch Berthold. Im September trat er seine Stellung in Berchtesgaden an. Im Februar heirateten wir.

Er war sehr glücklich damals. Doch, das muß man gerechterweise zugeben. Seine Arbeit freute ihn, und er liebte mich. Er war ein verliebter, zärtlicher, auch leidenschaftlicher Mann. Und ich gab mir alle Mühe, eine richtige Ehefrau zu sein. Ich tanzte nicht mehr, ich trainierte nicht mehr, ich sang nur manchmal ein wenig.

Wir hatten zwei Zimmer in einem alten Haus am Hasensprung in Berchtesgaden. Jeden Morgen stand ich auf und machte ihm Frühstück, dann ging er in seine Schule. Mittags, wenn er heimkam, hatte ich Essen gekocht. Ich kochte ganz gut, ich hatte bei Marja genug gelernt. Die Leute um uns herum hatten mich gern. Ich war die Frau von dem neuen Lehrer, weiter nichts, ich war jung, hübsch, sehr liebenswürdig und ganz natürlich. Ich hieß Lore Kronacker, das klang ganz normal. Er hatte den Namen Lore von Heide übernommen. Kein Mensch nannte mich mehr mit meinem richtigen Namen. Ich hielt die Zimmer sauber, ich putzte die Fenster, ich wusch seine Hemden und seine Socken, ich kaufte ein, ich kochte, und nachts schlief ich im Arm meines Mannes. Ein richtig schönes normales bürgerliches Leben. Eine Zeitlang gefiel es mir sehr gut, ich kam mir sehr wichtig vor in der neuen Rolle. Es war sehr schön, erwachsen zu sein. – Solange Marja mein Leben lenkte, war ich nicht erwachsen gewesen.

NEMESIS... es ist so furchtbar schwer, gerecht zu sein. Zu entscheiden, was ist gut, was ist böse. Wer ist ein guter Mensch, wer ein schlechter Mensch. Ich bin der Meinung, es gibt keine Absolutheit in diesem Punkt. Man kann sich nur täuschen, in anderen Menschen, in sich selbst. Letzteres kann man auch Selbstbetrug nennen.

In diesen Fehler bin ich nie verfallen. Ich war mir klar darüber, damals, später, bis heute, daß ich etwas Böses getan hatte. Heide den Mann zu nehmen, den sie liebte. Andererseits war ich ja der Meinung, ihn auch zu lieben. Und er war ein erwachsener, nicht gerade dummer Mensch, er konnte sich schließlich frei entscheiden. Und solange die Welt steht, ist es vorgekommen, daß ein Mann von einer Frau zur anderen wechselt, eine Frau von einem Mann zu einem anderen geht. Oder etwa nicht? – Das war etwas ganz Alltägliches.

Das waren so die Argumente damals, mit denen ich mein schlechtes Gewissen abspeiste. Wenn er Heide so schrecklich geliebt hätte, wäre er ihr treu geblieben und hätte sie geheiratet. Na also. – Außerdem wollte sie sowieso lieber studieren.

Wir sprachen nie darüber, über Heide, meine ich. Aber

ich kannte ihn gut genug, um zu wissen, daß der Gedanke an Heide ihn bedrückte. Nur so – aus Anständigkeit eben. Denn daß er mich liebte, wirklich ganz echt und ernsthaft, daran konnten weder ich noch er, noch sonst jemand zweifeln …
Ich stehe wieder an der Terrassentür und starre hinaus in den kahlen, dunklen Garten, von dem nichts mehr zu sehen ist, denn Nebel steht jetzt zwischen den Büschen, dichter grauer Novembernebel, das macht meine Einsamkeit, meine Abgeschlossenheit von der übrigen Welt noch größer. Lieber Gott im Himmel, wie allein ich bin!
Ob es mehr Menschen auf der Welt gibt, die so einsam sind wie ich? Wie werden sie damit fertig? Ich habe mich immer nach Liebe, nach Wärme, nach Geborgenheit gesehnt, nach Freundschaft, nach einer Hand in meiner, nach einem Körper neben meinem – lieber Himmel, jetzt werde ich schon wieder so kitschig in meinen Gedanken, aber das bringt das Sterben wohl so mit sich, man muß ja kitschig werden, wenn man pausenlos an seinen Tod denkt und dazwischen an das, was gestern war. Und warum ist man denn eigentlich kitschig, wenn man etwas fühlt, wenn man sich nach etwas sehnt, wenn man liebt?
Wenn mir einer nur mal erklären könnte, warum wir so allergisch gegen Gefühle geworden sind. Wir haben eine krankhafte Angst davor, Gefühl zu zeigen. Warum ist denn eigentlich diese Menschheit von heute so verdorben, was ihre natürlichen Empfindungen betrifft?
Es ist das Zeitalter der Technik, sagen sie immer, da gibt es kein Gefühl, keine Liebe, keine Kunst. Es ist kein Platz dafür vorhanden. Ich bin zu dumm, um das zu

verstehen. Und ich glaube es auch nicht. Man kann doch in einem Flugzeug reisen oder in einem Auto fahren oder meinetwegen auch einen Computer für sich rechnen lassen und trotzdem einen Menschen lieben. Oder Musik gern hören. Warum soll denn das nicht gehen?
Warum ist es denn eine Schande, Gefühl zu haben? Sagen wir mal, ich singe ein Lied, und es handelt von Liebe, von Glück, von Verzicht, von der Sehnsucht, warum ist das denn ein Verbrechen? Und warum soll Musik keine Melodie mehr haben, warum spielt keine Geige mehr, warum hauen sie bloß nur noch auf Schlaginstrumenten herum, daß einem die Ohren weh tun? Warum kann ich nicht ein Buch lesen, das von der Liebe handelt und nicht nur von sexueller Gymnastik? Warum kein Theaterstück sehen, das eine Geschichte erzählt, die mich anrührt, heiter oder traurig, und in dem menschenähnliche Wesen auf der Bühne agieren? Warum keinen Film, in dem ich lachen oder weinen kann, dessen Handlung ich miterlebe – warum nur einen, den ich gelangweilt, angewidert oder – bestenfalls – ästhetisch analysierend über mich ergehen lasse?
Warum ist es denn eine Schande und wird voll Hohn verlacht, wenn einer heute das tut, was Künstler jahrhundertelang taten, solange es Kunst gibt: die Schönheit, die Liebe, die Würde, das große tragische Gefühl, das kleine zärtliche Glück darzustellen?
Wenn einer mir nur mal diese Frage beantworten könnte! Ich sterbe jetzt, ohne eine Antwort bekommen zu haben. Nur mit angesehen habe ich das alles in den vergangenen Jahren, und zu einer Erkenntnis bin ich gelangt: Die Menschen sind nicht glücklicher geworden und nicht zufrieden in ihrer kalt und leer gewordenen

Welt, in der sie bei allem Geld und Wohlstand hungern müssen. Man wird sie nicht satt machen, wenn man ihnen noch mehr Geld, noch mehr Wohlstand, noch mehr Freizeit in den Rachen stopft.
Sandor hat da so einen jungen Mann bei sich und ist dabei, ihn zu korrumpieren. Sandor kann das, er ist ein richtiger Rattenfänger. Der Junge stammt aus sehr gutem Hause, studiert Soziologie, die große Masche heute, mit seinen Eltern hat er sich verkracht und ist sehr stolz darauf, daß er ohne sie auskommen kann. Im letzten Winter fing er an, für Sandor zu arbeiten, irgendwelche Studien und Untersuchungen über gesellschaft-wirtschaftliche Zusammenhänge auszuarbeiten, irgend so einen Quatsch, und Sandor sagte zu mir mit einem Mephisto-Lächeln: »Der Bursche ist sehr intelligent, sehr brauchbar, ich werde ihn mir zurechtziehen.«
»Bist du neuerdings schwul?« fragte ich ihn, denn Niels — so heißt der Junge — sieht sehr gut aus.
So etwas trifft Sandor nicht. Er lächelte friedlich. »Du kennst mich gut genug, Lorena. Oder?«
»Wozu brauchst du dann bei deinem sogenannten Export-Import-Laden einen Soziologen?«
»Weil ich clever bin. Einen Soziologen braucht man eben heute. Das ist Mode. Das erschließt mir neue Kreise. Außerdem ist sein alter Herr ein As, hat Verbindungen praktisch überall in der ganzen Welt. Klasse-Verbindungen.«
»Von seinem alten Herrn will er doch nichts mehr wissen.«
»Das wird sich finden. Wenn Niels Blut geleckt hat und erst mal Geld gemacht hat, wird er auch anfangen, das Geld und die Verbindungen von seinem alten Herrn zu

schätzen. Er braucht sich durchaus nicht mit ihm zu versöhnen, das wäre mir gar nicht lieb. Nur auf das richtige Gleis muß ich ihn eines Tages schieben, verstehst du? Dann kann er mir sehr nützlich sein. Er spricht mehrere Sprachen, er ist sehr gewandt. Warte ein oder zwei Jahre, dann kann ich ihn überall hinschicken.«

Um für dich Waffen zu kaufen und zu verkaufen, hätte ich fragen mögen, aber ich sprach es nicht aus. In diesem Punkt habe ich mich immer beherrscht, das Thema ist tabu. Ich weiß genau, wann Sandor mir gefährlich werden könnte.

Statt dessen sagte ich: »Mit diesem großartigen alten Herrn im Hintergrund, verkracht oder nicht, und dem klugen Köpfchen von Niels wird er gerade auf dich gewartet haben.«

»Er wird keinen Job finden, der lukrativer ist als der, den ich ihm biete. Das wird Niels ebenfalls in ein, zwei Jahren kapiert haben.«

Niels kam manchmal ins Haus, und dann klärte er mich auf über die sogenannte Gesellschaft und wie und warum sie verändert werden müßte.

»Die Gesellschaft«, sagte ich einmal zu ihm, »setzt sich zusammen aus Menschen. Man kann die Menschen nicht verändern.«

»Das ist auch gar nicht nötig. Wenn die Gesellschaft sich verändert hat, müssen sie sich ihr anpassen. Auf den einzelnen kommt es nicht an. Der einzelne hat sich noch immer der Gesellschaft angepaßt, in der er lebt. Er muß. Er ist ein Teilstück der Masse – heute mehr denn je.«

»Es gibt also keine Menschen mehr in Ihrer Gesellschaft, nur noch Massenteilchen.«

»Die Benennung spielt keine Rolle.«

»Ich finde schon. Und ich finde, jeder Ameisenstaat ist humaner. Ich möchte in dieser Gesellschaft nicht leben, Niels.«
»Sie werden es müssen.«
Ich muß nicht. Vielleicht schlucken Massenteilchen keine Schlaftabletten, aber da ich nicht der einzige bin, der so etwas tut, gibt es offenbar immer noch Menschen. Und die zu Menschen entarteten Massenteilchen werden vielleicht auch morgen und übermorgen noch Schlaftabletten schlucken.
Und die zu Menschen entarteten Massenteilchen werden vielleicht auch morgen und übermorgen nach dem suchen und verlangen, was man ihnen vorenthält: Liebe, Wärme, Geborgenheit, Freiheit, Glück. Und ihr eigenes ganz individuelles Leben.
Vielleicht. Ich weiß es nicht. Ich werde es nicht mehr erleben.
Und ich frage mich, ob die Massenteilchen auch das empfinden können, was Menschen sonst noch empfinden: Schuld, Reue, Angst. Ob sie ein Gewissen haben werden.
Ob sie Gott noch suchen werden. Oder ob sie gerade ihn ganz und gar nicht mehr brauchen können.
Der Gott der Massenteilchen ist die Maschine. Der Computer. Und der funktioniert immer. Der tut, was man ihm sagt. Und wenn er kaputt ist, stellt man einen neuen hin. Was für eine herrliche Welt! Endlich eine – heile Welt??
Ich sagte das damals auch zu Niels, das von Gott, und er sah mich einen Augenblick irritiert an, denn die Frage aus meinem Munde kam ihm wohl unerwartet. Ich saß da vor ihm, elegant gekleidet, raffiniert geschminkt, ein

Cocktailglas in der Hand, und fragte im Plauderton: »Werden Sie Gott noch brauchen?«
Aber er benötigte nicht lange, um darauf auch zu antworten. Er ist ja so gewandt, so klug und dialektisch so geschult, unser junger Haussoziologe. Er hielt mir einen längeren Vortrag über das Gottesverständnis in der modernen Gesellschaft von morgen, sicher war alles sehr gescheit, was er sagte — ich weiß es nicht, ich hörte gar nicht zu.
Es gibt Dinge, die braucht mir keiner zu erklären. Die weiß ich einfach. Und da bin ich nicht irre zu machen. Mein Verhältnis zu Gott ist ungestört. Man mag es naiv nennen, und natürlich hält es keiner theologischen Untersuchung stand. Aber das hat mich nie gestört.
Es ist mehr oder weniger Marjas Werk. Sie lebte mit Gott und Christus, mit der Jungfrau Maria und sämtlichen Heiligen auf sehr vertrautem Fuß. Sie gehörten gewissermaßen zur Familie. Nicht angebiedert und alltäglich, bewahre, sondern ganz obenan, auf höchster Ebene. Aber da waren sie, und da blieben sie, und sie waren ansprechbar. Sie taten nicht immer, was man wollte, warum sollten sie auch? Auf alle Fälle konnte man sie um Hilfe und Beistand bitten, auch mal um Verständnis und Vergebung, und meistens waren sie erreichbar. Hatten sie Augen und Ohren manchmal verschlossen, so mochten sie ihre Gründe dafür haben, und man tat gut daran, in sich selber nachzuforschen, womit man sie vergrämt hatte.
Bis heutigentages bin ich nie auf die Bühne gegangen, vor keine Kamera getreten, vor kein Mikrofon, ohne zu denken: Bitte! Hilf mir! Laß es gutgehen!
Heute abend auch. Nun ja. — Seit vielen Jahren hat Gott

die Augen und Ohren vor mir verschlossen. Sich von mir abgewendet.
Nein. Das darf ich auch nicht sagen.
Ich ertappe mich dabei, daß ich ein Kreuz schlage, wie ich da stehe, schon halb blind von dem Starren in den nebelgrauen Garten.
Ich drehe mich um, lasse den Vorhang hinter mir zufallen und versuche zu lächeln.
Nein, lieber Gott, ich bin nicht undankbar. Mir ist es nicht schlechtgegangen. Ich bin gesund, mein Körper ist noch jung und schön, mein Gesicht schön und noch glatt, ich kann noch singen und noch tanzen, ich könnte auch noch lieben, oh, wie ich lieben könnte, wenn einer da wäre, den ich lieben möchte. Ich habe im Luxus gelebt, hier in diesem Haus. Ich habe dafür – nun, nicht gerade meine Seele verkauft, aber doch ein bißchen mich selbst, das tun viele Frauen, auf dieser Basis beruhen die meisten Ehen – da wollen wir uns doch nichts vormachen, nicht? Daß mir nun gerade das einzige und eine so wichtig ist, meine Arbeit, meine Karriere, mein Erfolg – schließlich, lieber Gott, hast du mich geschaffen, wie ich bin.
Und zwei Dinge muß man ehrlicherweise auch noch hinzufügen: Ich habe alles gehabt, Arbeit, Karriere und Erfolg. Wo steht geschrieben, daß es bleiben muß, daß man es für alle Zeit behält? Und ich habe, lieber Gott, auch das weiß ich sehr gut, alles einmal leichtherzig verraten, habe behauptet, ich brauche es nicht und ich will es nicht. – Und habe auch gelebt.
Man könnte sagen, du bestrafst mich für diesen Verrat, auch wenn es lange zurückliegt.
Du willst mir klarmachen, daß ich heute können muß,

was ich damals konnte. Und du bestrafst mich gleichzeitig für das Böse, das ich tat, das kleine Böse, das große Böse, der Verrat an Heide, der Verrat an Berthold.
Es ist die Strafe, die ich verdient habe, nicht wahr? Es ist doch nur gerecht, böse Taten zu bestrafen. Ich hatte immer einen starken Sinn für Gerechtigkeit. Daß ich allein, verlassen, ohne Liebe, ohne Freunde, ohne Arbeit, ohne Erfolg in dieser Nacht in diesem leeren Hause bin, mit mir und meinem Ende – habe ich es nicht verdient?
Gott hat ein gutes Gedächtnis. Was sind für ihn denn zweiundzwanzig Jahre?
Ich habe Heide unglücklich gemacht, als ich ihr den Mann nahm, den sie liebte, ich habe Berthold unglücklich gemacht, der mich liebte und den ich verließ, und ich...
Nein. Ich kann Andy nicht in einem Atem mit den beiden anderen nennen. Ihn habe ich ja geliebt. Und wir trugen beide Schuld.
Mit der großen Liebe ist es wie mit der großen Schuld, es gibt kein Maß dafür. Und kein gerechtes Urteil über sie.
Hier nicht. – Und dort?
Vielleicht werde ich es wissen, ehe die Nacht zu Ende geht.

EHE ... die Reaktion auf meine geplante Ehe mit Berthold war, wie gesagt, ausnahmslos negativ. Das konnte mich nur trotzig machen. Er, soviel ist sicher, bekam es gar nicht so richtig mit. Der Schreck seiner Eltern natürlich, das ja. – Sie waren geradezu entsetzt, und das kann man ja auch irgendwie verstehen.

Ein Dorfschullehrer, der seinen Sohn studieren ließ, zwei einfache, liebe Menschen, so richtig brave, ehrbare Menschen, auch das gab es damals noch, die stolz waren auf diesen wohlgeratenen klugen Sohn, im Krieg um ihn gebangt hatten und nun sehr glücklich waren, ihn lebendig aus dieser Zeit des Schreckens zurückbekommen zu haben. Heiraten sollte er, natürlich, warum denn nicht, und Heide hatte ihnen zweifellos gefallen. Sie war zwar eine Fremde, stammte von weit her, aber sie war lieb und brav und anständig, ein unschuldiges junges Mädchen, hübsch, auch gescheit. Sie hatten Zeit genug gehabt, sie kennenzulernen, sie kam lange Zeit ins Haus zu ihren Nachhilfestunden, und nie hatte es Anlaß zu Beanstandungen gegeben. Daß der Sohn sie mochte, war ihnen nicht verborgen geblieben, und daß das ernst zu nehmen war, hatten sie akzeptiert.

Plötzlich kam er mit mir an. Heide war verschwunden.

Ich war auch hübsch und jung, aber doch von ganz anderer Art. Nicht daß man mir etwas nachsagen konnte, mein Lebenswandel war makellos. Aber meine Art zu gehen und zu stehen, zu sprechen und zu lachen war doch etwas ganz anderes. Eine Fremde war ich auch, stammte irgendwie vom Zirkus oder so. Und es war nicht so eine nette, harmlose Sache wie mit Heide. Der Sohn war verändert, erhitzt, entflammt, irgendwie seltsam verwandelt. Denn als das einmal angefangen hatte, machte es rapide Fortschritte, das lag nicht nur an mir, auch an ihm. Er war ein Mann. Und ich war kein junges Mädchen, ich war eine Frau.
Schon Anfang Oktober wurde ich Bertholds Geliebte, und das lag nicht nur an mir, das lag auch an ihm.
Ich war hungrig nach Liebe, nach körperlicher Liebe. Das erstemal passierte es sogar im Haus seiner Eltern, es verwirrte ihn schrecklich. An einem Sonntag, sie waren nach Endorf gefahren, denn es gab noch eine Tochter, Bertholds Schwester, die dort verheiratet war. Er hatte mitfahren sollen, hatte Arbeit vorgeschoben. Damals war er schon in Berchtesgaden, kam aber meist über Sonntag nach Hause. In Berchtesgaden lebte er noch in einem winzigen möblierten Zimmer, und man darf nicht vergessen, es gab wenig zu essen damals, er lebte recht und schlecht von seinen Marken, und seine Mutter war froh, wenn er am Sonntag da war, damit sie ihn ordentlich füttern konnte.
Wir hatten uns verabredet für den Nachmittag, trafen uns auf den Rädern halbwegs zwischen unseren Dörfern, es fing an zu regnen, und wir gingen zu ihm nach Hause. Ich war noch nie in diesem Haus gewesen, kannte es nur von außen, wenn ich Heide abgeholt

hatte. Unten war die Schule, oben wohnten seine Eltern.
Er kochte Kaffee, keinen Bohnenkaffee natürlich, aber Kuchen war da, den seine Mutter gebacken hatte. Aber wir tranken den Kaffee nicht einmal aus, wir saßen zusammen auf dem kleinen Sofa und küßten uns.
Küssen konnte ich, das hatte Paul ja schon vor Jahren festgestellt. Und ich konnte auch sonst noch allerhand.
»Ich glaube, es ist besser, wenn wir gehen«, sagte er nach einer Weile mit belegter Stimme.
»Warum?« fragte ich.
»Mein Gott, Lore ...«
Ich küßte ihn wieder.
»Du verstehst das nicht«, sagte er.
Ich legte den Kopf zurück und biß ihn leicht ins Ohr. »Ich verstehe viel mehr, als du denkst. Und ich will nicht gehen.«
Er war kein Jüngling mehr, einunddreißig Jahre alt, und keineswegs ein Parsifal. Nicht einmal ein Anfänger. Das merkte ich, als ich kurz darauf in seinem Bett lag. Es war ein durchaus wohlgelungenes Unternehmen, wir konnten beide zufrieden sein. Aber von da an war es natürlich ganz aus. Und deshalb wollte er partout auch so schnell heiraten, und ich wollte es auch, denn es war schwierig, wo sollten wir uns treffen? – Sehr oft fuhren seine Eltern nicht nach Endorf, bei mir im Haus ging es sowieso nicht, und der Sommer war auch zu Ende. Ich fuhr einige Male nach Berchtesgaden, besuchte ihn dort, und er stellte mich seiner Vermieterin als seine Braut vor, es blieb ihm gar nichts anderes übrig.
Schon im November wußte jedermann, daß wir heiraten wollten.

Marja: »Du bist ein ganz gemeines Luder. Da habe ich mich jahrelang bemüht, dich zu einem anständigen Menschen zu erziehen, und jetzt nimmst du deiner Freundin den Mann weg.«
»Was heißt wegnehmen? Ist er ein kleiner Bub? Wenn er mich doch nun mal liebt.«
»Erzähl mir nichts. Ich kenn' dich. Du wolltest ihn haben. Du hast ihn ihr nicht gegönnt. Du bist ein Miststück.«
Enrico: »Wenn sich die beiden doch lieben! Er ist wirklich ein netter Mensch.«
»Du bist Idiot und bleibst Idiot, Enrico. – Lieben! Wenn ich höre! Sie weiß doch gar nicht, was das ist, Liebe. Haben will sie ihn, das ist es. Und er – jeder Mann ist Trottel – Und was wird aus deiner Arbeit?«
»Aus welcher Arbeit?« fragte ich scheinheilig.
»Dein Beruf. Ich denke, du willst singen.«
»Ich will nicht mehr singen. Ich will ein ganz normales Leben haben. Habe ich mir immer gewünscht.«
Sie schnob verächtlich durch die Nase. »Lehrersfrau in Berchtesgaden! Wie lange soll das gehen gut?«
»Immer!« rief ich emphatisch. »Was soll ich denn allein machen? Du sagst selbst, man kann in München heute nicht leben. So viele Künstler suchen Arbeit. Mama und Papa sind nicht mehr da, was soll ich denn allein machen? In einer Bar singen? Oder bei den Amis?«
»Sie hat recht, Marja«, meinte Enrico. »Es ist nicht mehr so, wie es früher war. Es ist gut, wenn sie heiratet.«
»Und deine Freundin Heide?« fragte Marja. »Die du liebst so sehr, wie du immer hast gesagt.«
»Heide ist fort. Sie studiert. Das wollte sie immer schon, das weißt du doch.«

Zu Heides Eltern kam ich nicht mehr, ihre Mutter grüßte mich nur kühl, wenn wir uns trafen. Herr Barkenow allerdings war anderer Ansicht. Er hielt Elina an, wenn wir uns begegneten, wir plauderten wie früher, er erzählte mir von Heide, er sprach davon, daß er wohl auch nicht mehr lange hierbleiben würde.

»Es wird irgendwann etwas mit dem Geld geschehen, eine Währungsreform – das ist nicht zu vermeiden. Dann muß man sich neu orientieren. Willst du den Kronacker wirklich heiraten, Lore?«

»Ja. Haben Sie davon gehört?«

»Man spricht sehr viel davon. Die Leute staunen.«

»Und Sie sind mir nicht böse?«

»Warum?« fragte er erstaunt.

»Na, wegen Heide.«

Ein kleiner Zug von Hochmut erschien um seinen schmalen Herrenmund. »Nein, mein Kind. Ich denke nicht, daß er der richtige Mann für Heide gewesen wäre. Eine Jugendliebe, nicht wahr? Das ist etwas sehr Hübsches. Ich habe es ihr auch gesagt. Man braucht sich dessen nicht zu schämen, und man soll es auch nicht vergessen. Wenn ich bedenke ...« Folgte die Schilderung einer eigenen Jugendliebe. – Dann: »Heide hat mir seit Jahren erklärt, sie wolle Ärztin werden. Und ich bin selbst der Meinung, sie hat Talent zu diesem Beruf. Die Zeiten haben sich geändert. In einer Zeit wie der unseren ist es sehr, sehr wichtig, daß eine Frau einen Beruf hat. Ich bin ein moderner Mensch, Lore. Heide kann nicht mehr leben, wie meine Frau oder wie meine Mutter gelebt hat. Ärztin ist ein krisenfester Beruf. Und ich kenne meine Heide. Sie wirkt wie ein scheues kleines Blümchen. Aber sie ist zäh und widerstandsfähig, sie hat mein Wesen geerbt. Sie wird sich durchsetzen. Sie wird studieren, sie wird eine gute Ärztin werden und viel Geld verdienen. Vielleicht kann sie später ins Ausland gehen, wenn die Verhältnisse hier so miserabel bleiben. Australien vielleicht, Südamerika? Ob man in Deutschland noch einmal wie ein normaler Mensch leben kann, ist fraglich. Heide jedenfalls wird es schaffen. Sie kann durchhalten, das hat sie mit der Schule bewiesen. Für mich war es der Beweis – verstehst du. Ich wußte, wie schwer es für sie war. Wenn sie schlappgemacht hätte ... aber sie hat nicht schlappgemacht, sie ist meine Tochter.«

Ich hörte mir diese lange Rede mit gemischten Gefühlen an.

»Was wäre gewesen, wenn sie schlappgemacht hätte?«

»Na, dann hätte sie meinetwegen diesen Lehrer heiraten können. Ihre Mutter ist sowieso der Meinung, daß es das beste für Heide gewesen wäre. Ein netter Mensch, der Kronacker. Feiner Kerl. Offizier gewesen. Das merkt man eben doch.« Und mit einem langen skeptischen Blick auf mich: »Bin ja neugierig, wie das gehen wird mit ihm und mit dir.«

»Wir lieben uns«, sagte ich herausfordernd, trotzig.

»Sicher. Aber das ist zuwenig. Also, tschüs, Lore, ich muß weiter. Elina wird unruhig.«

Skepsis, Unglauben, wohin ich kam, mit wem ich sprach. Was war eigentlich an mir, daß niemand mir von vornherein eine normale Ehe mit einem normalen Mann zutraute?

Heides Eltern zogen übrigens schon zu Beginn des Jahres 1948 vom Chiemsee fort. Zunächst nach Tübingen, wo Heide studierte. Ich hörte nur über den Lehrer aus unserem Dorf davon. Heide hatte einen Kommilitonen, der wiederum einen Jugendfreund hatte, dessen Eltern in der Nähe von Tübingen einen Hof besaßen. Mit einem Stall für Elina. Das war die Hauptsache.

Ich sah die Barkenows nie wieder. Er ging später ins Ruhrgebiet und machte eine Managerkarriere.

Ich brachte Berthold in das Sängerhaus nach Gstadt, damit Tulpano ihn kennenlernte. Tulpano war schon sehr schwach und hinfällig, er starb knapp zehn Tage darauf.

Ich hatte gehofft, Paul würde nicht dasein, aber zufällig war er gerade da. Und dann kam das böse Wort von ihm: »Er tut mir leid.«

»Er liebt mich.«

»Dann tut er mir noch mehr leid.«

Paul sagte später noch etwas anderes. »Ich könnte auch sagen, es tut mir leid um das, was du bei mir gelernt hast. Im Gesangsunterricht, meine ich. Aber ich glaube, du wirst noch Gebrauch davon machen.«

»Ich wüßte nicht, wann und wo«, sagte ich aggressiv.

Er grinste. »Na, vielleicht, wenn du deinen Kindern Wiegenlieder vorsingst.« Und dann: »Schade.«

»Schade was?«

»Daß ich nicht mehr mit dir schlafen kann.«

Ich gab etwas von mir, das ein Hohnlachen sein sollte. »Sieh mal an. Du bist schon lange sehr gut ohne mich ausgekommen. Oder willst du vielleicht behaupten, daß du mir auf deinen verschiedenen Reisen im letzten Jahr treu warst?«

»Nein. Bin ich ein Eunuch?«

»Und was bin ich?«

»Du bist eine Frau, das ist etwas anderes.«

»Mal 'ne ganz neue Meinung.«
»Warst du mir denn treu?«
»Bis vor kurzem, ja.«
Paul lachte. »Weißt du, ich bin kein Illusionist. Vermutlich hat dir bloß die richtige Gelegenheit gefehlt. Na ja, dann heirate eben mal. Das wollt ihr ja alle. Bevor ihr das nicht hinter euch habt, ist mit euch nichts anzufangen. Später werden wir weitersehen.«
»Wer – wir? Du vielleicht?«
»Vielleicht ich nicht mehr. Aber ich bin kein Egoist, Musette. Das habe ich dir wohl oft genug bewiesen. Paß nur auf, daß du kein Kind bekommst.«
»Und warum nicht?«
»Kriegst du schon eins?«
»Nein. Nicht, daß ich wüßte. Marja hat mich in der Beziehung ganz gut aufgeklärt, vor Jahren schon.«
»Kluge Person, diese Marja. Von mir kannst du im Notfall auch mal eine Adresse haben.«
»Danke.«
»Bitte.«
Ich war erbost und ein wenig gekränkt. Ich dachte, er würde irgendwie verzweifelt sein. Aber Paul war eben ein Lebenskünstler. Er nahm, was sich bot. Wenn ich es nicht war, würde es eine andere sein.
Damals hielt ich viel von richtig treuer Liebe, so mit allem Ernst und allen Konsequenzen. Das war Bertholds Einfluß.
Und darum ging es mit meiner Ehe trotz aller Skepsis zunächst auch ganz gut. Ich war die Frau eines Studienrates in Berchtesgaden. Und das war's auch schon. In den Läden sprachen sie mich mit Frau Doktor an. Ich kam mir sehr wichtig vor und gab mir alle Mühe, eine

gute Ehefrau zu sein. Ich war eine glückliche Frau. Berthold liebte mich, er erfüllte mir jeden Wunsch, den er erfüllen konnte.

Eine Weile turtelten wir als verliebtes junges Ehepaar durch die Gegend, nachsichtig betrachtet von unserer Umwelt. Manchmal holte ich ihn von der Schule ab, seine Kollegen lächelten mich an, zogen den Hut, der eine oder andere brachte sogar ein Kompliment zustande, besonders als der Frühling kam und ich aus den Hosen herauskam und mit langen Beinen und kurzen Röcken vor der Schule herumtänzelte. Die Schüler aus den Oberklassen grüßten mich, mit der Zeit kannte ich den einen oder anderen mit Namen, sprach ihn auch mal an und freute mich, wenn der Junge rote Ohren bekam.

Wirklich, ich fand das alles höchst unterhaltend. Auch daß man in Berchtesgaden davon sprach, der neue Lehrer habe eine besonders hübsche Frau. Nicht immer gewann ich dadurch die Zuneigung der anderen Frauen, aber das kümmerte mich nicht sonderlich.

Berthold hatte viel Arbeit, die Schule war überbesetzt. Viele Flüchtlingskinder waren ja auch hier zu versorgen, und Lehrer fehlten. Aber er arbeitete gern, die Schüler mochten ihn. Damals waren sie noch gutwillig, nicht so aufgehetzt wie heute. Mit den Kollegen kam er gut aus, hier und da gab es mal kleine Intrigen oder Querelen, aber Berthold hatte in der Beziehung ein glückliches Naturell: Entweder er bemerkte sie gar nicht, oder er ging gerade darauf zu, suchte ein offenes Gespräch, gab eine gelassene Erklärung dazu ab.

Wenn er zu Hause Arbeiten korrigierte oder sich auf den Unterricht vorbereitete, war ich ganz leise, ich las

sehr viel, dazwischen machte ich ihm Kaffee oder Tee, manchmal hielt er mich fest, wenn ich ihm die Tasse hinstellte, und ich setzte mich neben ihn, den Kopf an seine Schulter gelehnt, und träumte vor mich hin.
Er wollte mich immer spüren; meine Nähe, mein Körper, meine Haut waren für ihn täglich neu erlebtes Wunder. Er saß da, korrigierte mit der rechten Hand die Hefte, die linke hatte er um mich und auf meine Brust gelegt, und ich mußte die Seiten umblättern. Vielleicht ein seltsames Verhalten für einen Lehrer, aber wie ich zuvor schon gesagt hatte: Auch ein Lehrer ist ein Mann. Und Berthold war einer, er liebte mich sehr viel und sehr ausführlich, und jede Nacht schlief ich in seinem Arm ein. Solange es Winter war, ein recht angenehmes Gefühl, denn es war kalt in unserem Schlafzimmer, wir konnten gerade das Wohnzimmer notdürftig heizen.
Die beiden Zimmer hielt ich tadellos in Ordnung, ich war von Marja zu Ordnung und Sauberkeit erzogen worden, nichts von Bohèmewirtschaft. Zum Kochen durfte ich die Küche der Hausbesitzerin benutzen, sie war eine mittelalterliche, etwas derbe Frau mit einem nie stillstehenden Mundwerk, mit der ich jedoch ganz gut auskam. Menschen zu gewinnen war mir nie schwergefallen. Ich hörte mir bereitwillig ihre Geschichten an, sie stammte aus einer Familie, die seit ewigen Zeiten in Berchtesgaden lebte, und wußte so ziemlich über alles Bescheid, was einst, kürzlich und heute in diesem Städtchen geschah und geschehen war. Genauso bereitwillig hörte ich auf ihre Ratschläge, wie es einer so blutjungen, unerfahrenen Ehefrau zukam, und befolgte sie, soweit es mir angebracht erschien. Ich lernte

Rohrnudeln backen und Knödel machen, doch was die Suppen und Soßen betraf, blieb ich bei Marjas Rezepten.
Der Mann war Schreiner und hatte die Werkstatt hinter dem Haus. Und das war natürlich ein großes Glück, so nach und nach bekamen wir von ihm das, was zu unserem jungen Hausstand noch fehlte. Das allerbeste aber an unserer Wirtin war ihr Bruder. Der besaß in Nonnbrunn eine Gastwirtschaft, fuhr nebenbei ein Mietauto und war ein Schlitzohr ersten Ranges. Alteingesessen, Gastwirtschaft, Mietauto – letzteres fuhr fast ausschließlich für die Amerikaner –, nur wer jene Zeit gekannt hat, kann verstehen, was für eine überragende Persönlichkeit so ein Mann war.
Von ihm konnte man so ziemlich alles bekommen, was es auf dieser Welt gab, einen schwarzen Markt in München brauchten wir nicht. Natürlich hatten wir nicht das Geld, seine Preise zu bezahlen, aber ich hatte mein Lächeln, meine Blicke, gelegentlich auch mal mein Knie unter dem Tisch, dafür bekam ich Kaffee, Tee, Butter, Zigaretten, mal eine Flasche Wein oder Schnaps, sogar hier und da ein Paar Strümpfe und dann sogar einen Kleiderstoff zu erschwinglichen Preisen.
Wir aßen manchmal in seiner Gastwirtschaft, und wenn er da war, setzte er sich mit einem Glas Bier zu uns an den Tisch, sah uns herzlich erfreut zu, wie es uns schmeckte, denn natürlich bekamen wir Sonderportionen und das ohne Marken.
Berthold tadelte mich manchmal hinterher in sanftem Ton.
»Gar so brauchst du ihm ja auch nicht den Kopf zu verdrehen!«

»Warum denn nicht? Es macht ihm doch Spaß. Und es lohnt sich. Oder nicht?« Und ich breitete befriedigt auf dem Tisch aus, was ich mit nach Hause gebracht hatte.
»Du machst den armen Mann ja ganz verwirrt.«
»Den? Du hast eine Ahnung! Die Frau muß erst noch geboren werden, die den aufs Kreuz legt. Natürlich würde er gern mal mit mir schlafen, aber du bist ein Lehrer, da hat er Respekt. Und seine Alte paßt höllisch gut auf ihn auf, das merkst du ja.«
Berthold verzog schmerzlich das Gesicht. »Du sollst so nicht reden.«
»Na, wie rede ich denn? Ist doch so. Passiert ja weiter nichts. So klopft er mir mal auf den Popo oder streift mal zufällig meine Brust, wenn er mir die Hand gibt und ...«
»Tut er das?« fragte Berthold maßlos erstaunt.
»Klar doch. Macht ja nichts. Dafür zahlen wir halbe Preise, und die Büchse Nescafé hat er mir heute sogar geschenkt.«
»Also unter diesen Umständen ...«, begann Berthold im Pädagogenton, aber ich schnitt ihm das Wort ab.
»Spar dir die Spucke. Ich kann sehr gut auf mich selber aufpassen, und hier wird nichts überbezahlt. Sei bloß nicht spießig.«
Das war das Wort, mit dem ich ihn immer wieder stoppte, wenn mein manchmal loses Mundwerk und meine nun einmal für ihn zweifellos oft ungewöhnliche Art, Menschen und Dasein zu betrachten, ihn zu Widerspruch oder Empörung reizten.
»Du bist ja ein Spießer!« Das wollte er nicht hören. Nebenbei: Er war auch keiner.
Alles in allem war das rundherum sehr hübsch, so ein

richtiges jungverheiratetes Idyll, aber natürlich konnte es nicht ausbleiben, daß es irgendwann anfing, mir langweilig zu werden. Keine Arbeit mehr, kein Training, keine Gesangsstunden – das bißchen Hausarbeit war kein Ersatz dafür. In diesem Haus befand sich keine große Diele, auf der ich hätte tanzen und trainieren können, außerdem hätte unsere Hausfrau mich wohl für verrückt angesehen. Klavier besaßen wir nicht, überhaupt kein Instrument, und laut zu singen traute ich mich auch nicht. Blieb nur das Radio, das ich allerdings ständig laufen hatte, wenn Berthold nicht zu Hause war. So hörte ich wenigstens Musik.

Als es Frühling wurde, was lange dauerte, als der Boden endlich trocken wurde, fand ich eine Wiese im Wald, die einigermaßen eben war, und machte dort ein paar Übungen. Die Quittung für das lange Faulsein bekam ich sofort. Ich brach bei einem Salto ein und fiel so hart auf den Rücken, daß ich, atemlos vor Schmerzen, nach Luft schnappend, eine Weile liegenblieb. Ich spürte es noch tagelang, und es dauerte eine Weile, bis ich – diesmal vorsichtiger – wieder mit leichten Übungen anfing. Wie recht hatte Marja gehabt, wenn sie mich immer zum Training anhielt!

Andererseits – wozu brauchte ich es jetzt noch? Ich würde nie wieder tanzen. Aber singen vielleicht? Ich sang, wie früher auch im Wald, begann systematisch mit Atemübungen und Scalen, dachte an alles, was ich bei Paul gelernt hatte. Und wozu brauchte ich das? Gar nicht, sagte ich mir selbst, nur so eben, zum Spaß.

Marja schrieb ich regelmäßig, hatte sie auch oft gebeten, uns einmal zu besuchen, aber sie kam nie. Und Antwort auf meine Briefe bekam ich auch selten, und dann

schrieb meist Enrico. Marja läßt grüßen, stand darunter. Sie hatte mir nicht verziehen.
Bertholds Mutter kam einmal zu Besuch, beäugte mißtrauisch mich, das Aussehen ihres Sohnes, unsere beiden Zimmer, fand aber nichts auszusetzen.
Als es warm wurde, kam bei Berthold eine zweite Leidenschaft zum Ausbruch: bergsteigen. Die erste Verwundung, die er im Krieg davongetragen hatte, war ein Oberschenkeldurchschuß gewesen, worauf er mehrere Jahre nur schlecht laufen konnte, da noch Splitter im Bein waren. Das war auch der Grund, daß er so lange vom Militär freigestellt worden war und sein Studium fortsetzen konnte.
Eine geringe Behinderung war zurückgeblieben, das eine Bein war etwas dünner als das andere, bei feuchtem Wetter hatte er Schmerzen und hinkte ein wenig. Aber er konnte und wollte wieder auf die Berge steigen. Ich erfuhr, daß das schon früher sein höchstes Glück gewesen sei. Ich konnte diese Begeisterung nicht teilen. Für kleinere Touren war ich gerade noch zu haben, aber als er mich einmal auf den Watzmann mitschleppte, war ich ziemlich ungehalten.
»So ein Quatsch«, sagte ich, »erst 'rauf und dann wieder 'runter. Ich finde, die Berge sehen von unten viel schöner aus.«
Ich hatte Blasen an den Füßen. Man muß bedenken, wie sehr ich meine Füße liebte und immer gepflegt hatte.
»Einmal und nie wieder«, erklärte ich. »Mich bringst du nicht mehr dazu, auf so einen riesigen Berg zu latschen.«
Also gingen wir am Sonntag nur in den Wäldern spa-

zieren, oder wir fuhren mit der kleinen Bahn zum Königssee hinunter, dessen Ufer allerdings für Deutsche Off Limits war, dort hatten sich die Amerikaner etabliert, alle Hotels beschlagnahmt, und die einheimische Bevölkerung mußte auf Umwegen an den See gelangen, der Weg zum Malerwinkel war frei.
Amerikaner gab es nach wie vor jede Menge in Berchtesgaden. Fast alle Hotels waren von ihnen besetzt.
Hitlers Berghof war immer noch der große Anziehungspunkt für sie, der ›Berchtesgadener Hof‹ noch immer ihr vornehmstes Domizil, und wenn ich daran vorbeikam, blickte ich neugierig zum Portal hinauf. Ulkig, daß ich da mal drin gewesen war. Ob die gute Band noch spielte?
Und wo mochte wohl Bill, der erfolglose Verführer, geblieben sein? Wieder zu Hause bei Momy und Daddy, vielleicht sogar bei einer Ehefrau. Das geschah ihm recht.
Ich hatte Berthold die Geschichte erzählt, auch welch helden- und tugendhafte Rolle ich dabei gespielt hatte, es war eine der wenigen Gelegenheiten, wo von Heide die Rede war.
Heide – ich dachte anfangs oft an sie, später seltener. Ich hatte keine Freundin mehr. Ich würde nie wieder eine haben.
Weiblichen Umgang hatte ich überhaupt so gut wie keinen, außer unserer Hausfrau. Die Frauen der anderen Lehrer waren mir nicht so gewogen. Ein einziges Mal war ich zu einem Nachmittagskaffee eingeladen worden und wurde offenbar nicht für gut befunden. Aber daran war ich sowieso nicht interessiert.
Doch – eine Frau gab es noch, die ich damals kannte

und reichlich verrückt machte, eine junge Berlinerin, die hier gelandet war nach dem Krieg, eine Schneiderin, das heißt, sie hatte in der Engros-Konfektion gearbeitet. Nun verdiente sie sich hier ihren Unterhalt mit Schneiderarbeiten, was zu jener Zeit hauptsächlich Änderungen und Ausbesserungen betraf. Sie war eine vergnügte, sehr patente junge Frau, ihr Mann war gefallen, sie hatte einen aufgeweckten Jungen von zwölf Jahren, der in Bertholds Schule ging und einer der besten war, wie ich erfuhr.

Zu ihr schleppte ich meine spärliche Garderobe, denn wenn es einen heißen Wunsch in jenen Tagen für mich gab, dann lautete er: neue Kleider. Neue Kleider, neue Schuhe, schicke Sachen endlich einmal.

Von meinem Gastwirtsverehrer bekam ich einen Stoff, und ich brachte Wanda – so hieß die Berlinerin – bald zur Verzweiflung, was ich alles davon haben wollte – einteilig? zweiteilig? einen Rock und zwei Oberteile? Oder ein Kleid und vielleicht noch eine Bluse extra? Spitzer Ausschnitt, runder, eckiger? Weiter Rock, enger Rock, kurze Ärmel, gar keine Ärmel, oder lieber halb lang? – Und natürlich den Rock bis zur Wade; denn das trug man jetzt, es hieß New Look und hatte die kurzen Röcke der letzten Jahre abgelöst. – Wenn man den Rock in der modischen Länge machte, gab Wanda zu bedenken, verbrauchte man natürlich mehr Stoff damit. Egal – nach neuester Mode mußte es sein.

Es wurde ein Kunstwerk, der Rock in der richtigen Länge, weit und glockig, die Taille ganz schmal, ich kam mir todschick vor. Und ein ärmelloses Blüschen hatte Wanda auch noch herausgeschneidert, dazu änderte sie meinen grauen Rock, das gab noch einen neuen Anzug.

Und dann becircte ich meinen neuen Freund in Nonnbrunn so lange, bis er mir Schuhe organisierte, graue Wildlederschuhe mit riesenhohen Korkabsätzen.
»Ich bin die eleganteste Frau in Berchtesgaden«, erklärte ich Berthold hochbefriedigt, und er meinte gutmütig, das hätte er sowieso schon immer gefunden.
Kam der Juni und mit ihm die Währungsreform, was für uns eine relativ geringe Erschütterung bedeutete, denn Vermögen, das entwertet werden konnte, hatten wir sowieso nicht, Bertholds Gehalt aber war nun immerhin eine hübsche runde Sache, mit der sich etwas anfangen ließ. Als ersten Luxus leisteten wir uns eine Reise nach München, nachdem die großen Ferien angefangen hatten.
München im Sommer 1948 – von heute aus gesehen war es ein trostloses Trümmerfeld, eine armselige, heruntergekommene graue Stadt. Für mich damals war es eine atemberaubende, hochinteressante Großstadt, verlockend jeder Pflasterstein. Wir wohnten in Schwabing bei einem Studienfreund Bertholds, ebenfalls Studienrat an einem Münchener Gymnasium, er war verheiratet mit einer, meiner Meinung nach, unbeschreiblich doofen Frau, die mich vom ersten Augenblick an nicht leiden mochte. Er war ganz nett und fand mich faszinierend. Ich gab ganz schön an – das neue Kleid, ich schminkte mich, wenn auch mit Maßen, aber es gab das eine oder andere wieder zu kaufen, auch hatte ich Marja schließlich ein paar alte Schminkkästen abschmeicheln können, Wimperntusche, Rouge, Lidschatten, manchmal sogar ein wenig Teint, damals war das noch nicht allgemein üblich, Berthold hatte sich schon daran gewöhnt, er sah es gar nicht mehr. Der Münchner

Kollege war hingerissen, seine Frau rümpfte deutlich sichtbar die Nase.
Wir bummelten viel in der Stadt herum, ich kannte sie ja bereits ganz gut, ich wußte die Namen einiger guter Lokale, Schwarzwälder zum Beispiel, Torggelstuben, und brannte darauf, dorthin zum Essen zu gehen.
»Das können wir uns nicht leisten«, sagte Berthold.
»Klar können wir. Das Geld ist doch jetzt wieder ganz reell, hast du gesagt. Und du verdienst doch jeden Monat welches. Wir brauchen doch nichts aufzuheben.«
»Nun, man muß doch . . .«
»Gar nichts muß man«, fiel ich ihm ins Wort. »Leben muß man, solange man lebt. Sei doch froh, daß der Krieg zu Ende ist. Vielleicht kommen morgen schon die Russen, dann ist es ganz aus« – denn die Berliner Blockade hatte begonnen, die Kriegsfurcht war wieder sehr lebendig geworden.
Wir gingen also während der Woche, die wir uns in München aufhielten, dreimal sehr vornehm speisen. Ich hatte schon immer einen sechsten Sinn für gute Restaurants, und es war gemessen an heutigen Preisen geradezu lächerlich billig, so kurz nach der Währungsreform gingen die Leute sehr vorsichtig mit dem spärlichen Geld um, und jeder Gast wurde mit Freuden begrüßt; wir gingen zweimal ins Theater und einmal ins Konzert, und ich ging dafür auch bereitwillig mit ins Deutsche Museum.
Ich genoß diese Tage aus vollem Herzen und sagte zu Berthold: »Ich möchte in München leben.«
»Aber das geht doch nicht.«
»Warum nicht? Du kannst dich doch hierher versetzen lassen.«

Das wollte er gar nicht. Berchtesgaden gefiel ihm, die Arbeit dort auch, er hatte seine Berge, und in die Stadt wollte er nicht. »Gefällt es dir denn draußen bei uns nicht?« fragte er erstaunt.
»Doch, schon. Aber ich habe jetzt so lange auf dem Lande gelebt. Ich möchte wieder in die Stadt.«
Schließlich mußte er mir versprechen, daß wir in Zukunft öfter nach München fahren würden.
»Aber dann will ich nicht mehr bei denen wohnen, sondern in einem Hotel. Und sag nicht wieder, das können wir uns nicht leisten. Dann wenigstens in einer Pension.«
»Aber sie sind doch sehr nett.«
»Mir paßt es aber nicht, bei jemand im Wohnzimmer auf der Couch zu schlafen.«
Ich glaube, seit diesem Besuch in München, Anfang August, hatte ich den Wunsch, eigenes Geld zu verdienen.
Vierzehn Tage blieben wir dann noch bei seinen Eltern. Das war nicht gerade amüsant, ich radelte wieder viel durch die Gegend, war oft am See, ruderte, schwamm, zu Bertholds Ärger meist ohne Badeanzug, und die übrige Zeit verwendete ich darauf, Marjas Herz zurückzugewinnen. Was so schwer nicht war, denn sie liebte mich ja, ich fehlte ihr.
»Bist du denn glücklich?« fragte sie mich.
»Natürlich. Mir geht's prima. Ich muß Berthold nur dazu bringen, daß er eine Stellung in München bekommt.«
»Geht denn das so einfach?«
»Das wird schon gehen. Wenn er ernsthaft will ...«
»Du meinst, wenn *du* ernsthaft willst.«

»Eben. Und dann werde ich auch arbeiten.«
»Was wirst du arbeiten?«
»Singen.«
Sie sah mich lange an. »Und du denkst, er wird erlauben?«
»Wenn ich es will.«
Ich war Bertholds sehr sicher, seiner Liebe, seiner Geduld, seiner Güte.
Die Schule begann. Berchtesgaden hatte mich wieder. Die beiden kleinen Zimmer, der Alltag, die Langeweile, keine Arbeit – und irgendwo in mir begann die große Unruhe.
Im Oktober sah ich Andy auf der Straße.
Begegnete einem Mann, in dem ich sofort Andrew erkannte, den Bandleader damals aus dem ›Berchtesgadener Hof‹. Ich blieb stehen und sah ihm nach. Er war vorbeigegangen, den Blick abwesend ins Nichts gerichtet.
Ob er noch im ›Berchtesgadener Hof‹ spielte? Ob er vielleicht eine Sängerin brauchte?
»Ich möchte gern ein Klavier«, sagte ich abends zu Berthold.
»Ein Klavier?« Er sah sich in unserem kleinen Wohnzimmer um, das sowieso bis zur letzten Ecke vollgestopft war, sein Schreibtisch, seine Bücher, Tisch, Stühle, Sofa, der Schrank mit dem Geschirr.
»Kein Platz, ich weiß. Aber vielleicht kriegen wir mal eine größere Wohnung.«
»Aber wir wohnen hier doch sehr gut.«
»Du bist immer zufrieden mit dem, was du hast, nicht?« Meine Stimme klang gereizt.
»Ich wüßte nicht, worüber ich mich beklagen sollte. Wenn ich an die Zeit denke, die hinter uns liegt ...«

Der Krieg, die Nachkriegszeit, natürlich, so gesehen war alles wunderbar. Aber mir hatte der Krieg nicht viel getan, ich hatte ihn kaum als Realität empfunden. Er hatte Mama und Papa umgebracht, aber das war mehr ein Unglücksfall gewesen, so wie man mit dem Auto verunglückte oder mit dem Flugzeug abstürzte.

Nein. So war es doch nicht. Einmal dachte ich sehr gründlich darüber nach, an einem Tag Anfang November, ein grauer, trüber Tag, ich langweilte mich schrecklich. Sie hatten eine Veranstaltung in der Schule, irgend jemand Wichtiges war da, und Berthold kam am Nachmittag nicht nach Hause und war auch am Abend noch nicht da.

Ich ließ das Radio spielen, sobald nur irgendwoher Musik kam, tanzte leise zwischen Tisch und Stühlen herum, machte einen Handstand an der Tür und stauchte mir die Zehe, als ich beim Spagat an das Sofa stieß.

»Maldito!« fluchte ich; das war Papas stärkster Kraftausdruck gewesen, wenn mal etwas nicht klappte.

Und plötzlich saß ich auf dem Boden und weinte um Papa. Wenn er nicht tot wäre, dann säße ich jetzt nicht hier in einem engen Zimmer, das mir auf einmal wie ein Käfig vorkam. Wäre keine Lehrersfrau in Berchtesgaden, sondern stände auf einer Bühne und könnte singen und tanzen. Maldito, ja, verflucht noch mal!

Als ich das gedacht hatte, blieb ich immer noch auf dem Boden sitzen und dachte nun über das nach, was ich eben gedacht hatte.

»Bist du glücklich?« hatte Marja gesagt. »Natürlich. Mir geht's prima.« – Oder etwa nicht? Nein, maldito, verflucht! – Ich wollte nicht mehr bei Frau Blasinger in der Küche in Töpfen rühren, meinem Mann zusehen, wenn

er die Aufsätze seiner Schüler korrigierte, und sonntags mit ihm in der Kirche sitzen oder im Wald herumspazieren. Jetzt kam auch noch der ewig lange Winter, im Schlafzimmer würde es wieder eiskalt sein, und so sensationell war es auch nicht mehr, die Nächte mit einem Ehemann zu verbringen.
Irgendwo fand das Leben statt. Ich saß hier und wurde alt. Uralt, häßlich, steif und ungelenkig. Eines Tages würde ich so doof sein wie die Frauen von Bertholds Kollegen, wie die von seinem Freund in München zum Beispiel. Ich würde nie teure Kleider besitzen, Pelze, in einem Luxushotel wohnen und von tausend Männern geliebt werden.
Nie mehr auf einer Bühne stehen.
Nie mehr auf einer Bühne stehen!
Ich saß auf dem Boden und sagte das immer wieder laut vor mich hin – diesen einen Satz.
Darauf weinte ich wieder ein bißchen, anschließend begann ich mich selbst zu verspotten.
»Kinstlerblut fängt zu brodeln an – Marja wäre entzückt«, erklärte ich laut und massierte meine Zehe.
Dann stand ich auf, suchte alle Schminkutensilien zusammen, die ich besaß, stellte mir den Spiegel auf den Tisch, brannte alle Lichter an und begann mich kunstgerecht zu schminken, bühnengerecht, entblößte meine Schultern, drapierte ein grünes Tuch schräg darüber, und so, am Tisch sitzend, mich im Spiegel betrachtend, sang ich halblaut alle Songs, die ich kannte, die von früher, die von heute.
Das war genaugenommen der allererste Anfang vom Ende. Vom Ende meiner Ehe.
Meine Liebe zu Andy war es nicht allein.

TANZ ... ich hatte ihn eigentlich nur das eine Mal gesehen, dann nie wieder, obwohl ich nach ihm Ausschau hielt.

Einmal gelang es mir sogar, nach ihm zu fragen. Ich kam am ›Berchtesgadener Hof‹ vorbei, ich ging manchmal dort vorbei. Obwohl er so weit draußen lag und ich eigentlich dort gar nichts verloren hatte. Ein paar Amerikaner standen vor der Tür, einer quatschte mich an. Ich wurde öfter angesprochen, das war ich gewöhnt.

Diesmal blieb ich stehen. »This bandleader, Andrew«, ich wußte seinen vollen Namen nicht, ob er noch bei ihnen spiele?

Ich sprach jetzt sehr gut Englisch, das war Bertholds Werk, der pausenlos um meine Bildung bemüht war. Geschichte, deutsche Literatur, Englisch, das alles lernte ich bei ihm. Latein wie Heide brauchte ich glücklicherweise nicht auch noch zu lernen.

Nein. Die Amis kannten ihn nicht.

»Andrew? Never heard of him.«

Sie wollten mich einladen, ich wies ihnen meinen Ehering. Sie lachten. »What a pity!«

Später erfuhr ich von ihm, daß sein Engagement damals nur bis zu Beginn des Jahres 1947 gedauert hatte. Ab und zu wollten die Amis eine andere Musik. Er war vorübergehend in München, es ging ihm sehr schlecht, und er kam nach Berchtesgaden zurück, lebte wieder bei Marie-Ann. Ich haßte sie, ich war rasend eifersüchtig auf sie, viel zu groß war die Rolle, die sie in seinem Leben spielte.

Sie wohnten droben in Berchtesgaden-Schönau, in einem niederen alten Bauernhaus, sie hatten drei Zimmer, Marie-Ann, er, die Kinder. Aber das wußte ich ja alles noch nicht, ich hatte nur mal gefragt nach dem Bandleader Andrew, der mit hochmütigem, abweisendem Blick an mir vorbeigegangen war und der ›Smoke gets in your eyes‹ für mich gespielt hatte. Das war zweieinhalb Jahre her.

Warum liebte ich Andy so sehr, warum bedeutete er mir so viel?

Ein Mensch, der so emotionell veranlagt ist wie ich, kann so etwas schwer erklären. Berthold sah viel besser aus, war groß und blond, ein sehr ansehnlicher Mann, einer, der einer Frau gefallen mußte, nicht nur Heide und mir.

Andy war kleiner; wenn ich hohe Absätze trug, war ich immer ein wenig größer als er. Sein Haar war irgendwie bräunlich, seine Augen dunkelgrau, sein Gesicht immer so blaß und leblos. Manchmal konnte er richtig unscheinbar aussehen. Er wirkte eigentlich nur, wenn er Musik machte. Er war weder charmant noch sehr geistreich im Gespräch, er konnte von geradezu unhöflicher Zurückgezogenheit sein, unverbindlich, abweisend.

Er hat sich eigentlich kaum verändert. Als ich ihn vor zwei Jahren auf dieser Party sprach, kam er mir vor wie damals. Ein paar Falten – na ja, ein bißchen Grau an den Schläfen, aber er wirkte immer noch so stumm, so wehrlos, so verletzlich.

Es war so dumm von mir, daß ich an jenem Abend nicht die Initiative ergriff, ich kenne ihn doch – er wußte, daß ich mit Sandor zusammen lebte, nie hätte er gesagt: Komm zu mir zurück. Ich liebe dich doch. *Ich* hätte es sagen müssen. Hätte sagen müssen: Ich will dich wiedersehen. Morgen. Ich muß mit dir sprechen, Andy!

Dann hätte ich es ihm sagen können. Es kann doch nicht so schwierig sein für zwei erwachsene Menschen, einmal vernünftig miteinander zu reden, wenn sie sich gern haben und verstehen.

Gerade dann ist es schwer. Weil es ja auch so nicht stimmt für Andy und mich. Was heißt gern haben und verstehen, so ein bißchen wischiwaschi – bei uns war es Liebe und darum eben so schwierig. Mit ein bißchen Verliebtheit, ein bißchen Spaß und Spiel kann man leichter über die Runden kommen. Aber wenn irgendwo der Todesernst dahintersteckt, da wird es maßlos kompliziert. Erst recht bei einem wie Andy. Und darum klappte es auch nie mit dem Verstehen so richtig. Ich verstand ihn, und er verstand mich, und bei allem Verständnis redeten wir mit Leidenschaft aneinander vorbei, quälten uns und verletzten uns, zerstörten alles und saßen dann da und weinten über den Scherben.

Ob es jetzt anders geworden wäre? Wenn ich an jenem Abend vor zwei Jahren gesagt hätte: Ich möchte dich sprechen, Andy. Morgen?

Denn eins weiß ich ganz gewiß: Er liebt mich noch. Er wird mich immer lieben. So wie ich ihn liebe. Es gibt Dinge, die weiß man einfach.

So wie ich weiß, daß der liebe Gott da ist, auch wenn ich ihn nie gesehen habe. Das ist gar nicht nötig. Wozu denn auch?

Tulpano zum Beispiel, der hat es auch gewußt. Als ich ihn das letztemal besuchte, zwei Tage vor seinem Tod, er wußte, daß er sterben würde, er lag da, reglos und ganz klein und arm, in seinem Bett und sah mich an, er konnte kaum mehr sprechen – da sagte er zu mir: »Er wird dich behüten.«

Mehr war nicht nötig. Ich wußte, was er meinte.

Und was ist nun? Heute nacht? Behütet er mich da auch? Doch, warum nicht? Der Tod gehört dazu. Und daß *ich* darüber bestimme, wann ... das versteht er.

Das weiß ich auch.

Genauso sicher weiß ich um die Verbundenheit zwischen Andy und mir. Ob wir zusammen sind oder nicht ändert nichts daran.

Ich kenne Andy so gut. Und er ist keiner, der sich verändert. Da war der Bruch in seinem Leben, der kam in seiner Jugend, und der blieb. Es gibt Wunden, die heilen nie. Das jüdisch-russische Blut seiner Mutter war immer vorherrschend in ihm.

Sie war in Moskau geboren. Er selbst war nie in Rußland gewesen, aber er sprach ein wenig Russisch, und er spielte wunderbar die Balalaika. Als ich ihn das erstemal hörte, weinte ich wie ein kleines Kind. Obwohl ich mit der südamerikanischen Musik aufgewachsen war, hatte ich immer eine Neigung zu slawischer Musik, durch ihn lernte ich sie lieben und verstehen.

Ich hatte sogar ein paar russische Lieder in meinem Programm gehabt, er brachte mir die richtige Aussprache und den Ausdruck bei. Nur war das damals nicht ge-

fragt. Rußland war nicht Mode wegen der Kommunisten. Heute könnte ich damit ankommen. Rußland ist schick, und Kommunisten erst recht.
Ich liebte die Russen damals schon, weil seine Mutter Russin war und er ein halber. Und aus demselben Grund liebte ich die Juden. Ich bin so.
Ich bin keine mütterliche Frau. Ich wollte nie Kinder haben, und ich habe immer verhindert, ein Kind zu bekommen. Weil ich finde, man soll sich nicht zu einer Rolle zwingen, die einem nicht liegt. Nicht jede Frau ist zur Mutter geeignet, es ist nur wichtig, sich rechtzeitig darüber klarzuwerden.
Andy wollte auch keine Kinder.
»In dieser Welt und in dieser Zeit – nein«, sagte er und hatte sein schwermütiges blasses Gesicht dabei.
Jetzt hat er ein Kind. Die Frau, mit der er in Amerika verheiratet war, hat sich nicht darum gekümmert, was er von der Welt und der Zeit hielt. Ob er es liebt, sein Kind? Sicher. Aber er wird nicht viel damit anfangen können.
Vielleicht, wenn ich doch ... nein, es hätte nichts geändert. Was in mir vielleicht doch an mütterlichen Instinkten vorhanden war, das verwendete ich bei Andy. Ich hatte immer das Gefühl, ich müsse ihn behüten und beschützen und gut auf ihn aufpassen.
»Mach einen Schal um, Andy, es ist kalt heute.«
»Bitte iß das auf. Du hast wieder viel zuwenig gegessen.«
Nachts lag er manchmal wie tot an meiner Seite, ganz reglos, ich hörte ihn kaum atmen. Doch dann träumte er, etwas Böses, Quälendes, ich hörte ihn stöhnen, manchmal weinte er im Traum. Ich nahm ihn fest in

die Arme, deckte ihn zu, und er schmiegte sich wie ein Kind an mich, und ich schlief erst wieder ein, wenn er ruhig war, ruhig, warm und behütet.
Andy, du kannst es nicht vergessen haben. Sowenig wie ich.
Es wurde Mai, bis ich ihn wiedersah. Der Winter war schrecklich gewesen, ich hatte mich zu Tode gelangweilt. Manchmal war ich unfreundlich zu Berthold. Und manchmal hatte ich das Gefühl, ich müsse aus dem Fenster springen, weil dieses Leben unerträglich war.
Zweimal fuhr ich nach München, wohnte in einer kleinen miesen Pension, lief durch die Straßen der Stadt, betrachtete die Schaufenster, es gab schon wieder einiges zu betrachten, und ich gab alles Geld aus, das Berthold mir mitgegeben hatte.
Einmal ging ich zu einer Agentur.
Was ich denn machen wolle, fragten sie mich.
»Singen.«
»Liebes Kind, singen kann heute jeder.«
Ich war Fräulein Niemand, keiner kannte mich. Ich ging zum Funkhaus, ich sollte einen Zettel ausfüllen und daraufschreiben, was ich wollte. Da verließ mich der Mut, und ich kehrte wieder um.
Berthold, sehr zufrieden mit seinem Leben und seiner Arbeit, bekam das gar nicht mit. Er hätte merken müssen, wie rastlos ich war. Er war schließlich zehn Jahre älter als ich, ein erwachsener Mann.
Als es Frühling wurde im Jahr neunundvierzig, kamen schon wieder Feriengäste nach Berchtesgaden, auch Wochenendbesucher. Das Leben normalisierte sich erstaunlich rasch. Viele Leute hatten schon ein Auto, in den Läden gab es allerhand zu kaufen, in den Restau-

rants markenfrei zu essen, in den Cafés Kuchen und besten Bohnenkaffee.
Es wurden Filme gedreht, Theater gespielt, Platten gemacht, ich las davon, ich kannte jeden Namen, der im Geschäft war, alte Namen, neue Namen. Ins Kino ging ich sehr viel, manchmal mit Wanda, der Schneiderin, die aber an dem Umgang mit mir nicht mehr so interessiert war, sie hatte einen Freund und sprach vom Heiraten.
Früher hatte sie immer davon gesprochen, sie wolle um jeden Preis nach Berlin zurück, nur dort könne sie leben. Davon sprach sie nicht mehr. Berlin war eine verlorene Stadt, eine verlassene, aufgegebene Insel, auf der man hungerte und fror, immer noch – als wir schon wieder satt und angenehm lebten.
Im Mai hatte Berthold Geburtstag, und ich sagte: »Wir gehen groß aus.«
Er lachte gutmütig. »Wo willst du denn hingehen? Ich dachte, wir laden Willy und seine Frau zum Abendessen ein.«
»Das können wir ja tun, aber nicht hier bei uns. Wir gehen aus.«
Willy war ein Kollege, mit dem Berthold sich angefreundet hatte, etwa in seinem Alter, auch im Krieg gewesen, er gab Chemie und Biologie. Ich mochte ihn ganz gern, auch seine Frau war nett, er stammte aus Franken, sie war Berchtesgadenerin. Sie hatten zwei Kinder und wohnten bei ihren Eltern. Manchmal unternahmen wir gemeinsam etwas. Ausflüge oder einen Abendschoppen, und bei Willys Geburtstag im März waren wir eingeladen gewesen.
Zu jener Zeit gab es in Berchtesgaden ein recht gutes

Hotel, das einzige bessere Hotel, das die Amerikaner freigegeben hatten. Dort wollte ich hingehen abends zum Essen, ich war noch nie dort gewesen.
Es war origineller weise an Bertholds Geburtstag, als ich Andy wiedersah.
Das Hotel besaß eine breite, geschlossene Veranda, die etwas erhöht über der Straße lag, und dahinter war das Restaurant, ein großer schöner Raum, fast ein Saal, dort spielte Musik, es wurde getanzt.
Berthold hatte auf der Veranda sitzen wollen, aber dort war kein Platz mehr frei gewesen, es war Samstag. Also saßen wir im Restaurant an einem gut placierten Tisch an der Seite, und als um acht die Band zu spielen begann, wir waren noch nicht mit dem Essen fertig, hatte ich einen guten Blick zum Podium und erkannte ihn sofort. Hier spielte er also jetzt.
Sie machten nichts Besonderes, ganz alltägliche Tanzmusik, aber erstklassig gespielt, kein Pfusch.
»Wir werden tanzen«, sagte ich und starrte zu der Band.
Spielte er schon länger in diesem Hotel, und warum wußte ich das nicht?
»Klar«, lachte Willy, »wir tanzen. Endlich wieder einmal. Ich hab' ewig nicht getanzt. Tanzen Sie gern, Frau Kronacker?«
»Ich habe Ihnen neulich schon gesagt, Willy, Sie sollen mich Lore nennen. Wenn Sie Frau Kronacker zu mir sagen, komme ich mir vor wie meine eigene Schwiegermutter. Und ich tanze leidenschaftlich, leidenschaftlich gern!«
Meine Stimme mußte wild geklungen haben, sie blickten mich alle etwas erstaunt an.

Ich konnte es kaum erwarten, bis Berthold den letzten Bissen in den Mund gesteckt hatte.
»Los, komm!« sagte ich.
»Aber es tanzt noch kein Mensch.«
»Das macht doch nichts. Einer muß anfangen.«
Aber erst bei der nächsten Nummer stand er endlich auf, ich bebte vor Ungeduld. Es war ein English Waltz, bestimmt nichts Schwieriges. Berthold tanzte nicht schlecht, aber auch nicht gut, nicht so, wie ich tanzen wollte, er war zu steif, zu gemessen, es war keine Musik in seinem Körper.
Eine Weile waren wir das einzige Paar auf der ziemlich großen Tanzfläche, das machte ihn befangen. Dann kam Willy mit seiner Frau, dann noch ein anderes Paar, da ging es besser.
Ich dirigierte ihn in die Nähe des Podiums und blickte hinauf zu den Musikern. Geige, Klavier, Baß, Schlagzeug, Trompete, zwei Sax. Eine Klarinette war auch da, im Moment spielte sie aber keiner. Eine altmodische Besetzung, selbst für damalige Begriffe, aber sie machten gute Musik. Nach dem Waltz kam ein Slowfox, dann ein Foxtrott.
Der Mann, der da oben stand, blickte genau wie damals über alle und alles hinweg. Ich fand ihn etwas enttäuschend, ich hatte ihn interessanter in Erinnerung gehabt.
»Es ist wunderbar«, sagte ich begeistert, als wir wieder am Tisch waren, »ich bin so glücklich, daß wir hier sind.« Sie lachten, und Berthold sagte: »Was für ein Kindskopf du bist!«
Willy tanzte besser, er war kleiner als Berthold, beweglich, sehr musikalisch.

Er sagte: »Sie tanzen großartig, Lore. Ich habe noch nie mit einer Frau getanzt, die so gut tanzen kann.«
Ich lachte, legte den Kopf in den Nacken und liebte Willy in diesem Augenblick. Unter seiner Hand ließ ich meine Rückenmuskeln spielen und berührte ihn leicht mit meinem Körper.
»Danke. Aber sagen Sie es nicht, wenn Ihre Frau dabei ist.«
»Warum? Evi ist nicht so.«
»Seien Sie nicht so naiv, Willy. Alle Frauen sind so. Keine hört es gern, daß eine andere etwas besser kann als sie. Es genügt, wenn Sie es mir sagen. Und Sie können es mir ruhig öfter sagen. Ich habe Komplimente gern.«
Willy faßte mich ein wenig fester, und seine Stirn rötete sich leicht. Er versuchte es schulmeisterlich. »Das sollten Sie nicht sagen. Komplimente können auch oft fauler Schwindel sein.«
»Das macht ja nichts. Komplimente sind auch dann noch hübsch. Aber ich würde nie auf die Idee kommen, daß es Schwindel ist, wenn Sie mir ein Kompliment machen. Wenn Sie mir sagen, ich tanze gut, oder ich gefalle Ihnen, oder Sie mögen mich gern, das würde ich immer für Wahrheit halten. Und das wäre es ja auch, nicht?«
Ich blickte ihn unter halbgesenkten Lidern an, er kam etwas aus dem Takt und räusperte sich. Flirten war er nicht gewohnt. Aber es beflügelte seinen Tanz. Wir legten eine Rumba hin, so gekonnt, als tanzten wir seit Jahren miteinander.
Nun war auch der Mann auf dem Podium aufmerksam geworden. Ich sah, daß er auf uns blickte.
Dann mußte ich Salzburger Nockerl essen, die Berthold

inzwischen bestellt hatte, dann redete er ewig mit Willy über irgendwelchen Schulkram, während ich auf meinem Stuhl bald verzappelte.
»Berthold!«
»Ja, gleich.«
Tango. Das konnte er nicht. Ich gab mir alle Mühe, ihn zu führen, und am liebsten hätte ich ihn stehenlassen und allein getanzt.
»Wir müssen öfter tanzen gehen. Ich werde es dir beibringen.«
»Ich kann's wohl nicht gut?«
»Du wirst es lernen. Jetzt, paß auf, schieb dein Bein zwischen meine, und nun stop, und nun seitwärts . . .«
»Lore!«
»Ach, entschuldige. Aber wir gehen öfter tanzen, ja? Versprichst du mir das?«
Später kam ein Walzer, ein richtiger, voll ausgespielter Walzer, sie hatten auf einmal drei Geigen da oben. Die meisten trauten sich nicht, Walzer zu tanzen, Willy und ich und nur noch ein anderes Paar waren allein auf der Tanzfläche.
Glücklicherweise konnte Willy Walzer tanzen. Und wie er es konnte, rechts herum, links herum, mit einem jähen Halt dazwischen, daß mein weiter Rock um mich flog. Ich bog mich zurück in seinem Arm, ich hatte die Lippen geöffnet, ich war im siebenten Himmel. Ein bißchen Johann Strauß, dann ›Wie ein Wunder kam die Liebe über Nacht‹, dann noch eine andere Filmmelodie, dann wieder Strauß.
Der da oben hörte gar nicht auf, er stand ganz vorn auf seinem Podium, er spielte wie der Teufel, er hatte eine Zaubergeige, jetzt hörte ich es zum erstenmal, und ich

spürte, daß er uns zusah. Und nun sah er auch anders aus, lebendig das Gesicht, die Oberlippe hochgezogen, berauscht auch er, weiter ... weiter ...

Als er schließlich aufhörte, stand Willy der Schweiß auf der Stirn. Wir waren dicht vor den Musikern, ich hob die Hand. »Danke!« rief ich leise zu ihnen hinauf. »Ihr habt wunderbar gespielt.«

Willy war das ein bißchen peinlich. Er zog mich fort.

Der oben hatte sich verneigt, er hatte gelächelt. Ein rasches, fast zärtliches Lächeln.

»Mein Gott, du schwitzt ja«, sagte Evi vorwurfsvoll zu ihrem Mann. Ihr Blick, der mich streifte, war nicht gerade liebevoll.

Ich versuchte es mit Charme. »Haben Sie ihm das Tanzen so gut beigebracht, Evi?«

Ich nahm mein Weinglas, trank es mit einem Schluck leer und hielt dann Berthold das leere Glas hin.

»Es ist ein herrlicher Abend, findest du nicht? Ein schöner Geburtstag.«

Er lächelte gutmütig und legte seine Hand auf meine.

Ich wußte, wie ich aussah: schön. Die Augen leuchtend, die Wangen gerötet, lebendig, so lebendig. Ich hatte einen Auftritt gehabt.

Und dann kam es. Als die Musik wieder einsetzte, spielten sie ›Smoke gets in your eyes ...‹

Er hatte mich also erkannt, der Mann mit der Zaubergeige. Es war fast drei Jahre her.

Ich hatte mein Kinn in die Hand gestützt und blickte zu den Musikern hin. Zu ihm.

› ... when your heart's on fire, you must realise smoke gets in your eyes ...‹

So fing es an.

NEBEL ... die Novembernacht ist voller Nebel, damals war es Mai. Jetzt ist es dunkel, auch in mir ist Nebel, ich bin ein wenig betrunken, erst das Konzert, die Aufregung, die Anspannung, die Enttäuschung, nichts gegessen, der Whisky; es ist gut, ein wenig betrunken zu sein. Es wird Zeit für die Tabletten. Denn erst kurz bevor ich sterbe, will ich an dich denken, Andy.

Es war eine lange Zeit. Jener Abend im Mai, und dann dauerte es fast zehn Jahre. Zehn Jahre Liebe. Zehn Jahre Szenen, Eifersucht, auch Streit. Unvernunft. Ich war unvernünftig, ich war eifersüchtig, ich stritt mit dir.

Du wolltest Marie-Ann nicht verlassen, auch nachdem ich Berthold schon verlassen hatte. Ich lebte in einem kleinen Zimmer in Schwabing, in der Herzogstraße, meine Wirtin hieß Frau Huber, du nanntest sie Herzogin, und sie mochte dich, sie war immer nett zu uns, hatte viel Verständnis. Unsere Romanze war für sie spannender als der schönste Film. Morgens brachte sie das Tablett mit dem Frühstück, klopfte an die Tür und rief: »Zeit is. Frühstück!«

Ich kletterte aus dem Bett und nahm ihr das Tablett ab.

Du hattest die Augen fest geschlossen und fragtest: »Ist es schon Tag?«
»Tag mit Sonne.«
»Ich will, daß es Nacht bleibt.«
»Ich nicht.«
»Muß ich aufstehen?«
»Wenn du gefrühstückt hast.«
»Dann frühstücke ich nicht.«
Ich fütterte dich wie ein Kind. Und sprach von meinen Plänen. Ich hatte so viele Pläne. Und gar kein Geld. Du auch nicht. – Du spieltest eine Weile in einem Schwabinger Lokal, dann liefen dir zwei davon, die bessere Engagements bekommen hatten; besonders um Fred, den Trompeter, war es schade, er war gut. Die ersten Aufnahmen machten wir im Hinterzimmer einer Schwabinger Gastwirtschaft. Bald kannten wir viele von den Schwabingern, und sie kannten uns. – Damals war es noch gemütlich in Schwabing, irgendwie intim. Kein Kommerz, wirklich noch echte Boheme und sogar Kunst dazwischen.
Einen kannten wir, der hieß Egon. Der machte zwar keine Musik, er schrieb Bücher, aber er verstand etwas von Musik. Der brachte eines Tages Jack mit.
Jack kam aus Berlin, hatte seinen kleinen Stall auch noch nicht lange, war aber bereits gut im Geschäft. Damals hatte er Gitta und Wladimir und Benton unter Vertrag. Alles gute Leute. Von Gitta und Wladimir weiß heute kein Mensch mehr etwas, aber Benton kam später groß im Film heraus, verdiente viel Geld und ist auch heute noch manchmal zu hören, auf Platten oder in einer Fernsehshow.
Jack hatte einen viereckigen eigensinnigen Schädel,

dicke schwarze Brauen und einen scharfen Blick. Er hörte uns schweigend zu.

»Das ist nicht schlecht, was du machst«, sagte er zu mir, »du hast es. Laß das Vibrato auf dem letzten Ton, halt den Ton ganz gerade, ganz hart, und dann brich ab. Und die Wiederholung müßt ihr um eine Terz transponieren, das gibt mehr Wirkung her. Macht noch mal!«

Noch einmal. Und noch einmal. Probieren hatte ich bei Papa gelernt. Es konnte nur besser werden, das wußte ich.

»Nun komm schon«, kommandierte Jack, »gib was drauf! Du hast doch Material. Steig ein!«

Meine Stimme war großartig zu jener Zeit, ich konnte alles mit ihr machen.

Jack brachte den ersten Vertrag mit einer Plattenfirma. Und sagte eines Tages: »Zäum dich auf! Wir fahren nach Geiselgasteig. Ich stell' dich bei der Bavaria vor.«

»Film? Ich?«

»Klar, Mensch. Wer sonst? So ein Vollblutweib wie du, sowat haben die nich. Gestern hab' ich ein Drehbuch gelesen, da wär 'ne Rolle für dich drin. – Zucker! Daß du mir keene Flöhe in Kopp kriegst, keine Hauptrolle natürlich. Aber 'ne gute Sache. Und ein Song! Eine Wucht von einem Song! Wenn wir das kriegen, hast du's geschafft. Ich hab' schon zwei Reporter auf dich scharf gemacht. Zieh den engen blaugrünen Fummel an.«

»Dazu ist es heute zu kalt.«

»Quatsch nich, du fährst ja im Auto. Kannst ja unterwegs einen Mantel drüberziehen.«

Die Probeaufnahmen waren ein voller Erfolg. Ich war wieder ich.

»Tanzen kann die ja auch«, sagte der Produzent maßlos erstaunt.
»Die kann alles, die kann noch viel mehr«, sagte Jack. »Die Frau ist eine Wucht. Haltet euch ran, nächstes Jahr verkaufe ich sie für teures Geld, wohin ich will.«
Ob man die Tabletten in Whisky auflöst oder lieber in Wasser?
Zum Teufel, ich will gar nicht sterben. Wenn ich denke, was ich alles kann. Ich kann noch genausogut singen wie damals, genausogut tanzen, genausogut spielen, ich spiel' sie alle noch an die Wand – wenn sie mich nur ließen. Oh, maldito, verflucht!
Das Glas zerklirrt an der Wand, der Whisky rinnt über Sandors goldfarbene Couch. Sieht man kaum, wenn es trocken ist. Und wennschon. Spielt keine Rolle mehr.
Ihr könnt alles von mir haben, was ihr wollt. Ich kann ohne Liebe leben, ohne Andy, ohne Geld – nur nicht ohne meine Arbeit.
Wenn ihr mich nicht singen laßt ...
Eine stumme Sängerin ist eine tote Sängerin. Also bin ich sowieso schon tot.
Los! Hol Wasser! Tu endlich die verdammten Tabletten hinein und schluck sie 'runter.
Jack, du verdammter Schuft, du hast mich im Stich gelassen. Andy, du hast mich im Stich gelassen. Es wird euch leid tun.
L'amour est mort, das ist nicht wahr, und du weißt es. Du wirst mich immer lieben. Du in deinem Schneckenhaus, das ich nie zertrümmern konnte.
Du wolltest nicht, daß es Tag wird, wolltest in meinen Armen liegenbleiben, stumm, still, geborgen, nur du und ich, und draußen die Welt.

Ich mach' dir jetzt vor, wie so was geht. Für mich wird es nicht mehr Tag. Nie wieder. Für mich bleibt es Nacht. Ich werde im Nebel ersaufen. Verschwinden im Nebel für immer und alle Zeiten.
»Du bist ein Sonnenmensch«, hast du einmal zu mir gesagt. »Ich dagegen bin ein Nachtmensch. Wir passen nicht zueinander.«
Passe ich jetzt zu dir, wenn mich der Nebel der Nacht verschlungen hat?

SO WHAT... zunächt passierte gar nichts, und das machte mich ganz verrückt. Natürlich war Berthold nicht geneigt, nun jeden dritten Tag mit mir zum Tanzen zu gehen, erstens hatte er keine Zeit, zweitens war er ein sparsamer Mann, und genaugenommen wollte ich auch gar nicht mit ihm gehen.

Einmal überredete ich Wanda mit ihrem Freund, abends mit mir in dieses Hotel zu gehen, es sei so hübsch dort, erklärte ich ihr, gute Musik. Berthold sagte ich, ich gehe mit Wanda ins Kino.

Aber der Abend war eine Enttäuschung. Wandas Heiratskandidat war ein schwerfälliger, langweiliger Mann, ziemlich spießig. Er mochte nicht tanzen und keinen Wein trinken, er fand es in dem gepflegten Rahmen des Hotels ganz und gar nicht gemütlich, er wollte lieber in einem Gasthaus an einem Holztisch sitzen.

»Wollen Sie denn nicht mal tanzen?« fragte ich hoffnungsvoll.

»Nee«, lehnte er ab und sah mich träge an, »ich tanze nie.«

Ich verstand nicht, warum sie den partout heiraten wollte, was sie an ihm fand. Aber damals waren die Frauen alle von einer Art Männermangelpsychose be-

fallen. In allen Zeitungen und Zeitschriften lasen sie immerzu, die Männer seien so knapp, die meisten Frauen würden keinen abbekommen, da nahmen sie denn, was sie kriegen konnten.
Wanda war ganz hübsch und sehr fesch, auch nicht dumm und eine gute Schneiderin dazu, mußte sie unbedingt heiraten? Aber sie wollte um jeden Preis.
Diesmal saßen wir auf der Veranda, sie waren schon da, als ich kam, ich konnte die Kapelle nicht sehen, ich kam nicht einmal zum Tanzen, es war eine Pleite.
Ich schmiedete die verwegensten Pläne. Einfach mal hinzugehen und zu fragen: Braucht ihr keine Sängerin? Daß das nicht ging, wußte ich. Als Bertholds Frau konnte ich nicht abends mit einem Tanzorchester auftreten. Also schön – dann eben nicht auftreten. Bloß mal so mit ihnen arbeiten, ein paar Sachen einstudieren. Aber wie kamen sie dazu?
Ich trieb mich öfter untertags in der Nähe des Hotels herum, sie mußten doch mal Probe haben, mußten doch mal neue Nummern einstudieren. Vielleicht traf ich sie zufällig. So gut wie die zusammen spielten, das ging nicht ohne Proben.
Eines Tages faßte ich mir ein Herz und ging während der Mittagszeit in das Restaurant und fragte einen der Ober, wann denn die Band, bitte schön, probierte.
»Was für eine Band?«
»Na, die Kapelle, die abends hier spielt. Wann proben sie denn?«
Das wußte er nicht. Hier jedenfalls nicht. Vormittags frühstücken unsere Gäste, nachmittags wollen sie schlafen, da mußte Ruhe im Haus sein.
Sie konnten kaum das Klavier, den Baß und das Schlag-

zeug zu Proben hin und her schleppen, sagte ich mir. Sie *mußten* einfach manchmal proben.
Sie hatten, so erfuhr ich später, in Schönau droben eine Scheune, in der Nähe des Hauses, in dem Andy wohnte, dort stand auch ein Klavier, und das Schlagzeug nahmen sie manchmal in ihrem alten Auto mit. Aber richtige Probierer waren eigentlich nur Andy, der Klavierspieler, der Trompeter und der eine Saxophonist. Andy spielte außer Geige noch Klavier, die Klarinette und Gitarre. Der Klavierspieler war ebenfalls ein guter Gitarrist. Ich hörte sie später in der Scheune, das war ein Hochgenuß.
Andy verbrachte dort ganze Tage, oft allein. Er spielte nicht nur Tanzmusik, er spielte Chopin und Schumann, und vor allem komponierte er. Damals schrieb er doch wahrhaftig an einer Symphonie. Ach, Andy!
Anfang Juli gelang es mir, Berthold wieder einmal zum Tanzen zu überreden, wir gingen am Abend hin, wir tanzten, es war ein Sonntag, das Lokal gut besucht, ich weiß gar nicht, ob der Mann auf dem Podium mich sah. ›Smoke gets in your eyes‹ spielte er jedenfalls für mich nicht.
Ich sagte mir, daß ich mich albern benehme und daß ich aufhören müsse, so einen dämlichen Musiker anzuhimmeln, bloß weil er leidlich Geige spielte. Das alles lag doch hinter mir.
Was willst du denn, Lore Kronacker? Du bist verheiratet und hast einen lieben Mann und wolltest doch so gern ein bürgerliches Leben haben.
Nein, Lorena, du kannst so nicht leben.
Ich kann so nicht leben.
Ich will so nicht leben.

Dann traf ich eines Tages den Trompeter auf der Brücke, lie über die Gleisanlagen hinter dem Bahnhof führte. Er kam mir entgegen, langsam schlendernd, im offenen Hemd, die Zigarette im Mundwinkel.
Ich blieb stehen – direkt vor ihm.
Er war ein hübscher Junge mit einem leichtsinnigen Zug um den Mund.
»Mademoiselle?«
»Ach, entschuldigen Sie, gehören Sie nicht zu der Band, die oben im Hotel spielt?«
»Sie sagen es.« Er grinste mich an und betrachtete mich sehr genau.
Ich lächelte. »Ihr spielt sehr gut.«
»Ach!« rief er. »Jetzt erkenne ich Sie. Die rasante Tänzerin. Wir haben Sie vermißt, Mademoiselle. Es gibt selten so erfreuliche Anblicke auf dem Parkett.«
»Leider habe ich keinen Tänzer, der mich öfter ausführt.«
»Aber Sie hatten doch damals einen Burschen dabei, der konnte es ganz gut.«
»Das war ein Bekannter. Und der ist verheiratet.«
»Pech! Tja, wenn ich nicht spielen müßte, würde ich Sie mal sehr gern zum Tanzen einladen.«
»Spielen Sie noch länger hier?«
»Na, ich denke, den Sommer über, bis Mitte September vielleicht. Das Geschäft geht ja ganz gut.«
»Und dann?«
Er war amüsiert. »Dann? Schönes Kind, wer kann das wissen? Die Engagements wachsen nicht auf den Bäumen. Vielleicht versuchen wir es mal in München.«
»Ich möchte . . .«
»Ja?«

»Ach, nichts.«
»Sprechen Sie sich nur aus bei mir. Ich habe es gern, wenn kleine Mädchen mir ihr Herz ausschütten.«
Kleines Mädchen nannte er mich. Ich trug mein Dirndl, das Haar zu einem Pferdeschwanz zusammengebunden, meine Beine waren nackt. Die Frau Studienrat sah man mir nicht an.
Er lümmelte sich mit den Armen übers Geländer, warf seinen Zigarettenstummel auf die Schienen und blickte schräg zu mir auf. »Na, Goldkind, was hast du auf dem Herzen?«
Was der wohl dachte? Daß ich vielleicht Anschluß suchte oder mit ihm poussieren wollte?
Ich lümmelte mich ebenfalls auf das Geländer und sagte in genauso lässigem Ton wie er: »Ich möchte mal 'ne Nummer mit euch einstudieren.«
»Was möchtest du?«
»Hörst du schwer?«
Der Ton stimmte. Wir erkannten uns.
»Bist du vom Fach?«
»Ja. Nur ein bißchen aus der Übung. So ein paar Jungs wie ihr bräuchte ich gerade, um wieder mal 'reinzukommen.«
»Na, das is'n Ding. Was kannst du denn?«
»Singen.«
»Das kann jeder sagen.«
»Ich kann's aber trotzdem.«
»Wie heißt du denn?«
»Lorena.«
»Und?«
Lorena Kronacker ...? Das ging nicht.
»Nichts und. Ich bin nur unter Lorena aufgetreten.«

So hatte mich Papa damals als halbes Kind unter die Leute gebracht.
»Du bist aufgetreten? Wo denn?«
»Ach, das ist lange her.«
»So lange kann's ja kaum her sein. Hast du bei den Amis gearbeitet?«
»Nein. Schon vorher.«
»Na, hör mal ...« Er richtete sich auf und musterte mich von Kopf bis Fuß. Ich war jetzt ganz sicher und ganz unbefangen.
»Ich sag' dir doch, ich bin vom Fach. Ich bin aufgewachsen mit einem Orchester.«
»Das mußt du mir erzählen.«
Wir gingen in die Bahnhofswirtschaft. Und ich erzählte ihm. Von Papa und Mama, von unserem Orchester, seinen Erfolgen, von meinen ersten Auftritten.
Nur von Berthold erzählte ich nichts. Nicht, welche Rolle ich *jetzt* spielte.
»Dann bist du ja wirklich ein alter Hase«, sagte er nicht ohne Respekt. »Und du willst wieder ins Geschäft?«
Ohne zu wissen, was ich sagte, antwortete ich: »Ja.«
»Nicht so leicht heutzutage.«
»Ich weiß. Drum möchte ich ja gern mal mit jemandem arbeiten. Mir fehlt jede Möglichkeit.«
»Verstehe. Was machst du denn jetzt hier?«
»Ich wohne hier. Bei ... na eben, mit Familie, nicht? Aber ich möchte ...«, ich verstummte. Ein heller Julitag, mein Mann war in der Schule, in einer Woche begannen die Ferien, er freute sich darauf, sprach von Wanderungen, Ausflügen, vom Urlaub am Chiemsee, vom Schwimmen, Rudern, in der Sonne liegen. – Und hier saß ich und verriet ihn.

Ich nahm mich zusammen. »Es ist bloß so eine Idee von mir. Ich würde gern mal ein oder zwei Nummern mit euch einstudieren, bloß so zum Spaß. Um zu sehen, ob ich es noch kann. Vielleicht lacht ihr mich aus.«
»Das kann passieren. Wenn du mir was vorgeschwindelt hast. Aber wenn du willst, hören wir dich mal an. Ich werd' mit Andreas darüber sprechen.«
Seinen Namen kannte ich inzwischen: Andreas Ellwin. Vor dem Hotel hing ein Plakat.
Plötzlich bekam ich es mit der Angst.
»Wenn Sie meinen ...«
Er grinste.
»Wenn du willst, Lorena. Komm mal nächster Tage abends im Hotel vorbei. Um acht fangen wir an. Vorher essen wir. So Viertel vor acht, das wär' die beste Zeit.«
»Und wo seid ihr da?«
»Du wirst uns schon finden. Beim Empfang sagen sie dir schon, wo wir sitzen.«
Bis ich nach Hause kam, war ich natürlich fest entschlossen, nicht hinzugehen. Ich mußte verrückt sein. Es gab Dinge, die tat man nicht. Nicht mehr, wenn man mit Berthold verheiratet war.
Am nächsten Tag ging ich in den Wald und übte. Ich war ziemlich eingerostet. Ich legte die Hand auf mein Zwerchfell und begann mit Atemübungen.
Was konnte ich am besten? Ich entschied mich für drei Schlager, die ich absolut sicher hatte, die Texte und die Musik. Und dann entschied ich, daß das alles Unsinn sei. – Vergiß es, Lorena.
Denk nicht mehr daran, Lore Kronacker.
Die nächsten Tage waren wohl die unruhigsten meines Lebens. Ich wachte damit auf und schlief damit ein. Ich

malte mir alles vorwärts und rückwärts aus. Ich ließ die Mehlschwitze anbrennen, tat Zucker in die Suppe und verbrühte mir die Hand mit kochendem Wasser.
»Du bist so zerfahren. Was ist denn los mit dir?« fragte Berthold besorgt.
»Ich weiß auch nicht. Das Wetter ...«
»Das Wetter ist doch sehr schön.«
»Der Föhn ...«
»Von Föhn kann gar keine Rede sein.«
»Na irgendwas eben«, sagte ich patzig.
Er betrachtete mich prüfend. Ich wußte, was er dachte. Ob ich wohl ein Kind bekam. Er wollte gern Kinder haben, das wußte ich. Er sprach nicht oft davon, nur manchmal, nur in ganz vorsichtigen Andeutungen, er war ein sehr taktvoller Mensch.
Ich sagte jedesmal: »Nein – ich will nicht.« Und feige fügte ich hinzu: »Noch nicht. Die Zeiten ...«
»Uns geht es doch ganz gut.«
»Na ja, aber man weiß doch nicht. Die Russen ...«
»Die Russen tun uns nichts, die haben mit sich selber genug zu tun.«
Es war ulkig. Berthold mochte die Russen und Rußland. Er hatte Land und Menschen während des Krieges kennengelernt, und im Gegensatz zu vielen anderen, auch im Gegensatz zur damaligen öffentlichen Meinung, war sein Urteil sehr verständnisvoll, sehr tolerant. Er war ein guter Kenner der Geschichte, nicht nur der deutschen. Er war der Meinung, daß Rußland, oder die Sowjetunion, wie es offiziell hieß, nur gewonnen hatte durch das veränderte System.
Obwohl konservativ und katholisch erzogen und obwohl er seine Jugend im Dritten Reich verbracht hatte,

war Berthold in einer Ecke ein kleiner Sozialist. Er träumte von einer besseren Menschheit, von einer besseren, gerechteren Welt. Die Wege dazu waren, seiner Meinung nach, verschiedener Art, er dachte nicht doktrinär. Und für Rußland sei der eingeschlagene Weg nicht der schlechteste.

Natürlich war Stalin kein herziger Opa und die jüngste Geschichte Rußlands voll von Blut und Tränen.

»Aber wann«, so sagte Berthold, »war Geschichte das nicht. Und wir wären die letzten, uns darüber den Mund zu zerreißen.«

Er war sechzehn gewesen, als das Naziregime begann, alt genug, um zu urteilen, um Distanz zu wahren. Aber auch wieder jung genug, um von den Elendsjahren, die davor lagen, nicht allzusehr berührt gewesen zu sein, schon gar nicht in seiner Umwelt.

Sein Vater war kein Nazi gewesen, streng katholisch, wie gesagt, aber ein sehr gerecht und gradlinig empfindender Mensch, dem zudem alle Phrasen zuwider waren. Sie hatten in ihrem Dorf einfach gelebt, auf eine geradezu rührend altmodische Weise – ja, wie sollte man das nennen? –, rechtschaffen wäre vielleicht das passende Wort. Der Lehrer, seine brave Frau, die beiden Kinder. Der Sohn war in Rosenheim zur Schule gegangen und später in München auf die Universität. Und nichts, was in der Zeit geschah, in der sie lebten, hatte ihren geraden Sinn verbiegen können.

Übrigens war von diesem Blickpunkt aus zu verstehen, und ich hatte es immer verstanden, sogar damals – so jung ich war –, daß sie über die Ehe ihres Sohnes nicht gerade glücklich waren. Denn ich paßte nicht zu ihnen. In gewisser Weise war ich in ihren Augen von fragwür-

diger Herkunft. Das einzige, was für mich sprach: Ich war wenigstens richtig katholisch, und wir waren auch in ganz hergebrachter Weise getraut worden. Um so schwerer wog dann später die Scheidung.
Arbeitsdienst, Militärzeit, der Krieg hatten Berthold viele Jahre seines Lebens gestohlen. Hätte er nicht die Verwundung gehabt, wäre er zu jener Zeit noch nicht mit seinem Studium fertig gewesen.
»Ich muß also praktisch dafür dankbar sein, daß man mir mein Bein zerschossen hat«, sagte er einmal, »sonst wäre ich heute noch Student.«
Dieser Punkt war es, an dem Berthold gelegentlich zu seinen Kollegen – zu manchen seiner Kollegen – in Widerspruch geriet, wo er sogar Gegner im Lehrkörper der Schule hatte, die ihm ablehnend gegenüberstanden. Denn natürlich gab es unter den Lehrern etliche, die man als Nazis bezeichnen konnte und die es auch im Innern geblieben waren.
Berthold scheute sich nie, seine Meinung zu sagen. Er sprach nicht gern vom Krieg, eigentlich nie. Das taten die Männer alle nicht, die draußen gewesen waren. Damals jedenfalls noch nicht. Erst mit einem gewissen Abstand, mit den Jahren – wurde der Krieg lustiger. Erzählenswert. Zur Unterhaltung geeignet.
Aber zu dem Deutschland von gestern sagte Berthold ungeniert seine Meinung. Er haßte Unrecht, er haßte Grausamkeit, er verabscheute die Bestie im Menschen, zu viel hatte er gesehen und erlebt und nach dem Krieg vieles noch erfahren, von dem er nichts gewußt hatte.
Ich war einmal an einem Abend dabei, bei einer Abschlußfeier, als er mit einem Kollegen in eine recht heftige Kontroverse geriet.

»Und die Russen?« fragte der andere. »Haben die keine Menschen gequält und getötet? Haben die keine Lager, keine Gefängnisse, keine Geheimpolizei? Ich glaube, von denen hätten unsere noch etwas lernen können. Bloß mit dem Unterschied, in Rußland gibt es das heute noch. Mir können Sie nichts erzählen, Herr Kollege, ich war selbst in Rußland.«
»Ich kann ein Unrecht, das ich tue, nicht entschuldigen mit dem Unrecht, das andere tun«, antwortete Berthold. »Ich kann mein Volk nicht freisprechen von vergossenem Blut, weil andere Völker auch Blut vergießen.«
Solche Sätze sprach er selten. Nur wenn er erregt war, wurde er pathetisch. Aber er meinte, was er sagte.
Ja, Berthold war aller Liebe wert. Vielleicht hätte ich ein glückliches, erfülltes Leben gehabt, wenn ich bei ihm geblieben wäre.
Nein. *Ich* brauche in meiner letzten Stunde nicht pathetisch zu werden, mir nicht etwas vorzumachen und sentimentalen Gefühlen nachzugeben. Ich konnte nicht bei ihm bleiben. Kein Mensch kann gegen sich selbst leben.
Das ist das einzige, was ich in diesem Fall zu meiner Entschuldigung sagen kann. Daß ich es nicht klar erkannte, als ich so jung war – man ist eben töricht, wenn man jung ist. Es ist das Vorrecht der Jugend, Torheiten zu begehen. Ich wußte damals nicht, was ich tat, als ich Berthold heiratete.
Marja wußte es. Auch Paul. Ich erkannte es später.
Ich weiß nicht, was aus Berthold geworden ist. Er wird mich nicht vergessen haben, nicht ganz. Ich hoffe, er hat wieder geheiratet, hat die Frau gefunden, die er verdient, hat Kinder und ist nach wie vor glücklich in sei-

nem Beruf. Vielleicht ist er inzwischen Rektor einer Schule, sicher hat er sich bewährt.
Ich hätte mich ja einmal darum kümmern können, wo er ist und wie er lebt. Ich habe es nie getan. Mein Leben mit ihm, die Ehe, war eine kurze Episode, die irgendwie zu meinen ländlichen Mädchenjahren gehörte und die ich rasch und endgültig abschloß, als mein wirkliches Leben begann. Man könnte sagen, modern ausgedrückt, ich habe diese Zeit verdrängt aus meinem Bewußtsein – schon allein darum, weil ich ein schlechtes Gewissen hatte.
Mein Leben spielte sich auf einem anderen Stern ab. Erst heute, in dieser letzten Nacht, sind sie alle wieder da. Ist es nicht seltsam, daß mir auch Heide heute – gerade heute – wieder begegnete? Auch nach ihr habe ich nicht gefragt, obwohl sie mir später zwei- oder dreimal schrieb. Ich habe nie geantwortet.
Aber in einigen Tagen, wenn sie in der Zeitung lesen werden, daß ich tot bin, werde auch *ich* wieder für sie da sein. Nein, für Heide war ich heute schon vorhanden.
Was wird sie gesagt haben, als sie mit ihrem Psychiater-Mann nach Hause fuhr?
»Jetzt hast du sie mal gesehen. Gefällt sie dir?«
»Nicht besonders. Eine hektische, überspannte Person.«
»Sie hatte das Konzert; schließlich müßtest du verstehen, daß sie erregt war.«
»Nach der Pleite, ja.«
»Sie wird unglücklich sein.«
»Es ist in diesem Beruf nicht anders. Eines Tages ist es zu Ende, das wird sie schließlich wissen.«

»So wie ich Lore kenne, fällt es ihr schwer abzutreten.«
»Meinst du, du kennst sie so gut? Heute noch?«
»Ja.«
Das wäre eine Möglichkeit.
Oder aber:
»Gefällt sie dir?«
»Nicht besonders.«
»Ich fand auch, sie sieht nicht mehr sehr gut aus. Früher war sie ja mal ganz hübsch. Sie ist alt geworden. Und so überspannt. Na ja, das war sie schließlich schon immer. Sehr egozentrisch. Alles mußte sich um sie drehen. Ihre Singerei war mäßig, nicht?«
»Sehr mäßig.«
Nein. Das erste Gespräch paßt besser zu Heide. Ich kenne sie auch sehr gut. Heute noch.
Und dann sitzen sie also alle am Frühstückstisch, Heide und ihr Mann, Berthold und seine Frau, Jack, Andy, dieser und jener und jener und dieser, Sandor nicht zu vergessen, und lesen in der Zeitung, daß Lorena Rocca sich das Leben genommen hat.
Tabletten. Das Übliche. Die Haushälterin fand die Leiche bei ihrer Rückkehr in das leere Haus, es war ein schwerer Schock für sie. Unser Reporter fragte sie ...
Ach, zum Teufel!
Ich will nicht sterben.
Vielleicht steht auch gar nicht so viel in der Zeitung, wie ich mir einbilde. Vielleicht nur zwei Zeilen. Vielleicht gar nichts. Möglicherweise eine Story in einer Illustrierten. — Vielleicht auch nicht.
Lorena Rocca? Kennst du die noch?
Klar, ich erinnere mich gut an diesen Film mit ihr, wie hieß er doch gleich? — ach ja, ›Der Mond war schuld‹,

also weißt du, ein großartiger Film, frech und spritzig und doch irgendwie poetisch. Hast du ihn nicht gesehen? Das war, warte mal, so siebenundfünfzig oder achtundfünfzig.
Eigentlich sollten sie den im Fernsehen wieder aufführen, möchte ich direkt gern mal wieder sehen.
Hat das was mit Mondfahrt zu tun?
Ach wo, wer dachte damals an Apollo 14, wenn vom Mond die Rede war. Nee – es war so eine romantische Geschichte, bißchen verrückt. Sie war eine Frau, die mal irgendeine große Enttäuschung in der Liebe erlebt hatte und von Liebe nichts mehr wissen wollte. Sie war so ein richtiges Karriereweib geworden, warte mal – was machte sie gleich? Na, weiß ich nicht mehr genau, irgendeine große Firma hatte sie von Vatern geerbt, und nach ihrer geplatzten Ehe leitete sie die Firma und machte ein dolles Weltunternehmen daraus, na ja, typisch Film eben, kommt auf Wahrscheinlichkeit nicht so an. Jedenfalls ist sie so ein ehrgeiziges Frauenzimmer, reist in der Welt herum, eine Konferenz nach der anderen, macht Geld, ist kalt und unnahbar, und dann läuft ihr ein junger Mann über den Weg, sie macht irgendwo Urlaub, ist total mit den Nerven fertig, muß ausspannen, ist in einem einsamen Haus auf dem Lande, und da sitzt einer abends am Bach mit einer Laute und singt den Mond an. War eigentlich so eine Art Hippie, wenn ich es mir richtig überlege. Damals gab es das zwar noch nicht. Aber es war so eine Art Hippie. Und in den verliebt sie sich.
Ja – so ähnlich war das ...
In den verliebte ich mich. Es war ein süßer Film. Sehr verspielt, manchmal ein bißchen irreal. Ich will den jun-

gen Mann bekehren zu einem seriösen Lebenswandel, biete ihm einen Job an in meinem Mammutunternehmen, alles vergebens. – Statt dessen bringt er mir das Singen bei, ich sitze mit ihm im Gras, er spielt auf seiner Laute, und ich singe: ›Der Mond war schuld, er schien, als ich dich zum erstenmal gesehn ...‹. Ich bin sehr glücklich, habe alles andere vergessen. Eines Tages verläßt mich der junge Mann, er zieht weiter, er war doch schon so eine Art Hippie. Aber ich bin weder traurig noch enttäuscht, ich bin eine andere Frau geworden, gelöst, fröhlich, ich kehre zurück an meinen Schreibtisch, die Direktoren kommen, ich höre mir geduldig alles an, was mit dem Betrieb los ist, dann sehe ich mir meine Herren sehr genau an, einen nach dem anderen, und zu dem, der mir am besten gefällt, sage ich: »Wir werden das alles heute abend besprechen. Kommen Sie zu mir hinaus, wir können auf der Terrasse essen, es wird wunderschöner Mondschein sein heute abend, ich verspreche es Ihnen.«
Meine Direktoren machen alle ein blödes Gesicht, und am verdattertsten ist der von mir Angesprochene. Solche Töne kannte man bisher bei der kühlen Chefin nicht.
Ich stehe auf, ich gehe, lächelnd, vor mich hinsummend, und als letztes Bild sieht man mich dann mit dem auserwählten Favoriten auf der Terrasse sitzen, ein dicker silberner Mond steigt über der Sommerlandschaft auf, wird größer und immer größer und füllt am Schluß die ganze Leinwand. Dazu die Titelmelodie, aus.
Es war ein Farbfilm, breit und prächtig, mit viel Musik. Eine charmante, ein wenig leichtfertige Filmkomödie, mit einigen recht pikanten Liebesszenen, jedenfalls für damalige Begriffe.

Der Film hat mir Spaß gemacht. Und einer meiner größten Erfolge war er auch. Andy hatte die Musik geschrieben. Das Mondlied war monatelang ein Hit, Tag und Nacht konnte man es hören, auf sämtlichen Wellen.
Während der Dreharbeiten hatte ich einen ausgedehnten Flirt mit dem Drehbuchautor – es war der, den ich später heiratete – und mit dem jungen Mann, der meinen Liebhaber spielte.
Es war der letzte Film, in dem Andy für mich die Musik schrieb. Kurz darauf kam die Trennung. Und damit die zweite große Wende in meinem Leben.
Erst wollte ich das nicht wahrhaben. Ich verbot es mir selbst, zu leiden. Alles hat einmal ein Ende, nicht wahr? Zehn Jahre sind lang genug.
Ich hatte ein Verhältnis mit Marcel, der den jungen Liebhaber gespielt hatte, er war fünfundzwanzig, ich zweiunddreißig. Zu jung, um schon jüngere Liebhaber zu haben.
Es dauerte auch nicht lange. Marcel war ein netter Junge, er drehte noch zwei Filme, dann hat man nie wieder von ihm gehört.
Auch das war – gestern.
Neunundfünfzig war es, als dieser Film gedreht wurde. Ich war auf dem Höhepunkt meiner Karriere, ich verdiente sehr viel Geld, ich gab sehr viel Geld aus. Und ich war von Männern umschwärmt, wo ich ging und stand, ich galt als unerhört erotische Frau. Albern, so etwas von sich selbst zu denken, aber in gewisser Weise stimmte es.
Ich war so lebendig damals, ich sprühte vor Lebensfreude und Arbeitslust, und da gehört das einfach dazu.
Kam dazu, es war alles so glattgegangen in den ver-

gangenen Jahren. Wie geschmiert. Erfolg, Geld, Andys Liebe, das Leben war ein Kinderspiel.

Seit fast zehn Jahren lebte ich mit Andy zusammen. Geheiratet hatten wir nie, wozu auch? Wir waren beide unabhängige, freie Menschen und nicht spießig.

Andy hatte mit meinem Erfolg nicht Schritt gehalten, ich war viel berühmter als er. Hauptsächlich komponierte er damals, meist die Musik zu meinen Filmen und meine Songs. Er stand ein wenig in meinem Schatten. Ihn störte das nicht, er war nicht ehrgeizig.

Nicht immer war mit mir leicht auszukommen, jeder Mensch wird von Erfolg mehr oder weniger verdorben. Wir hatten oft Streit – *ich* stritt mit ihm, aus irgendeinem läppischen Anlaß. Dumme, überflüssige Szenen. Ich war ständig eifersüchtig, was vollkommen blödsinnig war, denn er betrog mich nicht, und ich wußte das. Aber ich hatte ihn betrogen, und das wußte er.

Dann trennten wir uns, und kurz darauf ging er nach Amerika.

Von diesem Zeitpunkt an begann, so ganz allmählich, mein Abstieg.

Meine zweite Ehe, sie dauerte nur ein knappes Jahr, und im Laufe der sechziger Jahre kam dann die neue Welle in der Unterhaltungsmusik, die mich langsam in den Hintergrund drängte.

Wieviel Freunde ich damals hatte! Freunde, Bewunderer, Liebhaber! – Und wie allein ich heute bin!

Freunde! Was heißt das schon. Es ist überhaupt kein Sammelbegriff. Ich kann, genaugenommen, Leute nicht leiden, die immer von ihren Freunden sprechen. Man hat *einen* Freund. *Eine* Freundin. *Einen*, den man liebt. Es ist immer etwas faul, wenn man anfängt, im Plural

zu sprechen. Bestenfalls hat man Bekannte. Man hat sie heute, und morgen nicht mehr. Und sie sind auch nicht wichtig. Wichtig ist immer nur der eine oder die eine. Und das stimmt genau bei mir.
Einen, den ich liebte: Andy. Eine Freundin: Heide. Einen Freund: Jack.
Und nur diese drei beschäftigen mich heute nacht.
Es gab noch Berthold, den Ehemann. Aber das gilt eigentlich nicht. Das war ein Fehlgriff, eine Torheit, die ich bereue.
Mein zweiter Mann – na ja, das war sowieso lächerlich. Ich weiß gar nicht mehr, wie er aussieht. Ein damals gefragter Drehbuchautor, eitel, egozentrisch, kalt. Ich heiratete ihn eigentlich nur, weil ich über die Trennung von Andy nicht hinwegkam. Andy sollte weg sein aus meinem Leben – vergessen werden. Als wenn eine Ehe, eine abermals unbedacht geschlossene Ehe – bloß daß ich nicht mehr die Ausrede hatte, jung und töricht zu sein –, das fertigbringen konnte.
Wir ließen uns wieder scheiden, kurz und schmerzlos, ohne Krach und ohne Ärger. Er schrieb später Illustriertenserien und machte weiterhin ganz gutes Geld, dann ging er nach dem Libanon, warum, weiß ich auch nicht, und später heiratete er eine reiche, sehr reiche Witwe aus dem Rheinland, und das war das Klügste, was er tun konnte. Auch von ihm habe ich seit Jahren nichts gehört, auch nichts mehr gelesen, und also wird er wohl nicht mehr schreiben, sondern vom Geld seiner Frau leben.
In meinem Leben gab es dann eine Reihe von Männern, unnötig, sich ihrer zu erinnern, sie wechselten rasch, keiner bedeutete mir viel.

Der einzig ruhende Pol blieb Jack. Und dann war es Sandor, der irgendwie doch eine gewisse Rolle spielte, allein deswegen, weil ich länger mit ihm zusammen war. Nicht weil ich ihn liebte, sondern weil ich erfolglos geworden war, ein wenig müde, ein wenig überdrüssig. Und ganz brutal gesagt, auch weil ich jemanden brauchte, der meine Rechnungen bezahlte.
Ich brauche mir da selber gar nichts vorzumachen.
Keine Platten. Keine Rollen, keine Engagements – der letzte Ausweg ein Mann.
Der vorletzte!
Der letzte – die Tabletten.
Gut, ich habe es akzeptiert. Ich beklage mich nicht. Ich habe gelebt, intensiv gelebt. Ich habe mein großes Stück von dem Kuchen gehabt. Und nun ist es aufgegessen.
So what!

Man nennt es Liebe ... kein Wort, kein Begriff in dieser Welt, mit dem mehr Mißbrauch getrieben wird als gerade damit.

Jeder redet davon, jeder meint zu wissen, was es ist, jeder stellt sich im Grunde etwas anderes darunter vor — Romantik, Zärtlichkeit, Ehe und Kinder, Geborgenheit — alles läuft unter dem Etikett Liebe. Die Dichter besingen und besangen es und erst recht die Schlagertexter. Ich habe in allen Variationen darüber gesungen und nicht nur davon gesungen.

Albert, der Klavierspieler, dichtete damals: ›Man nennt es Liebe, es ist nur ein Traum‹ — und dann suchte er verzweifelt nach einem Reim auf Traum, den einzigen, den er fand, war kaum, es war ein holpriger Text, aber die Musik war gut. Es war das erste Lied, das Andy für mich schrieb, ich sang es in der Scheune, und wir fanden es alle sehr gut.

In München fanden wir dann einen, der machte einen besseren Text, ein bißchen besser, es hieß dann ›Du nennst es Liebe, ich höre dir zu, sag es noch einmal, keiner sagt es wie du‹ — na ja, Schlagertexte, das ist ein Kapitel für sich, sie sind auch heute noch nicht besser geworden, die Amerikaner haben es leichter, ihre Sprache ist geschmeidiger und nicht so kitschig, sie gehen unbekümmerter mit Worten um, vielleicht kommt es uns auch nur so vor. Ich habe jedenfalls immer lieber englischsprachige Texte gesungen, aber damals war das noch nicht so in Mode wie heute.

Am Anfang aber stand erst einmal mein Problem: Soll ich oder soll ich nicht?

Nach drei Tagen war ich zu dem Entschluß gekommen, nicht zu den Musikern zu gehen.

Am vierten Tag begann ich erneut zu überlegen. Was war denn dabei? Das bedeutete gar nichts, wenn ich mal eine Nummer mit ihnen probierte.

Am Abend vor Ferienbeginn traf sich Berthold mit einigen Kollegen zu einem Abendschoppen, ich war allein zu Hause. Es war sehr heiß gewesen an diesem Tag, jetzt waren dunkle Wolken über dem Watzmann aufgezogen, es würde ein Gewitter geben.

Ich war aus dem Haus gelaufen, in der Wohnung war es drückend warm, rastlos und unruhig lief ich hinunter zur Ache, blickte in den pechschwarzen Himmel über dem Königssee-Winkel. Als ich auf der Brücke über den Gleisen war, blieb ich stehen. Wo wollte ich eigentlich hin? Ich drehte mich um, zögernd, unsicher, ein greller Blitz zackte drüben über die Berge. Besser, ich beeilte mich, nach Hause zu kommen. Ich konnte genausogut oben durch den Ort gehen, der Weg war auch nicht weiter.

Und dann stand ich plötzlich vor dem Hotel. Inzwischen war es ganz dunkel, fast schwarz, kein Mensch auf der Straße, es blitzte und donnerte wie verrückt, und da fielen auch schon die ersten Tropfen.

Kein Mensch konnte von mir verlangen, daß ich auf

der Straße blieb. Mein Heimweg war ziemlich weit. – Also dann konnte ich ja auch ...
Wie im Traum ging ich hinein. An der Rezeption fragte ich nach Herrn Ellwin, ich hätte ihm was auszurichten. Ich war scheu und befangen wie ein kleines Kind. Ich sah wohl auch so aus. Ich trug halblange Hosen, Hosen bis zur Wade, das war damals Mode, und dazu eine offene karierte Bluse.
Der Portier sah mich kaum an. »Den Gang da hinter, die zweite Tür rechts.«
Es war ein kleines düsteres Zimmer, ein Tisch, ein paar Stühle, ein paar saßen noch am Tisch mit den abgegessenen Tellern. Sie rauchten, einer sprach, Andreas sah ich zunächst gar nicht.
»Grüß Gott!« sagte ich schüchtern, als ich unter der Tür stand.
Der Trompeter lachte erheitert auf. »Ach, da bist du ja. Kinder, das ist die Sängerin, von der ich euch erzählte. Na, schaut euch das mal an.«
Ich wurde mir jetzt erst richtig bewußt, wie ich aussah. Wie so eine halbwüchsige Göre vermutlich. Zu meinem Ärger bemerkte ich, wie ich errötete. Also, so was Blödes, ich benahm mich, als sei ich eben auf die Welt gekommen.
»Hallo, Jungs«, sagte ich und bemühte mich, keß und erwachsen zu wirken. »Ich kam gerade vorbei, fängt an zu regnen.«
Ein gewaltiger Donnerschlag dröhnte, das Licht flakkerte.
»Da hast du wohl Angst gehabt, Puppe, was?« sagte einer.
»So was in der Art. Störe ich?«

Andreas Ellwin saß allein in einer Ecke. Er rauchte und hatte einen Block in der Hand, in dem er eifrig schrieb. Er schrieb immer und überall Noten, wo er ging und stand. Mir schenkte er nicht die geringste Beachtung.
»Ist sie nicht niedlich?« fragte der Trompeter. »Hab' ich zuviel gesagt?«
Sie guckten mich alle an, amüsiert, neugierig, und einer sagte: »Bist du wirklich die Tochter von José de Santander?«
»Ja.«
»Dein Vater war ein Prachtkerl. Ich kannte sein Orchester, Mensch, die konnten spielen.«
Plötzlich würgte es mich im Hals. Die Anspannung der letzten Tage, meine Zweifel, meine geheimen Wünsche, vielleicht auch die Spannung, die durch das Gewitter in der Luft lag – und nun sprach noch einer von Papa.
Ich nickte. Ich konnte kein Wort mehr herausbringen, meine Augen füllten sich mit Tränen.
»Mäuschen, komm«, sagte der, welcher Papa erwähnt hatte, »nu laß man. Hätt' ich nicht sagen sollen – das von deinem Vater. Tut mir leid.« Er stand auf, kam zu mir, schob mich zu den anderen, setzte mich auf einen Stuhl, steckte mir eine Zigarette in den Mund, und ein anderer schob mir ein Glas Bier hin. »Da, trink mal.«
Donnerschlag, daß die Wände zitterten.
Ich hätte mich ohrfeigen können. Großartig und selbstsicher hatte ich hier auftreten wollen – wenn überhaupt –, und nun saß ich hier, wie ein Straßenjunge anzusehen, ungeschminkt, die Haare zerzaust, und heulte auch noch.
»Andreas«, sagte der Trompeter, »das ist die Kleine, mit der ich neulich geredet habe.«

Andreas sah mich an. »Ja, ich kenne sie.«
Er lächelte plötzlich auf diese warmherzige, fast zärtliche Art, in der er manchmal lächeln konnte – ich sollte es noch kennenlernen.
»Smoke gets in your eyes – scheint eine Spezialität von ihr zu sein.«
Dann stand er auf, trat zu mir, machte eine kleine Verbeugung und sagte: »Ellwin.«
Ich blickte zu ihm auf, und da war eigentlich alles schon passiert. Ich liebte ihn.
Als ich nichts sagte, fragte er: »Was kann ich für Sie tun?«
Ich schluckte. »Ich hab's –« ich sah den Trompeter an, seinen Namen wußte ich nicht –, »ich hab's ihm schon erklärt. Wenn es möglich wäre, ich weiß ja nicht, aber ...«
»Ja?«
»Ich finde Ihre Band so gut. Ich meine, Sie spielen ausgezeichnet, alle. Und Sie sind ein großartiger Geiger. Ich kann das wirklich beurteilen. Mein Papa – er – «, ich sah wieder den Trompeter an, »er hat's Ihnen ja erzählt ...«
»Ich heiße Fred«, warf der Trompeter ein.
»Ja, Fred hat's Ihnen erzählt, nicht?«
»Sie sind wirklich die Tochter von José de Santander?«
»Ja. Glauben Sie mir nicht?«
»Warum sollte ich Ihnen nicht glauben? Ich habe Ihren Vater nie gehört. Aber er hatte einen guten Namen. Sie sind bei ihm aufgetreten?«
»Ja.«
»Aber Sie sind doch noch so jung?«
»Ich bin mit fünfzehn schon aufgetreten. Nicht lange natürlich. Wir mußten dann aufhören. Aber ich habe

Gesangsunterricht gehabt in den letzten Jahren. Nur jetzt ...«
»Ja?«
»Mir fehlt jede Möglichkeit zum Singen zur Zeit. Ich würde so gern mal ein paar Nummern einstudieren. Aber ich weiß nicht, mit wem.«
Er lächelte wieder. Er stand vor mir, sah mich an, es ging etwas Vertrauenerweckendes von ihm aus, ja, etwas Liebes. Einfach etwas Liebes.
»Sie wissen es doch offenbar sehr gut. Mit uns wollen Sie etwas einstudieren.«
Ich lachte verlegen. »Es war so eine Idee von mir. Als ich Sie kürzlich spielen hörte, da dachte ich ...«
»Sie haben doch oben bei den Amis auch mal verkehrt, im ›Berchtesgadener Hof‹, nicht?«
»Ich war nur dreimal da. Das erstemal per Zufall. Und dann kam ich noch zweimal, nur um Sie zu hören.«
Er schwieg, betrachtete mich nachdenklich.
Einer sagte: »Wie so'n Amimädchen sieht sie eigentlich nicht aus.«
Ich blickte den Sprecher kühl an. Es war der Klavierspieler.
»Gebt bloß nicht so an. Im ›Berchtesgadener Hof‹ waren sehr nette Frauen. Ich hab' damals gestaunt, wer da alles war. Beste Gesellschaft und so. Man kann ja ausgehen, mit wem man will. Oder gibt es da eine Vorschrift?«
Sie lachten. Einer sagte: »Die ist richtig.«
»Der Ami, den ich kannte, hieß Bill. Ich hab' ihn auf dem Chiemsee kennengelernt. Damals wohnte ich nämlich am Chiemsee. Ich bin dreimal mit ihm ausgegangen, und er benahm sich ganz manierlich.«
Von dem nächtlichen Stop in Bayrisch Gmain brauchte

ja keiner was zu wissen. – »Wir waren dreimal zum Tanzen, und das war's auch schon.«
Der Klavierspieler stand auf und machte eine tiefe Verneigung: »Entschuldigen Sie, gnädiges Fräulein, ich wollte Ihnen nicht auf den Schlips treten.«
Ich lachte. Alle anderen lachten auch, und Andreas Ellwin sagte: »Kinder, wir müssen!« – Und dann zu mir: »Und wie stellen Sie sich das also vor?«
»Ich hab' mir gar nichts vorgestellt.«
Fred meinte: »Soll sie uns eben mal was vorsingen. Vielleicht kann sie wirklich. Und wenn sie's nicht kann, werden wir ihr raten, sie soll 'nen anständigen Beruf erlernen.«
Andreas blickte etwas ratlos von mir zu den anderen. »Wie stellt *ihr* euch denn das vor?«
»Laß sie doch mal 'raufkommen in den Schuppen. 'n nettes Mädchen ist sie auf jeden Fall. Wenn sie nicht singen kann, kann sie vielleicht was anderes.«
Solche Worte berührten Andreas nie. Ich sollte es später noch erfahren, er hörte so etwas gar nicht, nahm es nicht zur Kenntnis.
»Kennst du Schönau?« fragte Fred. Ich nickte.
»Also paß auf«, er skizzierte mir auf einem Zettel den Weg, »da steigst du aus dem Bus, nicht? Dann gehst du bis zur nächsten Ecke, da ist ein Kramladen, und dann ...« Ich hörte aufmerksam zu, besah seine Skizze, hörte auf die ergänzenden Hinweise der anderen. Andreas beteiligte sich nicht an der geographischen Erklärung.
»Hast du's kapiert?«
»Ich werd's schon finden. Und wann soll ich kommen?«

»Na, morgen am besten gleich. Nicht, Andreas, kann sie morgen kommen?«

Sie akzeptierten ihn als Boß. Auf seine stille, zurückhaltende Art hatte er viel Autorität, ich sollte auch das später erfahren.

»Morgen nachmittag, so um vier 'rum, was?« fragte mich Fred.

Morgen war der letzte Schultag. Nachmittags würde Berthold zu Hause sein. Den letzten Schultag feierten wir immer so ein bißchen, mit Kaffeetrinken, Kuchen und Plänen, was wir in der freien Zeit beginnen würden.

»Vormittags ging's nicht?«

»Na – vormittags, so elf, halb zwölf, ging vielleicht auch, nicht, Andreas?«

Herr Ellwin nickte und blickte mich immer noch nachdenklich an.

Das würde bedeuten, daß ich nicht kochen konnte. Aber das machte nichts, ich würde Frau Blasinger bitten, für Berthold mitzukochen. Eine Ausrede würde mir schon einfallen.

Dann gingen sie. Ich war allein in dem rauchgefüllten Zimmer, in der Hand die Skizze von dem Weg in Schönau. Die Skizze für meinen neuen Weg. Den Weg, den ich oft gehen würde in den kommenden Monaten. Aber das wußte ich noch nicht.

Draußen regnete es in Strömen. Ich stand unter dem Hoteleingang, hörte die Musik aus dem Lokal, starrte eine Weile blicklos in den grauen Vorhang aus Wasser, und dann lief ich los. Lief los wie eine Schlafwandlerin. Ich war im Moment bis auf die Haut durchnäßt, und mein Heimweg war noch lang.

Dann fiel mir ein, daß ich mich erkälten könnte und morgen vielleicht heiser sein würde. Ich begann zu rennen. Ich rannte den ganzen Weg bis nach Hause, durch den Ort, über den Markt, durch den Torbogen zum Kloster und dann die Stufen hinab zum Hasensprung.

Zu Hause kam ich atemlos an, zog mich sofort nackt aus und rubbelte mich mit einem Handtuch trocken. Mein Gott, wenn ich morgen heiser war!

Dann sollte es eben nicht sein. Das war Schicksal. Dann willst du nicht, lieber Gott, daß ich es tue. Wenn ich morgen erkältet bin, weiß ich, daß du es nicht willst.

Ich war nicht heiser am nächsten Tag. Ich sang großartig. Nur der Klavierspieler begleitete mich, die anderen saßen herum und hörten zu. Sie waren alle gekommen, bis auf Fritz, den Schlagzeuger, der schlief immer bis mittags ein Uhr.

Zum Schluß sang ich ›Smoke gets in your eyes‹ – sie hatten mir den Text auf einen Zettel geschrieben, die Melodie kannte ich sowieso. Wir probierten es dreimal, beim viertenmal klappte es.

Es war heiß in der Scheune, dunkel, aber sie war erfüllt von Musik, meine Stimme füllte sie bis zum letzten Winkel, meine Stimme, voll, stark, musikalisch und gut geführt, und das, was ich sonst noch konnte, was ich noch dazugab – Temperament, Leidenschaft, Hingabe.

»Mensch, Andreas«, sagte Fred, als ich fertig war, »wenn wir die mitnehmen, könnten wir allerhand mit ihr anfangen.«

»Wenn wir ihr noch 'n bißchen was beibringen, kann die werden«, sagte der Klavierspieler.

»Wenn wir die mitnehmen und ihr noch was beibringen, werden wir sie nicht lange behalten«, sagte Andreas Ellwin.

Wir gingen alle hinaus – vor der Scheune war eine Wiese. Ich legte mich lang ins Gras, die Männer rauchten, in der Scheune durften sie nicht rauchen, ich lag still und reglos mit geschlossenen Augen, ich war glücklich, ich war zufrieden, mein Körper war naß, ich hatte mich angestrengt, mich so richtig hineingekniet, in der Scheune war es heiß gewesen – aber ich hatte es gut gemacht, das wußte ich. Paul wäre zufrieden gewesen. Papa auch. Marja auch. – Sie waren alle um mich. Papa, Paul, Marja. Nur an Berthold dachte ich nicht.

Bis Herr Ellwin mich fragte.

»Wo leben Sie hier, Fräulein de Santander? Und bei wem?«

»Eh, ich – in Berchtesgaden unten natürlich. Bei meiner Tante.«

Ich sagte es rasch und bestimmt, ich hatte keine Sekunde überlegt.

Verrat an meinem Mann. Verrat an dem Mann, der mich liebte und mich geheiratet hatte.

Und auch dich belog ich von Anfang an, Andy.

Aber das dachte ich damals nicht. Ich war sehr stolz, daß ich so geistesgegenwärtig geantwortet hatte. Eine Tante war gut. Angenommen, ich hätte noch mit Marja zusammen gelebt, war die nicht so etwas Ähnliches?

Auf der Heimfahrt im Bus lachte ich vor mich hin, aufgeregt, hektisch, nervös und irgendwie glücklich.

Sie hatten mich gut gefunden. Fräulein de Santander hatten sie mich genannt, wie komisch. So hatte ich nie geheißen. Papa hieß Piñero. Ich war also Lorena Piñero. Und jetzt Lore Kronacker. Wenn die das wüßten, daß

ich verheiratet bin. Mit Dr. Kronacker, dem Studienrat ... Nein, es war zu komisch. Ich gackerte albern vor mich hin, die Frau, die neben mir saß, blickte mich strafend von der Seite an.
Wir hatten nichts Bestimmtes ausgemacht. Aber ich solle wiederkommen. Ich könne ja im Hotel vorbeikommen, und dann würden wir etwas ausmachen.
Als ich heimkam, am Nachmittag, war Berthold natürlich da, und ich schwindelte ihm irgend etwas vor, von Einkäufen, Wanda, und wen ich sonst noch getroffen hätte.
Die Ferien verliefen wie im vergangenen Jahr. Eine Woche München, vierzehn Tage Chiemsee, dann wieder zu Hause.
Am Chiemsee hatte ich Glück, Paul war da. Und wenn ich nicht mit Berthold zum Baden ging, radelte ich nach Gstadt und nahm Gesangsstunden. Paul war überrascht von meinem neu erwachten Eifer.
»Was hast du denn vor?« fragte er mißtrauisch.
»Ach, Paul, ich werde singen.« Ich fiel ihm um den Hals und küßte ihn. Und dann erzählte ich ihm alles, *einem* mußte ich es endlich sagen.
»Aha«, sagte er, »es überrascht mich nicht. Das mußte so kommen. Und dein Mann?«
»Das macht ihm doch nichts aus, wenn ich ein bißchen singe. Ich hab' doch viel Zeit.«
»Warum erzählst du's ihm dann nicht?«
»Ich werd's ihm schon erzählen. Erst mal sehen, wie es geht. Und ob die überhaupt richtig mit mir arbeiten wollen. Lange dauert es sowieso nicht. Wenn sie im September aufhören und nach München gehen – dann ist es ja sowieso vorbei, nicht?«

»Gilda!« sagte er mit strenger Vaterstimme. »Was hast du vor? Weißt du eigentlich, was du da tust?«
»Wieso? Was tue ich denn schon groß?«
»Was soll daraus werden? Hast du dir das überlegt?«
Hatte ich nicht. Marja erzählte ich nichts davon. In mein Verhältnis zu Marja war ein Bruch gekommen, wir redeten nicht mehr so vertraut wie früher. Vielleicht wäre das der richtige Moment gewesen, ihren Rat zu erbitten, ihr Vertrauen wiederzugewinnen. Aber ich wußte ohnedies, was sie sagen würde. Eine Ehe nahm sie sehr ernst. Und offenbar hatte sie sich damit abgefunden, daß ich ein anderes Leben lebte, als sie es sich für mich vorgestellt hatte. Sie verstand es nicht, und deshalb hatte es sie von mir entfernt.
Ich fand auch, daß sie alt geworden war, alt und streng und unzugänglich. Von ihrem Temperament, ihrer Heiterkeit war nicht mehr viel zu spüren.
Sie fand beides wieder, und sie wurde auch wieder jung, als sie später zu mir kam. In den Jahren meiner Erfolge war sie die Marja von früher. So als hätte sie einfach ein Stück aus ihrem Leben hinausgeworfen und da angeknüpft, wo es damals aufgehört hatte.
Sie mochte Andy sehr gern. Die beiden verstanden sich vom ersten Augenblick an. Vielleicht spielte auch der slawische Grundcharakter eine Rolle.
Marja – die Russin, Andy – der Halbrusse, die Tonart stimmte. Sie nahm immer seine Partei, wenn es Streit zwischen uns gab. Und sie sorgte für ihn, genauso wie für mich.
Am liebsten hatte sie es, wenn er ihr auf der Balalaika vorspielte.
Ich erinnere mich an eine Szene. Ich kam ziemlich spät

von Aufnahmen nach Hause, ich war müde und verärgert, es hatte eine Auseinandersetzung mit dem Regisseur gegeben, ich war zwar eine disziplinierte Arbeiterin, aber gelegentlich hatte ich Starallüren.

Damals hatten wir ein Haus in Grünwald gemietet. Schon von draußen hörte ich die schwermütigen Klänge der Balalaika.

Sie saßen im Dunkel, nur zwei Kerzen brannten, auf dem Tisch stand der Samowar – summte der Samowar, so sagt man wohl stilgerecht. Denn natürlich besaß Marja wieder einen Samowar. Andy spielte und sang mit halblauter Stimme russische Lieder, und manchmal summte Marja leise mit.

Ich platzte ins Zimmer wie ein Ungewitter. Da saßen sie und hatten es still und gemütlich, und ich mußte mich abplagen und Geld verdienen. War ihnen ganz egal, wie es mir ging.

»Störe ich?« fragte ich gereizt.

Sie hatten beide Verständnis dafür, wenn ich Launen hatte. Sie wußten, daß das die Arbeit, die ich tat, mit sich brachte.

Andy zog mir die Schuhe aus, Marja brachte mir einen Morgenrock und goß mir Tee ein, dann massierte sie sacht meine Schläfen und meinen Nacken.

»Nun, nun, Täubchen, nun«, murmelte sie dabei. »Sei ganz still, mach Augen zu. Denk eine Weile nicht daran, und dann wirst du uns erzählen.«

Ich bin ein mitteilsamer Mensch. Ich muß immer reden, immer erzählen. Von meinem Ärger, meinen Zweifeln, meinen Freuden, meinen Triumphen. Sie verstanden es beide zuzuhören. Und auch richtig zu antworten.

In den vergangenen Jahren hat mir keiner zugehört.

Keinem konnte ich alles sagen. Jack, ja, ihm schon, wenn er gerade Zeit hatte und da war. Sandor interessierte sich nicht für meine Kümmernisse. Und es gab ja auch nichts mehr zu erzählen, ich kam aus keinem Atelier mehr, aus keinem Studio. Höchstens mal von einer albernen Tournee. Und dann war ich sowieso immer gereizt. Und Sandor nicht geneigt, meine schlechte Laune zu ertragen. Er nicht.
Aber damals ...
Nach einer Weile war ich besänftigt und entspannt. Meine Füße lagen in Andys Schoß, der Tee war heiß und stark, Marjas Hände geschickt.
»Ich liebe euch!« sagte ich. »Spiel weiter, Andy.«
Was für ein wunderbares Leben es war mit den beiden!
Marja ist tot. Andy hat mich verlassen.
Es ist unerträglich, so allein zu sein. Auf der ganzen Welt gibt es nicht einen Menschen für mich, nicht einen. Ich sterbe hier, so allein und verlassen — so allein — so verlassen ... so, nun weine ich also. Weine um mich selbst. Weine über mein Leben, über meinen Tod ...
Nein. Stop. Hör auf! Du sollst nicht häßlich aussehen, wenn du tot bist, Lorena. Und nun brauchst du auch nicht mehr zu weinen. Nun nicht mehr. Bald ist alles gut.
Denke daran, wie Andy dich ansah. Wie er dich das erstemal in die Arme nahm und küßte.
Wir wußten beide, wie ernst das war.
Aber es dauerte ziemlich lange, bis es soweit war. Für Andy war Liebe keine leichtfertige Sache.
Nur zwei Menschen hatten ihm bis dahin in seinem Leben etwas bedeutet: seine Mutter. Marie-Ann.
Aber mit mir, er und ich, das war auch für ihn ein großes

Ereignis. Und eigentlich hatte er es gar nicht gewollt. Er war so verletzbar, so empfindlich. So ein Mensch wie er muß die Liebe fürchten.
Ihr Engagement war verlängert worden. Sie hörten im September nicht auf, sie spielten im Oktober auch noch. Im Januar hatten sie dann ein Engagement in München, denn im Fasching wurden in München viele Bands gebraucht.
Aber erst war es noch hoher Sommer, als ich mit meinen regelmäßigen Ausflügen nach Schönau begann, als mein Doppelleben anfing.
Solange Berthold Ferien hatte, war ich natürlich sehr behindert. Glücklicherweise hatte sich Willy auch zum Bergsteiger entwickelt – Berthold zuliebe. Vielleicht entfloh er auch gern gelegentlich seinem familienreichen Haushalt.
Sie machten nun zusammen oft größere Touren und waren manchmal mehrere Tage unterwegs, übernachteten auf Hütten. Berthold hatte immer noch Schwierigkeiten mit seinem Bein, so durfte das Tagespensum nie zu anstrengend gewählt werden.
Evi sagte zu mir: »Komm zu uns, wenn du dich langweilst.« Wir duzten uns seit neuestem.
»Ich langweile mich bestimmt nicht, ich habe immer so viel zu tun. Aber danke, ich komme gern.«
Ich ging nie. Mir war da zu viel Familie: Evi, ihre Eltern, ihre Schwester, eine Großmutter, die beiden Kinder. Lieber ging ich allein spazieren.
Und nun hatte ich ja auch wirklich zu tun. Wenn Berthold eine Tour machte, verbrachte ich den ganzen Tag in Schönau in der Musikscheune. Sie arbeiteten sehr intensiv mit mir, vor allem Andreas und Albert, der

Klavierspieler. Wenn ich nicht sang, hörte ich zu, wenn sie probten.
Ganz hingerissen war ich, wenn sie echten Jazz machten, improvisiert, da waren sie einfach toll. Sie hatten einen Saxophonisten, einen blutjungen Menschen, der ein bißchen kränklich wirkte, er hatte als Junge noch eine Kriegsverletzung gehabt, Flakhelfer oder so was Ähnliches war er gewesen, und diese Verletzung war offenbar nicht ganz ausgeheilt. Wenn er sein Sax blies, vergaß er alle Schmerzen. Aber es kam vor, daß er hinterher schweißgebadet umkippte. Er war ein großer Künstler. Die anderen bemutterten ihn alle so ein bißchen, er war ganz allein, hatte keine Angehörigen und war sehr labil.
Ich blieb auch da, wenn Andreas allein für sich spielte. Ich hatte ihn gefragt, ob es ihn störe.
Er betrachtete mich auf seine nachdenkliche Art und sagte: »Nein, ich glaube nicht.«
Es freute ihn, daß auch ich ganz leidlich Klavier spielte und mit der Gitarre umgehen konnte. Er hörte mir immer sehr aufmerksam zu, gab mir manchen nützlichen Rat. Einmal sagte er: »Du hast Musik im ganzen Körper.«
War Berthold zu Hause, konnte ich natürlich oft nicht zu ihnen hinauffahren, dann schwindelte ich ihnen etwas vor.
Das Lügen lernte ich notgedrungen. Erst recht, als die Schule wieder anfing. Ich mußte schließlich Mittagessen kochen und meinen kleinen Haushalt besorgen. Und Berthold war auch oft am Nachmittag zu Hause.
Ich log hier, und ich log dort, ich fand es mühsam. Ich war keine sehr geschickte Lügnerin, total ungeübt.

Marja hatte ich selten belogen, es hätte wenig genützt, sie durchschaute mich doch.
Andreas konnte ich auch nicht lange täuschen.
»Was ist eigentlich mit dir los?« fragte er mich einmal, als wir allein waren. »Irgend etwas stimmt mit dir doch nicht.«
»Wieso? Was soll mit mir nicht stimmen?«
»Du bist manchmal so nervös, kommst abgehetzt hier an oder stürzt plötzlich weg, als ob es brennt. Weiß denn deine Tante nichts davon, daß du hier bist?«
»Maldito!« murmelte ich und biß mir auf der Unterlippe herum.
»Bitte?«
»Nö, nicht direkt. Ich hab's ihr nicht erzählt. Sie würde sonstwas denken. Sie ist ein bißchen altmodisch«, sagte ich zögernd. Ich war nahe daran, ihm die Wahrheit zu sagen.
Zu dieser Zeit war noch nichts zwischen uns, gar nichts. Wenn man von dem absieht, was unausgesprochen, unbeschreibbar eben doch da ist zwischen zwei Menschen, die aufeinander zugehen, weil sie eben zusammengehören. Dies Gefühl hatte ich von Anfang an, und das war es viel mehr, was mich nervös und unruhig machte, als meine heimlichen Fahrten nach Schönau und die Hetze, die oft damit verbunden war.
Ich hatte mich so schnell an ihn gewöhnt, an sein Aussehen, das blasse, hochmütige Gesicht – und blaß mußte er ja sein, er ging nie an die Luft, verbrachte fast den ganzen Tag in der dunklen Scheune –, an seine leise, eindringliche Stimme, an seinen Blick, der auf mir lag, wenn ich sang, sein Kopfschütteln, wenn es nicht so war, wie er es sich vorstellte.

Ich war von Papa her an sehr temperamentvolles Proben gewöhnt. Andreas schüttelte nur den Kopf. Ich brach mitten im Ton ab.
»Nicht?«
Dann erklärte er mir sehr ruhig, aber immer auch sehr anschaulich, wie *er* sich diese Phase, diesen Takt, die Tonführung, den Ausdruck oder was auch immer vorstellte. Manchmal widersprach ich, aber meist mußte ich zugeben, daß er recht hatte. Ich begriff sehr schnell, ich wiederholte, wiederholte vielleicht noch einmal, und dann nickte er. Sein Nicken war ein Lob. Manchmal genügte es mir nicht.
»War es gut so?« fragte ich, wenn ich fertig gesungen hatte.
Er lächelte auf seine liebe, zärtliche Art. »Ja, es war gut, Lorena.«
Das genügte mir dann schon. Es machte mich stolz und glücklich.
Daß er nicht allein lebte, wußte ich ziemlich bald. Ich kannte das Haus, in dem er wohnte, aber ich war noch nie darin gewesen, immer nur in der Scheune oder auf der Wiese davor.
Ich fragte Fred, was für eine Frau das sei, mit der er zusammen lebte.
»Was ganz Feines. Eine Baronin. Marie-Ann mit dem Madonnenblick.«
»Sie sind nicht verheiratet?«
»Nein. Bis jetzt nicht. Und heiraten wird sie ihn wohl auch nicht. Ich sag' doch, sie ist was Vornehmes.«
»Willst du damit sagen, er ist nicht gut genug für sie?« fragte ich empört.
Fred lachte. »Ich sage das nicht. Sie würde so etwas auch

nicht sagen, sie ist eine wirkliche Dame. Aber ich glaube kaum, daß sie einen Musiker heiraten würde. Ihr Mann war Offizier, was ziemlich Hohes.«

»Mensch, das ist ja wohl heute vorbei. Wer fragt denn danach! Offizier – daß ich nicht lache.«

»Es gibt Leute, die fragen auch heute noch danach, täusche dich nicht.«

»Ist ihr Mann gefallen?«

»Gefallen nicht. Soviel ich weiß, hat Hitler ihn erschießen lassen. Vielleicht auch aufhängen. Sie spricht nicht darüber. Andreas auch nicht.«

»War er denn ein – so ein ... ich meine, war er gegen Hitler?«

»Muß er wohl gewesen sein. Er war einer vom 20. Juli, du weißt ja.«

Ich nickte. Ich wußte nicht viel davon, aber immerhin genug, um beeindruckt zu sein.

Sie war auch eingesperrt gewesen, damals, und sie hatte zwei Kinder. Das erfuhr ich noch von Fred, aber viel mehr nicht. Nicht, woher die beiden sich kannten, ob sie sich sehr liebten, wie lange sie schon zusammen waren und warum sie denn wirklich nicht heirateten.

Fred und die anderen kamen offenbar sehr selten in dieses Haus. Obwohl die Baronin Marie-Ann, die so vornehm war, mit Andreas Ellwin zusammen lebte, schien sie wenig Anteil an seinem Leben zu nehmen.

Andreas sprach niemals von ihr. Soweit es ihn betraf, hätte ich gar nicht gewußt, daß sie existierte.

Fred fragte noch: »Bist du etwa in Andreas verknallt?«

»Wie kommst du denn auf die blöde Idee?« fragte ich empört. »Ich frag' halt bloß. Ist mir doch Wurscht, was er macht.«

Fred sah mich von der Seite an, ich merkte, daß ich ihn nicht überzeugt hatte.
Fred hatte mich schon einige Male geküßt, auch die anderen poussierten ein bißchen mit mir, das bedeutete alles nichts, ich tat das mit einem Scherz ab, gab einen Kuß zurück, ohne mir viel dabei zu denken.
Andreas berührte mich nie. Meist gab er mir nicht einmal die Hand, wenn ich kam oder ging. Es sei denn, ich streckte sie ihm hin.
Wenn ich in die Scheune kam, hatte er die Hände sowieso nicht frei, er spielte Klavier, er hatte ein anderes Instrument in der Hand, oder er schrieb Noten. – Wenn er am Klavier saß, hörte er mich oft gar nicht kommen.
Ich trat hinter ihn, tippte ihn auf die Schulter. »Ich bin da.«
Er blickte seitwärts zu mir hoch und lächelte.
Das war alles. Es war wenig.
Nie ein privates Wort. Nie eine Frage nach meinem Leben. Nie eine Mitteilung aus seinem Leben.
Darum war ich so überrascht, als er das eines Tages sagte: »Was ist eigentlich los mit dir? Irgend etwas stimmt mit dir doch nicht.«
Ich fing an, irgend etwas von der imaginären Tante zu erzählen, aber ich hörte gleich wieder auf. Verdammte Lügerei! Außerdem interessierte es ihn ja doch nicht. Er stellte weiter keine Fragen, und das nahm ich ihm beinahe übel. Obwohl ich hätte froh sein müssen, daß er nicht fragte. Ich war ihm total gleichgültig, das war deutlich zu erkennen. Ob er diese Vornehme da drüben in seinem Bauernhaus so sehr liebte?
Manchmal versuchte ich ihn ein wenig herauszufordern, stand sehr dicht neben ihm, wenn er spielte und

ich sang, oder ich beugte mich über ihn und blätterte die Noten um und streifte ihn dabei – er schien es gar nicht zu bemerken.
Oder ich alberte mit den anderen herum, ließ mich umarmen, der Bassist zum Beispiel, ein großer, kräftiger Mann, hob mich gern hoch und trug mich wie ein Kind über die Wiese, aber Andreas sah dies alles mit gleichgültiger Gelassenheit, wirklich so, als ob Kinder spielten, deren Treiben man nicht weiter beachtete.
Apropos Kinder – die Kinder von Marie-Ann kannte ich. Es waren zwei Buben, der eine fünf, der andere sieben, der ältere kam in jenem Jahr gerade in die Schule, und die kamen manchmal zur Scheune. Besonders der Kleine hörte gern Musik. Er saß ganz artig da und lauschte.
Es waren hübsche, sehr wohlerzogene Kinder. Andreas konnte gut mit ihnen umgehen, man merkte, daß sie ihn gern hatten. Niemals gab er irgendeine Erklärung dazu – mir gegenüber. Was das für Kinder seien, wem sie gehörten, wie er zu ihnen stand. Hätte Fred mir nichts erzählt – auch nur auf meine Fragen hin –, hätte ich genausogut annehmen können, er sei der Vater der Kinder oder ihr Onkel, oder sie wohnten ganz einfach nur im gleichen Haus.
Sie nannten ihn Andy. Und wenn ich an ihn dachte, nannte ich ihn auch Andy. Es klang lieb und zärtlich, der Name paßte zu ihm.
Ich dachte sehr viel an ihn. Es kam die Zeit, da dachte ich überhaupt an nichts anderes mehr.
August, September, Oktober – die Monate vergingen so schnell, es war gar nicht viel Zeit vergangen, aber Andy gehörte bereits zu meinem Leben, so als sei er immer

dagewesen. Ein Leben ohne ihn konnte ich mir gar nicht mehr vorstellen.
Das Kriterium der Liebe – nicht wahr?
Man lernt einen Menschen kennen, es ist ein ganz Fremder, aber es ist, als ob er einen leeren Platz ausfüllt, auf dem er immer schon gefehlt hat. Es ist ganz selbstverständlich, daß er da ist, er war immer da, wird immer da sein, es wäre eine schreckliche Öde, wenn er nicht mehr da wäre. – So ist es doch. Ich weiß nicht, wie es bei anderen Menschen ist. Aber ich glaube, so ist es bei den meisten, wenn es um das geht, was man Liebe nennt. Der vertraute Fremde. Einer, der einem nicht unbekannt ist, weil man ihn immer schon kannte.
An irgend etwas muß man Liebe doch erkennen. Das – was man Liebe nennt. Daran?
Ich habe es bei keinem Mann sonst erlebt. Die anderen? Sie kamen und gingen, sie waren bei mir, schön, es konnte nett sein, aber wenn sie nicht mehr da waren, blieb kein leerer Platz zurück.
Es ist sehr schwer zu erklären, was Liebe ist. Richtige Liebe eben, nicht bloß, daß man ganz gern mal mit einem ins Bett geht oder einige Zeit gemeinsam verbringt oder sich gut unterhalten kann.
Bing Crosby hat einmal gesungen: ›I'm a one-girl-guy ...‹
Warum soll es das nicht geben? Ich bin eben das typische One-man-girl.
Jeder, der mich kennt und der meine Gedanken jetzt lesen könnte, würde sich totlachen. Ausgerechnet Lorena! Mit ihren Flirts, mit ihren Liebhabern, mit ihrem Sex-Appeal! Doch wer kennt mich schon wirklich? Wer? Keiner.

Nicht einmal Andy kennt mich. Sonst wäre er damals nicht nach Amerika gegangen, wäre er vor zwei Jahren nicht von dieser Party gegangen, ohne mich mitzunehmen.
Sexy – was heißt das schon! Natürlich kann ich einem Mann einen großen Feuerzauber vormachen. Natürlich kann ich das Spiel mit ihm beginnen und durchspielen. Welche normale Frau kann das nicht? Es ist eine Art Selbstbestätigung, da wollen wir uns doch nichts vormachen. Wenn es nicht funktionieren würde, müßte ich mich fragen, was stimmt mit mir nicht?
›What's wrong with me that you can't love me ...‹ war auch eine gute Nummer von mir.
Mit Liebe hat das alles nichts zu tun. Liebe, das ist ... na ja, eben Andy und ich, once and forever, daran ist nicht zu rütteln, und wenn ich jetzt sterbe, sterbe ich auch ein bißchen deswegen.
Ob er das weiß?
Andy, wirst du das denken, wenn du hörst, daß ich tot bin? Oder hast du es immer noch nicht begriffen? Ich könnte dir einen Brief schreiben, einen sogenannten Abschiedsbrief. Aber das tue ich nicht. *Das* würde ich sowieso nicht hineinschreiben, denn wenn du es nicht von selbst weißt, ist es sinnlos.
Es ist so still hier. Die Nebelnacht draußen, das leere Haus ... ich muß noch etwas trinken, noch eine Platte auflegen. Aber erst gehe ich in die Küche und hole Wasser. Ich kann die Tabletten ja immer schon mal auflösen. Dann brauche ich nur das Glas in die Hand zu nehmen, zu trinken, zu schlucken, und dann ist es geschehen. Dann schlafe ich eben ein.
Schlafen ... vielleicht auch träumen ... o Gott, Lorena,

hör auf, dich selbst zu beweinen, dazu ist es zu spät. Es ist schade um dich, ich weiß, du könntest noch vieles leisten, aber es sind andere Menschen gestorben, um die war es auch schade, denke an Papa und Mama. Meinetwegen denke auch an Andys Frau in Amerika, die mit dem Flugzeug abgestürzt ist, ich kannte sie nicht, aber sie war noch jung, jünger als ich, und sicher war sie auch schön und lieb und liebenswert, er hätte sie sonst nicht geheiratet. Und er hat sie geliebt. Vielleicht hat er sie mehr geliebt als mich.
Nein.
Doch. Warum nicht? Kann ich das wissen?
Ich fühle mich nicht alt. Ich würde mich nicht alt fühlen, wenn ich arbeiten könnte. Wenn ich drin wäre.
Ich fühle mich nur alt, weil ich draußen bin.
Natürlich ist es eine Gemeinheit, daß man älter wird. Es ist eine große Ungerechtigkeit. Eine Demütigung ist es.
Ich habe es nicht verdient, lieber Gott, daß du mich so demütigst. Man arbeitet, man gibt sich Mühe, man will gut sein, klug sein, erfolgreich sein, man lernt und schuftet, man baut auf, Stück für Stück, man kriegt immer ein wenig mehr dazu, man bildet sich ein, nun besser, klüger, erfahrener zu sein und alles entsprechend besser zu machen – und dann ist das alles nichts wert, taugt nicht mehr, nur weil man älter wird. Und man weiß, daß das so weitergeht, jedes Jahr ein Jahr dazu, der unbarmherzige Computer Zeit zählt dir deine Jahre vor.
Du kannst ihn nicht abstellen. Nicht zertrümmern. Du kannst alles, alles haben, Geld, Erfolg, Macht und Ruhm, aber der Computer rechnet unbeirrt weiter. Er

addiert nur noch. Nichts anderes kann er, nur addieren. Du weißt heute schon, wo er in fünf Jahren stehen wird, wo in zehn, wo in fünfzehn, du kannst seine Zahlen genau vorausberechnen. Er irrt sich nie – er rechnet präzise. Du bist ihm ausgeliefert, er ist stärker und mächtiger als alles, was es sonst gibt auf der Welt. Er ist der Größte. Der Herrscher über alle Menschen.
Der übelste Diktator, den es je gab und je geben wird. Er tritt dich und mißhandelt dich und demütigt dich, und kein Gott und kein Teufel kann ihn abstellen.
Weglaufen kann man. Es so machen, wie ich es jetzt mache. Es gibt nichts mehr zu zählen, Computer Zeit! Ich bin nicht mehr da. Du läufst leer. Ich stell' dich ab. Du wirst sehen, daß ich es kann. Es gibt nichts mehr zu zählen, keinen Tag, keine Woche, keinen Monat, kein Jahr. Ich lasse mich nicht weiter von dir erniedrigen. Lasse mich nicht demütigen.
Werde nicht mehr in den Spiegel starren und nach jeder Falte suchen. Du kannst zählen, was du willst, aber nicht meine Jahre, die nehme ich dir weg. Die nehme ich mit, verstehst du! Diese ungezählten Jahre nehme ich mit. Weg sind sie. Der Käfig wird leer sein, in dem ich jetzt sitze und auf dein Ticken höre. Lorena ist nicht mehr darin. Du kannst zählen, was du willst, nur nicht mehr meine Jahre. Du wirst nicht der Sieger sein über mich. Eins zu Null für mich, Computer Zeit!
›Die Zeit, die ist ein sonderbar Ding ...‹, gewiß, Marschallin, das ist sie. Sehr milde ausgedrückt haben Sie das, Madame – sehr freundlich. Die Zeit, sie ist ein teuflisch Ding, eine Erfindung des Teufels.
Wir brauchen keine Hölle mehr, wenn wir tot sind. Wir waren Sklaven der Zeit, solange wir lebten, ihre Gefan-

genen, zum Tode verurteilt von der ersten Stunde an. Sie hat uns in ihrem Käfig und läßt uns nie, nie frei. Wir sind in den Käfig hineingeboren – ist das nicht Hölle genug?

So. Jetzt sind sie im Wasser, die Tabletten. Eine trübe Brühe. Wird gräßlich schmecken. Aber bis ich es trinke, werde ich so betrunken sein, daß ich es gar nicht merke.

Whisky also. Puh! – Die Tabletten werden auch nicht viel schlimmer schmecken.

Eine Platte noch. Keine Lorena-Rocca-Platte, was anderes, irgend etwas. Was spielte Andy immer? Die Appassionata von Beethoven. Er spielte sie meisterhaft. Aber das hat Sandor natürlich nicht in seinem Plattenschrank.

›Pathétique‹, die Sechste von Tschaikowsky, auch ganz schön. Das ist eine gute Musik für diese Stunde.

Wenn die Platte zu Ende ist, werde ich das Glas austrinken.

SPIEL ... bei Paul hatte ich Opern und Lieder kennengelernt. Durch Andy machte ich die Bekanntschaft zunächst mit Klaviermusik, später mit den großen Orchesterwerken. In der Scheune spielte er alles – Beethoven, Schumann, Schubert, Chopin, auch Bach, das meiste konnte er auswendig. Aber er besaß auch viele Noten, die er sich in der Nachkriegszeit auf umständliche Weise beschafft hatte. Jetzt gab es ja schon wieder einiges zu kaufen.

Chopin lag ihm gut, diese Musik entsprach dem schwermütig-slawischen Grundton seines Wesens. Er machte keine Schau daraus, wenn er spielte, er saß ganz ruhig, den Kopf leicht seitwärts nach vorn geneigt, er lauschte in die Musik hinein. Ich hörte ihm nicht nur zu, ich sah ihn auch an – sein stilles, gesammeltes Gesicht, nicht mehr hochmütig dann, seine Hände, schlanke, feste Musikerhände mit beweglichen, kräftigen Fingern, seinen Nacken, wenn ich hinter ihm stand – ich weiß nicht, wie man einen Männernacken beschreiben soll, aber seit ich Andy kannte, habe ich Männernacken immer nach Andy beurteilt.

Ob mir der Nacken gefiel oder nicht – schmal, fest, gut geformt, zur Liebkosung herausfordernd. Nebenbei ein

Grund, warum ich keine Freundin der modernen Haarmode bin, das lange Haar verbirgt den Nacken des Mannes, wie soll man feststellen, ob man ihn mag – den Nacken und den Mann.
Übrigens war dies die erste intime Berührung. Ich legte einmal vorsichtig, ein wenig ängstlich und doch magisch angezogen, meine Finger um seinen Nacken, als er spielte. Er ließ sich nicht stören, gab nicht zu erkennen, ob er es überhaupt spürte. Nach dem letzten Ton ließ er die Hände auf den Tasten liegen, ich zog meine Hand zurück, er blickte zu mir auf. Stumm.
»Entschuldige«, sagte ich und errötete sogar ein wenig. »Aber du hast so einen hübschen Hals, Andy.«
Ich nannte ihn Andy, wie ich es von den Kindern gehört hatte.
Er lächelte. Neben seinem hübschen Hals und seiner Musik liebte ich sein Lächeln, es machte sein oft starres Gesicht lebendig, erhellte es auf seltsame Weise. Es war ein sehr wissendes Lächeln, er wirkte viel männlicher, wenn er lächelte, war mir näher.
»Vielen Dank für dieses ausgefallene Kompliment. Nur zu deiner Orientierung: Dies ist nicht mein Hals, sondern mein Nacken.«
»Na ja, ich weiß schon«, sagte ich ein wenig ärgerlich, denn es kam öfter vor, daß er mich verbesserte. Und einen Schulmeister hatte ich schließlich zu Hause.
Dies war, noch bis Ende Oktober, der Höhepunkt aller persönlichen Gespräche. Obwohl der Stromkreis zwischen uns schon geschlossen war, das wußte auch er.
Es war schon manchmal sehr kalt in der Scheune, und ich fragte, wie das im Winter sein würde.
»Nichts«, sagte er. »Da kann man hier nicht arbeiten.«

»Und dann? Darf ich dann zu dir ins Haus kommen?«
Er nickte. Sagte aber nichts. Er hatte mich noch nie aufgefordert, ihn zu Hause zu besuchen. Ich fragte mich, ob diese Frau, mit der er lebte, nicht neugierig auf mich war. Sie würde ja wohl von meiner Existenz wissen.
Da kannte ich Marie-Ann noch nicht. Sie war niemals neugierig. Sie war nicht eifersüchtig. Und sie machte auch später nie den Versuch, ihn zu halten, sie ließ ihn gehen, wohin er wollte, auch zu mir. Er war es, der sich lange nicht von ihr lösen konnte. Es war nicht Liebe, wie er mir erklärte – später –, nicht die Art Liebe, die er für mich empfand, es war ein gewisses Zusammengehörigkeitsgefühl. Sie hatte ihm eine Heimat gegeben, er hatte keinen Menschen, der zu ihm gehörte, sie und die Kinder waren eine Art Familie für ihn.
Ab und zu redeten sie davon, was sie im Winter machen würden, er weniger, aber die anderen. Fred besaß ein paar gute Beziehungen in München, erzählte er jedenfalls. Sie würden ohne weiteres ein Engagement in einem Münchener Lokal bekommen.
Zu der Zeit hatte ich schon begriffen, daß Andy genug hatte von seinem Leben als Bandleader, er hätte lieber etwas anderes gemacht. Aber was? Das war damals alles sehr schwierig. Ein richtiges Orchester, große Musik, das war es, wovon er träumte. Orchester gab es genug in München, Dirigenten gab es genug. Das wußte er. Und das, was er bisher gemacht hatte, stand ihm im Weg, würde ihm immer im Weg stehen – das sollte sich noch zeigen.
An einem Tag Anfang November lernte ich Marie-Ann kennen. Es war trüb und kalt, in der Scheune war es sehr ungemütlich, und als ich zum Bus lief, fing es an

zu regnen. Andy wollte mich begleiten, ich sagte, es sei nicht nötig, ich würde rennen, vielleicht erreichte ich noch den Bus.
Ich schaffte es nicht, aus der Ferne sah ich ihn wegfahren. Andy war mir langsam nachgekommen, ich blickte mich um – da stand er, trug keinen Mantel und hatte den Kragen seiner Jacke hochgeschlagen, er winkte mir, und ich lief zu ihm zurück. Es regnete jetzt ziemlich heftig.
»Zu blöd«, sagte ich. »Der nächste fährt erst in einer Stunde.«
»Hast du es eilig?«
Und ob ich es eilig hatte! Berthold war zu Hause, ich wußte es, ich mußte noch einkaufen zum Abendessen, und überhaupt hatte Berthold mich jetzt schon einige Male so komisch angesehen, wenn ich spät kam. Keine direkten Fragen gestellt, aber immerhin so kleine Bemerkungen gemacht.
»Wo kommst du denn her?« Oder: »Wo steckst du denn eigentlich?«
Ich hatte die Lügerei so satt. Satt bis obenhin. Genaugenommen mußte ich froh sein, wenn das endlich aufhörte. Wenn sie wirklich nach München gingen und ich wieder eine ordentliche, brave Hausfrau sein konnte, die auf ihren Mann wartete.
»Komm mit«, sagte Andy. »Du kannst nicht auf der Straße stehen, bis der nächste Bus fährt.«
So kam ich also ins Haus, so sah ich zum erstenmal die Baronin.
Ich war ein wenig eingeschüchtert, als ich vor ihr stand. Sie war sehr schön. Schlank, groß, ein schmales, stilles Gesicht, dunkles glattes Haar, sanfte dunkle Augen.

»Das ist Lorena«, sagte Andy.
Sie lächelte verbindlich. »Ich habe schon viel von Ihnen gehört. Wie gut Sie singen können.«
»Wirklich?« fragte ich. »Hat Herr Ellwin das gesagt? Zu mir sagt er das nie.«
Ich sagte Herr Ellwin und machte auf artiges Schulmädchen.
Sie mußte älter sein als er, Mitte dreißig vielleicht. Eine eindrucksvolle Erscheinung. Und sehr sicher. Marie-Ann mit dem Madonnenblick – hatte Fred gesagt, das paßte gut. Ich hatte etwas gegen Madonnenblicke. Ich war eifersüchtig von der ersten Minute an.
Genaugenommen war ich es vorher schon gewesen. Doch nachdem ich sie kannte, wurde dieser Zustand akut.
Sie servierte uns Tee, plauderte ein wenig mit mir, stellte ein paar geschickte Fragen, ich wich ebenso geschickt aus. Andy sprach nicht viel, aber ich wußte, daß er mich sehr genau beobachtete, deswegen bemühte ich mich, ebenso vornehm und zurückhaltend zu wirken wie Marie-Ann, keine kessen Bemerkungen, nicht zu laut sprechen, nur gemessen lächeln.
Als er mich zum Bus brachte, sagte er auch nichts. Ich war irgendwie verstört. Maldito, liebte er diese Frau? Na, warum nicht? Es mußte ja doch wohl so sein.
Ich beugte mich vor, ehe ich in den Bus stieg, und küßte ihn leicht auf die Wange. Das erstemal.
»Danke, für die Rettung vor dem Regen. Es ist sehr nett bei euch. Morgen kann ich nicht kommen.«
»Sonntag?«
»Nö, Sonntag auch nicht. Montag wieder.«
Sonntags kam ich nie. Das wußte er schließlich.

An diesem Tage endete mein Doppelleben.
Es war schon dunkel, es regnete, als ich mit meinen eilig besorgten Einkäufen nach Hause kam.
Berthold saß über Korrekturen und blickte mich nur stumm an.
»Gräßliches Wetter, nicht?« sagte ich mit forcierter Munterkeit und küßte ihn auch auf die Wange. »Wenn ich denke, daß uns wieder der Winter bevorsteht – also entsetzlich!«
»Wo kommst du denn her, so spät bei dem Wetter?«
»Na, ich war einkaufen, das siehst du ja.«
»Ich bin seit drei Uhr zu Hause. Du kannst unmöglich drei Stunden einkaufen gewesen sein.«
»Hab' mich verquatscht.« – Ich erzählte etwas von Frau Soundso, die ich getroffen hätte, und in welchen Läden ich noch gewesen sei, ach ja, und Kaffee hätte ich auch noch im Rottenhöfer getrunken.
Berthold sagte nichts. Ich brach meine Suada mitten im Satz ab. Es war so unwürdig, zu lügen. Für mich, für ihn.
Nach dem Abendessen, Berthold hatte wieder seine Hefte vor sich liegen, ich nähte einen Knopf an seine Jacke, ja – so etwas tat ich damals, hob er plötzlich den Kopf und sah mich an.
Nichts weiter. Sah mich nur an.
»Ist was?« fragte ich.
»Ich möchte gern wissen, Lore, wo du dich aufhältst, wenn du nicht zu Hause bist.«
»Aber ich ...«
»Und komm mir, bitte, nicht wieder mit dummen Ausreden!« Seine Stimme klang unerwartet streng.
»Ich frage Frau Blasinger nicht, das kannst du dir denken, aber sie hat nun schon einige Male so merkwürdige

Andeutungen gemacht. Ich habe sie überhört. Aber jetzt frage ich dich: Was treibst du eigentlich?«
Ich ließ die Nadel sinken, auf meiner Fingerkuppe erschien ein Blutstropfen, ich stach mich immer, wenn ich nähte. Ich steckte den Finger in den Mund und saugte das Blut weg. »Was soll ich denn treiben?«
Die Ausflüchte waren lächerlich. Ich wußte es. Berthold war endlich mißtrauisch geworden, es hatte sowieso lang genug gedauert, und ich mußte es ihm jetzt sagen.
Er schwieg, sah mich an.
»Also gut, also ja, es stimmt, ich bin wo«, begann ich.
»Und wo?«
»Du wirst bestimmt schimpfen, deswegen habe ich nicht gewagt, es dir zu erzählen.«
»Hast du kein Vertrauen zu mir?« Das waren so Fragen, die nur er stellen konnte. Lehrerfragen nannte ich es bei mir, und das war bestimmt kindisch. Aber ich benahm mich manchmal kindisch ihm gegenüber.
»Doch. Natürlich.«
»Also?«
»Ja, es ist so ... ich habe doch viel Zeit, nicht? Und manchmal ist es mir langweilig, das wirst du ja verstehen. Und überhaupt ...«, nun kam ein wenig Trotz in meine Stimme, »ich bin schließlich daran gewöhnt.«
»Woran bist du gewöhnt?«
»An Arbeit. An meine Arbeit. Ich kann nicht bloß kochen und einkaufen und Zimmer aufräumen. Das ist kein Leben für mich.«
»Von was für einer Arbeit sprichst du?«
»Meine Arbeit, du hörst es doch. Das, was ich gelernt habe.«
»Das, was du gelernt hast. So. Tanzen also.«

»Tanzen, ja. Und singen. Wirklich, Bert, du mußt es verstehen, es fällt mir schwer, auf das alles zu verzichten.«
»Aha.«
»Kannst du das nicht begreifen?«
»Doch. Vielleicht. Aber kannst du mir jetzt sagen, wo du hier deine – Arbeit tust?«
Da erzählte ich es ihm. Im Grunde war ich heilfroh, daß ich es endlich sagen konnte. Ich stellte alles ganz harmlos hin, und das war es ja auch. Und ein großes Glück war es, daß ich ausgerechnet an diesem Tag Marie-Ann kennengelernt hatte, ich baute sie sehr ausführlich in die Geschichte ein, so als ob ich sie längst kenne und als ob sie meist zugegen sei. Das gab der ganzen Geschichte einen sehr honorigen Anstrich.
»Und warum hast du das verschwiegen? Warum belügst du mich?«
Ich sah ihn unglücklich an. »Weil du mich dann so angesehen hättest, wie du mich jetzt ansiehst. Ich wußte, daß es dir nicht recht sein würde.«
»Also hast du es lieber heimlich getan. Findest du das besser?«
Ich schwieg, unsicher und verbockt. Er hatte ja recht. Aber ich hatte auch recht. – Es war das erste Gespräch in einer Reihe von Gesprächen. Es war nun wirklich der Anfang vom Ende dieser Ehe. Es war eigentlich nie Streit, mit Berthold konnte man nicht streiten. Es waren immer nur Gespräche. Aber das war viel schlimmer als ein ordentlicher Krach, als eine schöne, dramatische Szene.
Zu meinem Erstaunen kannte er Marie-Ann. Nicht nur dem Namen nach.

Die Baronin Ortenau war eine bekannte Persönlichkeit in Berchtesgaden, auch wenn ihre Familie, beziehungsweise die ihres Mannes, nicht von hier stammte, sondern ursprünglich aus dem Salzburgischen kam. Er wäre schon zweimal mit ihr zusammengetroffen, sagte Berthold. Einmal bei einem Empfang des Bürgermeisters, ein anderes Mal bei irgendeiner Feier in der Gemeinde.
Ihr Mann war wirklich von Hitler hingerichtet worden. Und sie war bis zum Ende des Krieges in Haft gewesen, erst in einer Strafanstalt, zuletzt in einem Lager.
Von Andy erfuhr ich später den Rest. Marie-Ann von Ortenau hatte Andys Mutter im Lager kennengelernt, sie war bei ihr, als sie starb. Und sie brachte Andy die letzten Grüße seiner Mutter, die er so geliebt hatte. Das war die Bindung zwischen Marie-Ann und Andy, das hatte sie zusammengeführt.
An jenem Abend meines ersten Gesprächs mit Berthold erwies sich die Baronin Ortenau jedenfalls als hilfreich. Natürlich hatte ich nicht erzählt, daß ich sie gerade an diesem Abend erst kennengelernt hatte, und auch nur, weil es regnete und ich den Bus verpaßte. Es hörte sich so an, als ginge ich in ihrem Hause aus und ein.
Nur über meine Heimlichtuerei kam Berthold nicht hinweg. »Ich kann das nicht begreifen. Habe ich es denn so an Verständnis für dich fehlen lassen?«
Er war richtig unglücklich, nicht über mich, sondern über sich selbst, und ich schämte mich, ging zu ihm, setzte mich auf seinen Schoß und küßte ihn.
Zu albern war ich! Schwärmte diesen Musiker an und hatte den liebsten, besten Mann der Welt. Ich war doch nicht wert, daß die Sonne mich beschien.
Und natürlich hatte Berthold nichts dagegen, wenn ich

gelegentlich zum Singen ging, wenn mir das so großen Spaß machte. Was ich denn dort singen würde?
»Na, nicht so Sachen wie bei Paul, Lieder und so. Mehr Schlager. Auch richtigen Jazz. Das liegt mir gut.«
Auch dafür hatte er Verständnis. Er wußte zwar selbst nicht viel über Jazz und moderne Unterhaltungsmusik, aber er war schließlich ein moderner Mensch. Er hörte, was man im Radio spielte – Fernsehen gab es ja damals noch nicht –, er wußte schließlich auch, was für Musik seine Schüler gern hörten oder auch selber machten, das taten die jungen Leute damals schon mit Hingabe. Diese Welle fing gerade an: Schülerbands mit Swing und Jazz.
Sehr erleichtert schlief ich an diesem Abend ein, in Bertholds Arm, den Kopf auf seiner Schulter. Keine Pläne, keine Wünsche im Augenblick, alles Unsinn, was ich mir da zusammengeträumt hatte. Ich war glücklich verheiratet, basta! Und daneben sang ich halt so ein bißchen zu meinem Spaßvergnügen. Andere Frauen strickten oder hatten ein Kaffeekränzchen oder bekamen Kinder. Ich sang eben. Na und?
Auch das war typisch für mich. Ich war immer ein Kind des Augenblicks. Ein Mensch, der hier und heute lebte. Der an das, was er eben gerade tat, glaubte und es gut fand. Ein Mensch, der die Stunde genoß. Falls sie genießenswert war.
Vielleicht kann ich mich deshalb nicht damit abfinden, nur noch mit dem Gestern zu leben. Gestern ist gestern und ist vorbei.
Ich habe mich immer leicht gelöst. Schließlich auch von Berthold und der Ehe mit ihm.
Nur bei Andy, da ging es nicht so ohne weiteres. Da

blieb die unsichtbare Bindung bestehen, auch wenn ich sie nicht wahrhaben wollte, wenn ich es mir selber nicht eingestand. Deswegen nahm ich mir andere Männer, deswegen heiratete ich noch einmal ... Andy? Wer ist das? Vergessen, vorbei.

Da fällt mir noch ein alter Song von mir ein – ›Geh fort und vergiß mich, denk nicht, ich vermiss' dich‹ –, na ja, Schlagertexte. Kommt eben immer auch darauf an, *wie* man sie bringt, da kann man manches retten. Und das Arrangement spielt natürlich auch eine große Rolle. Wenn man die Texte nur so nackt für sich aufsagen würde ... aber wer tut das schon? Das ist nicht der Sinn von Schlagertexten.

Aber wie das so geht im Leben – Duplizität der Ereignisse, die Stunde der Wahrheit hatte auch am anderen Ende geschlagen.

Am Montag wurde ich von Andy verhört. Ich kam am Nachmittag, sehr unbeschwert nun, denn ich kam ja mit Bertholds Genehmigung. Erst waren die anderen dabei, wir probten ein paar Nummern, dann probte die Band, ich hörte zu, hatte Zeit, keine Eile, keine Hast, ich konnte auch mit dem späteren Bus fahren.

Aber sie gingen dann alle auf einmal, auf der Wiese vor der Scheune konnte man nicht mehr sitzen, dazu war es zu kalt.

»Ich bringe dich zum Bus«, sagte Andy erstaunlicherweise.

Auf dem Weg sagte er: »Warum lügst du eigentlich?«

Ich war gar nicht überrascht. Die Erfahrung hatte ich schon gemacht, daß immer alles doppelt passierte.

»Ich lüge gar nicht gern«, sagte ich mißmutig. »Ich finde es sehr unbequem.«

Was wußte er?
»Es gibt keine Tante, und du bist verheiratet.«
Nicht schlecht. Er wußte alles.
»Woher weißt du das?«
Albert hatte seit neuestem eine Freundin drunten in Berchtesgaden. Die hatte er gestern vormittag mit dem Auto zu einem Ausflug abgeholt. (Sie besaßen alle zusammen einen Wagen, einen alten klapprigen Vorkriegs-Opel, den jeder, der ihn gerade brauchte, benutzen durfte.) Sie waren an uns vorbeigefahren und hatten uns gesehen, Berthold und mich, als wir aus der Kirche kamen. Albert hatte zum Fenster herausgewinkt, aber ich hatte es nicht bemerkt.
»Kennst du die Kronackers?« hatte Alberts Freundin gefragt.
Na ja – und so hatte Albert erfahren, wer ich war. Er hatte es nur Andy erzählt, sonst keinem.
Andy machte mir weiter keine Vorwürfe, aber ich merkte ihm an, wie wenig ihm meine Schwindeleien gefielen. »Weiß dein Mann, daß du zu uns kommst und was du hier tust?«
Ein Glück, daß ich mit allem Nachdruck sagen konnte: »Ja. Er weiß es.«
»Lorena!«
»Nein, wirklich, er weiß es. Am Anfang hat er davon nichts gewußt, aber jetzt weiß er es. Er hat nichts dagegen, bestimmt nicht.«
Andy schwieg.
»Komisch«, sagte er nach einer Weile, »auf die Idee wäre ich nie gekommen, daß du verheiratet bist. Ich habe manchmal schon gedacht, daß du uns allerhand Theater vormachst. Aber so etwas habe ich nicht vermutet.«

Ich wirkte eben nicht wie eine Ehefrau, das war es.
»Dein Mann ist wirklich Lehrer?«
»Ja. Und er ist sehr nett.«
Er fragte nicht, ob ich ihn liebe, meinen Mann. Solche Fragen stellte er nicht.
Aber er sagte: »Du hast doch öfter in letzter Zeit davon gesprochen, daß du auftreten möchtest. Daß du nach München gehen würdest, um ein Engagement zu suchen. Es war auch die Rede davon, daß du bei uns auftrittst, wenn wir in München arbeiten. Wie stellst du dir das vor?«
»Weiß ich nicht.«
»Würde dein Mann das auch erlauben?«
Ich hob die Schultern. »Maldito, nein, ich glaube nicht.«
»Und was dann?«
Wir waren bei der Bushaltestelle angelangt. Er sah mich an, und ich sah ihn an.
Und ich sagte ganz ruhig und ganz gelassen, ohne zu überlegen, einfach ganz von selbst: »Dann werde ich es ohne seine Erlaubnis tun.«
Andy begriff, daß ich es ernst meinte.
»Du müßtest mich verstehen, Andy. Ich habe mir das nicht so überlegt, als ich geheiratet habe. Ich bin jetzt fast zwei Jahre verheiratet. Aber ich kann so nicht weiterleben. Nicht hier draußen und nicht ohne meine Arbeit.«
»Und dein Mann?«
Auf einmal dachte ich an Heide. Ich hatte die beiden auseinandergebracht. Mit ihr wäre er glücklich geworden, sie wäre bei ihm geblieben, aber ich würde ihn verlassen.

Ich würde ihn verlassen ... Jetzt hatte ich es zum erstenmal richtig gedacht. Klar und deutlich.
Der Bus kam.
»Ich bin gemein. Aber ich kann nicht anders. Ich kann hier nicht mehr leben. Ich gehe fort.«
In der vergangenen Woche war alles noch ein Spiel gewesen.
Auf einmal war es Ernst.

ERNST ... die große Rastlosigkeit überkam mich, das Gefühl, alles zu verpassen. Ich war bald dreiundzwanzig Jahre alt, ich mußte anfangen, ich mußte sehen, daß ich einen Fuß auf den Boden bekam. Ich dachte gar nicht so sehr an Karriere und Geld, ich wollte einfach singen, ich wollte auftreten, eine Bühne haben, Publikum.

Über fünf Jahre hatte ich keine Bühne gehabt. Anfangs hatte ich es nicht vermißt. Immerhin wäre es möglich gewesen, daß ich es vergessen hätte, daß ich der Welt meiner Kindheit entwachsen wäre. Aber es war nicht so. Ich hatte nicht vergessen. Ich wollte zurück.

Ich glaube, Berthold begriff das früher als ich. Einmal sagte er: »Deine Marja hat mich gewarnt.«

»Marja?«

»Damals, ehe wir heirateten, sagte sie zu mir: ›Was Sie tun, ist nicht gut, Herr Kronacker. Nicht gut für Sie und nicht gut für Lorena. Sie hat es im Blut.‹«

Ich lachte unsicher. »Ach ja, Kinstlerblut, edles. Das ist ein Lieblingsthema von Marja.«

»Offenbar hat sie recht.«

Ich hob unbehaglich die Schultern. »Na ja, ich weiß nicht – vielleicht ein bißchen. Ich möchte beides.«

»Beides kann man nicht.«

»Warum nicht?« fragte ich eifrig. »Du könntest doch sehen, daß du in München an eine Schule kommst. Da könnte ich nebenbei arbeiten.«

»Kann man so etwas nebenbei tun? Und was willst du eigentlich tun?«

Wenn ich das nur selbst gewußt hätte! Ich hatte keine bestimmten Vorstellungen. Schön, die Band konnte ein Engagement in München bekommen, in einem Nachtlokal. Ich würde als Sängerin dabei sein. Dann mußte man versuchen, mit einer Plattenfirma einen Vertrag zu machen. Ich hatte nur sehr vage Begriffe, wie so etwas vor sich geht. Die Welt von Papas Showtheatern, die gab es nicht mehr. Und die Welt der Unterhaltungsmusik, wie sie sich heute etabliert hat, gab es damals noch nicht.

»Angenommen, es klappt, und die Jungs kriegen im Januar ein Engagement, Andy und Fred sind gestern nach München gefahren und verhandeln, würdest du mir da erlauben, bei ihnen aufzutreten? Mal so als Versuch? Ich weiß ja gar nicht, ob ich gut genug bin, ob ich es kann. Ob ich ankomme, nicht? Ich müßte ganz von vorn anfangen.«

»Was heißt erlauben? Ich kann es dir nicht verbieten, wenn du meinst, du mußt es unbedingt tun.«

»Es wäre ja erst mal für ein paar Wochen. Ein Versuch, Bert. Oder meinst du, es verträgt sich nicht mit der Würde einer Lehrersfrau?«

Da mußte er lachen. »Mit der Würde einer Lehrersfrau habe ich dich noch nie belastet, nicht? Ich wüßte gar nicht, was das ist. Du etwa?«

Ich lachte auch. »Ich fürchte, nein.«

Bei einem anderen Gespräch fragte er ziemlich ernst: »Was bedeuten dir die Jungs, wie du sie nennst?«
»Es sind Kollegen, Freunde. Weiter nichts. Das ist nicht so, daß da irgendwie – ich meine, daß man herumpoussiert oder so. Andy ist sowieso ein furchtbar ernster Mann. Der spricht nie ein persönliches Wort mit mir. Und er liebt ja auch die Baronin, nicht wahr? Und die anderen, mit denen albere ich halt herum. Wie man das so tut. Das denken die Leute immer nur, daß die alle so leichtfertig sind. Sieh mal, Mama und Papa haben eine ganz normale Ehe geführt. Mama hat nie einen anderen Mann angesehen.«
»Und Papa?«
»Oh, Papa war sehr charmant. Zu hübschen Frauen ganz besonders. Aber er liebte nur Mama.«
Über Mama und Papa wußte Berthold alles, was es zu wissen gab. Ich sprach gern von meiner Kindheit.
»Immerhin hatten sie beide den gleichen Beruf. Das ist ein Unterschied.«
»Ich würde ja nicht ewig auf Reisen sein. Nur halt manchmal mit der Band auftreten.«
Für Berthold war es eine fremde Welt. Er konnte sich absolut nichts darunter vorstellen.
In den zwanzig Jahren, die seit jenem Gespräch mit Berthold vergangen sind, hat sich vieles sehr gründlich geändert. Wir sind sehr freizügig, sehr großzügig geworden. Ich möchte wissen, ob es heute eine Schlagersängerin gibt, die mit einem Studienrat verheiratet ist.
Ich weiß es nicht, aber ich könnte mir vorstellen, daß es möglich wäre. Daß kein Mensch etwas dabei fände.
In gewisser Weise war ich natürlich nicht aufrichtig, trotz der Eindringlichkeit, mit der ich mit Berthold

sprach. Auch wenn wirklich nichts vorgefallen war zwischen Andy und mir, so war er doch zum Mittelpunkt meines Lebens geworden.
Wenn ich ihn einen Tag nicht sah, fehlte mir etwas.
Wenn ich ihn zwei Tage nicht sah, wurde ich unruhig.
Wenn ich ihn mit Marie-Ann sah, wurde ich krank vor Eifersucht.
Denn ich kam nun, als es Winter wurde und wir nicht mehr in der Scheune proben konnten, manchmal zu ihnen ins Haus. Selten. Und das war schlimm für mich.
Sie bewohnten das Haus ja nicht allein, die Band konnte dort überhaupt nicht proben, und ich konnte nur manchmal und nur zu gewissen Zeiten dort singen.
Marie-Ann hörte uns einige Male zu.
Sie sagte: »Ich verstehe nicht viel davon.« Es klang sehr hochmütig, so als wolle sie sagen: Es interessiert mich nicht. Aber sie fügte hinzu: »Ich glaube, sie ist gut, Andreas.« Und zu mir: »Werden Sie mit nach München gehen?«
Ich nickte.
»Und Ihr Mann?«
»Er hat nichts dagegen.«
Sie blickte mich nachdenklich an. »Das ist sehr großzügig von ihm.«
Es *war* sehr großzügig von ihm. Denn Berthold liebte mich. Und er wußte, daß er mich verlor.
Drei Jahre später, als wir geschieden wurden, sagte er: »Es war mir klar, daß ich dich nicht halten konnte. Jeder Mensch lebt nach dem Gesetz, nach dem er angetreten ist. Wenn man ihm Gewalt antut, macht man ihn unglücklich. Es war mein Fehler. Ich bin soviel älter als du, ich hätte es wissen müssen.«

Er konnte es nicht wissen, als er mich traf. Da lebte ich in einem Dorf am Chiemsee, tanzte ein bißchen auf der Diele und sang zu meinem Vergnügen, beides brauchte er nicht ernst zu nehmen. Ich war ein junges Mädchen wie andere auch, vielleicht etwas bewußter und geschickter als die anderen.
Die Welt, aus der ich kam, war auch eine Welt von gestern. Damals – als er mich kennenlernte.
Marja, Enrico, unsere Erinnerungen – damals lebten in vielen Dörfern Menschen, die da nicht hingehörten. Gestrandete, vom Krieg Verwehte, Leute mit Erinnerungen an gestern.
Nur – ich war jung. Es war noch nicht *mein* Gestern. Ich hatte eine Zukunft.
In den Tagen zwischen Weihnachten und Neujahr fuhr ich nach München.
Am Silvesterabend trat ich das erstemal auf.
Sang das erstemal wieder vor Publikum.

MÜNCHEN GESTERN ... wenn ich noch Zeit hätte und wenn mir einer zuhören würde hier in Sandors schickem Haus im Herzogpark, inmitten des ganzen Highlife-Zubehörs der beginnenden siebziger Jahre, dann würde ich ihm gern erzählen, wie schön, wie wunderbar, wie unvergleichlich lebensfroh das München von gestern war.

Ich weiß nicht, ob es in diesem Jahrhundert schon einmal so eine glückliche Jahreszahl gegeben hat wie die Jahreszahl 1950. Ob die Menschen schon einmal so mit Schwung, Mut und Begeisterung gelebt haben wie *gestern*, als die zweite Hälfte dieses Jahrhunderts begann.

Möglicherweise war die Zeit vor dem ersten Weltkrieg auch eine schöne Zeit, man hört es jedenfalls immer. Aber das galt sicher nur für einen Teil der Menschheit, für viele war das Leben wohl doch recht mühsam und ihre Welt eng begrenzt.

Die zwanziger Jahre, die tanzenden, röhrenden, goldenen, und wie immer man sie auch genannt hat, waren zweifellos eine tolle Zeit, in der man intensiv und schwungvoll gelebt hat. Doch auch wieder eine Zeit mit vielen Schatten und Schwierigkeiten.

Die fünfziger Jahre dagegen waren einfach top. Für uns in München mal ganz bestimmt.
Denn für uns war München damals der Mittelpunkt der Welt. Berlin war eine geschlagene und gepeinigte Stadt, und alle, die früher dort gelebt, gearbeitet und gefeiert hatten, kamen nach München. Sofern sie überlebt hatten.
Theater, Film, Kabarett, Konzerte, man wußte gar nicht, wohin man zuerst gehen sollte; es wurde so viel geboten, so viel Gutes, Erstklassiges: Künstler mit großen und größten Namen traten in München auf, und ich glaube, sie wären ohne Gage aufgetreten, froh darüber, überhaupt leben und arbeiten zu können. Gute Filme wurden gedreht, und trotz all der Arrivierten hatte der Nachwuchs eine echte Chance.
Auch München war eine schwer zerstörte und kranke Stadt. Aber sie lebte.
Sie lebte, tanzte und sang in allen Ecken. Natürlich spielte die gewisse Euphorie eine Rolle, die damals jeder empfand, der den Krieg überstanden hatte. Dieses Gefühl: wir leben! war einfach überwältigend und ließ jede zeitbedingte Schwierigkeit zu einer Bagatelle werden.
Wir hatten kein Geld. Manchmal wenig, meist gar keines. Aber das schadete nichts. Geld war nicht wichtig. Nicht einmal Erfolg war wichtig. Es genügte, daß man dabei war, daß man mitmachen durfte.
Wir waren nicht verwöhnt, es gab keinerlei Luxus; keine teuren Kleider, keinen Schmuck, keine Pelze, kein Auto – aber wer brauchte das? Das alles war noch kein Statussymbol. Wir lebten von einem Tag in den anderen, und jeder Tag war herrlich.
Wir kannten uns alle, trafen uns auf Partys, auf denen

sich die Tische noch nicht unter Delikatessen bogen, wer brauchte das? Man trank Bier oder einen billigen Wein, aß ein paar belegte Brote, wer wollte mehr?
Die Honorare waren niedrig. Verdiente man einmal hundert Mark, so war das ein Fest wert. Und damals konnte man für hundert Mark ein rauschendes Fest feiern. Wir brauchten kein Rauschgift, um high zu sein – wir waren es sowieso ununterbrochen.
Wir waren eine Jugend, die lachen konnte, die feiern konnte, die glücklich war. Und die Jugend war kein Klub für sich, die Generationen mischten sich mühelos und verstanden einander. Die, die etwas älter waren, aus dem Krieg zurückgekehrt und ihn überlebt hatten, die oft keine Wohnung, kein Auskommen, keine Sicherheit hatten, lebten am intensivsten. Es gab so viel nachzuholen. Nitschewo – aber wir leben!
Schwabing, heute ein heruntergekommener Amüsierbetrieb, war wirklich noch eine Künstlerstadt, knüpfte noch einmal an seine große Tradition an, man bekam eine Ahnung davon, wie das Schwabing – das echte Schwabing der Jahrhundertwende – der Zeit vor dem ersten Krieg gewesen sein mußte.
Heute macht man einen Bogen um Schwabing. Oder bestenfalls geht man hin, wie man in den Zoo geht. Die Typen, die dort jetzt zu treffen sind, gehören nicht hin, es sind Wesen aus einer fremden und unheimlichen Welt. Als kämen sie von einem anderen Stern. Man fürchtet sich vor ihnen und will mit ihnen nichts zu tun haben. Und keiner ist mehr unbeschwert fröhlich, sie sind mürrisch und unfrei, leben nach einem Programm, von dem sie sich vergewaltigen lassen.
Wir hatten kein Programm, wir waren wirklich frei, wir

lebten, wir liebten, wie wir wollten, wir waren glücklich. Der Fasching bestand aus einer Reihe großer und kleiner Feste, und es waren Feste, die vor Lebenslust sprühten. Heute ist es ein kalter, unlustiger, kommerzieller Massenbetrieb.

Die Stadt hat ihr lachendes Gesicht verloren, ihre einmalige Atmosphäre, der Wohlstand hat sie langsam, aber sicher gemordet, hat sie nivelliert, eine Stadt wie alle anderen auch; der Konsum, wie man heute sagt, hat sie geschändet, das Auto sie entstellt.

Man saß damals nächtelang in den gemütlichen kleinen Kneipen, man ging ins Theater und sah wirklich Theater – gutes und großes Theater –, und man konnte ins Kino gehen und einen Film anschauen, den man verstand und der einem gefiel oder auch nicht gefiel – aber es war ein Film gewesen.

Im Sommer konnte man an die Seen fahren und baden. In frischem Wasser konnte man baden, nicht in einer Kloake. Heute bleibt man zu Hause. Weil alles keinen Spaß mehr macht. Weil es mühsam ist und unbefriedigend. Und so anstrengend. Es ist Arbeit und kein Vergnügen, wenn man heute ausgehen, tanzen oder baden will.

Alle hatten sie Pläne, alle hatten sie Ideen, und alle hatten sie ungeheure Lust, etwas zu tun. Bücher wurden geschrieben, Theaterstücke, Drehbücher, Songs, Musik wurde gemacht – ja, das vor allem – Musik. Die Stadt war voll von Musik. Musik, Tanz und Lachen.

Wer heute in München tanzen gehen will, hat es schwer. Es gibt keine Tanzlokale mehr. Ein paar teure Nightclubs, in denen der Lärm dröhnt, ein paar Diskotheken, in denen sie gelangweilt herumstampfen.

Die Theater haben sie so gründlich auseinander analysiert, daß sie steril wurden und keiner mehr hingehen mag. Theaterbesuch heute ist eine Pflichtübung. Der Film ist bereits ganz tot, man kümmert sich nicht um seinen lustlosen Kadaver. Die Leute sitzen zu Hause und starren in den Fernsehkasten, das ist die einzige Unterhaltung, die ihnen geblieben ist.

Es ist eine freudlose Zeit – kein Wunder, daß in ihr das Hasch Mode wurde. Wenn es nichts gibt, woran man sich freuen kann, wofür man sich begeistern kann, sucht man nach einem Ersatz.

Wir, die Erwachsenen, die mittlere Generation inzwischen, können diese Jugend von heute nur bedauern, der man alle Freude, jeden echten Genuß vorenthält, der man sogar die Liebe vermiest hat, nachdem sie von geschäftstüchtigen Leuten in Sex umfunktioniert wurde. Damals gab es noch Liebe. Wir liebten kreuz und quer, rundum gab es nichts als Verliebte. Fast jeder war pausenlos verliebt. Die Partner wechselten, sie suchten, fanden und trennten sich, manchmal fanden sich die richtigen und blieben beieinander. Aber es hatte immer mit Liebe zu tun. Wir waren vielleicht ein wenig leichtfertig, nicht so bieder wie heute. Liebe war noch voller Geheimnis, voller Unsicherheit, voller Spannung. Wir waren noch nicht aufgeklärt – theoretisch, von Sexexperten, wir machten unsere eigenen praktischen Erfahrungen, und dadurch wurde es nicht langweilig. ›Love was such an easy game to play ...‹

Seit die Liebe eine Wissenschaft geworden ist, ist sie ein toter Hund.

Wir, die Künstler, rutschten durch die Gegend, als hätten wir Feuer unterm Hintern. Die Engagements wechselten, die Kulissen, die Bilder, die Musik, der Rhythmus – aber immer war alles lebendig, immer bot sich Anregung, immer war Grund zur Aufregung, man war in Bewegung. Wir waren noch keine Kunstbeamten.

Wie ich damals das Leben genoß! Jeden Tag und jede Stunde. Ich war nicht blasiert und nicht verwöhnt, ich hatte keine Ansprüche. – Natürlich wünschte ich mir schöne Kleider, und es war ein Ereignis, wenn ich mir eins kaufen konnte.

Die Garderobe für meine Auftritte zu beschaffen war ein echtes Problem, bis wir die Opernsängerin ausbeuteten, die Albert aufgerissen hatte.

Es begann damit, daß er ein junges Mädchen beflirtete – er hatte ständig irgendeinen neuen Flirt –, die bei der Opernsängerin Gesangsstunde nahm.

Sie war eine ehemals sehr berühmte Opernsängerin. Wir lasen respektvoll in dicken Alben mit eingeklebten Kritiken, in denen die Diva in höchsten Tönen gepriesen wurde, besahen die Bilder, die sie in ihren Rollen zeigten – Elsa, Elisabeth, Isolde, Aida, Leonore. Schön war sie gewesen, eine prachtvolle Erscheinung, gefeiert, geehrt, ganz oben. Es war *ihr* Gestern.

Die alte Dame – das heißt, so alt war sie noch gar nicht, Anfang der sechzig vielleicht, aber mir Grünschnabel kam sie natürlich alt vor – erzählte gern aus ihrer großen Zeit. Sie war noch immer eine imponierende Erscheinung, trug gern lange Gewänder, frisierte sich kühn, schminkte sich noch kühner – und im Herzen war sie jung. So jung wie wir.

Auf unsere Jugend war sie niemals neidisch. »Jeder hat seine Zeit«, sagte sie. »Und er hat sie nur einmal. Er muß das Beste daraus machen. Ich habe es getan!«

Gelegentlich gab sie mir eine Gesangsstunde, gratis natürlich, und sie beschäftigte Andy als Korrepetitor, als er kein Engagement hatte. Wofür er zwar kein Geld bekam, aber eine Tasse Kaffee, eine Menge guter Ratschläge und auf einem guten Flügel spielen durfte.
Sie lebte natürlich auch in Schwabing, in einer großen Altbauwohnung nahe dem Englischen Garten. Die Wohnung war von Bomben verschont geblieben, und das betrachtete sie als ein persönliches Geschenk des lieben Gottes an sie. »Denn«, auch das sagte sie, »er hat mir immer geholfen und mich beschützt. Ohne seine Hilfe hätte ich keine Karriere gemacht. Lächeln Sie nicht, liebes Kind! Ich weiß, wovon ich rede.«
»Aber ich lächle nicht, weil ich Ihnen nicht glaube«, erwiderte ich eifrig. »Sondern weil ich mich freue, wenn Sie das sagen. Ich weiß, daß Sie recht haben. Marja sagte das auch.«
Ihre Schränke hingen voller Kleider. Gewänder, sollte man besser sagen. Teils Bühnengarderobe, teils Abendkleider aus ihrer großen Zeit – altmodisch natürlich, aber wundervolle Stoffe und gut erhalten.
Sie hatte kein Geld. Woher auch? Ihre Ersparnisse waren durch die Inflation und die Währungsreform futschgegangen. Sie gab also Gesangsunterricht und lebte davon. Sie hatte eine Menge Schüler, ihr Unterricht war gut, man lernte viel bei ihr, das merkte ich an mir selbst.
Nur leider hatten die Schüler oft auch kein Geld und konnten die Stunden nicht bezahlen. Sie verlangte zwanzig Mark für eine Stunde, das war gewiß nicht viel, aber sie bekam es selten.
An einen ihrer Schüler erinnere ich mich sehr gut. Ein

junger Mann, vielleicht zwei oder drei Jahre älter als ich, er besaß einen wunderschönen Bariton. Er war im Krieg gewesen, dann in Gefangenschaft, er stammte aus Dresden und hatte einen süßen sächsischen Akzent, den seine Lehrerin ihm mit Gewalt austreiben wollte. Er mußte nicht nur singen bei ihr, sondern die kompliziertesten Sprachübungen machen. Als ich vor Jahren ›My fair Lady‹ sah, mußte ich an ihn denken. ›Es grint so grin‹ – das hätte er vermutlich auch gesagt.
Wenn sie ihn lange genug malträtiert hatte und wenn er dann ein paar Sätze zu ihrer Zufriedenheit zustande gebracht hatte, wischte er sich den Schweiß von der Stirn und murmelte: »Ei verbibch nochemal. Der Kriech war'n Vergnijen dagegen.«
Aber er sang wie ein Gott. Er hatte eine Schlafstelle in der Gabelsbergerstraße, wo er sich nur nachts, eben zum Schlafen, aufhalten konnte, tagsüber trieb er sich in den Schwabinger Lokalen herum und bei seinen Bekannten. Oft genug saß er bei uns, obwohl meine Bude weiß Gott klein und mickrig war. Üben konnte er natürlich auch nicht. Bis er die Bekanntschaft einer feinen Dame mit Villa, Geld und einem Flügel machte. Eine Witwe – Witwen gab es damals besonders viel –, gut fünfzehn Jahre älter als er, aber bei ihr durfte er singen, soviel er wollte. Für ein bißchen Liebe natürlich.
»Was wollt'r denn?« sagte er. »Sin schon ganz andre Leute uffn Strich gegangen. Der Zweck heiligt die Mittel, ne wahr?«
Heute ist er ein Weltstar. Singt in Bayreuth, in der Scala, an der Met.
Ach ja, Isolde! Wir nannten sie Isolde, weil, wie sie

immer sagte, die Isolde ihre Lieblingspartie gewesen war. Manchmal sang sie uns den Liebestod vor, mit einer etwas dünn gewordenen, aber immer noch gut sitzenden Stimme.
In abermals zwanzig Jahren wäre ich in dem Alter, in dem sie damals war. Ich sitze hier und nehme mir das Leben. – Sie tat es nicht. Finanziell gesehen waren die Zeiten damals viel schwieriger als die Zeiten heute. Aber finanziell gesehen – das ist eben noch lange nicht die Hauptsache. Sicher gäbe es für mich Möglichkeiten genug, Geld zu verdienen. Aber ich habe resigniert, hier und heute. Diese Frau damals war voller Elan und Lebenskraft. Und voll von Begeisterung für ihre Kunst – ihre Musik, ihre Opern, ihre Lieder, für ihre Schüler. Für alles und jedes konnte sie sich begeistern.
»Kinder, heute abend wollen wir richtig lustig sein«, sagte sie. »Es ist zum Scheißeschreien, aber diesmal kann ich die Miete wirklich nicht bezahlen.«
Wir kratzten alle alles zusammen, was wir finden konnten, bis wir die Miete auf die Beine brachten, und dann redeten wir ihr die Sache mit den Kleidern ein. Sie brauche sie doch wirklich nicht mehr, sie hingen nur im Schrank und verschimmelten. Wie wäre es denn, wenn man das eine oder andere Stück für Lorena umarbeiten ließe? Die Kleider würden sich freuen, wieder Scheinwerfer, wieder Auftritt, wieder Applaus zu haben. Soweit Albert.
Sie trennte sich schwer von den Roben ihrer großen Vergangenheit. Stück für Stück, von Seufzern begleitet, landeten sie bei mir. Viel bezahlen konnten wir dafür nicht. Aber Fred besorgte ihr einen netten Amerikaner als Untermieter, der so viel bezahlte, daß Miete und Un-

terhalt gesichert waren. Zusätzlich hörte er noch gern Musik. Wenn er abends da war, saß er im Musikzimmer und hörte andächtig zu, wenn wir musizierten.
Musik, made in Germany, das imponierte ihm. Eine Weile flirtete er mit mir, aber ich war damals so mit Andy beschäftigt, mich interessierte kein anderer Mann. Dann wandte er sich Lilian zu, zierlicher blonder Koloratursopran, mit mehr Erfolg, später heiratete er sie.
»Bestens«, meinte Isolde. »Sie hätte es sowieso nicht geschafft.«
Franzi schickte mich zu einer Schneiderin, die mir die Kleider änderte. So kam ich zu einer prächtigen Bühnengarderobe; Brokat, Spitzen, schwarzer Seidensamt, ein Feuergewand aus rotem Taft, in dem ich mich nur vorsichtig bewegen konnte, denn der Taft war schon brüchig und riß hier und da knirschend. Das schwarze Kleid war eine Wucht. Mir eng auf den Leib geschneidert, mit einem Rückendekolleté bis zum letzten Wirbel. Das alles passierte noch im ersten Jahr. Im Jahre Eins meiner Zeitrechnung.
Mein erster Auftritt fand in der Silvesternacht statt. Und war ein ziemliches Fiasko. Die Band war auf Probe in einem Schwabinger Nachtlokal engagiert, das damals in Mode war, sie bekamen dann das Engagement über die ganze Faschingszeit.
Meine ersten beiden Nummern kamen ganz gut an, aber dann war die Stimmung so toll, keiner mochte mehr zuhören, die Leute wollten nur noch tanzen.
Ich war in zwiespältiger Stimmung. Ich dachte an Berthold, der allein zu Hause saß. Vielleicht war er zu seinen Eltern gefahren. Nein, sicher nicht – was sollte er ihnen sagen? Vielleicht hatten Willy und Evi ihn ein-

geladen? Lustig würde er bestimmt nicht sein in dieser Silvesternacht.
Um zwölf Uhr, als alle auf das neue Jahr anstießen, saß ich in dem engen Raum neben der Küche, der mir als Garderobe diente, und heulte. Die Jungs waren draußen und spielten. Keiner konnte mich trösten.
»Ich bin so gemein, so gemein«, schluchzte ich, als nach einer Weile die Wirtin vom Lokal hereinkam und wissen wollte, ob ich noch einmal singen würde.
»Offenbar nicht«, stellte sie sachlich fest, als sie mich eine Weile betrachtet hatte. »Bist du blau?«
»Ich bin so gemein. So gemein.«
»Dann brauchst was zu trinken«, entschied sie und brachte mir eine Flasche Sekt. Sie schenkte mir sogar ein und strich mir einmal übers Haar.
»Warum bist du so gemein, Tschapperl?«
»Ich hab' so einen netten Mann.«
»Ist das ein Grund zum Weinen? Was willst du mehr?«
»Ich bin ihm davongelaufen.«
»Da gibt's zwei Möglichkeiten. Entweder du gehst zurück, oder er wird sich mit einer anderen trösten. Glaub mir, das arrangiert sich. Ich kann mir deine Geschichte jetzt nicht anhören, ich hab' zu tun. Erzählst mir's ein andermal. Brauchst heut nicht mehr zu singen, hört eh' keiner zu. Kriegst dann was zu essen.«
Sie hieß Franzi und stammte aus Wien. Ich freundete mich gut mit ihr an, solange wir bei ihr auftraten. Sie besorgte mir das Zimmer in der Herzogstraße, sie gab mir reichlich und gut zu essen, sie zahlte gar nicht mal schlecht, jedenfalls für damalige Zeiten, sie war erfahren und gescheit, man konnte so ziemlich alles mit ihr besprechen.

Auch als wir nicht mehr bei ihr auftraten, besuchte ich sie häufig. Und als ich dann einmal Pech hatte und eine Abtreibung brauchte – es war zu Ende des nächsten Sommers –, gab sie mir eine Adresse.
Sie war, wie gesagt, Österreicherin. Lebte aber schon seit dreißig Jahren in Schwabing. Einen Mann hatte sie auch, er war nicht weniger tüchtig als sie. Eine glückliche Ehe, ein gutgehendes Geschäft.
Später verkauften sie das Lokal und übernahmen ein Kino. Und noch später gingen sie ins Gebirge und machten eine Pension auf. Falls Franzi noch lebt und wenn ich wüßte, wo sie ist, könnte ich zu ihr gehen. Vielleicht könnte ich Zimmermädchen in ihrer Pension werden.
Komisch – ich denke heute nacht an Menschen, an die ich viele Jahre nicht gedacht habe. Ich denke an Situationen, an Ereignisse meines Lebens, die versunken und vergessen schienen. Ich wußte gar nicht, daß mir das alles noch so nahe ist, aber man erinnert sich immer besser an das, was lange zurückliegt. – Vorgestern ... das ist besser als gestern.
Das kommt noch dazu. Daß ich nicht nur ein Gestern habe. Auch ein Vorgestern.
Vorgestern, gestern; und heute – der Tod.
Nur ein Morgen gibt es nicht für mich.
Auf einmal merke ich, daß ich viel mehr Freunde hatte, als ich wußte. Vorgestern. Heute habe ich keine Freunde mehr.
Drei Frauen waren es, drei Frauen, die älter waren als ich, die mir damals Hilfe und Freundschaft boten. Neben der Sängerin und der Wirtin unserer Kneipe war es die Herzogin, meine Hausfrau, wie man in München sagt.

Sie war eine einfache Frau, lebte von einer bescheidenen Rente, der Mann war schon lange tot, der einzige Sohn im Krieg gefallen. Es ist ein Klischee, wenn ich sage, sie war wie eine Mutter zu mir. Aber es stimmt. Das Leben, das ich führte, hinderte sie nicht daran, mich in ihr Herz zu schließen.

Eine Sängerin in einem Nachtlokal – na schön.

Dann eine Sängerin ohne Engagement und ohne Geld – na und?

In Schwabing fand man so was normal. Auch daß ich einen Freund hatte, der bei mir schlief, war normal. Sie mochte Andy. Sie kochte für uns beide, Leberknödelsuppe und Schweinsbraten, und wenn ich meine Miete nicht bezahlen konnte, was einige Male vorkam, winkte sie großzügig ab.

»Macht nix. Wird schon werden. Nur net den Mut verlieren, Fräulein. Die Zeiten san schwer. Wann S' erst mal berühmt san, wird's Ihnen Spaß machen, an früher zu denken.«

Als ich berühmt war, dachte ich nicht mehr an früher. Auch nicht an Frau Huber, die Herzogin. Ich hätte sie ja mal besuchen und ihr etwas schenken können. Später, als ich in der feudalen Villa in Grünwald wohnte. Sicher ging sie ins Kino und sah meine Filme an.

»Das ist das Fräulein, die mal bei mir gewohnt hat. Ich hab's immer gewußt, daß sie mal berühmt wird. Schön kanns' singen.«

Ob sie dort noch wohnt in der kleinen Wohnung in der Herzogstraße? Gleich morgen möchte ich sie besuchen.

Morgen bin ich tot, Herzogin. Bedaure.

Sicher ist sie auch schon tot. Tot, begraben und vergessen, so allein, wie sie war.

Sie muß nicht tot sein. Wie alt war sie damals? Vielleicht fünfzig, zweiundfünfzig? Nicht gesagt, daß sie tot ist. Ich könnte noch ein Testament machen. Ihr meine Nerze vererben, den Schmuck.
Warum habe ich sie nicht besucht, als es mir gut ging? Warum habe ich alle vergessen, die einmal gut zu mir waren?
Warum, lieber Gott, vergaß ich sie? Werde ich dafür nun bestraft? Damit, daß ich vergessen bin?
Allein. Verlassen. Vergessen. Und dann tot und begraben, ohne daß einer um mich weint.
Doch – ich, ich weine. Ich weine um mich. Jetzt und hier. Zum wievielten Male schon in dieser Nacht?
Selbstmitleid ist etwas Gräßliches. Der Zeitvertreib der Untüchtigen, der Trägen, der Erfolglosen.
Es ist zu spät, Lorena, sich selbst zu beweinen. Zu spät auch, darüber nachzudenken, was man alles hätte besser, anders machen können.
Die Stunde nach Mitternacht ist vorbei. Die Musik verstummt. Zeit, daß ich die trübe Brühe trinke, die vor mir steht.
Höchste Zeit!
Nimm Abschied! Abschied vom Leben. Abschied von Andy.
Geh endlich!
Geh doch! Warte nicht länger.
Es begann mit Tränen damals in der Silvesternacht – das fällt mir jetzt wieder ein. Später lachte ich. In der ersten Nacht weinte ich.
Die Jungs machten eine Pause, so etwa um diese Zeit – in der Stunde nach Mitternacht. Weißwurstpause.
In München ist das so üblich. Ob Silvester, ob Fasching,

ob ein hochfeudaler Schwarz-Weiß-Ball – zwischen zwölf und eins gibt es Weißwürste. Weißwürste und Bier.
»Was ist denn los mit dir?» fragte Fred.
»Katzenjammer?« erkundigte sich Albert mitfühlend.
»Hab dich nicht so«, das war Fritz, »bist doch ganz gut angekommen. Silvester ist schlecht für eine Sängerin. Da wollen die Leute nur trinken und tanzen.«
»Ich bin so gemein«, schluchzte ich. »So gemein.«
Mehr fiel mir in dieser Nacht nicht ein.
»Sie hat einen sitzen« konstatierte Fred und hob die leere Flasche.
Andy sagte nichts. Er sah mich nur mit kalten Augen an.
»Na, dann fröhliche Ostern«, meinte Fred und küßte mich. »Mach's gut, Greenhorn. Halt die Ohren steif. Heulen ist nur einmal erlaubt und dann nie wieder. Immer nur lächeln, heißt das hier. The show must go on.«
»Sie kann ja morgen wieder nach Hause fahren«, sagte Andy mit kalter, gleichgültiger Stimme.
Ich hörte auf zu weinen und blickte zu ihm auf.
»War ich so schlecht?« fragte ich ebenso kalt.
»Es ging. Du hast schon besser gesungen.«
»Nu mach halblang«, sagte Albert mitleidig. »Es war ihr erster Auftritt. Sie hat sich tapfer gehalten. Bei dem Rummel heute. Ob die Bude immer so gut geht?«
Ein Mädchen kam und brachte ihnen Bier und Weißwürste. Ich schüttelte den Kopf, als sie mir einen Teller hinschoben.
»Iß doch was«, sagte Albert. »Bekrieg dich wieder! Komm!«

Er schob mir eine halbe Weißwurst in den Mund, die ich widerwillig kaute und schluckte. Mir war ein wenig übel von dem schnell getrunkenen Sekt. Und von der ganzen Aufregung.

Ich war unglücklich. Was tat ich eigentlich hier? Das war alles so – so schäbig. Und das waren lauter fremde Männer, die mich nichts angingen. Kollegen? – Freunde? – Die Jungs?

Bisher war es eben doch nur ein Spiel gewesen. Jetzt auf einmal war ich ein Arbeitskollege für sie. Wenn ich gut war, konnten sie mich brauchen. War ich schlecht, schmissen sie mich hinaus. Sie brauchten nicht unbedingt eine Sängerin, die Band hatte bisher ohne mich existiert. Die Sängerin hatte nur Sense, wenn sie Geschäft machte. Die Angebote, die Nachfrage, die Gage erhöhte.

Ich begriff es sofort und vollständig. Und ich akzeptierte es.

Ich würde gut sein. Ich würde so gut sein, daß es sie von den Stühlen riß. Die Leute würden meinetwegen kommen, nicht ihretwegen, nicht wegen ihres Gedudels. Wegen meiner Stimme würden sie kommen. *Ich* würde die Angebote bekommen. Von einer besseren, einer größeren Band. *Ich* die hohen Gagen.

Papa – ich erinnere mich an das, was du immer gesagt hast: Das Beste ist gerade gut genug fürs Publikum. Dafür zahlt es. Und wer nicht das Beste auf die Bühne stellen kann, der soll nicht auf die Bühne gehen.

Oh, mein Papa ... das hast du gesagt. Unter anderem. Es wird mir alles, alles wieder einfallen, Papa!

»Es ist schon wieder gut«, sagte ich obenhin. »Wie oft soll ich noch auftreten?«

»Heute nicht mehr«, bestimmte Andy. »Geh nach Hause und leg dich ins Bett.«
Ich blickte ihn stumm an, und einen Moment haßte ich ihn. Aber nur einen Moment lang. Er war der Boß, er kommandierte. Und ich hatte mich blöd benommen. Es würde nicht wieder vorkommen. Auch ihm würde ich es zeigen.
Nicht mal ein gutes neues Jahr hatte er mir gewünscht.
Ich stand auf. »Also dann geh' ich.«
»Sie kann doch jetzt nicht nach Hause gehen«, wandte Albert ein, er hatte von allen das weichste Herz. »In der Silvesternacht – so ganz allein. Kann sie nicht hierbleiben und noch ein bißchen Silvester feiern?«
»Silvester feiern?« Eiskalt die Stimme. Eiskalt der Blick. Andy haßte es, wenn jemand zuviel trank. Das wußte ich damals noch nicht. Und eine Frau, die trank, war ihm ein Greuel.
»Wo soll sie Silvester feiern? Und mit wem? Soll sie sich drinnen in der Kneipe herumdrücken? Das kommt nicht in Frage. Sie ist als Sängerin engagiert und nicht als Amüsiermädchen.«
»Okay, ich geh' schon. Ein gutes neues Jahr für euch alle. Für dich auch, Andy. Toi, toi, toi!«
»Danke«, sagte er und gab mir nicht einmal die Hand. Geschweige denn einen Kuß. »Gleichfalls.«
So sah der Anfang in München aus. Aber schon einen Monat später kannte man mich in Schwabing. Und es kamen wirklich Leute in das Lokal, nur um mich zu hören.
Ich begann mit einem Repertoire von zehn Nummern. Dann waren es vierzehn. Anfangs trat ich zweimal in einer Nacht auf, dann dreimal. Im Fasching hatten wir

bis früh vier Uhr geöffnet, und so gegen ein, zwei Uhr früh setzte der Betrieb erst richtig ein. Wenn die Leute von den großen Festen kamen, um in Schwabing weiterzufeiern.
Für mich war es eine Genugtuung, daß ich auch in der wildesten Faschingsstimmung Publikum hatte, daß es still wurde und daß man mir zuhörte.
Es dauerte nicht lange, und ich landete meinen ersten richtigen Hit. Andy komponierte den Song. Den Text hatte mir eines Nachts ein junger Mann gebracht. Er kam einfach ans Podium und reichte mir einen Zettel herauf. »Wär' das nicht was für Sie? Ich meine, wenn einer ein paar Noten dazu macht?«
›Die Nacht ist dein Feind,
wenn du einsam bist.
Weil keiner dich findet,
wenn es dunkel ist.
Der Himmel ist leer,
kein Stern ist zu sehn,
wer immer auch kommt,
wird vorübergehn.
Nur ich bin da. Ich bin da –
siehst du mich stehn?‹
Das wurde ein richtiger Knüller. Wir hatten das Ding ganz toll arrangiert, so richtig Zunder draufgegeben. Fritz hieb auf das Schlagzeug ein wie ein Irrer, die Trompete jaulte verzweifelt, und ich gab drauf, was ich hatte. Die Melodie war ziemlich monoton, dieses ›nur ich bin da‹ blieb auf dem gleichen Ton, so richtig hart, ganz unsentimental.
Die Leute waren jedesmal ganz aus dem Häuschen. Manche kamen nur, um den Song zu hören. Ließ ich

ihn aus, was ich manchmal tat — absichtlich natürlich —, um sie herauszufordern, fing bestimmt einer an: ›Die Nacht ... die Nacht ...‹
Und dann sang ich es.
Das war es, was ich gebraucht hatte. Beifall. Applaus. Die da unten, die mich wollten. Darüber vergaß ich alles andere.
Als ich den Song hatte und mit dem Song den ersten richtigen Erfolg, vergaß ich Berthold. Er verschwand so rasch aus meinem Leben, meinen Gedanken, als hätte ich nicht zwei Jahre, sondern zwei Wochen mit ihm gelebt.
Ich schrieb ihm zwar anfangs ab und zu, ich schickte ihm zum Beispiel den Text von diesem Song und schilderte begeistert, wie gut ich damit gelandet wäre und daß er unbedingt kommen müsse, um mich zu hören.
Aber er kam natürlich nicht.
Mit diesem Song machte ich dann übrigens auch die erste Plattenaufnahme. Das war ein reichliches Jahr später, als Jack mich aufgegabelt hatte. Ohne ihn hätte ich das nie geschafft.
Die Platte ging gut. Auch für Andy gab es Geld, er war der Komponist. Und der Texter war sehr zufrieden mit dem unerwarteten Verdienst. Leider machte er nie wieder einen Text für mich. Er war nämlich ein richtiger, ernst zu nehmender Dichter und schrieb an einem Buch.
Ich habe nie wieder von ihm gehört, und also ist er wohl kein Bestseller-Autor geworden. Schade, er war ein begabter Junge. Er hätte lieber Schlagertexte machen sollen, er wäre heute ein reicher Mann.
Eigentlich paßt das Lied für heute nacht auch ganz gut.

Sehr sinnig. Dein erster Erfolg, Lorena, wäre auch ein guter Grabgesang.

Leider ist die Platte nicht da. Ich habe sie schon lange nicht mehr. Vergriffen. Versunken, vergessen, vorbei.

Sandor besaß damals noch keine Platten. Vermutlich verkaufte er in Ungarn noch Ziegenfelle. Oder was immer er gemacht hat.

Zwanzig Jahre ist das her. Es kann nicht möglich sein!

Zwanzig Jahre. Ein Menschenalter. Für Menschen.

Zwanzig Jahre ... ein winziges Stäubchen Zeit für die Welt.

ANDY ... es ergab sich ganz von selbst. Das erste, was auf seiner Seite spürbar wurde, war eine Art Verantwortungsbewußtsein. Er nannte es nie bei diesem Namen, aber so etwas Ähnliches muß es gewesen sein. Es kam ihm wohl so vor, als habe er mich von Tisch und Bett einer glücklichen Ehe weggelockt und er müsse nun auf mich aufpassen.
Dabei war es allein meine Schuld. *Ich* hatte angefangen, ich war zu ihm gegangen, ich wollte arbeiten, ich verließ Berthold.
Als unser erstes Engagement in München zu Ende war, schlug er mir vor, ich solle zu Berthold zurückkehren.
»Willst du mich loswerden? Keine Angst, ich werde dir nicht auf die Nerven fallen.«
»Was willst du denn machen? Wovon willst du leben?«
»Das wird sich finden«, antwortete ich leichtsinnig. Bis jetzt hatte ich ganz gut verdient, allerdings das meiste auch ausgegeben. Ich hatte mir gekauft, was mir gefiel.
»Ich will Karriere machen!«
Ein kühner Satz, den ich mit Bestimmtheit aussprach. Mehr noch – ein Programm.
Er meinte, ich solle wenigstens für einige Wochen nach Berchtesgaden zurückgehen, um mich zu erholen. Über

zwei Monate lang waren wir Abend für Abend aufgetreten. Kein freier Tag. Die Nächte waren lang gewesen. Aber ich war jung genug, daß es mir nichts ausmachte. Und ich war voller Zuversicht. Ich hatte Erfolg gehabt, ich hatte viele Komplimente zu hören bekommen – es gefiel mir einfach in München. Ich wollte bleiben.
Natürlich waren auch eine Menge Männer aufgetaucht, die ihr Interesse an mir bekundet hatten. Andy jedoch hatte gut auf mich aufgepaßt. Sehr viele Möglichkeiten, etwas zu unternehmen, blieben mir ja nicht. Bis spät in die Nacht hinein mußte ich arbeiten. Bis Mittag schlief ich. An den Nachmittagen probten wir oft; mein Repertoire umfaßte nun mehr als zwanzig Nummern.
Zweimal hatte ich nachmittags ein Rendezvous. Und genau einmal ging ich nachts, nach meinem letzten Auftritt, mit einem Mann fort.
Da erlebte ich zum erstenmal einen zornigen Andy. Er kam am nächsten Vormittag zu Frau Huber in die Wohnung, ich schlief noch, und er weckte mich ziemlich unsanft.
»Wo warst du?«
»Na, hör mal ...«
»Ich dulde es nicht, daß du dich herumtreibst. Nicht, solange du bei mir arbeitest. Daß das ein für allemal klar ist.«
Er schrie nicht, er sprach leise und böse, er war wieder sehr blaß und seine Augen ganz kalt.
»Also – wo warst du?«
»Geht dich das was an?«
»Allerdings.«
Ich fuhr mit allen zehn Fingern durch mein verwirrtes Haar und versuchte munter zu werden.

»Weiter nirgends. Eine Party.«
»Eine Party zu zweit?«
»Es waren noch mehr Leute da.«
Anfangs. Das stimmte – am Ende waren wir zu zweit. Aber es war weiter nichts geschehen. Ein paar Küsse, ein bißchen Knutscherei. So ohne weiteres ließ ich mich nicht vernaschen, schon gar nicht von einem Wildfremden, der mir nichts bedeutete.
»Deine Wirtin sagt, du bist erst um sechs heimgekommen.«
»Entzückend«, erboste ich mich. »Du erkundigst dich bei Frau Huber, wann ich heimgekommen bin. Was bildest du dir eigentlich ein? Ich lasse mir das nicht gefallen.«
Ich fand es wunderbar. Legte mich zurück und verschränkte die Arme hinter dem Kopf. Er war offenbar eifersüchtig. Das war genau das, was mir zu meinem Glück noch gefehlt hatte.
»Es war nicht nötig, Frau Huber zu fragen. Sie beschwor mich, dich nicht zu wecken, denn du seiest erst um sechs heimgekommen.«
»Das müßte dich doch beruhigen; wenn ich bei jemand geschlafen hätte, wäre ich kaum um sechs hier eingetroffen.«
Das leuchtete ihm ein. Er schwieg. Sah mich nur mit finsteren Blicken an.
Ich kicherte albern. »Ich werde Berthold schreiben, wie gut du auf mich achtgibst.«
»Ich denke, das ist das mindeste, was ich ihm schuldig bin.«
Jetzt lachte ich laut. »Sei bloß nicht albern. Wenn ich Berthold betrügen will, betrüge ich ihn, ob du achtgibst

oder nicht. Ich betrüge ihn mit meiner Arbeit, nicht mit anderen Männern. Wenn ich mal mit irgend jemand ins Bett ginge, wäre das kaum von besonderer Bedeutung.«
»Ich hasse es, wenn du so redest.«
»Ja, ich weiß. Du bist ein Puritaner.«
Das war er wirklich. Er selbst lebte wie ein Heiliger, von den Affären seiner Kollegen nahm er keine Notiz. Keiner der Jungs wagte es, mir näherzukommen. Es blieb bei den unverbindlichen Blödeleien, einem kleinen Kuß hier und da. Ich wußte, daß ich Fred gefiel, daß Albert mich gern hatte, und am liebsten mochte mich Erwin, der Saxophonist. Er war der jüngste von allen, ein wenig schüchtern. Aber er konnte mich ansehen, daß ein Eisberg geschmolzen wäre.
Trotzdem war ich für sie tabu. Andy hätte jeden gefeuert, der ernsthaft mit mir etwas angefangen hätte.
»Ich bin eine ziemlich erwachsene Frau. Meinst du nicht, daß man in meinem Alter tun kann, was man will?«
»Das meine ich ganz und gar nicht. Und wenn noch einmal so etwas vorkommt wie heute nacht, hast du das letzte Mal bei mir gesungen.«
»Du bist ein ekelhafter Tyrann, und ich hasse dich. Aber wenn du mich nun schon geweckt hast, geh zu Frau Huber und sag, sie soll uns Kaffee machen.«
»Ich muß gehen.«
»Du mußt gar nicht. Sicher hast du auch noch nicht gefrühstückt. Du frühstückst jetzt mit mir und hältst mir noch eine Strafpredigt. Ich genieße so etwas ungeheuer. Und sag Frau Huber, sie soll nicht wieder mit den Kaffeebohnen sparen.«
Während er draußen war, blickte ich auf die Uhr.

Gerade zehn Uhr! – Er war gekommen, um mich zu erwischen. War extra früh aufgestanden und wollte sehen, ob ich zu Hause war. Angeregt hopste ich aus dem Bett und schaute in den Spiegel. Ein bißchen unausgeschlafen sah ich ja aus, aber es ging. Ich kämmte rasch mein Haar und legte mich wieder hin.
Frau Huber servierte mir, wie jeden Tag, mein Frühstück ans Bett. Andy saß mit steifer Miene am Tisch und trank seinen Kaffee, ohne viel zu reden.
Als er gegangen war, fragte Frau Huber mit einem teilnehmenden Seufzer: »Sie haben ihn gern, den Herrn Ellwin, Fräulein, net wahr?«
»Ja, sehr.« Ich seufzte auch. »Aber er macht sich nichts aus mir.«
»Des glaub' i net. Grad bös war er, als er vorhin kommen is. Der hat Sie gern. Der is nur einer, der wo's net gern zugibt.«
»Meinen Sie?«
Sie nickte mit Nachdruck. »Des siecht ma. Des können's mir glauben, Fräulein.«
Im März fuhr Andy zu Marie-Ann. Was mich rasend machte vor Eifersucht. Ich erwog ernsthaft, wirklich zu Berthold zurückzukehren und fortan eine tugendhafte Ehefrau zu sein. Oder sofort mit irgendeinem, ganz egal mit wem, ein Verhältnis anzufangen.
Oder wenigstens pausenlos mit meiner Karriere zu beginnen.
Aber so schnell macht man keine Karriere. Ich sprach im Funkhaus vor. Man notierte meine Adresse, man würde mich zum Vorsingen einladen. Irgendwann.
Ich besuchte einen Agenten. Der meinte, er hätte Sängerinnen wie Sand am Meer.

Abends traf ich mich mit den Jungs. Wir saßen in unserer Stammkneipe in der Haimhauserstraße. Dort bekamen wir gut und billig zu essen. Dort trafen wir auch immer Bekannte. Dort erörterten wir unsere Pläne.
Pläne hatte vor allem Fred. Er verhandelte mit einem großen, damals recht bekannten Orchester, das ihm ein Angebot gemacht hatte. Er erzählte es ganz offen.
»Denn«, so sagte er, »ich verbringe auf keinen Fall noch einen Sommer in Berchtesgaden. Das kann man sich nicht mehr leisten, in der Provinz auf bessere Zeiten zu warten. Heute muß man dranbleiben. Da sein und zu hören sein. Sonst weiß keiner, daß man existiert.«
Daß die Möglichkeit bestand, für den Sommer wieder im Hotel in Berchtesgaden zu spielen, wußte ich. Für mich war das auch keine Möglichkeit. In Berchtesgaden konnte *ich* nicht auftreten.
Auch Klein Erwin hatte ein gutes Angebot, was keinen überraschte. Er war ein Künstler. Bis heute habe ich kein besseres Sax gehört als das von ihm geblasene. Er machte später übrigens große Karriere – bis er mit Rauschgift anfing. Dann war es aus.
Eines Abends, als wir wieder da saßen und redeten, kam Andy plötzlich.
Er war sehr einsilbig, fast abweisend. Ja, zu Hause sei alles in Ordnung. Der Baronin gehe es gut. Die Kinder seien gesund. Nein – einen Abschluß für den Sommer habe er nicht gemacht. Man könne sich das noch überlegen. Sonst nichts Neues …
Früher als sonst brachen wir auf. Sonst saßen wir meist bis zur Polizeistunde, wir waren nun mal an Nachtleben gewöhnt.
Meist brachten sie mich alle gemeinsam nach Hause.

Diesmal verabschiedete Andy sie sehr entschieden und ging mit mir allein.

Es war ein kühler Vorfrühlingsabend, ein blasser Mond stand am Himmel. Die Schwabinger Straßen waren damals noch idyllisch ruhig und verschwiegen. Natürlich gab es noch viele Häuserlücken, viele Ruinen.

»Ich habe mit deinem Mann gesprochen«, sagte Andy auf einmal.

»Nein!«

Ich blieb stehen und starrte ihn erstaunt an. »Warum das denn?«

Ganz formell hatte sich das abgespielt. Andy hatte an Berthold geschrieben und ihn um eine Unterredung gebeten. An einem Abend hatten sie sich in einem Lokal getroffen.

»Was hast du ihm denn gesagt?«

»Was du gemacht hast, wie es gegangen ist. Und daß ich gut auf dich aufgepaßt habe und du ein ordentliches, solides Leben geführt hast.«

»Du spinnst wirklich. Das ist ja wohl die Höhe!«

»Ich bin der Meinung, das waren wir ihm schuldig. Eigentlich wäre es deine Aufgabe gewesen. Er war sehr fair und sehr großzügig, nicht wahr?«

Ich schwieg verwirrt. Ich wußte nicht, was das zu bedeuten hatte.

»Der Weg zurück steht dir offen, Lorena. Aber nicht mehr lange, das hat er auch gesagt. Du mußt dich bald entscheiden.«

Ich war den Tränen nahe. »Aber ich will nicht zurück«, rief ich verzweifelt. »Andy! Ich will nicht.«

»Liebst du denn deinen Mann nicht?«

»Doch. Natürlich.«

»Und warum willst du dann nicht zurück zu ihm?«
»Weil ich nicht will. Weil ich dieses Leben dort nicht ertragen kann. Ich will hierbleiben. Bei euch. Bei dir, Andy!«
Ich schlang meine Arme um seinen Hals und preßte mein Gesicht an seins.
»Warum willst du mich denn loswerden? Kannst du mich denn gar nicht leiden?«
Erst stand er stocksteif und antwortete nicht. – Doch dann legte er die Arme um mich, das erstemal, und sagte leise: »Doch. Das ist es ja. Und darum ...«
»Was?«
»Ich bin für klare Verhältnisse. Ich will dich nicht loswerden. Aber ich muß wissen, wohin du gehörst. Ich bin durchaus der Meinung, daß aus dir etwas werden kann. Daß es ein schwerer Weg ist, weißt du ja. Wenn du es tust, mußt du es ganz tun. Mit allen Konsequenzen. Und dann mußt du es deinem Mann sagen. Du mußt ebenfalls fair sein zu ihm.«
»Das will ich ja auch ...«, flüsterte ich und wartete, was noch kam. Denn ich hatte nur eins gehört: Ich muß wissen, wohin du gehörst.
»Du sollst es dir sehr gründlich und sehr genau überlegen. Er gefällt mir gut, dein Mann. Dein Leben wäre leichter, wenn du bei ihm bleibst.«
»Nein«, sagte ich, den Mund an seiner Wange, »ich kann nicht bei ihm bleiben. Nicht mehr. Ich kann nicht zurück, Andy.«
Er schob mich zurück und sah mir ins Gesicht. Er konnte mein Gesicht ganz gut sehen, es war nicht sehr dunkel, die alten Schwabinger Laternen brannten noch. Und er verstand, daß ich nicht nur von der Arbeit sprach.

Dann küßte er mich. Zum erstenmal küßte er mich.
An seinem Kuß merkte ich, daß er weder kalt noch gleichgültig war. Daß er denselben Weg gegangen war wie ich.
Wir standen lange vor dem Haus in der Herzogstraße, in dem ich wohnte.
Ich war es, die schließlich sagte: »Willst du nicht mitkommen ...?«
Er zögerte. Er sagte: »Deine Wirtin ...«
Und dann kam er mit.
Es war ganz selbstverständlich. Es konnte nur so und gar nicht anders sein.
Ich will nicht sagen, daß ich bewußt auf diese Stunde zugesteuert war, daß ich es provoziert hatte. Aber eine Frau hat ja in dieser Hinsicht ein ziemlich sicheres Gefühl. Man *weiß* einfach, ob es da ist oder nicht da ist. Und man weiß das ziemlich bald. Zwischen Andy und mir hatte sich so viel Unausgesprochenes angesammelt, war eine so große Spannung entstanden, es war wie eine geballte Ladung Elektrizität, trotz seiner betonten Zurückhaltung oder vielleicht gerade deswegen, daß es einfach eines Tages passieren *mußte.*
Die kurze Trennung, die Woche, die er in Berchtesgaden verbracht hatte, hatte auch ihm das klargemacht. Er war meinetwegen so schnell zurückgekommen.
Ich lernte nun den anderen Andy kennen, den zärtlichen, den liebenden, den leidenschaftlichen Andy. Ich habe nie wieder einen Mann erlebt, der eine so hingebende Liebesfähigkeit besaß. Ich erfuhr es gleich in der ersten Nacht. Und noch etwas anderes lernte ich in dieser Nacht: daß ich nicht gewußt hatte, was Liebe ist.

Nur einmal – einmal im Leben ist sie mir begegnet. Nur ein Mann konnte sie mir geben. Nur einem Mann konnte *ich* sie geben – Andy.
Andy – ach, warum, warum ...
Er war alles für mich – Partner, Freund, Geliebter. Er war alles ganz und ohne Vorbehalt. Er half mir, er stand mir zur Seite, er verstand mich. Er ertrug meine Launen, meine Eifersucht, meine Hochs und meine Tiefs, meine Untreue schließlich. Er war mir treu.
Die Jungs waren übrigens gar nicht überrascht. Sie hätten das längst gewußt, behaupteten sie.
Berthold, mit dem ich schließlich darüber sprach, sagte, er hätte es gewußt, nachdem er mit Andy gesprochen hatte.
»Ich merkte, daß er dich liebt.«
»Aber er wollte, daß ich zu dir zurückkomme.«
»Er wollte es nicht. Er wollte dir nur die Entscheidung überlassen. Er ist ein anständiger Mensch, Lore. Keiner, der einem anderen etwas wegnehmen will. Nur – er konnte dich mir nicht wegnehmen, du warst sowieso schon gegangen. Seinetwegen, Lore?«
»Nein. Nein, bestimmt nicht. Es hat mit ihm nichts zu tun.«
»Wirst du bei ihm bleiben?«
»Ja. Ja, ich glaube.«
»Weißt du es nicht?«
»Doch, ich weiß es.«
Da war noch Marie-Ann. Die Bindung zwischen ihr und Andy war von anderer Art und blieb in dieser Art noch lange bestehen. Wofür ich weder die Großzügigkeit noch das Verständnis aufbringen konnte, die man mir entgegengebracht hatte.

Ich machte ihm schreckliche Szenen wegen Marie-Ann. Ich wußte, daß es kein Liebesverhältnis war, daß er nicht mit ihr schlief, mein Gott, ich kannte Andy gut genug, um das zu wissen. Aber ich wollte nicht, daß er sich um sie kümmerte, daß er sie besuchte, daß er mit ihr sprach, daß die Kinder ihn interessierten.
Ich benahm mich manchmal abscheulich. Ich ließ es zu, daß er mir den Rücken drehte und fortging.
Marja, die einmal Zeuge einer solchen Szene wurde, sagte: »Am liebsten würde ich dir kleben eine. Du bist ungezogenes, egoistisches Balg geblieben, wie du früher warst.«
Dann weinte ich, dann lief ich ihm nach, bat ihn um Verzeihung.
Unser erstes gemeinsames Jahr war ein Hungerjahr. Das zweite Jahr war mager. Dann war ich drin.
Eine Zeitlang spielte Andy in der Bar eines Münchner Hotels. Sie waren nur noch zu viert. – Im Winter dann wieder in Schwabing. Er schrieb Songs für mich, arrangierte für andere Orchester.
Durch mich kam er zum Film, schrieb Filmmusiken, leitete sogar eine Zeitlang ein Filmorchester. Zu der Zeit verdienten wir beide gut.
Ich wurde ein Star. Kein Weltstar, so ein Star mittlerer Güte, wie es in den fünfziger Jahren viele gab. Es war kein schlechtes Geschäft.
Ich war zufrieden mit meiner Arbeit.
Andy nicht. Er hatte anderes gewollt.
Der einzige Ausflug in die Welt der ernsten Musik, der ihm einigermaßen glückte, war ein Ballett, das er am Ende der fünfziger Jahre schrieb. Es wurde mit gutem Erfolg aufgeführt und kam sogar international an.

Damals, Andy, warst du glücklich. Du schriebst wieder einmal an einer Symphonie. – Sie wurde nie aufgeführt.
Die Geschäfte besorgte Jack.
So nach und nach schnappte ich ein bißchen über – der Erfolg, das Geld, die Männer, die mich wollten. Ich verlor die Distanz, ich schlang es in mich hinein. Mir gehörte die Welt, heute, morgen, übermorgen.
Gestern gehörte sie mir.
Ich betrog Andy mit einem meiner Partner. Es war ein damals sehr berühmter Filmschauspieler. Übrigens ist er auch heute noch gut im Geschäft.
Natürlich sah er großartig aus, natürlich war er ein Charmeur, natürlich war er ein liebloser Egoist.
Die Versuchung in diesem Beruf ist immer groß. Und ich stieg immer sehr ein. Ich wollte, daß meine Partner in mich verliebt waren. Dann konnte ich besser spielen.
Dann fing ich mit diesem Drehbuchautor etwas an, den ich später heiratete.
Das tat ich eigentlich nur aus Trotz. Um Andy und vor allem *mir* meine Unabhängigkeit zu beweisen.
Dann ging er fort.
Weit fort. Nach Amerika.
Ich hatte ihn verloren.
Es war meine Schuld.
L'amour est mort – gestern gehörte mir die Liebe.
Gestern – gestern – alles war gestern.

MORGEN ... gut, Schluß jetzt, morgen wird es vorüber sein. Die Stunde nach Mitternacht ist vergangen, die Musik verklungen, es ist zu Ende, Lorena.

Kein neuer Tag für mich?

Ich kann aufstehen, das Glas mit der trüben Brühe hinaustragen, das Zeug wegschütten, kann meinen Mantel anziehen, die Lichter löschen und dieses Haus verlassen. Niemand wird wissen, daß ich hier war. Niemand wird je erfahren, was ich in dieser Nacht tat. Was ich wollte.

Es war ein guter Anlaß nachzudenken, Bilanz zu ziehen. Und nun könnte ich beginnen, an morgen zu denken.

Ich bin keineswegs in einer ausweglosen Situation. Ich habe noch Schmuck, den ich verkaufen kann, die Pelze, ich kann mir ein kleines Appartement mieten, ich kann ... ja, und dann?

Es gibt schließlich andere Möglichkeiten, sich seinen Lebensunterhalt zu verdienen. Irgendeinen Job würde ich wohl bekommen.

Was für einen?

Einen Job für einen Showstar von gestern, für eine Frau meiner Art – wie sollte der aussehen?

Umschalten, total umschalten müßte man, ein neues Leben beginnen, ein ganz anderes Leben.
Warum soll das nicht gehen?
Vorausgesetzt – ich will.
Will ich?
Nein, ich will nicht.
Ich will die Bühne, ich will das Publikum, ich kann nicht darauf verzichten.
Unsinn. Das kann jeder.
Ich kann nicht und ich will nicht, allein deswegen, weil ich weiß, daß ich noch viel leisten könnte. In meinem Beruf. Ich will diese Ungerechtigkeit nicht hinnehmen. Ich habe noch genausoviel Talent wie gestern. Und nur weil heutzutage alles vor den Jungen und Jüngsten auf den Knien liegt, soll ich verzichten. Soll ich resignieren.
Da reden sie ewig von der Emanzipation der Frau, von der Befreiung der Frau, ihrer Gleichberechtigung und den zusätzlichen Jahren, die sie in unserer Zeit gewonnen hat.
Wo sind sie denn, wo?
Das Leben dauert angeblich länger, man bleibt länger jung, man bleibt länger schön, man hat unbegrenzte Chancen – es ist eine einzige Lüge.
Auf dem Thron sitzt Ihre Majestät, die Jugend.
Kein einzelner sitzt dort lange, kein Junger, kein Jüngster, denn älter wird jeder. Das Ding an sich sitzt dort.
Ich weiß genau, wie es weitergehen wird mit mir, morgen, übermorgen, nächstes Jahr. Ich kann mir das genau ausmalen.
Wenn ich jetzt dieses Haus verlasse, ohne es getan zu haben, werde ich es morgen bereuen. Zum Beispiel

wenn ich die Kritiken über diesen Abend in der Zeitung lesen werde. Dann habe ich das Glas nicht ausgetrunken, sondern den Inhalt weggegossen.
Dann wird es mir leid tun. Dann sammle ich neue Tabletten. Dann erlebe ich das alles noch einmal, was heute nacht war. Dann denke ich die gleichen Gedanken noch einmal.
Nein.
Du bist feige, Lorena! Du hast Angst!
Warum? Wenn du jetzt trinkst, wird es gleich vorbei sein.
Trink! Los! Trink endlich! Denk nicht länger nach. Du hast genug gedacht. In den vergangenen Jahren, in dieser Nacht. Genug gedacht für dieses Leben. Jetzt trink!
Leb wohl, Andy. Denk manchmal an mich.
. . .
Ich habe es getrunken. Das Glas ist leer. Ein bitterer, widerlicher Trank. So bitter wie meine Gedanken.
Und nun packt mich Entsetzen.
Panik.
Was kann ich tun?
Starken Kaffee kochen? Einen Arzt anrufen? Hinauslaufen und mich auf die Straße stellen und so laut schreien, bis jemand kommt?
Schreien, solange ich noch schreien kann.
Nein. Schweigen wirst du. Jetzt – und für immer.
Schweigen.
Du wirst dich auf die Couch legen und warten.
Mir ist übel.
Sei still und warte. Sei ganz still und habe keine Angst.
Vater unser im Himmel . . .
Vergib mir, mein Gott! Vergib mir und versteh mich.

Ich weiß, du verstehst mich. Ich weiß, du vergibst mir.
Mir ist so schlecht.
Wie sehe ich eigentlich aus?
Das Gesicht, das mir aus dem Spiegel entgegenblickt, ist grau und starr vor Entsetzen. Und vor Angst.
Warum verzerrst du den Mund, Lorena?
Nicht so. – So nicht. Du hast es gewollt. Du hast es überlegt. Lange genug hast du es überdacht. Zuvor und in dieser Nacht. Und nun gib dich zufrieden.
Ich werde meine Nase pudern, meine Lippen nachziehen, mein Haar kämmen. Und dann dort liegen und warten.
Wie allein ich bin!
Ich bin der einzige Mensch auf der Welt in dieser Nacht. Allein im Dunkel, allein im Nebel. Ich gehe hinein in den Nebel, und es führt kein Weg zurück.
Meine Hand, die den Lippenstift hält, zittert. Ich sehe sie an, wie sie zittert. Und meine zitternde Hand ist ein Stück, das mir schon nicht mehr gehört.
O nein! Nein! Nein!! Der Lippenstift fällt mir aus der Hand und rollt unter die Couch. Meine Tasche fällt herunter, alles fällt heraus.
Nein. Ich muß mich zusammennehmen. Ganz ruhig. Knie dich hin, ganz ruhig, heb das auf, steck das weg, und nun versuche einmal zu lächeln. Du sollst kein entsetztes, von Grauen verzerrtes Gesicht haben, wenn du tot bist.
Und du hättest es wenigstens hinschreiben müssen, daß du es selbst getan hast. Auf einen kleinen Zettel mußt du schreiben, daß du es wolltest.
Das habe ich ganz vergessen. Vielleicht kommen sie dann und suchen einen Mörder.

Warum habe ich daran nicht gedacht?
Mir ist so schwindlig.
Nein. Du bist ganz klar. Du gehst jetzt dort hinüber zum Schreibtisch, setzt dich dorthin, nimmst einen Stift und schreibst ...
Ja, ich schreibe schon.
Gleich.
Ich gehe da hinüber.
Ich kann das noch ohne weiteres. Ich bin ganz klar.
Heb deine Tasche auf. – Was sind das für Briefe?
Die Briefe, die der Portier mir gegeben hat. Der Portier im Hotel. Prospekte. Vielleicht noch ein Verehrerbrief, der letzte.
Ein Eilbrief.
Komisch. – Wer schreibt mir denn – wer schreibt mir denn einen Eilbrief?
Jetzt ist nichts mehr eilig.
Nichts.
Das Zimmer verschwimmt mir vor den Augen.
Unsinn, das bilde ich mir ein. So schnell kann das gar nicht gehen.
Das ist Jacks Schrift.
Er hat mir einen Eilbrief geschrieben. Aus England. Das ist lieb von ihm.
Er hat mir also wenigstens geschrieben.
Norringham Castle. Wo ist das denn?
Ich glaube, ich habe noch nie einen Brief von ihm bekommen. Telegramme, Anrufe ...
Nie einen Brief.
Zum Abschied also einen Brief. Guter alter Jack!
Danke dir.
Ich kann ihn nicht mehr lesen – deinen Brief. Ich kann

nicht mehr lesen, weißt du. Vor meinen Augen tanzen graue Schatten.
Gibt er mir brieflich den Abschied? Fällt es ihm leichter, mir zu schreiben, als zu sagen, daß er für mich nicht mehr arbeiten kann?
Dann brauche ich es erst recht nicht mehr zu lesen. Ich mache den Brief gar nicht auf, Jack. Sonst wirst du denken, ich habe es deswegen getan.
Die Polizei wird ihn aufmachen und lesen. Wenn sie mich hier finden, wenn sie kommen und mich wegfahren, werden sie deinen Brief aufmachen und lesen, Jack.
Vielleicht sollte ich ihn vorher zerreißen. Du bist mein Freund gewesen. Keiner soll sagen, du hast mich im Stich gelassen.
Wie starr er ist – der Brief. Wie aus Holz. Wie aus Stein. Daß es so schwer sein kann, einen Brief aufzumachen ...
›... bist mir hoffentlich nicht böse, daß ich zu Deinem Konzert nicht komme. Ich habe angerufen und mich nach dem Vorverkauf erkundigt. Geht ja. Ärgere Dich nicht. Nicht so wichtig. Habe es Dir gleich gesagt. Ich hoffe, der Brief erreicht Dich noch, ehe Du auf die Bühne gehst ...‹
Hat er nicht, Jack. Ändert nichts daran. Aber nett, daß du geschrieben hast. Danke!
›... alles nicht so wichtig ...‹
Stimmt. Stimmt genau, Jack. Nichts ist mehr wichtig.
Gott, ist mir schlecht. Mich würgt es im Hals. Alles verschwimmt mir vor den Augen, ich kann das kaum lesen.
›... wunderst Dich, wo ich bin. Mitten auf dem Land.

Kühl und Regen. Aber schön ruhig. Ganz gemütlich. Kaminfeuer und guter Whisky. Du wirst nicht erraten, wer bei mir ist. Andy. Traf ihn in London. Läßt Dich grüßen ...‹

Danke, Andy. Schön, zum Abschied einen Gruß von dir zu bekommen. Danke, Andy.

›... haben wir uns hierher zurückgezogen, um zu arbeiten. Tolle Sache, Lorena. Andy hat ein Musical geschrieben. Hat einen begabten Jungen gefunden, der ihm ein wirklich originelles Libretto gemacht hat. Und dann die Musik! Du wirst begeistert sein. So was von Musik hast Du seit Jahren nicht gehört. Andy war noch nie so gut. Und Songs für Dich. Songs, daß man sich vor Freude in die Hosen machen könnte. Andy schaut mir über die Schulter und sagt, ich soll das ausstreichen. Du kennst ihn ja ...‹

Songs für mich. Danke, Andy.

Der Brief fällt mir aus der Hand. Ich rutsche auf den Knien herum und suche ihn. Ich taste. Kann nicht mehr richtig sehen. Wo ist denn der Brief? Wo? Ich muß ihn fertig lesen, den Brief. Ich muß ihn einfach fertig lesen. Andy hat Songs für mich geschrieben.

Wo ist denn der Brief. Andy, so hilf mir doch ...

›... eine Wucht von einer Rolle. Andy hat sie Dir auf den Leib geschrieben. Es ist die Rolle Deines Lebens. Er hat sie nur für Dich geschrieben, sagt er. Du wirst damit eine neue Karriere starten, das sage ich Dir. Ich habe mich noch nie getäuscht. Uraufführung machen wir in London, kommt dann bei den Deutschen besser an. Die sind so, das weißt Du ja. So eine Rolle hast Du noch nie gespielt, Lorena ...‹

Ja. Das ist wahr. So eine Rolle habe ich noch nie gespielt.

Jeder stirbt nur einmal.
Und alles ohne Probe. Aus dem Stegreif. Improvisiert. Ohne Regisseur.
Und das kann jeder. – Jeder kann das.
Aber es ist schrecklich, zu sterben. Der Nebel ist jetzt im Zimmer. Mein Kopf dröhnt. Mein Hals tut weh. – Ich kriege keine Luft mehr. Keine Luft ...
Du hast ein Stück für mich geschrieben, Andy? Ein Musical? Weil du weißt, daß ich immer so gern Musical machen wollte. Darum, Andy? Eine gute Rolle? Gute Songs?
Alles für mich, Andy?
Ich werde sie nicht spielen, die Rolle. Nicht singen, deine Songs.
Warum hast du das jetzt erst geschrieben, Andy?
Warum nicht gestern? Warum nicht voriges Jahr? Andy!
Wo warst du, Andy, als ich dich brauchte?
Es ist zu spät. Es ist gleich vorbei.
Ist es vorbei?
Nein!!
Ich will nicht sterben. Lieber Gott, hilf mir!
Rette mich! Hilf mir! Andy – bitte, hilf mir! Jack! Wo seid ihr denn alle?
Warum hilft mir denn keiner?
Ich will nicht sterben. Ich will sie haben, die Rolle. Ich will sie singen, deine Songs, Andy.
So helft mir doch.
Hört ihr mich denn nicht?
Ich schreie. Ich schreie ganz laut. Hört es denn keiner? Keiner?
Ich kann gar nicht mehr schreien. Kein Ton, kein einziger, jämmerlicher Ton ...

Hört mich doch ... hört mich ...
Hilft mir denn keiner?
Ist niemand da, der mich hört?
Wer könnte denn ...
Wer? Du?
Du bist da, Heide!
Heide, du bist da.
Du wirst mir helfen.
Da muß doch ein ... ja, ja, da muß doch das Telefonbuch liegen. Hier lag's immer – in dem Fach – in dem Fach lag doch ein ...
Da ist es. Ich wußte es.
Ich kann gar nicht mehr lesen.
Doch – Lorena! Du kannst. Du kannst, wenn du willst.
Lieber Gott, hilf mir, daß ich es lesen kann. Wie heißt sie denn?
Ich weiß gar nicht, wie sie heißt.
Ich weiß den Namen nicht ...
Ärztinnen haben ja manchmal Doppelnamen.
Aber sie hat doch ... natürlich, sie hat – ja, ich erinnere mich genau, ich weiß es, sie hat mir ihre Karte gegeben.
Wo ist denn meine Tasche?
Wo ist denn ... Ich kann sie nicht finden – sie ist weg.
Sie ist nicht da.
Das ganze Zimmer ist nicht mehr da.
Wo bin ich eigentlich?
Auf einem Feld. Mitten in der Nacht auf einem Feld?
Es ist kalt. – Alles ist voller Nebel.
Ich bin schon tot.
Andy, hilf mir!
Heide!
Vater unser ... lieber Gott, hilf mir doch ...

Die Tasche ist 'runtergefallen. Sie muß hier irgendwo liegen. Hier ... irgendwo ...
Verflucht noch mal, maldito, nimm dich zusammen.
The show must go on. Los – nimm dich zusammen.
Na – also.
Adelheid Kluge-Barkenow.
Na also!
Du kannst sehr gut, wenn du willst. Und da steht die Telefonnummer dabei.
Ich sollte ja ihren Jungen kennenlernen.
›Ich habe einen Sohn, zehn Jahre alt.‹
Das weiß ich alles noch. Mein Kopf ist noch ganz klar. Ich weiß noch genau, was sie gesagt hat. Jetzt muß ich bloß das Telefon ...
Ich lebe noch. Das ist Sandors Zimmer, ich sehe es ganz deutlich. Dort drüben ist das Telefon. Ich kann es mühelos erreichen.
Ich – kann – es – erreichen ...
Siehst du! Jetzt – paß auf, die Nummer ...
Die Nummer – die Nummer ...
Die stand doch eben hier, maldito, ich habe sie gerade noch gelesen ...
Jetzt nimm dich zusammen.
Wo ist denn jetzt der Telefonhörer? Der kann doch gar nicht 'runterfallen, das gibt's doch gar nicht – der ist doch festgemacht. Der ist doch ...
Da ist er ...
Also noch mal, die Nummer ...
Die Nummer!!
Es läutet.
Es läutet wirklich.
Keiner hört mich. Sie schläft.

Das Telefon läutet ins Leere.
Still.
Leer.
Dunkel.
Heide!
Hörst du mich denn nicht?
Heide! Hör doch! Wach doch auf!
Heide!
»Ja?«
»Heide! Heide!«
»Hallo? Hier Dr. Kluge. Wer ist dort?«
»Heide! Heide! Hilf mir!«
»Wer spricht da?«
»Ich ... ich – Lorena. Heide!«
Ihre Stimme – endlich ...
»Lore? Bist du das? Was ist denn los?«
»Heide – ich habe ... ich habe Tabletten genommen. Ich bin gleich tot. Aber ich will nicht sterben. Andy ist wieder da. Er hat eine Rolle ... Heide – Heide, ich will nicht – ich ...«
»Lore! Hör mir zu! Wo bist du? Sag schnell, wo du bist?«
»Ich ...«
»Was für Tabletten, Lore?«
»Ich ...«
»Wo bist du, Lore?«
»Ja, ja – Heide – ich ...«
»Sag mir, wo du bist? Im Hotel?«
»Hier bin ich – hier – in Sandors Haus – in Sandors ...«
»Wo ist das, Sandors Haus? Lore! Sag schnell, wo das ist?«
...

»Lore! Wo ist Sandors Haus?«

»Ich ...«

»Lore! Hörst du mich! Lore! Ich finde dich. Gib nicht auf. Hörst du! Gib nicht auf. Sag etwas. Sag ein Wort. Lore!! Los, sag etwas!!«

...

»Wo kann das sein – Sandors Haus? Funkstreife. Notdienst. Wo kann das bloß sein ...?«

»Das muß dieser Ungar sein ...«

Stille.

Dunkel.

Nacht.

Heide!

Sie ... wird ... mich ... finden ...